Em memória da memória

PERCURSOS LITERÁRIOS DE SOL A SOL

Em memória da memória
Romance

Maria Stepánova

Tradução e posfácio: Irineu Franco Perpetuo

Esta obra foi publicada originalmente em russo, em 2017, com o título Памяти памяти por Novoe Izdatelstvo.
© 2017, Maria Stepanova
© 2018, Suhrkamp Verlag Berlin
© 2024, Editora WMF Martins Fontes Ltda., São Paulo, para a presente edição

Todos os direitos reservados. Este livro não pode ser reproduzido, no todo ou em parte, armazenado em sistemas eletrônicos recuperáveis nem transmitido por nenhuma forma ou meio eletrônico, mecânico ou outros, sem a prévia autorização por escrito do editor.

1ª edição 2024

Poente é um selo editado por Flavio Pinheiro

Tradução: Irineu Franco Perpetuo
Acompanhamento editorial: Diogo Medeiros
Preparação: Marina Darmaros
Revisões: Beatriz de Freitas Moreira e Fernanda Lobo
Produção gráfica: Geraldo Alves
Capa e projeto gráfico: Gisleine Scandiuzzi
Paginação: Ricardo Gomes
Imagem da capa: Mauro Restiffe, *Charles Henry's Desk*, 1966

Dados Internacionais de Catalogação na Publicação (CIP)
(Câmara Brasileira do Livro, SP, Brasil)

Stepánova, Maria
    Em memória da memória / Maria Stepánova ; tradução Irineu Franco Perpetuo. -- São Paulo : Poente, 2024.

   Título original: Pamyati pamyati
   ISBN 978-65-85865-02-9

   1. Ficção russa I. Título.

23-180862   CDD-891.73

Índice para catálogo sistemático:
1. Ficção : Literatura russa 891.73

Eliane de Freitas Leite – Bibliotecária – CRB-8/8415

Todos os direitos desta edição reservados à
Editora WMF Martins Fontes Ltda.
Rua Prof. Laerte Ramos de Carvalho, 133 01325-030 São Paulo SP Brasil
Tel. (11) 3293-8150 e-mail: info@wmfmartinsfontes.com.br
http://www.wmfmartinsfontes.com.br

PRIMEIRA PARTE

Primeiro capítulo, diário alheio ... 11
Segundo capítulo, dos começos ... 31
Terceiro capítulo, certo número de fotografias ... 55
Quarto capítulo, o sexo das pessoas mortas ... 70
Não capítulo, Leonid Guriévitch, 1942 ou 1943 ... 84
Quinto capítulo, o *Aleph* e suas consequências ... 89
Sexto capítulo, interesse amoroso ... 99
Sétimo capítulo, a injustiça e suas facetas ... 112
Não capítulo, Nikolai Stepánov, 1930 ... 126
Oitavo capítulo, falhas e diversões ... 128
Não capítulo, Liólia (Olga) Friedman, 1934 ... 140
Nono capítulo, o problema da escolha ... 147

SEGUNDA PARTE

Primeiro capítulo, o jidezinho se esconde ... 165
Não capítulo, Sarra Ginzburg, 1905-1915 ... 179
Segundo capítulo, *selfie* e consequências ... 194
Terceiro capítulo, Goldchain soma, Woodman subtrai ... 212
Quarto capítulo, Mandelstam rejeita, Sebald recolhe ... 231
Não capítulo, Liólia (Olga) Guriévitch, 1947 ... 251

Quinto capítulo, de um lado, de outro lado	253
Sexto capítulo, Charlotte, ou desobediência	270
Não capítulo, Os Stepánov, 1980, 1982, 1983, 1985	293
Sétimo capítulo, voz de Jacó, foto de Esaú	302
Oitavo capítulo, Liódik, ou silêncio	318
Nono capítulo, Joseph, ou obediência	360
Décimo capítulo, o que eu não sei	383

TERCEIRA PARTE

Primeiro capítulo, não se escapa do destino	411
Segundo capítulo, Liónitchka do quarto das crianças	449
Terceiro capítulo, meninos e meninas	484
Quarto capítulo, a filha do fotógrafo	514
Posfácio	533

*De que serve um livro – pensou Alice –
sem figuras nem diálogos?*
Carroll

*A avó disse:
– Vê-se que agora ele é de outra idade. Beba com os
vivos, entorne, mas não beba com os mortos.
Eu não entendi.
– Como é possível com os mortos? Não entendo.
– É bem possível – disse a avó. – Basicamente, bebe-se
com os mortos. Mas não beba você. Toma um cálice –
passam cem anos. Toma o segundo – passam mais cem.
Toma o terceiro – passam mais. Você sai à rua, e trezentos
anos já eram. Não reconhece ninguém, não é o seu tempo.
Pensei: querem me assustar, uma criança.*
Sosnora

*Que horror! – disseram as damas. – O que o senhor
encontrou de espantoso ali?*
Púchkin

PRIMEIRA PARTE

PRIMEIRO CAPÍTULO
diário alheio

Morreu minha tia, irmã de papai, que tinha um pouco mais de oitenta anos. Não éramos próximas, e detrás disso estende-se uma longa fila de variantes e ofensas familiares; minha mãe e meu pai tinham com ela o que se chama de relações complicadas, víamo-nos com pouca frequência, e entre nós não cresceu quase nada de comum. Quase nunca nos ligávamos e nos víamos ainda menos e, com os anos, tirou o telefone da tomada ("Não quero ouvir ninguém!", dizia) e afastou-se cada vez mais para dentro da moldura que fizera com as próprias mãos: para a massa de coisas e bibelôs que se empilhavam em seu pequeno apartamento.

Tia Gália[1] vivia um sonho de beleza: de um rearranjo decisivo e final dos objetos, da pintura das paredes, do pendurar das cortinas. Certa vez, anos atrás, ela se lançou em uma arrumação geral, que gradualmente se apoderou da casa. Havia um processo constante de revirar e reexaminar o que era necessário. O conteúdo do apartamento necessitava ser classificado e sistematizado; cada xícara exigia reflexão; livros e papéis deixavam de ser eles mesmos e transformavam-se simplesmente em usurpadores de volume: em montes e pilhas, formavam barricadas no

---

1 Diminutivo de Galina (assim como Galka, que aparece adiante). [Esta e todas as notas subsequentes são do tradutor, exceto onde indicado o contrário.]

apartamento. Havia dois aposentos; à medida que os objetos conquistavam espaços, Galka mudava-se de um para outro, levando consigo o mais indispensável. Mas aí também começava o processo de classificação e reexame; a casa vivia, despejando para fora as próprias entranhas e sem saber colocá-las de volta. Já não havia importante e desimportante; tudo era relevante, de uma ou outra forma – especialmente os jornais amarelecidos, reunidos durante décadas, e as longas colunas de recortes apoiadas nas paredes e na cama. Agora só havia lugar para a dona da casa em um sofazinho afundado, onde nos sentamos, nós duas, em meio a um mar furioso de postais e programas de televisão. Ela tentava enfiar-me goela abaixo uns chocolatinhos preciosos, reservados para as visitas, que eu recusava com vergonha. Um jornal aparecendo no topo de uma pilha trazia a chamada "Que santo rege o seu signo do Zodíaco", e o nome do artigo e a data de publicação estavam cuidadosamente anotados na parte de cima, com uma caligrafia ideal, em tinta azul no papel inerte.

*

Chegamos cerca de uma hora depois do telefonema da cuidadora. A escada estava na penumbra, e parecia zunir: nos degraus e no patamar da escada, estavam de pé e sentados desconhecidos que, de alguma forma, já estavam sabendo da morte, e foram os primeiros a voar para lá – para oferecer seus serviços rituais, ajuda com os documentos, dizer "levamos-autenticamos-damos-um-jeito". Quem os informara: a polícia, os médicos? Um deles foi ao apartamento conosco e ficou lá, sem tirar a japona.

Tia Gália morreu no entardecer de 8 de março[2], no feriado soviético das mimosas e patinhos de cartolina, um dos dias do calendário em que nossa família tinha o hábito de se reunir, em que se abria a grande mesa da sala de visitas, a gasosa era vertida em taças de vidro escuro, cor de rubi, e estavam presentes as quatro saladas indefectíveis, de cenoura com nozes, de beterraba com alho, de queijo, e a grande niveladora, a *olivier*[3]. Isso já não acontecia entre nós havia trinta anos, e acabara muito tempo antes de meus pais partirem para morar na Alemanha, quando Galka ficara, raivosa, e nos jornais começaram a publicar coisas emocionantes: horóscopos, receitas, notícias de medicina caseira.

Ela não tinha a menor vontade de ir para o hospital, e havia por quê. No hospital morreram os pais dela – meu avô e minha avó – e minha tia também tinha experiência própria com a medicina estatal. Mesmo assim, a coisa chegou ao ponto de chamar o pronto-socorro; e teria terminado assim, se não fosse feriado – decidimos esperar até a segunda-feira útil e, assim, Galka teve a possibilidade de virar-se de lado e morrer enquanto dormia. No aposento vizinho, onde ficava a cuidadora, estavam pendurados, como em um tabuleiro de xadrez, fotografias e desenhos de meu pai, muitos, por toda a largura da parede; mais perto da porta, uma foto em preto e branco da minha série favorita, que ele tirara nos anos 1960, da clínica veterinária. É uma foto muito boa: estão sentados junto a um murinho, esperando pelo médico, um cachorro e o dono, um menino sorumbático de catorze anos e um *boxer* aninhado em seu ombro.

---

2 Dia da Mulher.
3 Conhecida no Brasil como salada russa.

*

O apartamento agora estava pasmado, contraído, cheio de coisas repentinamente desvalorizadas. Nos cantos do aposento grande havia carcaças caladas e secas de televisões. A enorme geladeira nova estava atulhada de couve-flor gelada e pão de forma congelado ("Míchenka[4] gosta de pão, compre mais"). Nos armários estavam todos aqueles livros que a gente cumprimentava como parentes ao vir visitar – *O Sol é para todos*[5], o Salinger preto com um menino na capa, as lombadas azuis da "Biblioteca do Poeta", um Tchékhov cinza, um Dickens verde. Nas prateleiras havia velhos conhecidos: um cão de madeira e um amarelo, de plástico, e ainda um urso esculpido com uma bandeirola em um barbante. Todos pareciam sentar-se antes de uma viagem[6], como se subitamente duvidassem da própria utilidade.

Quando, alguns dias depois, sentei-me para separar os papéis, entre as fotografias e cartões-postais festivos não havia quase nada *escrito*. Havia montões de roupa de baixo quente e ceroulas, havia paletós e saias novos e belos, pensados para alguma saída especial e solene e, por isso, não usados, e ainda cheirando a loja soviética. Havia uma camisa masculina bordada de antes da guerra e pequenos broches de marfim, delicados, de moça – um com uma rosa, outro de rosa também, e outro de cegonha; tinham pertencido à mãe de Galka, minha avó Dora, e ninguém

---

4 Diminutivo de Mikhail.

5 Romance de Harper Lee.

6 Na Rússia, há o costume de ficar sentado em silêncio em casa por alguns instantes antes de partir em viagem, para que a jornada corra bem.

os usava já há quarenta anos. Entre tudo isso existira uma ligação indubitável e direta: tudo aquilo tinha sentido e significado apenas como um todo, no quadro geral de uma vida que se prolongara, e agora desfazia-se em pó. Em um livro sobre o funcionamento do cérebro, li que, para reconhecer no rosto humano um *rosto*, para reconhecê-lo como rosto, o necessário não é tanto um conjunto de traços, quanto a forma oval. Sem a forma oval nada acontece: é ela que delimita nossa história, que a combina em uma unidade inteligível. A forma oval pode ser a própria vida, enquanto prossegue; ou, já *post mortem*, a linha de ligação do relato do que aconteceu. Subjugado, subitamente sentindo-se como lixo, o conteúdo daquela casa subitamente desumanizara-se e cessara de lembrar e significar qualquer coisa.

Parada sobre ele, fazendo o necessário, espantando-me com o quão pouco fora escrito naquela casa tão leitora, eu percorria, com ternura vacilante, algumas teclas de palavras que era possível apertar; algumas frases recentes ou longínquas, a história do *Senhor Barbos*[7], perguntas sobre como estava o *garoto* – meu filho crescido –, histórias de uma longínqua excursão pelos campos, nos anos 1930, um tecido linguístico que se evaporava rapidamente, irrestaurável. "Eu nunca diria *chique*, apenas *luxuoso*!", Galka dizia-me, severa, e algo mais que já não me lembro; dizia que chamava o pai de *pápi*[8], contava notícias de amigas, novidades

---

7   Personagem de *Bóbik visita os Barbos*, desenho animado soviético de 1977 cujas personagens eram cães.

8   No original, *bátia*, palavra de origem protoeslava (como, anteriormente, *roskóchno*, luxuoso, em oposição a *chikárno*, chique, de origem francesa). Essa escolha deliberada de vocabulário desprovido de estrangeirismos remete ao "orgulho soviético" da tia – e poderia ser resumido em um artigo de Lênin no *Pravda* intitulado "Sobre a purificação da língua russa" (1919).

sobre os vizinhos, relatos de uma vida solitária que se alimentava de si mesma.

Mesmo assim, o apartamento fora um local de escrita, logo fiquei sabendo. Entre as coisas das quais tia Gália não se separou até o fim, das quais perguntava e que tocava com as mãos, surgiram volumes e volumes de diários rabiscados, anotações de crônicas cotidianas que ela manteve por anos, nem-um-dia-sem-uma-linha, algo obrigatório como levantar-se e lavar-se, um regime. Continuavam a jazer em uma caixa de madeira à cabeceira da mesa, e eram muitos: couberam em duas grandes sacolas, que levei para minha casa, na travessa Bánny, e logo me pus a ler, em busca de relatos, explicações e da forma oval.

*

Para o leitor aficionado desse tipo de diário e caderneta de anotações, eles se dividem em duas categorias distintas. Há aqueles em que o discurso foi calculado de forma especial para se tornar oficial e explicativo – ou seja, para serem ouvidos de fora. O caderno torna-se um polígono, um lugar de ajuste e treinamento do eu-externo e, como o diário de Marie Bashkirtseff[9], revela-se uma declaração em grande escala, um monólogo infindável, voltado a uma instância invisível, porém claramente simpatizante.

Interessam-me mais os diários de outro tipo, aqueles que se apresentam como instrumentos de trabalho, especialmente moldados à mão deste artesão e, por isso, pouco úteis para os outros. Instrumento de trabalho é uma definição de Susan Sontag, que

---

9 Artista plástica do século dezenove (1858-1884) que nasceu na Ucrânia e atuou em Paris, onde morreu.

por décadas praticou este gênero, e ela não me parece completamente precisa. Os cadernos de anotações de Sontag, e não apenas dela, não são simplesmente um modo de guardar na bolsa jugal de um esquilo ideias para as quais ainda se deve voltar, ou de deixar um esboço rápido, em três pontos, do que aconteceu, para recordar quando necessário. Eles são uma prática absolutamente indispensável para a vida cotidiana de gente de um determinado tipo: uma tela trançada na qual se prende sua ligação com a realidade, e a fé de que ela é ininterrupta. Tais textos têm em vista um único leitor, porém muito interessado; e como! Ao abrir o caderno em qualquer lugar, você se assegura de sua própria realidade; ele é uma reunião de provas materiais a comprovarem que a vida tem história e duração – e, principalmente, que qualquer ponto de seu passado está ao alcance da mão.

Em sua maior parte, essas coisas (tão ricamente representadas nos diários dessa mesma Sontag – relações de filmes e livros lidos, listas de palavras bonitas, secas como cogumelos, bagaços do passado) quase nunca têm consequência direta – não se desdobram em livro-artigo-filme, não se tornam esteio ou ponto de partida de um trabalho real. Não têm em vista explicar nada a ninguém (a não ser a si mesma, mas a tamanho galope, e com tal velocidade, que por vezes não é simples estabelecer o que realmente tinha-se em vista). É uma simples geladeira – ou, como na antiguidade, uma *geleira*, um lugar de conservação de produtos da memória de perecimento rápido, territórios em que se acumulam testemunhos e confirmações, cauções materiais de relações imateriais, se formos empregar a fórmula de Gontcharov[10].

---

10 Citação do romance *Uma história comum* (1847), de Ivan Gontcharov (conhecido no Brasil principalmente como o autor de *Oblómov*).

Há nisso algo de vagamente desagradável, ainda que devido ao excesso; digo-o com ainda mais base por ser eu mesma desse tipo, e minhas anotações de trabalho com demasiada frequência parecem-me trastes: uma carga morta, excessiva, da qual gostaria de me separar – mas o que, então, restaria de mim? No livro *The Silent Woman*[11], Janet Malcolm descreve um interior que de certa forma se parece com meu próprio caderno – e é uma sensação horrenda. Lá, lembro, convivem revistas, livros, cinzeiros cheios, suvenires peruanos empoeirados, louça por lavar e caixas de pizza, latas, caixinhas, abridores, guias *Who is Who*, respondendo por conhecimento real, e uns objetos que não correspondem a nada, pois há tempos já não se parecem com nada. Para Malcolm, essa moradia é o *Aleph* de Borges, uma monstruosa alegoria da realidade, um lodaçal de fatos e versões não desbastados que nunca adquiriram o ordenamento limpo de uma história.

*

Mas os diários de minha tia Gália eram de um tipo absolutamente especial: enquanto eu os lia, sua textura peculiar – similar sobretudo a uma malha grosseira – tornava-se cada vez mais enigmática e interessante.

Na infância, nas grandes exposições de arte, sempre era possível ver frequentadores de um determinado tipo. Por algum motivo, a maior parte era de mulheres, que passavam de quadro em quadro, curvavam-se para as plaquetas e faziam anotações em folhinhas ou caderninhos. Em algum momento, compreendi

---

11   Em inglês no original. Traduzido no Brasil como *A mulher calada* (Companhia das Letras, 2012).

que elas simplesmente anotavam ali todos os trabalhos expostos, fazendo algo do gênero de um catálogo de mão própria – quase uma cópia imaterial do que fora visto. Pensei então para que faziam isso, até entender que o rol dava uma ilusão de posse: a exposição devia passar e desaparecer, mas o papel conservava a ordem dos quadros e esculturas que passavam diante do nariz no aspecto original, como tinha sido, sem deixá-los sumir.

Desta forma, os diários de Galka tinham o rol do que acontecia diariamente, espantosamente detalhados – e espantosamente secretos. Sempre documentavam com exatidão coisas como a hora de acordar e de dormir, os nomes de programas de televisão, a quantidade de chamadas telefônicas e os nomes dos interlocutores, o que fora comido e o que fora feito. O que era contornado de forma virtuosística e minuciosa era o *conteúdo* dos dias, seu preenchimento. Estava escrito, digamos, "li", mas não se dizia uma palavra sobre que leitura fora aquela, e o que significara; e assim era com tudo que constituíra sua vida longa e completamente escrita. Não havia nenhuma indicação de como aquela vida fora – nada sobre si mesma, nada sobre os outros, nada além de detalhes fracionados e minuciosos, fixando o curso do tempo com precisão de cronista.

Sempre tive a impressão de que em algum lugar essa vida devia assomar – uma vez que fosse, mas mostrar-se, contar tudo. No fim das contas, ela consistira em leitura intensiva, o que quer dizer que também em pensamento, e ainda em uma fervura silenciosa de caprichos e ofensas em muitas direções, que muito significavam para minha tia, e ocuparam-na longamente. Algo disso devia conservar-se, resultar em um parágrafo irado em que tia Gália diria a esse mundo e a nós, seus representantes, toda a verdade, tudo que ela pensava a nosso respeito.

Mas não havia nada disso nos cadernos. Havia matizes e meios-tons de ideias, havia dobras de texto em que a emoção se prendia – um "hurra" nas margens, quando papai ou eu telefonávamos, algumas frases amargas, não esclarecidas, nos aniversários da família. E, no geral, era tudo. Como se a tarefa principal de cada anotação, de cada volume preenchido anualmente, fosse justamente deixar um testemunho seguro de sua vida exterior – mas a vida real, interna, guardar para si. Tudo mostrar. Tudo esconder. Guardar eternamente.

O que ela tanto apreciava nestes cadernos? Por que até o último dia manteve-os consigo, temia que desaparecessem, e pedira que os trouxessem para mais perto? É possível que o texto escrito, como resultou, e resultou num relato de solidão e queda imperceptível na inexistência, tudo isso tivesse para ela a força de uma conclusão acusatória – o mundo e nós devíamos ler tudo aquilo e finalmente compreender quão mal nos portáramos para com ela.

Ou, estranho pensar, naqueles eventos exíguos, conservara-se para ela alguma substância de alegria, que era importante para ela imortalizar, transferir para a categoria dos manuscritos que não ardem[12] – e que falavam sem tentar testemunhar de jeito nenhum? Se era isso, ela conseguiu.

11 de outubro de 2002
Novamente de trás para a frente. Agora são 1h45. Acabei de deixar de molho as toalhas, as camisolas etc., o que precisava, menos o que é escuro. Roupa de cama depois. Antes disso tirei tudo da varanda.

---

12 Célebre frase do romance O mestre e Margarida, de Bulgákov. Cito-a aqui na minha tradução (Editora 34, 2010).

Lá fora faz 3 ⁰C, de repente os legumes congelariam! Descasquei a abóbora e, por enquanto, coloquei as fatias em uma caixa, vou congelar. Tudo muito devagar! Passei duas horas e pouco assistindo a uma "festa do repolho"[13] na RTR[14], e assim o tempo passou. Antes disso, chá com leite.

Das 16h às 18h dormi, não tive forças para não tirar uma soneca. Antes disso, uma ligação de TV, a respeito do telefone na Voikóvskaia[15]. E uma ligação dele antes das 12h: a tevê está funcionando? Desde de manhã, não pega nenhum canal. Levantei-me perto das 8h, quando Serioja[16] estava se lavando, e depois das 9h, após longa preparação, saí. O ônibus №3 chegou às 9h45, esperamos bastante por ele. Era preciso ir ao 171. Havia multidões por toda parte, e tudo levava muito tempo. Rua Urálskaia, terminal de ônibus, jornais. Em compensação, comprei uma abóbora, a primeira que vi nessa estação, e cenouras. Estava em casa por volta das 12h. Queria assistir "Columbo". E depois da 1h45 da manhã, tendo medido a pressão, tomei clonidina, esperei que baixasse para tomar mais um remédio. Mas, passados vinte minutos, não consegui medir, e deitei já às 3h.

8 de julho de 2004
Desde a manhã um belo dia de sol, passamos sem chuva. De manhã, tomei café com leite condensado, e parti por volta das 11h para a rua Altáiskaia. Lá havia uma multidão, e fiquei sentada

---

13 No original, *kapústnik*. Conjunto de esquetes teatrais cômicos. O nome vem dos preparativos para a colheita do repolho na festa da Exaltação da Cruz, em setembro.

14 Canal de televisão.

15 Estação de metrô de Moscou.

16 Um inquilino. [Nota da Autora]

bastante tempo, até as 13h, junto ao lago, olhando para a vegetação, para o céu, cantei, e me sentia tão bem!

Pelos caminhos andavam cachorros, bebês eram levados em carrinhos de bebês, grupos inteiros bronzeavam-se em trajes de banho, descansavam e divertiam-se.

Paguei quando já não havia fila, comprei "tvorog[17]*" e deslizei para casa. A nova escola tem uma vegetação tão luxuosa – trevos altíssimos, roseiras silvestres –, uma beleza espantosa. E, no caminho, uns moleques brincavam em um carro quebrado. Tinham uma garrafa de plástico, repleta até a borda de vagens. Dizem que são comestíveis.*

11 de outubro de 2005
Não tinha sono nem vontade de me levantar, mexer-me, fazer qualquer coisa... Às 10h40 peguei a correspondência, deitei-me de novo. Sveta[18] *logo chegou; é tão inteligente – compra tudo melhor que eu! Tomei chá e fiquei deitada o dia inteiro. Agradeci a Vl. Vlas. pela correspondência!..*

Bobrova ligou-me depois das 12h. Ela chegou na quinta-feira...

Liguei para a Morozka, do 79, para a Ira, do Centro Social, e, à noite, para Iurtchuk. Com a TV ligada, tirei a roupa lavada da cadeira. Deitei às 23h30.

Calor. Vesti o saiote de Tônia[19]*. "Vida cinzenta, incolor, que não é necessária a ninguém." De tarde, chá, de noite, café! Apetite absolutamente ausente!*

---

17 Queijo russo similar à ricota.
18 Diminutivo de Svetlana.
19 Diminutivo de Antonina.

E, mesmo assim, havia ali uma anotação que não se parecia com as demais, de 17 de junho de 2005.

Telefonei a Sima[20] de manhã. Depois peguei o álbum. Naturalmente, sacudi todas as fotos e fiquei examinando-as por muito tempo. Não tinha vontade de comer, e essa ocupação causou tamanha angústia, tristeza pelos tempos passados, por todos aqueles que já não estão entre nós, e por minha vida simplória, ou melhor, inútil, pelo vazio de minha alma... Tive vontade de cair no esquecimento.

Voltei a me deitar na cama e, o dia inteiro, de forma até estranha, incompreensível, dormi, quase sem me levantar, até a noite, até as 20h, quando, após tomar leite e fechar as cortinas, voltei a me deitar, e continuou aquele sono que me tirou da realidade. O sono é a salvação.

*

Passaram uns meses ou anos, os cadernos de Galka jaziam ali, misturando-se aos poucos com outros papéis que você deixa na superfície, tendo em mente que eles logo serão úteis, e assim eles envelhecem ao alcance da mão, como utensílios domésticos. Fui-me lembrando deles gradualmente quando estive em Potchínki.

Erma cidadezinha extranumerária[21] no distrito de Arzamás, a duzentos e tantos quilômetros de Níjni Nóvgorod, Potchínki desfrutava em nossa casa de uma reputação duvidosa. Era um

---

20 Diminutivo de Serafina.

21 No Império Russo, assentamento urbano que não era centro administrativo de território. Com o tempo, a expressão passou a denotar qualquer cidade insignificante.

lugar do qual todos tinham saído e para o qual ninguém regressara, sequer tentara, por setenta ou sabe-se lá quantos anos. Nabókov escreve sobre a existência como uma fenda de luz débil entre duas eternidades igualmente negras[22], e aparentemente a primeira – aquela em que ainda não estamos – é um vão mais profundo; pois, por anos, esse povoado tornou-se um buraco desses na memória familiar, sem interessar particularmente a ninguém.

A família lá era, aparentemente, enorme; eu me lembrava vagamente de relatos de irmãos e irmãs, que eram mais de uma dezena, de fotografias de umas telegas com cavalos e construções de madeira, e tudo isso foi posteriormente ofuscado pelas histórias das aventuras incríveis da nativa de Potchínki – minha bisavó Sarra Ginzburg. De alguma forma ela conseguira ser presa ainda nos tempos dos tsares, morar na cidade francesa de Paris, estudar medicina e tratar de crianças soviéticas, incluindo minha mãe e eu, e tudo que contavam a seu respeito tinha o gostinho láureo de lenda. Ninguém se encarregou de verificar suas fontes.

Tínhamos, aliás, um parente que sempre se preparava para ir a Potchínki – que agora, encolhendo por um século, tornara-se aldeia – como para uma expedição polar, e tentava instigar a isso os próximos e os distantes, comigo entre os últimos. Tinha olhos espantosamente transparentes e um entusiasmo constante, que funcionava como um motorzinho, e cuja causa ele debatia com os adultos. Ia a Moscou com pouca frequência e, ao chegar lá com conversas a respeito da excursão, de repente não encontrou

---

22 Vladímir Nabókov, *Fala, memória*, tradução de José Rubens Siqueira (Alfaguara, 2014), p. 19.

meus pais: eles agora moravam na Alemanha, quem representava a família era eu. Sem jamais ter pensado em jornadas sentimentais desse gênero, de repente fiquei animada: nosso lugar de origem pela primeira vez parecia alcançável, ou seja, real. E quanto mais meu interlocutor insistia nos obstáculos da viagem e no tamanho da distância, que faziam o périplo pouco provável, exigindo preparativos, planejamentos, ideias, ficava mais compreensível que chegar até lá era possível. Este Liónia[23], de Sarátov, tencionava ir a Potchínki em família, ideia do tipo do regresso das tribos de Israel, que deviam ser muitas; assim, ficou nos preparativos, e morreu há dez anos. Potchínki continuou a ficar invisível, como Kítej[24].

E eis que aos poucos aproximei-me dela. O que me impulsionou, não sei, e no geral sequer entendo o que exatamente eu calculava descobrir lá, mas antes do caminho fui à internet, como que aguçando o foco. Deu-se que aquele lugar era mesmo do além, localizado em um velho mapa para lá de Arzamás, no distrito de Lukoiánov – ao lado da Bóldino[25], de Púchkin, entre povoados com os nomes de Utka e Poguíbelka[26]. Os trens não passavam nem perto dessas regiões, da estação ferroviária mais

---

23 Diminutivo de Leonid.

24 Mitológica cidade medieval na região de Nínji Nóvgorod que, segundo a lenda, teria se tornado invisível para escapar da captura pelos mongóis. A história inspirou a ópera *A lenda da cidade invisível de Kítej e da Donzela Fevrónia* (1907), de Rímski-Kórsakov.

25 Hoje há um museu na antiga propriedade rural da família de Púchkin que, em 1830, passou lá um dos outonos mais produtivos de sua vida, escrevendo os *Contos de Bélkin* e as *Pequenas tragédias*, além de uma parte de *Ievguêni Oniéguin*.

26 Respectivamente, "Pato" e "Perdição".

próxima levavam-se ainda três horas. Resolvemos ir sem floreios: de carro, de Níjni.

Partimos de manhã cedo, pelas avenidas rosadas, não recuperadas do inverno. Um meio urbano estranho, não plenamente desmemoriado – construções industriais meio a meio com casas de madeira, que não cediam um palmo ao novo mundo, com suas cercas e sebes, descendo pelos barrancos e voltando a subir para as janelas. Quando entramos na rodovia, o carro foi sozinho, assumindo uma insana velocidade de corrida; o motorista, pai de um filho de três meses, de mão no volante, era de um silêncio desdenhoso. A estrada ia para cima e para baixo, em ondas apertadas, e sob os abetos a neve caduca jazia em xairel. O mundo empobrecia a cada quilômetro percorrido. Nos vilarejos enegrecidos cintilavam, com um brilho de faiança, igrejas novinhas, brancas como coroas dentais. Comigo havia um guia de viagens, prometendo as belezas de Arzamás, que há tempos ficara distante, do lado direito, e um livrinho sobre Potchínki, publicado há vinte anos. Lá mencionava-se a loja *do judeu Ginzburg*, que negociava máquinas de costura, e era tudo. Da heroica Sarra lá não se ouvia falar.

Andamos por longas horas. Começaram por fim umas colinas soturnas, não da Toscana de Mandelstam, mas da Úmbria, cor de cobre escuro, regulares como inspiração e respiração. Por vezes um reflexo de água, que rapidamente terminava. Quando passamos pela bifurcação que levava a Bóldino, começaram a surgir os monumentos a Púchkin; de acordo com a tradição, sua amante do campo era natural da aldeia de Lukoiánov, que dava nome ao distrito. Havia pilhas de madeira.

A cidadezinha fora construída ao largo da rua principal, longitudinal; dela partiam, à esquerda e à direita, linhas perpendiculares regulares. Daquele lado da estrada havia uma bela igreja clássica – como explicava o guia de viagem, era a Catedral da Natividade, onde outrora servira o sacerdote Orfanov. O sobrenome eu conhecia: Vália[27] Orfanova mandava-me saudações na infância, e certa vez pedira à mamãe que me comprasse um livro em seu nome, *para que Macha[28] se lembrasse*. Do que havia no sebo, mamãe escolheu uma pequena coletânea de Sologub[29]. Por desgraça, era *A grande anunciação*, brochura de versos revolucionários, publicada em 1923; lemas do tipo "Sou um proletário livre com um coração em chamas no peito", pelos meus critérios de então, não prestavam para nada, e eu ainda não estava em condições de apreciar o som, embora houvesse razão para tanto:

O cavalo do oficial
Inimigo pateou,
Bem no coração,
Bem no coração pisou.

Na praça deserta, de onde queríamos desviar logo para onde houvesse algo para ver e tocar, encontrou-nos Maria Aleksêievna Fufáieva, historiadora da vida de Potchínki. Naquele dia de domingo, abriram para nós a biblioteca, local da cultura local, onde havia uma exposição: alguém enviara da Alemanha aquarelas datadas de cem anos – retratos de casas e ruas. Aquela família alemã

---

27 Diminutivo de Valentina.
28 Diminutivo de Maria.
29 Fiódor Sologub (1863-1927), escritor simbolista, conhecido no Brasil pelo romance *O diabo mesquinho* (Kalinka, 2018).

vivia em Potchínki desde o fim do século dezenove, e eu de repente lembrei-me de um nome ouvido na infância – Göttling. Os quadros eram *gemütlich*[30], coloridos; Augusta Göttling, irmã do pintor, preparara minha jovem bisavó para o colégio lá naquela casinha alegre com malvas e o letreiro "Farmácia". Ela continuava de pé, revestida de uma espécie de concreto; tendo perdido o alpendre, não tinha flores, nem alizares entalhados. Onde morava minha Sarra no começo do século vinte com seus parentes, o pátio grande, a telega, ninguém sabia.

E isso era tudo, só que isso era como as anotações de diário de tia Galka, onde você tinha que se satisfazer com relatórios sobre o tempo, relações de gêneros alimentícios e programas de televisão. O que havia detrás disso, vacilando, zunindo, não tinha pressa de se revelar, e pode ser que absolutamente não tencionasse fazê-lo. Serviram-nos chá, levaram-nos para passear. Eu tateava a terra com os olhos, como se tentasse encontrar um copeque.

A aldeia encolhera sem manter os contornos do que fora uma cidade que existira ao redor da maior feira de cavalos não apenas do distrito, como de toda a província. Percorremos toda a praça do mercado de então – seu espaço imenso agora estava recoberto de árvores e, em algum lugar, no centro, havia a presença de um monumento a Lênin cor de chumbo, mas o lugar claramente desacostumara-se das pessoas, fora grandioso demais para encontrar outra designação para si mesmo. Orlavam-no casinhas de brinquedo saídas daqueles quadros, algumas com traços de uma reestruturação rápida e forçada. Mostraram-me mais um local vazio – um quadrado asfaltado no lugar da loja de

---

30 "Agradáveis" (em alemão russificado no original).

Solomon Ginzburg, irmão mais velho de Sarra, que ficava ali nos anos vinte; nós paramos e fotografamos: um grupo de mulheres macambúzias de casaco e gorro. Soprava vento. No meio-fio de grama, à beira da estrada, destacava-se em prata mais um monumento: ao potente garanhão Caporal, que servira por vinte anos no local como reprodutor.

Depois da ponte do rio Rúdnia, passando um pouco, havia uma empresa em forma de cidade que se perdera – a coudelaria do Regimento de Cavalaria da Guarda Imperial, construída nos tempos de Púchkin. Mesmo antes eram criados cavalos lá, "garanhões cabardinos e nogais, cavalos, capões e éguas nogais, e potros de rebanho e russos". Depois, Catarina II levou o negócio a proporções industriais, e uma enorme coudelaria, com suas linhas clássicas e brancura crepitante, torre central afundando e desabando, portal de entrada refletido como um espelho do outro lado do quadrado, tinha em mente ser um baluarte de civilização, uma ilha de ordenamento e petersburguidade. Ela murchou definitivamente há bem pouco tempo, nos anos 1990. Agora era rodeada por um campo, completamente lambido pelo longo inverno. Os últimos cavalos andavam pelos cercados abertos: ruivos, amarelados, com topetes claros e toscos. Eles erguiam as cabeças e cravavam os narizes nos braços abertos. O céu já ficara completamente ofuscante, as nuvens eram uma cordilheira esvoaçante[31], a tinta a descascar exibia o fundo rosa carne.

Já tínhamos percorrido metade do caminho quando de repente entendi que não conjecturara fazer o principal: ali não podia não haver um cemitério, judaico ou qualquer outro, no

---

31 *Rareia a cordilheira esvoaçante das nuvens,* poema de Púchkin de 1820.

qual jaziam os *meus*. O motorista pisou a cento e vinte, faiscavam nomes, Surovátika, Pechelan. Liguei para Fufáieva; há tempos não havia cemitério, como já não havia judeus em Potchínki. Um, aliás, restara, e ela sabia quem era e como se chamava. Curiosamente, seu sobrenome era Guriévitch: como o de minha mãe.

SEGUNDO CAPÍTULO
dos começos

A primeira vez em que me esquivei da redação deste texto foi há trinta e poucos anos, deixando-o em processo na segunda ou terceira página de um caderno escolar pautado. As proporções e o significado da proposta eram tão grandes que pressupunham por si mesmos um confortável "agora não".

A rigor, a história deste livro consiste em um conjunto de recusas, ou seja, casos em que escapei dele de formas diferentes: adiando para depois, para uma melhor-eu, como na infância, ou consagrando-lhe sacrifícios pequenos, realizáveis, claramente insuficientes, fazendo, no meio de uma viagem de trem uma conversa telefônica, em pedaços de papel, algo do gênero de marcações breves (*para a memória* – a partir desses concentrados de duas ou três, a memória devia reunir e edificar uma construção dobrável, de campanha, uma tenda habitável para o argumento). Em vez da memória, que eu não tinha, de um acontecimento, deveria trabalhar a memória fresca de um relato; ela devia regar a secura da anotação rápida, de modo que esta se desenvolvesse em um jardim de cerejeiras.

Nas memórias russas do começo do século vinte, menciona-se um passatempo infantil: no fundo de uma xícara, depositam-se lamelas amareladas, despeja-se água, e elas começam a reluzir em inverossímeis cores chinesas-japonesas, um florescimento do que é além-mar e alheio. Eu nunca as vi, onde está isso tudo agora? Em compensação, no arsenal de riquezas familiares do Ano-Novo, ainda-de-vovó, havia um homem que fumava, um sujeito de rosto escuro do tamanho de um fósforo, que fumava de modo convincente microscópicos cigarros brancos – e saía fumaça, e o fogo virava cinzas, até que o estoque de fumo terminou para sempre. Agora precisava simplesmente narrar suas capacidades, e isso pode ser considerado um *happy end* – o paraíso das coisas e ocupações cotidianas desaparecidas, pelo visto, consiste em serem mencionadas.

Assim, da primeira vez em que comecei a escrever este livro, eu tinha dez anos, e foi no apartamento da travessa Bánny, onde agora componho as primeiras letras deste capítulo. Nos anos 1980, junto à janela havia uma escrivaninha de borda arranhada, brilhava uma luz de mesa laranja, em cuja base branca de plástico colei um decalque, o melhor de todos. Sob um céu escuro e nevado, a mãe-ursa de pelúcia empurrava um trenó com um pinheirinho e um ursinho minúsculo, sentado de banda, e em algum lugar, ao lado, estava encostado um saco de presentes. Na folha, que exalava um brilho nublado e viscoso, vinham umas cinco ou seis figuras, que eram cortadas uma a uma e deixadas de molho em uma tigela de água quente. Depois, com movimentos hábeis, era preciso retirar a película colorida transparente da folha e transferi-la muito, muito rápido para a superfície nua, e ajustar, alisar as rugas. Nas portas do armário da cozinha, lembro-me de um menino-gato de capa e máscara de carnaval, e ainda de um pinguim e sua fêmea nas ameias verdes-rosadas da aurora boreal. Mas eu gostava mais dos ursos.

É como se me aliviasse enumerar uma por uma todas essas nesgas de vida antiga lembradas de passagem que, ainda há vinte anos, antes da reforma, desgastavam-se e enegreciam nas portas do armário da cozinha, e só agora reviviam e se enchiam de cores o menino gordo de *sombrero* e dominó verde-amarelo!, a meia máscara sem dono e, em volta, um monograma de canutilho de árvore de Natal. "E agora já era": com isso, desfaço-me em centenas de coisas e coisinhas decrépitas, apodrecidas, extintas. Como se a tarefa de minha vida fosse compilar o seu catálogo. Como se eu tivesse crescido para isso.

A segunda vez em que comecei a escrever este livro, sem mesmo saber, foi em meus tortos e selvagens dezesseis anos. O caso aconteceu no desenlace de uma história de amor que então me parecera terrivelmente importante, destinada a determinar tudo; com os anos, ela empalideceu e ressecou tanto que agora não consigo sequer reconstituir aquele sentimento de começo-de-tudo com que passei por ela. Mas de um tema lembro-me de modo muito sólido. Quando ficou compreensível que tudo acabara – se não na minha cabeça, nos *fatos e dias* –, considerei indispensável recordar o essencial, uma seleção a seu modo: detalhes, pontos de encontro, giros de conversa, réplicas isoladas. Tinha a vontade de fixá-los, de preparar para uma redação posterior, em algum momento; a capacidade de narração linear aqui não servia de jeito nenhum, a própria linha já era muito pouco convincente. Então anotei tudo que parecia importante não esquecer; em cada pedaço de papel havia uma palavra ou grupo de palavras, que sem tardar construía na memória o edifício dos eventos: uma conversa, uma esquina, uma piada ou uma promessa. Já que tudo que ocorrera resistia desesperadamente em minha cabeça a qualquer tentativa de organização, de estabelecimento de ordem – alfabética ou cronológica –, a futura tarefa seria a seguinte: em algum momento, muito logo, eu botaria todos esses pedacinhos num chapéu (de papai, meu pai tinha um maravilhoso chapéu cinza que não usava) e iria tirar um por um, e anotar um por um, tema atrás de tema, ponto atrás de ponto, até que chegasse a hora de deixar em paz esse mapa do país da ternura: um memorial a mim mesma. Com o tempo, essas trinta, quarenta notinhas espalharam-se pelas gavetas da escrivaninha de então, e depois simplesmente vieram a se dissipar, caíram nos buracos das mudanças, rearranjos, arrumações gerais repentinas.

Preciso dizer que não me lembro de nenhuma das quarenta palavras que tanto temia esquecer há alguns anos?

*

Mas a própria ideia de recordar-reerguer de forma entrecortada, sem olhar, a minha história ou a história geral das trevas daquilo que é conhecido e subentendido continua a me agitar até agora. O estágio inicial dessa operação de salvamento tornou-se para mim um assunto cotidiano: rabiscos em envelopes durante uma conversa telefônica, anotações rápidas, de três palavras, em cadernos de trabalho, fichas imperceptíveis de catálogo que são preenchidas sem sistema e às pressas, e nunca são examinadas, toda essa constância forma o meu hoje. Só que há cada vez menos pessoas com as quais ainda é possível falar de *como foi*.

Além disso, eu sempre soube que algum dia escreveria um livro sobre minha família, e houve uma época em que isso parecia a causa da minha vida (um sumário, vidas reunidas em uma, já que deu-se que fui a primeira e única pessoa desta família com pretexto para uma fala dirigida para fora: da conversa íntima dos *meus*, de algo que estava embaixo de um chapéu quente para o salão comum de estação ferroviária da experiência coletiva). O fato de que todas essas pessoas, vivas e mortas, não aconteceram de serem *vistas*, de que a vida não lhes deu nenhuma chance de permanecerem, serem lembradas, saírem à luz, de que sua banalidade tornou-as inacessíveis ao simples interesse humano, parecia-me injusto. Parecia necessário falar delas, para elas, e era assustador começar, ver-me – em vez de ouvinte curiosa e destinatária, o ponto extremo da estirpe, lá onde se juntam as linhas dos fios, para a qual estava voltada uma história familiar de múltiplos olhares e múltiplas camadas – como alheia e outra. Transformar-me em narradora, ou seja, a instância de seleção e eliminação, aquela que sabe que parte do volume geral do não contado deve ser transferida para a mancha de luz, e que parte deve permanecer nas trevas, interiores ou exteriores.

Interessante, quando você pensa que a parte essencial dos esforços de minha avó e meu avô foi direcionada exatamente para ficarem invisíveis. Chegar à imperceptibilidade almejada, perder-se na escuridão doméstica, manter-se à parte da grande História, com suas narrativas extragrandes e suas margens de erro de milhões de vidas humanas. Se fizeram esta escolha de forma consciente ou inconsciente, quem sabe; no outono de 1914, quando minha jovem bisavó, fazendo um rodeio, regressou à Rússia da França em guerra, ela poderia, por exemplo, empreender o de antes e *lançar-se à agitação revolucionária*, ir parar nos manuais de História e, muito provavelmente, nas listas de fuzilados. Em vez disso, ela saiu para além da margem do manual, onde nem a nota de rodapé alcança – vê-se apenas o papel de parede com volteios e uma manteigueira amarela hedionda que sobreviveu à dona, ao velho mundo, e ao século vinte.

No começo da juventude, isso me levou a um embaraço que era complexo traduzir em palavras, e vergonhoso reconhecer até o fim. Ele se referia, como direi, à construção do argumento – eu era constrangida a admitir que minha família empenhou-se pouco em tornar nossa história interessante de contar. Isso era especialmente evidente nos anos de guerra – a guerra então tinha quarenta e poucos anos, minha idade de agora, e aos feriados escolares vinham os avôs dos outros com flores e medalhas, contavam pouco (o que acontecera com eles prestava-se pouco a ser embalado como contos e lendas), mas postavam-se eretos junto ao quadro-negro: não como testemunhas, mas como provas. Já meu tio Liónia não combatera, era engenheiro e trabalhara na retaguarda; no tio Kólia[32], com sua caderneta de oficial e ordem da Estrela Vermelha, havia mais esperanças – porém esclareceu-se que, na guerra, ele *servira no Extremo Oriente*, e não obtive respostas à questão se combatera ou não.

Em dado momento, começou a parecer que não combatera: estava sob suspeita *depois do que lhe acontecera* – uma história obscura que, como uma nuvem, pairava sobre aquela parte da família, e que nunca fora permitido contar. Chamava-se "quando o pai foi inimigo do povo", e passava-se entre 1938 e 1939, época da não proclamada anistia "de Béria", quando, de forma inesperada, soltaram alguns, e outros, como meu avô, não chegaram a ser presos. O que exatamente ocorreu então em Sverdlovsk era descrito de forma nebulosa e negligente, e só mais tarde eu confrontei as datas e entendi que naqueles dias negros minha avó passava pela segunda gravidez: meu pai nasceu em 1º de

---

32 Diminutivo de Nikolai.

agosto de 1939, exatamente um mês antes do começo da guerra mundial e dos versos de Auden:

> Waves of anger and fear
> Circulate over the bright
> And darkened lands of the earth,
> Obsessing our private lives;
> The unmentionable odour of death
> Offends the September night.[33]

Sabe Deus por que milagre ele esteve dentre aqueles que sobreviveram, e cresceu em uma família completa, onde havia todos, pai, mãe e irmã; conheço duas versões de como essa história se resolveu, e a que era corrente em minha infância parece um conto de Natal, apócrifa; chegaremos a ela a seu tempo. De qualquer forma, o relato do avô militar não colava de jeito nenhum – na narrativa doméstica, o avô foi relegado ao papel de lasca no redemoinho e nada disso cabia de forma alguma no leito do relato em coro da guerra e da vitória.

Em geral, os parentes de todos tinham sido figurantes da História – e os meus, inquilinos, se tanto. Ninguém jamais combatera, fora vítima da repressão (havia referências pouco transparentes a prisão e interrogatórios tocantes ao segundo avô, mas lá também, aparentemente, a coisa se dispersou, e ele contornou),

---

[33] Em inglês no original: Ondas de ódio e de pavor/ Circulam por claras áreas/ – E obscurecidas – da Terra/ Obsedando nossas vidas; Esta noite de setembro,/ O odor da morte fere-a. (W. H. Auden, September 1, 1939 / 1º de setembro de 1939, em *Poemas*. Seleção de João Moura Jr. Tradução e Introdução de José Paulo Paes e João Moura Jr. (Companhia das Letras, 1986), p. 87.)

não caíra nas mãos dos alemães, não se vira em nenhuma das grandes carnificinas do século. Tinha um lugar à parte o relato sobre o filho de vinte anos de Vérotchka[34], irmã de minha bisavó, que perecera no *front* de Leningrado – mas essa história não era sobre a guerra, porém sobre injustiça, e estava recoberta de tantas agulhas de gelo, e as fotografias do garoto de botas de feltro de bico quadrado pareciam tão improváveis de terminarem em enterro, que até hoje meus olhos e garganta escurecem-se à palavra Liódik[35], assim como acontecia então com mamãe, da qual eu copiara todas as palavras e nomes.

E claro que, dentre eles, não havia pessoas famosas – se formos considerar o exército dos agentes das artes, aqui também meus parentes como que insistiram na imperceptibilidade civil. Entre eles havia médicos, muitos médicos e engenheiros, havia arquitetos (mas de um tipo especial, sem ostentação – não projetaram flechas e fachadas, mas estradas e pontes), havia contadores e bibliotecários. Era uma vida muito sossegada, aparentemente – à parte dos moinhos laboriosos da modernidade. Quase nenhum deles entrou no Partido, mas nisso tampouco havia algo de demonstrativo; simplesmente suas vidas, ao que parece, percorriam *veias* internas profundas, sem saírem à superfície, onde qualquer movimento se faria notar e teria consequências e envergadura. Agora que sua partida para as últimas trevas transformou suas histórias em consumadas, é possível falar deles e examiná-los, é possível trazê-los para perto dos olhos. No fim das contas, ser visto é uma espécie de inevitabilidade, e fazê-lo só mais uma vez dificilmente os prejudicaria.

---

34 Diminutivo de Vera.
35 Diminutivo de Leonid.

*

De tempos em tempos, sempre à noite, e normalmente em dia de folga – ou em uma folga de um tipo especial, quando você adoece e está convalescendo –, mamãe, sempre de repente, chamava para olhar fotografias. Com esforço (porque essa parte do armário estava grudada no sofá, e a coisa exigia destreza), a porta do armário se abria e, para minha plena felicidade, puxava-se uma gaveta com caixinhas. As caixinhas conservavam miudezas caras ao coração, fotografias de passaporte e outras, de todos os anos, pedregulhos da Crimeia de antes da guerra, uns chocalhos antediluvianos, o estojo de desenho do vovô (quando você crescer eu te dou), mais outras coisas. Os álbuns ficavam guardados no armário, e eram muitos. Alguns estavam tão saturados de fotografias apertadas que a capa gastou, outros restavam vazios, mas estes também eram trazidos à luz. O mais volumoso estava recoberto de couro vermelho e possuía um jaez de aspecto prateado; havia um laqueado em preto – com um castelo feudal amarelo em uma colina, e "Lausanne" escrito de forma oblíqua, transversalmente. Havia um *art nouveau*, com monogramas metálicos e uma Cio-Cio San[36] japonesa já caduca de cem anos; havia outros, mais grossos e mais finos, maiores e menores. As páginas eram pesadas, como não acontece hoje, com largas margens prateadas e ranhuras nas quais se deviam colocar as fotografias – e dava alguma angústia o fato de que as fotografias atuais, de papel escorregadio e brilhante, não encaixavam de jeito nenhum nestas ranhuras, eram mais largas ou

---

36 Protagonista da ópera *Madama Butterfly*, de Puccini.

mais estreitas, e demasiado leves. As de então aparentavam ser mais robustas e longevas, tinham sido calculadas para outra duração e, de forma estranha, botavam em dúvida quaisquer esforços meus de me instalar na moldura vizinha.

E, claro, lá havia fotografias, e às fotografias eram acrescentados relatos. Pessoas de barba espessa e pessoas de óculos de armação fina tinham relação direta conosco, eram bisavós ou trisavós (alguns desses prefixos eram supérfluos, eu os acrescentava mentalmente para dar uma solidez mais consistente), seus conhecidos ou amigos; garotas revelavam-se avós e tias, com nomes parecidos a ponto de serem indistinguíveis. Tia Sánia, tia Sônia, tia Soka sucediam-se naqueles retratos, mudando a faixa etária, mas não as expressões do rosto, estavam sentadas e em pé tendo ao fundo interiores nebulosos ou paisagens inverossímeis. Começávamos a olhar do começo, das primeiras barbas e colarinhos e, perto da segunda metade da noite, borrava-se tudo, menos a sensação de volume. Ele era grande; a disseminação geográfica, desmedida – Khabárovsk e Górki[37], Sarátov e Leningrado, onde moravam todas essas pessoas ou seus filhos embaçados pelo tempo, sem ligar a história familiar a um lugar, porém mais uma vez deslocando-a a um não aqui. Felicidade era finalmente chegar ao pequeno álbum em que havia minha mãe pequena – de cenho franzido em Ialútorovsk, para onde fora evacuada, com uma boneca em Nakhábino, nos arredores de Moscou, de marinheira e bandeirola no jardim da infância. Era uma escala acessível e proporcional a mim; em certo sentido, era para isso que tudo aquilo era realizado – ver aquela mamãe in-

---

37 Nome da cidade de Níjni Nóvgorod entre 1932 e 1990.

fantil, amuada, assustada, correndo a toda por alguma vereda de barro esquecida pelos anos significava estar em território novo, de intimidade antecipada, onde eu era mais velha e podia acarinhá-la e compadecer-me dela. Olhando para a questão com os olhos reversos da idade, entendo agora que a injeção de piedade e igualdade que então me picou fora aplicada cedo demais – mas que bom que existiu: não tive outra ocasião de me mostrar mais velha e compassiva.

Apenas muito mais tarde notei que todas essas encadernações, relatos e laterais douradas das fotografias (pois elas tinham laterais cheias, e monogramas e inscrições no verso, o nome do fotógrafo e a cidade em que foram tiradas) *eram do lado da noiva*, do lado de mamãe. Do lado de papai, exceto dois ou três cartõezinhos na prateleira de livros, não havia nada. E, nesses cartõezinhos, a jovem avó Dora parecia-se com minha jovem mãe, e o severo avô Kólia, com o velho Pasternak e, assim, presentes no canto vermelho[38] da casa, eles quase não tinham relação com o grande curso da história familiar, com seus atracadouros, baixios e estuários.

E havia ainda álbuns com postais (que posteriormente revelaram-se uma *correspondência*, o que restara das atividades epistolares da bisavó Sarra, notícias fugazes de Paris, Nínji, Veneza, Montpellier), toda uma biblioteca de uma outra visualidade submersa. Beldades bochechudas e bonitões bigodudos, crianças russas com cafetãzinhos e mortes-e-donzelas simbolistas, gárgulas e mendigas. E, já sem nenhuma inscrição do outro lado, cidades, *vedute* italianas, francesas e alemãs, igualmente marrons.

---

38 Parte da casa em que tradicionalmente eram colocados os ícones.

O que eu mais gostava era de uma pequena série de postais com cidades noturnas – lá havia jardins crepusculares, um bonde cintilando em uma curva fechada, um carrossel vazio, o filho perdido de alguém parado junto a um canteiro de flores, segurando um aro desnecessário, casas altas e janelas insuportavelmente vermelhas, como se tivessem passado batom, janelas detrás das quais ainda acontecia aquela vida antiga. Tudo aquilo, azul-escuro e com luzes, emanava a pura substância da angústia – e era dupla e triplamente inacessível. Porque a impossibilidade de viajar era uma parte constitutiva e nítida do cotidiano: as pessoas do nosso mundo não iam ao exterior (e dois ou três conhecidos que tinham saído pareciam banhados em ouro com um êxito raro e caro – dos que ocorrem com pouca frequência, e não com todos). E porque a Paris moderna, do guia de viagens escrito por Maurois, em nada se parecia com aquela, azul e negra, com a óbvia consequência de que aquilo, dê-lhe o nome que quiser, terminara há tempos, e irreversivelmente. Os postais, como os cartões de visitas, como os envelopes claros de interior framboesa opaco, pediam diretamente para serem usados sem tardar – mas era impossível imaginar o que fazer com eles aqui e agora. Por isso, os álbuns eram fechados e mandados para as prateleiras, os postais eram colocados nas caixas, a noite terminava como terminam as noites.

Algumas coisas deste velho mundo (e a casa estava atulhada delas, apoiava-se nelas, como se fossem suas patas) conseguiram ser adaptadas para a vida nova; as rendas amareladas e complexas foram costuradas para mim em uma fantasia de mosqueteiro para o carnaval da escola, numa outra vez, serviu o chapéu preto de Paris com uma pena de avestruz incrivelmente comprida e volteada. As pequenas luvas de pelica já não podiam ser calçadas (elas encolheram com o tempo, mas, aparentemente, simplesmente não me serviam – e eu, como a irmã de Cinderela, envergonhava-me da largura de meus ossos). Tomávamos chá nas leves e coloridas xícaras de Gardner duas, três vezes por ano, quando apareciam visitas. Tudo isso acontecia nos feriados – a bota sem par da vida cotidiana, quando todas as leis eram postas de lado e permitia-se o que era proibido. Nos demais dias, os álbuns ficavam parados, e o tempo passava.

Aqui deve-se dizer, e de forma muito precisa, que a família era a mais corriqueira, não rica, nem famosa, e que a carga de *antigo* que se conservou de fato, quando tudo começou a vir à tona quando a União Soviética desapareceu, e as coisas restauraram aos poucos seu sentido original, revelou-se o que fora inicialmente: um museu do estilo de vida da *intelligentsia* do começo do século, com uma mobília Thonet gasta, um par de poltronas de carvalho e as obras completas de Lev Tolstói em capa preta. O que poderia parecer um tesouro escondido realmente o era, mas em um sentido especial, outro. O relógio batia, o barômetro indicava uma tempestade, o mata-borrão não fazia nada de especial. A principal tarefa dessas coisas sem astúcia nem requinte era, aparentemente, ficarem juntas – e conseguiram.

*

Quando você para para pensar, é estranho que essa tarefa – lembrar-me de todos – tenha estado comigo a vida inteira e que, todavia, eu não estava pronta a realizá-la em nenhum grau, nem então, nem agora. Nenhuma repetição da matéria – e cada mergulho nas cavernas subaquáticas do passado subentendia exatamente isso: a enumeração dos mesmos nomes e circunstâncias, quase sem adições e variantes – fazia-me aprender de cor essa lista. Algo entrava sozinho, de salto, na minha memória, como o caronista de um bonde, via de regra, era uma fábula ou uma curiosidade – o equivalente verbal do *punctum* de Barthes. Eram argumentos que se prestavam a serem recontados; e, na verdade, que diferença fazia para mim se o parente da vez, de colarinho engomado, era médico ou advogado. Certo sentimento de incompletude culpada atrapalhava ainda mais a recordação, e forçava-me a adiar para depois interrogatórios detalhados. E estava bem claro que em algum momento (quando crescesse até ser aquela melhor-eu), eu pegaria um caderno especial, mamãe e eu nos sentaríamos lado a lado, e ela me contaria tudo desde o começo, e então haveria, finalmente, sentido e sistema: a árvore genealógica, que eu desenharia, o conhecimento preciso de cada irmão e sobrinho e, por fim, o livro. Não me passou pela cabeça nenhuma vez duvidar da própria necessidade de uma rememoração dessas.

Mas eu não interroguei e não rememorei – e isso apesar de alguma capacidade de assimilação fácil do desnecessário, e uma memória de macaco para tudo o que é verbal. Assim o *puzzle* não foi montado: restaram o trava-línguas Sânia-Sônia-Soka e certa quantidade de fotografias anônimas, sem notas de rodapé, uma história esvoaçante, sem portadores e rostos conhecidos de gente desconhecida.

Tudo isso parecia o *mahjong* que eu tinha na *datcha*[39]. A *datcha* (uma *datchinha*: quartinho, cozinhazinha, terraço, um terreno pantanoso onde macieiras teimosas aferravam-se ao solo) ficava

---

39 Casa de campo.

em Saltykovka, nos arredores de Moscou, e era o lugar para onde meus pais, por décadas, levavam tudo que caducara, e que lá, de forma firme e sólida, levava uma segunda vida. Em casa, ao que parece, nada era jogado fora nunca, e as coisas envelhecidas condensavam o mundo e deixavam-no mais inequívoco. A *antiga* mobília envelhecia em um trabalho pesado: misturar, reunir, apoiar nossos afazeres domésticos de verão; absurdos utensílios de escrita no galpão, centenárias camisas de noite na cômoda e lá, na prateleira atrás do espelho, o *mahjong*, em um saco de pano. Era uma coisa que me intrigava por anos – e a cada novo verão eu tinha a esperança de decifrá-la e botá-la a serviço da humanidade. Não consegui.

Era sabido que a bisavó trouxera o *mahjong* do outro lado da fronteira (e, como em casa havia dois quimonos leves de tão velhos, um grande e um pequeno, meu, eu não duvidava de que a fronteira era a russo-japonesa). No saco, jaziam marfins marrons escuros, muitos, cada um com uma barriga branca coberta de hieróglifos ininteligíveis, que eu não conseguia decifrar – nem colocar barco com barco, a espiral de uma planta com suas semelhantes. As categorias revelavam-se demasiadas, os elementos afins, inquietantemente poucos, vinha a ideia de que, com os anos, podiam ter-se extraviado alguns marfins, e eu me embrulhava definitivamente. A existência de algum sistema era ali evidente, mas era igualmente flagrante a impossibilidade de decifrá-lo e até de imaginar, baseado nele, um meu, mais simples. Não era possível nem enfiar um marfim no bolso, para não arruinar o conjunto.

Quando me preparei para recordar a sério, ficou claro de repente que eu não tinha nada. Daquelas noites à luz das velhas fotografias não sobrara quase nada: nem datas, nem dados, sequer a simples linha pontilhada das ligações familiares: quem era irmão de quem e quem era sobrinho de quem. O menino orelhudo de blusão com botões dourados e o adulto orelhudo de feltro de oficial eram claramente a mesmíssima pessoa: mas o que eles eram meus? Lembro, sem muita firmeza, que se chamava Grigóri, mas isso não ajuda. As pessoas que compunham aquele mundo, com suas valências, laços familiares e garantia de calor intermunicipal estavam mortas, separadas, perdidas. A história da família, que eu recordara no tempo progressivo da narrativa linear, na minha consciência desmoronava em fragmentos quadrados, em notas a um texto ausentes, em hipóteses que não havia com quem verificar.

Ademais, em torno dos relatos de mamãe rodopiava uma quantidade de enredos duvidosos – daqueles que acrescem pimenta à transmissão comum de geração em geração, porém presentes na qualidade de apócrifos, anexos pouco firmes a um conhecimento preciso. Tais fábulas normalmente existem em regime de brotos, que ainda precisam se desenvolver e crescer até ganharem vida; seu formato são meias frases às margens do relato principal. Diziam que ele morava ali; ao que parece, ela era assim e assado; segundo a lenda, sucedeu-lhe isso e aquilo. Isso, naturalmente, é a parte mais doce da tradição, seu elemento de conto de fadas. Esses embriões de forma romanesca são aquilo de que nos lembramos para sempre, acima das circunstâncias tediosas de tempo-lugar; dá vontade de desenvolvê-los, recontá-los, enchê-los de detalhes de fabricação própria. Eu lembro bem deles. A desgraça é que, sem portadores, eles também perdiam sentido e verificabilidade – e, no decurso dos anos, também a individualidade, alinhando-se na memória segundo modelos corriqueiros, no caminho do típico. Já é difícil dizer o quanto disso que eu assimilei *existiu* – nem de fato, mas como dito: o quanto disso foi transmitido de boca em boca, e o quanto eu, sem saber, enfiei no relato por vontade própria.

E, às vezes, sabendo: lembro-me bem de quando, na indecência da juventude, tentei ser interessante contando a alguém a história de uma maldição familiar. Ele se casara, dizia eu, por amor apaixonado, com uma nobre polonesa empobrecida, para isso tivera que se batizar – e o pai amaldiçoara-o e nunca mais lhe dissera uma palavra, eles viveram na miséria e logo morreram de tuberculose.

Na verdade, a história não terminou com tuberculose nenhuma – nos álbuns de família, há fotos do filho rejeitado em seu futuro aparentemente feliz, de óculos e com netos, com um fundo soviético comum. Mas a nobre polonesa – teria ela existido, ou eu acrescentei-a à história para dar mais beleza? Polonesa porque o que é forasteiro intriga; nobre para diluir a tediosa lista de mercadores, juristas e médicos com algo que não era nosso, nem comum? Não sei, não lembro. Havia algo no relato de mamãe, despontava um ponto de partida para a fantasia livre – mas já não há possibilidade alguma de aumentá-lo e chegar ao grão inicial. Assim, na minha história, permanece a pouco confiável nobre polonesa como causa de uma firme e indubitável desgraça familiar. Pois maldição houve; e também houve miséria, e meu trisavô nunca mais viu primogênito, e depois todos morreram, e é isso.

E havia mais uma coisa que me coube em herança, e que tem relação com a própria construção desta história, o como e por quem ela é contada. É a representação de nossa linhagem como feminina, como uma série de mulheres fortes, que ficam em pé sozinhas (colunas marcando os séculos): seus destinos foram apresentados com especial robustez, elas apoiaram umas às outras e se fundiram umas nas outras, constituindo o primeiro plano da fotografia geral de muitas cabeças. É estranho, quando você pensa que todas elas tinham maridos – mas aos homens desta família, por algum motivo, coube menos luz, como se a história fosse totalmente de heroínas, e regateasse em heróis. Por outro lado, havia aí certa verdade, embora os homens não fossem culpados – a linhagem não se apoiou neles, e não por culpa deles. Um morreu cedo, outro morreu ainda mais cedo, um terceiro, por algum motivo, ocupou-se de outras coisas irrelevantes. A última linha de transmissão é a parte do relato em que a alegre azáfama da diversidade já se enfileirara na *pré-história*, em degraus que corriam/levavam com segurança até mim, consistindo na minha mente (e, talvez, na de mamãe) já exclusivamente em mulheres. Sarra dera à luz Liólia[40], Liólia dera à luz Natacha[41], Natacha me dera à luz. A *matriochka* das gerações parecia tencionar a continuidade apenas de mulheres: e, uma vez que uma saiu da outra, para além de todo o resto, coube-lhe o dom e a possibilidade de ser a única narradora.

*

O que eu propriamente tinha em mente, o que me preparei para fazer por todos esses anos? Erigir um memorial a essas pessoas, fazer com que elas não se dissolvessem sem ser mencionadas e lembradas. Além disso, revelou-se na realidade que, antes de

---

40 Diminutivo de Olga.
41 Diminutivo de Natália.

tudo, eu mesma não me lembrava delas. Minha história familiar consiste em anedotas quase sem ligação com rostos e nomes, fotografias das quais pouco menos de um quarto é identificável, questões que não adianta formular porque não têm um ponto de partida e, em qualquer caso, não haveria a quem indagar. Ainda assim, não posso passar sem esse livro, e este é o seu porquê.

No ensaio de Rancière sobre as figuras da História há um raciocínio importante. Lá em geral há muitos temas, por assim dizer, de primeira necessidade. Por exemplo, de que a tarefa da arte é mostrar coisas invisíveis, e isso muito me agrada – ainda mais porque, nisso (trazer objetos à luz da visibilidade), Grigóri Dachévski enxergava a tarefa da poesia. Mas o que me parece o principal aí é o seguinte. Pensando na História, Rancière inesperadamente opõe *documento* e *monumento;* aqui é preciso chegar a um acordo quanto aos termos. Ele chama de documento qualquer narração de um acontecimento com a intenção de ser completo, contar a História, "oficializar uma memória". Seu oposto, o monumento,

> no sentido primeiro do termo: o que conserva a memória pelo simples fato de existir, o que fala diretamente pelo simples fato de que aquilo não estava destinado a falar [...] dá testemunho da atividade passada dos homens melhor do que qualquer cronologia dos seus atos; um objeto doméstico, um tecido, uma cerâmica, uma estela, a decoração pintada de um baú ou então um contrato entre dois personagens sobre os quais nada sabemos...[42]

---

42 Jacques Rancière, *Figuras da história*, tradução de Fernando Santos (Editora Unesp, 2018), p. 26.

E, nesse sentido, parece, o monumento-memorial em que eu pensava foi erigido há tempos; nele, como em uma pirâmide egípcia, eu vivi por todos esses anos: entre a poltrona e o piano, no espaço demarcado por fotografias e objetos não meus e meus, de uma vida finda e que se prolongava. As caixas do arquivo doméstico, onde quase não há discurso direto que sirva como testemunho – principalmente postais com saudações, cartões sindicais, células epiteliais do vivido e do não dito – em seu gênero, são narradores tão bons quanto aqueles que podem falar por si mesmos. Bastava a lista, a simples enumeração dos objetos.

Era possível ter esperança de formar, com todas essas coisas, um Osíris morto, o corpo coletivo de uma família que não existia mais em casa. Todos estes fragmentos de recordações e despojos do velho mundo compunham indubitavelmente um todo, dotado de um tipo especial de unidade. Esse todo, defeituoso e incompleto, constituído majoritariamente de hiatos e ausência, não será nem melhor nem pior do que qualquer pessoa que viveu sua vida e sobreviveu – mais precisamente, seu *corpus* final, imóvel.

Um corpo-aleijão, privado da possibilidade de unir suas recordações em um relato consequente, deseja por acaso ser visto? E ainda que suponhamos que ele já não deseja nada, seria admissível fazer dele o objeto do meu relato, um objeto de exposição, a meia rosa da imperatriz Sissi ou a chave de fenda enferrujada com traços de sangue com a qual tudo terminou para ela? Ao trazer minha família à luz do *exame público,* mesmo que com todo amor possível, com as melhores palavras na melhor ordem, de qualquer modo estou agindo como Cam: exponho a nudez indefesa de minha estirpe, suas axilas escuras e ventre branco.

O mais provável é que não ficarei sabendo nada de novo a respeito deles, e isso torna a escrita ainda mais impossível. Aqui não há intriga, nem investigação; nem o inferno de Péter Esterházy, ao saber que seu amado pai era informante da polícia secreta, nem o paraíso daqueles que desde o nascimento sabem tudo sobre seus próximos, lembram-se disso e trazem-no nas cabeças com honra. Comigo não foi assim, e meu livrinho sobre a família vai resultar não absolutamente sobre a família, mas sobre outra coisa. Mais provavelmente sobre a construção da memória, e o que ela quer de mim.

*

No final da primavera de 2011, um conhecido convidou-me a ir a Sarátov. Tinha em mente algo do tipo de uma conferência com um relato sobre o site em que eu trabalhava; esse conhecido fazia um bem ativo por sua amada Sarátov – mandava para lá várias pessoas da capital para falarem sobre coisas interessantes.

Da palestra, a conversa rapidamente passou para a própria Sarátov, terra natal de meu bisavô, onde eu nunca estivera. De tempos em tempos, apareciam em casa parentes de lá, que eu aguardava apaixonadamente desde que ouvi de um deles a história sobre uma noite, recontando, da forma mais estranha que você pode imaginar, o *Viy*[43], de Gógol – mas com final feliz, a *panzinha*[44] e Khomá iam de mãos dadas por uns andares aéreos, de céu em céu, de camada em camada, por rosas verme-

---

43 Espécie de rei ucraniano dos gnomos. Segue-se aqui a grafia e as escolhas da tradução de Paulo Bezerra em *O capote e outras histórias* (Editora 34, 2010).
44 Filha do *pan*, título polonês de nobreza.

lhas caídas. Ainda antes do *Viy* havia um brinquedo, um cachorro vermelho sorridente chamado Pif de Sarátov. E havia muitas outras coisas, mas, com o passar do tempo, as lembranças reduziram-se a esses dois.

Meu conhecido tinha um *tablet* de conteúdo inesperado, lá havia dezenas de postais pré-revolucionários com fotografias da cidade, escaneadas em algum lugar: predominavam verde e branco, árvores e igrejas, à medida que se folheava, os contornos se borravam, lembro-me apenas das largas margens do rio repleto de barcos. Tem mais, ele disse, baixei aqui o guia *Toda Sarátov*, de 1908, dê uma olhada. Passaram listas cinzentas de nomes e ruas: tentei encontrar parentes aqui, disse meu conhecido, mas sem esperança, aqui há dez páginas de Gridássov.

Meu bisavô chamava-se Mikhail Davídovitch Friedman, e isso nos dava alguma chance. Encontrei-o sem demora no guia, era o único com esse nome, morara há cem anos em Sarátov, na rua (pelo visto, importante) Moscou. Perguntei se a rua ainda existia. A rua estava no lugar. Dirigi-me a Sarátov.

O enorme rio Volga estava vazio como um prato, e as ruas corriam até ele em torniquetes. No lugar do branco e do verde, havia predominantemente centros comerciais e restaurantezinhos japoneses, como se não ainda não tivessem sido inventados outros. A estepe estava bastante próxima; em frente às portas abertas dos ateliês e das lojas de vestidos prontos, postavam-se manequins femininos com trajes de noiva suntuosos e empoeirados. As barras largas com babados balouçavam, amareladas pelo vento e areia. Subimos à oficina de tábuas, como uma cabana, do artista Pável Kuznetsov, comemos espetinhos em um restaurante à beira do rio, longo como um cais flutuante, arregalando os olhos para a outra margem, muito distante.

Fui de manhã cedo à rua Moscou, após perguntar de novo o endereço.

A casa estava irreconhecível, embora eu nunca a tivesse visto. Sua larga fachada cinzenta fora liquidada por uma camada de cimento, recortada com vitrines, e lá vendiam sapatos. Mas era possível entrar por uma passagem interior e seguir adiante, para o pátio.

No pátio, passei as mãos longamente pelo tijolo úmido de Sarátov. Lá, tudo estava como devia, e até mais. Nunca visto, não descrito para mim por ninguém, o pátio de meu bisavô deixava-se reconhecer sem erros, como aquele mesmo, sem quaisquer variações: a cerquinha de tábuas com um arbusto de margaridas-amarelas, as paredes tortas, de madeira e tijolo, e o que parecia ser uma cadeira de tela quebrada, que estava junto à sebe sem motivo particular, eram *meus*, imediatamente tornaram-se meus parentes. Aqui, diziam: você precisava vir até aqui. Havia um odor bem forte de gato, mas a vegetação cheirava mais forte, e decididamente não havia o que levar como lembrança. E nem precisava de qualquer suvenir – tamanho o grau em que me lembrei, sob aquelas janelas, de tudo, tamanho o sentimento de exatidão elevada e inata com que adivinhei como as coisas eram lá, *em nossa casa*, como vivêramos ali e por que partíramos. Falando simplesmente, o pátio me abraçou. E, depois de perambular mais uns dez minutos, fui embora, empenhando-me firmemente em assimilá-lo: remover a imagem, como removem um espelho da moldura, e colocá-la com firmeza na fenda da memória de trabalho, para que não fosse a lugar nenhum e ficasse solidamente parada. Assim foi; e, da janela do trem, viam-se longas ranhuras brilhantes, parecendo canais de rega, correndo ao longo do caminho e, uma vez, um pequeno torvelinho de poeira rodopiando em uma passagem vazia.

Cerca de uma semana depois, o conhecido de Sarátov me ligou e, embaraçado, disse que confundira o endereço. A rua era aquela, o número da casa era outro, desculpe, Macha[45], estou terrivelmente constrangido.

E isso é mais ou menos tudo que sei sobre memória.

---

45 Diminutivo de Maria.

TERCEIRO CAPÍTULO
certo número de fotografias

1.
Um grande salão hospitalar com piso quadriculado. O sol bate nas janelas altas em arco, e a extremidade direita está branca de tão iluminada. Mas ali já está cheio de branco, os leitos têm os pés para a frente, os espaldares de ferro estão cobertos de pano. Veem-se travesseiros altos, veem-se as cabeças dos pacientes – gente bigoduda olhando para cá, para a objetiva, um apoiou-se nos cotovelos, e a enfermeira rapidamente ajusta algo no ombro dele. É a única pessoa do sexo feminino na enorme enfermaria. No canto esquerdo acontece o evento da fotografia: lá há uma mesa, e mais um bigodudo em traje hospitalar está sentado, apoiado nas muletas, abrindo um sorriso meridional cheio de dentes. Na mesa há papéis, registros, formulários – a ela estão sentados os dois principais, aqueles para os quais a composição foi feita, por causa dos quais vieram fotografar, e que irradiam no visitante uma satisfação desdenhosa. Um à paisana, de preto, botas e colarinho reluzentes, recosta-se no espaldar da cadeira vienense. O segundo está de cinza, e também com uma camada de goma sob os bigodes mortiços. Ao longe estão postados os enfermeiros, mãos cruzadas em expectativa, uns no peito, outros no ventre; os pés dos leitos e as arestas das colunas são paralelos, alguém ainda olha por detrás de uma delas, como se a presença de todos fosse obrigatória, e uma palmeira de plantão

acena do canto. As janelas são como poças de luz, e o mais interessante de tudo é lá onde está erodido, onde o branco dissolveu a moldura e já corrói a figura da enfermeira e daquele do qual ela cuida.

2.
Se você não souber, nunca vai adivinhar que é um cadáver – simplesmente um montão de trapos em uma mesa baixa de mármore, à qual estão sentados estudantes atentos, e ocorre uma lição prática de anatomia. Mais perto há ainda uma mesinha, e nela algo indistinto, um saco ou um pacote, ou nada disso, não dá para discernir direito.

Seis mulheres apertam-se em torno da mesa, jalecos brancos sobre os vestidos cotidianos, o único homem isolado vira-se e decide se deve sorrir ou franzir o cenho, enquanto as demais estão ocupadas com sua tarefa. No seu nariz há um pincenê cômico, às costas, uma lousa escolar invadida pelo giz e lá, se você começar a olhar, tem de tudo – um esquema vascular vegetativo, que sobrara de uma conferência, o perfil de um militar de boina alta, o perfil de uma beldade com um cigarro e queixo resoluto e, de frente, totalmente lunar, um rosto sorridente, redondo, com orelhas vigorosas acrescentadas ao desenho. Mas isso é de lado e, em cima da mesa, há uma versão feminina da lição de anatomia do doutor Tulp[46], uma estudante de cabelos negros e estetoscópio no pescoço lendo um livro, e as ouvintes paralisadas. Seus rostos são como os de sentinelas imóveis, apenas um foi levemente escavado por um sorriso; e, se parece que elas estão

---

46 Quadro de Rembrandt.

ocupadas com a tarefa em comum, não é isso. Pois esta se espichou e olha para si mesma, a outra sacudiu-se como se tivesse sido chamada do canto distante, aquela, de óculos, não conseguiu vestir o jaleco, e o pesado corpete bordado com botões tenta assumir a aparência de uniforme médico. Aquela com o livro e coque baixo é minha bisavó Sarra. Todos os olhares, como as cerdas de uma vassoura, estão voltados para diversas direções, e ninguém quer olhar para os tecidos e articulações do morto.

3.
Todos os médicos franceses são bigodudos, todos os bigodes são eriçados como asas, todas as mulheres estão de branco, de mangas arregaçadas, uma lâmpada elétrica sob o teto. As enfermeiras podem ser distinguidas das estudantes pelas enormes toucas. O fuso do movimento conjunto gira – espiam o que tem lá atrás, espreitam por cima dos ombros para lá, onde, debaixo do lençol, há algo como um monte, e o médico-chefe, de barba grisalha, segura uma lanceta ou pinça. Lá é a zona morta, o centro estático da composição e da operação, tão silencioso que ouve-se o tique-taque da própria cabeça, e as mulheres, que estão bem perto das mãos e do que está debaixo delas, viram-se, como se franzissem o cenho, e olham para a objetiva.

4.
A imagem é cor de madeira, e toda ela é como que entalhada em madeira, toda em tábuas, as paredes da casa, a cerca, o galpãozinho, um alpendrezinho pregado ao lado, um gato perto, mas as galinhas ainda conservam a dignidade, uma menina com um novo vestido de colegial – é visível como as mangas

largas estão habilmente cosidas –, dando a entender que sossegou e está pronta para ser fotografada, embora não entenda muito bem para que tudo aquilo é necessário. Levaram à rua uma cadeira vienense, botaram-na sentada, montaram a câmara e a menina sorri, orgulha-se e ironiza.

5.
Não há legenda, mas é a Suíça, e o começo dos anos 1910. O bosque de abetos parte em cunha para a esquerda e para a direita, e no vão há montanhas brancas em forma de cone. Avistam-se alguns abetos mais altos na faixa de luz, uma, duas, três, quatro, cinco árvores na passagem e, adiante, uma paliçada contínua de mato baixo. Acima, indefinidas nuvens alpinas, debaixo do topo da fotografia, como uma franja, pende uma folhagem importuna, da qual os *nós* de então, viajantes russos, acabamos de sair.

6.
A fotografia é pequena e velha, e parece ainda mais velha porque desbotou. Na extremidade inferior está escrito, em rosa, CHERSON e B. WINEERT.
 Tudo indica que são meados dos anos 1870. A noiva está postada com firmeza, como um copo em cima de uma toalha, o vestido nupcial de tecido grosso abre-se em um triângulo – uma saliência desce sobre o ventre, os botões formam fila, o rosto largo é orlado de rendas. Ao lado de sua solidez tranquila, apoiado nela como em uma cancela, o noivo parece inverossímil, e não na lógica direta de um casamento desigual e dos contos de Odessa, mas como se nós observássemos a união de um triângulo e um ponto de exclamação. De rosto e ossos finos, parecendo

uma vela ou o último pedacinho de sabão, ele se estica para cima, e parece derreter dentro da sobrecasaca de gala de lapelas pintadas, de modo que a noiva segura-o pelo cotovelo. A casaca mantém-se de forma bem reta, a cartola, que não é costumeira, parece um coelho na mão de um prestidigitador. A beleza efêmera de meu trisavô parece tão instável que é complicado imaginá-lo vinte, trinta anos depois, pai de família e chefe de qualquer coisa. Na infância, eu achava que a fotografia de barba espessa do outro trisavô era o mesmo homem mais velho, e horrorizei-me com este antes e depois. Mas há apenas duas fotografias de Leónti Lieberman – e em ambas parece que ele vai se fundir com o fundo ainda antes da maioridade.

7.
Crianças jogam croqué no pradinho de uma *datcha* dos arredores de Moscou. Os adultos estão sentados em um banco, em pé, apoiados no tronco de um pinheiro bem alto. Uma velha casa de madeira, com suas mansardas e zimbórios, sai para além do limite da imagem. As janelas estão escancaradas. O jogo é interrompido, todos que lá estão viram a cara para o fotógrafo: meninas de meias três quartos e vestidos brancos que mais parecem camisas, meninos descalços de outra *datcha*, os martelos do croqué estão imóveis, as bolas jazem no chão. Apenas uma, a da direita, profundamente envolvida com o jogo, curvou-se sobre o chão, os ombros nus dobrados pelo esforço em um arco torto, a perna direita afastada, o perfil inclinado e o pé para a frente – sobre uma linha invisível, curta, o cabelo em cuia deixa ver uma nuca delicada e longa. A menina, parecida com um menino grego, irradia uma concentração sombria, a reserva emblemática de um baixo-relevo. Todos os demais formam grupos e pares; ela

está sozinha, em primeiro plano, não distante dos outros, mas esse lugar parece o limite da fotografia, um anexo distante da casa grande.

8.
Saia preta, comprida, até o chão, blusa clara: uma mulher desconhecida, em pé, ao fundo uma sebe, uma casa de tijolo envolta em hera, persianas pintadas abertas. Crianças de dois e cinco anos volteiam em seus ombros como asas. Ela segura-lhes as mãos, os braços estão cruzadas no peito. Dois homens ao lado, um pouco mais perto de nós. O que é mais alto cruzou as pernas, meteu as mãos nos bolsos – a camisa está presa por cima da calça por um cinto, cachos eriçados. É Sachka[47], ou Sancho Pança, amigo e admirador da bisavó Sarra. O segundo é mais velho, está de pincenê e blusa de vestido rústico, seu aspecto é abatido, e de repente entendo que conheço-o de rosto. É Iákov Sverdlov[48] – em dez anos, vai se tornar presidente do Comitê Executivo Central da Rússia e assinará resoluções acerca do terror vermelho e da "transformação da república soviética em um campo militar unificado".

9.
Um retângulo amarelo turvo fica um pouco mais claro no canto esquerdo; se você fixar os olhos, reconhecerá uma mesa, um ombro, um perfil feminino. No verso está escrito: "Não se perturbe por a imagem ser tão escura, é preciso olhar bem, e então ela

---

47 Diminutivo de Aleksandr.
48 Célebre revolucionário russo (1885-1919).

não é nada má." Um pouco abaixo, no canto, pela mesma mão – "Paris".

10.
A primeira coisa que salta aos olhos são as palavras em uma faixa, com um fundo contínuo de bétulas:

Para o trabalhador
ter uma vida sadia
a fisicultura
é a melhor via!

A fotografia está tão densamente recheada de corpos femininos que o olhar involuntariamente mantém-se acima, onde só há troncos e letras brancas. O evento lembra o esquema de um composto químico complexo. As fileiras superiores estão em pé, as seguintes sentam-se, cada vez mais baixo, ou então deitam, desmoronando, como sereias em um mar de braços nus, shorts de fisicultura e camisetas análogas. Ao todo, são umas noventa pessoas, mas os rostos são espantosamente parecidos, ou simplesmente abafados em um apagamento geral, uma recusa à expressão. Exatamente por isso é interessante examiná-los um a um, e começa a parecer que, passando de rosto em rosto, você está vendo fases de um movimento mímico. É, pelo visto, a casa de repouso "Raikí", onde minha bisavó Sarra trabalhou como médica, por volta de 1926, e sua filha Liólia, de dez anos, está deitada na fileira inferior, com um lenço na cabeça e, nos ombros, um absurdo xale com franja. Para não confundir e encontrar a *sua*, ela está marcada com uma cruzinha em tinta azul. Mas poderia ser reconhecida também pelo afastamento com que olha para o lado.

11.
Cartolina pesada, topo dourado, uma paisagem nebulosa pintada, um fundo contra o qual parece especialmente poderoso um banco de ferro fundido de pés grossos e braços requintados. Quem está sentado nele é David Friedman, pai de meu bisavô, médico de Níjni Nóvgorod. A mão direita segura pela coleira um cachorro, é um *setter* irlandês ruivo (vermelho), uma digna raça de caça, cujo padrão fora sancionado vinte anos antes, em 1886. Quase não dá para reparar na roupa do meu trisavô, tamanha sua resistência a isso: casaco de primeira com colarinho de cordeiro, gorro similar de astracã, umas calças, umas botas de tipo nenhum, um pincenê em uma corrente comprida, chamando a atenção para os olhos. Os olhos parecem inquietos: mas pode ser que a questão não sejam eles, mas sim o jeito apertado da disposição das pernas, como se a pessoa estivesse se preparando para partir e logo, logo se levantaria do lugar. Em nossa família, como em muitas outras, você não parte sem o obrigatório "sentar-se antes da viagem", sem um minuto e meio de silêncio, no qual a partida consegue adquirir seu peso definitivo. O cachorro está nervoso e se remexe no lugar; ambos vão morrer em 1907, no mesmo dia, como dizia mamãe.

12.
A fotografia em que não acontece nada além de um rosto – mas oh, como ele é suficiente. A desmedida barba de Fet[49] divide-se no peito, as asas do nariz largamente separadas e, acima delas, sobrancelhas unidas, a cabeça, coberta com uma penugem cinza,

---

49 Afanássi Fet (1820-1892), poeta.

mas mesmo assim parecendo nua. Não há fundo; atrás, o vazio. É Abram Óssipovitch Ginzburg, meu segundo trisavô, pai de catorze filhos, mercador da primeira guilda, que começou na cidade de Potchínki e não é mencionado nos arquivos locais, todo como uma tempestade de D'us (ele não suportaria outra ortografia). A primeira coisa que você normalmente vê nas fotos antigas são os olhos, um olhar direto e perdido, porque já não tem o apoio, ou seja, alguém que pudesse reconhecê-lo. Aqui o olhar está dirigido para algum lugar à esquerda, e não busca, porém *segura* uma pessoa ou coisa que está para fora do limite da imagem – de modo que, a contragosto, você tenta se colocar no ponto para onde ele está olhando daquele jeito, e onde há tempos não se vê mais nada. O campo de visão em que a atenção livremente vagueou de lá para cá de repente revela-se um triângulo apertado, e tudo que nele ocorre é regido apenas pelo peso aprisionador do olhar alheio.

13.

Uma mulher bonita, de branco, e um menino parecido com ela, com traje branco de marinheiro. Ela está sentada, ele está em pé, junto ao braço da poltrona. Esse branco é a cor característica da classe, sinal de abastança, do estalido do engomado e do lazer ilimitado. O menino tem seis anos, seu pai morrerá em dois, em mais três o menino e a mãe, como Gvidon e a tsarina[50], chegarão às margens de Moscou, sem saber como. Em minha prateleira há uma velha máquina de escrever, uma Mercedes pesada com a

---

50 No *Conto do Tsar Saltan* (1831), de Púchkin, Gvidon e sua mãe, a tsarina, são trancados em um barril e jogados no mar, indo parar na ilha mágica de Buián.

mandíbula removível de um segundo teclado: nos primeiros tempos, minha bisavó Bétia ganhava a vida do jeito que dava, na maior parte com cópias à maquina.

14.
Uma cópia grande, de vinte a trinta centímetros, de uma velha fotografia. No verso está escrito: "1905. Da esquerda para a direita: 1. Ginzburg. 2. Baránov. 3. Galper. 4. Sverdlova. O original está guardado no Museu-Parque Cultural Górki, com o número 11.281. Colaboradora científica Gladinina (?)." Em cima do número há um carimbo azul redondo.

É inverno, neve pisoteada sob os pés, peliças escuras felpudas e gorros sujos por um branco tedioso – é a sujeira que existe nas fotografias velhas, seus pontos e faixas que borram a imagem. A bisavó Sarra, que é a número um, parece mais velha do que seus dezessete anos. O chapéu-gorro, desses que se prendiam com alfinetes nos cabelos, descera à nuca, uma mecha de cabelo escapou e ficou pendurada, o rosto de bochechas redondas é golpeado pelo vento, é evidente que ela está com frio: uma mão está profundamente enfiada na manga do casaco, a segunda é um punho cerrado. O olho direito, machucado na barricada, está atado com uma bandana preta, como as dos piratas do mar do Caribe. É Nínji Nóvgorod, a rebelião em Sórmovo e Kanávino, que começara em 12 de dezembro de 1905 e fora esmagada pela artilharia em três dias de tiroteios na rua.

Essa fotografia, na memória doméstica, chamava-se assim: vovó nas barricadas, embora as próprias barricadas não se vissem – detrás de uma parede branca de tijolos, de lado, em um lodaçal de neve, algo como uma cerquinha. Quando você começa a examinar, vê como são jovens todos que lá estão – o belo bigodudo de *kubanka*[51] cinza, o bigodudo Galper, que eu não conhecia, e a amiga com rosto infantil de zigomas proeminentes. Em sessenta anos, na memória do arquivo, restarão apenas mulheres: Sarra Ginzburg e Sarra Sverdlova, a "pequena Sarra", irmã daquele irmão, em um banco junto à Casa dos Velhos Bolcheviques – duas damas grisalhas de casaco grosso aquecendo-se ao sol do inverno, apertando nos ventres os regalos à moda antiga.

15.
Na *datcha*, de manhã: alguém está sentado em uma poltrona de vime, veem-se apenas as pernas e a barra do vestido listrado. Um terraço, uma mesa com oleado, uma inundação de louça: xícaras, açucareiros, uma manteigueira sarapintada, um vaso alto com flores e folhas, mais ao longe uma panela de conteúdo invisível. A moça de vestido de verão desjejua de forma escrupulosa e esmerada: cotovelos na ponta da toalha, faca na mão direita, garfo na esquerda, pezinhos em sapatos da moda (uma pequena correia envolve o tornozelo, o bico é arredondado) apoiados na barra da cadeira. A segunda, que está em frente, curvou-se sobre o copo de chá e mexe o açúcar; os joelhos bronzeados assomam sob a barra colorida, os braços nus refletem a luz, os cabelos estão presos em uma rede. Uma mulher idosa de avental e lenço branco inteiriço – a aia Mikháilovna, que se juntou à família e nela ficou para sempre – segue-as de longe, de modo vigilante, para ver se Liólia está comendo bem. O ano, creio, é 1930; no banco há uma pequena pilha de jornais, com um novo exemplar de *Ogonióq* em cima, com uma vaga figura feminina na capa – não dá para ver o que faz.

---

51 Gorro de pele.

16.
Uma fotografia cor de cascalho; aparentemente, também ao toque deve ser áspera. Tudo é cinza, o rosto, o vestido, as meias rústicas de seda, a parede de tijolos, a porta de madeira, as moitas espinhosas do jardinzinho. Uma mulher idosa está sentada em uma cadeira vienense, com as mãos cruzadas pela metade no peito – como se tivesse começado o movimento e se esquecido do que iria fazer, uma mão ficou cobrindo o ventre. O sorriso também não conseguira se abrir por todo o rosto, que é simplesmente tranquilo – como se os ponteiros tivessem paralisado e reinasse o meio-dia, a hora pacífica da anuência desapaixonada. O denominador desse quadro, pelo visto, é a extrema pobreza, língua falada por tudo que aí se manifesta: as mãos pesadas sem anel e o pano do único vestido são irmãos de sangue da infantaria vegetal sob seus pés, têm a mesma raiz. Não há nenhuma tentativa de se enfeitar para a eternidade, de permitir que seu cotidiano tenha a merecida folga; tudo é como é, porque não há escolha. É minha bisavó Sófia Axelrod, leitora de Sholom Aleichem, em sua aldeia junto a Rjev. O ano pode ser qualquer um – 1916, 1926, 1936 –, praticamente nada mudou ali com o tempo.

17.
Uma menina de cinco anos segura uma enorme boneca alheia. A boneca é luxuosa; tem tranças grossas, faces coradas, um traje popular – barra bordada, *kokóchnik*[52] alto. Ela suscita um tremor sacro, não é possível olhar para ela e, ao mesmo tempo, esses ardentes olhos de êxtase dirigidos à objetiva: é ela! Somos nós!

---

52   Antigo enfeite de cabeça típico russo.

Gordo e magro (a menina é esbelta, a boneca é desmedida e soberba), preto e branco (a menina tem cabelos negros, de cachos eriçados, a boneca tem as tranças pela cintura, cabelinho a cabelinho), amado e amante. As mãos infantis carregam sua presa com desvelo devocional: uma segura a cintura com cuidado e firmeza, a segunda mal toca nos dedos de louça. A imagem é em preto e branco, e não sei qual é a cor do vestido com cereja bordada e da fita frondosa no cocuruto de mamãe.

18.
O cartãozinho é pequeno, as dragonas estão borradas – mas eu sei que meu avô foi promovido a major, e desmobilizado apenas em 1944. Aqui é claramente antes: o rosto está contraído como um punho, e não manifesta nada além de força – os arcos das sobrancelhas, as orelhas fortemente contraídas, os brancos dos olhos cintilantes, a boca, tudo isso se amalgama em uma bola de bilhar, no típico retrato de oficial do final dos anos 1930. Era o rosto coletivo, um por todos, dos heróis de *Lapchin*, de Guerman[53]. Vi este filme em meus crassos quinze anos, quando não tinha assistido a praticamente nada, e então, por muito tempo, não consegui discernir o que exatamente acontecia, quem era protagonista e quem estava apaixonado: os heróis pareciam-me indistinguíveis um do outro, feitos do mesmo tecido militar.

E neles também havia algo de muito conhecido, eu reconhecia vagamente a fala e a postura como familiares, sabidos há

---

53 *Meu amigo Ivan Lapchin* (1984), filme de Aleksei Guerman (1938-2013), adaptação do romance policial *Lapchin* (1937), de seu pai, Iúri Guerman (1910-1967).

muito tempo, e apenas anos depois entendi que cada um deles era, em certo sentido, vovô Kólia, sua água-de-colônia, sua polidez e severidade, suas faces barbeadas e cabeça nua.

19.
Em algum riacho, em meados ou final dos anos 1930, duas jovens mulheres posam para o fotógrafo, sem parar de rir. Uma já soltou os cabelos, curvou-se, logo depositará na relva o xale branco de crochê, a segunda segura o chapéu no vento invisível. Trajam vestidos leves e curtos, as bolsas já estão no chão, as roupas de baixo jazem largadas em um monte a seus pés.

20.
Chove, e as pessoas vagam, como que perdidas, pelo prado úmido. São muitas, umas vinte pessoas – os homens de chapéu palheta, as mulheres de saias longas, as barras varrendo a grama molhada, sobre as cabeças as cúpulas precárias dos guarda-sóis. Ao longe, no horizonte, um muro, cercando sabe-se lá o quê, à direita reflete-se a água cinzenta. Estão perto e longe, a dois, a três, sozinhos, e quanto mais você imagina, com maior clareza entende que assim deve parecer a paisagem do além-túmulo, sua margem inicial, onde cada um é por si.

No verso da fotografia, com uma letra bonita, com volteios e espirais, está escrito em francês, e eu traduzo enquanto leio: Montpellier, 22/VII 1909. Lembrança de nossa excursão zoológica a Palavas. Foi triste... o tempo estragou. D. K. Guéntchev. Endereço – *mademoiselle* S. Ginzburg, Potchínki. Palavas-les-flots é um vilarejo de veraneio ao sul de Montpellier, longas dunas formam uma faixa entre o Mar Mediterrâneo e os lagos de água doce. As margens planas estão cobertas de areia cinzenta; em algum lugar, ali, encontram-se flamingos rosa, o que, pelo visto, explica o matiz zoológico desta incursão antiga. Agora é um local de praia concorrido e barato, mas há cem anos era vazio, a igreja de São Pedro era novinha, ainda não tinham construído hotéis.

Dentre os que passeiam sob o céu baixo, há uma mulher que se mantinha muito ereta. Está de pé, sozinha, afastada da objetiva, suas costas estreitas em uma jaqueta clara de verão são a linha axial da fotografia, a coluna central de seu carrossel suspenso. A cabeça, com um chapéu duro, está jogada para trás, nas mãos tem um buquê desgrenhado. Não se vê seu rosto, mas agrada-me pensar que é minha bisavó Sarra.

QUARTO CAPÍTULO
o sexo das pessoas mortas

Eu tinha doze anos, e revolvia o apartamento em busca de algo interessante. Tinha muita coisa assim: a cada nova morte, apareciam em nosso apartamento coisas deixadas *como foram surpreendidas,* naquele aspecto casual e definitivo que poderia ser modificado apenas por seu próprio dono, que já não estava entre os vivos. O conteúdo da última bolsa de vovó, a composição de sua prateleira de livros, os botões na caixa estavam parados, como um relógio, em determinado dia e minuto. Havia muitas coisas assim em casa, e eis que certa vez encontrei mais uma – uma velha carteira de couro em alguma gaveta remota, na qual havia uma fotografia, e nada mais.

Logo deu para entender que aquilo era exatamente uma fotografia, não uma "ilustração", nem um postal nem, por exemplo, um calendariozinho colorido. Na fotografia havia uma mulher pelada, estava deitada em um sofá e olhava para a objetiva. A fotografia era amadora, antiga, tivera tempo de amarelecer, mas o tipo de sentimento que ela suscitava não correspondia em nada, por exemplo, ao que subentendiam as cartas parisienses da bisavó, ou os versos brincalhões do avô. Ela não acrescentava nada ao sentimento de aperto na garganta da comunidade familiar, ao coro em preto e branco multifacetado de parentes desconhecidos que sempre estava atrás de mim, nem à fome que me despertava o desconhecido-alheio, Nice à noite nos postais pré-revolucionários. Na fotografia havia o claramente proibido (o que pouco teria me perturbado, pois tinha ido à busca do proibido às escondidas dos pais e o vagamente indecente (embora a nudez frontal daquela mulher fosse franca e cândida), mas o mais estranho era que ela não tinha absolutamente nenhuma relação comigo. Era algo alheio, de outra pessoa. O fato de que a carteira há tempos estivesse sem dono não mudava as coisas.

A mulher deitada no sofá de couro não era bonita. Pelos meus critérios de então, formados no Museu Púchkin e nas ilustrações da mitologia de Kun[54], em sua compleição havia muitas debilidades ofensivas. Suas pernas eram mais curtas que o necessário, os seios menores, o traseiro maior, o ventre era roliço e não marmóreo, e tudo isso tornava-a ainda mais viva, como se é vivo sem saber da existência de modelos. Ela era "adulta" – no meu entendimento de agora, com uns trinta e poucos anos – e não estava despida, mas exatamente pelada, e bastante, embora isso nem fosse o principal. A mulher olhava diretamente para o observador, ou seja, para a objetiva, ou seja, para mim – com uma intensidade que não dava a menor possibilidade de considerar aquele olhar como o olhar distraído de uma deusa, ou de um modelo no ateliê de um artista.

O olhar tinha um sentido direto e utilitário, entre a mulher e sua testemunha algo acontecera, ou devia acontecer. Para falar de forma estrita, o olhar já era um evento: seu canal ou corredor, seu buraco negro. O rosto, liso, de faces largas, com pequenas órbitas oculares, era totalmente exaurido por este olhar. A mensagem não era ao portador, porém, no lugar do observador, por

---

54 *Lendas e mitos da Grécia Antiga*, livro publicado em 1914 pelo historiador russo Nikolai Kun (1877-1940).

algum motivo estava eu, e isso tornava a situação triste e absurda. Estava absolutamente claro que (diferentemente de toda a arte e toda a História, tão distintamente direcionadas a mim, que me levavam em conta), a Fotografia no Sofá de Couro absolutamente não me tinha em vista, não queria me ver e sabia com toda certeza que no meu lugar houvera e deveria permanecer algum outro, com nome, sobrenome e, possivelmente, bigode.

Era a ausência desse outro que deixava o evento tão indecoroso. Era, em sentido direto, *coitus interruptus*, e eu era uma espécie de instrumento de intromissão, que surgira na hora e no lugar errados e surpreendera o que não devia: o *sexo*. O sexo não estava no corpo, nem na pose, nem na decoração de que eu, contudo, bem me lembro, mas apenas no olhar, no seu caráter direto e falta de ambiguidade, ignorando tudo que não tivesse relação com o assunto. É estranho quando você pensa que mesmo trinta anos atrás – e agora, quando escrevo isso, com cem por cento de probabilidade – ambos os participantes desta cena já estavam mortos. *A* se fora, *B* se finara: estavam mortos e restara apenas sexo sem dono em um quarto vazio.

*

Se eu tivesse que explicar o que tenho contra imagens, diria que elas têm uma doença em comum, amnésia eufórica – elas não se lembram o que significam, de onde vieram, qual a sua parentela, mas se sentem maravilhosamente bem com isso. Para o *observador* (instância de recepção que já não se sabe como chamar, leitor ou espectador), a ilustração parece fazer mais, servir melhor. Ela entrega mais rápido a mensagem, não desperdiça palavras supérfluas e, principalmente, não o extenua, fazendo-o entrar em uma interação ativa com ela: ela espanta, prende, captura. A ilustração seduz pela ilusão de economia: lá, onde o texto apenas está desenvolvendo as primeiras frases, a fotografia já chegou, horrorizou, convenceu e magnanimamente cede lugar ao texto que, desta forma, narra o desimportante – o que ocorreu e onde ocorreu.

Há cem anos dizem que o signo ou problema de nossa nova era é a superprodução de material visual, a substituição das carroças de descrição pesadas e carregadas de sentido pelos trenós ligeiros das imagens. Claro que é isso mesmo, e a questão nem é o fardo, que só no começo parece leve. A questão é que, no corredor espelhado da reprodução, desaparecem não apenas os mortos, mas também os vivos. No ensaio de Kracauer sobre fotografia, esse processo é descrito com concretude fotográfica, e é possível decompor em fases o que nossa atenção faz com a fotografia de nossa avó – como ela desaparece literalmente aos nossos olhos, some nas dobras da própria roupa, deixando na superfície da imagem o colarinho, a anquinha, o carrapito.

Mas a mesma coisa acontece com cada um de nós na medida em que cada nova *selfie*, fotografia em grupo, foto para passaporte enfileiram nossa vida em uma corrente – em uma história que nada tem em comum com a que contamos a nós mesmos e gostaríamos de transmitir aos próximos, em um foi-passou-a-ser linear, uma coleção completa de momentos e poses que não foram escolhidos por nós, de bocas abertas para uma frase seguinte e queixos borrados. Balzac previu algo desse tipo e se recusou a ser fotografado, considerando que cada nova foto soltava ou removia uma nova camada *balzaquiana* e, se você deixasse fazerem isso consigo, não restaria nada. (Ou restaria: uma fumacinha, um talo, a última camada residual, da espessura de uma máscara mortuária).

Mas a mecânica da fotografia não visa a conservar o existente. Sua lógica de funcionamento se parece mais com um envio para os pósteros, ou alienígenas: testemunhos da humanidade, uma antologia do melhor, uma tentativa de autodescrição através de uma exibição dos feitos da civilização: Shakespeare-Mona Lisa--charuto, penicilina-iPhone-kalashnikov. Tudo isso lembra os túmulos egípcios, construídos como malas espaçosas, atulhadas de todo o indispensável. Mas, se você supuser na posteridade ou em outros planetas uma curiosidade que não teme o tempo, sua exigência de informação só poderia ser satisfeita por uma biblioteca ilimitada de imagens, na qual, como em um quarto de despejo, coloca-se *tudo*: cada minuto de cada um de nós. Se esse dossiê assustador pudesse ser reunido e deixado na posta-restante, ele, ainda longe de ser completo, seria pouco diferente daquilo que se guarda e se acumula hoje em algum lugar no ar, em seus bolsos sem forma, e é chamado à vida com um único movimento de um *mouse* de computador.

A fotografia nota, em primeiro lugar, mudanças que são sempre as mesmas – um crescimento que se transforma em apagamento e inexistência. Vi alguns projetos fotográficos que se desdobram e são executados por décadas. Eles passeiam pelas redes sociais, suscitando comoção, angústia e algo como uma curiosidade indecorosa, com a qual jovens e pessoas saudáveis examinam aquilo que para eles não se tornou sequer o futuro. Eis um jovem japonês que se fotografa com o filho pequeno; o tempo passa, o menino tem um ano, quatro, doze, vinte, é uma espécie de bobina acelerada – vemos como ela se enche de vida, como um balão de ar, e como desincha, murcha e escurece em seguida. Eis irmãs australianas, ou seja lá o que forem, com um ano de diferença, que também tiram fotos juntas, já há quarenta anos, ano após ano, no mesmo quarto e no mesmo ponto – e, a cada nova imagem, fica cada vez mais visível o envelhecimento, a desilusão, sinais de alerta da inexistência. Nesse sentido, a arte tem uma ocupação profundamente oposta: qualquer corpo de textos bem-sucedido *é a crônica de um crescimento,* uma coisa que não corresponde por completo à crônica paralela das primeiras rugas e manchas de pigmento. Mas a fotografia é mais descompromissada: está segura de que bem rápido nada disso existirá, e guarda tudo como pode.

Falo aqui da fotografia de um tipo especial, aquele que, por uma coincidência não casual, é o mais massificado e que assinala com um largo círculo de giz todos os repórteres profissionais, amadores com seus cliques feitos nos telefones, e toda a sorte de variantes intermediárias. Seu traço comum consiste em que fotógrafo e espectador estão plenamente convictos de que o resultado das fotos possui a qualidade de documento: testemunha a realidade, capturada como ela é, sem exageros verbosos; uma rosa é uma rosa, um celeiro é um celeiro. A fotografia artística, com suas tentativas de torcer e refazer o mundo visível em prol da percepção individual, interessa-me apenas nos pontos não previstos pelo autor – lá onde a realidade atrapalha o desígnio e lisonjeia o espectador, que nota as *costuras*: botas rudes que assomam por debaixo da seda de carnaval.

Em certo sentido, as pretensões, se não as possibilidades, da câmera documental são desmedidas: ver e reter tudo que existiu e existe – uma tarefa ao alcance apenas Daquele Que, como está escrito nos portões da Casa do Fontanka[55], *conservat omnia*.

---

55 Antigo palácio dos condes Cheremétiev, à beira do rio Fontanka, em São Petersburgo, convertido em museu.

Mas a técnica, que remove as aparas visuais do tempo, está muito empenhada – e em seus repositórios virtuais *há muitos santuários*.

*

Entre as capacidades da câmera, há muitas que causam pasmo. Ela, digamos, é a primeira a dar fundamento para citar uma pessoa, animal ou coisa como um todo, como uma unidade de texto – tirar da realidade o leve gorro dos significados, ignorando totalmente o significante. Ela é a primeira a colocar um sinal de igualdade entre a pessoa e sua imagem – basta que haja mais imagens.

Há um ou dois séculos, um retrato era um testemunho completo e, com algumas exceções esse retrato era a única coisa, *grosso modo*, que restava de você (e no seu lugar). Esse retrato era o evento da vida, seu ponto focal e, por força de sua natureza, esse ofício exigia trabalho tanto do artista quanto do retratado. O dito "cada um tem a cara que merece", na época da pintura correspondia extremamente à realidade – para aqueles que, dentro da estrutura de classe, tinham direito ao *rosto incomum* da memória, este era o rosto do retrato.

Ou, ainda mais importante, o rosto da escrita. A parte fundamental da herança da memória era textual, em diários, epístolas, memoriais. Em meados do século dezenove, o equilíbrio entre o escrito e o visual se alterou, a pilha de fotografias começou a crescer. Ela não apresentava mais à memória "eu como sou", porém "eu no sábado, de amazona negra". A quantidade de fotos familiares era limitada pelos quadros sociais, pelas possibilidades monetárias – mas mesmo Mikháilovna, a aia camponesa de minha avó, tinha três fotografias, que ela guardava.

A velhota-pintura (como abreviação, chamo assim a capacidade de retratar manualmente o que é vivo, o material pode ser qualquer um) é obcecada pela semelhança enquanto impossibilidade; e fica ainda mais arrebatada por sua tarefa – fazer um retrato completo, ou seja, único, e preciso, ou seja, que não é parecido: oferecer ao retratado seu concentrado, não seu eu-hoje, mas seu eu-sempre, um cubo comprimido do principal. É disso que se trata, propriamente, todos os relatos a respeito de Gertrude Stein, que com os anos tornou-se cada vez mais parecida com seu retrato feito por Picasso, ou o homem pintado por Kokoschka que enlouqueceu e tornou-se exatamente como no quadro.

Nós, objeto constante do velhusco interesse, entendemos bem demais que, em vez de semelhança, ela nos vende um horóscopo: um modelo de interpretação, com o qual é possível concordar (esse espelho me lisonjeia) ou contra o qual se insurgir. Mas, com a aparição da imagem fotográfica, Madame Bovary pela primeira vez pode dizer sem titubear "esta sou eu", e escolher, de trinta e seis negativos, os mais atraentes. A vida oferece-lhe um novo espelho, e ele reflete com entusiasmo, sem nada exigir e em nada insistir.

Aqui a pintura e a fotografia separam-se em direções diferentes, uma na do fim rápido e inescapável da desencarnação, a segunda, na de um cofre desmedido. Na partilha da herança, uma ganhou a casa com jardim, a segunda, gato por lebre. Marfa levou a realidade, Maria ficou falando as línguas das abstrações e instalações.

*

Com a invenção da fotografia digital, o ontem e o hoje passaram a coexistir com uma intensidade inaudita: é como se o duto de lixo do prédio parasse de funcionar, e todos os detritos do cotidiano ficassem ali para sempre. Não é mais preciso economizar filme, basta clicar o botão e mesmo o que é apagado fica na longa memória do computador. O esquecimento, que macaqueia a morte, ganhou um irmão gêmeo – a memória morta do acumulador. Você examina o álbum de família com amor e nele está reunida *alguma coisa: aquilo que restou*. Mas o que fazer com um álbum em que está guardado tudo, sem exceção, todo o volume incomensurável do que existiu? No limite ao qual a fotografia aspira, o volume de vida fixada equivale à sua duração real; o escritório escreve, mas não há quem leia.

Assim vejo também essas gigantescas lixeiras de imagens, que recolhem toda a escória, todos os quadros embaçados, as segundas e terceiras cópias, as caudas dos cães em fuga, o teto do café fotografado por acaso. Pode-se obter uma noção aproximada disso nas redes sociais, onde milhares de fotografias malsucedidas são postadas, picadas de *tags*, como se fossem alfinetes. À frente delas há um cemitério alternativo, um imenso arquivo de corpos humanos, sobre a maioria dos quais não sabemos nada além de terem existido.

É assustadora essa imortalidade, e mais assustador ainda você cair nela contra a vontade. O que as fotografias registram hoje não é nada além do *corpo da morte*: aquela parte de mim privada de vontade pessoal e escolha, da qual qualquer um pode se apoderar, que é fixada e guardada sem esforço. O que morre, não o que fica.

Nos tempos antigos, não-morrerei-por-inteiro era uma questão de escolha. Era possível esquivar-se dele e ter o que era dado a todos: "Pobre pecador, Dmítri Lárin,/ Servo de Deus e

Brigadeiro,/ Repousa em paz neste carneiro"[56]. Agora a impossibilidade de escapar parece inevitável. Queira ou não queira, o que o aguarda é uma estranha existência prolongada, na qual o seu aspecto físico guarda-se até o fim dos tempos – desaparece apenas aquilo que era *você*.

O luxo de se dissolver, de desaparecer do radar, não é mais acessível a ninguém.

Você vai parar em uma foto como debaixo de uma chuva, com o costumeiro "pois bem, começou". Quem vai examinar isso tudo e quando? Nosso aspecto exterior, raspado de nós por milhares de câmeras de vigilância nas estações ferroviárias, pontos de bonde, lojas e vias de acesso, é como as impressões digitais deixadas pela humanidade antes do advento da criminalística. Não tem alfabeto, apenas a nova (velha) multiplicidade de folhas na floresta.

Com o advento das gravações, dos arquivos, desaparece da vida o irreprodutível. Como atuava a George[57], como cantava a Bosio[58], tudo isso era transmitido por meio da palavra e exigia esforço dos interessados: era preciso adivinhar, restaurar, imaginar. Agora tudo que existiu está ao alcance da mão. E quanto mais se continua a registrar, mais pessoas ficam atoladas na zona da semimorte. Seu invólucro corporal anda e fala, sua voz terrena soa quando você quiser, eles podem repelir, fascinar, provocar desejo (o corpo em separado, o nome em separado, como créditos de filmes). A culminação disso é a pornografia antiga,

---

56 Púchkin, *Eugênio Onêguin*, tradução de Alípio Correia de Franca Neto e Elena Vássina (Ateliê Editorial, 2019), p. 117.

57 Mademoiselle George (1787-1867), atriz francesa.

58 Angiolina Bosio (1830-1859), soprano italiana.

corpos mortos anônimos ocupados com trabalho mecânico em uma época em que seus portadores há tempos já viraram terra ou cinzas.

Mas o corpo como ele é encontra-se fora da lenda: não tem placas com nome e identificação, não possui sinais distintivos. Foi-lhe subtraída retrospectivamente toda memória, qualquer vestígio do que tenha lhe acontecido – história, biografia, morte. Isso torna-o indecorosamente moderno e, quanto mais nu, mais próximo de nós e mais distante da memória humana. Tudo que sabemos dessas pessoas são duas coisas: que já morreram e que não tinham em mente consagrar seus corpos à eternidade. Aquilo que outrora tinha um simples sentido funcional – descrevendo, como uma roda de isqueiro, um movimento giratório entre desejo e satisfação – e não se destinava em absoluto a tornar-se mais um *memento mori*, continua a funcionar como uma máquina. Dessa vez, pelo menos para mim, é uma máquina de produzir compaixão.

Todas as leis outrora descritas por Kracauer e Barthes também agem aí; o *punctum* (a reprodução em cima da cama, meias pretas compridas nas panturrilhas descarnadas de um homem) tenta se tornar alfabeto e contar o passado como história, dessa vez, da construção do tempo, seus gostos e sensibilidade. Mas tudo que de fato se vê é a nudez, que inesperadamente revela-se a última. Essas pessoas nuas, com suas coxas e barrigas, de bigodes e topetes que então eram modernos, são deixadas à mercê do observador. Elas não têm nome nem futuro, tudo isso afundou nos anos 1920-1930-1940, que elas ainda têm pela frente. Sua ingênua ocupação pode ser parada ou acelerada e pode-se forçá-los a começar do começo, mas eles erguerão novamente seus velhos braços e pernas e fecharão as portas, como se estivessem sozinhos e todos ainda vivos.

*

Uma colecionadora russa comprou no Sri Lanka uma caixa de fotografias que, por algum motivo, assombraram-na de um jeito que, um ano depois, ela voltou para comprar o arquivo inteiro, empreendeu buscas, achou vestígios daquela família desaparecida – no final do século não sobrara ninguém vivo – e fez de tudo para presentear-lhes com a estranha imortalidade que, às vezes, cabe aos objetos que perderam o dono. O que exatamente havia nelas, o que as distinguia de forma tão irrevogável da multidão geral do nada-de-especial? Pelo visto, o mesmo que diferencia um objeto de museu de seus irmãos ordinários: uma *qualidade* que não é simples, e que lhe dá direito a uma atenção preferencial. Neste arquivo (o pai da família, Julian Rust, era fotógrafo profissional) não há fotos que se limitem à função nua de conservação utilitária do existente. Elas são magnetizadas pela própria perfeição, o que confere às imagens o brilho mágico de um item de exposição. A família na neve, sob os ramos de um abeto, uma criança no trenó e uma renazinha doméstica, banhistas, ginetes e cães pastores parecem *film stills*, e o espectador aguarda a continuação da história, novos quadros e saber o que aconteceu com os heróis.

Há uma profunda injustiça no fato de que as pessoas, assim como seus retratos, não têm como escapar de uma desigualdade inicial, de base: a divisão entre interessante e desinteressante, atraente e não muito. Todos são solidários de forma latente com a tirania da escolha – que sempre pende para o lado do belo e gracioso (em prejuízo do que não pode almejar à nossa atenção e fica do lado escuro desse mundo) –, em primeiro lugar, nossos corpos, com sua agenda pragmática. As preferências não são determinadas pela educação, nem pela idade: bebês de três meses também votam solidariamente nos valores verdadeiros da beleza, saúde e simetria.

E isso é injusto – como em geral é injusta a ditadura do *observador*, com suas demandas que não se sabe de onde vieram. Lembrando que esta palavra tem um segundo significado, que não é o mais evidente. Na língua das cadeias e prisões, dominada por uma parte substancial dos falantes em geral de russo, o observador é aquele que determina as regras e observa seu cumprimento.

Desta forma também seria possível descrever as relações entre observador e fotografia, leitor e texto, espectador e película. São uma instância intermediária de poder, algo como o bilheteiro das salas de museu da memória operacional. Deles dependem tanto as regras como seu cumprimento. E, ademais, esse observador – como não seria – é um juiz injusto. Sua lei e sua escolha não são divinas, porém humanas, pior ainda, de ladrão. Seu negócio é a absorção/apropriação do alheio; seu juízo de gosto, o direito do forte contra o impotente, do vivo contra o não vivo (e notoriamente privado de quaisquer direitos).

Talvez por isso eu ame tanto as fotografias que não precisam ostensivamente de interlocutor, não desejam se fazer notadas por mim. Elas são, a seu modo, uma repetição da inexistência, da vida sem nós, da hora em que já não é permitido entrar no cômodo. A família está ocupada, tomando chá, as crianças jogam xadrez, o general está inclinado sobre um mapa, a vendedora exibe seus doces; assim realiza-se o antigo e inextinguível sonho de espreitar por todas as janelas de uma casa com muitos aposentos. Pois o sentido deste sonho está em temporariamente não ser si mesmo, mas completamente outra pessoa, alguém em nada parecido consigo próprio. Em sua maioria, as fotografias aqui são imponentes, tudo que podem fazer é reafirmar seus pontos: si mesmas, *eu sou eu, o real é o real.*

O mesmo acontece com os detritos da produção – as fotografias que, em seu tempo, não justificaram as esperanças do fotógrafo e, por isso, não foram plenamente realizadas. O cachorro desfocado pela própria corrida, e que parece infinito, os pés de alguém em sapatos na calçada úmida, um transeunte casual que foi parar na frente da objetiva, na época das fotos impressas eram os primeiros a serem separados e eliminados. Exatamente eles agora têm o lustre do encanto especial de não terem sido destinados a nós (nem a ninguém). Não são de ninguém, quer dizer, são meus: instantes que sobreviveram por erro, livres de qualquer obrigação, furtados à vida por ela mesma. Essas imagens de gente são extremamente impessoais, e justamente por isso são boas; tiram do espectador a carga de hereditariedade, de memória histórica, de consciência e dívida para com os mortos – e oferecem em troca exemplos, um catálogo consequente do passado e do futuro, tanto mais autêntico quanto mais casual. Aqui agem não Ivan Ivánovitch e Mária Petrovna, mas unidades convencionais, ele-e-ela, ela-e-ela, luz--e-ninguém. A liberdade de sentido dá a chance de acrescentar o seu próprio; a liberdade de interpretação faz da figura um espelho, e ela banha em seu tanque quadrado qualquer versão proposta. As *photos trouveés*, essas enjeitadas, são boas justamente pela prontidão em se tornarem objetos, eliminando para isso a subjetividade alheia envelhecida, enterrarem seus mortos – quem fotografou e quem foi fotografado. Elas não tentam nos olhar nos olhos.

NÃO CAPÍTULO
Leonid Guriévitch, 1942 ou 1943

A carta de meu avô é datada, pelo conteúdo, de 1942-43. Ele tem trinta anos, foi enviado da retaguarda para uma operação de urgência em um hospital de Moscou – como especialista precioso, indispensável ao front. A esposa, a mãe e a filha pequena foram evacuadas para a cidadezinha siberiana de Ialútorovsk.
Em papel marrom rústico, em tinta lilás que transparece no verso:

Lióletchka[59], querida!
Recebi a sua carta e (você afinal sabe que não sou sentimental) coloquei-a, após reler algumas vezes, no bloco de notas onde guardei a anterior, de Natuska[60], e a sua, e agora acrescentei a segunda fotografia de Natuska, da qual não me separei nenhuma vez desde minha partida. Sua carta me tocou profundamente e me fez refletir sobre muita coisa.

Agora que, segundo as declarações dos médicos, e com base nas sensações subjetivas, é possível supor que a doença caminha para uma recuperação decisiva, posso escrever a meu respeito muita coisa que não escrevi antes.

---

59 Diminutivo de Olga – assim como Lióka e Liólia, que aparecem na mesma carta.
60 Diminutivo de Natália – assim como Natulka, que aparece na mesma carta.

Numa época, eu estava extraordinariamente mal. Não tinha nem esperança de sobreviver.

Os médicos não me disseram a verdade a esse respeito, mas... permitiram acesso a mim (e isso só se faz com relação aos pacientes mais graves) a qualquer hora. Além disso, após saberem que eu agora não tenho parentes em Moscou, anotaram o endereço de vocês em Ialútorovsk. Tudo isso, naturalmente, eu entendia.

Mas... o organismo superou. Nos minutos mais difíceis, perdoe-me a franqueza, eu pensava apenas em Natulka, e ficava mais aliviado.

Quando tudo isso passou, senti uma fraqueza horrível e, como você também sabe, a coisa mais horrível para mim é a impotência.

Fortaleci-me, segurei-me. Suportei muita coisa (ah, Lióka, você não imagina como eram horríveis minhas dores de cabeça que, principalmente, não paravam por um minuto), daí de repente não aguentei e me larguei.

Diversos pensamentos afluíram-me à cabeça. Desfilou (pois eu tinha muito tempo livre) minha vida fracassada, e... surgiu a "lírica podre" na qual quis me esquecer, afogar os sentimentos que me dominavam.

Nesse período, escrevi uma massa de versos (você sequer imagina a quantidade que foi escrita de forma fácil e livre), e até um poema grande, de conteúdo pesado, mas este último eu não terminei.

O que também me afetou fortemente (meus nervos estavam extremamente tensos e qualquer ninharia provocava-me uma plêiade de emoções desnecessárias) foi o seguinte: na mesma enfermaria que eu havia um contador da Indústria de Carne de Moscou, um certo Tesselko, de 54 anos. Tinha câncer de medula. A operação fora séria, porém tivera resultados positivos, e agora ele se restabeleceu.

Sua esposa era quatro anos[61] mais jovem do que ele. Uma mulher extremamente simpática.

Você não imagina quantos cuidados, amor e carinho ela lhe prodigalizou nas horas das visitas diárias. Aqui, em suas relações, manifestava-se (e isso era sentido por todos, mesmo as pessoas mais endurecidas de nossa enfermaria) tanto amor, apego, amizade. Por força dos sofrimentos precedentes, o paciente estava nervoso, instável, caviloso, vez por outra cruelmente rude, mesmo com relação à esposa, mas ela, entendendo isso, perdoava-lhe tudo, e ele sentia e valorizava isso.

"Sua mulher é boa" – eu lhe disse, certa vez. "Sim" – ele respondeu, e mais nada. E cada um de nós mergulhou nos próprios pensamentos.

Eu pensei: são velhos, mas vivem e sentem mais do que nós, jovens. Como poderíamos viver se valorizássemos a vida e soubéssemos amar de forma tão devotada e ilimitada como eles, como nossos pais.

[Duas linhas riscadas com traços grossos]

Refleti muito, Lióka. Analisei minha vida, minhas condutas, tentei entender muita coisa do seu ponto de vista, e resolvi... mudar. Mas não no sentido do amor por você, não. Eu te amei como amo até agora, de forma devotada e ardente. Mas levando em conta suas carências, a especificidade da sua natureza, tentei entender você em todos seus atos e condutas – e ceder. Pois pense, a maioria dos desentendimentos ocorreu devido a ninharias, e só por causa de nossa teimosia eles se transformaram em contrariedades.

Essa mesma decisão forçou-me a dar um puxão em mim mesmo, como que me tornando adulto (pela idade, não haveria necessidade

---

61   Mesma diferença de idade de Liólia e Liónia. (Nota da Autora)

disso), e assumir o controle de mim. Nestas duas semanas, senti-me absolutamente outro, senti que tenho força suficiente para aspirar a um lugar com plenos direitos na vida, para lutar e viver, viver feliz! [Riscado] Entendi que a vida e a felicidade estão nas nossas mãos e, construindo a própria felicidade, levamos felicidade aos que nos são caros.

E então recebi a sua carta. Ela era como que uma continuação de meus pensamentos e expectativas. Respondi: "Desculpe." E, naquele momento, tive vontade de estar com vocês por apenas um minuto, para apertar com força a sua mão – mão de esposa e amiga.

Sei, Lióka, que esta carta é tosca e desconexa, mas é sincera – de todo o coração –, e eu sei que você vai compreender tudo por que estou passando agora.

Toda a "lírica tristonha" eu queimei hoje, solenemente, mas sem uma gota de dó [Riscado] em um fogão hospitalar, e suponho que, junto com ela, muitos maus instintos alojados em mim.

Lióka, sua carta me ensinou muita coisa, instilou-me muita força e esperança. Agradeço por ela.

Pela filha, cara esposa,
Devo agradecer
E pelo filho, a bela coisa
Que irás nos oferecer.

Imagino tua pasmada cara
Diante de tal afirmação.
Mas a mensagem é clara,
Não admite discussão.

Assim, querida, se declara
Leonid, com paixão.

Não consegui me aguentar – "poetei". Um obrigado indizível pela fotografia de Natulka. Dê-lhe um beijo forte por mim!

QUINTO CAPÍTULO
o *Aleph* e suas consequências

Falo demais de coisas, e isso parece ser inevitável. Aqueles para os quais escrevo este livro finaram-se muito tempo antes que ele começasse, e as coisas revelaram-se suas legítimas e únicas substitutas. O broche com o monograma da bisavó, o *talit* do trisavô, as poltronas que por milagre sobreviveram a seus donos, dois séculos e dois apartamentos são tanto meus parentes quanto os desconhecidos dos álbuns de fotos. O conhecimento que eles propõem é enganador – mas, em compensação, deles, como de uma estufa, vem o calor seguro da ininterruptibilidade. Daí imediatamente penso na tia Gália, com seus preciosos jornais e acumulação de diários, e compreendo que não se consegue guardar nada.

    Tove Jansson tem um conto sobre a personagem Filifjonkan, que vive com o pressentimento de uma catástrofe grandiosa. Ela pole a prata do avô, esfrega molduras dos retratos, limpa uns capachos importantes e cheios de memória, e espera, e teme perder tudo isso. Quando começa o furacão (e ele sempre vem), ele varre de uma vez do lugar toda a casa, com suas chaleiras e guardanapos de renda. Tudo que existe é carregado para o nada, sobre apenas o lugar vazio do futuro. E a própria Filifjonkan, que ficou no baixio com um derradeiro, único capacho, finalmente é feliz, com uma mão na frente e outra atrás.

    Lembrei-me de Janet Malcolm e da casa alheia que se tornou o *Aleph* de seu livro quando me vi em Viena – lá há uma dessas em cada esquina. A casa em que morei foi construída em 1880 (e em seu pátio, como dentro de uma barriga de *matriochka*, escondia-se uma casinha com suas venezianas brancas, construída pelos donos em 1905, quando a família cresceu). Sua proprietária, com indistinguíveis 70 ou 80 anos, tinha pálpebras moldadas, maçãs do rosto altas e uma voz grave do outro mundo, com a qual me contou, no fim da conversa, que sempre morara lá – desde que regressaram, em 1948. Para uma leitura correta da história, teria sido importante saber em que ano *partiram*, mas nossa conversa polida não passou por aí; na casa, em algum lugar ao lado do controle remoto da televisão, jazia negligenciado o livro com a genealogia da família, uma edição suntuosa de 1918. Ao me alugar o apartamento, com todos seus trastes de dois séculos, a proprietária aparentemente não esquentava em absoluto quanto à conservação das coisas: a louça de faiança estava apertada nos armários como livros em prateleiras, as caixas com a prata sucateada há tempo tinham se curvado. Nas paredes havia retratos, pinturas a óleo; nas mesas e mesinhas, caixas de fósforos de tempos imemoriais; nos álbuns, dedicatórias (havia um postal de Natal de 1941, colocado entre páginas e a história daquela família tornou-se um pouco mais clara). A casa branca, de janelas altas e escadarias pomposas, era algo como um quarto de despejo, que não dá muita pena de perder e onde é fácil enfiar um inquilino. À noite ela coçava, ribombava, estalava. Decidi que a proprietária empurrara ou enxotara de lá camadas indesejadas da história, que a impediam de dormir – e ela mesma emigrara para sua própria vida, para a casa de bonecas detrás do relvado, para a prática médica e as cadeiras do jardim.

Que ao lado do lugar em que eu trabalhava havia um cemitério judaico, o mais antigo de Viena, fiquei sabendo por acaso – abrindo um guia de viagem na loja do museu. O cemitério de lá começara por volta de 1540, e fora assassinado na época da Segunda Guerra Mundial: arrasaram-no, e depois, quando o tempo passou, resolveram devolvê-lo ao lugar. Revelou-se que os monumentos não tinham ido a lugar nenhum – jaziam sob o solo, tinham partido para a clandestinidade, e foram trazidos à luz e de alguma forma dispostos no amplo pátio gramado de um grande asilo que tivera tempo de crescer lá, enquanto eles não estavam.

Houve o que se chama de neve inicial, o primeiro frio que injuria as pessoas. A rua gradualmente estreitava-se, à esquerda avistava-se uma casinha azul-celeste de dois andares, como as londrinas, nestas, ainda estavam penduradas placas ovais com os nomes das pessoas notáveis que lá tinham residido; mas aqui não havia nem placas, nem pessoas, ia ficando cada vez mais frio e no amplo vestíbulo aqueciam-se, sem querer ficar no vento, velhos de japona decrépitos, bem decrépitos. Se a majestosa Frau Poschl tinha setenta anos, esses aí, provavelmente, tinham cem ou duzentos. Eram magros, de uma magreza de camarões murchos e felizes, e deslocavam-se pelo pavimento devagar, nas cadeiras de rodas baixas ou nas próprias pernas, segurando uns nos cotovelos finos dos outros com ternura cambaleante. Tinham um sorriso fraco, único, comum a todos, com o qual se aproximavam da enfermeira-chefe e, de baixo para cima, perguntavam ou respondiam. Eu também perguntei, e me disseram para onde ir.

Deu-se que, ao longo do edifício, estendia-se uma varanda comprida e larga, com a face virada para um campo rodeado de muros. A grama era fortemente agitada pelo vento, ela estava embaixo, a alguns metros, como antiguidades romanas desenterradas saindo do solo, e entendia-se que fora planejado assim: a varanda fora conscientemente levada à altura física que é necessária ao presente para considerar, com segurança, que o passado é passado – restaurado, cercado e imóvel. E mesmo descer para lá, onde a grama já enlouquecera a olhos vistos, era absolutamente impossível, escada havia, porém fechada por uma tranca de ferro peremptória.

Mas algo acontecia ali, a parte mais distante do campo era coberta por uma construção fechada em forma de tenda, com longas rampas verdes, e dois homens se remexiam sobre as pedras, bem no canto dela. As faces das lápides estavam viradas para mim, diferentes das semipoltronas domésticas dos cemitérios normais: essas eram como portões, portais para não transportes que levavam não se sabe aonde, e em algumas adivinhava-se nitidamente um vão em arco. No cemitério de Würzburg, onde minha mãe está enterrada, volta e meia você encontra traços de figurativismo, pequenas saudações aos que ficaram: um emblema bem simples de chama ou de duas mãos a abençoar uma estrela de davi. Ali não havia nada disso, apenas letras, apenas texto; o cemitério podia ser lido como um livro, cosido ao acaso com folhas dispersas. Em uma delas o texto formava um semicírculo ascendente, mas em outra galopava, da direita para a esquerda, um cavalinho pequeno, parecendo uma lebre.

Os velhos, enquanto isso, deslocaram-se para algum lugar além da fronteira do vidro iluminado, e dava para ver uma moça de branco limpando atenciosamente as mesinhas do refeitório. Aqui, na varanda, não havia ninguém – nem junto ao cinzeiro, nem adiante, onde uma fontezinha murmurava e em cuja água negra patinhos de borracha amarelos flutuavam de barriga para cima. Li que tinham descoberto muitas lápides, duzentas ou trezentas, mas elas pareciam não existir em absoluto.

A grama era muito alta, não como a urbana – como a grama agreste dos baldios. Ela ondulava.

Mas lá havia mais um túmulo, do qual fiquei sabendo alguns dias depois. Erich Klein perguntou-me se eu tinha visto um peixe – o que parecia uns calhaus jogados um no outro era na realidade um peixe de pedra enroscado. A história era a seguinte. Simeon, judeu de Viena, comprara um peixe para o jantar e quis prepará-lo – e lá, na mesa da cozinha, sob a faca, o peixe abriu a boca. O peixe disse "Shemá Israel", o que um judeu deve dizer antes da morte – e talvez tivesse acrescentado algo, mas era tarde, cortaram-lhe a cabeça. O rabino disse que não podia deixar de ser um *dybbuk*, uma alma errante decepada do corpo; e por isso o peixe fora enterrado em terreno comum, junto com as pessoas. Às vezes, a gente se sente como este peixe, um viticultor da décima primeira hora, um homem da última chamada – que talvez apenas no último minuto consiga dizer e fazer o necessário.

Cada museu de Viena tinha mais ou menos a mesma ocupação que eu, enfrentado a tarefa à sua maneira. No Museu de Artes Aplicadas havia algo como um Valhala das mobílias; em uma das salas não estavam expostas coisas, mas seus fantasmas – sombras tristes de cadeiras Thonet lançadas em uma longa tela branca. Lá era possível ler os nomes de batismo, plenamente humanos, de cadeiras de balanço e poltronas, Heinrich e Moritz, e na Heinrich eu reconheci nossa cadeira de palha de Saltykova, que, apoiada em três pernas, chegara até os dias de hoje. Nas proximidades, repousava em veludo negro uma floresta de pelos, penas e agulhas de bordado antigo, e via-se a que ponto ela consistia de buracos e hiatos (como minha história consistia de lacunas e silêncios).

No Museu de História Natural, as janelas estavam revestidas de algo, e via-se Viena como que através de uma espessura de cinzas. Na reconfortante penumbra à moda antiga, a escala de Lamarck desdobrava-se para trás: amostras de experiências do laboratório natural, ursos, grandes e pequenos, muitos gatos malhados, o parque com as renas e antílopes do conde, com seus pescoços e chifres, girafas e todos os outros, alguns dos quais inesperadamente semelhantes a artefatos culturais – com pontos e traços, como um vaso de barro. Depois vinham aves empalhadas, ainda mais mortas, enrodilhadas, mas conservando a coloração, e fileiras terríveis de recipientes de vidro – uma coleção de uns ossos ligados à produção de sons, e extraídos diretamente das canoras. Em algum lugar ali, em meio a papagaios e corvos, havia uma ave cinzenta que não era grande, forrada de penugem, com uns estranhos toques de vermelho na cauda e acima das sobrancelhas, chamada *Aegintha temporalis*, e eu, também uma *temporalis*, acenei-lhe a cabeça, como a uma parente, a caminho dos cirrípedes e dos anelídeos, dos peixes no formol, em cima de suas caudas.

Karl Kraus escreveu que *Immer paßt alles zu allem, everything suits everything* (nas palavras de Tsvetáieva, *tudo rima*). O fato de que cada novo elemento da série da cidade servia de metáfora e explicava-me a seu modo minha história era interessante, mas não alterava as coisas. Eu sabia que o verdadeiro *Aleph* dessa história já estava no meu bolso.

Era uma figurinha de porcelana branca, pequena, de três centímetros de comprimento – a modelagem muito convencional de um menino nu de cabelos cacheados, que poderia passar por cupido se não fossem as meias longas. Fora comprado na barafunda de um antiquário de Moscou, onde se deram conta, com demora, de que uma coisa do passado custa caro. Mas também era possível encontrar coisinhas que custavam copeques, e assim, em um balcão com diversos tipos de bijuterias, vi uma caixa em que esses meninos brancos jaziam em um montículo. O mais estranho é que dentre eles não havia um único inteiro, todos eles demonstravam diversos tipos de mutilações: alguns estavam sem perna ou rosto, e todos, sem exceção, com quebras e cicatrizes. Fiquei escolhendo um bom tempo, procurando o mais atrativo, e achei o mais bonito. Ele se conservava quase por inteiro, e reluzia com um brilho de presente. Cachos e covinhas estavam no lugar, assim como as meias, com seu bordado com estrias, e nem a mancha esquerda nas costas, nem a ausência de braço impedia-me de me deleitar com isso tudo.

Mas eu, naturalmente, perguntei à proprietária se não haveria um menino mais inteiro e, como resposta, ouvi uma história que resolvi verificar. Aquelas figurinhas de copeques tinham sido produzidas em uma cidade alemã por meio século, ela disse, no final dos anos 1880. Vendiam-nas onde calhasse, nas mercearias e armazéns, mas sua função principal era outra: baratas e despretensiosas, eram empregadas como amortecedores móveis no transporte de carga – para que as coisas pesadas daquela época não descascassem umas as outras, ao baterem no escuro. Ou seja, os meninos eram feitos de caso pensado para a mutilação, e mais tarde, antes da guerra, a fábrica fechou. Os depósitos abarrotados de produtos de porcelana ficaram trancados, até serem bombardeados – e, algum tempo depois, quando abriram as caixas, revelou-se que nelas só havia fragmentos.

Lá comprei meu menino sem anotar nem o nome da fábrica, nem o telefone da proprietária, mas sabendo que infalivelmente levava no bolso o fim do meu livro: a resposta dos problemas, que costuma ser procurada nas últimas páginas do manual. Ele dizia tudo ao mesmo tempo. Que nenhuma história chega até nós intacta, sem pé quebrado e rosto rachado. Que lacunas e hiatos são os companheiros irrevocáveis da sobrevivência, seu motor oculto, o mecanismo de aceleração posterior. Que apenas o trauma nos transforma, de produto de massa, em um *nós* avulso, sem ambiguidade. E, naturalmente, que eu mesma sou como esse menino, um produto de larga produção, produzida pela catástrofe coletiva do século passado, sua *survivor* e beneficiária involuntária, por milagre vendo-me entre os vivos e no mundo.

E, de qualquer forma, a figurinha que eu escolhi não era das mais desgraçadas: essas, as sem cabeça, eu deixei jazendo naquela caixinha. Em determinados contextos, afirmava há cento e poucos anos a Escola de Viena de História da Arte, consideram-se belas apenas coisas "novas" e "inteiras", enquanto coisas velhas, fragmentadas e desbotadas são tidas como monstruosas. Ou seja – continuo eu –, a conservação do objeto é sua dignidade, seu colarinho engomado, sem o qual ele perde direito às relações humanas.

E assim foi; pensando tudo que eu pensava sobre a incompletude e fragmentariedade de qualquer testemunho sobrevivente, no coração, eu continuava a exigir dele completude-e-conservação. A mutilação do menino de porcelana não devia ser demasiada – curto e grosso, eu queria que fosse agradável para mim contemplá-lo. Semianiquilado há um século, ele devia parecer novinho.

Ao levar a compra comigo, lembrei-me que já tinha lido a esse respeito. Foi na prosa de Tsvetáieva, na narração sobre os passeios de infância no bulevar Tvierskói, na direção do monumento negro de ferro fundido.

Com o monumento de Púchkin, havia ainda uma brincadeira especial, uma brincadeira minha: depositar em seu pedestal a bonequinha branca de louça, miudinha, do tamanho do meu dedo mindinho – que era vendida nas lojas de louça, quem cresceu em Moscou no final do século passado se lembra, havia gnomos embaixo de cogumelos, havia crianças embaixo de guarda-chuvas, – depositar no pedestal do gigante uma bonequinha tão pequena assim e, aos poucos, percorrer com os olhos de baixo para cima toda a escarpa de granito, até ficar com torcicolo – e comparar o tamanho... O monumento-de-Púchkin, eu embaixo dele e a bonequinha embaixo de mim foi também minha primeira aula prática de hierarquia: eu diante da bonequinha sou gigante, mas eu diante de Púchkin sou eu. Isto é, uma menininha. Mas que vai crescer. Eu para a bonequinha sou o que o Monumento-de-Púchkin é para mim. Mas o que é então para a bonequinha – o Monumento-de--Púchkin? E depois de me torturar com tanta pensação – de repente fez-se a luz: é que ele para ela é tão grande, que ela simplesmente não o vê. Ela pensa – uma casa. Ou – um trovão. Mas ela para ele é tão pequena, que ele também simplesmente – não a vê. Ele pensa – não passa de uma pulga. Mas a mim – ele vê. Porque sou grande e gorda. E logo vou crescer mais ainda.[62]

---

62 Paula V. C. de Almeida, O meu Púchkin *de Marina Tsvetáieva: tradução e apresentação*. Dissertação (Mestrado). Faculdade de Filosofia, Letras e Ciências Humanas, Universidade de São Paulo, 2008, p. 48-49.

Com os anos, o bibelô não perdeu o hábito de dar lições (Tsvetáieva enumera as suas, as recebidas: lições de escala, de material, de número, de hierarquia, de pensamento); o fato de o objeto de ensino ter mudado já não é tão surpreendente. Eu pensava nisso ao levar o menino de porcelana no bolso, por esta e aquela *strasse*[63], acariciando com os dedos suas costas invisíveis, e já imaginava como ele ficaria na capa do livro sobre a memória: a ausência de braços deixava-o mais alto, a cabeça cacheada olhava adiante, como a figura na proa de um navio, as meias nabokovianas de três quartos, a brancura envernizada. Numa noite chuvosa, o bonequinho caiu do bolso e despedaçou-se no chão ladrilhado da casa velha.

O menino desmanchou-se em três partes, o pé com a meia fora parar embaixo do fundo da banheira, corpo e cabeça jaziam separados. Aquilo que ilustrava minimamente a totalidade da história da família, e minha própria, subitamente tornou-se alegoria: da impossibilidade de contá-la, da impossibilidade de sequer guardar algo, e da minha plena inaptidão para me construir a partir de fragmentos do *passado* alheio, ou pelo menos apropriar-me dele de forma convincente. Peguei do chão o que encontrei e depositei na escrivaninha, como peças de um *puzzle*. A coisa era irreparável.

---

63 Rua. Em alemão russificado no original.

SEXTO CAPÍTULO
interesse amoroso

Em meu último dia em Viena, visitei mais uma vez dois lugares terrivelmente parecidos um com o outro. Eram, como dizer com mais exatidão, sistemas de armazenamento – acumuladores especialmente construídos para lidar com os resíduos da existência humana, o que resta depois que você mesmo não resta.

Na cripta da Michaelkirche, ossos humanos foram inventariados e colocados em ordem com toda meticulosidade possível. Acumulados sob a igreja por centenas de anos, eles foram de alguma forma selecionados por tipo e tamanho, tíbia a tíbia, e dispostos em pilhas regulares. Os crânios lisos são guardados à parte. A dama que encabeçava nossa excursão portava-se com o terrível ânimo dos guias: ordenava ir à direita-esquerda, fazia piadas com a mortalidade terrena e chamava nossa atenção para a maravilhosa conservação dos sapatinhos e corpete de seda de uma mulher grávida de rosto escuro, de batata, colocado à mostra em um caixão separado. *Wie huebsch*[64], ela disse, com entusiasmo: uma gracinha, não é verdade? De fato, em seu domínio subterrâneo reinava uma espécie de aconchego, baseado na hierarquia. O que não perdera o aspecto de mercadoria, o que permanecera não completamente desencarnado, era levado à

---

64 "Que lindo". Em alemão no original.

observação geral; o restante era desmontado em peças sobressalentes e levado para longe, para a periferia da desmemória e do olvido.

A segunda parada foi o Josephinum, o museu do mecanismo humano, como chamavam-no no século dezenove: o corpo entendido como um templo, revelando de bom grado ao observador esclarecido seu interior. O museu era médico; ao visitá-lo, eu fazia uma reverência à bisavó Sarra, a seu amante búlgaro, que recebera seu diploma de medicina em Viena, ao complexo edifício das *ciências exatas* de então. O que outrora foi a modernidade triunfante, o desfile de gala dos feitos da medicina, o deleite do estudante e orgulho do professor, tornara-se agora uma espécie de gabinete de coisas pitorescas, um parque da velha ordem, recordando doutores de bigodes e enfermeiras engomadas. Lá havia todo tipo de tubinho e martelinho privado de trabalho: instrumentos cirúrgicos, tesouras e pinças, microscópios de bico de ferro. Tudo aquilo era obsoleto, coisas sem dono que tinham se transformado em uma coleção de curiosidades, e jaziam ali debaixo de um vidro – fraldas e chocalhos de uma profissão que já crescera há tempos. A única coisa que não envelhecera em absoluto eram os próprios, por assim dizer, corpos.

Os corpos do Josephinum – não sujeitos ao envelhecimento, diferentemente de seus originais rapidamente deterioráveis – tinham sido feitos de pura cera de abelha, para glória do Iluminismo, da razão e do demonstrativo. Havia todo um regimento deles: mais de mil modelos anatômicos feitos sob encomenda do imperador José II. Foram esculpidos em Florença, sob inspeção de Paolo Mascagni, autor de um grande atlas anatômico, filósofo e livre-pensador, e trazidos em mulas através dos Alpes, enquanto na vizinhança – de Grenoble a Toulouse – a França acordada revolvia-se por todos os lados, e aproximava-se o ano de 1789. Foram transportados Danúbio abaixo e postos em exibição em prol da ciência – e ei-los vivinhos, postados, como atletas vencedores, em suas caixas de pau-rosa e vidro.

O homem racional é servido nestas salas como uma iguaria: aberta a cavidade abdominal, na qual, como em um restaurante, estão dispostos os belos órgãos reluzentes, o fígado laqueado, os engraçados testículos pendurados em seus cabos. Apoiadas nos cotovelos ou estendidas, as personalidades de cera[65], desnudadas até o esqueleto – ou até a carne vermelha, nos fios desenrolados das veias – apresentam a fatura arestosa do tecido muscular, as placas de gordura, os pentes inteligentes dos pés e metacarpos. Marquesas jogam para trás as cabecinhas cacheadas, desnudando a formação helicoidal e em tubos da garganta. Tudo isso exala uma imortalidade indiferente: a penugem da virilha, as pérolas no pescoço intocado, a mecânica do corpo, aberto como um estojo.

Mas ali, como em tudo ao meu redor nos últimos anos, o Josephinum revelou-se a resposta da vez à pergunta que gira em minha cabeça. Os maravilhosos corpos inanimados estavam privados de seu sentido inicial (instruir, testemunhar, esclarecer) e ficavam ali vazios, como estavam vazios, nos outros museus, as carruagens e cafeteiras. As coisas, ao saírem de uso, paulatinamente perdem sua materialidade, e viram em nossa direção sua nova face, desumana, regressando à sua qualidade inicial: cera, tinta e argila. O passado fica selvagem, a desmemória cresce como uma floresta.

---

65 Título de uma novela (1931) de Tiniánov que retrata os últimos dias de Pedro, o Grande, quando é feita uma réplica em cera do monarca (a "personalidade de cera").

*

Há oito anos, uma amiga compilou um grande livro de entrevistas com literatos, em que eles contavam a respeito de si mesmos. Infância, juventude, amizades e confrontos, poemas iniciais e não iniciais; o volume ficou excelente – minha entrevista não está lá, e eis o porquê. Tentamos duas vezes, com intervalo de, ao que parece, dois anos, e tudo isso decididamente não prestou para o livro – mas, nas gravações de ditafone de nossas conversas havia algo espantoso, ainda que absolutamente supérfluo para o livro e sua tarefa. Ambas as transcrições eram parecidas, como irmãs gêmeas; seus pontos centrais coincidiam, assim como as anedotas, sobre as quais, como se fossem pedras, saltitava nossa conversa. E lá não havia absolutamente nada a meu respeito, fosse ridículo ou não; nas muitas páginas impressas, eu, até com alguma audácia, revisava as lendas domésticas, ia para cima e para baixo nas linhas da história familiar, esquivando-me com virtuosismo de qualquer tentativa de falar de mim. Perguntas diretas eu, naturalmente, respondia, e como essas respostas eram insípidas, forçadas, nasci, estudei, escrevi e li isso e aquilo – e com que prazer eu, virando no ar e abanando a cauda, voltava a cair na água livre da vida alheia dos parentes. Assim, nada saiu daquilo; mas guardei as gravações, como o raio X de uma fratura, para qualquer eventualidade. E vieram a me servir alguns anos depois.

Eu então estava lendo o trabalho clássico de Marianne Hirsch, *A geração da pós-memória* – mais ou menos como um guia de viagem para minha própria cabeça. O que ela descreve ali: o interesse fixo, insistente, pelo passado da própria família (mais amplamente, pela populosa moldura humana que rodeou estas vidas, pelo espesso pelame de sons e cheiros, pelas coincidências e simultaneidades, pela sincronia do trabalho das engrenagens da história), o tédio prático com que eu dissipo minha própria contemporaneidade na direção de lá, de trás, deles, e a sensação de um conhecimento exato, visceral, de como era então – os itinerários dos bondes, os tecidos bufantes nos joelhos, as músicas zumbindo nos alto-falantes –, tudo isso eu reconhecia em meia frase, com uma citação. A narrativa de si mesma revela-se uma narrativa dos ancestrais, eles se descortinam às minhas costas como um grande coro de ópera, encarregando-me de solar – só que a música fora escrita há não menos que setenta anos. As estruturas que emergem das águas escuras da história eximem-se de qualquer linearidade: seu meio natural é a copresença, o soar simultâneo das vozes de outrora, opondo-se à evidência do tempo e da desintegração.

O trabalho da pós-memória é uma tentativa de avivar essas estruturas, dar-lhes corpo e voz, animando-as conforme a própria experiência e entendimento. Assim Odisseu convocou as almas dos mortos, e elas voaram ao encontro do cheiro do sangue sacrifical. Elas eram nuvens, gritavam como pássaros; ele as enxotou, permitindo achegar-se ao fogo apenas aquelas com as quais desejava falar; o sangue era indispensável – sem ele, não havia diálogo. Hoje, para que os mortos falem, há que lhes abrir espaço no próprio corpo e mente – trazê-los para dentro de si, como bebês. Por outro lado, o fardo da pós-memória repousa nos ombros dos filhos: a segunda e a terceira geração dos que sobreviveram e se permitiram olhar para trás.

Os limites da pós-memória foram traçados por Hirsch com rigor pensado. O próprio termo foi criado e aplicado por ela no âmbito dos *Holocaust studies* – no território-cratera que sobrou da Catástrofe. A realidade que ela descreve provém da experiência direta, tanto a própria quanto a que está perto. É o cotidiano daqueles cujos pais e avós calcularam a própria história a partir da catástrofe dos judeus da Europa, como dantes se fazia a partir do dilúvio – ela não pode ser suplantada, nem retrabalhada, fica como a coordenada inicial, o pré-texto irrevogável de sua existência. A necessidade de confirmação da memória do que ocorreu, da memorização como forma mais elevada de justiça pós-morte encontra-se aqui com um tipo especial de dependência. Um conhecimento que não pode ser extirpado nem explicado cega; é como a fulguração mais ardente, que você vê por toda parte, em qualquer lado para o qual olhe. Nessa luz, de fato, tudo que não tiver relação direta para com o *então* perde em escala e volume – como se não tivesse passado na prova da experiência da injustiça extrema.

Daí a inquietante, insistente ampliação do passado nas consciências daqueles que são enfeitiçados por ele. Isso possivelmente seja sentido com especial agudeza por aqueles que a catástrofe deixou escapar, não conseguiu morder, cujos próximos não passaram pelos campos de extermínio mas, nas palavras de Hirsch, foram "pessoas deslocadas, fugitivos, vítimas de perseguição e guetização". A situação do sobrevivente inevitavelmente produz seu tipo de desfocagem ética: é difícil não entender que o lugar que você ocupa na atmosfera deste mundo poderia com facilidade ser preenchido por um outro. Além disso, ele pertence, por direito, a esses outros não realizados e destruídos. Primo Levi fala disso de forma extremamente direta: "Sobreviviam os piores, isto é, os mais adaptados; os melhores, todos, morreram"[66].

---

66 Primo Levi, *Os afogados e os sobreviventes*, tradução de Luiz Sérgio Henriques (Paz e Terra, 2ª edição, 2004), p. 71.

Os *não melhores*, beneficiários de um acaso geográfico ou biográfico, os de constituição afortunada (o quanto isso foi possível naquela ou nalguma época) devem a contragosto se conformar a um imperativo invisível. A questão aqui não é apenas, com vontade ou contra ela, fazer melhor do que o que foi destinado a você; mas antes ver constantemente o mundo como um apartamento recém-abandonado: os donos não estão mais lá, e eis-nos sentados em sofás órfãos, sob fotografias alheias, aprendendo a considerá-los como parentes, sem ter direito especial a isso.

Esse tipo especial de feitiço é um ângulo constante de visão que assegura a presença do passado no presente, poderoso na medida em que funciona como um filtro de luz ou óculos escuros, ora tapando-nos o dia de hoje, ora colorindo-o com outros tons. A impossibilidade de salvar o perecido torna o olhar especialmente intenso – se não o olhar de Medusa, com o qual o mundo que se vai é petrificado e transformado em memorial-monumento, então no olhar suspenso de Orfeu: uma fotografia instantânea, vertendo o não vivo no vivo.

Agora muita gente se ocupa de tentativas de tirar a memória do resguardo, da escuridão intrauterina da *pequena história*, de fazê-la visível e audível; à medida que saem à luz novos livros e filmes, a escala da operação de salvamento torna-se total, e as histórias de amor privadas, algo do gênero de um projeto coletivo. Essa tarefa parece reduzir-se ao que certa vez formulou Hannah Arendt, falando da diferença entre a cálida densidade das sociedades deslocadas do mundo para o não mundo – e a luminosidade do espaço público com a qual começa o mundo. Hirsh, aliás, descreve a pós-memória não como um projeto ou, digamos, uma variedade especial da *sensibility* contemporânea, mas como algo significativamente mais amplo: ela "não é um movimento, método ou ideia; vejo-a antes como uma estrutura de restauração de conhecimento traumático e experiência personificada, acima e através das gerações".

Quer dizer que a pós-memória revela-se uma variedade de uma língua interior, estabelecendo a continuidade, produzindo ligações em linhas horizontais e verticais (e, possivelmente, cortando os que não têm direito de falá-la). Mais do que isso, ela se converte em forma de alimentação, na qual a própria realidade pode se transformar de uma maneira especial, mudando o colorido e correlações costumeiras. Susan Sontag certa vez descreveu a fotografia de modo análogo: ela "não é, antes de tudo, uma forma de arte. Como a língua, é um meio em que as obras de arte (entre outras coisas) são feitas"[67]. E como uma língua, como a fotografia, a pós-memória é mais ampla do que sua função direta – ela não simplesmente aponta para o passado, mas modifica o presente: faz da presença do passado uma chave para o cotidiano.

E o círculo de pessoas engajadas na troca térmica passado-presente já é significativamente mais amplo do que o das que sentem uma ligação com a história do judaísmo europeu, ou até a presença de uma ferida-trauma, que faz de uma ruptura no tecido do tempo um ponto de não retorno, uma fronteira entre o então e o agora. Essa própria fronteira, vista com os olhos da memória familiar, oral, é demasiado parecida com aquela que divide o tempo da inocência e o, por assim dizer, turvamento. As recordações de vovó, as memórias da bisavó, as fotografias

---

67 Susan Sontag, *Sobre a fotografia*, tradução de Rubens Figueiredo (Companhia das Letras, 2004), p. 83.

do bisavô testemunham o *então*: o mundo não danificado, onde tudo e todos estão em seus lugares, e assim teriam permanecido se não tivessem vindo as trevas. Nesse sentido, a pós-memória é não histórica; mas a própria contraposição de memória e história *paira no ar,* e virou de bom-tom preferir uma à outra.

*

Memória é lenda, História é escrita; a memória preocupa-se com justiça, a História, com exatidão; a memória moraliza, a História limpa e corrige; a memória é pessoal, a História sonha com objetividade; a memória se baseia não no conhecimento, mas na experiência: con-vivência, com-paixão, uma dor estrondosa, que exige simpatia imediata. Por outro lado, o território da memória está povoado de projeções, fantasias, deformações: fantasmas de nosso hoje, voltados para trás. "As imagens impressas em nossa consciência, os tropos e estruturas que levamos do presente ao passado, na esperança de encontrá-los lá e obter respostas às nossas questões, podem ser telas de memória – telas nas quais projetamos as demandas e desejos de hoje ou de sempre, e que encobrem de nós outras imagens, outros problemas ainda impensáveis ou inacessíveis ao pensamento", escreve Hirsch. Em certo sentido, a pós-memória trata o passado como algo cru: um material destinado à edição. "Imagens fotográficas de arquivo, nos textos da pós-memória, impreterivelmente são modificadas: são cortadas, aumentadas, projetadas em outras imagens; são reapreciadas, privadas de contexto ou inseridas em novo contexto; são levadas a novos textos e novas narrativas." Em seu aspecto original, elas eram algo como um alimento que é impensável comer cru – e é preciso submetê-las a uma elaboração complexa e bem pensada, para que se tornem aptas para utilização.

O problema é que o meio de cultura da pós-memória – ou da nova memória –, aparentemente, é mais amplo que o círculo de coisas e fenômenos que constitui o material de trabalho de Hirsch. E porque a História do século vinte distribuiu generosamente pelo mundo focos de mudanças catastróficas, grande parte dos viventes pode de uma ou outra forma considerar-se sobrevivente: *resultados* de deslocamentos traumáticos, suas vítimas e herdeiros, que têm o que recordar e chamar à vida, à custa de seu próprio hoje. E ainda, talvez, porque é exatamente assim que o mundo dos vivos se relaciona com o mundo dos mortos: dormimos em suas casas e comemos de seus pratos, esquecidos dos donos anteriores. Deslocamos sua frágil realidade, botando em seu lugar nossas noções e esperanças, editamos e abreviamos de acordo com nosso próprio juízo até que o tempo nos varre para lá, onde nós mesmos nos tornamos passado.

Nesse sentido, cada um de nós é, até agora, testemunha e participante da catástrofe em curso: em face de um pronto desaparecimento, o apoio no passado, o desejo de guardá-lo, como uma reserva de ouro, logo se torna uma espécie de fetiche – objeto de amor geral, zona de consenso não dito. Os eventos dos últimos cem anos não deixaram o homem mais estável – mas forçaram-no a se relacionar com o dia de ontem como uma espécie de mala de refugiado, na qual está cuidadosamente reunido o que é mais caro. Seu real valor há tempos não significa nada: foi multiplicado inúmeras vezes pela consciência de que é tudo que nos restou.

Um dos heróis de *O dom*, de Nabókov, descreve "um quadro de fuga durante uma invasão ou terremoto, quando os retirantes levam consigo tudo o que conseguem carregar, alguém se sobrecarregando com um grande retrato emoldurado de algum parente há muito esquecido", e a indignação geral quando "alguém de repente confiscou o retrato"[68]. No meio de cultura da memória, as coisas e os eventos do velho mundo tornam-se, para nós, eles mesmos *survivors*, que por milagre conseguiram ser conservados, e cuja presença é inestimável porque chegaram até nós.

Tsvetan Todorov diz em algum lugar como a memória tornou-se hoje um novo culto, objeto de veneração de massa. Cada vez mais me parece que a obsessão universal com a memória é apenas a base, a condição indispensável de outro culto: a religião do passado, entendido à moda antiga, como um fragmento da Era de Ouro, testemunha de que antes era melhor. A subjetividade e a possibilidade da memória conferem a possibilidade de escolher qualquer segmento histórico, que há tempos não tem nada em comum com a História: para alguns, mesmo a década de 1930 pode ser o paraíso perdido da inocência e da constância. Especialmente em tempos de medo angustiante do desconhecido. Em comparação com um futuro ao qual não se deseja ir, o que já aconteceu seria algo domesticado e até parece suportável.

Esse culto tem um duplo: eles refletem um ao outro, como pontas de uma ferradura; entre eles, agora se encontra paralisada uma contemporaneidade que duvida de si mesma. A infância – segundo objeto de nosso amor culpado – também parece condenada, porque *acaba*, e sua inocência prolongada também deve ser guardada, mimada, defendida a todo custo. O passado e a

---

68 Nabókov, *O dom*, tradução de José Rubens Siqueira (Alfaguara, 2017), p. 320-321.

infância são ambos entendidos como estase, um equilíbrio constantemente sob ameaça – e são mais valorizados do que tudo nas sociedades em que o passado é constantemente deformado, e a infância, facilmente abusada.

Todo o mundo contemporâneo respira o ar da pós-memória com seus projetos conservadores e reconstruções: tentativas de ser *great again*, restaurar uma fabulosa ordem antiga. A tela revela ter dois lados, e, como ficou claro, podem projetar nela seus medos, esperanças e histórias não apenas aqueles que estão à beira da cratera, mas também os netos e bisnetos da maioria silenciosa, que aguardou a hora necessária, a possibilidade de levar à luz sua própria versão de eventos antigos. A Rússia, onde o turbilhão de violência prolongou-se incansavelmente – formando seu tipo de *série traumática,* na qual a sociedade passa de desgraça em desgraça, da guerra à revolução, à fome, à repressão em massa, a uma nova guerra e nova repressão –, tornou-se o território da memória deslocada um pouco antes dos outros países. Versões duplicadas, triplicadas, cobertas de névoas e divergentes do que aconteceu conosco nos últimos cem anos tapam-nos a luz do tempo presente, como uma camada de papel opaco.

Em casa tínhamos uma coleção de recortes da revista *Juventude,* outrora na moda, com a qual passei horas felizes na infância: versos, prosa, caricaturas provenientes de um outro cotidiano, parecido com algo que me era conhecido, mas como que deslocado ou colorizado. O que me agradava naquelas revistas hoje me parece ainda mais estranho: a *sensação de começo* – perspectivas plenamente voltadas para o futuro e apaixonadas por esse futuro. Lá tudo era sobre o novo; contos sobre uma caixa de laranjas em uma distante área de construção do norte, versos jogando com o sentido duplo de heroína, e quadros com um par cômico de *extravagantes* (ele de barbicha, ela de franja) trocando audazmente uma mesa fora de moda com xairel de renda por uma moderna, com três extremidades fininhas. Estava subentendido que trocavam seis por meia dúzia, não havia diferença: o elemento soviético exigia dos cidadãos indiferença para com o dia a dia e suas alegrias pequeno-burguesas. Do ponto de vista de hoje, aguçado pela saudade do passado, a caricatura parece mais sombria do que se tencionava: gente jovem, de boa vontade, joga fora da vida o *velho mundo*, com seus pezinhos entalhados e sólida firmeza de carvalho. E assim foi: nos anos 1960 e 1970, os monturos moscovitas encheram-se de mobília antiga; também nosso aparador de quatro metros com vidro alto e colorido foi largado no apartamento comunal da rua Pokrovka – não havia lugar para ele sob os tetos baixos da casa nova.

Não havia ninguém para condenar meus pais, a indiferença por esse tipo de evento era geral e plena. Mais ainda, em sua conduta irracional havia temeridade juvenil: trinta anos depois da guerra, a prontidão em se separar de coisas intactas, robustas e úteis testemunhava sua fé na estabilidade da existência. Em outras casas, continuavam guardando para um dia adverso pilhas de sabão doméstico, cereais, açúcar e rodelas de papel com pó dentifrício.

SÉTIMO CAPÍTULO
a injustiça e suas facetas

Há muitos anos, em um hospital de Moscou, estava internado o pai de uma amiga minha, um matemático, que estivera no *front*, um homem notável em diversos aspectos. Estava claro que já quase não lhe restava mais nada de vida, uma semana ou menos, e eis que, certa manhã, ele pediu a ela que viesse mais uma vez no mesmo dia, sem falta, à noite, junto com a mãe. Certa vez, há muitíssimo tempo, ocorrera-lhe uma coisa na qual ele pensara a vida inteira, desde então, e nunca dissera a ninguém; de alguma forma, sem que ele proferisse palavra, entendia-se que lhe sucedera um milagre, algo assombroso, que não cabia nos moldes de uma conversa normal. E agora ele temia não ter tempo de contar e pedira às pessoas próximas que se reunissem para ouvir. À noite, quando elas chegaram, ele já não tinha forças, pela manhã ficou inconsciente e morreu alguns dias depois, sem dizer o que queria. Essa história – assim como a própria possibilidade-impossibilidade de ficar sabendo, por fim, de algo indispensável e salvador – pairou sobre mim, como uma nuvem, por muitos anos, e por todo esse tempo com significados diferentes. Normalmente eu extraía dela uma moral simples, algo como uma convocação a me apressar a dizer todo o possível; às vezes, parecia-me que, em casos especiais, a própria vida vem e apaga luz, para não perturbar quem fica.

É espantoso, eu disse recentemente à minha amiga, que vocês não tenham ficado sabendo o que exatamente ele queria dizer; penso com muita frequência no que aconteceu com ele, e quando – na guerra, provavelmente, não? Ela me pediu educadamente para repetir, como se não acreditasse no que estava ouvindo, mas sem querer duvidar da minha franqueza e seriedade. Depois disse suavemente que nunca ocorrera nada daquilo. Perguntou se eu tinha certeza de que aquilo acontecera exatamente na família dela, era possível que eu tivesse lembrado errado.

E não falamos mais disso.

*

Quando a memória coloca passado e presente em acareação, isso é feito em busca de justiça. A paixão pela justiça, como uma comichão na pele, rasga de dentro qualquer sistema estabelecido, obrigando a procurar e exigir reparação – especialmente quando a questão se refere aos mortos, que não têm ninguém para defendê-los além de nós.

Pois a morte é a injustiça básica, o grau extremo do desrespeito do sistema – se por ele entendermos a ordem mundial –, pelo indivíduo. A morte remove as fronteiras (entre mim e a inexistência), redistribui valores e avaliações sem me pedir permissão, priva-me do direito de participar de qualquer comunidade humana (além da geral, que abarca todos os desaparecidos), faz da minha existência um nada. Aquilo que busca nosso coração, que não é propenso a conciliar-se com a injustiça, é a vitória sobre a morte, a eliminação dessa falha básica. Por séculos houve uma promessa de salvação – ademais, simultaneamente não seletiva e individual, a ressurreição geral de que fala a doutrina cristã. A salvação é segura apenas sob uma condição: de que em algum lugar, ao nosso lado, e além de nós, deve existir outra memória, sábia, capaz de reter em sua mão tudo e todos, o existente e o ainda inexistente. O sentido do serviço fúnebre e a esperança dos que o presenciam resume-se ao "dai-lhe lembrança eterna" – onde *salvai* e *conservai* significam a mesma coisa. A sociedade secular remove da equação a ideia de salvação – e a construção perde o equilíbrio de um golpe. Sem a instância de salvação, a salva-guarda perde o prefixo e se revela uma espécie de armazém muito respeitável: um museu, uma biblioteca, o acumulador, garantindo uma forma condicional e limitada de imortalidade – um dia longamente prolongado, a única versão da *vida eterna* acessível em regime de emancipação. As revoluções técnicas, uma atrás da outra, fizeram possível a aparição desses hiperacumuladores – e "possível", na língua da humanidade, já quer dizer "necessário". Nos tempos antigos, a memória da pessoa era entregue às mãos do Senhor – e esforços suplementares para sua conservação eram em certo sentido redundantes, se não supérfluos. Uma longa memória ficava como privilégio de poucos – daqueles que sabiam ou queriam muito permitir-se isso, mas era possível morrer e ressuscitar sem isso –, e a tarefa de se lembrar de todos era delegada à instância mais elevada.

Tentativas de materializar a memória, de fixá-la, normalmente resumiam-se a uma lista do admirável ou notável; no *Fedro*, de Platão, fala-se com desdém da memória escrita:

> só se lembrarão de um assunto por força de motivos exteriores, por meio de sinais, e não dos assuntos em si mesmos. Por isso, não inventaste um remédio para a memória, mas sim para a rememoração. Quanto à transmissão do ensino, transmites aos teus alunos não a sabedoria mas apenas uma aparência de sabedoria, pois passarão a receber uma grande soma de informações sem a respectiva

educação! Hão de parecer homens de saber, embora não passem de ignorantes em muitas matérias e tornar-se-ão, por consequência, sábios imaginários, em vez de sábios verdadeiros.[69]

No século dezenove, com suas revoluções técnicas, a memória de repente torna-se uma prática democrática, e o arquivamento, uma questão geral e importante. Isso é chamado e percebido de outra forma, porém a repentina necessidade de obter fotografias da família torna-se cada vez mais aguda. A voz, alheada do corpo, soando por vontade externa, inicialmente provoca horror ou pasmo – mas aos poucos o pavilhão do gramofone é domesticado, e nas *datchas* ao redor de Moscou ouve-se a Viáltseva[70]. Tudo isso acontece devagar, e inicialmente parece que o sentido do acontecimento é claro, e se resume ao velho sistema de coleta de exemplos: registramos apenas coisas importantes, a voz de Caruso, um discurso do *kaiser*. Aparece o cinema – mas ele também tem um simples sentido funcional, é mais uma maneira de contar uma história. Agora, da guarita retrospectiva da experiência tardia, você entende que o que era tido em mente (por quem?) era algo absolutamente diferente, levando ao ponto mais alto de todo esse progresso – a criação de vídeos domésticos e paus de *selfie*, que conferem a cada um a possibilidade de guardar tudo. A imortalidade como a conhecemos é entendida como truque: o desaparecimento pleno e definitivo de cada um de nós pode, como a pedra tumular, ser encoberto com peque-

---

69 Platão, *Fedro,* tradução de Jesué Pinharanda Gomes (Guimarães Editores, 2000), p. 121.

70 Anastassia Viáltseva (1871-1913), meio-soprano russa, alcunhada de *Incomparável.*

nos enganos que dão a sensação de presença. E, quantos mais os pequenos enganos – a conservação de momentos, réplicas, fotografias –, mais suportável parece a inexistência nossa e dos outros. O lixo visual e verbal do cotidiano subitamente tornou-se respeitável; não é mais varrido, é guardado para um dia adverso.

Poderia parecer que, para se tornarem estratos culturais (e elevar o nível da *Roma geral* em ainda mais um metro), as coisas e práticas da nossa vida deveriam necrosar, dissipar-se, passar por desintegração, como tudo que é feito pelo homem. Coisa estranha: com a aparição da fotografia e da gravação sonora, aconteceu com elas o mesmo que hoje ocorre com o lixo. Ele não sabe mais se decompor – e por isso se acumula, não quer tornar-se terra, totalmente inútil para o futuro. O que não sabe se modificar é infrutífero – ou seja, condenado, ao que parece.

Nas salas de visitas do começo do século vinte, ainda estava em moda manter animais empalhados de diferentes tipos e tamanhos – de cabeças de veados e javalis nas paredes a passarinhos pequenos, enchidos de serragem com tamanha delicadeza que essas criaturas pareciam vivas com suas asas plumosas, e bem menos agitadas do que quando esvoaçavam e gorjeavam. A literatura conservou anedotas de velhas senhoras que sucessivamente empalhavam gerações de cães e gatos mortos, até a casa com telas na lareira e retratos pesados ir a leilão junto com uma dúzia de *terriers* empoeirados. Havia outras maneiras, mais radicais, de conservar quem lhe era caro: na vila de Gabriele d'Annunzio até hoje exibe-se *memorabilia* feita da casca de sua querida tartaruga. Alimentada até chegar a dimensões gigantescas, dizem que ela mal conseguia rastejar pelos aposentos e veredas da propriedade com o nome triunfal de Vittoriale degli Italiani, até morrer de glutonaria – e então o corpo que adquirira foi raspado de seu engaste córneo, e este se tornou um prato, uma chique selha de tartaruga, que enfeitava a mesa e lembrava os visitantes do poeta de dias melhores.

O *status* movediço, problemático que os mortos granjearam na época da reprodutibilidade técnica transformou sua existência em *tarefa*: se não esperamos a manhã radiante de um novo encontro, é preciso agir com todos os meios em prol do que restou deles. Esse sentimento ergueu-se outrora de uma vasta onda de suvenires fúnebres, anéis de cabelos com iniciais, fotografias dos mortos, nas quais estes pareciam muito mais animados do que os vivos – a duração infinita da exposição fazia quem estava posando ficar irrequieto, com movimentos miúdos, borrando-lhe os traços até a plena desolação, de modo que não dava para entender quem, no bem-vestido grupo era o querido defunto e quem eram os enlutados. Em meados do século, a coisa chegou ao ponto extremo, considerando o corpo maquiado do líder político exibido em um caixão de cristal na grande praça da cidade.

A onda que se arma há dois séculos nos alcançou – mas, em lugar da ressurreição do passado, a coisa terminou com artesãos especializados em empalhamento e fabricação de modelos de tamanho natural. Os mortos aprenderam a conversar com os vivos: suas cartas, mensagens de voz, respostas em *chats* e redes sociais podem ser decompostas em elementos minúsculos e integradas em um programa que responderá às minhas perguntas com as palavras daqueles que eu amava. Há dois anos existe um aplicativo assim na *App Store*: lá já é possível falar com a pessoa conhecida como Prince, e com Roman Mazurenko, de 26 anos, morto de forma absurda ao atravessar a rua; se alguém lhe perguntar "Onde você está agora?", ele responderá "Amo Nova York", e não ocorrerá nenhum constrangimento, as costuras se unem, o postigo não se abre, um calafrio não percorre a pele.

O leque de possibilidades apresentado pelos novos portadores altera as maneiras de percepção: nem a história, nem a biografia, nem seu texto, nem o alheio são mais percebidos como uma cadeia – como eventos que se desenrolam no tempo, unidos por uma cola de causas e consequências. Por um lado, só é possível ficar contente com isso: na época digital, ninguém vai embora ofendido, no espaço ilimitado de acumulação todos encontram lugar. Por outro lado, o velho mundo da hierarquia e dos narradores apoiava-se na seletividade, no fato de que não se falava sempre, nem tudo. Em certo sentido, junto com a necessidade de escolha (entre bom e ruim, por exemplo), desaparece a própria jurisdição do bem e do mal – resta um mosaico de fatos e pontos de vista tomados como fatos.

O passado transforma-se em *passados*: camadas-versões que existem simultaneamente e com frequência possuem não mais que um ou dois pontos de intersecção. O conhecimento sólido torna-se plasticina – pode ser moldado. A aspiração a recordar, a restaurar, a fixar, facilmente se combina com um conhecimento e entendimento incompleto do que aconteceu. Unidades de informação, como em um brinquedo de criança, podem ser ligadas de qualquer maneira, em qualquer ordem – mudando totalmente de sentido, dependendo de para onde são conduzidas. Amigos filólogos, alemães, americanos, russos, dizem que seus alunos captam maravilhosamente subtextos, analisam pequenos temas ocultos, mas não querem ou não podem falar do texto como um todo. O dever banal da narração, assim como a exigência de contar uma história, foi reduzido a sucata, afogado em detalhes, quebrado em milhares de citações móveis.

*

Em 30 de maio de 2015, parti para sempre do apartamento na travessa Bánny, onde vivera bíblicos quarenta e um anos, surpreendendo-me com a grandeza desse período: todos os meus amigos mudaram-se de lugar em lugar, e alguns de país em país, e apenas eu permaneci, como uma Charlotte dos tempos antigos, em minha herdade, nos aposentos em que se sentavam e andavam vovó e mamãe, no vazio daquela janela em que antes ficavam os choupos piramidais do sul, plantados por vovô como em Odessa. Depois da reforma, que também teve tempo de envelhecer, as coisas como que se habituaram a viver fora dos seus lugares, mas à noite, quando você fecha os olhos e imagina o volume transparente do apartamento vazio, elas de alguma forma regressavam, misturavam-se no escuro, de modo que a cama em que eu estava deitada coincidia com os contornos da escrivaninha de então, e sua tampa cobria-me a cabeça e os ombros, a prateleira com os três macacos de porcelana, recusando-se a ver, ouvir e falar, mantinha-se alta acima de nós e, no aposento vizinho, regressavam a seu lugar as espessas cortinas laranja, a luminária coberta por um xale de seda e grandes fotografias velhas.

Agora não restara mais nada, sequer havia onde se sentar – o apartamento se transformara em uma série de caixinhas vazias nas quais se guardam botões e meadas de fios, cadeiras e sofás dispersaram-se por outras casas, no aposento do fundo ardia uma luz, intranquila como se fosse dia, e até as portas já estavam escancaradas, à espera dos novos proprietários. Depois de as chaves serem entregues em mãos e eu fitar pela última vez o céu pálido acima da varanda, a vida correu muito mais rápido do que fazia antes. O livro sobre o passado escrevia-se sozinho, enquanto eu mudava de lugar em lugar, revendo as recordações disponíveis, contando a bagagem como a dama do versinho infantil – quadrinho, cestinho, cartãozinho e cãozinho[71]. Assim, de parada em parada, cheguei a Berlim, onde meu livro congelou, e eu com ele.

A região bela e antiquada em que me instalei outrora considerava-se russa, e sempre fora literária – os nomes das ruas eram conhecidos, Nabókov vivera na casa oposta, duas depois, um homem que, por amor e consentimento mútuo, devorara vivo um camarada, e, no pequeno pátio quadrado, uma dúzia de bicicletas da vizinhança estavam presas em postes. Tudo lá implicava certa solidez, bem condicional se você pensar que a própria cidade, há muitos anos, fora importante para a humanidade antes por seus vazios e hiatos do que pelos edifícios que tinham sido colocados no lugar desses vazios. Agradava-me pensar que minhas notas sobre a impossibilidade da memória podiam ser escritas dentro de uma impossibilidade alheia: na cidade para a qual a própria História tornara-se uma ferida e recusava-se a cicatrizar com a rósea película do esquecimento.

Ela como que desaprendera a propiciar conforto a si mesma, e os moradores respeitavam essa característica; aqui e ali havia obras que não cicatrizavam, as ruas eram divididas por painéis alvirrubros, o asfalto era cortado, descobrindo as granulosas entranhas da terra, e por toda parte vagava o vento, limpando o lugar para novos baldios. Diante das entradas, quadradinhos de cobre embutidos na calçada diziam algo compreensível mesmo que você não parasse para ler os nomes e calcular há quantos

---

71 *Bagagem* (1926), poema infantil de Samuil Marchak (1887-1964), autor infantil muito popular na Rússia.

anos tinham levado alguém das casas luminosas de tetos altos para Theresienstadt ou Auschwitz.

No alegre apartamento com azulejos Mettlach, de alguma forma não consegui fazer nada do que me levara para lá. Após organizar minha vida, arrumar livros e fotografias, inscrever-me na biblioteca e receber em mãos o cartão de leitora com uma fotografia arreganhada e alheia, rapidamente reduzi todas as ocupações a uma intranquilidade uniforme e incansável, que girava sua engrenagem dentada em minha barriga. Não me lembro muito do que exatamente fazia todo dia, ao que parece, passava cada vez mais de um quarto a outro, até entender que a única coisa que conseguia fazer bem então era me deslocar. Era como se o movimento me desculpasse, os planos não concluídos eram suplantados pela quantidade de passos, pelo volume físico do percorrido. Eu tinha uma bicicleta, uma velha besta holandesa de quadro curvado e faróis amarelos na testa. Outrora branca, ela emitia, ao andar, um som metálico e resfolegante, como se o contato com o ar exaurisse-lhe as derradeiras forças, e tiquetaqueava de forma nítida ao frear. Em um antigo romance alemão do qual minha mãe gostava[72], atuava o automóvel *Karl, o fantasma da estrada* – e havia algo de próximo, fantasmagórico, na audácia com que nos infiltrávamos nos túneis invisíveis, permitíamo-nos deslizar entre pessoas e carros, sem deixar traços nem na memória delas, nem na minha, como se eu já fosse ar invulnerável, a escapar entre os dedos.

Como, pensava eu, deviam sentir saudade dessa sensação de invisibilidade e invulnerabilidade aqueles que logo, de uma forma

---

72 *Três camaradas* (1936), do alemão Erich Maria Remarque (1898-1970).

ou de outra, iriam se tornar ar e fumaça, enquanto simplesmente tinham sido condenados a andar de pé no chão pela ordem de 5 de maio de 1936, que privava certa quantidade de cidadãos do direito à posse e uso de bicicleta. Ademais, como depois se tornou claro, com uma ordem suplementar, agora eles deviam sempre ficar do lado ensolarado da rua, sem nenhuma chance de fundirem-se às sombras ou, pior ainda, permitirem-se o luxo de deslizarem sem obstáculos. Ainda por cima, essas pessoas tampouco podiam utilizar o transporte público, como se alguém tivesse estabelecido para si mesmo a tarefa de lembrar-lhes de que a máquina do corpo, da carne, era o único patrimônio que agora tinham, e apenas com ela podiam contar.

Em uma chuvosa noite de outubro, quando todos que vinham na direção contrária tinham um ângulo de inclinação artificial, mais apropriado para árvores sob o vento, dobrei na rua em que outrora vivera Charlotte Salomon que, por força de algumas circunstâncias, parecia-me quase parente, da casa em que ela morara desde o nascimento, até 1939, quando pegaram-na e despacharam-na às pressas para a França, para salvá-la do destino geral. As piores histórias de fuga e salvação são as de fim enganoso, aquelas em que, depois do milagre, sucede a ruína; foi o que ocorreu a Charlotte. Mas aquela casa berlinense separara-se de sua menina com desvelo – a menos que ela tenha tido que ver, pela janela, as multidões de manifestantes com seus oblíquos cartazes de pano, mas afinal aquelas coisas então apareciam em qualquer janela, e aquelas, lindas, com caixilhos *art nouveau* e quadradinhos racionais, simplesmente faziam seu trabalho. Agora, sob a chuva que aumentava, ardia lá uma luz débil, aliás não em todo o imenso apartamento, mas apenas em um dos aposentos, deixando os outros na penumbra, de modo que a altura do teto e do estuque lá em cima podia antes ser adivinhada do que medida. Em um livro que não reli desde a infância, mostravam em uma exposição um quadro popular de moldura dourada. Lá havia uma cidade em neve, esquinas conhecidas, janelas calidamente iluminadas – a semelhança me tirava o fôlego – até que, de uma extremidade a outra da figura, modificando os volumes, lançando sombras, vinha um cocheiro inesperado. Daí, sem saber por quê, assustei-me quando, na varanda escura, de repente ocorreu um movimento, desenhou-se uma ponta de cigarro e uma fumacinha estendeu-se com força.

Aos poucos, passei a gostar também do metrô, em ambas as suas variedades, de superfície e subterrâneo, o cheiro difuso de pão doce e borracha, o esquema monstruoso das linhas e direções. Os pombais de vidro das estações com abóbadas arqueadas, sinalizando que era possível abrigar-se debaixo delas, pareciam-me gambiarras que não mereciam confiança. Apesar disso, tranquilizei-me de imediato quando entramos no ventre de ferro da estação principal, como se seu capacete transparente garantisse uma trégua, um escurecimento rápido e pleno antes de nova saída à luz. Na plataforma sempre se apinhava uma multidão apertada, o vagão imediatamente ficava cheio a não mais poder, entrava um de bicicleta, outro com um contrabaixo em um estojo negro como um caixão, mais alto do que todos, outro com um cachorro pacificamente sentado, como se sua fotografia definitiva em branco e preto estivesse sendo tirada. Já então eu tinha a impressão de que tudo aquilo acontecia em um passado que se desprendera há tempos, a uma mão estendida de distância.

Morei alguns dias em um hotel que entretinha os hóspedes com um passatempo estranho. No longo *hall* ardia uma lareira, exalando um calor visível. Só no balcão da recepção entendia-se que estávamos reunidos em torno de um logro – o fogo alastrava-se por toda a largura de uma tela de plasma pendurada na parede e lá crepitava, criando um aconchego útil e sem perigo. Em cima, no quarto, havia uma tela igual, apenas menor, dava para ouvir da soleira o arrulho e rumor das chamas e eu, assim que entrei, sentei-me na colcha turquesa e, seguindo o desígnio alheio, pus-me a contemplar o fogo na goela.

No meio da noite, enquanto não compreendia onde achar o botão do interruptor, comecei a entender a moral, a pequena lição que os donos do hotel ofereciam aos hóspedes na qualidade de um sutil programa obrigatório – como os versinhos que enfeitam as coisas domésticas nessas regiões, requintadamente escritos ou bordados com um "Deus ajuda quem cedo madruga". Uma única acha de lenha, vertical, como outrora os jovens da fornalha ardente bíblica, era inicialmente tocada pelo fogo apenas na extremidade, como se fosse um nimbo previamente preparado, prenúncio de martírio iminente. Depois o calor aumentava, parecendo tocar também meu rosto: a chama se desdobrava, zunindo e curvando-se, e chegava até o topo da tela, o crepitar de abelha fazia-se mais intenso. Gradualmente a incandescência diminuía, o quadro tornava-se mais escuro, e então, pouco a pouco, a acha se lamuriava e desfazia-se em cinzas, em brasas vermelhas. Então a tela escurecia por alguns instantes, era sacudida por uma rápida convulsão – e de repente a imagem se arrumava, e diante de mim postava-se a acha viva, ressuscitada, como se não lhe tivesse sucedido desgraça alguma. Essas coisas (mais precisamente, essa gravação em vídeo, que parecia-me cada vez mais horripilante à medida que o tempo passava) repetiam-se a cada vez, e eu, ainda por cima, acompanhava o que acontecia cada vez mais atenta, como se esperasse por alguma diferença, ainda que fraca, uma mudança de cenário. E a árvore sempre prosseguia a ressurgir dos mortos na escuridão que se abria.

NÃO CAPÍTULO
Nikolai Stepánov, 1930

Uma vetusta folha de papel cinza datilografada.
O casamento de meus avô e avó foi registrado só no começo dos anos 1940.
"Não atardar" – não protelar.

Para o Registro Civil de Rjev do cidadão da cidade de Tvier Stepánov, N. G.

REQUERIMENTO

Pelo presente, peço ao Registro Civil de Rjev registrar a criança nascida de DORA ZÁLMANOVNA AXELROD em meu nome, como nome do pai desta criança. Enviei o documento de identidade, e ele Lhes será apresentado de acordo com Sua exigência.

Segundo dados de que possuo, é de meu conhecimento que o Registro Civil não teria registrado a criança apenas porque oficialmente (olhando para as páginas em branco do documento de identidade) não estou registrado em matrimônio com D. Z. Axelrod – porém isso não está certo.

No país dos Sovietes, não há filhos ilegítimos, nem pode haver.

Por isso creio que o não registro de meu casamento não pode causar o não registro de meu filho em meu nome.

Sem ter a possibilidade de ir agora em pessoa à cidade de Rjev, peço ao Registro Civil que atenda meu pedido, ou seja, registrar a Menina nascida de minha esposa em meu nome, segundo meu documento de identidade que lhes foi enviado, e não atardar a formalização oficial do nascimento da criança.

Assinado:
N. Stepánov

Selo do comitê regional de Tvier do PC

Certifico a assinatura do trabalhador do comitê regional da cidade de Tvier do PC (bolchevique) camarada STEPÁNOV:
   Diretorado do comitê regional da cidade de Tvier do PC (bolchevique)

Escrito à mão:
Se a criança já tiver um nome que não é meu, eu, de acordo com todas as leis em vigor, <u>insisto</u> para que seja registrada em meu nome. Não tenho o menor desejo de concordar <u>com o que Lhes convém</u>. N. Stepánov

OITAVO CAPÍTULO
falhas e diversões

De tempos em tempos, mandam a você uma imagem com uma surpresa: um postal, ou *link* da internet. O rosto na fotografia parece aos amigos espantosamente parecido com o seu: a disposição dos traços, a similaridade de expressão, cabelos, olhos, nariz. Enfileiradas, essas imagens repentinamente dão uma reviravolta e demonstram uma coisa: que entre elas não há nada em comum além do denominador-você; que, como se diz, toda coincidência é casual.

Ou não é isso? Por que essas correspondências provocam no emissor e no receptor tamanho júbilo interior, como se tivesse sido encontrado algo muito fundamental, desnudado um mecanismo oculto? É tentador considerá-las manifestações de outra ordem: uma seleção não por parentesco, nem por vizinhança, mas por desígnio – rimando com um padrão que você não conhece. Tais provas do ritmo interno da ordem mundial é difícil não valorizar, e escritores, de Nabókov a Sebald, e vice-versa, alegram-se com os badalos das sinetas – como quando a data de morte na lápide revela ser o seu dia de nascimento, vestir-se de determinada cor para dar sorte, uma semelhança com a Séfora de Botticelli ou a bisneta de alguém tornando-se causa de paixão. As semelhanças casuais como que confirmariam ao homem a legitimidade de sua presença no mundo, o parentesco de tudo com tudo, o calor seguro do ninho com seus galhos, penugem e excrementos: já estavam aqui antes de você, estarão também depois de você.

Mas essa não é a única variante. O antropólogo Bronislaw Malinowski escreveu sobre o horror e o constrangimento que observações como "ele se parece tanto com a avó" causaram em uma cultura construída em um modelo que não é o nosso habitual. "Meus informantes confidenciais explicaram-me que eu havia cometido uma falta contra o costume, que eu havia cometido o que se chama um *taputaki migila*, expressão técnica que se aplica unicamente a esse ato e que se pode traduzir assim: 'Desonrar-alguém-comparando-o-seu-rosto-ao-de-um-parente-consanguíneo'.[73]" A indicação de semelhança familiar era tomada como algo ultrajante, inconveniente: uma pessoa não se parece com ninguém, não repete nada, está aqui pela primeira vez e só representa isso. Negar isso significa duvidar de sua existência. Ou, segundo Mandelstam: *o vivente é incomparável*[74].

Há um filme bem curto (dura quinze minutos) de Helga Landauer, que foi feito há uns dez anos; mantenho-o no meu computador e volta e meia assisto, como quem relê um livro. Seu título é a palavra intraduzível *Diversions*, que pode significar praticamente tudo que você quiser: de distinção a diversão, de afastamento e caminho de contorno a manobras de distração – o próprio título é uma dessas coisas. Em vez de indicações, oferecem a mim, a espectadora, uma sucessão de setas, cada uma apontada em uma nova direção: não um plano, nem um itinerário, mas um catavento. Algo muito similar acontece também na tela.

---

73 Malinowski, *A vida sexual dos selvagens*, tradução de Carlos Sussekind (Francisco Alves, 1982), p. 213.

74 *Não compare: o vivente é incomparável* (1937), poema de Mandelstam.

Pessoas de capacetes absurdos pisam na água rasa, o bote está prestes a zarpar. Marinheiros de pés nus levam-nas ao bote nas costas, como bagagem. Na superfície da água tremem sombrinhas.
Rendas balouçam na corrente de ar.
Uma massa escura de folhas, um guarda-chuva sobre o cavalete de um pintor, a luz turva da chuva.
Crianças, como cervos, olham por detrás das árvores.
Um remo remexe a água cintilante, atravessada por um sulco comprido. Faz sol, e não se vê quem está remando.
Com um sorriso de orelha a orelha, como o de uma caveira, uma dama tira um caniço da água.
O poder triunfal dos chapéus femininos com seus pelos, penas, asas, o ápice do excesso.
Uma massa de folhas, nas quais o vento algazarra; crianças, como bichinhos, percorrem a imagem de uma ponta a outra.
Flores altas em uma base branca ficam quase invisíveis em cima da mesa, como tudo que não é importante.
Bigodes e bíceps de um atleta.
Bigodes e chapéus-coco de transeuntes apressados, um dos quais nos vê e ergue o chapéu.
Bicicletas e chapéus palheta, bengalas e pastas.
Um pinheiro caiu e um homem de roupa escura caminha lentamente pela beira do mar – veem-se apenas suas costas.
Vai gente e mais gente.
Os ridículos trens do parque apressam-se; de lá, os passageiros acenam.
Crianças espiam detrás dos ramos, como esquilos do campo.
Árvores mortas jazem ao longo do caminho.
Um homem em traje de trabalho pega água nas mãos em concha e dá de beber a um pequeno cãozinho.

Pombos pousam numa vereda do parque.
Uma moça de sombrinha procura os parentes na multidão.
Balões redondos, de flanco de cetim, levantam voo.
Dois, um está agitado, o outro tranquiliza-o.
Mulheres de saia comprida empurram bolas de ar pela relva do chão.
Um sorriso sem malícia e desajeitado aparece no canto esquerdo, como se tivessem acendido a luz.
Apressando-se, carregam para o atracadouro remos compridos, em forma de nadadeira.
A água corre sobre a costa e reflui, desnudando o cascalho.
Cadeiras dobráveis lançam sombras na areia molhada.
Um céu branco, branco, sobre o estrado com músicos.
Com a dança, saias esvoaçam.
Um menino vende violetas.
Na mesa, jornais e copos d'água, no prato um maço de cigarro Chesterfield. "Buffalo Bill", lê-se na manchete.
Um muro de tijolos iluminado pelo sol.
Um cartaz: "*Dancing* todas as noites".
Um cavalo exibe suas meias.
Caixas cheias de uvas, quer uma libra?
Os penteados das rendeiras curvadas sobre seus trabalhos.
De mãos dadas.
Um colarinho cansado pelo dia.
Um chapéu puxado sobre os olhos.
O carro vira na esquina.
Os botões de um acordeão.
Os pardais de então eram menores, e as rosas, maiores.
Homens de boné acompanham com o olhar homens de chapéu.

Ela ajustou o véu da noiva.
Uma colher deitada, encostada em um pires de café.
Gente de traje de banho faz algazarra na água cinzenta.
Detrás da cerca do jardim, grama e troncos de árvore.
Sombrinhas listradas, cabines listradas, trajes de praia listrados.
Um carrinho sem dono, bracinhos para o céu.
Bandeiras tremulam.
Um cachorro corre pela areia.
As sombras da mesa nas tábuas reluzentes do assoalho.
Nada mais fácil que considerar as blusas brancas e saias escuras, as rendeiras no trabalho comum e os que brindam nas portas do café de rua como mensageiros da memória, incumbidos de uma tarefa demasiado compreensível para mim. Tudo isso, naturalmente, é uma crônica, com antigas filmagens documentais: e o que sucede pode ser entendido como um réquiem ao velho mundo (a uma de suas partes: até onde me lembro, ele soa por décadas, quase sem se dividir em vozes autorais). Os créditos finais do filme, com uma longa lista de nomes, terminam com a única frase da autora: as últimas cenas do filme foram feitas nas praias da Europa, no fim de agosto de 1939.

Há tantos filmes documentais que se ocupam de escavar isso *tudo* que qualquer argumento, quando não rosto, parece conhecido de antemão; as multidões colhidas de supetão pela crônica cinematográfica, privadas de seus nomes e destinos, são condenadas a percorrer infinitamente a rua sob o nariz de um bonde, ilustrando qualquer tese arbitrária: "cidadãos vienenses saúdam o *Anschluss*", "ontem começou a guerra", "todos vamos parar lá". A antiga distinção entre importante e desimportante age por toda parte: o herói fala, a menina toma sorvete, a multidão fica parada, como é das multidões. O material da crônica é tratado como um estoque de acessórios cênicos; eles são muitos, e podem ser escolhidos de acordo com gosto e cor. O autor conta uma história, os passantes ilustram-na. A questão nunca está neles; eles – para empregar um termo televisivo – são imagens de cobertura: aquilo que preenche uma pausa, alegrando os olhos, sem distrair da ideia geral.

Mas, aparentemente, não passou pela cabeça de ninguém libertar essas pessoas: dar-lhes a última possibilidade de serem elas mesmas (e não representantes típicas das ruas dos anos 1920), representarem e significarem apenas a si mesmas. Landauer faz exatamente isso, sem tirar-lhes nem um segundo de tempo de tela: cada uma recebe no filme exatamente o tempo e lugar que o câmera de então conseguiu filmar. A liberdade de não ter nada subentendido, normalmente inerente à vida, e não à arte, faz de *Diversions* uma espécie de refúgio de perdidos e esquecidos, um paraíso democrático em que todos são visíveis. A diretora estabelece a longamente esperada igualdade entre pessoas, objetos e árvores, onde a cada um é concedido um lugar de respeito, como representante *do que existiu*. Em certo sentido, a convenção estabelecida aqui é o equivalente silencioso da abolição da servidão: o passado deixa de ter que pagar tributo para o presente, para nós. Ele pode passear sozinho.

E, todavia, como só agora entendo, cada uma dessas pessoas, em certo momento, de repente levanta os olhos e olha para a câmera, para mim, para nós – e esse é um dos eventos espantosos do filme: o olhar nunca encontra o destinatário. Não o encontra a tal ponto que, depois de ver dez (vinte, quantas forem) vezes, eu não reconheci a ocorrência de *eye contact*: o evento do encontro foi substituído pelo evento do não encontro, talvez mais importante. O sossego inquebrantável dos santuários, proveniente das pessoas e das coisas, torna o paraíso de quinze minutos de *Diversions* convincente: aqueles onde ainda (ou já) não se conhece o sofrimento, onde já (ou ainda) não se encontra lugar para ele. O olhar crava-se no meu – e passa adiante, sem deixar traços ou pegadas. Não é mais dirigido a lugar nenhum, não tem objetivo, nem destinatário, como se diante dele houvesse uma paisagem, na qual se pode entrar e sair. Detrás da lente da objetiva, em sua inatingibilidade *objetiva* de julgamento e interpretação, foi abolida toda causa-e-efeito – e, a cada vez que revejo, tenho a impressão de que a ordem de episódios alterou-se, como se eles tivessem a permissão de se levantarem e caminharem livremente.

É um grande dom – não explicar nem insinuar nada; uma cavaleira de botas polidas vai, digamos, pelo Bois de Boulogne, apressada, acende um cigarro, posa para a câmera, com um gesto largo, joga no chão a jaqueta novinha de que muito gosta, sorri como se sorri diante do olhar de aprovação alheio. No espaço do filme, ela está livre de aprovação, como um animal no zoológico, onde é insensato comparar o leão ao tucano, a morsa ao urso, o eu ao não eu.

*

Kuzmin tem um conto sobre uma governanta inglesa: ela vive na Rússia, não tem notícias do irmão, a guerra começou, ela vai a um cinema onde mostram uma crônica – breves reportagens sobre o envio ao *front* de recém-alistados de uniforme, e ela passa os olhos pelos rostos e mangas, na esperança de um encontro impensável. E acontece um milagre, a fé triunfa: ela reconhece o irmão, mas, como em um velho conto de fadas, não pelo rosto (todos os rostos agora são idênticos), mas pelo que o destaca na fileira, torna-o dessemelhante dos demais – por um buraco nas calças. Esse parece ser um dos primeiros textos do século em que as pessoas conseguem encontrar umas às outras pelas perdas: buracos e falhas, participantes do destino comum.

O passado é exorbitante, e isso é amplamente conhecido; sua superabundância (que é insistentemente comparada ora com uma inundação, ora com um dilúvio) esmaga, sua pressão sobrepuja qualquer volume do perceptível e é absolutamente inacessível tanto ao controle quanto à descrição completa. Por isso ele deve ser conduzido ao leito, simplificado e retificado, empurrando o que é vivo para as calhas da narração. A quantidade e variedade das *fontes*, riachos que murmuram à esquerda e à direita, provocam uma náusea estranha, aparentada ao desconcerto que se apodera do homem da cidade na acareação com a natureza como ela é, sem camisa de força.

Porém, à diferença da natureza, os que se foram são infinitamente dóceis, permitem que se faça com eles tudo que bem entendermos. Não há interpretação à qual eles se oponham; não há forma de humilhação que os faça se amotinarem: sua existência encontra-se notoriamente fora da zona jurídica, fora de qualquer tipo de *fair play*. A cultura trata o passado como um Estado que vive de matéria-prima trata seus recursos naturais – extraindo de lá tudo que pode; parasitar os mortos revela-se um ofício lucrativo.

O fato de os mortos concordarem tão facilmente com tudo que fazemos com eles provoca os vivos a irem ainda mais longe. Há algo de assustador nas novas carteiras e blocos de notas, de onde olham para você rostos de velhas fotografias que há tempos perderam seus nomes e destinos; há algo de ofensivo nas histórias verídicas enviadas para passear nos romances sensíveis "da vida anterior", como se sem a mistura de sangue vivo o texto detrás da capa não fosse se mexer. Tudo isso são formas de uma estranha perversão, que nos condena à desumanização de nossos próprios ancestrais: impingimos-lhes nossas paixões e fraquezas, nossos passatempos e aparelhos ópticos, passo a passo desalojando-os do mundo, trajando suas vestes como se tivessem sido feitas para nós.

O passado jaz à nossa frente como um mundo enorme, propício para a colonização: pilhagem rápida e reconstrução lenta. Pareceria que todas as forças da cultura são lançadas na conservação do pouco que restou: qualquer esforço memorial torna-se pretexto para vitória. Da inexistência, surgem mais e mais figuras novas do silêncio, pessoas esquecidas em seu próprio tempo e encontradas como ilhas: pioneiros da fotografia de rua, pequenas cantoras, jornalistas de guerra. Seria fácil alegrar-se com essa festa – uma loja recém-aberta de mercadorias coloniais em que se pode escolher qualquer suvenir indígena, interpretando-o a seu gosto, sem pensar no que aquela máscara ou chocalho significou em seu tempo e lugar. O presente está tão seguro de dominar o passado – como outrora ambas as Índias, sabendo a respeito dele apenas o que se sabia a respeito delas – que mal repara nos espectros que vagam de lá para cá, ignorando as fronteiras dos Estados.

*

Quando você anda pelo cemitério judaico em que minha mãe está enterrada, ao longo das costas cinzentas dos túmulos, olhando para lá e para cá, você começa a se lembrar dos vizinhos dela, que aqui jazem, pelos emblemas invisíveis atrás de seus nomes. Árvores rosa e montanhas rosa, estrelas, cervos, gente de amor e gente de liberdade, homens e mulheres de Würtzburg e suábios da Suábia, um solitário Miron Isaákovitch Sosnóvitch (com sua árvore totêmica incompreensível aos ouvidos locais[75]) de Baku (porém nascido, esclarece a lápide, em Bialystok), mortos na Primeira Guerra, mortos em Theresienstadt, mortos oportunamente, ou seja, antes de tudo, em 1920, 1880, 1846, já se revelam meus parentes por força da terra comum e dos arbustos de nomes com seus significados – tudo que sei sobre esses parentes.

Na exposição do Museu Judaico de Berlim há uma sala reservada para o que se chama de histórias de família: fotografias de crianças, xicarazinhas e violinos daqueles que não conseguiram se esquivar. Em uma pequena tela virada para mim, passa sem cessar um filme caseiro desses que, na época do *home video*, tornaram-se um brinquedo generalizado – mas então a câmera de filmar era testemunha e atestado de abastança, ao lado das subidas mecânicas de esqui na Suíça e dos serões de verão na *datcha*.

Aqui, como no filme de Helga Landauer, o passado alheio recebe plena liberdade de dizer o que foi e calar-se a respeito de como terminou. Mas, nesse caso, sabemos de algumas coisas com certeza – e temos alguma noção do final. Aqui faz-se especialmente nítida uma característica assustadora do vídeo: à diferença de qualquer texto antigo, que com toda a força possível sublinha e acentua a diferença entre o então e o agora, o vídeo insiste na semelhança, na continuidade, no fato de não haver

---

75 *Sosná*, em russo, é pinheiro.

diferença. Bondes e trem urbanos correm da mesma forma, S-Bahn sobre o solo, U-Bahn sob; as pessoas fazem o mesmo "gu-gu", inclinadas sobre o berço; não há encabulamento, nem constrangimento; alguém não está mais visível, e isso é tudo.

E eis esse *tudo*: um cachorro debatendo-se com todas as forças em um monte de gelo, e seus donos felizes, bolas de neve a deslizar em suas calças de esqui; uma tentativa fracassada de descer uma colina baixa e não cair, esquis que se separam, a porta do galpão, seu alpendre e o telhado da outra casa, um bebê erguendo os braços de um carrinho fundo e antiquado, uma rua dominical, indistinguível da de hoje, com transeuntes endomingados, capas, freiras; uns tanques, lagos, botes, crianças a crescer, novamente o inverno e patinadores limpando o gelo à sua frente, 1933 ou 1934, o filme é colocado no modo reverso e um menino cor de lua, com as costas para a frente, sai voando da água negra na direção da plataforma. Após assistir até o fim, continuei para ver como se chamavam essas pessoas. O sobrenome era Ascher. Parada diante da tela, onde novamente a família semitransparente verificava os esquis e se escarrapachava na neve, fiquei sabendo como terminava a história, o sobrenome falava por si mesmo[76]. As velhas fitas foram doadas ao museu em 2004 pela filha da família, a menina do filme; o que tinha sido feito dos pais, do bote e do cachorro não era dito.

Todas as tomadas de guerra são iguais se for retirada a legenda: um homem morto jaz em uma encruzilhada, pode ser Donetsk, Phnom Penh ou Alepo, encontramo-nos face a face com a desgraça que não tem diferença, buracos que podem se

---

76 *Asche*, em alemão, é cinza.

desencadear onde for. Mas são também todas iguais as fotografias de criança (sorriso, urso, vestidinho), fotografias de moda (fundo monocromático, tomada de baixo para cima, braços abertos), velhas fotografias (bigodes, botões, olhos; bufantes, chapéu, lábios). A informação da fotografia é simples: ela não narra, enumera. Da *Ilíada*, resta uma lista de navios.

Ao assistir à crônica filmada da família Ascher na colina nevada, em 1934, a trilha escura do esqui e as janelas iluminadas, o vídeo é apenas um transmissor do conhecimento pronto do que acontecia então com pessoas como aquelas. Cinza com cinza, pó de neve com pó de neve, o destino comum *dos que não conseguiram*; a trajetória parece tão clara que o desvio espanta, como a manifestação de um milagre. Ao passar meia hora na internet, você fica sabendo que pais e filhos de esquis e botes pertencem ao pequeno número dos que se salvaram, que partiram em 1939, moraram na Palestina, mudaram-se para a América – escaparam do destino comum. Pena que as pessoas do filme não saibam que ele tem um final feliz; nenhuma falha fez alusão a isso.

NÃO CAPÍTULO
Liólia (Olga) Friedman, 1934

Minha avó mal completara os dezoito; meu avô era, ao todo, quatro anos mais velho do que ela. Eles se conheceram "nas *datchas*", em um grupo de estudantes de arquitetura, reunidos em algum lugar de Saltykova. Casaram-se apenas alguns anos depois: Sarra Ginzburg, mãe de Liólia, insistia que a moça primeiro devia concluir o instituto médico, e ficou muito tempo sem se conformar com o fracasso.

1.
25 de novembro de 1934. Em uma folha pautada de caderno.

Moscou, r. Krássin, nº 27 ap. nº 33
Para Leonid Guriévitch

25/XI-34, 1 – 3 h. da manhã
Uma lágrima, amado, uma lágrima causou uma reviravolta em meus pensamentos.

Pequena, contida, ela rolou do seu olho e venceu. Venceu as dúvidas estúpidas, o medo, a vergonha, tudo que constituía uma barreira intransponível para a sua felicidade. Esse ponto pequeno, cintilante, como que me enfeitiçou, enchendo-me de uma felicidade verdadeira e brilhante.

Sabe, querido, nunca pensei que o pesar sofrido pelos outros pudesse proporcionar tanta alegria.

Agora entendo o seu desejo de ver minhas lágrimas, agora, finalmente, perdoei-o pelos tormentos que você me fez padecer.

Eu ainda não tinha experimentado tamanha bem-aventurança nenhuma vez. Ver como uma pessoa que lhe é infinitamente querida atormenta-se loucamente para não lhe proporcionar tormento; sentir que você é querida, que você é indispensável para o outro é uma felicidade, amado! É um tormento e, por isso, uma bem-aventurança. É especial e pouco compreensível.

Talvez eu não possa esclarecer para mim mesma o sentimento que experimentei naquele minuto em que essa feiticeira cintilante, que custou a você tantos meses de sofrimento, fez meu "eu" interior revirar-se definitivamente... Nunca me acontecera de ver gente sofrendo tanto assim, sempre tive a impressão de que só eu sofria com tanta força e franqueza, mas por acaso o que eu experimentei pode ser comparado com os seus sofrimentos?!

Não! Claro que não!!! Só agora eu entendi o que significa sofrer, só agora fiquei sabendo onde se oculta o que chamam de "desejo"... Quando não o via por um dia, eu ficava com saudades, atormentava-me, não sabia onde me meter, mas não telefonava para você e não contava tudo que se passava em meu coração. Continha o medo, as dúvidas, eu tinha a impressão de que isso nos separaria; tinha a impressão de que não podia ser tão incontida em meus desejos, tinha a impressão... ora, que impressão eu não tinha. Acostumei-me a conter meus arroubos e minha paciência me socorria.

Mas você, amado, é tão incontido em seus desejos! Hoje entendi o quanto lhe custa calá-los. Que é isso, meus sofrimentos mostraram-se não ser tão pesados, e ocorreu-me a ideia de que talvez eu não seja digna de você.

Com isso, não quero dizer que sinto menos do que você, ou de maneira mais superficial. Oh, não é isso! Não interprete minhas ideias ao contrário... Mas você, você sente de alguma forma mais fina, mais... Ah, não, a questão não é essa! Não posso concordar de jeito nenhum que você ame mais forte do que eu. Entenda, é mentira!

Bem, você nunca se deparou com dificuldades, você é mimado, nunca lhe aconteceu de reprimir o que deseja. E eu sempre tenho que fazer isso. Você é egoísta, pensa em si e, principalmente, nunca lhe aconteceu de se encontrar entre dois polos diferentes, igualmente amados, embora com amor diferente, e dividir entre eles aquilo que quer dar apenas a uma mão.

Pense, menino, como é duro viver assim: talvez meus sofrimentos lhe deem força para a espera e a luta...

Eu não queria lhe dizer isso, eu não queria atormentá-lo, não queria isso por minha causa, confesso...

Mas os minutos de hoje foram o suficiente!

Sempre me obriguei a afastar meus desejos para o plano de fundo. Agora pensava em viver um pouco para mim, não contar com ninguém, mas não, entendi que isso é um erro, um erro cruel, ou um sonho cor-de-rosa, já que eu não sou capaz de viver para mim mesma, atormentando meu amado. Entendi hoje que, como indivíduo, eu não existo mais, que me fundi com você, dissolvi-me por inteiro, eu já tinha decidido, Lióchik[77], ser completamente, completamente sua, mas veja, meu menino, chegando em casa, encontrei mamãe alvoroçada, angustiada, e uma dor, uma dor cruciante queimou-me o coração. Eu tinha decidido, mas mamãe, os olhos angustiados e aflitos de mamãe diziam: "Tem que esperar!"

Como eu pudera esquecê-la, ainda que por um minuto.

---

77 Diminutivo de Leonid – como Leniók e Liónetchka, que aparecem na mesma carta.

Querido! Mamãe viu a felicidade tão pouco, mamãe se atormentou tanto, suportou tanto por minha causa, e ainda se atormenta e sofre tanto agora, que não tenho força de assentar-lhe esse último golpe. Entenda, mamãe só tem a mim. Eu tenho você, sua mãe tem um marido, mas a minha só tem a mim. Por minha causa ela acabou tão cedo com sua felicidade, ela sacrificou sua vida por mim, por mim não se casou de novo e me educou, criou-me sozinha, completamente sozinha.

Eu sei o quanto isso lhe custou! Eu sei, sinto agora toda a magnitude desse sacrifício, eu sei – embora mamãe nunca tenha me dado pretexto para isso, nem com alusões, nem com condutas. Oh, mamãe é uma rocha! Com ela será enterrado tudo o que sentiu e sofreu, e nenhuma alma o adivinhará. Assim sofrer e assim esconder – só mamãe consegue.

E veja, querido, quando fiquei grande, mamãe temia muito perder-me, e nem perder-me, mas soltar na vida alguém tão despreparado, tão ingênuo, mamãe ainda me considera uma completa criança, e a ideia de que eu possa me casar antes de me tornar uma pessoa independente, formada no instituto, causa-lhe muito, muito sofrimento. Ela se cala, apenas menciona isso em piadas, mas eu sei – esse desfecho irá assentar-lhe o último golpe...

E veja, eu me atormento, mas nem assim estou em condições de fazer o que li hoje nos seus olhos. Oh, tudo isso é muito, muito complicado!... Mais complicado até do que você pensa, Leniók!

Entenda, há muito tempo, na tumba de meu pai, quando mamãe, arruinando sua vida, rejeitara por minha causa a proposta do homem amado, jurei que algum dia faria a ela um sacrifício em nada menor.

A hora chegou. Digo a você: "Espere, amado", assim como mamãe disse a ele: "Espere, amado, até que Liólia seja independente."

Não me diga que eu não sei, que não entendo como isso é duro. Oh! Reconheço tudo muito bem...

Enviei a você a outra carta porque senão eu teria que enviar a de hoje. Achava que você não estava sofrendo tanto.

Perdão!!!

Senão eu jamais teria me permitido portar-me de forma tão cruel.

E hoje tive que dizer tudo que nunca quis compartilhar com você. Perdão mais uma vez, Liónetchka!

Eu subestimei seus sentimentos, temia compartilhar o que pertencia só a mim. A lágrima me disse que eu não existo mais – existe um "NÓS", e temos que vencer um tempo duro, cheio de privações, nós precisamos fazer um sacrifício à pessoa que se privou de tanto apenas por um de nós. Essa é única saída que conheço, amado!

Você pode chegar a isso? Tem domínio e força suficiente?

Decida, menino! A partir de hoje, tudo lhe foi revelado; você deve imaginar com clareza a que o estou convocando.

Talvez a consciência de nosso sacrifício ajude a encarar com alegria o futuro, talvez o apoio mútuo suavize as horas torturantes que teremos que enfrentar, talvez a inevitabilidade nos obrigue a sermos fortes.

Não consigo imaginar de outra forma. Estou certa de que você vai me apoiar. Afinal, poderia eu perdê-lo agora, quando você se tornou especialmente íntimo e querido?! Poderia?!!...

Eu não sou capaz de dois sacrifícios!

Então prometa que vai me ajudar a cumprir aquele que por toda vida considerei meu dever sagrado, jure que seu amor é profundo o suficiente para isso.

Oh! Ficarei indizivelmente feliz por mais uma vez não ter me enganado a seu respeito...

Todo o peso dos futuros sofrimentos eu juro abrandar com atenção e gratidão, já que valorizo altamente a força do seu sacrifício. A lágrima... oh, a lágrima fez muita coisa, amado!
Ólia[78], que te ama.

2.
Sem data

Meu querido! Amado!
Com que lentidão monótona os dias se arrastam, com que angústia o tempo passa.
Esses 3 dias parecem-me uma eternidade.
Saí do eixo, não consigo fazer nada. Queria estar ao seu lado, experimentar seus pesares e percalços, embora, graças a Deus (riscado), eles já pareçam ter ficado para trás! Mas isso só tranquiliza em parte, e meu humor está de matar.
Sento-me, leio suas cartas, e volto a perceber como é bom o meu menino.
Liónetchka, querido!
Como transmitir-lhe tudo por que passei e pensei nesses longos dias, como contar toda a angústia e dor da alma! Amado, como queria que nossa vida transcorresse com o mesmo calor e ternura de que estão embebidas as suas cartas.
Quanto se acumulou de não dito! Mas não tenho palavras! Não sei compartilhar!
F.

---

78   Diminutivo de Olga.

Do outro lado da folha

Que nossa felicidade seja revestida do novo sentimento que despertou em mim. Que nossas relações sejam fundadas em atenção e carinho. Que o amargor jamais se erga do fundo de nossos corações! Que nossos lábios jamais profiram ofensas, e que mesmo os pensamentos sejam voltados para a felicidade mútua.
    Aquela que mudou

No verso, com a letra grande de meu avô:

Minha querida!!!
Essas duas palavras dirão tudo, comunicarão todas minhas ideias, desejos, sonhos, que eu poderia colocar em centenas, milhares de linhas, e você teria que ler entre as linhas para entender o que quero dizer, pois não é possível exprimir em palavras, pois que as palavras fixam os frutos do pensamento, mas não dos sentimentos. Seja feliz, querida.

NONO CAPÍTULO
o problema da escolha

"O mundo é um sagrado túmulo comum, por toda parte estão as cinzas de nossos pais e irmãos", diz-se no cânone ortodoxo de réquiem. Como a Terra é uma só (e nós somos os únicos nela), o lugar de encontro de vivos e mortos, que tradicionalmente é o cemitério, pode ser qualquer pedacinho de terra sob nossos pés. E, contudo, o cemitério *trabalha* para nós: ele tem até funções demais. No século dezoito, os mosteiros venezianos estavam equipados com salas de recepção especiais – salões em que pessoas daqui, do mundo secular, tocavam música, jogavam dominó, tagarelavam entre si e tomavam café, visitando de passagem os parentes que tinham partido deste mundo. Monges e noviços, separados por um gradeado, sentavam-se lá, entabulavam conversa, e depois partiam para sua vida, a outra. Uma zona assim, de conversa unilateral, um aposento de encontros, sempre fragmentários e incompletos, em mosteiros ou campos de prisioneiros, foi o que o cemitério se tornou nos últimos duzentos ou trezentos anos. Mas há ainda uma outra coisa, mais antiga do que essa: o cemitério é um lugar de escrita, território de testemunho escrito.

Nesse livro de endereços da humanidade, o indispensável está exposto de forma bastante sumária, e resume-se, basicamente, a nomes e datas, e mais não é necessário: de qualquer forma, lemos dois, três sobrenomes conhecidos, ninguém vai guardar na cabeça um volume de três mil páginas. Caso suponhamos que o que ali jaz tem alguma preocupação com nossa memória sobre ele, resta-lhe ter esperança em uma leitura casual – no passante que parou, na pessoa que, sem que se saiba o porquê, distinguiu na fileira de lápides justo aquela, e se detém e lê, cheia de uma curiosidade ancestral por aquilo que existiu antes dela. Essa fé no olhar salvador do estranho – em seus olhos, deslocando-se pelas linhas na pedra, de letra em letra, preenchendo-as de vida temporal, do calor da cadeia teológica – deixa órfãos os túmulos sem nome, com traços apagados, que não há como serem lidos. A lápide poderia parecer uma coisa quase excessiva: é uma espécie de sinal de trânsito (transeunte, aqui jaz uma pessoa), o principal não está nela, mas embaixo, e cada um reconhece os seus. Mas, por algum motivo, um breve informe sobre como se chamava aquele que está *debaixo*, e quantos anos ele tinha, é indispensável – por que e para que é outra questão.

E essa é uma exigência muito antiga, mais velha do que o cristianismo, com sua crença na ressurreição geral. Em um livro que compara passo a passo dois *corpus* de textos inesperados (Celan e Simônides de Ceos), Anne Carson[79] afirma que é justamente diante do túmulo – onde há apenas a morte alheia, a pedra e a exigência de um texto esclarecedor – que a poesia sai do invólucro sonoro e começa como arte escrita, calculada para quem olha e vê, para sua capacidade de fazer do que está gravado na pedra uma parte de sua memória, de sua ordem interna. O epitáfio torna-se o primeiro gênero de poesia escrita, objeto de um contrato singular entre vivos e mortos – um pacto de salvação mútua. Os vivos concedem aos mortos um lugar em sua memória,

---

79 *Economy of the Unlost.*

e creem que, para utilizar as palavras do poeta, *nossos mortos não nos abandonarão na desgraça*[80].

O poeta, seja qual for, é absolutamente indispensável aqui: ele realiza um trabalho de salvação, tornando a vida de alguém portátil – separando signo de corpo, a memória do lugar em que o corpo jaz. Uma vez lido, o epitáfio subitamente torna-se volátil: um meio de transporte, um talão de desligamento que proporciona aos mortos uma nova natureza, verbal, e possibilidades ilimitadas de deslocamento pelos espaços internos e externos da memória, pelas antologias da lírica mundial e pelos corredores de nossas mentes. Mas o que são para eles nossas antologias?

"A responsabilidade dos vivos perante os mortos é complexa", escreve Carson. "Somos nós que os largamos na morte, pois não vamos junto com eles. Somos nós que os mantemos aqui – recusando-lhes a inexistência – ao chamá-los por nomes. A consequência dessas duas injustiças/*wrongs* é a escrita de epitáfios." A poesia como *epístola*, uma carta ao portador, começa com a tentativa de eliminação da injustiça contida na própria ideia de seleção, de divisão da população humana em espécies, em duas categorias – interessante e desinteressante, apto para o relato e apto apenas para a inexistência.

O cemitério não escolhe, e tenta se lembrar de todos. Pelo visto, foi justamente por isso que ele foi levado aos limites de nossas cidades, à periferia da visão e da consciência, como se o volume do que foi vivido pelos outros, bem como a quantidade desses outros, fosse

---

80 Verso da canção sobre a Segunda Guerra Mundial *Ele não voltou do combate*, de Vladímir Vyssótski (1938-1980), escrita para o filme *Os filhos partem para o combate* (Víktor Túrov, 1969), e posteriormente reutilizada em *Mercedes escapa da perseguição* (Iúri Liachenko, 1980).

maior do que é possível reter na mente. Pessoas deslocadas da História humana, canceladas de todos os cálculos e privadas de direito a tudo, menos inscrições, tabuletas, raras florezinhas nos feriados, os mortos, como um mar agitado, circundam nosso cotidiano. Às vezes, tornam-se mais visíveis que de hábito. Nesses raros minutos, é como se a realidade se movesse, se dividisse em camadas e, enquanto meu bote instável deslizasse na superfície da água negra, das trevas de baixo surgissem rostos, e cada um deles ainda fosse possível discernir, fitar, auxiliar – levar ao foco de luz da atenção concentrada.

Mas como escolher, e quem escolher. No espaço entre a óbvia necessidade de salvar todos sem raciocinar e a exigência igualmente óbvia – inata ao ser humano, involuntária como um estalar de juntas – de escolher, dentre qualquer quantidade, *aquele*, um único, não há lugar para decisão justa. É uma zona de iniquidade infernal, repleta de sofrimentos nossos e alheios, deformada pela impotência mútua, sulcada agora por um arco voltaico, soldando passado e presente até ambos serem plenamente consumidos. Qualquer texto, qualquer discurso proveniente de uma situação de escolha impossível estoura e arde sem dar resposta às próprias perguntas. Não escolher e dar nomes, em sequência, até terminarem as páginas? Limitar-se ao que (a quem) está mais próximo? Escolher e puxar do tecido do tempo, como um fio colorido, aquilo que corresponde a um critério formulado de modo indistinto? Fechar os olhos e cair para trás, com as costas para a frente, como se os parentes, com os braços à espera, fossem apanhar você?

*

No grande salão do arquivo estatal, com seus luminosos vidros que vão do chão ao teto e pessoas sentadas no aperto, pairava o murmúrio tranquilo do movimento de busca pelas páginas. Aquilo de que eu precisava estava disperso em diversos fundos, com números de inventário e algumas denominações pouco autoexplicativas; mas gradualmente, como uma espinha de um pequeno peixe a emergir das profundezas de um lago, começou a surgir o contorno de uma possível interpelação. Os sobrenomes comuns de meus parentes, todos esses Ginzburg, Stepánov e Guriévitch, deixavam o trabalho ainda mais longo – e, como bolas de naftalina de um mezanino, choviam sobre mim bolotas de informação endurecidas pelo tempo, que não se relacionavam de jeito nenhum com a história familiar, mas assinalavam portas, espécies de *peepholes*, detrás dos quais continuava a se remexer uma vida alheia, impenetrável.

Lá havia, por exemplo, um relatório de serviço redigido em 1891 e referente a um outro Guriévitch, que não era dos nossos, que alcançara, apesar de ser judeu, uma patente célebre, tornando-se chefe de uma prisão – *o Castelo Prisional de Odessa*. No sul da Rússia, especialmente em Odessa, com seu, naquela época, magnífico desprezo pelas finas divisórias entre as nacionalidades, isso era possível. Bem perto, na província de Kherson, construíra sua primeira fábrica um homônimo dele, meu trisavô. Mas para esse outro Guriévitch, o alheio, algo não andou bem e, cento e vinte anos depois, acompanhei, linha por linha, a história de sua queda.

O relatório era endereçado a Mikhail Nikoláievitch Gálkin-Vráskoi, chefe da recém-instituída Direção Carcerária Geral:

"No ano passado, o Excelentíssimo ao visitar Odessa, dignou-se a contemplar o castelo prisional local e, satisfeito com a ordem lá encontrada, reconheceu como justo solicitar o incentivo às figuras

dos funcionários sob cuja inspeção a prisão se encontra – por seu serviço zeloso e empenho especial. Em vista disso, dentre outros, foi premiado com uma condecoração o chefe do castelo prisional, o conselheiro da corte[81] *Guriévitch, agraciado por Sua Majestade, ao qual, em 28 de dezembro de 1890, foi conferida a Ordem de Santa Ana, de 2º grau. Infelizmente, alguns incidentes recentemente ocorridos na prisão revelaram a incompatibilidade incondicional de Guriévitch com a função que ocupa, a qual exige, antes de tudo, capacidade de reação rápida, determinação e vigilância sem esmorecimento. A presença dessas qualidades é especialmente indispensável para o Chefe do Castelo Prisional de Odessa, onde constantemente se concentra uma quantidade significativa de detentos da categoria de trabalhos forçados, os quais atuam, na ausência da devida inspeção, da forma mais corruptora sobre os demais prisioneiros, que, transformados em dócil ferramenta dos primeiros, contribuem para a resistência à ordem prisional. Guriévitch não toma quaisquer medidas para a eliminação deste fenômeno e, como agora se descobriu, ele não poucas vezes instalou na mesma cela criminosos graves ao lado de pequenos, em consequência do que estes últimos viram-se em pouco tempo desmoralizados, com dificuldades de se submeter à disciplina carcerária. Ademais, a observação da atividade de Guriévitch estabeleceu que ele frequentemente faz concessões e se mostra indulgente para com os criminosos mais graves, como que para agradá-los, com o objetivo de comprá-los. De caráter extremamente fraco e covarde por natureza, o astuto e assustado Guriévitch não apenas não tem condições de exercer o poder, como priva*

---

81 Sétimo grau na tabela de 14 patentes que regia o serviço público na Rússia até a Revolução de 1917.

igualmente de ousadia e da energia necessária seus carcereiros e auxiliares mais próximos na difícil tarefa de contenção da insubordinação dos presos. Por isso, a menor perturbação na vida carcerária transforma-se em um evento, e qualquer incidente, em sérias desordens.

Em corroboração do supracitado, não considero ocioso citar os seguintes incidentes da vida da prisão de Odessa.

1. O preso Tchúbtchik, que granjeou enorme reputação por assassinatos selvagens, roubos e banditismo, condenado aos trabalhos forçados perpétuos, durante sua detenção na prisão de Odessa gabava-se reiteradamente de que empreenderia uma fuga e, apesar disso, ficava quase sem vigilância. Sob o pretexto de lavar roupa, Tchúbtchik e dois camaradas, também galés, eram liberados algumas vezes por dia de suas celas para os sanitários, de cujo gradeado de ferro conseguiram serrar uma barra de ferro, a partir de uma assim chamada lima inglesa que levavam consigo, depois ataram uma corda de toalhas e lençóis, sendo que Tchúbtchik conseguiu até extrair os grilhões dos pés e, descendo para o pátio do castelo prisional por uma abertura que fizera na janela, chegaram ao muro, mas felizmente foram notados e detidos a tempo.

2. [...] Durante a chamada aos presos, que ocorre diariamente em determinadas horas, não é raro as patentes superiores se ausentarem, e a observação da movimentação dos presos é confiada aos carcereiros; contra as instruções, as roupas de cama são tiradas das celas não pelos encarregados, mas por cada preso em separado, de que se aproveitou, no ano passado, o galé degredado Kuznetsov, que, como os demais, levou sua roupa de cama ao corredorzinho da torre e lá se enforcou com o próprio cinto, sem ser notado por ninguém.

3. [...] foram encontrados com eles cartas, dominós, dados, tabaco e diversos objetos metálicos, o que está anotado no livro correspondente do castelo. À observação feita a esse respeito pelo Inspetor Eversmann, Guriévitch respondeu, com absoluta ingenuidade, que "não dá para fazer nada com esses presos, já que, quando os carcereiros fazem busca, são pegos por eles pelo colarinho".

No redondo do olho mágico em que os presos jogam dominó chefiados por Tchúbtchik, não se discerne o destino ulterior do assustadiço Guriévitch; ao caso foram anexados relatórios e informes de anos posteriores, que deixam claro que a ordem das coisas no Castelo de Odessa não mudou sob a nova chefia, que também teve de ser trocada. As imagens colocadas em movimento pela leitura destes papéis são dotadas de uma realidade curiosa e medonha – muito mais que os amarelecidos peitilhos rendados, que mal paravam em pé, de minha bisavó. Não destinados a olhos de fora, não calculados para terem uma vida longa, os textos de arquivo enchem-se de cores à primeira leitura, como se só esperassem por isso: o infeliz Kuznetsov, mencionado uma vez em sua torre, antes de morrer, está diante dos meus olhos, como se não houvesse ninguém mais para lembrá-lo e chamar seu nome. Sim, em suma, é isso mesmo.

*

Em 1930, em Leningrado, foi publicado um livrinho curioso, com o título *Como escrevemos*. Literatos famosos, de Górki a Zóschenko e Andrei Biély (mais certa quantidade de representantes da literatura partidária que pensavam exatamente o necessário) contavam como era formado seu processo de escrita, como funcionavam os mecanismos de planejamento e execução. Dentre outros autores, lá está Aleksei Tolstói, homem que voltara da emigração para a URSS para ocupar o nicho insólito de *conde vermelho*. Seu relato é dos mais interessantes neste livro fascinante.

Tolstói fala com êxtase inequívoco do que se tornou para ele um modelo e fonte de admiração – as anotações de torturas do século dezessete, declarações anotadas por funcionários anônimos de então, escreventes ou copistas, na presença do processado, com a participação de cavaletes, tenazes, fogo. Tolstói admira-se da perícia deles ao transmitir a essência das coisas "conservando a particularidade da fala do torturado", "concisa e precisa", de modo que o leitor consegue ver e apalpar a língua, sua estrutura muscular. "Aqui vi em toda sua pureza a língua russa, não estragada nem pela fórmula morta do eslavo eclesiástico, nem pelos esforços em convertê-la em um discurso literário mentiroso [...] traduzido. Essa era a língua que os russos já falavam há mil anos, mas na qual ninguém nunca escrevera".

Devo dizer que é um texto muito talentoso, estruturado para conferir a seu interesse – ao preço de uma quantidade de pequenos truques – uma forma de respeitabilidade, algo como uma cama elástica ética que permite ao autor estremecer de um prazer de leitor sem despencar no buraco negro sem fundo que se abre quando você estabelece a mínima correspondência com aquilo que acontece realmente agora (e acontecerá sempre, enquanto o escrito estiver vivo) com a pessoa cuja língua russa você prova com gosto. O *gosto* de Tolstói tem também um substrato invisível – os processos políticos, expulsões e execuções, que ainda não tinham chegado ao pleno desenvolvimento, mas atuavam bem ao lado, na borda da escrivaninha: operações em massa da OGPU[82], o caso dos espiões de Chákhty[83], o então recente fuzilamento do literato Síllov[84] – "nunca me separarei do efeito desta ação", escreveu Pasternak no mesmo ano de 1930. Os "atos judiciais" russos, como Tolstói os chama, com sua série de confissões arrancadas ao longo de séculos obviamente são, de fato, uma fonte inestimável – a questão é a que causa elas podem servir.

O que Tolstói não diz é que o encanto desse discurso, o que faz sua sintaxe flexível, e a escolha de palavras, precisa, consiste justamente em ser forçado. Não é produto da vontade, mas resultado da dor. A língua russa dos julgados e torturados é filha de uma conjunção terrível, ela é, em sentido direto, extraída de você por mãos alheias. É privada de necessidade interna, não é um desenho, mas uma marca, um sinal cru, como carne, dos acontecimentos. Esse discurso não tem intenção nem interlocutor, e não devemos duvidar de que o falante gostaria que ele jamais tivesse sido proferido. É um caso limite do que Rancière chama de monumento – uma informação que se resume inteiramente à sua causa e não busca uma vida longa, um ouvinte e entendimento. O discurso aqui é surpreendido nu, nos últimos traços de tormento e humilhação, no limite da desagregação.

---

82 Direção Política Unificada do Estado, polícia política da URSS entre 1923 e 1934.

83 Processo contra 53 engenheiros e diretores de minas de carvão da cidade de Chákhty, acusados de sabotagem em 1928. Todos foram absolvidos postumamente pela procuradoria-geral da Rússia em 2000.

84 Vladímir Aleksándrovitch Síllov (1901-1930), poeta futurista russo, executado por espionagem e propaganda contrarrevolucionária. Foi reabilitado postumamente em 1988.

E como tudo que não foi destinado para o olhar de fora, as palavras do preso no interrogatório, as palavras do delator e da testemunha possuem um tipo especial de nitidez. Vemos o *indevido*, aquilo que não devíamos ver em quaisquer circunstâncias, e esse acontecimento abre na mente uma espécie de cratera de explosão – o que a historiadora Arlette Farge denomina de falha no tecido do tempo. Ela se forma quando – fora de plano e programa – o olhar repousa sobre coisas que não esperava.

A língua dos documentos e dos processos judiciários torna-se franca não por não estar revestida do verniz lustroso da literatura – do desejo de falar bem. A questão é antes que esse discurso e seu objeto não possuem modo subjuntivo. Para eles não há passado, este já lhes foi arrancado; para eles não há futuro, não é possível avistá-lo de lá. Papéis de arquivo encontram-se inteiramente no presente – e não veem nada além de si mesmos, de seu *processo* e de seu resultado. É uma vida pega de surpresa; são aqueles que nunca mais existirão – arrancados das trevas por uma luz ocasional e empurrados de volta ao escuro.

No livro escrito por Farge sobre a poética e a prática do trabalho de arquivo, a luz é crepuscular, como se o assunto fosse deslocamento em catacumbas. Ele descreve constantemente a escuridão e a dificuldade de movimento; fala da espessura do arquivo como uma rocha na qual é possível distinguir diversos metais disseminados. Frequentemente imagino como, após séculos de vida subterrânea, a informação solidifica-se em um enorme corpo coletivo, muito parecido com o próprio corpo da Terra – a compressão de milhões de vidas que perderam o significado anterior, jazendo amontoadas, sem esperança de que alguém as reconheça e diferencie.

Comparada aos arquivos e sua "superabundância de vida", a História tem uma garganta estreita: bastam-lhe alguns exemplos, dois ou três detalhes aumentados. O arquivo regressa ao singular, à unicidade de cada evento desconhecido por nós. Ao mesmo tempo, ocorrem coisas estranhas, a generalização parece começar a se estratificar, a se tornar granulosa – novamente desfazendo-se em grãos redondos de eventos separados; partes do todo erguem-se como massa de pão, as regras fingem ser exceção. A escuridão do passado torna-se um véu, uma espécie de película semitransparente, que constantemente está diante dos olhos, misturando as proporções e relações entre os objetos. Celan escreve a esse respeito em *Conversa na montanha*: "Logo que uma imagem nele penetra, ela se prende na malha e já um fio aparece, que se desenrola e se enrola em volta da imagem, um fio do véu; ele se enrola em volta da imagem e engendra com ela uma criança, meio imagem e meio véu"[85].

*

Numa tarde de julho, o calor era terrível, a cidade estava cheia até a borda, e eu estava sentada em um pequeno aposento do Arquivo Estatal de Kherson, com documentos do comitê revolucionário. Uma das seis mesas de lá, que mais lembravam carteiras escolares, tinha estendida, como uma toalha, o desenho (branco sobre azul) de uma fábrica de utensílios agrícolas, de que falarei adiante. A fábrica, com seus serviços e anexos,

---

85 Traduzido em *Poesia crítica: uns e outros*, de Vera Lins (7Letras, 2005), p. 36.

era enorme, faltava-lhe espaço, algumas construções caíam pela borda da mesa e ficavam invisíveis. Eu acabara de ler o relato da comissão médico-sanitária local, que informava que, em 1905, "o sagu rosa da loja de Ioffe revelou ser tingido de anilina, e 1 ½ libra foi destruída", e que "em todas as cervejarias, emprega-se uma xícara de água para lavar os copos – propõe-se providenciar um tanque com torneira". Entre outras medidas de higiene, os habitantes recebiam notificações de limpeza e colocação em ordem de quintais, retretas, fossas e dejetos: dentre os infratores, havia os moradores da rua Potiômkin Savuskan, Tíkhonov, Spivak, Kotliárski, Falz-Fein, Guriévitch. Cada vez que me deparo com o sobrenome de meu trisavô, especialmente em uma situação tão imprevista, e até ambígua, eu experimento uma pontada de proximidade inesperada, como se um objeto pontudo tivesse feito um furinho no texto do relatório, e meu olho revolvesse o lixo dos quintais em busca de comida.

Mas lá, nos quintais e lojas, não havia mais nada para mim. Estava vazia também a pasta do comitê revolucionário de Kherson, repleta de papéis, ordens manuscritas e datilografadas, interpelações, exigências; dentre os que intercediam por parentes, ficaram sem emprego e moradia, pediam a devolução de um piano requisitado, não havia mais nenhum Guriévitch, por mais que eu folheasse os documentos do começo para o fim e do fim para o começo, sem ter como parar. "Peço ordem de liberação de um adiantamento para instalação inicial e estabelecimento da Seção Municipal de Serviço Criminalístico de Kherson, que me foi confiada, na quantia de sessenta (60) mil rublos". "Confirmo que o cidadão Pritsker é pai de Maria Pritsker, que fugiu da perseguição dos brancos[86] (ela é uma 'lutadora'). O pai foi preso no lugar da filha e espoliado. É indispensável prestar auxílio". "Peço em caráter de urgência informar por quem foi dada a ordem de procedimento de busca e requisição na propriedade do ex-bispo do mosteiro da Trindade. As informações são necessárias para um relatório urgente ao GUBVOENKOM[87]".

Aparentemente, há setenta anos ninguém tinha em mãos aqueles papéis – a *lista de utilização* estava vazia; os lutadores (assim chamava-se o partido ucraniano dos socialistas-revolucionários de esquerda) e ex-bispos espoliados quase não se distinguiam por detrás da cortina corrediça. A redação do jornal fechado *Nossa Terra* pedia permissão para continuar o trabalho. Especialista em máquinas de escrever, o camarada Olchvang propunha ao comitê revolucionário que comprasse dele "fita de máquina, já usada, por 800 rublos".

Em alguns lugares, o que parecia um coro dividia-se em vozes, o texto inchava-se de bolhas de literatura. "As incontáveis relocações da Seção Diretiva (na 4ª mudança em uma semana) conferiram traços nômades aos empregados e aos requerentes. Todos se remexem, agitam-se, mas não dá em nada" – escreveu o diretor adjunto dessa mesma seção, camarada Fissak, argumentando pela necessidade de *empregar todas as forças* e *sem demora* ocupar as instalações da antiga direção do *zemstvo*[88] da província, que tinha uma quantidade suficiente (onze) de aposentos, e uma trupe teatral de São Petersburgo

---

86   Adversários dos bolcheviques na Guerra Civil russa.
87   Comissariado Militar da Província.
88   Administração local da Rússia até 1918.

tentava transferir-se para a vizinha Kakhovka, explicando que os teatros da cidade eram demasiados, o público estava farto, não dava para ganhar a vida.

Era como se eu flutuasse em um lago negro e impenetrável, em um vaso frágil, curvada até beira da água, e saliências incolores de cabeças se erguessem do fundo. Eram cada vez mais, emergindo como *pelmêni*[89] e balançando na borda de uma panela de água fervente. Mal dava para adivinhar os rostos, e era preciso puxar os que estavam mais próximos com um croque pesado, revirando-os, esquadrinhando-os, não reconhecendo-os. Dentre eles, movendo os lábios silenciosamente, não estavam os *meus* – e também quase não havia lugar no barco, a popa estava atulhada de sacos com uma carga indistinta. Como acontece em um sonho, isso não tinha fim, era apenas um movimento tranquilo, desolado, que não ia a lugar nenhum em especial, devido ao fato de que não é possível levar ninguém consigo, ou iluminar com uma lanterninha de mão pelo menos alguém, este e aquele, com a boca entreaberta como uma fresta, tentando decifrar o que diz; mas como escolher – e seria possível escolher?

Não há, talvez, mentira maior do que a sensação de que de você depende o prolongamento dos dias de alguém, a possibilidade de voltar a se agitar na superfície, mais uma vezinha surgir à luz antes de que se abatam as trevas completas e definitivas. E, mesmo assim, sentada à carteira de contraplacado do arquivo, anotei as palavras alheias, o *discurso cativo* da História comum, como se revolve a terra em busca de uma batata congelada do ano anterior, tentando não alterar nem uma letra.

---

89 Espécie de *cappelletti* russo.

Ao camissário *Militar de Kherson*

O senhor camarada camissário *demitiu* du *emprego o gerente da paderia Khvedor Filíppovich Stchabétski, aquele* sabotedor inimigu *do povo víbora branca* bandidu *e também* ispeculadô *e num se sabe mais o quê e* vivi num prédiu *militar na fortaleza* abusano *da bondade do povo e ainda cospe na cara do povo* intão *não tem direito de morar ali um inimigo do povo e do poder soviético. Eu, trabalhador declaro protesto e peço senhor* camissário *expulsar Stchabétski da casa do povo e mostrar a ele o lugar* qui *merece.*

Acima do texto, em lápis vermelho, está escrito o mesmo que está datilografado embaixo, em azul: "Segundo resolução do Comitê Militar encaminhar para informação."

SEGUNDA PARTE

Vemos os que estão na luz
Mas não os que estão no escuro.
(Brecht)

PRIMEIRO CAPÍTULO
o jidezinho[90] se esconde

A correspondência de minha bisavó, que sobreviveu por milagre (dezenas de postais indo de lá para cá entre as antigas fronteiras da Rússia de antes da guerra, da França, da Alemanha), é curiosa em sua incompletude. Os correspondentes volta e meia referem-se a cartas escritas e recebidas, prometem escrever mais e detalhadamente. Porém não se conservou nenhuma dessas longas cartas, sem dúvida escritas, e a explicação está na superfície, demasiado evidente: a paixão generalizada pelo visual não vem de ontem. Quando, na infância, eu folheava dois álbuns recheados de postais, onde um esqueleto abraçava uma moça de mármore e Nice reluzia à noite com todas as suas luzes, não me passava em absoluto pela cabeça de olhar atrás da fotografia, onde letras e carimbos postais se apertavam – e com razão; não havia por que regressar ao texto, todos sabiam sobre si mesmos tudo o que era requerido.

Quando, um século depois, comecei a lê-los, os eventos docilmente organizaram-se em uma cadeia, e aos poucos foi ficando mais claro quem respondia por o que, e o que seguia a que. Além do tema principal, além de detalhes, muito poucos,

---

90 *Jid*, palavra pejorativa para judeu.

mencionados a esmo, uma coisa saltava à vista. Nenhuma dessas notinhas remetia ao judaísmo, por mais superficialmente que entendamos isso. Além do que não era mencionado (feriados, ritos, qualquer coisa relacionada à tradição religiosa), havia ainda o que não era utilizado – em primeiro lugar, o iídiche, língua do exílio e da humilhação.

Nas cartas, faísca ora o latim, jargão profissional do diagnóstico e da avaliação, ora minúsculas interpolações de francês e alemão. Mas as palavras do mundo doméstico, que para os correspondentes poderiam ter sido senhas-contrassenhas, anagnórises suaves, parecem excluídas de uso, inadmissíveis para conversa. Apenas uma vez, quando o assunto são temas domésticos e os exames da primavera, meu futuro bisavô de repente aplica uma combinação de palavras desse registro oculto: "("*es redtsech a zai!*")", ele escreve – exatamente assim, em cirílico, atrás de uma cerca dupla de parênteses e aspas, como que alojando-a detrás de uma vitrine de museu. Quer dizer "*es redt zich azoi*": uma frase espantosa, cujo sentido direto é "é isso mesmo", e que deve ser entendida de forma inversa – "é o que se acha, mas eu não acredito". O que ela quer dizer aqui? Parece ser autoevidente: uma tentativa de se afastar dos que falavam assim, de demarcar um território em comum com a interlocutora de não inclusão no torvelinho do judaísmo, das opiniões e inflexões da comunidade. Dessa forma incorreta e barulhenta, sem parênteses nem aspas, falava-se na sua infância. Dessa forma – na opinião dos observadores externos – é que eles deviam falar.

Nos anos 1930, Mandelstam conseguiu ler a respeito de si mesmo no ensaio memorial de Gueórgui Ivánov. No ciclo de prosa intitulado *Sombras Chinesas*, a palavra "judeu" só é encontrada duas vezes – e, em ambas, com referência a Mandelstam; o autor considera seu rosto tão *característico* que mesmo uma velhota lojista deve se lembrar, ao vê-lo, do neto, "algum Iánkel ou Óssip". Há o mesmo matiz ofensivo e carinhoso nas memórias tardias de Serguei Makóvski, em cuja revista Mandelstam certa feita publicou. Elas habilmente disfarçam de anedotas acontecimentos passados da vida – ou seja, tentam fazer o avulso passar por típico; dentre outras coisas, lá se descreve uma visita à redação do jovem poeta com sua mãe, Flora Óssipovna Verblóvskaia, que o autor chama de mamãe, sem cerimônia. A fala dela é nitidamente estilizada com sotaque, se não dialeto (o que ficava ainda mais claro para o ouvido da época, suscetível aos desvios da norma): a língua dos forasteiros, risível em seu pragmatismo. "Tenho que saber enfim o que fazer com ele. Temos uma venda, vendemos couro. Mas ele é só verso, verso!"

Seria possível considerar que aqui o que é distinguido e parodiado é a classe, e não, como já diziam naquela época, a raça – mas, ao que parece, é justamente o pertencimento ao judaísmo (e não a pobreza, a combinação cômica de insolência e insegurança e, em grau menor ainda, sua poesia) que, desde o começo, determina como a figura de Mandelstam é recebida nos círculos literários do começo dos anos 1920. Essa característica parece ter sido exótica então – a ponto de ter encoberto todo o resto. Há poucos documentos relacionados a seus primeiros passos literários que, de uma forma ou de outra, não acentuem a *origem*, ademais com uma franqueza chocante para os tempos de hoje. A primeira menção a Mandelstam nos diários de Mikhail Kuzmin abre mão do nome: "O *jidezinho* de Zinaída." Uma carta da própria Zinaída Guíppius, em que ela recomenda o jovem poeta ao influente Valéri Briússov, tem essa aparência: "Um *jidezinho* algo neurastênico, que há dois anos ainda fazia alpargatas de tília para crianças e agora evoluiu de certa forma e tem uns versos decentes." Nos papéis da famosa Torre[91] de Viatcheslav Ivánov, onde se mantinha um registro severo dos visitantes, especialmente dos visitantes literatos, Mandelstam é obstinadamente chamado de Mendelssohn; no fundo, qual é a diferença?

Em 18 de outubro de 1911, Andrei Biély escreve a Blok: "Não ache que virei Centúria Negra[92]. Porém, através de todo barulho da cidade e da contemplação do campo, torna-se cada vez mais audível o movimento futuro da raça." Blok também auscultava o ronco subterrâneo, ocupava-se da correlação entre arianismo e judaísmo, assim como entre *jids* (sujos, ignorantes, incompreensíveis – estranhos) e os mais aceitáveis *judeus*. Dez dias mais tarde ele anota no diário: "À noite, tomamos chá no Quisisana, Piast, eu e Mandelstam (o eterno)"; a sombra do aqui semimencionado Judeu Eterno estende-se por vinte anos, quando o ofendido Titsian Tabidze, em seu artigo, primeiro chama Mandelstam de judeu ("vagabundo faminto, Ahsverus") – e só depois de Khlestakov[93] da poesia russa. Tribo e raça *comes first*, particular e peculiar ficam para sobremesa. Para falar com as palavras do mesmo Blok, em anotações feitas no diário muitos anos depois, quando ele finalmente aprecia os versos de Mandelstam, "você se acostuma aos poucos, o *jidezinho* se esconde, vê-se o artista".

---

91 Apartamento de Viatcheslav Ivánov em São Petersburgo, ponto de encontro das artes entre 1905 e 1912.

92 Movimento ultranacionalista e paramilitar de extrema direita atuante entre 1905 e 1917, que apoiava o tsarismo e promovia *pogroms* contra os judeus.

93 Protagonista da peça O *inspetor-geral*, de Gógol, é um trambiqueiro que ilude os habitantes de uma pequena cidade ao se passar por um inspetor-geral enviado pela capital.

Para ser notável, o *jidezinho,* fosse quem fosse, devia se esconder; submeter-se a uma limpeza, melhora, melhoria, aniquilar todos os traços que falassem da nacionalidade ou família, do pertencimento a seu meio. Em 1904, Thomas Mann opina favoravelmente a respeito da família da futura esposa: "Com relação a essas pessoas, não ocorre nem ideia de judaísmo; não se sente nada além de cultura."

O pertencimento ao mundo da cultura subentendia tacitamente a renúncia ao judaísmo. Insistir nisso era algo fora de moda – "como se, depois da queda do Império Romano, ainda existissem alguns povos, e houvesse a possibilidade de construir uma cultura com base em sua essência nacional crua" – escreveu Boris Pasternak; por outro lado, em meio ao amor massivo pelas raízes tribais e ofícios populares, no florescimento dos ateliês artísticos de Viena e Abrámtsevo, com seus bordados e galos, parecia haver apenas uma essência nacional excluída do festejo geral. Mas os judeus esclarecidos, instruídos, seculares do começo do século nem sentiam nada em comum com seus parentes de *galut*[94] com seus sotaques, galinhas e aglomerações quentes – que tinham nos ombros o peso de sua fé difícil de carregar. Nenhuma recordação lírica; para os que tiveram a possibilidade ou inclinação para a assimilação, tudo que rememorava o almíscar do hebraísmo era uma espécie de atavismo monstruoso, uma cauda de peixe arrastando quem teve a felicidade de chegar à terra firme. Isso se prolongou por décadas; Isaiah Berlin fala em suas memórias do encontro com Pasternak, acontecido em 1945. "Ele tinha uma vontade terrível de não tocar nesse tema – não porque

---

94 Diáspora. Em hebraico russificado no original.

o constrangesse em especial, simplesmente porque lhe era muito desagradável. Ele queria que os judeus fossem assimilados, desaparecessem como povo. Notei que cada menção minha aos judeus ou à Palestina causava sofrimento visível a Pasternak."

As três saídas-escolhas visíveis que estavam diante dos filhos da virada do século não tinham diferença tão forte. Revolução, assimilação, sionismo, ei-las, como três figuras alegóricas, postadas isoladamente no frontão de um prédio vazio. O sonho recém-inventado por Herzen de um Estado judeu ainda não conseguira se formar e solidificar, havia discussões acaloradas a respeito da escolha entre o iídiche e o hebraico, e muitos já então achavam preferível justamente o hebraico: a língua da recusa do si-atual (dos sacrifícios, dos degredos, dos forasteiros) em nome de um modelo antigo, primordial. A assimilação – imersão voluntária no rio forte de outra cultura – acontecia quase gradualmente, vinha por si mesma com certo nível de educação e posses. A religiosidade arcaica dos pais desbotava a olhos vistos; e a revolução (e as obrigatórias igualdade e fraternidade) era ainda mais sedutora, por arrancar da mesa de um só golpe as barreiras nacionais e de classe. Em 17 de outubro de 1905, minha bisavó saiu em uma manifestação de rua, de braços dados com desconhecidos e meio conhecidos, cada um dos quais parecia um parente – pudera, reuniam-se para construir um mundo novo, melhorado, erigido nas bases firmes da razão e da justiça. Nessa nova comunidade havia algo similar a uma viagem: você de repente via-se a milhares de verstas[95] de tudo que era habitual e, como se estivesse em um travesseiro de ar, tornava-se *melhor*

---

95 Medida itinerária russa equivalente a 1067 metros.

do que antes, mais belo, mais sábio, capaz do bem e do mal. Os folhetos que ela distribuía nas casernas de Nínji Nóvgorod não tinham nada em comum com sua experiência de criança e de moça, e era ainda mais importante transmitir o que eles informavam porque aquilo era novo também para ela mesma. Na língua de casa, aquele conjunto de conceitos estava ausente.

A segunda coisa que você percebe ao longo da leitura das cartas que vão de 1907 a 1908 é o calor irrefletido de fusão que delas emana. E junto com o calor e sua fonte, está exatamente aquilo que *nos* era inculpado então pelos observadores do mundo exterior: o aperto familiar, a coesão, a preocupação constante com cada célula do organismo vivo que reunia os parentes, seus amigos e conhecidos, e os conhecidos destes conhecidos. Assim apareciam os judeus nas anedotas e panfletos sujos – eles *conhecem os seus*, ajudam os seus, sempre amparam uns aos outros. Eles são muitos, e estão juntos. O que não surpreende quando você conhece até o fim o grau de solidão – o vazio em que viviam essas pessoas, já afastadas a meio passo da tradição. Estes *estranhos* de fato já não tinham nada e ninguém além de si mesmos.

Mas onde está Kátia[96]? Fânia está em Nápoles; não tenho o endereço de Vera, mas o endereço de Fânia é o seguinte. Ida Schlummer perguntou da senhora. Envio-lhe mais uma vez o endereço de Fânia. Vi seus parentes, eles queriam lhe enviar um telegrama. Quando estiver em Lausanne, mande saudações às irmãs Vigdórtchik.

O que é percebido pelo olhar de fora como um bulício cômico (logo ele se refletirá em incontáveis caricaturas nas quais os judeus, como baratas, enchem todas as frestas, precisam ser

---

96 Diminutivo de Ekaterina.

envenenados com inseticida, "a joaninha é uma *jidezinha*[97]") forma uma espécie de proteção de circo, uma rede de segurança de reconhecimento e parentesco. Mas isso também já começa a incomodar: não apenas a quem observa de fora, mas aos próprios judeus. A lógica da assimilação, com sua fé no progresso, apoiando-se em diversas versões da máxima segundo a qual "nem todos serão aceitos no futuro", exigia a aceitação em seu coração de que há diversos tipos de judeus. Assim, os moradores esclarecidos de Viena sofriam terrivelmente com o afluxo dos compatriotas *orientais*, sua fala velarizada e falta de hábito com a vida urbana; assim os seculares de Odessa esquivavam-se do novo rabino, trazido da Lituânia, com sua exaltação e rigor ridículo.

*

O Marcel de Proust observa com interesse as esquisitices de seu amigo Bloch, o judeu caricaturado, equipado com uma quantidade de maneirismos zelosamente reunidos (assim como outro herói genérico, o pederasta Charlus). Um de seus traços característicos é o antissemitismo declaratório, queixas sonoras e afetadas quanto à profusão de judeus – eles estão literalmente por toda parte com seus narizes e opiniões!

Estávamos um dia sentados os dois na areia da praia, quando ouvimos sair de uma barraca de lona, ao nosso lado, imprecações contra o bulício dos israelitas que infestavam Balbec. "Não se pode

---

[97] Verso de *O besouro antissemita* (1935), de Nikolai Olêinikov (1898-1937).

dar dois passos sem tropeçar com um judeu. Em princípio não sou irredutivelmente hostil à raça judaica, mas assim já é demais. Só se ouve: 'Olá, Abraão, olha, sou eu, Jacó!'. Parece que se está numa rua de Abuquir." Afinal saiu da barraca o indivíduo que trovejava contra os judeus e erguemos o olhar para ver o antissemita. Era o meu camarada Bloch.[98]

Esse episódio tem um espelho russo tragicômico – uma citação de uma carta de Pasternak, escrita em 1926: "em volta, quase só tem *jid*, e – tem-se que ouvir isso – é como se intencionalmente eles estivessem pedindo charges e escrevendo invectivas contra si mesmos: nem uma sombra de estética."

À diferença do próprio Proust, seu narrador não é oprimido nem pelo pertencimento ao judaísmo, nem pela homossexualidade – ele é escolhido pelo autor para o papel de vidro limpo, de observador cujo olhar não é deformado pelas vergonhosas doenças do século, uma das quais ele considera os judeus assimilados, sem saber o que é mais difícil de perdoar: a dessemelhança ou o desejo de ser como todos. Um desejo, em sua opinião, evidentemente condenado ao fracasso; na mesma página que fala da praia de Balbec, acontece uma espécie de desfile de *inaceitáveis*, cujo defeito básico resume-se justamente às particularidades da estirpe, que não há como abafar e lustrar.

Os parentes de Bloch andavam sempre juntos, sem mescla de nenhum outro elemento e, quando suas primas e seus tios, ou correligionários de ambos os sexos, se dirigiam ao Cassino, umas

---

98 Proust, *À sombra das raparigas em flor*, tradução de Mario Quintana (Editora Globo, 2006), p. 202.

para a dança e os outros bifurcando para o bacará, formavam uma comitiva perfeitamente homogênea e inteiramente diversa da gente que os via passar, gente que ali os encontrava todos os anos e nunca trocava um cumprimento com eles, nem sequer alguns comerciantes de cereais de Paris, cujas filhas, belas, altivas, zombeteiras e tão francesas como as esculturas de Reims, não queriam misturar-se com aquela horda de moçoilas mal-educadas que levavam a preocupação da moda de "praia" até o ponto de sempre parecer que acabavam de pescar moluscos e de dançar o tango. Quanto aos homens, apesar do brilho dos *smokings* e dos sapatos de verniz, o exagero do seu tipo lembrava esses chamados acertos dos pintores que, tendo de ilustrar os Evangelhos ou as mil e uma noites, pensam no país onde ocorre a cena e põem em São Pedro ou em Ali Babá exatamente a mesma cara que tinha o jogador mais gordo de Balbec.[99]

Aqui não dá para entender de imediato quem não admitia "mescla de nenhum outro elemento" – se as *moças sem educação* ou as inatingíveis *francesinhas de verdade*, que não teriam querido se misturar com elas. Mas é claro que as pessoas que tinham marcas de origem oriental, como a elas se referira Hoffmann um século antes, de fato eram pouco educadas e ridículas; isso acontece frequentemente com aqueles que tiveram que fabricar o firme costume do sofrimento e da desconfiança dos presentes casuais da vida. As crianças judias da Belle Époque foram a primeira ou segunda geração que recebera educação laica – são produtos de toda uma série de decisões,

---

99 Proust, op. cit., p. 202.

cada uma das quais removia-os para cada vez mais longe do teto da tradição. Junto com a educação, entraram na vida centenas de novos conceitos e formas de conduta, hábitos cotidianos que era preciso formar do zero, assim como os objetos de *cultura* aos quais eles agora tinham direito. Isso é de alguma forma similar às primeiras experiências da existência pós-soviética, do jeito que elas agora são lembradas, vinte, vinte e cinco anos depois, quando a vida estava mais ou menos nivelada, um novo dicionário pegou e o que era um mimetismo canhestro passou a parecer realidade.

Nos anos 1900, uma nova língua, inepta e inabitual, começou nas praias dos balneários, nos salões dos pintores, nos aposentos esfumaçados em que se reuniam os estudantes de medicina. As primeiras tentativas de falar do universal como seu tinham um lado paródico – uma espécie de comportamento demonstrativo, o lado desajeitado do *connaisseur* forasteiro, que tenta dar a entender que está naquelas poltronas desde o princípio dos tempos, que não há vagão, elevador, salão de restaurante que possa nos surpreender – miramo-nos por direito nos vidros lisos da civilização. Com isso começou também a célebre "ânsia pela cultura mundial", que não tinha nada em comum com o acmeísmo histórico – um movimento literário de curta duração; Mandelstam atinha-se à sua lembrança como a um círculo salvador de intimidade amistosa – mas a ânsia por conversar com iguais era mais antiga e mais dolorosa.

No romance de Proust, o jovem literato Bloch fala de uma viagem a Veneza: "Sim, claro, para tomar sorvetes com belas matronas", e sobre o hotel litorâneo: "Mas como não me agrada ficar esperando entre o falso luxo desses caravançarás e os ciganos me deixam doente, faça-me o favor de dizer ao *laift* que os mande calar e que avise a você."[100] Na juventude, em 1909, em carta a Viatcheslav Ivánov, o Mandelstam de 18 anos também se empenha com todas as forças a corresponder ao *tom europeu* do poeta mais velho.

> Tenho um gosto estranho: amo os reflexos elétricos na superfície do Lago Lemano, criados educados, a ascensão silenciosa do elevador, o vestíbulo de mármore dos *hotels* e inglesas tocando Mozart com dois, três ouvintes oficiais em um salão na penumbra. Amo o conforto burguês, europeu, e estou apegado a ele não apenas de forma física, mas também sentimental. Talvez a culpa seja de minha saúde frágil? Mas nunca me pergunto se isso é bom.

É uma tocante e convincente imitação do que será mais tarde o tema dos capítulos iniciais de *Speak, Memory*, de Nabókov: o paraíso sólido (e totalmente perdido) dos hotéis ingleses, das bacias inglesas de borracha e dos lustrosos vagões Pullman; mas algo de imperceptível no tom passa uma imagem de *vão*, de uma corrente de ar a passear entre o autor e seu conforto burguês. A família de Mandelstam empobrece impetuosamente, é a última viagem para o exterior, para a Europa, de que ele recordará por toda a vida, até sua memória ser prensada nos grandes versos dos anos 1930.

Um ano depois da Revolução, na Casa dos Literatos, em São Petersburgo, foi anunciado um serão de poesia nova – contemporânea. Em algum lugar, havia um busto do poeta Nádson, incrivelmente famoso no final do século dezenove,

---

100 Proust, op. cit., p. 202-203.

que morreu jovem e foi completamente esquecido vinte anos depois. A velha Maria Dmítrievna Watson, amiga de Nádson, disse a Akhmátova: "Quero levá-lo embora daqui, senão podem ofendê-lo."

Também temo ofender essas pessoas; meu temor é maior à medida que eu mesma sinto mais essa ofensa, o parentesco de sangue e vizinhança com cada um deles, que esconderam seu judaísmo como um defeito vergonhoso ou ostentaram-no, como um cocar, à vista de todos. Muito rápido mesmo essa escolha torna-se fictícia. Nada que um judeu faça consigo mesmo – com sua semente, sua alma imortal e seu corpo facilmente perecível – poderá, como demonstrou o século vinte, modificar o contrato com o mundo exterior. Mesmo o direito à *fraqueza* (o direito à traição e à abjuração) será retirado com os demais; todos prestavam para os campos de extermínio, incluindo ateus e apóstatas.

Em 20 de abril de 1933, Thomas Mann escreve em seu diário: "Até certo ponto estou pronto para entender a revolta contra o elemento judeu." O assunto é a então recém-aprovada lei que proibia que os judeus fossem mantidos no serviço público – a primeira de dezenas de restrições cuja tarefa era o descarnamento, a dinâmica regressiva do *elemento judeu*, sua alienação meticulosa e sucessiva da civilização e seus meios de tornar a vida suportável. Passo a passo, a existência foi reduzida ao básico, ao mínimo biológico. Entre muitos tipos de proibições (frequentar piscinas, parques públicos, estações e sala de concertos, locomover-se pela Alemanha, comprar jornais, carne, leite e tabaco, possuir roupa de lã e animais domésticos), destaca-se uma exigência. A partir de agosto de 1938, qualquer judeu cujo nome não testemunhasse sua origem de forma direta, sem ambiguidades, devia acrescentar a ele "Israel" ou "Sarra": Maria Sarra Stepánova, por exemplo.

No começo dos anos 1950, minha mãe, aos doze anos, ia de manhã à escola, uma velha escola moscovita na travessa Bolchói Vuzóvski[101], com sua larga escadaria principal. Os corrimãos polidos subiam em um ângulo suave e, em cima, no último patamar, pendurava-se Vitka[102], vizinho de quintal de mamãe, e gritava, no vão: "Guriéeevitch! Como se chama a sua avó?" Vovó, como mamãe e Vitka bem sabiam, chamava-se Sarra Abrámovna; Sarra teria sido suficiente para se sentir vulnerável. Mas Sarra Abrámovna – SARRAABRÁMOVNA, um rugido duplicado de leão, desavergonhado em seu caráter direto, era muito fora do comum; viver com um nome desses realmente era de um ridículo homérico.

---

101 Desde 1993, Bolchói Triokhsviatítelski.
102 Diminutivo de Víktor.

NÃO CAPÍTULO
Sarra Ginzburg, 1905-1915

1.
De Aleksandr para Sarra Ginzburg em Potchínki, 24 de dezembro de 1905.

Na fotografia que nossa família costumava chamar de "vovó nas barricadas", ao lado dela está um homem cujo rosto ainda emergirá no arquivo doméstico. Na correspondência, seu nome completo não é mencionado nenhuma vez: as amigas de vovó sarcasticamente chamavam-no de Sancho Pança, como o companheiro de Dom Quixote, com seu devotamento abnegado.

No postal, o quadro *Nona onda*, de Aivazóvski, que por décadas enfeitou as salas de visitas e salões nobres russos: o reverso é verde-sabão do mar, uma onda enorme pende sobre os despojos de um mastro ao qual os náufragos estão agarrados e seu navio afunda no horizonte.

Acima, a caneta, foi acrescentado "saudações de Níjni".

Sara,
A Senhorita escreve para Lhe descrevermos nosso dia a dia, de nossas "coisas". Parece-me que seria muito melhor se a Senhorita mesma viesse até aqui, e, ademais, o quanto antes. Veria por si mesma o nosso dia a dia, e tomaria uma parte mais próxima nas discussões

acaloradas q[u]e travamos aqui com os SR[103]. *Será que prefere ficar engordando? Além disso, já estou insatisfeito por minha garganta não doer mais.*
Aleksandr.

O que discutiram com os SR naquele dezembro? E quem discutiu? A julgar pelo círculo de conhecidos da bisavó, Sancho, como outros amigos dela, era próximo dos bolcheviques – e o assunto, antes de tudo, era a necessidade do terror revolucionário. Pouco antes daquilo, depois do manifesto de outubro[104], o Partido Socialista-Revolucionário declarou a dissolução de sua Organização de Combate. Os bolcheviques insistiram na necessidade de novos atos terroristas e expropriações; os SR mantiveram posição. Prescindiram deles: do outono de 1905 ao outono de 1906, foram assassinados 3.611 funcionários do Estado.

Sarra ia cevar (ou "encorpar", essa palavra vem à tona em mais uma carta) em Potchínki, na casa do pai e das irmãs. Em Níjni ela estuda no 2º Colégio, o melhor da cidade, e trava conhecimentos. Nesta carta, seu amigo novo ainda comete o erro clássico na grafia de seu nome – Sara em vez de Sarra. Mas ela, aparentemente, vai ao seu encontro assim mesmo – e estará a seu lado na barricada, de olho machucado, uma touca absurda, colocada de lado. No dia em que Sanka[105] envia-lhe este postal,

---

103 Membros do Partido Socialista-Revolucionário.

104 Em resposta ao levante revolucionário acontecido naquele ano, em 17 de outubro de 1905, o tsar Nicolau II emitiu um manifesto que serviria de base para a constituição russa do ano seguinte, prometendo liberdades civis básicas e a formação de um parlamento – a Duma.

105 Diminutivo de Aleksandr.

há uma agitação na fábrica de Sórmovo, as ruas nevadas estão bloqueadas com tudo que calha, há caixas de madeira e armários de escritório no caminho. O governador de Níjni Nóvgorod já enviou à capital um despacho urgente: "A situação na cidade é muito perigosa. Amanhã pode haver desordens. Não há tropas." No dia 29, quando o carimbo de Potchínki for colocado no postal da tempestade, a insurreição receberá tiros de canhão.

2.
De Platon para Sarra Ginzburg (na prisão), 9 de fevereiro de 1907.

Uma harpista descalça com olhos de fogo e uma juba de cabelos negros se senta a uma margem despovoada e triste. No postal está escrito "N. Sichel. Consolo na música".

Olá camarada Sarra! Não sou músico, e sou mau cantor, mas a música e a poesia sempre me servem de consolo e prazer. Fiquei sabendo pela "pequena Sarra" que a Senhorita canta e gosta de música, por isso envio-Lhe, em Sua casamata, este postal; ele muito me agrada, tanto pela realização, quanto pelo conteúdo. Esta encarnação da beleza fala muito à alma dolorida, pode ser que também apele à Sua. Por algum motivo, creio que não A deterão por muito tempo e, embora não vivamos "em tempos de contos de fadas", há motivo para esperança!... A vitória da esquerda e da oposição na Duma é completa. Isso diz muito a respeito da vitória sobre as forças escuras, e é possível dizer que não esperaremos muito tempo por esta "alvorada da fascinante felicidade":
"*Camarada, acredita: está a nascer,
A alvorada da fascinante felicidade,
A Rússia desperta do sono,*

E nos destroços da autocracia
Vossos nomes há de traçar!.."
Púchkin[106]
Autocracia = sofrimento pela alvorada da nossa Rússia. Há luz à nossa frente, camarada!
Creia com alegria também, e suporte o seu quinhão.
Aperto-Lhe a mão. Platon.

Dois anos tinham se passado desde 1905; Sarra Ginzburg fora presa por distribuição de literatura ilegal, e estava detida em São Petersburgo, na Fortaleza de Pedro e Paulo. A "pequena Sarra", ao que tudo indica, é Sarra Sverdlova – não apenas amiga íntima, por toda a vida, de minha bisavó, como irmã de um irmão assustador.

A alcunha partidária de "Platon" era de um homem excepcional. Ivan Adôlfovitch Teodorowicz, filho e neto de rebeldes poloneses, amigo e companheiro de lutas de Lênin, era membro do comitê central do Partido Operário Social-Democrata da Rússia (encarregado dos "pontos", como afirma um relatório policial). Dez anos depois, ele se tornaria o primeiro comissário do povo soviético para assuntos alimentares – e quase imediatamente sairia da equipe do Comissariado do Povo em sinal de protesto contra a ideia do comunismo de guerra. Trinta anos depois, em 20 de setembro de 1937, seria fuzilado por sentença do Colégio Militar do Supremo Tribunal.

---

106 Citação alterada (o original diz "estrela", e não "alvorada"; "nossos", e não "vossos"; "escrever", e não "traçar") do poema *A Tchaadáiev* (1818), de Púchkin. Amigo do poeta, o filósofo Piotr Tchaadáiev (1794-1856) foi declarado mentalmente insano e colocado sob prisão domiciliar após a publicação, em 1836, de sua *Primeira carta filosófica*, que enfureceu o tsar Nicolau I.

A Segunda Duma do Estado tinha acabado de ser eleita – a primeira durara 72 dias, essa aguentou-se por trinta dias mais, depois o malogrado parlamento russo foi novamente mandado para casa. De fato, havia muita gente de esquerda lá, mais do que um terço. Hoje é espantoso examinar a composição da lista de deputados de então: entre eles há um número enorme de camponeses (169), trinta e cinco operários e seis industriais ao todo, vinte sacerdotes, trinta e oito professores – e até um poeta, Edvards Treimanis-Zvārgulis, que morava em Riga e escrevia em letão.

O camarada Platon também se candidatou, mas não foi eleito.

3.
De Sanka para Sarra Ginzburg, 12 de agosto de 1907. Retrato de mulher.

Sáruska[107], que linda, não é verdade? Assim como você! Pois quando eu olho para um rosto feminino tão bonito, tenho a impressão de que a mulher é uma força terrível na vida, especialmente na vida de nós, homens. Por causa dela, por causa de um só sorriso dela, estamos prontos para ir a qualquer combate, para a tortura e para a morte! Ela é a rainha da vida, e tudo na vida, tudo de melhor e mais maravilhoso nela, pertence à mulher. Pois ela é a mais maravilhosa e bela criação da natureza! E quão loucamente feliz pode ser o homem q[ue] souber acender o fogo da paixão em seus belos olhos, e eles então resplandecerão com uma alegria louca, uma beleza inebriante... Os próprios deuses invejariam este hom[em]. Quero ser feliz assim, quero loucamente...
Aleksandr

---

107 Diminutivo de Sarra – como Sarússia, Sarrka e Sárrotchka, que aparecem adiante.

4.
De Sanka para Sarra Ginzburg, 17 de outubro de 1907.

No postal, há um quadro com o título *Não vá*: uma mulher acompanha um revolucionário de *kubanka*, bigodes e revólver na mão, e a certa distância há telhados nevados e uma pequena cúpula. Acima está escrito, à mão: "Mas você sempre me diz: Vá!"

Sarússia, hoje de manhã mandei a você uma carta e me esqueci de que hoje é 17 de outubro, por isso não a cumprimentei pela data. Além disso, esse dia para sempre será querido e memorável para mim, não apenas por seu significado geral, mas também porque neste dia, há dois anos, caminhamos pela primeira vez, de mãos dadas, em uma demonstr[ação] de r[ua]. Então ainda éramos absolutamente estranhos um ao outro, e eu não sabia, nem supunha, que aquela moça de olhos negros q[ue] marchava ao meu lado, e c[uj]a mão eu apertava tão forte, logo seria a minha querida e, mais tarde, minha noiva. O 17 de out[ubro] fez-nos camaradas e parentes. Viva o 17 de outubro de 1905!
Teu Sanka.
Saudações a Kátia

Dezessete de outubro de 1905 foi o dia da promulgação do Manifesto de 17 de outubro do tsar que prometia à população da Rússia liberdades civis e um parlamento genuíno.

5.
De Mikhail Friedman para Sarra Ginzburg, 26 de dezembro de 1909.

Uma moça de olhos grandes aflige-se junto a uma janela aberta, os cabelos esparramados pelos ombros, as mãos inúteis depositadas no joelho. Legenda: "Rishon. Se eu fosse um passarinho!"

Minha querida Sarra! Não Lhe enviei saudações de Ano-Novo no exterior – não sabia se a carta a encontraria em casa, pois ouvi dizer que a Senhorita partira de Montpellier[108]*. Mas agora, sabendo que a Senhorita partira temporariamente, e com esperança de que receberá esta carta, mando-lhe os melhores votos de Feliz Ano-Novo. Desejo que jamais se esgote Sua fé no futuro, que cada passo Seu adiante seja coroado de êxito e que a Senhorita consiga organizar Sua vida da forma que mais satisfaça os Seus ideais.*
Desejo ainda que consigamos nos ver.
Do amoroso Mikhail.

6.
De Dmítri Khádji-Guéntchev para Sarra Ginzburg, Montpellier, 29 de dezembro de 1909.

A carta é extremamente prática, as miçangas miúdas da caligrafia enchem a totalidade da página, as passagens do francês para um semirrusso[109] parecem defeituosas, resultados da pressa e da agitação. Em dois dias é o Ano-Novo, Sarra logo, logo chegará.

Sarrka, respondo com preça *o postal que acabei de receber. Escrevi anteontem que o melhor é sair de Losana de manhã, para chegar aqui de* bonne heure[110]. *O melhor mesmo é ir às 5h5min, de manhã cedo. O trem estará em Lyon, às 10h13min, antes do almoço, baldeação às 10h45, em Tarascone às 3h39, depois do almoço, e em Montpellier às 7h da noite. O outro trem também é bom, embora chegue tarde a Montpellier,* eh *às 9h17min, antes do almoço, e*

---

108   Em caracteres latinos no original.
109   Guéntchev é um sobrenome búlgaro.
110   Mais cedo. Em francês no original.

estará em Lyon às 4h5min, depois do almoço, depart de Lyon a 5h53min, arrive a Tarascon a 10h23, et a Montpellier a 12h23 *da noite. O terceiro trem, mas não tenho certeza si ter III classe, e o melhor, eh às 12h10min, no almoço. Em Lyon, chega às 4h34, depois do almoço. De Lyon, parte às 5h53min, e estará em Montp., como o segundo, à* minuit. *Veja direitinho, está indicado como o melhor, e ter III classe. Então venha com ele sem falta, si não pode de manhã cedo, às 5h. Depois veja e faça como está mostrado no plano. Na estação, com a cabeça na janela, e também procure por mim. Senão corremos o risco de não nos vermos. Em compensação, na estação de Montp. vamos nos encontrar sem falta, si não tiver outra. Vejamos como. Já decidi – vou a Tarascone. Então também me procure lá. Si não vejo em Tarascone, vou a Nime,* si *lá também não vejo, volto para Montpellier e lá vou esperar a noite inteira, mas vou te encontrar de novo. Escrevo a Ida sobre uns envelopes. Compre para mim, preciso para* [ilegível] *visite. Depois do almoço não dá para sair de Lausana, pois teria que passar a noite inteira no trem.*

Saudações ardentes, Seu MG[111].

7.
De Sanka a Sarra Ginzburg, 4 de janeiro de 1910.

Postal alemão com carimbo de Berlim, na imagem, camponeses apaixonados trocam carícias sobre o centeio – ele tem bigodes de trigo, ela tem uma saia colorida, ao lado um versinho sobre *liebesgedanken*[112].

"Die liebe bleibt sich immer gleich" *[O amor permanece sempre o*

---

111 M de Mítia (diminutivo de Dmítri), G de Guéntchev.
112 Pensamentos de amor. Em alemão no original.

mesmo] ... Esteja você em Paris ou em Berlim. Pois já é o segundo dia em que vago por Berlim, examinando-a. A cidade é interessante. Se eu não tivesse comprado uma passagem para Píter[113]*, ficaria aqui e tentaria encontrar trabalho. Daí, veja, encontraria aqui uma carinha tão bonitinha como a que está apertada ao jovem ceifeiro do cartão, e não seria mais perseguido pelos olhos negros da israelita.*
Saudações. Aleksandr.

8.
De Dmítri Khádji-Guêntchev para Sarra Ginzburg, 27 de julho de 1912.

Querida Sárrotchka, acabei de receber seu cartão de Sófia. Já faz tempo que passei no meu exame do Estado, foi muito difícil – mas passei. Afinal, você sabe, às vezes, dou sorte. Agora ficarei aqui mais uns 2-3 dias, e vou para outra cidade, para ser soldado-médico do hospital militar da divisão. Vai ser muito difícil porque não há dinheiro, mas o serviço em si não é difícil, tudo é profissional. Ontem, Sárrotchka, pela primeira vez tive uma visita – que pagou só 2 fr. Naquela mesma hora, no mesmo dia gastei tudo. Minhas coisas não vão muito bem, e tudo porque não há dinheiro. Ainda não me casei e provavelmente não vou me casar nunca – ninguém me ama, ninguém quer se casar comigo. E você, Sárrotchka, por que não me escreveu mais sobre seu passado e futuro – não sei nada a seu respeito.
No verso:
Sárrotchka, venha para Drjanovo, morar na datcha, *aqui a vida é tão boa, agradável, livre – apenas porcos e galinhas por toda parte. Aperto-lhe a mão. Fim.*

---
113 São Petersburgo.

9.
De Dmítri Khádji-Guéntchev para Sarra Ginzburg, Tarnovo, 29 de outubro de 1912.

Saudações da antiga capital da Bulgária. Amanhã a comissão de seleção vai me examinar e approuver *[aprovar] como soldado. Amanhã à noite estarei de novo em Drjanovo, escrevo com mais detalhes. Há três dias meu irmão chegou (voltou do campo de batalha). Ferido no braço direito (1/3 moyen du bras, Humerus intact).*
[parte central do ombro, osso não atingido]
Salut[114]. [...]

Em território europeu, o "campo de batalha" desdobrou-se por dois anos antes do início da Primeira Guerra Mundial: era a Primeira Guerra dos Bálcãs.

10.
De Sarra Ginzburg para Mikhail Friedman, novembro de 1913.

Paris, 15 Novembre[115]
Micha[116], *o senhor é um imprestável, Sarra foi-se embora e nem sombra do senhor. Não é louvável, embora não se deva perguntar a juristas, mas mesmo assim. Ontem levaram-me a um botequim (eu me queixava de ser pouco instruída), e hoje estou com vontade de dormir, e a cabeça está rachando. Quais são as novas, como está o trabalho, qual o estado de espírito depois de "Beilis"? Escreva, senão tampouco vou escrever.*

---

114 Saudações. Em francês.
115 Paris, 15 de novembro. Em francês no original.
116 Diminutivo de Mikhail.

O júri tinha acabado de absolver o judeu Menahem Beilis, acusado de assassinato ritual de um menino de doze anos de Kíev; esse enorme processo judiciário costumava ser comparado ao caso de Alfred Dreyfus.

11.
De Sarra Ginzburg para Mikhail Friedman, Paris, 18 de fevereiro de 1914.

O senhor notou com razão que eu parei de escrever. Sim, eu mesma o senti, porém momentaneamente, e agora, ao ler o seu postal, lembrei-me disso. Em parte, a culpa é sua. Aliás, não acho isso. Simplesmente passei por muita coisa nos últimos tempos, passei por coisas que teria sido difícil, até impossível, compartilhar com o senhor. Isso é demasiado diferente e distante para ser tão compreensível e simples para o senhor como é agora para mim. E isso me absorveu tanto que me afastou de todo o restante, e eu fiquei sozinha comigo. Eu o entendo, Micha, como não? Muita labuta por uns tostões. Quanto a mim... oh, como ainda vai levar tempo! – Em primeiro lugar, minha permanência aqui se prolongou, não vai acabar na Páscoa e, uma vez em Paris, em geral, nunca dá para saber quando vai acabar. Mas Deus proverá. Quanto à foto, novamente não tirei ainda. Mas o senhor também prometeu, então mande a sua. Bem, Micha, tudo de bom. Escreva mais a seu respeito. S.
P.S. Encontrei entre meus papéis essas duas velhas, desenhadas há mais de duas semanas. Bem, assim mesmo estou enviando.
+ veja como são loucamente velhas.

12.
De Sarra Ginzburg para Mikhail Friedman, 29 de março de 1914.

Micha, que primavera a nossa!
Hoje a manhã estava extraordinária, não conseguia me afastar das ruas, inundadas de sol, nem das pessoas, alegres, sorridentes, primaveris. Queria eu mesma estar tão cintilante, queria sair da cidade, ir para mais perto do campo, para as primeiras flores da primavera, colher um feixe enorme delas e respirar esse aroma singelo, mas extraordinariamente fresco, campestre. Não é verdade? Hoje sinto-me muito animada, uma massa de energia, tentarei utilizá-la bem, vou me lançar ao estudo.

13.
De Sarra Ginzburg para Mikhail Friedman, 8 de maio de 1914.

Acabei de voltar do exame. Estou terrivelmente estraçalhada. É espantoso como os nervos ficam tensos, e como, depois, não há força física que os mantenha em equilíbrio. A reação prevalece. Tudo se passou com êxito, mas amanhã tem exame de novo – vou fazer clínica obstétrica, se passar vou conseguir descansar um pouco.
Escreva quais são as novas.
Sarra.

14.
De Sarra Ginzburg para Mikhail Friedman, outubro de 1914.
Cartão-postal foi enviado já da Rússia, trazendo uma vista da Ponte Antchíkov[117]. Desde julho, acontece a Primeira Guerra Mundial.

---

117 Em São Petesburgo.

Revoltada com sua negligência e indiferença para comigo – até agora, nenhuma palavra de resposta às minhas cartas.
S.

15.
De Mikhail Friedman a Sarra Ginzburg, em Petrogrado[118], outubro de 1914. Desenho de Leonid Pasternak: um marinheiro ferido se encosta na parede, o rosto cheio de tinta vermelha. Uma inscrição à mão: "Eis o último esboço de Pasternak da vida moderna. Bem expresso, de verdade. Micha"

Sarra, recebi sua carta com o pedido de ir à universidade na véspera de minha partida para Vorónej, e por isso não pude fazê-lo. Sim, acho que também é inútil indagar: em Sarátov será igual a todos os outros lugares. Talvez a situação se altere com a declaração de guerra contra a Turquia. Então serão necessários médicos e, provavelmente, serão requiridos exames suplementares. Mas, mesmo que sejam requiridos, não se deve desanimar. Quando terminou em Paris, a senhorita supunha prestar um exame – então não deve se desesperar agora. Tudo de bom, Micha.

16.
De Sarra Ginzburg para Mikhail Friedman, novembro de 1914.

2 da manhã
Agora estou sozinha, despedi-me de Ólia e Sanka há pouco. Abri minha cama, luxuosa em comparação com as russas (a dona da casa

---

118 Nome de São Petersburgo entre 1914 e 1924.

esteve no exterior e sabe como são os leitos de lá, e fez um parecido para mim). Estava pronta para ir para a cama quando dei uma olhada em meu quarto e vi como agora ele é bonito e aconchegante. As flores brancas que Pólia me trouxe no canto, limpo e belo por toda parte, a lâmpada elétrica lançando uma luz suave ao redor; fiquei doída porque você partiu, não está comigo aqui. Queria enviar pelo menos uma saudação no momento em que não dá para mandar mais nada. E Ólia trouxe um postal, mas a imagem é triste, e não é seu. Boa noite, escreva.

17.
De Sarra Ginzburg para Mikhail Friedman, 4 de dezembro de 1914.

Como os dias se arrastam de forma interminável, e as noites, ainda mais intermináveis. Quanto tempo ainda vai passar para eu receber uma carta sua. Será que você sente a minha necessidade para responder, para escrever agora mesmo. Micha, estou animada, não se entristeça. S.

18.
De Mikhail Friedman para Sarra Ginzburg, 10 de abril de 1915.

Há muito tempo não escrevia para você, Sarra. Está tudo girando, rodando. E estou cheio de toda essa lenga-lenga. Queria muito descansar das preocupações e afazeres e viver tranquilamente. Sim, obviamente não vou conseguir. Em alguns dias, vou novamente a Tambov e Razskázovo – lá ocorreu uma falha de regulamentação, desagradável para mim. Ora, que se dane. Vou mais uma vez e liquido definitivamente toda a história. Escreva para Sarátov. Saudações às amigas. Micha.

*

O ketubá de Sarra e Mikhail – seu contrato de casamento, redigido em hebraico – foi assinado um ano depois, em abril de 1916. Algumas semanas mais tarde, nasceu minha avó, Olga (Liólia) Friedman.

SEGUNDO CAPÍTULO
selfie e consequências

Quando você passa de retrato em retrato pelas salas de um museu, fica mais visível e, de certa forma, compreensível: as diversas formas de conservação do eu, óleo sobre tela, pastel sobre papel e todo o restante, remontam a uma igualdade básica, ao "$x = y$" – em determinado momento de sua presença, que ainda persiste, a pessoa confere ao quadro o direito de representá-la. A rigor, a partir deste ponto ela já não é necessária, e pode ser suprimida; a tarefa do retrato é reunir em si e focalizar tudo que você constitui ou pode ser, todo seu passado e futuro, reunindo em uma constante que não está sujeita ao resultado do tempo. Isso está em relação direta com o conhecido lema "as melhores palavras na melhor ordem", só que as condições aqui são mais severas, e a ordem pretende ser única, totalizante, derradeira. Em certo sentido, todo retrato quer ser de Faium, aquele que você apresenta, como um passaporte, na fronteira entre a vida e o além-túmulo; no momento em que o trabalho acabou, você também está acabado. Por isso a pessoa nem precisa de mais de um retrato: seu número não acrescenta nada ao balanço geral – e o fato de que antigamente pessoas de mérito ou patrimônio excepcionais podiam encomendar dúzias de simulacros de si apenas confirma o princípio evidente: um é suficiente.

A fotografia também colocou em dúvida este princípio, a um ponto em que se tornou possível acreditar que a personalidade do retratado, como um *puzzle*, deve e pode ser formada com dezenas de facetas do *eu*, de um conjunto de várias, nem sempre conhecidas uma da outra. A exigência de fixação que está por detrás da *selfie* (essa encarnação extrema da fé na inconstância) está convicta de que o rosto do dia de hoje e o de ontem são infinitamente diferentes – e que o desenvolvimento leva ao caminho cinematográfico, feito de milhares de tomadas instantâneas. Aqui se deve lembrar a definição aristotélica de memória como uma marca deixada por um anel. E depois ele fala de estados incompatíveis com a memória – paixão, velhice, juventude –, descrevendo-os como uma torrente: um movimento cru e disforme. "O resultado é os jovens e os velhos terem memória falha, já que ambos se acham em um estado de fluxo"[119], não se obtém uma impressão nítida, em vez dela, na superfície da mente, fica um gráfico de movimento, uma vaga risca de pneu na estrada.

Mas exatamente assim – como retrato de movimento – é que se percebe agora a pessoa que diariamente coloca o rosto diante da objetiva, ou muda de avatar nas redes sociais. Este jogo – *mutatis mutandis* – é jogado de bom grado pelas redes sociais, que inventam constantemente novas formas de arranjo de imagens: esse é meu rosto de cinco anos atrás, essa é minha fotografia com este e aquele conhecido; esse é o ano passado em quadros que serão folheados, como em um livro, e por algum motivo chama-se de filme. E o interessante aqui nem é o que o prestimoso Facebook lembre (escolha o que lembrar e o que esquecer) em meu lugar, por mim – mas que essa fluidez e essa incompletude como que me imponham um dever. A torrente deve ser alimentada como

---

[119] Aristóteles, "Da memória e da revocação", em *Parva Naturalia*, tradução de Edson Bini (Edipro, 2021), p. 78.

novas fotografias; o próprio rosto também deve ser recarregado, senão você se esquece de como era.

E cada novo rosto abole – cancela – os anteriores. Daí pode-se lembrar de como um foguete cósmico ejeta, um após o outro, seus estágios, para adquirir velocidade. Em um poema de Elena Chvarts, fala-se de um quarto em que estão reunidos todos seus "eus" passados – exauridos e abandonados: *multidões/ Derretidos, vestidos, despidos,/ Irados, alegres e tristes*[120], pelos quais, como uma fagulha em um rastilho de pólvora, a alma corre.

Charlotte Salomon pinta seus heróis de modo similar. Uma mulher sai de casa querendo dar um fim em si mesma. Ela é representada dezoito vezes, em um pequeno espaço, por um desenho a guache, preenchendo completamente seu trajeto, da entrada da casa até o lago. Dezoito figurinhas a se repetir em diversas fases do movimento – uma espécie de corredor, pelo qual avança a *intenção*; cada subsequente confirma a decisão da antecedente, cada nova está um passo mais próxima do buraco no gelo.

*

Os contemporâneos mais jovens de Rembrandt – Sandrart, Houbracken, Baldinucci – tornaram-se autores de descrições da vida dele não por amor a seus quadros: antes, como tentativa de descrever um caso curioso, de apresentar um exemplo de como-
-não-se-deve-fazer. A lista de culpas atribuídas ao pintor é grande, mas o conjunto de reclamações é estranhamente monótono

---

120 *Desemparelhado*, da década de 1980.

e, a par do "monstruoso rosto plebeu" e das letras tortas da assinatura, repreendem-no por aquilo que deve ser a consequência direta desses defeitos de base: a deformação de gosto – uma queda pelo amarrotado, mastigado e enrugado, pelas escaras e marcas de alças, por tudo em que há um sinal do encontro com a vida.

A falta de desejo ou capacidade de se satisfazer com o melhor, o seleto, o exemplar – "saber escolher o mais belo entre os belos" – era, para os primeiros biógrafos de Rembrandt, um pecado sério, e devia ser explicado de alguma forma, preferencialmente pela origem, educação e o voluntarismo consequente delas. Outra resposta em que insistiam todos (dentre os quais Sandrart, que o conhecera) era o desejo de seguir a natureza; e, como nesta época qualquer evento devia ter um pretexto-exemplo, eles acenavam para Caravaggio, que era então o principal modelo de admiração criminosa da natureza.

Não sei se vale a pena fiar-se muito nisso; se quisermos aprender da natureza, em sua escola vitalícia da decomposição, isso acontece sem auxílio externo. No Museu de História da Arte de Viena, contudo, há um trabalho de Caravaggio que imediatamente me remete a Rembrandt, embora a rima resultante seja estranha. É *Davi com a cabeça de Golias*: o ardor de incêndio que assoma das trevas externas só faz tornar mais visível o arco da composição – um adolescente de bochechas ainda redondas mantém suspensa a enorme cabeça do inimigo subjugado; ela já está perdendo cor, a mandíbula está flácida, os dentes inferiores cintilam à luz, os olhos não têm cor, nem expressão. A roupa do menino, calças amarelas e camisa branca de linho, tem o mesmo matiz que é possível ver no famoso autorretrato de Rembrandt de 1658; a bengala da mão esquerda reluz com o mesmo metal sombrio da espada do ombro de

Davi; o traje amarelo jaz no peito como uma armadura, detrás da qual escapam as pregas da camisa; o ventre pesado está envolto em vermelho, e essa cor também existe no quadro de Caravaggio: são respingos de carne – fibras de tecido a pender do pescoço morto.

Quando você fica olhando muito tempo para Davi e seu troféu de guerra, para o equilíbrio entre assassinado e assassino, entre macio e endurecido, escurecido e iluminado, entre, para dizer de forma mais simples, apodrecer e *florescer*, você descobre que entre vencedor e vencido não há diferença alguma. Seria de parecer que toda a estrutura verificável do quadro falasse disso – mas tudo isso de repente se confirma quando você entende que o menino vivo e o gigante morto têm o mesmo rosto: que são fases diferentes de um processo único, uma demonstração patente de todos os antes e depois que conhecemos. Considera-se que a cabeça de Golias é o autorretrato de Caravaggio; e torna-se ainda mais interessante quando você coteja os traços e vê que o autorretrato é um duplo.

Neste segundo, o triângulo (os dois heróis e você, o espectador) inesperadamente se abre, curva-se, revela-se uma espécie de ferradura: em seu arco invisível, estão cravadas-comprimidas todas as idades, todas as modificações daquele rosto, em seu movimento do começo ao fim. O que estou vendo é uma manifestação literal do clássico "assim as almas contemplam, das alturas, os corpos que deixaram[121]". O autor (que aqui oferece à observação não um corpo, mas *corpos* – ou seja, o *corpus* alheado e esfriado da vida já vivida) encontra-se no estranho ponto em que de

---

121 Citação levemente alterada (o original diz "como" em vez de "assim") do poema *Ela estava sentada no campo* (1858), de Fiódor Tiútchev (1803-1873).

qualquer coisa a distância é a mesma, e ela exclui qualquer resultado e qualquer escolha. Esse, aparentemente, é o primeiro caso que eu conheço em que o tema do artista torna-se não apenas o eu-resultado, mas o eu-movimento.

Os *experts* consideram autênticos (pintados pela mão de Rembrandt, às vezes, com a participação de seu ateliê) cerca de oitenta autorretratos, dos quais cinquenta e cinco, ao que parece, são óleos sobre tela genuínos. É muito: um décimo de seu enorme legado. Alguns, pelo visto, por carência de uma tela pronta, foram pintados direto em cima de outros trabalhos – uma segunda camada de pintura, cobrindo a imagem inicial. As telas pintadas não eram obrigatoriamente de Rembrandt, eram, no sentido literal, *recycling*: quadros de outros, fracassos e rascunhos próprios, cabecinhas *tronies*[122], pequenas cenas de gênero, tudo entrava – dentre outras coisas, retratos que os clientes rejeitavam. Na superfície, ficava o próprio artista, seu rosto momentâneo, descartável.

E apenas o dele; os trabalhos envelhecidos tornaram-se para o artista uma espécie de rascunho, um livro de anotações para reação rápida – talvez porque quem pagava (ou fornecia ao artista) as telas dos retratos dos outros era o cliente. Colocados em fila, observados sucessivamente, os autorretratos formam uma espécie de catálogo – uma coleção de reflexos captados em regime de reação rápida, de acompanhamento da natureza. *Nach der natur*[123], como se chama o primeiro livro, em versos, de Sebald.

---

122 Obras da pintura barroca flamenga caracterizadas por expressão facial exagerada.

123 A partir da natureza. Em alemão no original.

A rapidez com que o tema deve passar para a tela era aparentemente importante para Rembrandt – mais importante do que outras circunstâncias e deveres.

Aconteceu certa feita que seu macaco de estimação morreu inesperadamente, quando ele já tinha pintado pela metade o grande retrato de um homem com sua esposa e filhos. E como não tinha outra tela pronta ao alcance da mão, ele pintou o macaco morto no [mesmo] quadro. Essas pessoas puseram-se a objetar, não desejando que seus retratos fossem dispostos em torno de um bicho morto repulsivo. Mas não, ele estava tão apaixonado por seu esboço do macaco morto que preferia não terminar o quadro e ficar com ele para si, só para não manchá-lo; e assim fez. Esse quadro depois passou a servir de tabique para seus discípulos.

Na coleção fundamental publicada pela Sociedade Holandesa de Estudos de Rembrandt, os autorretratos têm um volume à parte, de muitas páginas, e por isso há algo de trágico no comentário que o acompanha: uma das principais teses do artigo incluído ali resume-se a uma advertência: não devemos separar os autorretratos em uma categoria especial, apresentá-los como uma espécie de projeto ou subprojeto, um diário lírico calculado por anos, ou uma autoinvestigação *à la* Montaigne.

Aquilo contra quem o autor do livro polemiza é mais do que a eterna tendência humana a recontar o passado com ajuda do dicionário moderno, relatando a história das obras de Rembrandt como um inquérito em busca da identidade (ou como uma investigação da realidade interna, ampliando o espaço da introspecção). A questão não é conflito metodológico, nem até que ponto é possível colocar entre parênteses, na investigação, o anacronismo, um defeito presente desde o início em qualquer tentativa de decifrar um texto que conseguiu ir bem longe na escala temporal. Essa é, antes de tudo, mais uma tentativa condenada de *dar murro em ponta de faca*: conservar, do passado, a dignidade e, do conhecimento perdido, seus direitos, o primeiro dos quais é a imunidade a concepções prontas e molduras vindas de fora. Mas não há como escapar hoje disso, especificamente; a ansiosa busca por coerência está no ar que a sociedade respira em tempo de decomposição, de ausência de linhas gerais e de respostas inequívocas.

Quando elementos do próprio cotidiano começam a andar para lá e para cá, dando cabo de qualquer tentativa de explicação sistemática, você começa a buscar um corrimão e a alegrar-se com qualquer indício de estrutura. Mais ainda, você começa a ver estrutura em qualquer sucessão lógica, saudando o acaso e confiando nas coincidências como sinais de parentesco interior. Ao *projeto* de Rembrandt foi consagrada uma quantidade de textos notáveis, cada um dos quais falando, talvez, mais de nós do que dele – como aconteceu com os primeiros biógrafos do artista. E mesmo assim há algo vagamente angustiante na ótica que nos faz ver nesses autorretratos um tipo de microscópio, que aproxima e aumenta o "mundo interior do autor", onde estão submetidos a um estudo intransigente movimentos de alma, cantos escuros e manchas de pesar. Sempre tenho a impressão de que o sentido geral da multiplicidade de cabeças pintadas por Rembrandt, seu *face value* literal, resume-se justamente a limitar-se ao lado exterior, à marca aristotélica de hoje. Isso já é suficiente; mesmo assim, eles entregam mais do que você pede.

De certa maneira, eles estão próximos dos materiais didáticos importantes e em moda naquela época: coletâneas de modelos que fixavam para os futuros artistas expressões extremas de sofrimento, espanto, horror, alegria. Esta lógica (baseada na antiga confiança nos *caráteres*, ou seja, arranjos tipológicos que explicam a diversidade humana a partir de algumas formas previamente prontas) torna inevitável a cisão de movimentos espirituais ulteriores em uma sucessão de emoções seriadas, cada uma das quais alheada das demais e encapsulada-centrada em si mesma. Elas são universais – e cada uma tem um equivalente mímico determinado, ou seja, aquilo que foi uma vez observado pode ser aplicado várias outras vezes, como uma fórmula matemática ou oração.

Sobre isso escreve Houbraken, o mais condescendente dentre os hostis a Rembrandt, vendo em seu trabalho, antes de tudo, uma negligência do método – uma espécie de tentativa de atravessar a rua no sinal vermelho.

> Muitos sentimentos são efêmeros em suas manifestações. Ao menor estímulo, as expressões faciais mudam de aspecto, de modo que mal há tempo para esboçá-las – isso para não falar em pintá-las com cores. Consequentemente, não se pode sequer imaginar como o artista possa ajudar a si mesmo com este método [de desenhar a partir da natureza]. [...] Por outro lado, é possível ajudar a si mesmo contando com os gênios daqueles que, apoiando-se nas regras estabelecidas e nos fundamentos da arte para instrução dos estudantes aplicados, contaram ao mundo, em forma impressa, como cada sentimento se manifesta: assim é o inestimável livro *Discours Academique*, dedicado ao senhor Colbert pelos membros da Academia Real de Paris, cujo exemplo foi seguido também por nós, buscando modelos similares a estes [...] e incluindo-os no segundo volume de *Cartas de Philatet*.

O interessante aqui não é a confiança em um modelo dado em algum ponto, mas a fé em que, entre as emoções (como entre os tipos humanos) existem fronteiras: que elas podem ser divididas por uma linha corretamente traçada. Ira e piedade são pensados como condições estáticas; talvez como fases de um processo – mas o lugar em que elas se misturam não é reconhecido como um espaço em separado: há entre eles um traço intangível. Comparando o *trabalho sobre si mesmo* realizado por Rembrandt e Montaigne, o historiador da cultura Andrew Small volta-se para Foucault – para o código de *As palavras e as coisas,* que se resume a que, apesar das séries de semelhanças, o homem sempre está encerrado e limitado pelos parâmetros que descrevem suas fronteiras, deixando intocado o centro.

Justamente pelo desrespeito pelas fronteiras – ou pela incapacidade de traçar uma linha a dividir com clareza isso e aquilo, luz e trevas (o que era considerada a principal qualidade de um desenhista) – os contemporâneos de Rembrandt recriminam-no em coro. Aqui todos estão de acordo, como se estivesse em ação um sistema coletivo de segurança: é inadmissível a própria maneira de pintar "sem quaisquer contornos ou fronteiras, atingíveis com a ajuda de linhas internas ou externas, mas consistindo exclusivamente em pinceladas violentas que se repetem". "Como os contornos devem ser colocados de forma nítida e precisa, e para esconder o perigo [da ausência deles] em seus trabalhos, ele encheu seus quadros de um negrume indevassável; e o resultado foi que ele não exigia nada de seus quadros, desde que eles conservassem uma harmonia geral", "... de modo que mal era possível distinguir onde estava uma figura, e onde estava a outra, embora todas fossem, de modo minucioso, copiadas da natureza". A tentativa de contrapor ao que Púchkin chama de *mistura de tudo*, ou seja, uma coletânea de fundamentos racionais, parece, a partir da perspectiva invertida, tocante e condenada – no mínimo porque Rembrandt não modifica o sistema de fora, mas de dentro: ele o estica em todo seu tamanho, até arrebentar.

Em seu mundo, não há fronteiras nitidamente traçadas entre figura e fundo, cor e escuridão; e, prossigo eu, entre autorretrato e *tronie* não retrato. O *corpus* de autorretratos como que recria a linha fixa de estados prontos, afirmando uma outra, em que eles são incontáveis e fluidos, como matizes de um espectro, e mesmo assim dispostos em uma escala-escada de movimento na direção de um fim inteligível e determinado: uma cadeia de modificações faciais, ao longo da qual essas modificações correm, sem tocar a soma geral. A tarefa de *emulatio* (imitação, tendo em vista não simplesmente repetir o modelo, como superá-lo ou ultrapassá-lo) refere-se aqui ao gênero como tal – e o próprio corpo torna-se manequim, um modelo ideal, gratuito, por cuja superfície passa uma ondulação de emoções, de idades, de estágios da vida: uma alternância de emblemas. A alienação, companheira inalterável da observação, parece aqui obrigatória, assim como a precisão na transmissão do que é visto.

*

Andrew Small chama a atitude de Rembrandt para com sua representação de linchamento. Parece-me que seria mais exato falar de *renúncia voluntária* – como quer que seja traduzido para a língua do século dezessete o que ocorre entre o espelho e a tela –, de alienação-decepamento de determinado estágio da vida, junto com aquele que acabou de vivê-lo. Para isso é indispensável, no sentido literal, sair de si: tornar-se uma instância exterior, não ver nenhuma diferença entre si e qualquer um de seus clientes (ou, como no autorretrato de Dresden, entre si mesmo, jovem e corado, e o pássaro morto que este *eu* agora segura pelas patas).

Todos os estágios deste processo são simultaneamente discretos e provisórios: não temos diante de nós a pesquisa (tendo em mente obter um resultado), mas a fixação, um diário de observação da natureza. Dentre os autorretratos, não há sequer um retrospectivo – fixa-se o dia de hoje, já pronto para se tornar material utilizado, *waste product*. Neste sentido, não é preciso examiná-los em ordem direta e consecutiva – eles possuem apenas sentido laboratorial: são necessários para fazer um entalhe no umbral da porta, marcando a nova altura e idade. O que acontece não é introspecção, mas a renúncia a ela: exteriorização e separação do minuto que passa; não autobiografia, mas autoepitáfio.

Frequentemente um autorretrato é executado mais de uma vez, com certa quantidade de variações ou quase sem elas, em diferentes técnicas, a óleo e gravura, pelo próprio autor e seus discípulos. É óbvio que as tarefas da época pós-Romântica – a necessidade de evitar repetições, e a própria busca do novo, do ainda não captado – não se relaciona em absoluto à zona de interesses de Rembrandt, assim como, aparentemente, a própria lógica do autoconhecimento, que é demasiado fácil de imputar a um homem apanhado no interesse pela própria pessoa. Pode ser que a ideia (seja lá como era formulada então) não fosse assinalar em uma curva o início do segmento seguinte, mas marcar – selar – solidamente o típico. Assim eu fui; assim jamais voltarei a ser.

De forma similar, aliás, está organizado também o gênero da *selfie*, da qual a contemporaneidade se ocupa: a busca de diferenças foi substituída pela produção de repetições. O visitante das redes sociais sabe com que frequência as fotografias aparecem aos cachos, aos montes – alguns autorretratos feitos no mesmo e único lugar, exibidos ao mundo em série, por força da pura impossibilidade de escolher. Para transmitir a seu objeto ordinário uma aparência de variedade, há uma quantidade de tecnologias: inventam-se filtros que redesenham a fotografia em diversos sistemas de pintura, de Munch, Klimt, Kandinsky, deixando intocado e imutável o cerne: eu.

A questão aí, contudo, é exatamente o cerne; como sempre, qualquer *como* é apenas uma forma de resposta à questão imutável: *quem*? Os especialistas em Rembrandt falam em coro da variedade, incrível para aquela época, de técnicas de pintura, de meios de dar a pincelada e aplicar a tinta, daquilo que se designa com a linda palavra *brushwork*. Neste sentido, ele simplesmente não tem assinatura, estilo autoral, aquilo que é tão valorizado pela arte dos novos tempos, com sua obsessão pelo pessoal – mais precisamente, ele os tem demais: a cada nova tarefa, elabora-se uma nova técnica, aquilo que se pode chamar de filtro. Isso é de alguma forma similar às nossas fotografias, com sua esperança de fingirem diversidade. A diferença, antes de tudo, reside naquilo que está presente em cada autorretrato de Rembrandt, que nos fita como um crânio detrás da pele, em cada uma de suas pregas – e que a poética da *selfie* tenta evitar com todas as forças. As fotos do Facebook, como os espelhos dos contos de fada, querem persuadir a pessoa de sua invulnerabilidade: registrando contra a vontade novas rugas e sombras, elas tentam insistir o tempo todo que as pessoas no espelho de hoje continuamos sendo nós, que continuo *a mais corada e branca de todas*[124], e quase não mudei desde anteontem.

Jean Cocteau diz em algum lugar que o cinema é a única arte que capta o trabalho da morte. Os autorretratos de Rembrandt, que só se ocuparam disso, alinham-se em uma espécie de protocinema – e os quilômetros de *selfies* tiradas pela humanidade e postadas para acesso comum parecem-me o reverso, o lado oposto: a crônica de uma morte ocorrida no mundo e que há tempos já não interessa a ninguém.

Ainda mais forte é a tentação de encarar a sequencialidade das telas de Rembrandt como um desenvolvimento – uma espécie de romance gráfico, cujo herói é *o rosto*. Ocorrem-lhe todos os eventos e aventuras determinadas, como se fosse um personagem com o qual se pode fazer o que quiser, permitindo quaisquer distorções e misturas. E elas acontecem, e não são apenas no enredo, em absoluto. Ou seja, sim, as metamorfoses do rosto são acompanhadas de alterações de *entourage;* você vai para a direita, ou para a esquerda, tanto faz, continua sendo o herói, o tsar, o fracassado, o velho, o mendigo, o zé-ninguém, você mesmo. Às vezes, esse eu revela-se mais bem-sucedido do que é de fato – pintado em trajes e pose de um príncipe deste mundo. Por vezes – frequentemente, como que insistindo em seus méritos –, com uma corrente de ouro no peito, sinal de êxito artístico; Rembrandt não obteve uma dessas, mas no quadro ela é visível. Porém, com maior frequência, o artista testa, no sentido literal da palavra, a solidez de seu modelo – sua capacidade de desencarnar.

---

124 Citação do poema *Conto da tsarina morta e dos sete bogatyres* (1833), de Púchkin. *Bogatyr* é um herói épico das lendas medievais russas.

A substância de *amorosidade*, indissoluvelmente ligada ao trabalho manual, ao toque do pincel na tela, pincelada a pincelada, conjumina-se aqui com a poderosa energia do estranhamento – da separação, para falar de forma mais simples. O Rembrandt pintado muda de tela para tela, conservando o cerne inalterável – quase como os heróis de desenhos animados e quadrinhos, Tintim ou Betty Boop, cujas figuras resumem-se a um traço, algumas características grotescas agrupadas em torno de um vazio. A constante matemática é abolida junto com a de enredo, às vezes, as necessidades do retrato demandam que se façam os olhos menores, às vezes, maiores, às vezes, são mais alargados, às vezes, mais apertados. O mesmo com o queixo: ele se alonga e encurta de volta. Em compensação, o nariz permanece intocado e, se formos considerar os traços faciais como uma coleção de personagens, o nariz cômico e obstinado, com sua pontinha inchada, revela-se o herói, o centro da narração.

E tem ainda a orelha, a orelha de lóbulo carnudo. Há um relato apócrifo de que Rembrandt *escureceu intencionalmente* uma Cleópatra lindamente pintada para destacar de forma mais efetiva uma única pérola. Essa Cleópatra, se existiu, não se conservou. Em compensação, em um autorretrato inicial, de 1628, com sua cativante mescla de rosa e ruivo, de sombras transparentes e superfícies cintilantes, essa pérola é a orelha. A iluminação é o que chamam de austera: uma luz de despedida, vesperal, que salva qualquer fotografia e tomada cinematográfica, transmitindo-lhe uma perfeição que não se sabe de onde veio. O rosto está mergulhado na penumbra, apenas a ponta do nariz cintila: em compensação, uma parte do pescoço, a face macia com uma penugem, um pedaço do colarinho branco são como que banhados pelo último sol, e os anéis dos cabelos no cangote reluzem como arame. Seguindo a luz, o centro da composição desloca-se para a esquerda, e o lóbulo rubro da orelha (desmesuradamente inchado, como se a orelha tivesse acabado de ser furada, e estivesse ardendo e inchada) tornava-se subitamente tudo: o pôr do sol, o brinco precioso, e um terceiro olho cego, cheio de carne.

Ou o retrato de mulher desenhado em 1633; em algum lugar de Cincinnati há um homem barbudo de Rembrandt que se ergue de uma poltrona à sua frente[125]. É uma obra grandiosa, uma demonstração de maestria: o rendado espesso e ondulado, o negro e o vermelho-vinho, os brincos e correntes formando uma coletânea de significados simbólicos que poderiam ser lidos como um rébus. Mas tudo isso praticamente não tem relação com o rosto largo como uma bandeja, cuja superfície não é um texto informativo, mas uma lisura uniforme de atenção concentrada. Ademais, algo nele parece conhecido, como se surgisse de debaixo das águas e sumisse na água, perturbasse e distraísse da tarefa que o artista cumpriu com tamanha audácia. O *Retrato de uma jovem com leque* não tem nome nem biografia, o que forneceu a possibilidade de supor que a própria mulher não existiu, e que ambos os trabalhos eram espécies de modelos de mostra, pintados para exibir o artista e atrair clientes. Algo na figura dela, na volta dos ombros, no repuxe das mangas, na mão grande deitada no braço da poltrona contradiz vagamente a seda e o ouro da tarefa. Seus olhos são bem afastados (uma nesga de pele pende levemente de uma das pálpebras), a testa é bem larga, o nariz tem um formato

---

[125] *Retrato de um homem levantando de sua cadeira* (1633), do Museu de Arte Taft, de Cincinnati, quadro de Rembrandt que faz par com o *Retrato de uma jovem com leque* (1633), do Metropolitan, de Nova York.

grosseiro (a ponta inchada está levemente vermelha) e a expressão facial combina um grau extremo de atenção e uma prontidão infantil, apatetada. Não consigo me separar do pensamento de que agradava a Rembrandt a ideia de pintar sua versão feminina, mais uma variante da existência possível-impossível – ainda mais se de repente fosse necessário o retrato de uma desconhecida.

Os similares carrancudos, surpresos, risonhos, satisfeitos, cheios de si, desconfiados, desesperados, ensimesmados, desgrenhados, lisos de Rembrandt de fato formam uma espécie de escala, são uma escola. O rosto como que ensina a si mesmo a coincidir inteiramente com qualquer padrão apresentado – e a renunciar a ele. Assim, o autorretrato de Dresden, com o abetouro morto – bigodes, boina com pena, mão estendida segurando o pássaro como a cabeça de Golias – rima também com o Sansão vitorioso, mãos nos quadris, postado junto à porta do pai.

De forma ainda mais econômica funcionam os comedidos autorretratos tardios, com seus chapéus escuros e gorros brancos de linho, sob os quais são testados sucessivamente rostos de resignação, desespero, zombaria. Eles têm, aparentemente, um resultado comum, uma característica especial do olhar que é mais fácil de definir em chave apofática: dizer a si mesmo o que não está lá. Não há, aparentemente, a principal característica inata ao gênero: a tentativa de *penetração*. O retrato, com sua nítida concentração em um feixe de significados ramificados, é a personificação do pedido de atenção: de um lugar ao sol. Ele tenta abrir a sua cabeça como uma porta, entrar, ficar. Ele tem a intensidade de uma carta em uma garrafa, de uma mensagem em uma secretária eletrônica – uma comunicação que, mais cedo ou mais tarde, será a última.

Os autorretratos de Rembrandt são criaturas de outro tipo, não buscam atenção, mas, com toda generosidade concebível, oferecem a deles a você. É a característica comum do espaço interno do quadro – o olhar que o recebe na soleira abre-se e deixa-o entrar, forma-se uma cavidade suave para a convivência, um espaço intrauterino, evidentemente destinado para a despedida. O que está se separando de que ali, o que mal conseguiu começar e já está acabando? Se formos nos lembrar de que estamos olhando (ainda que seja no retrato de Nova York, de traje amarelo) diretamente nos olhos de Rembrandt, a partir sua cabeça – como se ela fosse um telescópio que, por uma moedinha de cobre, aproxima de nós um segmento afastado de realidade –, nesse mesmo instante nos abandonamos com ternura e gratidão. O que lá acontece é o desaparecimento simultâneo de ambos os pratos da balança, de ambos os termos da equação, do ípsilon junto com o xis. Na cavidade, no ponto de encontro vazio, resta seu inquilino constante: o macaco morto invisível.

TERCEIRO CAPÍTULO
Goldchain soma, Woodman subtrai

Em *Austerlitz*, de Sebald, há uma lista longa, de uma página ou mais, de coisas confiscadas – aquilo que foi levado dos apartamentos dos judeus de Praga quando os proprietários foram expelidos. Tudo entra no relatório, até os recipientes de geleia de morango com sua luz de verão conservada. Os caminhos das coisas (quase escrevi "póstumas"), às vezes, pode ser acompanhado, e há até fotografias de depósitos onde elas eram reunidas e mantidas – uma espécie de campo de trânsito, de barracão de objetos presos. Lá há mesas compridas, como as de festa de casamento, apinhadas de porcelana e faiança apertada e órfã, horripilantes em sua nudez elegante, e prateleiras de madeira semelhantes a tarimbas, com panelas, frigideiras, bules e molheiras desconhecidos um dos outros, como se os armários tivessem sido abertos como barrigas, e o conteúdo esparramado para fora – sim, foi assim mesmo. Há recintos em que se amontoam armários polidos, e há armários em que roupa de cama esfriada, fronhas velhas e lençóis foram cuidadosamente dispostos em pilhas. Era uma espécie de distribuidor fechado, um lugar ao qual cidadãos privilegiados podiam ir e ganhar de presente coisas de uma vida alheia e suspensa; havia uns assim também na Rússia soviética – peliças e mobília da burguesia suprimida agora cabiam aos vencedores, às pessoas de nova formação.

No território da Europa moderna, com suas feridas mal cicatrizadas, buracos negros e vestígios de deslocamentos-*removes*, um arquivo familiar bem conservado é uma raridade. O que outrora chamava-se de mobiliário – uma unidade, desenvolvida ao longo de décadas, de móveis e louça, passada como herança de tias e avós, e que costumava incomodar como velharia – merece um memorial especial. Frequentemente, aqueles que têm de fugir (tanto faz de quem), queimar documentos, truncar fotografias, cortando tudo que estivesse abaixo do queixo – dragonas de oficial e uniformes de funcionário público – e deixar papéis em mãos alheias, ficam, no fim da viagem, com muito pouca coisa à qual a memória possa se aferrar na esperança de *emergir*.

Os exercícios de aproximação-recordação do passado fazem lembrar textos infantis em que se deve contar uma história a partir de imagens oferecidas. Ou, pior ainda, terminar de desenhar uma figura contando com três, quatro pontos: olho, rabo, pata. Querendo ou não, você é mais visível do que aqueles que estavam aqui antes de o "eu" surgir no mundo. E praticamente não há onde buscar pontos de apoio, como acontecia com a maior parte das pessoas que escapou da carniça do século vinte, levando consigo o que calhava.

O que fazer quando tudo o que você imaginava ter vale dois tostões: um postal, cinco fotos guardadas por acaso? Cada objeto encorpa e adquire peso, as ligações entre eles – passadas e inventadas, densamente borradas pelo conhecimento *a priori* do objeto – parecem se alinhar sozinhas. Coisas de tempos antigos, apanhadas de surpresa, revelam-se desnudadas de modo desajeitado, com vergonha: como se elas não tivessem mais o que fazer. Privadas dos donos e funções anteriores, estão condenadas à mera existência; como uma pessoa que se aposenta e subitamente desaprende a viver. A lista de roupas com que eu, aos dez anos, dirigia-me ao campo de pioneiros[126] (três camisetas brancas, *shorts* azuis, barrete) não se diferencia em nada do inventário de bens que tanto amavam fazer no século dezessete, por qualquer motivo: um rol de casaquinhos, ligas e calças. Elas esfriam, muito lentamente, na falta de presença humana, de serem notadas e mencionadas, e cada coisinha parece embelezada e enternecida na hora em que é arrancada da inexistência. Ao lado dos casaquinhos coloridos de pano e do velho colete de seda negra podem-se encontrar aqui *cinco cestas de vime das Índias Ocidentais, uma cinta verde de tafetá, seis perucas de cabelo, uma bengala, ou seja, um bastão para caminhada com castão de marfim e um cachimbo turco de fumar*. Essa lista de coisas pertencentes a Lodewijk van der Helst, feita em Amsterdã, em 7 de janeiro de 1671, por ocasião de mudança, é longa e tem de tudo, incluindo *seda, outros tecidos, e o requerido para a arte da pintura*. Do artista Edo Quitter, aparentemente, quase nada se sabe: só que morreu em 1694, e tudo que sobrou foi um inventário realizado em 10 de dezembro, em que as coisas ainda vivas são chamadas pelos nomes:

Três chapéus pretos velhos.
Chapéu polonês vermelho.
Cinto vermelho de couro.
Par de mangas pretas.
Dois pares de sapatos velhos.
Anel-selo de prata.
Chinelos domésticos cor púrpura.

---

[126] Organização infantojuvenil soviética baseada nos preceitos do escotismo.

*

O livro de Rafael Goldchain *Sou minha família* (*I am my family*) saiu em Nova York em 2008. É antes o que se chama de álbum ou catálogo, o equivalente em papel de um projeto artístico concluído; tem o subtítulo *photographic memoirs and fictions*. E é um livro espantoso sobre a memória e sua vanidade.

Goldchain nasceu no Chile em 1953 – é o que se chama de *survivor* da segunda geração, filho e neto daqueles que conseguiram se salvar.

> Do começo da década de 1920 até a véspera da Segunda Guerra, a maior parte de minha família emigrou da Polônia para a Venezuela, Costa Rica, Brasil, Argentina ou Chile. Alguns ainda encontraram uma nova vida nos Estados Unidos ou Canadá. Outros deixaram a Polônia com a esperança de voltar para lá com dinheiro e ajudar a família, mas o começo da guerra tornou isso impossível. Todos meus parentes que ficaram na Europa depois do começo da Segunda Guerra Mundial pereceram na Catástrofe.

O começo do *projeto* (e de que outra forma chamar?) é parecido com todos os começos: o pai conta a história ao filho, mergulhando cada vez mais fundo nela, passo a passo. A julgar por tudo, Goldchain não se interessava muito por questões familiares até se tornar pai; em sua casa não falavam do passado, esse mutismo – uma espécie de lacre informando que ainda não está na hora de abrir, como nas garrafas com mensagens dentro – é uma coisa corriqueira, "não costumávamos recordar isso em nossa casa", "ele sempre se calava", "ela não queria falar disso", repetem netos e bisnetos. Ele viveu aqui e ali, em Jerusalém, no

México, em Toronto e, ao chegar perto dos quarenta anos, com o nascimento do filho primogênito, entendeu de repente que agora tinha mais ou menos a mesma idade de seu avô e avó na véspera da Segunda Guerra – e que não sabia nada a respeito deles, nem mesmo daqueles com os quais vivera a vida inteira.

Chega o dia em que os pedaços soltos do que você sabe precisam ser unidos em uma *linha de transmissão*. O fato de que a massa de subentendidos adquire forma firme apenas no momento da narração, perdendo em volume, é um truísmo. Há um tema emblemático, um quadro da biblioteca dourada da experiência geral: pai ou mãe contam ao filho a história familiar, transmitida de boca em boca. Assim começa *Maus*[127], texto clássico sobre a Catástrofe e sobre como falar dela; assim começam centenas de outros: "O filhinho ao pai vem/ e pergunta afinal/ o que é o bem/ e o que é o mal?"[128]. Quando o ouvinte é uma criança, a simplificação faz-se de repente não apenas natural, como indispensável: os ângulos se arredondam, as lacunas parecem se preencher por si mesmas. Um relato do passado sempre arrisca se tornar um relato do futuro; o conhecimento tem que ser transformado em suportável, contornando os trechos dolorosos e restabelecendo as ligações desfeitas, senão o mundo desmorona.

Do enorme clã Goldchain que viveu na Polônia há cem anos, sobraram algumas fotografias, todas as quais estão no livro – em suas últimas páginas, em um dos anexos. Mas ele começa com um prefácio; em seguida, uma advertência, escrita pelo próprio autor, e só depois o principal: oitenta e quatro foto-

---

[127] *Graphic novel* do norte-americano Art Spiegelman (Companhia das Letras, 2005).

[128] Começo de *O que é o bem e o que é o mal* (1925), de Maiakóvski.

grafias, reconstituindo o corpo da família. Todas foram feitas como em um estúdio, contra um fundo monocromático neutro, *plano médio curto*, quando a extremidade inferior da imagem fica em algum lugar no nível ou da costela ou do peritônio. Lá há homens e mulheres de chapéu, velhas pesadas de olhar penetrante e pequenos alunos de *yeshivá* orelhudos, camponeses de vilarejo e senhores garbosos, aos quais se gruda sozinho um respeitoso "Dom Moisés" ou "Dom Samuel". O autor não brinca de esconder com o espectador, tampouco o farei, e nem há por quê – que há algo de errado com o álbum caseiro, você entende sem que ninguém lhe sopre: de diversas idades e diversos sexos, todas elas são o mesmo rosto, a semelhança familiar converte-se em um corredor de espelhos. A família Goldchain é uma reunião de autorretratos, feitos na tentativa de restaurar a ligação perdida, de se encontrar nos traços dos outros.

> Meu primeiro autorretrato à imagem de um ancestral – baseado na imagem de meu avô materno, Dom Moisés Rubinstein Krohngold, que morou em nossa casa de 1964 a 1978 – nasceu do desejo de, exclusivamente com a força da memória, criar uma imagem que pudesse definir minha vida em um nível profundo, uma imagem para a qual eu poderia apontar e dizer: "Foi daí que eu vim."

Guennádi Aigui tem um livro poético no qual, com profunda exatidão, silêncio atrás de silêncio, traduzem-se em palavras os primeiros meses de sua filha. Lá ele fala de uma coisa que chama de *período de semelhança*: não dura muito tempo mas, nessa época, pelo rosto do bebê, como nuvens, passam, sucedendo um ao outro, rostos e expressões conhecidas e desconhecidas – como se a estirpe inquieta olhasse para a criança como um espelho, reconhecendo-se e deixando sua marca. Goldchain fala de algo parecido, descrevendo seu processo de trabalho como necromancia: imagens fantasmagóricas emergem por algum tempo do fundo das fotos, as semelhanças são imperfeitas, são difíceis de manter.

Desde o primeiro minuto, as fotografias imaginárias da família imaginária – o que ela poderia ter sido, o que ela não foi – espantam por sua abundância. É patente uma profusão inaudita de tipos humanos, como se se tratasse de obter um lugar na arca em que devesse estar representado tudo que se move. De alguma forma, isso faz lembrar o desfile de profissões nas fotografias de August Sander, só que dessa vez todos os heróis são membros da mesma família – como se os Goldchains tivessem que povoar uma terra nova e precisassem se preparar para tudo. Lá há camponeses e cidadãos urbanos, dois chefs de cozinha, e o autor parece enlouquecer ao chegar à música, estão representados um violino, um saxofone, uma sanfona, um tambor, outro violino, uma tuba, como se você estivesse numa exposição kafkiana de artesanato, na qual uma mesma e única pessoa está detrás de cada balcão (e espia de dentro de cada barril). Quanto mais rica a escolha, mais visível o fundo, as diferenças se apagam quase imediatamente e nas paredes do barril sobra o típico: profissão, idade, o traje e sua qualidade, a moldura da *fórmula* dentro da qual o autor tem que enfiar a cabeça – digamos, por exemplo, "mulher elegante de meia-idade padecendo de leve depressão crônica, como há em toda família".

Há parentes dos quais o autor nada sabe além dos nomes, e a operação de salvamento requer inventar-lhes trajes e aparência. Às vezes, o autorretrato não dá certo, não se consegue compreender de jeito nenhum a semelhança com a pessoa-modelo real.

Esses também servem, inventam-se nomes para eles, e a família fica maior: vem ao mundo certo Chaim Itzik Goldchain, que antes não existia por puro acaso. Como diz o prefácio: "Vemos a fotografia em preto e branco de um homem que, pelo visto, viveu na Polônia depois da década de 1830. Com certeza também é um Goldchain, pois se parece com todos os outros."

Assim, a tentativa de contar ao filho a história da família transforma-se em viagem ao reino dos mortos: estar no lugar deles, ser cada um deles, dar-lhes a possibilidade de olharem para si mesmos, como em um postigo. O autor torna-se a *saída*, o gargalo da garrafa do relato familiar, o único meio e material para dizer tudo. O resultado obtido é aquele que você quiser, mas não um relato sobre a família. A superficialidade das descrições do autor, seu caráter opcional e perfunctório (*well-dressed*, *distinguished-looking*, de chapéu, com passarinho) fica cada vez mais explicado a cada nova fotografia: nesse projeto pensado com fineza e precisão, toda a estirpe/todo o mundo se revela em um único rosto, e isso é estranho e estarrecedor. O problema da memória – o incognoscível, a escuridão chuvosa, iluminada por rajadas intermitentes de conjecturas – é removido de uma vez: toda estirpe, três ou trinta gerações para trás, sou eu, eu e eu, de bigode, de touca, no berço, no caixão, indivisível e irrevocável. O passado mais uma vez cedeu lugar ao hoje.

O modo de estruturar o livro diz muito sobre o mecanismo de visão do autor; depois dos prefácios, dos autorretratos e das informações lacônicas sobre os heróis/modelos, seguem-se anotações de diário, feitas nos anos de preparação do projeto, tudo que foi possível reunir, incluindo conjecturas, fantasias e algumas fotografias *verdadeiras* – dentre elas, uma velha com um rosto maravilhoso que, aparentemente, seria impossível personificar. As anotações foram feitas à mão, têm que ser decifradas, fazendo-se sem querer o trabalho de ecdótico – e isso ajuda, a resistência do material torna-o fascinante. Aí Goldchain e eu estamos de comum acordo: o caráter fugitivo do conhecimento ajuda a adquirir velocidade, o texto inclui *ready-mades*, coisas reais, fragmentos de cartas e documentos – tudo isso é bem escasso em si mesmo, mas opera-se um truque, um meio de fazer o leitor considerar aquilo tudo *interessante*.

Isso não ocorre com muita frequência, e não é à toa que tento selecionar aqui, como com grãos, diversos esquemas e variantes de tratamento do passado, que me parecem funcionar: os que funcionam.

Anna Akhmátova disse certa vez que não há nada mais tedioso que sonhos e fornicações alheias; as histórias alheias também emanam poeira e caiação. Os meios de transformar o desinteressante em seu oposto, no corredor encantado da experiência nova, são muitos – mas raramente dão certo. O que Rafael Goldchain inventou foi criar para si e para o filho a ilusão de ininterruptibilidade: uma família em que o conjunto de parentes é complementado pelo segundo coro da "família imaginária", pessoas com os seus traços e olhar. É um mundo de compensações, onde tudo que foi perdido é indenizado, e com sobra, onde Jó tem ainda mais filhos e ovelhas, e qualquer imprevisto é abolido.

A Catástrofe é suplantada, o buraco é tapado, as coisas encontram seus lugares, todos estão vivos, não há espaços em branco, nem reticências. É uma espécie de paraíso antes da queda pelo pecado (demasiadas pessoas têm hoje a impressão de que assim era a Europa em 1929, ou a Rússia em 1913), um pano de fundo contra o qual dá vontade de tirar uma foto: eu estive ali.

Mas não há para onde voltar. O juramento de fidelidade à história da família transforma-se no aniquilamento dela, da história, em uma paródia da ressurreição dos mortos: o outro é substituído por você, o conhecido é desalojado pelo imaginado, *o-inferno-são-os-outros* torna-se o álbum de família, onde todos estão no lugar e fazem de conta que estão vivos. Idealmente eles deviam também falar – com a tua voz, como uma secretária eletrônica enlouquecida.

*

No Museu Nacional do Holocausto, em Washington, há uma categoria de materiais que inicialmente estão ocultos do espectador: via de regra, são vídeos, ou sequências de fotografias, e são muito assustadores – como dizer de forma mais exata? São ainda mais incompatíveis com a vida do que todo o restante que é lá exibido. Essas telas estão separadas de nós por uma barreira baixa e, para vê-las, é preciso chegar bem perto. A ideia, provavelmente, é que a pessoa possa se permitir fechar os olhos, conscientemente se resguardar – não do conhecimento do acontecido, ele sempre está lá dentro, uma bola que desce da garganta ao estômago – mas dos *detalhes*: afinal, é possível não ver com os próprios olhos como corpos humanos jazem uns sobre os outros em camadas depois de algumas semanas de putrefação, como os assassinos jogam água com mangueira para que eles esfriem, como uma velhota pesada tenta esconder uma menina nua atrás de si; é possível não chegar perto demais.

Às vezes, aliás, tenho a impressão de que as barreiras são necessárias para defendê-los de nós: para que a nudez de antes e depois da morte continue assunto dos mortos, sem ilustrar nada, sem convocar a nada, sem servir de base a deduções e identificações posteriores. A questão não é que essa virada da vida do avesso, breve como a duração de um vídeo mostrando suas costuras e fibras, seja uma variedade da experiência deformante descrita por Chalámov: ela não tem sentido nem utilidade, não pode ser empregada, nem *desvista* (eu amo essa palavra, que quer dizer "esquecer o que foi visto, torná-lo irreal"); tudo que ela consegue é destruir você por dentro. E não é simplesmente porque os mecanismos instalados de autodefesa tentarão fazer de tudo para que as imagens sejam recebidas como *quadros*, telas alheadas da realidade para nossos medos e fantasias.

Quanto mais a contemporaneidade avança no passado (no joelho, na cintura, no peito – daí, três-dois-um, o herói da antiga peça se transforma em mármore[129]), mais nitidamente ressoa a discussão a respeito de a quem o passado pertence: sobre o direito à posse deste ou aquele pedaço do velho mundo, e sobre aqueles que não têm este direito. Normalmente tornam-se herdeiros e defensores os que estão mais próximos, por força de conhecimento ou nascimento, estudiosos, parentes, correligionários – e, depois deles, todos que consideram esses mortos *seus*. Fica interessante quando quem apela ao terreno cercado é uma pessoa estranha, alguém que veio de fora, que não trabalhou na terra comunal. Daí o evento normalmente se desenrola com a lógica de conflito por herança – e a primeira culpa imputada ao *outsider* é o seu *eu*. Alguém como ele não deveria se interessar por essas coisas, o que quer dizer que sua ocupação, por *default*, é interesseira, ou, pior ainda, infundada: de excitação histérica,

---

129 *O corvo* (1762), do italiano Carlo Gozzi (1720-1806).

casual e que não tem *raiz*. Metáforas agrárias e vegetais aqui funcionam melhor do que as outras, sangue-e-solo começam a zumbir sob os pés. Assim – já *post mortem*, o que confere ao tema uma luz especial, mórbida – acusaram a loira Sylvia Plath porque os versos escritos por ela em seus últimos meses aludem em vão ao judaísmo, aos nazistas, aos fornos. Acusações de exploração pairam no ar sobre os campos da memória, sobre as costas curvadas de seus trabalhadores e das pessoas da casa, sobre os riachos subterrâneos e as pontas das setas.

*

Aliás, às vezes, alguém consegue trabalhar no território do passado, segundo a expressão de Prígov, "ficando nele, mas saindo dele seco[130]" – como se não reparasse onde exatamente está. Na história (muito breve) de Francesca Woodman, não há nada que fale das contusões do passado, ou mesmo de um interesse especial pelo mundo antigo. Filha de artistas, irmã de um artista, começou a se ocupar de fotografia aos treze anos; aos vinte e dois, quando morreu, sobrou certa quantidade de impressões, alguns vídeos e muitos negativos que são ligados por uma rara, digamos, coesão – a unidade nem é de método, mas de problemática. O que a ocupa, o que constitui o objeto de um trabalho obcecado, perfeccionista, é difícil de formular, especialmente para ela mesma. Pelo menos as cartas de Woodman (escritas na correria, de modo que as palavras datilografadas são começadas,

---

130 Representante do conceptualismo russo, o poeta Dmítri Prígov (1940-
-2007) tem um texto chamado *Como voltar à literatura, ficar nela, mas saindo dela seco!* (1988).

deixadas inacabadas, um espaço, daí começa de novo – são muito parecidas com sua vozinha infantil esganiçada que soa no fundo dos vídeos) não tentam descrever direito as tarefas que ela estabeleceu para si; o que ali sucede é mais simples de descrever como a superfície borbulhante de um riacho, águas girando nas pedras.

Os que escrevem sobre Francesca Woodman dividem-se habitualmente em dois campos: falando convencionalmente, biógrafos e formalistas. Há cada vez mais de uns e outros: o caráter do trabalho dela, junto com a morte prematura, asseguraram-lhe um tipo especial de glória: ela rapidamente tornou-se um ícone dos jovens e infelizes – mais uma deusa do panteão pós-romântico, do alto valor da incompatibilidade com a vida. No caso de Francesca Woodman, cujo material favorito era o corpo feminino, este tema é facilmente lido como impossibilidade de viver em um mundo masculino, sob o olhar masculino – ou uma tentativa desesperançada de fugir deste olhar, de esconder-se ou fingir ser outra. Assim Krauss decifra a mensagem de Woodman, em um dos primeiros artigos a seu respeito, escrito no início dos anos 1980; com esse texto começa a história da recepção da fotografia como crônica de um desaparecimento: um comentário adiantado a respeito do próprio perecimento. À medida que essa versão se dissemina entre as pessoas, a palavra mais empregada nas conversas sobre Woodman acaba sendo *haunting*: assim, com o matiz de horror confortável com que se fala de casas com fantasmas e contos noturnos de terror. Se formos nos ater a essa alegação, nosso papel é testemunhar como o corpo da garota de cabelos loiros vai para debaixo d'água, perde-se nas raízes das árvores, transluz detrás do papel de parede roto, desmilinguindo-se e sumindo – e sem cessar de documentar isso tudo, para nossa informação e diversão: nas melhores tradições do lirismo confessional.

As fotografias fornecem todo fundamento desta interpretação, assim como de muitas outras. Seu meio natural é a luz enfumada do metamorfoseamento, de diversos tipos de transformação e distorção, que não dão qualquer possibilidade de serem percebidas como miraculosas ou anômalas: no mundo de Woodman, assim parece o curso natural das coisas. Vistos de fora, os temas de Woodman facilmente inscrevem-se no teatro doméstico de sombras vitoriano anglo-americano, onde fantasmas passeiam pelo ar com pequenas garotas perdidas.

Aos dezessete, dezoito, vinte anos, Francesca entregava-se com prazer a esse tipo de disfarce; ela gostava de trajar roupas velhas, aquilo que mais tarde se chamaria de *vintage*, vestidos floridos, meias grossas, sapatos com fita; na escola, ela declara à colega de quarto que odeia música moderna e nunca assistiu televisão na vida – e, aparentemente, diz a verdade: o filme *Os Woodmans* dá alguma noção de sua educação doméstica, que valia por uma boa escola de arte e excluía inteiramente compromissos com o que parecia besteira aos pais. Em certo momento, o pai de Francesca observa, de passagem, que se a filha não se interessasse por ângulos de tomadas fotográficas e peculiaridades de iluminação, mas pelas amigas, ele não teria o que falar com ela. Parece que foi assim, e dá muita pena da menina. A evidente *artificialidade* de Woodman, de sua personalidade e trabalhos, parecendo um trabalho completamente bem-sucedido – a nitidez da escrita, a clareza das decisões, a coerência e amplitude de cada movimento –, fornece uma oportunidade extra para falar dela como vítima: dos tempos, das circunstâncias, das ambições dos pais. A expectativa de sucesso, a exigência de sucesso (e a incapacidade de se reconciliar com inevitáveis adiamentos ou empecilhos), conhecidos das crianças-profissionais, pequenos músicos e bailarinos nos quais são depositados demasiados esforços e fé, acrescenta algo à compreensão da vida e da morte dela; o que isso não explica em absoluto é a realização de oito centenas de fotografias, tiradas por Woodman na esperança de dar certo.

"Nenhum organismo vivo pode existir muito tempo com sanidade sob condições de realidade absoluta; até cotovias e gafanhotos, supõem alguns, sonham[131]." Assim começa o romance de Shirley Jackson, escrito em 1958, ano de nascimento de Francesca Woodman; ele se chama *A assombração da casa da colina*, e com justiça é considerado um dos melhores livros a respeito das relações entre o humano e o *imaterial* que resolve se interessar por este humano. A heroína do romance tem que se convencer de sua materialidade, assinalando cada ato – a xícara de café tomada, o suéter vermelho comprado contra a vontade dos pais – como uma vitória, como o começo da vida; ao longo do livro, ela se funde cada vez mais com a casa maldita.

Recolho ao acaso algumas citações do que foi escrito sobre como Francesca desencarna em suas próprias fotografias: "seu próprio corpo torna-se fantasmagórico, estranhamente imponderável, quase impalpável, borrando as fronteiras entre o corpo humano e aquilo que o rodeia", "seu corpo, capturado pela câmera em movimento, como uma mancha enevoada, faz com que ela pareça tão incorpórea e inumana como o ar que a rodeia", ela é "um fantasma na casa da mulher-artista". A morte de Francesca Woodman foi um suicídio, resultado de uma longa depressão e,

---

131 Shirley Jackson, *A assombração da casa da colina*, tradução de Débora Landsberg (Suma, 2018), p. 4.

como acontece com frequência, um conjunto de coincidências disparatadas e dolorosas: roubaram-lhe a bicicleta, não lhe deram uma bolsa de estudo, as relações com seu amado se deterioraram.

O autocídio, como um projetor poderoso, ilumina qualquer destino: contra nossa vontade, deixa as sombras mais profundas, e os malogros mais evidentes. E mesmo assim, a família e os amigos de Francesca refutam em uníssono e de forma convicta a interpretação biográfica de seu trabalho, tentando chamar a atenção para o outro lado, o formal – para o brilho bem pensado destas pequenas imagens, para seu humor peculiar, para a linguagem das coincidências e correspondências, para as rimas visuais, para as sombras de Breton e Man Ray, para os braços que se transformam em ramos de bétulas, e ramos que votam "sim". Irritam-se com a insistência dos críticos em falar do motivo do desaparecimento – porém, quando você olha para essas fotografias, é difícil não experimentar um desejo de dissolver-se em resposta, de fundir-se inteiramente à moldura proposta, seja interior ou paisagem. Ou com a autora, ademais até ficar plenamente indissociável dela: chamar Woodman de mestra do autorretrato tornou-se um lugar-comum, devido ao qual quase não se vê que a quantidade de corpos e até de rostos que tomamos, por assim dizer, como *corpo confessional da autora* frequentemente pertencem a outras mulheres.

São amigas, modelos, conhecidas; às vezes, vemos-lhes os rostos, às vezes são estranhamente parecidas umas com as outras, às vezes, tapadas por objetos mudos – pratos, canecas pretas, fotografias da própria Francesca. Às vezes não possuem absolutamente rosto e são apresentadas como partes do corpo sem dono, separadas de nós pela extremidade do quadro até o pleno abandono: aqui uns pés em meias, aqui (em outro quadro) seios e clavículas, uma mão assomando da parede, um corpo de mulher esvoaçando, um salto, uma erosão. Tudo isso parece não ser de ninguém, e, no sentido literal, não pertence a ninguém, podendo ser considerado, como um guarda-chuva preto ou uma meia largada, uma circunstância do local, uma parte do interior de umas casas vazias em ruínas que Woodman apenas fotografava. Mas se mesmo assim você se perguntar a quem pertencem todos aqueles braços, pernas, omoplatas sem par, que criatura (que tipo de existência) está atrás delas, pode-se supor que elas componham uma unidade, uma espécie de corpo coletivo – o *corpo da morte* ou, mais precisamente, o corpo do passado.

Em uma carta, Woodman chama uma de suas fotografias de "retrato de pernas – e do tempo". Sobre objetos que figuram em uma série tardia de trabalhos, e que entraram em seu livro de antes da morte (as fotografias foram inseridas nas páginas de um velho caderno de geometria – por assim dizer, fogo contra fogo, a nova ordem suplantando a antiga), ela escreve: "Essas coisas chegaram-me de minha avó, e obrigam-me a pensar onde é meu lugar na estranha geometria do tempo." A geometria do tempo é inseparável de sua textura, que constantemente se transfigura, desfia, esfarela-se, descasca, converte-se em fumaça e surge da fumaça, vive segundo as leis do mundo orgânico. O termo *body of work* recebe aqui um sentido concreto, quase médico: o que estas fotografias registram é o corpo do mundo como tal, com sua felpa, pele e sujeira que penetra pelos poros, com suas *extremidades* de movimento irregular, com sua superfície contínua e movediça.

O erotismo dessas imagens leva para muito longe da trilha em linha reta do desejo humano; o tecido branco encolhido, quase intocado pelo sol, busca encontro/iluminação, mais do que um corpo feminino nu. Nos interiores e paisagens de Woodman pululam incontáveis nus, brancas noivas-*wilis*[132], ondulantes como algas. Mas, por mais que você as alimente, elas olham (como lobos) para a floresta de outras possibilidades: sua zona de interesse passa pela fronteira da própria pele – nenhum contato exterior pode ser comparado com o mecanismo de aventuras já acionado no interior. Nesse sentido, os espectros são completamente inofensivos, pois estão plenamente concentrados em si mesmos e no que lhes ocorre; Woodman ter chamado suas fotografias de "quadros com fantasmas" parece aqui muito preciso. E não apenas porque uma nuvem de forma humana se condensa em torno de uma pedra tumular, o rosto de alguém fita a partir de um armário, as pernas assomam de outro armário, ou porque as portas desprovidas de dobradiças pendem em ângulo estranho – esses são apenas estágios de um processo cujo sentido reside fora dali, no tempo. As longas exposições, a velocidade extremamente desacelerada com que se tira e revela a fotografia demonstram as qualidades especiais de uma pessoa, sua capacidade de ser o que quiser: um movimento, uma erosão, um redemoinho. Mais vulnerável e menos durável do que um azulejo florido, a pessoa de repente descobre a capacidade de atravessar paredes, de cobrir objetos de poeira, de erguer-se do nada, de ser ar e fogo. "E então eu voei", como diz a mulher deitada imóvel no ar, em algum lugar sob o teto, no filme *O espelho*, de Tarkóvski.

O corpo, próprio e alheio, naturalmente revela-se aí um material indispensável, argila para moldagem: sua solidez e fragilidade têm que ser testadas simultaneamente. Em um dos autorretratos, um fio telefônico transparente, retorcido, estende-se da

---

[132] Espécie de ninfa eslava popularizada, no século dezenove, pelo balé *Giselle* (1841), de Adam.

boca de Francesca, como se ela vomitasse bolhas de sabão. Em outros, enfiam-se no ventre e nas coxas extremidades pontudas de um espelho, seios e ancas estão presos em pregadores de roupa, que apontam como bicos. É o tempo que passa: a pessoa é erodida, os objetos conservam seus contornos; não há nenhuma diferença entre você e os outros, apenas uma ternura infinita e impessoal. É a pura substância do olvido; um oceano sem janelas, nas palavras de Mandelstam, encontrar-se em constante dispersão, inchar-se, encolher-se, conservar o rosto e de repente amarrotá-lo ou extirpá-lo. Às vezes, não sempre, raramente, na superfície da torrente surge uma turvação: algo esprime-a por dentro, algo intumesce, aparece, emerge como que contra a própria vontade, aguçando-se e ficando afiado. Assim, como um afogado saindo da água negra, o passado se introduz na contemporaneidade. Assim, sem desaparecer, sem se fundir com o fundo, mas emergindo de uma florzinha e da caiação a desmoronar, cristalizando-se e focando-se, impressão após impressão surge o corpo de Francesca. Em um dos vídeos ela está envolta em papel e nele escreve seu nome, letra por letra – e depois rasga de dentro o invólucro e sai ao mundo.

QUARTO CAPÍTULO
Mandelstam rejeita, Sebald recolhe

"Moscou tão rica, pacífica, tranquila e alegre eu nunca tinha visto ainda. Até a mim ela contagia com sua tranquilidade[133]..."

Em dezembro de 1935, Nadiejda Iákovlevna Mandelstam chega de Vorónej a Moscou, para interceder pelo marido deportado. Na *cidade imensa, melhor do que a qual não há no mundo*[134], ela está bem; festiva, luminosa, firme em seus direitos, a cidade parece o umbigo do mundo, e o contato com ela a contagia-infecta de tranquilidade – essa palavra repete-se duas vezes em duas frases, como se fosse necessário insistir nisso.

Os anos 1930 soviéticos fazem-se reconhecer de imediato em suas cartas ao marido, como nos quadros alegres de Pímenov, como na prosa tardia de Bulgákov, onde o mundo ridículo e terrível não se cansa de insistir em sua alegre plenitude. O lado diurno das coisas (vestidos, fábricas, jardins sem tédio[135]) torna-se apenas mais firme e sereno devido à presença do lado reverso, o noturno, que se considera sensato não mencionar. A presença do horror até parece revigorar – escava caminhos de formiga na

---

133   Carta de Nadiejda a Óssip Mandelstam, 2 de janeiro de 1936.

134   Citação de *Tchuk e Guek* (1939), conto infantil de Arkádi Gaidar (1904--1941), adaptado para o cinema em 1953 por Ivan Lukínski.

135   Neskútchny Sad (literalmente, "jardim sem tédio", ou seja, alegre) é o nome do mais antigo parque de Moscou.

realidade, transmitindo-lhe um arrepio absolutamente peculiar, borbulhante como soda limonada, uma brisa fresca de rio, a leveza matinal de quem sobreviveu ao dia de hoje:

De cola postal, o rio Moscou exala o cheiro,
Schubert nos alto-falantes a soar.
Água em alfinetes, e o ar é mais ligeiro
Que a pele de sapo dos balões de ar[136].

Não há como não lembrar que somos conclusões diretas dessa multidão de formigas a festejar e desaparecer; floristas, dorsos, pessoas penduradas nos bondes nas horas terríveis – dentre elas, no "A", o *Ánnuchka*[137], está minha avó de doze anos – formam uma única multidão, um único movimento, um único vocabulário.

O largo arco dos anos 1930 está tão tingido pelo tempo que telas e textos confraternizam por cima das cabeças dos autores: data e lugar de nascimento são seu mais caro parentesco direto. Têm seu tipo de denominador comum, do qual é difícil falar. É essa sensação de aconchego que de repente volta ao seu lugar – de densidade e continuidade do tecido vital –, que confere à pessoa, com seus direitos precários e memória curta, um sentimento enganoso de enraizamento no presente. Essa sensação sabia o que prometer ("Na primavera expandiremos a área de moradia,/ Tomarei o quarto do meu irmão"[138]); a vida tornara-se

---

136 Trecho de *Lá onde há casas de banho e fiações de algodão* (1932), de Óssip Mandelstam.

137 Diminutivo de Anna.

138 Citação levemente alterada (em vez de primavera, o original diz inverno) de *Ao redor da muda de algodão* (1931), de Boris Pasternak.

mais alegre[139], em 1935 os cidadãos receberam permissão oficial de festejar o Ano-Novo e o pacto de trabalho geral e feriado coletivo foi selado com resina de abeto.

Os novos versos de Mandelstam em Vorónej – sobre *como estamos cheios de vida do mais alto grau*[140] – não eram simplesmente contribuições a esse trabalho coletivo, brilhantes como relatórios científicos, demonstrações de que ele sabia medir o tempo em planos quinquenais, como todos e cada um, como Pasternak, porém eram algo mais. Os versos não reivindicavam o passado recente, nem o presente acessível aos sentidos – mas tentavam, com tesouras de alfaiate, cortar um pedaço grande e oblíquo do futuro, fugir para a frente e falar a língua ainda inexistente de todo-o-país. E conseguiram.

O trabalho realizado por eles tinha, segundo Mandelstam, um significado prioritário, uma importância evidente – e devia ser entregue em Moscou, como uma pepita ou uma espiga gigante, como uma façanha da economia popular. Também para isso Nadiejda Iákovlevna viera naquele distante inverno; estava muito claro para ambos que bastaria o mundo dos escritores ver aqueles versos para que eles ocupassem seu lugar sob o vítreo sol do futuro próximo – *o que eu digo será estudado por cada escolar*[141].

---

139 Frase proferida por Stálin em 1935, no primeiro congresso dos *stakhanovistas*, trabalhadores empenhados em bater recordes de produtividade.

140 *Ainda estamos cheios de vida no mais alto grau*, poema de Mandelstam, de 24 de maio de 1935.

141 Verso do poema *Sim, estou deitado na terra, mexendo os lábios* (1935), de Mandelstam.

Foi exatamente essa confiança na urgência e no caráter inadiável do que ele tinha escrito que os fez se apressarem e precipitarem a desgraça.

Em geral, agora estou satisfeita comigo mesma – fiz e faço tudo que posso. E depois é só resignar-se ao inevitável [...] não ir a lugar nenhum, não pedir nada, não fazer nada. [...] Nunca tinha entendido com tamanha agudeza que não se pode agir, fazer barulho e abanar o rabo.

Sim, pelo visto *não era possível de jeito nenhum* fazer de outra forma.

*

Uma dezena de anos antes, em 1926, Marina Tsvetáieva, pela primeira e última vez na vida, vai a Londres. "Vou passar 10 dias em Londres, onde pela primeira vez em 8 anos (4 soviéticos, 4 como emigrante) terei TEMPO. (Vou sozinha)."

Ela passará o TEMPO adquirido de forma miraculosa – e em letras maiúsculas – de uma jeito totalmente não turístico: por alguns dias, sem levantar a cabeça, escreve um texto furioso, que não consegue publicar em vida. O artigo se chama *Minha resposta a Óssip Mandelstam*: um amigo crítico de Londres, grande admirador da prosa de Mandelstam, mostrara-lhe *O rumor do tempo,* publicado em Leningrado – e a reação não se fez esperar. Ela achou o livro *vil*; e penso que a questão não eram apenas os três pequenos capítulos conclusivos, escritos às pressas, de próprio punho (normalmente Mandelstam ditava os textos de prosa – "sou o único em toda a Rússia que trabalha com a voz"[142]), consagrados à modernidade. A questão era a Teodósia ocupada pelos brancos, em 1919: Tsvetáieva recusava-se categoricamente a entender o tom de enlevo cômico com que o autor falava de seu conhecido em comum – um coronel do exército voluntário[143] com versos e ilusões, ou seja, derrotado.

Pode-se dizer que o ultraje de Tsvetáieva era demasiado pessoal. As coisas abordadas nos capítulos de Teodósia[144] tocavam diretamente seus domínios domésticos e poéticos, e ela falava delas em um tom absolutamente diverso. O voluntariado ao qual seu marido se entregara era para ela um sacrifício imaculado, heroico; velhos conhecidos – o que pode ser mais importante – tinham sido o ponto de partida do retrato solene, o modelo de uma vida em tom elevado. O regime de condensação e deformação em que Mandelstam escrevera sobre eles para ela não era um método literário, mas um escárnio contra quem não podia se defender. Lá há muita coisa que se entende melhor com a distância de um século: por exemplo, a expressão "coronel-babá", que deixou Tsvetáieva indignada, no dicionário de Mandelstam está imbuída de profunda ternura: ele assinava suas cartas à esposa com a palavrinha "babá".

São sistemas óticos irreconciliáveis, e não é preciso compatibilizá-los; mas, sem suturas, a indignação passa dos capítulos de Teodósia para o diálogo com o passado – para o cerne do livro e para que/com o que ele foi escrito. O tempo passou, o desagrado ficou; em 1931, Tsvetáieva escreve a uma amiga sobre "a prosa de

---

142 Citação levemente alterada (o original não traz a palavra "toda") de *Quarta prosa* (1930), de Mandelstam.

143 Dos brancos, ou seja, enfrentando os bolcheviques.

144 Texto em quatro capítulos (1923-1924).

Mandelstam que eu odeio – O RUMOR DO TEMPO, onde só os objetos estão vivos, onde se algo está vivo, é uma coisa".

Certa perplexidade à leitura de *O rumor do tempo* era, ao que parece, um lugar-comum que unia leitores das mais diversas compleições. Nas palavras de Nadiejda Iákovlevna Mandelstam, "todos se recusavam a imprimir essa coisa desprovida de enredo e argumento, de abordagem de classe e significado social". Porém Tsvetáieva exatamente não via na *coisa* de Mandelstam nada além de uma tentativa de abordagem de classe – a rendição e ruína, luxuosamente encenada, de um membro da *intelligentsia* russa. Nesse mesmo artigo, ela escreve que *O rumor do tempo* é "um presente de Mandelstam às autoridades".

Aqui, naturalmente, é preciso levar em conta – algo demasiado fácil de se imaginar hoje – o grau de exaltação da consciência dos leitores de ambos os lados da fronteira soviética de então. Poesia e prosa tinham então uma tarefa secundária, se não primária: testemunhar a escolha política (que, como um cursor, podia se mexer de lá para cá, dependendo das circunstâncias). *Aos olhos do observador,* o texto primeiramente respondia à questão "com quem o autor está", e só depois realizava seu trabalho normal. No caso de Mandelstam, com suas viagens-deambulações forçadas de Kíev a Batum, essa questão foi adiada até o início dos anos 1920, mas em 1924, quando entregou à imprensa *O rumor do tempo,* já não havia como apenas tangenciar.

1º de janeiro de 1924 e *Não, nunca fui o contemporâneo de ninguém* são poemas gêmeos, escritos na fratura do tempo, durante a passagem do velho mundo para o novo, porém – e isso é importante – já do lado deste. O balanço do comboio em marcha ainda continua, telegas rangem à meia-noite, o movimento não terminou, mas já é irreversível. Não tem volta. O pacto com o futuro já está selado com o simples fato da marcha, do engajamento na mexida-movida geral. Para Mandelstam, como para muitos, esse fascínio com os "crepúsculos da liberdade"[145] tinha um matiz inequívoco de embriaguez – e os versos de Ano-Novo sobre a mudança de destino, escritos contra o fundo de *O rumor do tempo*, são não apenas uma tentativa de despedida, como um gesto de repulsão do *passado*.

*

Com que velocidade todos eles se meteram a recordar, como se o passado, que desmoronava a olhos vistos, precisasse ser fixado sem demora, antes de ser levado pelo vento. Desordenados, estrepitosos, como carroças carregando os trastes da casa, os anos 1920 inesperadamente revelaram-se tempos de memórias. Sob a tampa que se fechara sobre o velho mundo restara todo o estoque de lembranças, toda a coletânea do conhecimento abolido. *Salvo conduto*, de Pasternak, ou a trilogia memorial de Andrei Biély já se penduravam nas conversas de estudantes de Moscou *da virada do século* como arqueólogos sobre ruínas: como dados que era indispensável vivificar, decifrar, transmitir à contemporaneidade.

O rumor do tempo foi uma das primeiras a serem escritas, no ano ainda não dissecado de 1923, e imediatamente saiu de linha e, por um século inteiro, ficou como uma espécie de soldado Svejk[146], um pouco fora de lugar na formação de gala dos grandes projetos memoriais do século vinte, aos quais ele inicialmente

---

145   Poema de Mandelstam de 1918.
146   Protagonista de *As aventuras do bom soldado Svejk* (1923), do tcheco Jaroslav Hasek (1883-1923).

parecia similar. O século de Platónov e Kafka, que começara com uma poderosa arrancada rumo à mudança, à utopia coletiva e à angústia pessoal pelo novo, muito rapidamente reconheceu a si mesmo como campo para retrospectiva. Já nos estertores da época modernista, a memória e seu meio-irmão, o documento, revelaram-se uma espécie de fetiche – talvez por imperceptivelmente nos indicarem a reversibilidade e inconclusividade da perda mesmo em um mundo em que a ordem das coisas muda constantemente.

O que começou com Proust continuou com *Speak, Memory*, de Nabókov, e concluiu com a prosa de Sebald. Entre eles há páginas e páginas de tecido conjuntivo: outros textos, privados de pretensões literárias, porém unidos por uma convicção *a priori*, irracional, do valor de tudo que foi perdido e da necessidade de reconstituí-lo; simplesmente porque ele não mais existe.

Contra o fundo dos livros grandes e pequenos do cânone memoralístico, a novela de Mandelstam é uma casa isolada: uma pequena construção alheada, em um bairro ativamente ocupado com outra coisa. *O rumor do tempo* é hostil com relação ao possível leitor, e a questão não são as trevas místicas do modo de Mandelstam *pensar em elos perdidos*[147] – em qualquer caso, depois de um século de leitura atenta, elas se tornaram mais claras. A questão, para mim, está no próprio texto e sua pragmática: na tarefa apresentada pelo autor.

O objetivo dessas estranhas memórias é encerrar o tempo perdido em um caixão de pinho, fincar uma estaca de choupo e não virar para trás. Não surpreende que aqui o autor tenha pou-

---

147 "Eu penso em elos perdidos": frase da novela *O selo egípcio* (1928), de Mandelstam.

cos aliados – poucos em um grau que não há nada mais simples do que não reparar em absoluto em por que tudo isso foi escrito e no que está sucedendo aqui. Isso apesar de o esforço de recordação ser consagrado a uma tarefa determinada e nítida, descrita por Mandelstam com extrema clareza. Eis uma citação repetida inúmeras vezes por aqueles que escreveram sobre a novela, duplicada ainda pelo próprio autor – a ênfase, o itálico, o esforço estão na palavra "hostilidade":

> Minha memória é hostil a tudo o que é pessoal. Se dependesse de mim, eu me limitaria a franzir o cenho ao recordar o passado. Nunca consegui entender os Tolstói e Aksákov, os netos Bagrov apaixonados pelos arquivos familiares carregados de lembranças épicas domésticas. Repito: minha memória não é amorosa mas hostil, e não trabalha a reprodução mas o descarte do passado.[148]

É uma moldura surpreendente para um homem que se prepara justamente para *recordar* – ademais, aos trinta e dois anos, idade que não é a mais propícia para esta ocupação –, e é um dos primeiros, se não o primeiro de sua geração a fazer isso: enquanto estava quente. A questão, além disso, é o que está colocado extremamente perto do corpo, o mundo doméstico, seus sons e odores: aquilo que é muito simples de se traduzir na moeda corrente do chá com madalenas e da tristeza radiante (esperançosa). Pai e mãe, um armário de livros revestido de verde, *datchas* finlandesas, concertos de violino, passeios com a babá e assim por diante são material

---

148 Mandelstam, *O rumor do tempo*, tradução de Paulo Bezerra (Editora 34, 2000), p. 92.

pronto para uma *Infância de Óssia*[149] que, pelo visto, era forte e sólida, demandando grandes esforços para romper com ela.

Resultou um texto muito estranho, antes de tudo pelo grau de concisão, pela força com que as unidades tácteis, auditivas e olfativas de informação são batidas e prensadas em uma massa escura com veios de âmbar e comprimidas em camadas de pedra onde não dá para ver nada sem uma lanterna de mineiro. As fórmulas que se autorrevelam não têm lugar para armar sua tenda; toda frase é selada como uma porta que leva a um corredor. O passado é descrito como uma paisagem (e até como um problema geológico, que tem uma história e meios de resolução) e a novela sobre a infância transforma-se em texto científico.

Sua lógica, ao que parece, é a seguinte: o autor prepara-se para mapear um lugar para o qual não quer regressar. Por isso a primeira coisa é subtrair de lá, como puder, o fator humano – a fagulha de ternura da boca do fogão que é quase inescapável quando se fala de memória antiga. O texto se desenvolve em temperaturas baixas, de inverno em inverno, entre nuvens de vapor e o farfalhar das peliças. Temperatura de ambiente fechado é aqui um luxo impensável; o gelo é o meio natural. Interessante que, na linguagem da montagem de vídeo, congelar significa parar, levar a imagem ao *film still*, ao quadro imóvel. Em certo sentido, *O rumor do tempo* está estruturado como uma câmera que descreve os círculos ao redor desses *stills* – reflexos de imagens plásticas que perderam seu *calor teleológico* (ou esconderam-no bem no fundo da manga). É exatamente isso que tem em mente a máxima precisa e injusta de Tsvetáieva: "Seu livro é

---

149   Diminutivo de Óssip – o prenome de Mandelstam.

uma *nature morte*[150] [...] sem medula, sem coração, sem sangue – apenas olhos, apenas faro, apenas audição"[151].

A tarefa da natureza-morta histórica, da qual Mandelstam aqui se ocupa, é, a despeito da ternura infantil e familiar, fornecer um esquema preciso, uma fórmula plástica daquilo que se foi. Isso funciona como uma parada militar, com a chamada de fileiras e figuras geométricas – mangas bufantes refletem-se na cúpula de vidro da estação Pávlovsk, os volumes vazios das praças e ruas enchem-se de uma massa humana, a arquitetura complementa a música. Porém, em contradição com toda a ordem, arde lentamente e fumega a fagulha dos anos 1890, o mundo musculoso e felpudo do *judaísmo*, um volume de suplementos da *Niva*[152]. A literatura (sua lâmpada tísica, seus professores e parentes) possui um gostinho quente e escuro de assunto familiar; a identidade judaica ora emerge do caos, ora volta a se cobrir de tosões hirsutos; em sua presença, o quadro torna-se fuliginoso, adentra cada vez mais na espessura negra do estrato cultural. Felizmente, música e arquitetura têm um irmão mais velho especialista em lógica – o sistema de classes marxista.

Não estou falando aqui do esquema inteligível em que a demonstração dos horrores do tsarismo promete uma revolução rápida; foi desse jeito direto que Tsvetáieva entendeu *O rumor do tempo*, explicando todas essas "calçadas destinadas à revolta" como desejo de agradar às autoridades.

---

150 Natureza-morta. Em francês no original.
151 Marina Tsvetáieva, *Minha resposta a Óssip Mandelstam*, março de 1926.
152 Popular revista semanal de São Petersburgo que circulou entre 1869 e 1918.

No texto, de fato, com astúcia ingênua estão colocadas, como postes, indicações para um conhecimento preciso, que reúne em um tufo comum as linhas multidirecionais da narração. Mais provavelmente, a novela tem também essa camada infantil e pragmática: muitos então tentavam dar a entender que desde sempre simpatizaram com as mudanças, de Briússov e Gorodétski a Sologub, que acabara de soltar uma coletânea de versos revolucionários. Mas, para Mandelstam, seu marxismo adolescente, passado ou atual, tem um sério sentido de espinha dorsal – é uma espécie de seta delineando o movimento que levará ao arranque final. O *enorme, desajeitado, rangente giro do leme*[153], que permitiria chegar a um claro e articulado ponto-agora, devia vir de algum lugar.

Deste "agora" Mandelstam contempla os funerais do século, como contemplará em alguns anos a escada de Lamarck com sua constante tentação de desencarnar, do túmulo verde indistinto. O estremecimento e a benevolência à vista do passado recente (com os quais por vezes o homem fita o macaco) são o que distingue a prosa inicial de Mandelstam da de seus vizinhos próximos de gênero, mais cândidos. A memória aqui não é sentimental, mas funcional, age como um acelerador. Sua função não é explicar ao autor de onde ele veio, nem criar uma cópia de seu berço de bebê para balançá-lo para cá e para lá. Ela trabalha pela separação, prepara a ruptura sem a qual é impossível ser si mesmo. É preciso afastar o passado de si para reunir a velocidade necessária. Sem isso o futuro não começa.

Embora, à luz póstera, possa parecer que não havia por que separar – tudo é uno. Veja Mandelstam: eriçou-se, piou como

---

153 Do poema *Crepúsculos da liberdade*, de Mandelstam.

um estorninho, exigiu isso e aquilo, viveu com a roupa do corpo, sucessivamente renunciando ao pessoal em nome da promessa não cumprida. "Agia, fazia barulho e girava a cauda", para falar com as palavras de N. Ia[154]. – e daí? O pagamento direto e seguro pelo giro do leme acabou sendo o destino comum e o perecimento em bando e em bloco[155], a morte no campo e o pó do campo. Veja Tsvetáieva com sua fidelidade inflexível ao *passado*, com o magnífico desdém pelas últimas notícias e pela verdade dos jornais – e sabemos demasiado bem que sua discussão com Mandelstam, a velha rixa entre passado e presente, terminou, no sentido literal da palavra, em nada: no mesmo pó, duas sepulturas desconhecidas em extremidades diferentes do cemitério de muitos milhões. Ninguém venceu, todos perderam.

*

Por ocasião de uma entrevista tardia, Sebald conta a história de um experimento científico. Em um reservatório cheio de água, soltam um rato, e esperam quanto tempo ele vai se aguentar. Isso dura pouco tempo, um minuto, depois o rato morre de parada cardíaca. Mas a alguns, de repente, apresenta-se a possibilidade de escapar – quando praticamente não restam forças, abre-se uma escotilha deslumbrante, que conduz à liberdade. Ao serem novamente largados na água, os sobreviventes miraculosamente salvos portam-se de outra forma: ficam nadando e nadando ao longo das paredes verticais até morrerem de cansaço e esgotamento.

---

154   Nadiejda Iákovlevna Mandelstam.
155   Citação do poema *Versos sobre o soldado desconhecido* (1937), de Mandelstam.

Nenhum texto de Sebald deve ser lido como reconfortante, seja lá o que isso signifique: a variante na qual se estica uma mão salvadora, nas trevas em que a vida nada e se afoga, não é levada em conta desde o início. A desconfiança polida com a qual ele contorna temas limítrofes ao *divino* tem uma longa história: não faz sentido abordar essa prosa como uma fonte de material biográfico, mas na segunda parte de Os emigrantes – Paul Bereyter – há uma passagem de uma aula sobre as leis de Deus que provoca uma angústia irritada e similar no herói da história, o professor da escola, e no menino, a partir de cuja pessoa desenrola-se a narrativa. O menino crescido na Alemanha daquela época pôde formar uma noção excêntrica da ordem mundial; um dos principais marcos de uma cidade grande, e que a distinguia das aldeolas desprovidas de seriedade, era então os espaços entre os prédios, cheios de cascalho e fuligem, de vazios e pilhas de tijolos. Sebald recusava-se categoricamente a se considerar um autor temático, que escrevia sobre a catástrofe dos judeus europeus (e isso é verdade desta forma: toda aniquilação, incluindo árvores e construções, suscitava-lhe a mesma solidariedade, e eu não diria que o homem era mais importante do que o resto). Em conferências ministradas por ele em 1997, o tema é memória de uma outra espécie – os bombardeios sangrentos das cidades alemãs nos últimos anos da guerra, e o ponto cego que circundava esses eventos na consciência daqueles que os tinham vivenciado.

"Com o que nós sabemos hoje sobre a queda de Dresden" – escreve Sebald –,

> parece-nos improvável que alguém que estivesse sobre o terraço Brühl na época, coberto de centelhas e vendo o panorama da cida-

de incandescente, pudesse escapar daí com o juízo intacto. Aparentemente ileso, o funcionamento continuado da linguagem normal na maioria dos relatos de testemunhas oculares levanta a dúvida sobre a autenticidade da experiência neles contida. Consumindo dentro de poucas horas todos os seus prédios e árvores, seus moradores, os animais domésticos, os equipamentos e as instalações de toda espécie, a morte pelo fogo de uma cidade inteira tinha que resultar numa sobrecarga e paralisia da capacidade de pensar e de sentir daqueles que conseguiram se salvar.[156]

Amparando-se em algumas fontes alemãs, nas recordações de pilotos aliados e nos testemunhos de jornalistas, ele descreve o fogo a se elevar a dois mil metros, de modo que as cabines dos bombardeiros esquentavam, a água ardente nos canais e os cadáveres em poças de sua própria gordura. Na lógica da enumeração sebaldiana, fosse qual fosse o tema, não há lugar para teodiceia: lá falta o espaço no qual seria possível voltar-se a Deus com palavras de questionamento ou reproche – ele está, como uma arca, totalmente repleto, até a borda, daqueles que não se salvaram.

Nesse sentido, Sebald não consegue escolher entre desaparecidos e salvos, entre os perecidos e aqueles que ainda têm a morte pela frente. O sentimento de fraternidade em face do destino comum, como em uma cidade sitiada ou um navio que afunda, faz seu *método* universal, abarcando tudo: não haverá milagre, tudo que está diante de nós, incluindo nós mesmos, deve desaparecer, e isso não levará muito tempo. E isso quer dizer que não se deve escolher – e qualquer coisa, qualquer destino, qualquer

---

[156] W. G. Sebald, *Guerra aérea e literatura*, tradução de Carlos Abbenseth e Frederico Figueiredo (Companhia das Letras, 2011), p. 31.

rosto e qualquer tabuleta merece ser recordada, ascender à luz antes do escurecimento definitivo.

Essa ótica, esse modo de olhar para o mundo como se fosse através de uma camada de cinzas, através do véu de Celan, torna-se especialmente convincente quando você entende que o autor ficou com você até o fim – e que ele mesmo já está do outro lado, e estende a mão de lá. Em um poema terrível de Tsvetáieva, a mulher fica junto ao caixão de um homem a respeito do qual nada sabe ("– Ele é o seu marido? – Não. // Crê na ressurreição das almas – Não."), sem entender o porquê, até o final

Deixe-me deitar ao lado dele...
Ba-ta o pre-go![157]

Mas o discurso de Sebald não faz simplesmente acompanhar os que se foram, é como se já tivesse aderido à sua estrutura oblíqua como chuva, tivesse se tornado uma das pessoas que se deslocam na estrada para o passado. Em sua *documentary fiction*, o narrador volta e meia coincide com os contornos do autor, tem sua história e certa quantidade de conhecidos entre os vivos, os bigodes e a fotografia de passaporte de Sebald, porém uma estranha transparência nos impede de considerá-lo existente. Tudo de que esse homem se ocupa é movimento, como se fosse impulsionado por um vento interno, possuindo suas próprias horas de trabalho e descanso, que não coincidem com as nossas; uma crônica de viagens e jornadas, de ônibus, de hotéis deixados, onde é tão bom olhar para a mulher da recepção, ocupada

---

157 *Tenha piedade* (1920), poema de Tsvetáieva.

com seus afazeres como se a força de gravidade agisse como dantes, e não houvesse razão para pressa; enumeram-se nomes de ruas e estações ferroviárias, como se o autor não acreditasse plenamente na própria memória e preferisse anotar tudo com o máximo zelo, anexando contas de restaurantes e recibos de hotéis. Aqui também há fotografias inseridas no texto: os livros de Sebald são reconhecíveis graças a elas, como impressões digitais. Quando elas estavam sendo preparadas para a impressão, Max (nome doméstico de Sebald, que odiava o brioso Winfried Georg que lhe fora dado ao nascimento) passou longas horas tentando turvar as imagens ao extremo, fazê-las vagas, nebulosas, indistintas.

Se Mandelstam afasta o passado, empurra-o para longe de si, comprimindo-o em algo duro, o tempo de Sebald está organizado de outra forma. Tem antes uma estrutura porosa de caverna, como uma espécie de mosteiro escavado na rocha, em cada uma de cujas celas ainda acontece sua vida paralela.

Mas o divertido é que a qualquer aproximação desses textos emerja o problema de sua fidedignidade – como se, ao responder à questão da correlação entre ficção e verdade, decidíssemos de alguma forma se é possível se fiar no autor. Assim escolhe-se o guia em uma excursão na montanha, onde qualquer erro pode ser questão de vida ou morte. E, todavia, o interesse insistente na carcaça documental da narração, nos protótipos deste e daquele herói, no seu grau de parentesco ou intimidade com o autor, em saber quem é o menino retratado na fotografia – *e se todas essas pessoas não existirem?* – parece quase tocante em seu pragmatismo. É como se os críticos de Sebald testassem-no na função – de que ele não precisa – de conservador de museu ou vigia de parque, que agasalha as estátuas contra o frio e verifica as vidraças das janelas das estufas. Se você se lembrar de que já não há janelas, nem estufas (não restaram peliças nem casas, como Rózanov disse a respeito da revolução russa[158]), a função desta prosa torna-se algo mais clara: ela fornece a iluminação necessária para que algumas coisas se tornem discerníveis. Em *Austerlitz*, ele fala disso assim: "... quanto mais penso nisso, mais me parece que nós, que ainda vivemos, somos seres irreais aos olhos dos mortos e visíveis somente de vez em quando, em determinadas condições de luz e atmosfera"[159].

Eu mesma estou em tamanho grau pronta para concordar com qualquer mistura do existente e do inexistente, do documental e do ficcional, que esse autor se permite para que suas máquinas de luz possam trabalhar e os discos transparentes do passado movam-se, encobrindo e transluzindo uns por meio dos outros que, quando através do texto inesperadamente emerge uma base real (sim, isso aconteceu, esse era o tio de sangue, a fotografia foi tirada do arquivo familiar, tem autenticidade verificada), eu sinto uma estranha inquietação – como se o modelo escolhido inesperadamente se revelasse um caso particular. Esse sentimento é mais forte quando o assunto são as imagens.

A última parte de *Os emigrantes* é concluída com um surpreendente fragmento memorial. Quando fico muito tempo sem reler o livro, ele me parece imenso, quase infindável em sua alegre longa duração – ocupando quase metade do texto –, e a cada vez revela-se aflitivamente breve, chegando a vinte páginas. Acho que eu não queria saber quem o escreveu – se uma mulher

---

158 No livro *Apocalipse de nosso tempo* (1918).
159 W. G. Sebald, *Austerlitz*, tradução de José Marcos Macedo (Companhia das Letras, 2008), p. 182.

real de nome que começa pela letra L., que resolveu, no limiar da morte, recordar a infância, e apenas a infância, os livros de sua mãe, as rosas, o caminho para a cidade, ou se o próprio Sebald, falando com essa voz. Seja como for, o fragmento se interrompe, o livro sofre uma espécie de *escurecimento de tela* cinematográfico, e daí, para rematar, o autor conta de uma fotografia que viu por acaso.

Normalmente, as fotos estão generosamente espalhadas por suas páginas, como os pedregulhos do Pequeno Polegar, que ajudam-no a encontrar o caminho de casa; mas justamente essa não é mostrada, porém narrada, e nesse aspecto, verbal, posta-se diante de meus olhos. É o gueto da cidade de Lodz, uma espécie de oficina de trabalho, meia-luz, penumbra, três mulheres curvadas sobre losangos e triângulos do tapete que tecem. Uma, diz Sebald, tem cabelos claros e ar de noiva, os olhos da segunda não se distinguem no crepúsculo, e a terceira fiandeira olha direto para mim – de um jeito que me faz desviar os olhos.

Nunca achei que veria essa fotografia. Como o célebre retrato da mãe de Barthes no jardim de inverno, que não está no grande livro escrito a seu respeito, ela me parecia simultaneamente não inventada e não existente – e foi ainda mais estranho reconhecer que ela coincidia com exatidão com a descrição por escrito. O retrato das três moças foi feito por um homem chamado Genewein, um nazista, contador-chefe do gueto de Lodz; no tempo livre, ele se empenhou em documentar o trabalho efetivo do ramo que lhe fora confiado, com a ajuda de uma câmera Movex 12 confiscada. Entre suas fotografias há até coloridas: crianças de marrom e pardo em fila, com quepes de través. Mas essa, com o tapete e as fiandeiras, é em preto e branco e, diferente das demais, não faz você imediatamente transir-se de horror – tamanha a exatidão com que ela imita a vida tranquilamente sentada na frente da objetiva, e a contraluz que verte da janela distante toca cabelos e ombros como se nada de especial estivesse acontecendo. Assim tudo isso é contado em *Os emigrantes* – apenas com uma exceção. No ar iluminado entre nós (entre as mulheres e a câmera, entre elas e eu) pende uma espécie de cortina oblíqua, que consiste em uma quantidade de fios verticais esticados sobre uma base: por eles, de baixo para cima, irá se erguer o tapete, até tapar de nós o aposento e as que estão nele. Estranho que Sebald não tenha visto essa barreira; é possível que ela não estivesse diante dele.

NÃO CAPÍTULO
Liólia (Olga) Guriévitch, 1947

Sem data, escrito depois de 1944 e do regresso da evacuação.
Dirigido a Berta Leóntievna Guriévitch, mãe do marido, que vivia separada.

Querida Berta Leóntievna!
Vim falar com a Senhora, embora Liónia não saiba disso, e eu queria que isso ficasse entre nós...
Foi muito difícil para mim vir para cá – afinal, tenho muito amor-próprio, mas pensei bastante por esses dias e resolvi dar esse passo. Vim até a Senhora de coração puro. Pesa-me muito eu ter sido a causa de nossa conversa terrível. Eu não queria ofendê-La, simplesmente sinto-me muito mal nos últimos tempos, meus nervos desandaram completamente e fiquei ofendida por Liónia não ter se aconselhado comigo. Bem, é uma bobagem; estou envergonhada por uma coisa tão insignificante ter provocado recriminações tão amargas e, na minha opinião, mutuamente imerecidas.
Esqueci tudo que a Senhora disse, e pediria muito que a Senhora esquecesse o que eu disse...
Sem isso, a vida já é dura o suficiente para ser sobrecarregada com disputas desnecessárias.
A Senhora tem um filho e uma neta, eu tenho um marido e uma filha, e acho que o sentido da vida é dar alegria aos nossos próximos.
Vim à Senhora para fazer as pazes.

Espero que a Senhora interprete corretamente o meu passo, e encontre em si mesma algum calor também para mim...

Infelizmente não encontrei a Senhora em casa, por isso fui forçada a estragar os utensílios de escrita que a Senhora deixou preparados.

Não quero escrever mais nada – e parto com a esperança de que, no Ano-Novo, a Senhora esteja conosco.

Permita-me beijar a Senhora.

Liólia.

QUINTO CAPÍTULO
de um lado, de outro lado

Averso:
Meninos e meninas de porcelana, pequenos e grandes, pintados – boca brilhante, chapeuzinhos de cabelos pretos ou amarelos –, e uns mais baratos, brancos-sem-enfeite, foram produzidos na Alemanha por décadas, a partir da década de 1840. Na Turíngia, terra de carvalho, havia a cidade de Köppelsdorf, onde o negócio das bonecas ocupava fábricas inteiras; em sua maior parte, as bonecas que lá se faziam eram caras, firmes – de cabelos de verdade, corpos da melhor pelica e um vermelho nas faces de *biscuit*. Mas também havia outras, mais simples; nos fornos de um certo Heubach coziam milhares de bonequinhas pequenas, que custavam um ou dois vinténs, e eram vendidas em todo canto, como balas e sabão simples. Elas mesmas pareciam restos de sabão, os braços inflexíveis esticados para a frente, as perninhas imóveis em meias curtas e, por economia, eram revestidas de esmalte só no lado do rosto, o que as fazia aptas para o banho em banheira: as bonecas ocas não afundavam, ficavam flutuando – de costas para o teto indiferente.

Há diversos relatos de como elas serviam *às pessoas*: para além do mais óbvio (cerradas em um punho, vivendo em um bolso, trabalhos – como naquele conto de Tsvetáeiva – da menor unidade de humanidade), eram colocadas em prateleiras de casinhas de brinquedo, as bem minúsculas eram cozidas dentro de tortas (quem achasse teria felicidade) e até, se resolvermos acreditar nisso, largadas em xícaras de chá, no lugar de pedras de gelo. O vago relato sobre as bonecas defeituosas serem empregadas no transporte de carga na qualidade de amortecedores móveis não é passível de ser confirmado nem refutado. Está claro que elas eram a infantaria do mundo dos brinquedos, facilmente substituíveis e de vida curta, e pau para toda obra.

A maior parte do exército de barro era vendida longe das fronteiras da Alemanha. As menorezinhas, de uma polegada de comprimento, custavam um *penny* ou alguns centavos; as maiores chegavam a trinta ou quarenta centímetros, e eram mais valorizadas pelos vendedores e proprietários – ainda hoje é possível comprá-las na internet, inteiras e conservadas, de meinhas enroladas, dedos bem cozidos e rostos indiferentes de estátua de mármore. O fluxo de exportação deteve-se apenas com a Primeira Guerra Mundial, quando comerciar com o inimigo tornou-se incômodo, e em substituição aos alemães vieram os empreendedores japoneses – suas bonecas eram feitas segundo o mesmo modelo, porém de materiais mais baratos, eram cozidas uma vez menos, quebravam com a mesma facilidade. Idênticas, sem custarem nada, elas se partiam sob o peso do tempo, como cacos sob saltos, e saíam à superfície sem braços, com buracos negros escancarados no lugar de articulações. Algumas, com terra incrustada na carne de *biscuit*, até voltavam de debaixo da terra: a mercadoria defeituosa era enterrada em algum lugar do território da fábrica, anos depois sua brancura mutilada revelava-se vendável, como tudo que desapareceu. No balcão virtual do *e-bay* elas são vendidas em lote, em quantidades de seis, dez, doze. Sua composição parece-me muito bem pensada, em cada pequeno grupo há um ou dois heróis, invulneráveis em seu triunfo sobre os séculos: as costas fuliginosas ou a mão quebrada parecem secundários, as bochechas redondas brilham à luz. As demais sequer tentam ser algo além de despojos. Todo esse ajuntamento de sobreviventes tem um nome genérico no mundo anglófono: chamam-se *frozen Charlottes*[160].

Reverso:
Charlotte é um dos nomes clássicos do mundo germânico, quase tão densamente povoado de Lottes loiras quanto de Margaridas-Gretchens. A Lotte do suicídio de Werther, com suas maçãs e sanduíches, com a fita rosa no vestido branco, nem bem você olhou e ela já virou a musa de Thomas Mann, a Lotte de Goethe da qual sem querer tivemos que nos lembrar em 1939, quando o velho mundo rompeu-se sob as botas do novo. Contudo, as bonecas alemãs tornaram-se Charlottes apenas na América.

Em 8 de fevereiro de 1840, o *New York Observer* informa: "Em 1º de janeiro de 1840, uma jovem mulher congelou até a morte após percorrer vinte milhas a caminho do baile." Um jornalista de Portland, de nome Smith, famoso pelo amor por temas lúgubres, fez dessa história uma balada que se tornou célebre; alguns anos depois, o intérprete cego William Lorenzo Carter musicou-a. Os anos 1940 chegavam em um mundo fascinado pelo frio e pela nevasca. Em 21 de dezembro de 1843, Hans Christian Andersen publica *A rainha da neve*: "Era bela e graciosa, mas toda de gelo. E ainda assim tinha vida; os olhos brilhavam

---

160 Charlottes congeladas.

como estrelas em um céu de inverno, e estavam em um movimento contínuo. Voltou-se para a janela e fez um sinal com a mão. O menino, assustado, desceu da cadeira, e pareceu-lhe que naquele instante um grande pássaro passou voando e raspou o vidro da janela com a asa"[161]. Nesse mesmo ano, 1843, Smith escreve mais uma romança cruel – a respeito de uma cama de neve, uma mãe congelada e um bebê salvo, mas ficou longe do sucesso da canção sobre Charlotte.

A história da *fair Charlotte* (ou *young Charlotte* – em alguns anos, a canção sobre a donzela americana de gelo era cantada em vinte estados, mudando de epíteto conforme o gosto do freguês) é e não é parecida com o conto sobre a menina que pisou no pão para não sujar na lama os sapatos vermelhos novinhos. Porém, diferentemente do exemplo de Andersen, aqui não há lição de moral, nem depressão – no texto reina um equilíbrio de friso antigo. A beldade que numa noite de inverno dirigiu-se ao baile com seu prometido deseja ser *notada* – e por isso eles galopam pelas colinas nevadas sob o rangido dos cascos e tilintar das sinetas e ela, elegante, leva por cima apenas uma mantilha leve e uma capinha forrada de pele. A cada estrofe a velocidade do trenó cresce (Charlotte sussurra entredentes: "Fiquei com mais calor!"), as estrelas brilham de forma mais penetrante, o salão de baile está cada vez mais perto – porém a heroína já não pode se mexer, e em sua fronte fria reflete-se a luz celestial: parece que enxergaram-na lá de cima. Um dos nomes rudes desta cançoneta é *O cadáver vai ao baile*. O noivo morre de pesar, eles são enterrados na mesma tumba.

---

[161] "A rainha da neve", em *Hans Christian Andersen: os 77 melhores contos*, tradução de Pepita de Leão (Nova Fronteira, 2019).

As bonequinhas que virão por mar da Europa ao Novo Mundo serão chamadas de *Charlottes congeladas* – por força de sua absoluta imobilidade. É com este nome que são conhecidas agora; com este apelido tornaram-se personagens de terror, o povinho branco dos pesadelos noturnos – sem voz, elas não podem replicar. Sua versão masculina rapidamente passou a se chamar, em espelho, *frozen Charlies*; também eles ficaram calados. Seus cachos e meinhas, sua brancura absoluta, de além-túmulo, faz deles uma espécie de pequenos deuses de um panteão recente; à diferença dos greco-romanos, que perderam cor junto com o poder, estes não tinham tinta desde o início.

Averso:
Arthur Rimbaud interessava-se pelo novo e pelo absolutamente moderno, enviava aos parentes longas listas de coisas que lhe eram indispensáveis, dicionários, prontuários, aparelhos e mecanismos que tinham que lhe ser entregues na Abissínia, com grande dificuldade. As encomendas iam até Harar, lá sempre ficava faltando algo, porém a câmera fotográfica chegou bem. Das fotos tiradas por Rimbaud conservaram-se sete; em 6 de maio de 1883, em carta à mãe, ele descreve três autorretratos, dentre os quais "com os braços cruzados no peito, em um bananal". Em outro, ele está postado junto a uma cerca baixa, cujas varas parecem trilhos desenhados de forma grosseira, e logo atrás dela começa o vazio, não interrompido por nada, que preenche todo o espaço da foto. À medida que o cinza (terra) passa para o igualmente cinza (não terra), é possível tentar situar em algum lugar o horizonte, mas o quadro não fornece nenhuma base para isso. Se formos acreditar em suas palavras, o empreendedor R., em suas calças brancas, foi fotografado "no jardim do café" e "no

terraço de casa" – mas seria difícil encontrar lugar menos parecido com um jardim. Por outro lado, a respeito do que vemos, pode-se apenas cogitar: algo no processo de revelação ou impressão deu errado. Gradualmente, todas as fotos tiradas por Rimbaud – uma praça de mercado com seus alpendres, uma cúpula talhada em forma de *múmolka*[162], um homem com potes e tigelas, sentado à sombra de uma coluna – vão desbotando até ficarem brancas, e não há como deter esse processo. As fotografias desaparecem à nossa vista, de modo lento e consequente, como seca a rodela molhada que um copo deixa na superfície da mesa.

Reverso:
O Google Maps tenta renovar suas fotografias tiradas do cosmos com a maior frequência possível, mas nem sempre, nem por toda parte. Muitas cidades com seus bulevares, escritórios turísticos e monumentos macambúzios conservam sua imobilidade digna por meses, se não anos: em uma noite de neve, você aproxima dos olhos um panorama de satélite de Moscou e vê poças planas com folhas verdes e telhados de verão. Mais perto do centro do mundo, daquilo que o programa de computador considera ser sua sala de visitas animada, as modificações ocorrem mais rápido – mas nem essa velocidade basta. A mulher separou-se do amante, ele estraçalhou seu carro, transformou-o em sucata, saiu da cidade, ela o excluiu de seus amigos do Facebook porém, por mais que você olhe para o mapa, o triângulo incolor do antigo carro está estacionado à porta dela, como dantes.

---

162   Chapéu alto russo.

Averso:
Em seus relatos documentais de Istambul, Orhan Pamuk descreve uma variedade particular e local de tristeza, chamada *hüzun*, que não coincide em absoluto com a melancolia europeia corrente. Se a duração e profundidade desta última é causada pela consciência da efemeridade do próprio melancólico, a sensação de *hüzun* está voltada não para o futuro ("isso também passará"), mas para o que já passou, continua a reluzir, a transparecer por sob o dia de hoje. O que desperta a angústia é a consciência da grandeza do passado, unida ao caráter pobre e ordinário do presente. Para Pamuk, o clássico confronto "antes e depois", "foi-virou" torna-se o fundamento de uma percepção do mundo, suas lentes bifocais, que permitem manter no campo de visão o modelo e seu perecimento, a ruína e seu aspecto de então. Ele lembra Ruskin – uma passagem em que se fala da natureza casual do *pitoresco*: como nosso olho encontra deleite na decomposição e decadência absolutamente imprevistas pelos urbanistas, nos pátios sem pessoas e lajes de mármore cobertas de erva. Um prédio novo torna-se pitoresco "depois que a história vem dotá-lo de uma beleza acidental"[163]; em outras palavras, depois de a história tê-lo mastigado até ficar completamente irreconhecível.

Pamuk ainda cita Walter Benjamin, suas palavras a respeito de como os traços exóticos e pitorescos da cidade interessam sobretudo àqueles que não vivem nela. Quando você pensa nisso, o mesmo pode ser dito a respeito de outras formas de passado; não apenas dos invólucros de pedra com torres e varandinhas, facilmente sujeitos ao envelhecimento, mas de todas as caixinhas

---

[163] Orhan Pamuk, *Istambul: memória e cidade*, tradução de Sérgio Flaksman (Companhia das Letras, 2007), p. 266.

e estojos em que o homem coloca e retira a si mesmo. Casas, camas, roupas, sapatos e chapéus, tudo isso de que seus contemporâneos enjoaram não tem tempo de se decompor e de repente se enche de um novo esplendor além-túmulo. O prazer do assim chamado *vintage*, ao que parece, consiste também nisso: não entramos em uma vida passada com direitos iguais, mas nos esgueiramos lá como uma menina no guarda-roupa de mamãe, reconhecendo muito bem que estamos pegando o alheio.

Quanto mais a contemporaneidade brinca de *velhos anos*, mais eles se alheiam, mais profundamente partem para camadas bentônicas, onde já não se distingue nada em absoluto. A impossibilidade de conhecimento preciso é o soro fisiológico que protege o passado de atentados, a necessidade higiênica de não se misturar conosco. Mas para nós ela também é uma mão na roda: os donos da casa não saíram simplesmente, eles foram embora, ninguém está vendo como repartimos suas pouco numerosas coisinhas. Para gozarmos da antiguidade, é preciso que morram os que habitaram-na. Então será possível começar a ter saudades deles, testando-nos no papel de herdeiros legítimos. A massa de testemunhos acumulados apenas atiça nossa fome; podemos folhear os quadros, aumentar os detalhes, aproximá-los dos olhos; podemos examinar infinitamente uma única imagem icônica. É inútil – pode escavar com uma colher até o fundo, até as paredes de lata. Você entra no passado sem penetrar e sem ser penetrado, como em uma coluna de gelo úmida, surgida de algum lugar em um crepúsculo de julho.

Averso:
... e então eu me propus a distinguir três tipos de memória.

A memória do perdido, melancólica, inconsolável, que mantém uma conta precisa dos prejuízos e privações, sabendo que nada volta.

A memória do recebido: saciada, de depois do almoço, contente com o que conseguiu.

A memória do que não houve – cultivando fantasmas no lugar do que foi visto, como no conto russo, em que um campo limpo é recoberto por uma floresta quando você joga um pente mágico nela. A floresta ajuda o herói a fugir da perseguição; a lembrança fantasmagórica faz algo desse tipo para sociedades inteiras, protegendo-as da realidade nua com suas correntes de ar.

O objeto da recordação, nestes casos, pode ser o mesmo e único; propriamente falando, ele sempre é o mesmo e único.

Reverso:
Meu medo de esquecer, de deixar escapar das mãos ou da mente alguma parte do passado ainda quente é justificado e exaltado já no Velho Testamento; lá, ainda por cima, a memória é imposta ao povo como obrigação, e o não cumprimento leva à morte certa. Os capítulos do Deuteronômio volta e meia conjuram a lembrar: "Contudo, fica atento a ti mesmo, para que não esqueças a Iahweh teu Deus, e não deixes de cumprir seus mandamentos, normas e estatutos que hoje te ordeno![164]" No livro de Yosef Hayim Yerushalmi que se chama *Zakhor – Lembre-se –*, é explicado como essa coerção imperiosa à memória guardou-se durante séculos de exílio e diáspora. Era exatamente a memória que exigia o cumprimento escrupuloso das regras, a obtenção

---

164 Deuteronômio 8:11 (Bíblia de Jerusalém, Paulus, 2016).

e conservação da perfeição – não por uma pessoa ou família, mas pelo povo inteiro, entendido como fusão; uma vida pura e santa torna-se a garantia da autopreservação. Não se pode perder ou deixar passar nenhum detalhe.

O medo do esquecimento foi causado por eventos históricos extraordinários, entendidos como sem precedentes. As proibições e obrigações dos judeus foram uma espécie de resultado desses eventos – sua marca na cera humana móvel. Mas geração após geração, século após século, a tradição do judaísmo não faz nenhuma tentativa de descrição histórica do que sucedeu ao povo escolhido depois – como se, com o Pentateuco, desaparecesse a própria necessidade de continuação do relato. Dizem que Velimir Khlébnikov rapidamente perdia o interesse em recitar seus próprios versos, e interrompia-se no meio das palavras: "Pois bem etc." Yerushalmi descreve um sentimento similar com outras palavras: "Possivelmente eles já soubessem da História tudo que precisavam. Possivelmente eles até a evitassem."

Não que *eles* tenham vivido até os novos tempos sem supor a existência da ciência histórica: em caso de necessidade, em textos e missivas que circulavam pela Europa medieval, encontrava-se lugar para exemplos que testemunhassem que as datas e etapas da História não escrita continuavam no campo de visão dos estudiosos judeus. Eram notadas – mas as novidades careciam de grandeza para se tornarem parte integrante da tradição. Tudo que possuía importância primordial tinha ficado para trás, bem longe, nos tempos dos primeiros modelos. Em um mundo de precedentes grandiosos, onde a destruição do Primeiro e do Segundo Templo eram um único evento, e a diferença entre Babilônia e Roma mostrava-se secundária em face da catástrofe prolongada, todos os *pogroms* e perseguições na nova versão – na França, Alemanha, Espanha – continuavam essa mesma série. Esse ponto de vista com relação ao passado também tem um exemplo; no Meguilat Taanit, o *Livro do Jejum*, estão marcados os dias vermelhos do calendário, livres de jejum e de luto, e designados para festejos – dias de façanha e triunfo, contados desde os tempos pré-macabeus até a ruína do Segundo Templo –, e as datas históricas estão presentes em um regime especial. O texto do *Livro* nem tenta se tornar História, sua tarefa é outra. Estruturado segundo o círculo sazonal, ele dá nome a dias e meses, mas não a anos; mais tarde, na tradição cristã, isso será chamado de ano litúrgico. Não há diferença entre passado próximo e distante, como não há diferença entre passado e presente.

Ou seja, a memória do judaísmo revela-se livre da necessidade de recordar tudo que ocorreu ao longo da História, livre para a escolha do importante e do necessário – e para o corte do secundário. Suas limitações são de outra sorte; a exigência de *não esquecer* coincide com a obrigação de *não se distrair* – inclusive da própria história, quando seus detalhes tornam-se sobejos, e impedem de manter na cabeça o principal. Nesse sentido, a historiografia judaica (quase inexistente antes do Iluminismo, e que floresceu subitamente nos campos da assimilação, desprendendo-se da tradição porque não havia propriamente tradição alguma – mesmo a primeira História convincente do povo judeu foi escrita por um *goy*) era um excesso; tudo de que se precisava saber estava em outra prateleira. Yerushalmi cita *A estrela da redenção*, de Franz Rosenzweig, homem que afirmava que o sentido do judaísmo consistia em sua extra-historicidade: graças à observação de uma lei imutável, esse povo saiu da torrente temporal comum, atingindo a estase desejada. O trabalho de Rosenzweig foi publicado em 1921. Vinte anos depois, a torrente voltou a inundar as margens, a História foi atrás do que era seu.

Mas a imaginação dos nazistas também trabalhou como se estivesse dentro da lógica do mundo judeu – como se quisessem aflitivamente confirmar ou desmentir algo, verificar a solidez do pacto dessas pessoas com seu D'us. As ações punitivas eram planejadas em correspondência com um calendário alheio, sem distinguir feriados e dias de jejum. O fuzilamento dos judeus na Babi Iar de Kíev foi marcado para a véspera do Dia do Perdão; a aniquilação do gueto de Minsk coincidiu com o Simchat Torá; a limpeza do gueto de Varsóvia começou em Pessach. Quando você pensa, mesmo *fossas* tão violentas na cova negra do conhecimento da catástrofe podem ser consideradas como uma espécie de confirmação. A impossibilidade de esquecer busca seus marcos, montes, pedras ou barrancos conhecidos – e *não quer consolação, porque eles já não existem*[165]. *Zakhor*, livro sobre a memória como a mais elevada das virtudes, termina como uma espécie de prece pelo esquecimento: para que ele pare de ser um pecado, para que as lacunas e buracos tenham a permissão de serem eles mesmos, de não serem incomodados, de serem deixados em paz.

Averso:
Dybbuk quer dizer "o que adere" ou "o que gruda"; ao descrever como isso acontece, fala-se também de enxerto – como se se tratasse daqueles experimentos em que um sábio jardineiro insere maçã em pera, ou rosa em planta brava. A alma desassos-

---

165 Mateus 2:18 (Bíblia de Jerusalém, Paulus, 2016).

segada de que fala a lenda asquenaze não consegue despedir-se de forma alguma deste mundo, seja por estar presa à Terra pelo peso de seus pecados, seja porque simplesmente atascou-se, embeveceu-se com algo vivo e já não consegue encontrar o caminho de casa. Aqueles cuja morte foi terrível ou vergonhosa, aqueles que não concordam de jeito nenhum em se despedir de suas alegrias daqui vão de soleira em soleira em busca de uma pequena fresta em que possam penetrar – uma pessoa na qual possam se instalar, como uma casa arrumada e limpa. Pode ser um velho debilitado por uma longa doença, incapaz de segurar as pontas do próprio corpo, ou uma mulher exaurida pela espera, ou aquele cuja alma está fora do lugar e vaga para lá e para cá, como um pêndulo de relógio. Depois de grudar na pessoa e lançar nela suas raízes, esse espírito não quer ir embora por nada, tem calor e umidade; onze homens trajando mortalhas, soprando o chofar, e conclamando o espírito impuro a sair, nem sempre têm forças para sobrepujá-lo. Ele chora penosamente, tenta persuadir seus torturadores com diferentes vozes, chama-os pelos nomes, enumera-lhes os pecados secretos, até então desconhecidos, os sinais de nascença e os apelidos de infância. Assim também o passado, quando não deseja partir, gruda no presente, implanta-se sob sua pele, deixa lá seus esporos, fala línguas e ressoa sinetas, de modo que não há maior alegria para a pessoa do que ouvir e lembrar aquilo que não aconteceu com ela, chorar por aquilo que nunca conheceu, e chamar pelo nome aqueles que não viu.

Reverso:
Um livro bom conta como são organizadas as relações com os mortos em uma tribo aborígene. Seu regulamento é bastante

detalhado, como cabe a um protocolo diplomático, e está baseado em um complexo sistema de acordos e concessões. Dentre outras coisas, descrevem-se também puras casualidades, como o momento embaraçoso em que você depara com um morto em uma estrada escura, como uma coluna de ar gelado. Queria poder citar, mas não conseguirei; folheei esse livro sobre fantasmas de pássaros em uma loja de além-mar, e temo confundir-me na lembrança. De certa forma, isso me lembra minhas negociações com o passado, que estão baseadas em fatos firmes, como uma encadernação de livro – só que tenho que restaurá-los do ar, conciliando-me com inevitáveis imprecisões: assim eles completam, a partir de uma garra ou pena, o desenho de um pássaro que se tornou sombra.

Mas o fato de que a gente do passado transforma-se com demasiada facilidade em algo absolutamente desconhecido para nós, e frequentemente não humano, não é segredo. Em um conto de Liudmila Petruchévskaia, um aviador morto arrasta da cabine do avião um tronco queimado com as palavras "Este é o meu navegador"[166]. Essa história *ficcional* – inventada – tem um duplo não inventado: o sonho que teve antes da morte outro prosador, o escritor soviético Vsévolod Ivánov. No sonho, ele e Anna Akhmátova estavam em um congresso mundial de literatura, por algum motivo na Grécia; naquele tempo, ir para o exterior era mais complicado do que para o outro mundo, e essa viagem impensável, empreendida por Ivánov no hospital, no verão de 1963, possuía um caráter nitidamente de além-túmulo.

---

166 Liudmila Petruchévskaia, "O braço", em *Era uma vez uma mulher que tentou matar o bebê da vizinha*, tradução de Cecília Rosas (Companhia das Letras, 2018), p. 12.

"De manhã, desço e vejo uma mulher sentada à mesa, chorando. Pergunto-lhe: 'Anna Andrêievna, o que tem?' Ela responde que viu naquela mesa seu filho – só que ele era rosa, e a mesa, de mármore negro."

O registro do sonho é não premeditadamente impreciso: será que a Akhmátova onírica viu o rosto de seu filho (educado por outras pessoas, crescido à distância, preso, mais uma vez preso, modificado pelo campo de prisioneiros até ficar absolutamente irreconhecível) na superfície polida do mármore? Ou a mesa é que era seu filho no sonho, como o navegador era um tronco queimado: uma criança de mármore de quatro pernas, o menino Lev, negro em vez de rosa, encontrado por ela em uma Grécia impossível e celestial? Uma mesa-filho, na qual depositam os mortos para prepará-los para o sepultamento – como a pedra em que lavaram e untaram com mirra o corpo do Senhor. No *Réquiem*, Akhmátova compara o filho ainda vivo com o Cristo crucificado e seu tormento, com o tormento da Mãe de Deus; anos depois, ele voltará e será novamente preso, como se jornadas de ida e volta às bordas da morte fossem coisa corriqueira.

Outra pessoa que ficou órfã nos primeiros anos da guerra foi o filósofo Iákov Drúskin, amigo e companheiro dos *tchinari* – poetas de Leningrado que, nos anos 1930, formaram um pequeno e coeso círculo de pessoas que tinham cada vez menos lugar de existência na realidade soviética. Excluídos das estruturas oficiais de escritores (tanto por vontade própria quanto porque o radicalismo de seus textos não combinava de jeito nenhum com o que se esperava dos *companheiros de viagem*[167] – autores que não

---

167 Expressão popularizada por Trótski em *Literatura e revolução*, tradução de Luiz Alberto Moniz Bandeira (Jorge Zahar, 2007), p. 63.

eram compatíveis com a linha oficial do Partido, mas esforçavam-se para alcançá-la), pode-se dizer que eles, por algum tempo, floresceram modestamente: trabalharam ou colaboraram com revistas infantis, escrevendo poesias virtuosísticas e contos sobre aventuras e metamorfoses, jogavam cartas e quadros vivos, iam a corridas, bronzeavam-se na estreita faixa de areia da Fortaleza de Pedro e Paulo. Gradualmente, a manchinha não iluminada e retirada em que eles se instalaram foi-se tornando cada vez mais apertada, e eles, cada vez mais notáveis. Alguns foram presos e exilados em outra cidade, outros foram privados de trabalho – mas eles continuavam retornando, sem entender quão fantasmagórica tornara-se sua existência emagrecida. Os diários de Daniil Kharms, talvez o mais conhecido dos *tchinari*, mesclam cálculos metafísicos, orações, angústias com dobras e cheiros de mulheres e relatos escassos de que não há dinheiro, não há onde tomá-lo emprestado, a fome avança. É de fome que Kharms morre – em uma prisão do NKVD[168], no terrível cerco, no inverno de 1942. Preso, Aleksandr Vvediénski perece em um vagão de carga durante a evacuação forçada, em dezembro de 1941; em setembro de 1941, desaparece no *front*, sem deixar notícias, Leonid Lipávski. Nikolai Oléinkikov finou-se antes dos outros: foi executado ainda em 1937.

Drúskin foi o único que ficou vivo, sem entender direito por que e para que viu-se excluído do catálogo geral; não parou por um minuto sequer de falar com os que se foram. Em seus cadernos filosóficos, ocupa espaço cada vez maior a descrição dos sonhos em que ele vê seus amigos que foram assassinados e tenta se

---

168 Sigla de Comissariado do Povo dos Assuntos Internos, era o Ministério do Interior da URSS entre 1934 e 1946, e cuidava da repressão política.

assegurar de que são realmente eles: voltaram, enfim. Não consegue verificar, os experimentos não dão em nada. Drúskin e seus camaradas cortam o peito de um homem que tomam por Lipávski "para experimentar se era um sonho" – mas subitamente param de entender o que aquilo prova. Um dos fantasmas não quer reconhecê-lo, outro fica parecido com um escritor soviético (assim como poderia transformar-se em um pedaço de pau, numa mesa de mármore, num guarda-roupa). Em 11 de abril de 1942, Leonid Drúskin descreve em seu diário mais um encontro com amigos mortos. Sonha com eles constantemente, com muito mais frequência que com os vivos:

> De novo estávamos todos juntos, e eu preparava a iguaria: uma gasosa. Olhávamos uns para os outros e ríamos. Com quem nos parecíamos? Veja Lipávski. Ele e eu fomos os que mais mudamos. Mas veja o outro L. – ele quase já não se parece consigo mesmo. Veja o terceiro L., e eu nunca diria que é L. A D. I. [Kharms]? Eu nem o reconheceria, talvez esse nem seja D. I., mas ele deveria ser D. I. Tinha mais gente, e um deles era Chura[169] (Vvediénski), mas qual? E tinha ainda Pulkánov. Esse até mudou de sobrenome.

Pulkánov é um sobrenome raro; esse homem não estava entre os conhecidos de Drúskin, o sonho trajara com este nome, como um roupão de camuflagem, alguém que ficou desconhecido. Dessa vez ele conseguiu se esconder, não sabemos quem era; talvez, o próprio adormecido.

---

169 Diminutivo de Aleksandr.

SEXTO CAPÍTULO
Charlotte, ou desobediência

Gosto muito de livros, filmes, histórias que começam assim. Um homem chega, por exemplo, a uma pequena casa nos confins da França, abre a janela, sai à varanda, muda a mobília de lugar segundo seu gosto. Arruma seus livros, rasteja debaixo da mesa para ligar o computador, estuda o interior do armário desconhecido e entende qual xícara utilizará. Pela primeira vez caminha pela vereda do bosque até a aldeia, compra queijo e tomates, senta-se à mesa do único café local, toma vinho ou café, aperta os olhos ao sol, regressa. Olha para a televisão, para a janela, para um livro, para o teto. Se for, por exemplo, escritor, põe-se a trabalhar de manhã cedo.

Normalmente esse momento de felicidade inviolável – o trabalho que finalmente encontrou seu tempo e lugar, uma plena e beatífica quietude – é interrompido por um *evento* importuno. Os contos orientais têm um eufemismo polido para morte: chamam-na de "destruidor dos prazeres e separador dos grupos"[170], e essa me parece uma descrição precisa do mecanismo de construção do argumento, cuja eterna tarefa é abalar o patamar pacífico da pré-história de um jeito que faz com que tudo se mova

---

[170] *Livro das mil e uma noites* – Volume II, ramo sírio, tradução de Mamede Mustafa Jarouche (Globo, 2005), p. 117.

e os heróis finalmente rolem pela superfície inclinada, suscitando nossa irritação e simpatia. O que a literatura e a História oferecem nesses casos é bem conhecido, e acaba mal; a heroína não termina de escrever a página porque visitantes inesperados chegam de supetão; o herói não consegue ficar sozinho porque na vizinhança aconteceu um assassinato; o domingo se interrompe porque começou a guerra.

No final de 1941, Charlotte Salomon, aos vinte e quatro anos, faz uma coisa bem estranha. Ela de repente parte de Villefranche-sur-Mer, uma vila na Côte d'Azur em que se hospedava na casa dos avós; agora os acontecimentos têm outro nome, o dinheiro acabou, a avó morreu, eles agora são mantidos por misericórdia ou capricho, como outros judeus alemães, outrora respeitáveis, que agora não sabem para onde ir. Charlotte parte tão *de repente* como alguém que se levanta e sai de um quarto. Ela se instala na cidadezinha vizinha de Saint-Jean-Cap-Ferrat, e deixa de ver os amigos. Não dá para entender muito bem de que ela vive, mas, em compensação, sabe-se onde: em um hotelzinho, com o nome antigo de *La Belle Aurore*, a bela aurora. Lá ela passa um ano e meio, completamente sozinha, realizando aquele que será seu *grande trabalho* – uma obra com o título *Vida? Ou Teatro?*, consistindo de 769 guaches intercalados com textos e frases musicais. Existe ainda certa quantidade de variantes, material retocado que não entrou na coletânea principal; ao todo, foram pintados 1.326 guaches, alguns dos quais entraram na obra depois – o papel acabou e, perto do fim, Charlotte desenhava no verso de trabalhos rejeitados e, mais tarde, dos dois lados de cada folha.

Os guaches foram feitos em folhas de formato A4 com tamanha pressa que tiveram que ser pendurados nas paredes do quarto para secarem mais rápido, com papel vegetal, no qual estavam escritas deixas, rubricas da autora e o que podem ser consideradas instruções – indicações de que frase musical o leitor deve reproduzir em sua mente ao olhar para aquela imagem. Às vezes a tarefa torna-se mais complexa: à melodia, é necessário adicionar um texto, um *raiók*[171] torto e sarcástico sobre o motivo da *Habanera* ou do *Horst Wessel*. A música é uma participante com plenos direitos da narrativa que ela nos propõe acompanhar; as folhas têm um encadeamento temático, em três partes, um posfácio e até uma definição de gênero. É o *Dreifarben Singspiel*, uma opereta tricolor, o que deve evocar na memória *A flauta mágica*, de Mozart, o *singspiel* mais popular do cânone musical germânico, e ainda mais: a recém-proibida, que ainda soava em todos os ouvidos, *Die Dreigroschenoper* – a *Ópera dos três vinténs*, Weill-Brecht.

Você não chamaria de rara a música a que se refere Charlotte (ou CS, como ela assina seu *opus magnum*) – ela é o que *pairava no ar*, o que estava na cesta de consumo das pessoas de sua época, de Mahler a Bach, e vice-versa, do *schlager*[172] da moda à moleira de Schubert[173]. Sua tarefa é recordar (e travestir) o conhecido; porém, oitenta anos depois, quase não sobrou gente que reconheça essas melodias depois de três notas. O texto sonoro de base tornou-se não sonoro, subentendido. De certa forma, isso

---

171 Prosa rimada empregada no gênero teatral popular russo de mesmo nome.

172 Gênero de música popular sentimental e melódico da Europa Central e do Norte.

173 Referência ao ciclo de canções *Die schöne Müllerin* (*A bela moleira*, 1823), de Schubert.

se parece com a própria memória, com seus inevitáveis ensombrecimentos e correções: para falar com as palavras da própria Salomon,

> visto que eu mesma precisei de um ano para reconhecer o significado deste estranho trabalho, muitos dos textos e melodias, especialmente nos primeiros quadros, escapam de minha memória e devem – assim como toda essa criação, ao que me parece – ficar ocultas nas trevas.

Um tom elevado, rapidamente substituído por um trava-línguas escarnecedor, diálogos em diversas vozes que interrompem a voz do autor; tudo isso é mais compreensível quando você se lembra que se trata de teatro; veja a capa da peça, ou o pequeno programa, com caracteres encaracolados e monogramas, veja a lista de personagens, veja que, como na antiguidade, entram em cena o Prólogo e o Epílogo em pessoa, com suas advertências e explicações. A peça, contudo, não tem para onde se desenvolver completamente. O enorme volume de *Vida? Ou Teatro?* não pode ser examinado de passagem, manuseando, mesmo retê-lo nas mãos é difícil – ficar com ele do começo até o fim é um assunto que exige do leitor tempo e vontade.

Surpreendentemente, mesmo exibir direito essas obras é impossível, e não apenas pelo espaço colossal que elas demandam para ficar na sequência planejada, uma atrás de outra, seguindo a linha narrativa. A rigor, elas *demandam* algo grande: serem um livro cujas folhas viram-se uma depois da outra, de forma que a imagem transpareça através do papel vegetal, e a camada de texto interaja com a pintura – até o ponto em que a cortina se ergue e vemos o que foi desenhado, pelado: sem cobertura nem comentário. O complexo equilíbrio entre o texto manuscrito (nas palavras e frases-chaves ele muda de cor, às vezes algumas vezes por página), pensado como voz em *off*, e a *inserção direta* de imagens de reportagem não apenas dita o ritmo da leitura-contemplação, mas como que insiste: o que temos diante de nós deve ser julgado segundo as leis das artes temporais, a par de cinema ou ópera. Fazer isso com as forças de uma exposição de museu, evidentemente, é impossível; e eis que o primeiro romance gráfico da História parece uma série de esboços talentosos – e em nenhum lugar está presente em toda sua plenitude.

No Museu de História Judaica de Amsterdã, onde estão guardados os arquivos de Charlotte Salomon, foi-lhes reservado um estande onde, de mil e trezentos guaches, são apresentados oito – é perigoso mantê-los à luz por muito tempo, é preciso constantemente substituir umas folhas por outras. Dizem que lê-los como livro é ainda mais perigoso: cada toque nas páginas causa-lhes um dano irreparável. *Vida? Ou Teatro?*, sem ser visto *ao vivo*, conhecido por descrições e reproduções, revela-se uma espécie de texto sacro. É possível apelar a ele, é possível citá-lo ou interpretá-lo – mas a simples experiência de uma leitura contínua não é dada a ninguém.

A própria Salomon escreveu assim sobre seu desígnio:

> O surgimento destas obras deve ser imaginado assim: uma pessoa senta-se ao mar. Ela [assim está no texto] desenha. Subitamente um tema musical passa-lhe pela cabeça. Cantarolando-o baixinho para si mesma, ela de repente entende que a melodia corresponde exatamente àquilo que ela está tentando passar para o papel. Em sua cabeça forma-se um texto, e ela começa a entoar essa melodia, combinando-a com suas próprias palavras, uma e outra vez, até o

quadro parecer pronto. Frequentemente forma-se mais de um texto e, como resultado, surge um dueto, ouve-se até que cada herói tem que cantar seu próprio texto e, como resultado, forma-se um coro. [...] A autora tentou – o que possivelmente está mais claro na Parte Principal – sair completamente de si mesma e permitir aos personagens cantarem ou falarem com as próprias vozes. Para conseguir isso, foi preciso renunciar a muitas exigências da arte, mas espero que a natureza sentimental do trabalho faça com que isso seja perdoado. A autora.

*

"Natureza sentimental" é uma autoironia malvada; por outro lado, quando o assunto é *Vida? Ou Teatro?*, isso não é exagero, mas diagnóstico – a trama tem todas as qualidades indispensáveis de um romance barato, não é possível ignorá-lo, ele respira calor e frio. A narradora, que Salomon chama de Autora, desenrola diante do espectador uma história de algumas gerações, na qual encontram lugar oito suicídios, duas guerras, algumas histórias de amor e a procissão triunfal do nazismo. Quem sabe que o enredo segue de perto a história real da família de Charlotte (e a recepção da "opereta tricolor" como um relato autobiográfico é o resultado de tradições longevas) sabe também como a coisa terminou. Em setembro de 1943, os nazistas empreenderam a chamada limpeza da Côte d'Azur de judeus; os esforços do governo de Vichy pareciam-lhes, como foram, insuficientes, algumas dezenas de milhares de fugitivos viviam junto ao mar azul, como se nada ocorresse. A comparação dos judeus com insetos nocivos, percevejos e baratas, constante como o marulho do mar, naquela época já se cristalizara como identidade irrevogável, estava na hora de implantar a ordem. Os raides dirigidos por um homem chamado Alois Brunner revelaram-se bastante efetivos; entre outras, foi desinfectada a vila de uma americana, na cidade de Villefranche-sur-Mer. A vila chamava-se Hermitage, e lá, não especialmente escondido, morava um casal judeu – Charlotte Salomon e o homem com o qual ela se casara alguns meses antes. Foram atrás deles à noite, os vizinhos ouviram os gritos. Em 10 de outubro, o transporte de carga (algumas unidades, como escreviam nos documentos oficiais) chegou a Auschwitz. Nesse mesmo dia, 10 de outubro, Salomon, aos vinte e seis anos, viu-se no grupo dos que estavam sujeitos a aniquilamento imediato, na soleira do campo. Isso era raro: uma mulher jovem, cheia de forças, que ainda por cima sabia desenhar, tinha alguma chance de aguentar-se um pouco mais. Mas Charlotte estava no terceiro mês de gravidez; pelo visto, foi isso que decidiu a questão.

O reflexo do horror e da pena que nos sufoca ao nos depararmos com um conhecimento desses é forte demais, ele define muita coisa; a inércia de muitos anos faz ver no trabalho de Salomon uma confissão espontânea (e, por seu silêncio, sem artifícios) de um coração puro. Qualquer história de sacrifício está condenada a ser emblemática – uma seta apontando para o destino comum e para o perecimento comum "em bando e em bloco", como em Mandelstam. A história de Charlotte Salomon é descrita como típica – resultado de camadas alojadas umas sobre as outras, de condições políticas e culturais, de padrões irrevogáveis e terríveis. Foi exatamente contra isso que ela tentou se revoltar – e acho que considerava ter saído vencedora do combate. *Vida? Ou Teatro?* não é o testemunho dessa vitória, mas *a própria vitória*, o campo de batalha, a fortaleza tomada e a declaração de intenções em setecentos e sessenta e nove guaches. E mesmo assim ele frequentemente é percebido não como objeto, mas como material (que pode ser tratado como matéria-prima, ter fragmentos selecionados, o supérfluo cortado); não como realização, mas como testemunho (que pode ser esquadrinhado em diversos contextos genéricos), não como resultado, mas como promessa não cumprida – em suma, como documento humano. Não há nada mais distante da realidade que essa interpretação.

Quase qualquer texto escrito sobre ela nos últimos anos nos adverte contra uma ameaça visível: receber a obra de Salomon como a crônica de um perecimento composta pela vítima. O *singspiel* em quadros, escrito em uma Côte d'Azur bem antes do fim do mundo, não relata o Holocausto (embora, diferentemente da autora, tenha se tornado um *survivor*, aquele que sobreviveu apesar de tudo). Isso exige do leitor um esforço especial: diante dos trabalhos de Salomon, é indispensável simultaneamente lembrar e esquecer, saber e não saber de Auschwitz no fim do túnel. Assim, as páginas de *Vida? Ou Teatro?* têm papel vegetal translúcido com texto, através do qual vemos as imagens – mas em qualquer momento podemos remover esse filtro e ficar a sós com pura cor.

No verão de 1941, Charlotte Salomon estava fascinada e aturdida pela própria fortuna: pertencia àqueles poucos que tinham conseguido escapar da desgraça. Em seu texto, além do inicial "A ação acontece entre 1913 e 1940 na Alemanha, depois em Nice, França", surge depois mais uma datação estranha: "entre o céu e a Terra, depois da nossa era, no ano I da nova salvação." Assim poderiam ter descrito seu aqui-e-agora Noé e seus filhos, ou as filhas de Lote. Assim Salomon via a si mesma e sua situação; o mundo conhecido terminara junto com tudo que ela amara e odiara, eles morreram, desapareceram, estavam em outras regiões. Ela era uma espécie de primeira pessoa na terra nova, a destinatária de uma misericórdia inesperada, indescritível – fora-lhe concedido um mundo renovado, salvo. "Espuma, sonhos, meus sonhos numa superfície azul. O que faz com que vocês se moldem e remoldem a partir de tanta dor e sofrimento? Quem lhes deu o direito? Sonho, responda-me: a quem você serve? Por que você me resgata?"

Quando, logo depois da guerra, o pai e a madrasta de Charlotte conseguiram ir a Villefranche em busca de algo – vestígios, rumores, testemunhas –, veio-lhes às mãos uma pasta, a respeito da qual Lotte (assim chamavam-na em casa) dissera a um conhecido: "Aqui está toda minha vida." A lógica do *típico*, de que já falei, leva a buscar analogias, e elas estão ao lado: assim Miep Gies transmitiu a Otto Frank, que voltava do campo de concentração, os papéis dentre os quais estava o diário de Anne. Estranho que tudo isso tenha se desenrolado tão perto, ao alcance da mão – Albert Salomon e a esposa, durante a guerra, esconderam-se em Amsterdã, não longe da família Frank; foram os primeiros aos quais o pai de Anne mostrou seu diário – e, um pouco depois, decidiram todos juntos o que fazer com os desenhos de Charlotte. Posso vê-los sentados lá, ao longo dos anos 1950 ou 1960, pais que tinham perdido as filhas, tentando organizar seu destino póstumo. A primeira coletânea de Charlotte Salomon saiu em 1963, e até hoje espanta pela qualidade poligráfica; de mil e trezentas obras, lá estão apresentadas oitenta, e o livro se chama CHARLOTTE. *Diário em Imagens.*

Em imagens: como se se tratasse de uma menina muito pequena, talvez da idade de Anne Frank, ou ainda menor. Diário,

tradicional gênero feminino, uma espécie de espelho-espelho-
-meu: o discurso espontâneo e ininterrupto do sentimento, cujo fascínio está em seu caráter direto e simples. O diário de Anne, editado a ponto de mais consolar o leitor do que atormentá-lo, ressoava então pelo mundo inteiro, tornando-se a olhos vistos o texto mais influente sobre a Catástrofe – uma forma de pensar nela sem ter diante dos olhos os cadáveres, fossas, trilhos, movendo isso tudo para as últimas páginas do epílogo: e depois eles pereceram. Consciente ou inconscientemente, ele se tornou o modelo que tinham em mente os primeiros editores de Salomon, insistindo na identidade entre a Charlotte-autora e Charlotte Kahn, a heroína do livro, a jovem vítima que tanto prometia e tão pouco conseguiu.

A tradição estabelecida pela família insiste na plena correspondência entre a autora e a heroína (do diário) e, ao mesmo tempo, dá a entender que *de fato* tudo se passou de forma absolutamente diversa. Seja o que for que aconteceu na realidade, só sabemos que Charlotte queria contar essa história – a qualquer custo, disso ainda nos lembramos. O rumo planejado de *Vida? Ou Teatro?* é muito difícil de desfigurar, tem uma estrutura verificada, constituída de uma quantidade de subtrações (quem sabe disso são as cinquenta folhas que não entraram na versão final) – mas a lógica retificadora dos primeiros editores não se constrangeu em cortar na carne viva, em fazer fragmentos de guaches acabados passarem pelo todo, com sua composição refinada, em riscar ou reescrever réplicas. Dito isso, tiveram mais dificuldades do que os editores do diário de Anne Frank. Lá foram submetidos à censura elementos pontuais do texto: más palavras endereçadas aos alemães e à língua alemã, coisas ofensivas ditas sobre a mãe, uma tagarelice sobre anticoncepcionais, demasiado explícita para aquela época – e, o que é interessante, quaisquer referências a realidades do mundo judaico incompreensíveis ao leitor mais geral, como o Yom Kipur.

No *singspiel* de Charlotte Salomon, *tudo* se opõe à intervenção – e antes de tudo, o próprio desígnio da autora, que se resume a novamente projetar diante dos próprios olhos a história de uma família como se todos já tivessem morrido, incluindo ela mesma, e nada disso a tocasse mais. Submete-se a revisão (e à reelaboração dupla de *ridicularização e distanciamento*) tudo que aconteceu com eles a partir do final dos anos 1880, mortes, casamentos, amizades e novos casamentos, esperanças de carreira e amor pela arte. A rigor, esse tipo de crônica, descrevendo a vida de algumas gerações como um movimento rumo a um fim inescapável, foi o que deu o Prêmio Nobel a Thomas Mann. Na verdade, a escrita dele era muito mais conservadora.

*

É possível contar isso desta forma, por exemplo. Em uma antiga família judaica, digna e assimilada, em cujas paredes estão pendurados retratos, óleos sobre tela, e que vai para a Itália como quem vai para a *datcha*, que acende velas no pinheiro no Natal e, em momentos sentimentais, canta *Alemanha acima de tudo*, há suicídios demais. Não nos lembramos dos irmãos e dos outros parentes – mas eis que uma das filhas, a mais triste, sai de casa em uma noite de novembro e se afoga no rio. Alguns anos depois, casa-se a segunda, a irmã alegre, porém, oito anos mais tarde, ela promete à filha que lhe enviará uma carta do Paraíso

– e sai pela janela aberta. Não dizem nada do suicídio à filha, ela considera que a mãe morreu de gripe.

Mudam as governantas, há viagens à Itália, a menina cresce; ela se chama Charlotte, como a tia morta e a avó viva, a série de Charlottes não deve ser interrompida. Certa vez, seu laborioso pai ("Apenas não me distraia, e virarei professor universitário!") encontra uma elevada façanha da cultura, uma mulher loira que canta Bach. Em *Vida? Ou Teatro?* ela tem um nome de palhaço, Polinka Bimbam; aqui é preciso advertir que, por um ou outro motivo, os heróis que têm relação com o *palco* têm sobrenomes dúplices, de opereta, retinindo sinetas (ou correntes, entenda como quiser) cômicas: Bimbam, Klingklang, Singsang, mascarados de natureza dúplice, totalmente diferente das outras pessoas. Na realidade, a estrela chamava-se Paula Lindberg, e esse nome também é irreal, ela era judia, filha de um rabino chamado Levi. Como todas as outras pessoas na vida de Salomon. "Devíamos nos lembrar de que eles viviam em uma sociedade constituída exclusivamente de judeus", ela escreve a respeito de sua família, dez anos depois.

O casamento da ciência e da arte (da medicina e da música, de Albert Salomon e Paula Lindberg) agradava, mais do que todos, à Charlotte de catorze anos; não há como descrever sua relação com a madrasta senão como uma paixão, com o passar do tempo cada vez mais consciente e carregada de todas as mercadorias correspondentes: exigências, ciúmes, saudades. Lindberg preparara-se para substituir a mãe da menina órfã. Em vez disso, aguardava-a uma amizade-adoração incandescente, entusiasmada, fascinante e torturante para ambas. A única fonte nítida aqui é mesmo *Vida? Ou Teatro?*, onde muita coisa pode ter sido distorcida voluntária ou involuntariamente; o que não dá para confundir é o grau de atenção que o romance (a opereta?)

confere a Polinka. Seus retratos, que com uma precisão assustadora reproduzem as mudanças e expressões do rosto de Paula Lindberg, são centenas (quando você assiste a uma entrevista em vídeo feitas décadas depois, são a primeira coisa que você reconhece: o rosto envelheceu, a mímica continua a de jovem); há uma página cheia até a borda de corpos e rostos desenhados de Polinka, sombrios, lânguidos, entusiasmados, desanimados, ensimesmados; no centro, está colocada a versão oficial – um cartaz com um retrato de gala e os nomes das cidades em que ela teve êxito. No *singspiel*, ocupa um espaço maior apenas seu principal herói e destinatário, Amadeus Daberlohn (Alfred Wolfsohn).

No *corpus* principal de *Vida? Ou Teatro?* não entrou o *texto pintado* de muitas páginas, pensado como epílogo, mas constantemente transferido para uma carta destinada a Wolfsohn, de cujo destino ela nada sabia. Trechos desta carta podem ser vistos no *site* do Museu de História Judaica de Amsterdã; ela nunca foi publicada por inteiro – mas foi mais de uma vez recontada e citada. Em determinada etapa do trabalho em *Vida? Ou Teatro?*, a artista entendeu seu grande texto como uma réplica de seu diálogo com Wolfsohn, como um meio de demonstrar a ele sua própria capacidade de regeneração. O relato tinha um destinatário, um homem que Charlotte considerava ou queria considerar seu amante, desenrolando, em dezenas de cenas, uma versão da *indivisibilidade*: do abraço à fusão.

É possível que isso explique por que os guaches consagrados a Polinka Bimbam exalam obsessão erótica, mas o tema nunca atravessa a fronteira depois da qual essas relações poderiam ser chamadas de amorosas; a narradora intencionalmente mantém o relato nos limites, não pormenoriza nada e alude a tudo ("nossos apaixonados voltaram a se conciliar"). A folha fixa em câmera lenta o movimento de duas mulheres, uma na direção da outra – a menina em seu quartinho azul-celeste, a madrasta junto à sua cama, um *storyboard* fixando nove estágios de um único abraço, Polinka inclina-se, a enteada faz um movimento em sua direção, revela-se de repente muito pequena, um bebê nos braços maternos. O abraço torna-se completo – o rosto de Polinka no peito de Charlotte, o tecido branco do lençol floresce em rosa. Na última imagem, embaixo da folha, já não vemos o pijama azul da criança: braços e ombros de ambas as mulheres estão nus, os olhos de Charlotte, semicerrados, o cobertor intumesce em uma onda rubra. A extrema franqueza desta cena não tem nenhum equivalente verbal; e tudo que fica sem nome não existe plenamente.

Ficam também sem esclarecer – um território para suposições e projeções – as relações entre Daberlohn e Polinka. O que é extremamente importante para texto e narradora é apresentá-las como triangulares, onde Charlotte forma um lado importante: uma rival igual e adulta. O professor de música que prometeu a Polinka Bimbam tornar seu canto perfeito não tem como não amar a cantora; tanto porque no mundo do *singspiel* ela é irresistível, como cabe a uma divindade indiferente, quanto porque a paixão dele é o combustível que a ajuda a decolar. O fato de que, além disso, ele ainda tenha atenção para reparar na menina com seus desenhos, e tempo para ter um romance em separado com ela, com passeios e conversas, não causa até então nenhum espanto em Charlotte – ela experimenta uma profunda gratidão. Ele escreve um livro, ela o ilustra; costurada com espaço para crescer, sua relação confere sentido à existência dela. Ela recorda e habita as teorias dele; suas palavras sobre ser impossível começar a vida sem passar pela experiência da morte (e a necessidade de *sair de si*, e sobre o cinema como uma máquina inventada pelo homem para deixar seu "eu" para trás) tornam-se as costelas nas quais se apoiam o imenso corpo de *Vida? Ou Teatro?*. Seus encontros no café da estação (em outros, os judeus são proibidos) e em bancos de parques (também proibidos, mas arrisquemos) estão colocados no centro-coração do texto – junto com centenas de rostos de Daberlohn, emoldurados por palavras de pregação dele sem artifícios.

Tudo isso acontece contra um fundo de multidões a marchar, de bocas escancaradas em grito, e crianças a se gabarem de canetas confiscadas em uma loja de judeus. Em uma das folhas, retratando Berlim na época da Noite dos Cristais, entre tabuletas das lojas condenadas (Cohn, Selig, Israel & Co.) há mais uma que leva o sobrenome nada ambíguo de Salomon. Para descrever o que aconteceu então em seu círculo, Charlotte inventa a combinação de palavras *menschlich-juedischen*: está falando das almas humanas-judias, como se se tratasse de um híbrido selvagem, submetido a observação e estudo. Bem, no geral foi isso mesmo.

Em 1936, a judia Salomon ingressou na Academia de Artes de Berlim, situação impossível segundo as leis de então, e explicável talvez pela bravura insana que conquista cidades, e pela confusão geral em face de tamanho desplante. Depois, a administração teve que se explicar, e a formulação da resposta é digna de menção: Charlotte fora admitida às atividades por força de sua assexualidade – como notoriamente incapaz de provocar o interesse dos estudantes arianos. Em *Vida? Ou Teatro?* é descrito um diálogo travado entre ela e a comissão de admissão. "Vocês aceitam judeus?" – "A senhorita provavelmente não é judia" – "Claro que sou judia" – "Bem, é irrelevante." Uma colega à qual são dedicados alguns guaches lembrava-se dela sem especial simpatia: quieta, sempre de cinza, tal e qual um dia de novembro.

Três anos depois, Charlotte é mandada à força, contra sua vontade, para a França, para a casa dos avós, gradualmente empobrecidos, mas ainda tentando conservar seu estilo de vida habitual. No livro publicado em 1969, a folha em que ela se despede de Daberlohn (mais um abraço silencioso, remetendo a Klimt) é chamada de fantasia; Paula Lindberg assegurou até o leito de morte que o triângulo amoroso do *singspiel* era *wishful thinking*, invenções de adolescente, nunca houvera nada daquilo. Nas folhas seguintes, há a despedida geral na estação, o pai arqueado, recém-saído de Sachsenhausen, a madrasta de peliça de vison, os óculos redondos de Daberlohn.

*

A *natureza sentimental do trabalho* de Salomon incentiva o desejo do leitor de ver nele um relato lírico, uma espécie de romance de amor. Em inglês, esse gênero é designado com a palavra ampla *romance*[174], que subentende não apenas um núcleo narrativo imutável, como um sistema de ênfases, subordinando tudo que há no livro ao principal, o interesse amoroso. Essa palavra, ademais, encontra-se em um importante trabalho de Freud – o breve artigo de 1909 *Familienroman der Neurotiker*, que, na clássica tradução inglesa, chama-se assim: *Family romances*[175].

---

174 Com caracteres latinos no original.
175 "O romance familiar dos neuróticos", tradução de Paulo César de Souza (Companhia das Letras, 2015), em *Freud: Obras completas, volume 8*.

O assunto aí é certo estado do desenvolvimento em que a criança para de acreditar que ela, que é tão especial, pôde nascer de seus pais medíocres, e cria novos para si: espiões, aristocratas, divindades, imaginados à sua imagem e semelhança. Ela se considera uma vítima das circunstâncias, de um rapto, de um engano monstruoso – um herói romântico, colocado à força no interior de uma peça realista. Em um poema de juventude, Pasternak fala disso com entendimento, como uma experiência geral e inescapável: "parece que a mãe não é mãe, que você não é você, que a casa é estrangeira"[176].

O argumento do *singspiel* de Salomon, com seus anjos suicidas, a madrasta que parece uma fada madrinha e o professor de música mágico, parece esse tipo de *romance*, e volta e meia me apanho nessa palavra, como se o assunto do livro fosse um bem-me-quer-mal-me-quer. Isso, naturalmente, é um equívoco; não há nada mais distante de *Vida? Ou Teatro?* que a história da enteada virtuosa, Cinderela ou Branca de Neve. Esse texto tem estrutura e impetuosidade de um épico: é o velório de um mundo desaparecido. Charlotte Salomon, de forma consciente e consequente, escreve a história da desintegração e ruína de sua classe – a única que ela pôde conhecer. A burguesia judia esclarecida, elevada, de gosto fino, hábitos caros e preceitos positivistas (a vida deve continuar, diz o assustador avô de Charlotte após o suicídio de sua filha; não dá para escapar do que tem que ser, afirma em 1939, quando as trevas se adensam; todo o natural é sagrado, repete) em uma questão de anos transformou-se em uma curiosidade: em *ex*-pessoas, vivendo por inércia e morrendo

---

176 Pasternak, *Assim começa. Aos dois anos.*

por vontade própria. Charlotte Salomon tornou-se a cronista da época da desagregação, dos profundos desentendimentos, das tentativas penosas de conservar a dignidade, observando tudo isso por cima da mesa de jantar.

E mesmo assim, o odiado avô, sem querer, deu à neta um presente incrível e desalentador, que propiciou à artista a possibilidade de uma nova vida. Em dado momento, sem circunlóquios, ele desembuchou à jovem toda a história familiar, da qual ela não suspeitava – oito suicídios colocados em sequência pareciam um convite: você é a próxima. É espantoso, mas o *conhecimento* do que acontecera, ao se tornar visível, teve o efeito oposto. Em um dos guaches, Charlotte, curvada sobre uma panela da cozinha, diz a si mesma, literalmente, o seguinte: "Como a vida é maravilhosa. Eu acredito na vida! Viverei por todos eles!"

Assim, a partir de uma revelação inesperada, começa a se desdobrar o enorme sistema de *Vida? Ou Teatro?*. A história do clã é vista à parte – pelos olhos de uma pessoa que perdera a ligação com o velho mundo.

> Minha vida começou quando minha avó resolveu dar um fim em si mesma... quando fiquei sabendo que minha mãe também privou-se da vida... Foi como se um mundo inteiro, em seu horror e profundidade, se abrisse diante de mim. [...] Quando tudo estava terminado com minha avó, e eu estava diante de seu corpo ensanguentado, quando vi seus pequenos pezinhos, ainda a se moverem no ar, estremecendo por reflexo... quando joguei um lençol branco em cima dela e ouvi meu avô dizendo "Contudo, foi ela quem fez isso", entendi que eu tinha uma tarefa, e nenhuma força no mundo me deteria.

*

O diretor do museu de Amsterdã diz em algum lugar que o problema de *Vida? Ou Teatro?* consiste em que não há com o que compará-lo: na pintura mundial, ele quase não tem correspondentes. A solidão deste trabalho coincide de forma estranha com o afluxo de interesse massivo na história que ele conta; a artista revela-se mais um ícone do sofrimento coletivo, uma *figura importante*, uma proposta de roteiro de filme hollywoodiano, mas não pelo que ela fez, e sim pelo que fizeram com ela.

Gostaria de falar do *singspiel*, de sua complexidade e brilho, como se ele não estivesse ligado de forma alguma à história de sua criadora, porém vê-se que não é possível, de jeito nenhum. Pelo visto, há algo no caráter da própria obra que impele a buscar outro tipo de filtro para ela, para facilitar a leitura, e daí rejeitá-lo com indignação. Não, isso não é uma autobiografia, embora pareça-o terrivelmente. E não é uma sessão de autoterapia da qual nos tornamos testemunhas, nem uma tentativa de superar um trauma (embora a própria Charlotte diga constantemente que essa obra não é um fim, mas um meio). Não é sequer um texto antinazista – os nazistas de *Vida? Ou Teatro?* não são mais ridículos e terríveis do que outros participantes da ação geral. "Eu fui cada um deles" – afirma a autora.

Mas claro que também isso não é verdade. Tudo que foi e não foi designado está presente aqui: a escrita traumática, aquilo que pode ser chamado de ótica feminina, a marca da Catástrofe e a mentalidade infantil mágica – como eu desenho, assim será. Todas as formas de leitura são razoáveis e embasadas por si sós; o que incomoda aqui é a falta de correspondência entre a escala do *singspiel* e sua recepção. Vasculhemos os arquivos do mundo masculino, imaginando que todo o *corpus* de textos que interpretam *Em busca do tempo perdido* resuma-se à biografia proustiana: Proust e o judaísmo, Proust e a homossexualidade, Proust e a tuberculose. A *obra* planejada e realizada por Charlotte Salomon é muito maior do que seus reflexos.

Continuo querendo falar sobre o *singspiel* de Salomon, com sua moldura teatral minuciosamente planejada, como literatura: com as palavras *texto, livro, ler*. Talvez a questão seja que seu espaço sinuoso coincida com os contornos do romance clássico do século dezenove, do tipo dos que vovó e vovô liam para ela, que foi continuado por Proust, Mann, Musil. Retificando: aqui não há, ao que parece, nenhuma referência à literatura e aos literatos – perante dezenas de alusões e citações diretas a música e pintura. A literatura é invisível e perceptível, como o ar que você respira nas conversas dos adultos; a opereta é a irmã caçula dos Kariênin e Dombeys, agitada pela mesma questão imutável – o tema magistral de um mundo que está a desaparecer. Charlotte Salomon disseca a instituição da família burguesa, descreve sua câmara de tortura, os mecanismos carinhosos de pressão e exclusão. O fato de que o objeto de sua observação tenha se tornado sua própria história parece impedir de ver, por detrás do texto, seu modelo submerso: o "grande romance", em que tudo é sintoma e tudo é sentença.

A ordem mundial que Salomon combate revolta-a, ao que parece, justamente por estar condenada e não poder se bater por si, ocupada com o autoengano, agarrando-se a ninharias. Junto ao leito de hospital da era agonizante, ela mesma não sabe se a ama ou odeia, se deve salvá-la ou liquidá-la – e resolve renegá-la, amaldiçoá-la, entregar todos seus segredos terríveis. *Vida? Ou*

Teatro? pode ser comparada com as histórias em quadrinhos, em moda naquela época, e com os romances gráficos contemporâneos, mas isso também seria impreciso: em todos os casos mencionados, a representação baseia-se não apenas na sequência cronológica dos quadros, na cadeia que eles formam, mas também em haver fronteiras entre eles. A fronteira, a linha de passagem é o que faz do conjunto de representações um itinerário, e ajuda o espectador a se mover de quadro em quadro, protegendo-o de mal-entendidos e perda de foco.

Com Salomon, todas as fronteiras são removidas, e cada folha pode ser infinitamente esquadrinhada, como um nó em oito ou uma fita de Möbius, onde tudo acontece simultaneamente: um mesmo e único personagem realiza uma série de ações quase indiferenciáveis, como se a autora quisesse conservar para a eternidade todas as fases de seu movimento. Só é possível supor quanto tempo passa entre um movimento e outro, meses ou minutos, acontece tanto uma quanto a outra coisa. A coexistência de algumas camadas temporais na mesma obra deixa o tempo do *singspiel* especial, sem nada parecido – talvez com o tempo anelar do poema, cujo ritmo temporal é determinado pela respiração do leitor. O que Charlotte retrata – o passado absoluto, sua cápsula de luz – é um lugar tão afastado que tudo nele acontece simultaneamente, o próximo e o distante; o começo de uma frase principia a soar de novo quando você ainda não terminou de falar.

É muito apertado nesse lugar, nesse mundo; pessoas conhecidas e anônimas rodopiam e multiplicam-se; com uma pequena lista de personagens, a sensação de apinhamento é tão grande como se estivéssemos em uma estação, ou às margens do rio Lete. A extensão do tempo é aí exibida com extrema concretude

– sua repetitividade, sua monotonia, seu saco transparente cheio de corpos, gestos, conversas. E todo esse espaço é preenchido por uma cor saturada, fisicamente irresistível – vermelho, azul, amarelo e todas suas combinações. A função de cada cor no universo de Salomon é descrita detalhadamente por Griselda Pollock; cada herói é dotado não apenas de uma frase musical, como de um código de cor:

> cor azul para a mãe, amarelo para a diva, para a mulher de voz de ouro; [...] e vermelho para o fantasista tagarela, o profeta louco, que pregou a arte de viver depois de passar, como Orfeu, pela morte: para o inferno, e de volta. A mistura de vermelho e amarelo significa ainda a ameaça de morte e loucura [...].

Mas a força da obra também consiste em como ela resiste a qualquer interpretação, antes de tudo à proposta pela própria narradora, citando, como um texto sagrado, a teoria de seu herói – aquele que, na página vizinha, aperta-a contra a parede do corredor escuro: "Que pescoço você tem! Sua mãe não vai chegar logo?"

Essa, pelo visto, foi também uma das principais tarefas do texto pintado e dos desenhos falados: a rejeição da capacidade de julgar. Qualquer ponto de vista é aqui entendido como exterior; tudo que acontece não tem motivação, nem explicação, e encontra a malícia gelada do observador. Se Charlotte de fato atribuiu funções mágicas ao seu trabalho, não se enganou; ela conseguiu trancar o passado em um quarto, de modo que até hoje dá para ouvi-lo se revirando por lá e batendo nas paredes.

Para o ouvido russo, a palavra alemã *Erinnerung*, memória, tem uma outra ressonância: o voo das Erínias, as deusas vingadoras, que se lembram e perseguem o culpado por todos os cantos do mundo, onde quer que ele tente se esconder. A memória longa, sua capacidade de alcançar aqueles que tentam se afastar dela, depende diretamente de nosso poder de nos virarmos e irmos ao seu encontro. É o que faz a heroína de *Vida? Ou Teatro?* ao se ver diante da escolha: "dar um fim em si mesma ou empreender algo absolutamente louco" – tornar-se cada um dos que conhecera, falar com as vozes dos vivos e dos mortos. Nesse ponto, entre ela e a autora já não há fronteiras.

NÃO CAPÍTULO
Os Stepánov, 1980, 1982, 1983, 1985

1.
Ao meu avô, Nikolai Stepánov, da sobrinha. Carta sem data, pelo visto, julho de 1980. Em maio de 1980, morreu minha avó, pequena, redonda e de olhos grandes, Dora Zalmánovna Stepánovna, Axelrod quando solteira. Ela tinha a mesma idade do vovô Kólia, ambos nasceram em 1906; ele viveu cinco anos mais que ela.

Galina, filha da irmã favorita de vovô, Macha, morava com ela na vizinhança, na aldeia de Uchakovo, na região de Kalínin[177]. Anteriormente, era uso na família escreverem muito e com frequência uns aos outros. Neste verão, vovô interrompeu a correspondência com a irmã e ficou calado por muito tempo.

Olá, querido tio Kólia.
Recebi a sua carta. Ficamos sabendo da morte da tia Dora por sua carta à mamãe. Foi tão inesperado. Antes disso, mamãe recebera uma carta cheia de esperanças, e de repente um desfecho desses. Ficamos muito abalados, ainda mais porque a carta chegou muito tarde, e é estranho o senhor ter informado por carta. Afinal, não somos gente de fora. Há quantos anos conhecemos tia Dora, e queríamos acompanhá-la da

---

[177] Que se chamou assim entre 1931 e 1990, quando retomou o antigo nome de Tvier.

última jornada de forma cristã. Não consigo imaginar que a tia Dora não está viva. Embora há tempos não a visse, vejo-a claramente viva, agitada, solícita. Tio Kólia, escrevi-lhe uma carta imediatamente, mas depois rasguei. Não sei consolar. Nesses casos, todas as palavras parecem--me vazias, insensatas. A consciência de que essa separação é para sempre, eterna, acaba comigo. Tive que me defrontar plenamente com a palavra morte pela primeira vez em 1948. Eu entendia que era possível [morrer] e que as pessoas morrem de velhice e são mortas na guerra.

Mas minha irmã de 18 anos era tão querida, tão próxima, quente e, de repente, já não existia. Eu não conseguia me conciliar com isso, eu corria pelos arbustos da aldeia, arranhava a terra, chorava, gritava, orava a Deus para que ele revivesse Lúcia. Eu nunca proferia seu nome em voz alta, mas noite e dia ela ficava diante de meus olhos. À noite, eu chorava antes de tudo baixinho, baixinho, para que nenhuma alma me ouvisse e, esgotada, adormecia em um sono pesado. Assim, cresci como uma criança fechada, e depois disso fugi ainda mais para dentro de mim mesma, e talvez só meu pai me entendesse, mas nos afastamos um do outro, e cada um de nós carregou seu fardo sozinho. Atormentava-me, o que me atormentava, era uma vergonha, ou o que, não sei como chamar esse sentimento que vinha de ela ter morrido, e não eu. Mais de uma vez, em minha cabecinha de criança, batia uma ideia terrível, nada infantil: morrer, mas quando eu estava quase pronta a fazer isso, ficava com pena da minha mãe e do meu pai. Se tivéssemos chorado todos juntos, pranteado, poderia ter sido mais fácil. Mas todos nós somos reservados, e levamos na alma tormentos do inferno, angústia, gritos sufocados. E depois, 1960, 1963, 1966. Perdas irrecuperáveis, inabarcáveis pela razão. Eu não sei tranquilizar, tio Kólia, e só escrevo isso porque sei o valor dessas perdas e não tenho palavras de consolo, simplesmente me entristeço junto com o senhor e entendo o seu pesar.

Na memória do coração sempre estarão vivas as imagens dos entes queridos, enquanto nós estivermos vivos, e o amargor, a dor da perda também estarão sempre conosco. Venha para nossa casa, talvez entre as pessoas o senhor se sinta mais aliviado.
Venha. Beijo, Gália.

2.
De meu avô à sobrinha Galina. Esboço inacabado. Junho de 1980. Minha tia Gália, que tinha então cinquenta anos e também é assunto da carta, nessa época lidava com o pesar à sua maneira; ela não se dava com meu avô, que era inflexível em suas apreciações e exigências, e se passaram meses até que eles se entendessem.

Você escreve, Gálotchka, que teve que se encontrar com a morte em 1948, quando morreu Lúcia, se eu não me engano... Dora e eu tivemos a felicidade de evitar esse encontro até maio de 1980. Lembro-me como isso aconteceu, e não vou dizer. A família de minha Macha, ao longo de uns trinta anos, talvez menos, foi abalada por funerais: um, dois, três. Isso é o que eu sei. Sim! As perdas foram pesadas. Para nossa felicidade, não experimentamos nada disso. Até esse ano, todos estavam vivos – estavam ali. Tanto mais dura nossa perda, tanto mais dolorosa. Passaram os primeiros 23 dias da primavera, dias de sol, desde que Dora nos deixou. E eu até agora não consigo me conciliar com isso. Imagine, desde o amanhecer até as 7 da noite, 5 dias por semana, eu, um homem saudável, não encontro lugar para mim nesse apartamento vazio. Antes, estivesse onde estivesse, ocupasse-me do que me ocupasse, eu sabia que estaria em casa, que me esperavam e que, quanto antes chegasse em casa, melhor. Mas agora não tenho mais pressa, pois tanto faz, nin-

guém me espera. É duro, Gálotchka, não dá nem para dizer. E imagine que experimento o mesmo sentimento que o seu... Porque quem morreu foi ela, e não eu. Afinal, como mãe, como avó, era mais necessário que ela ficasse entre os vivos do que eu. Por mais que eu queira, não posso substituí-la em parte alguma.

E veja com que espírito, em que estado tenho que viver. E ainda há uma circunstância importante; durante a vida da vovó Dora, não tínhamos intimidade com Gália. Por muitas vezes apontei-lhe para sua relação indiferente para com a própria mãe, para a ausência, por sua parte, de ajuda no trabalho, em casa, na cozinha... E não havia como isso não se manifestar em nossas relações. O caráter de Gália não é simples, é fechado, ela é muito próxima do irmão desde a infância. Eu não partilhava de sua atitude livre com relação às obrigações domésticas, mas a mãe protegia-a e fazia tudo sozinha, considerando que ela se cansava o suficiente no trabalho e nas longas viagens de metrô, de ida e volta para o trabalho. E então agora se manifesta esse alheamento entre mim e ela.

Certa vez, em um encontro no hospital, tia Dora me exprimiu sem rodeios seu desejo com relação à nossa vida sem ela. Ela disse, diretamente: "Para qualquer eventualidade – quem sabe como minha operação vai acabar? –, quero que você saiba do meu pedido. Cuide de Galka, você só tem a ela. Ela é reservada, e não espere que ela lhe peça. Faça por si só, a vida dela não é nada fácil." E quando repliquei "ora, por que diz isso, tudo vai acabar bem e você estará conosco em casa", ela me respondeu que não sabia o desfecho da operação, mas que manifestara seu último pedido.

3.
Pelo conteúdo, a data é julho de 1982, estava viajando com meu pai para algum lago, Galka estava em um sanatório. Em dois

pedaços de papel sulfite presos com clipe de escritório, a caligrafia firme de meu avô: "Folha de diário." O assunto é, como depois dá para entender, a minha mãe.

Como homem de senso de responsabilidade desenvolvido, à espera da chegada de uma pessoa mais do que querida fiquei, até as quatro horas do dia de hoje, realizando o grande trabalho de deixar o apartamento com um aspecto digno. Hoje o trabalho foi continuado para que eu pudesse recebê-la sem enrubescer, embora eu seja uma pessoa do gênero masculino, e não uma mulher com experiência e destreza. Também me tomou muito tempo e subtraiu-me muita força. Mas fiquei seguro de que o esforço compensou, e não teria vergonha de recebê-la em minha casa.
    A coisa foi feita. Mas... Em vão.
    A amiga não apareceu.
    Aquela que tanto esperei, por causa da qual andei para cá e para lá, esforçando-me para que esse encontro ocorresse da melhor forma...
    E ela, que mencionara a segunda-feira como o dia em que poderia satisfazer meu desejo
    ... não apareceu.
    Ela evidentemente não admite as relações que foram criadas e mantidas mutuamente entre uma mulher que ama O moscardo[178] *e seu simples amigo, sem aspas, que figura no livro como médico... que*

---

[178] Romance revolucionário de Ethel Voynich (*The Gadfly*, 1897) que foi bastante popular na Rússia, recebendo diversas adaptações cinematográficas, uma das quais (Aleksandr Faintsimmer, 1955) com trilha sonora de Chostakóvitch. *O moscardo* é o pseudônimo de Felice Rivarez, o ativista radical que é o protagonista do romance, ambientado na Itália do século dezenove. Os demais personagens a que se faz alusão nesta passagem são Zita Reni, sua amante, e o médico Riccardo.

a amava, cuidava dela e não lhe exigia nada em troca. Ela sabia disso e era para ele uma amiga, uma camarada... e até sinceramente grata.

4.
De Nikolai Stepánov para Natália Stepánova
Vovô escrevia para Miskhor, balneário da Crimeia em que descansávamos em junho de 1983; é possível que a carta não tenha sido enviada – trata-se de um esboço, e não há uma variante passada a limpo nos papéis de mamãe.

Moscou 5/06/83.
Olá, "sulistas" do meu coração, queridas Natáchenka e Máchenka!
Olá! Muito obrigado pela carta que recebi de vocês, "sulistas", ontem à noite. Obrigado. Acreditem que ela trouxe ao destinatário um sopro de alívio e removeu completamente, com a bondade e calor de suas mãos, o peso que se aninhara dentro de meu coração... e eu rejuvenesci. Mil vezes obrigado, Natáchenka, por essa operação "séria" no coração de um homem. E, se eu fosse um homem de fé, poderia dizer, "que Deus dê felicidade a você e a todos os entes queridos". Obrigado. E, mais uma vez, obrigado.
A natureza da Crimeia, o mar, eu imagino bem, pois nos bons e velhos tempos Dora e eu uma vez passamos férias aí e não ficamos onde estão agora, mas morávamos em uma bela casinha privada, com uma senhoria da Ucrânia, muito cuidadosa, hospitaleira e bondosa. Isso foi há muito tempo, nos queridos dias de nossa juventude, numa época em que os dois jovens ainda tinham tudo pela frente. Enquanto eram livres e nada os prendia. Sim, e a época era então significativamente mais simples. E nós dois éramos

da juventude comunista, sem filhos, sem grandes preocupações, e nada nos pesava. Começamos nossa nova vida – a familiar. E eis que ontem o seu postal simples, recebido da Crimeia, alvoroçou minha memória. A sua carta foi a primeira coisa, por assim dizer, que sacudiu minhas recordações, recobrei o ânimo de alguma forma, e fiquei longamente sem conseguir conciliar o sono. Fiquei todo no passado, na época de minha juventude com Dora. Só por isso – sem falar que, estando aí, no sul, em um ambiente com essa natureza, você não se esqueceu de que, no mundo, em uma das cidades mais importantes do mundo, existe um Nikolai ou, de outra forma, um "vovô Kólia" –, minha linda Natáchenka, querida do meu coração, eu lhe sou imensamente grato. A isso quero ainda acrescentar que aprecio altamente sua simplicidade, sua sinceridade, o fato de você existir nesse mundo e de justamente você, Natacha, ser a mãe da minha (Dora provavelmente se uniria a essas palavras de minha carta), da nossa primeira neta. Diziam de Vladímir Ilitch Lênin que ele era "simples como a verdade". No meu entendimento, considero que essa é uma das principais qualidades de uma pessoa.

Tudo que escrevi no começo – tudo isso é verdade. Minha natureza é a mais comum, corriqueira, russa, mas com peculiaridades. Essas peculiaridades não residem apenas na simplicidade e acessibilidade, mas também no fato de que, àquele que me chega à alma, abro meu coração e me confio. E, a propósito, fiquei contente não apenas com o seu postal, com esse simples documento, mas também por eu não ter me enganado a respeito das suas qualidades de amizade. Em nosso tempo, com tudo que passamos, não há muita gente com que possamos contar, em que se possa confiar. Estou feliz por você ser assim. Olhando para trás, posso dizer que o tempo todo falaram-me à alma moças simples, sinceras, sérias – mulheres com as quais era possível rir, mas também falar com seriedade, profissionalmente. Que inspiram confiança e algo nada irrelevante – respeito. Muito infelizmente, hoje muitos jovens de ambos os sexos são inescrupulosos, não sabem corar, envergonhar-se. É isso, Natáchenka! Minha querida mamãe de minha primeira neta na vida.

5.
Esboço de carta à irmã, não há data – mas acho que é 1984, ou até 1985, quando vovô perdia aceleradamente a memória e tornava-se cada vez mais triste e alheado.

Moscou. Domingo. Dia 16 do mês corrente! Minhas imensas saudações e melhores votos. Olá, querida irmã Máchenka! Como passa, como está, qual a sua condição, está bem de saúde? E, como antigo professor, pergunto: como andam os êxitos, qual o aproveitamento dos seus alunos? Que aulas você dá na escola, quantos professores há no seu coletivo, quais suas atividades no passado, há alguns em que seja possível se amparar plenamente no trabalho, e também na vida? Sua escola tem organização partidária própria, ou os seus pedagogos comunistas têm o registro partidário em outro lugar? Quem dirige a escola: um s/p[179] ou um comunista, e como são suas relações na vida, no trabalho? Eu, pecador, não a vejo há tanto tempo que... não consigo sequer imaginá-la viva, ocupada com o trabalho. E ainda como <u>velho</u> Professor e administrador, interesso-me pelos conflitos e suas causas. E mais uma última pergunta: o coletivo tem amizade entre si? Na sua escola, o trabalho

---

179 Sem partido.

é em um ou dois turnos? Sim! Mais uma pergunta – a quantidade de professores, e o que tem mais, homens ou mulheres? E a pergunta principal: como são as relações entre os trabalhadores: entre vocês, e entre vocês e a administração?

E uma última pergunta pessoal a você – por que, desde o começo do ano letivo, você não escreveu nenhuma vez uma carta a seu irmão? Procurei longamente uma resposta a essa pergunta, mas não encontrei. Será que nem depois da morte de nossa mãe você não tinha ninguém a escrever dentre os parentes próximos, os membros da família? Por acaso desconfia de todos nós?

SÉTIMO CAPÍTULO
voz de Jacó, foto de Esaú

Quando você começa a examinar as coisas e ideias do passado, imediatamente vê quais ainda prestam para serem usadas, como roupa velha, e o que logo encolheu, mirrou, como um suéter mal lavado. As luvas de pelica amarelecidas, como armaduras de cavaleiro em um museu, parecem pertencer a uma colegial ou boneca – e o mesmo vale para certas inflexões e opiniões; elas parecem menores do que nossa noção da estatura humana; você olha para elas com o binóculo ao inverso, e tudo se mostra com uma peculiar nitidez de formiga: a uma distância infinita. Sebald descreve uma casa sem donos, onde é possível ver não apenas tapetes empoeirados e ursos empalhados, mas também "... tacos de golfe, tacos de bilhar e raquetes de tênis, a maioria tão pequena como se fosse destinada a crianças ou tivesse encolhido com o curso dos anos"[180]. Às vezes, parece que todo o *ido* (intraduzível, inutilizável, de pouca serventia para as necessidades do dia de hoje) é percebido como *infantil* – com a ternura e condescendência daqueles que sem sombra de dúvida já cresceram. A candura e ingenuidade dos tempos antigos costuma ser exagerada, e isso se prolonga de século em século.

---

[180] W. G. Sebald, *Os anéis de Saturno – uma peregrinação inglesa*, tradução de José Carlos Macedo (Companhia das Letras, 2010), p. 45.

O outrora famoso romance *Trilby* estava na prateleira de meus pais *como vivo* – a lombada conservou a firmeza, as letras douradas brilhavam. A edição russa foi apressadamente publicada em 1896: nesse momento, a história contada por George du Maurier saíra na América e Grã-Bretanha com tiragens inauditas, de centenas de milhares de exemplares. A única imagem na brochura russa era a capa: uma mulher alta de uniforme de infantaria com cinto, postada em uma elevação, com o olhar perdido, pernas brancas e nuas, um cigarro no braço afastado, os cabelos jogados nos ombros; ademais lembrava, por algum motivo, uma leiteira de aldeia. Ela tinha uma sinceridade prática, a não permitir quaisquer besteiras, e a leitura subsequente confirmava plenamente tal impressão.

O assunto era uma modelo que posava *para tudo* nos ateliês parisienses. Ela faz amizades com alegres ingleses, cujos estranhos hábitos incluem "lavar-se" no tipo de banheira desmontável que Nabókov descreve em *Speak, Memory*[181], depois se apaixona por um deles, depois renuncia a ele, convicta de que ele merece algo melhor. Tudo isso é terrivelmente gracioso, e acima de tudo a própria heroína, com sua franqueza de olhos grandes e seu canto desafinado. A bondosa Trilby é atormentada por dores de cabeça; o único que pode ajudá-la é um homem chamado Svengali, um imprestável hipnotizador, grande músico, judeu sujo. Ele é sujo em sentido literal – a limpeza alheia causa-lhe uma gargalhada irrefreável. Ele tem dedos ossudos, "um nariz comprido, carnudo, curvado, de judeu", ele é "humilde e servil, mas casualmente pode também ser insuportavelmente insolente".

---

181 Vladímir Nabókov, *Fala, memória*, tradução de José Rubens Siqueira (Alfaguara, 2014), p. 75.

No começo do século vinte, *svengali* tornou-se um conceito: não o nome do herói, mas um pseudônimo do poder secreto sobre o próximo. O Dicionário Webster afirma, de forma seca, que *svengali* é aquele que "manipula os outros, ou controla-os de forma desmedida"; o Oxford acrescenta à descrição os adjetivos "maligno" e "mesmerizante". A capacidade enigmática de comandar uma pessoa – de ligá-lo e desligá-lo, como se fosse uma lâmpada, segundo a própria vontade – impactou tanto os leitores que a história musical, em vez de ser esquecida, passou por uma série de adaptações para as telas, e a maioria parte desses filmes não tem absolutamente o mesmo nome do romance. A partir do final dos anos 1920, o tema ficou inseparável do magnético "Svengali, Svengali, Svengali".

É evidente – tão natural quanto o canto dos pássaros – que o antissemitismo, que não passa pela cabeça nem do autor, nem do leitor, esclarecer ou fundamentar, é tão característico do bom livro de Du Maurier quanto as alfinetadas em tudo que é alemão ou as considerações sobre a beleza feminina (uma "aparência miserável" lega à aparição de filhos com um sangue indesculpavelmente estragado). A diferença, talvez, seja que, distintamente das avaliações feitas de passagem, o judaísmo de Svengali fascina de forma estranha o próprio narrador. Ele regressa seguidamente ao tema, selecionando um conjunto simplório de elementos: cabelos sebosos, olhos terríveis, sotaque cômico, humor sórdido, impureza corporal e moral – e um grande dom, que temporariamente até suplanta a repulsa saudável dos heróis por suas costeletas, e o amor pela higiene. "Ele punha em música até o barulho e o alarido das ruas. Pode parecer impossível; mas nisso consistia seu fascínio."

Atraente e plácido, o romance de Du Maurier está repleto de uma extraordinária satisfação, se não autossatisfação, que une autor e leitores. "A vida parecia-lhes extraordinariamente encantadora exatamente ali, naquela cidade notável, naquele século notável de sua existência ainda incerta, com um futuro completamente indefinido." A ação transcorre no final dos anos 1850, mas mesmo ali tudo é dourado pelo sopro retrospectivo da *Belle Époque*: tanto o "passeio pelos bulevares fortemente iluminados e a xícara de café à mesa de mármore de uma linda calçada asfaltada", digno dos *flâneurs* de Baudelaire, como as diversões mais antigas, incluindo o passeio de asno, e o "esconde-esconde em um bosque encantador". As molas do progresso mantêm-se sólidas; zomba-se de preconceitos, e mesmo um amor fora da lei causa um respeito compassivo nos filhos da civilização. Por isso, o horror e a resistência que Svengali desperta neles parecem tão estranhos nessa exibição de façanhas; pelo visto, a questão é a conjunção litigiosa de duas anomalias – um dom sobre-humano e aquilo que parece ao autor *subumano*.

Em tempos pós-românticos, essa antiga combinação volta a representar uma ameaça, garantia de um escândalo prestes a estourar a qualquer minuto. O elemento bruto de virtuosismo de rua, que não desdenha nada, que cresceu do lixo e da sujeira, e vive nas mãos dos *outros* – *foreign Jews*, ciganos, médiuns – é contrabalançado pela presença da *norma*, pelo florescimento da mediocridade, consciente dos próprios limites e satisfeita com essa consciência. O alegre círculo de ateliês de arte reproduz com satisfação as "cenas da vida boêmia"; com o mesmo conforto, os heróis do livro vivem na ampola de românticos e realistas: um pinta carvoeiros, outro, toureiros. A pintura, no livro de Du Maurier, pertence completamente ao mundo das aparências decorosas; mas, da música, só espere desgraça.

O próprio Du Maurier, por décadas, fez caricaturas para a revista *Punch*, criticando, ano após ano, o estetismo, a emancipação feminina e o amor maciço pela porcelana; ocupavam-no especialmente os lados cômicos do progresso técnico. "Tente parecer mais agradável, tudo isso só leva um minutinho" – um fotógrafo tenta persuadir uma jovem dama. Pais idosos estão sentados junto a uma imensa tela de plasma e assistem à geração mais nova jogando tênis: é o que se chama de telefonoscópio. Uma dona de casa maneja habilmente uma dezena de alavancas: vira uma e ouve-se uma transmissão de ópera de Bayreuth, vira outra, e vem uma do St. James Hall. À distância de um século e meio, as piadas não parecem engraçadas, os problemas, de brinquedo ("que bonequinhas, que marionetes"[182], como escreveu Elena Chvarts) – mas um dos desenhos, feito em 1878, um ano após a invenção do fonógrafo, parece inexplicavelmente tocante.

Uma mulher de vestido caseiro e um homem trajando paletó e chapéu-coco estudam o conteúdo de uma adega de vinho. Algumas garrafas já foram selecionadas, a família olha fixamente para as demais. Mas o que se guarda no vidro não é vinho, e sim vozes. Verbosa, como sempre neste autor, a legenda explica:

> No Telefone, o Som se transforma em Eletricidade, depois o Circuito se fecha, e ela novamente se transforma em Som. Jones transforma em Eletricidade toda música agradável que escuta ao longo da temporada, verte-a em garrafas e deixa descansar para as Recepções de Inverno. Quando chega a hora, tudo que precisa é escolher, desarrolhar, fechar o Circuito. E pronto!

---

182   *A caixa da história.*

Nas prateleiras há Rubinstein, Tosti, a flor musical dessa época, que se esvaneceram ao longo de um século e meio; estrelas de ópera cujas vozes são conhecidas apenas por relatos. Talvez só seja possível escutar as gravações de Patti, feitas mais tarde, no começo do século vinte, embora seja uma sensação estranha – os sons quase não passam pelo gargalo, e as coloraturas de 1904 deixam você transido, como cócegas do além-túmulo. Os colegas de adega não chegaram a isso; os mais famosos fitam a partir de velhas fotografias, coroados com flores, de olhos claros, descoloridos. De alguns não restou nem isso; só os nomes e duas ou três menções: recusou-se a gravar no fonógrafo, "interpretava canções de negros americanos da maneira mais sedutora", a data de morte se extraviou. Às vezes, a imagem dá um tranco, reluz o ouro de uma anedota – estudantes de São Petersburgo deitam-se na neve de fevereiro para que Christina Nilsson passe de carruagem por seus corpos, ou, em um bosque morto e congelado, ela faz pontaria por muito tempo e atira (e o urso cai de costas, como se a pele estivesse vazia). Ou os formados de West Point cortam botões dourados de seus uniformes: formarão com eles uma grinalda, e o colar pesado jazerá nos ombros da cantora como lembrança dos ouvintes. A ária se expande, mas não ouvimos nem um som. Eis a *grande Trebelli*, como Joyce a chama[183], colocando roupas masculinas para interpretar, em *Fausto*[184], o papel de Siebel: meia-calça branca, mangas bufantes, pena de avestruz. Uma outra diva assina a parede de um

---

183   James Joyce, *Dublinenses*, tradução de Guilherme Silva Braga (L&PM, 2014), p. 106.
184   Ópera de 1859 do francês Charles Gounod, a partir da obra homônima de Goethe.

restaurante de Londres em que serviam *Borsht*[185] aos domingos; cortinas azul-celeste, papel de parede azul-marinho, autógrafos dos fregueses reunidos sob o vidro, guardados para sempre.

Em algum lugar das prateleiras inferiores do armário polido de meus pais encontrava-se um amontoado de camadas de partituras. Em nossa família, que perdera a prática musical, não havia ninguém para decifrá-las. Quando, em 1974, mudamo-nos para um outro apartamento, o piano que por setenta anos estivera na rua Pokrovka entrou na lista do *indispensável*: aquilo que não podíamos deixar de levar para a vida nova. A mesa-centopeia de jantar, na qual se sentavam vinte pessoas, o imenso bufê entalhado que parecia uma casa, a cadeira de balanço e o longo lustre com camadas de cristal ficaram lá, no antigo. Em compensação, o "instrumento musical", como o retrato de um parente semiesquecido, ocupou seu lugar contra a parede e lá ficou quieto, suportando minhas escalas forçadas, estudos, antigas cançonetas francesas, até elas se exaurirem por si sós.

Outra coisa eram as antigas partituras – com harmonias manchadas às cegas (para mim, uma indiferente) em bagas pretas, mas, em compensação, eram interessantes por outra coisa: pelos títulos impensáveis no dia a dia soviético, pelos textos de formiga que tinham que ser acompanhados seguindo o argumento compasso a compasso, sílaba a sílaba: dei-ta-do no chão, o me-ni-no ne-gro Tom, nas-ci-do em Argel[186]... Às vezes, havia também imagens – lembro-me vagamente da capa da *Valsa de*

---

185 Em caracteres latinos no original.
186 *Negro Tom*, canção de Aron Guen Simtsis, com letra de Isa Kremer.

salão "*Sonho de amor depois do baile*"[187], um enxame de anjinhos sobre a debutante adormecida, a penugem e a seda do vestido de baile, os sapatinhos no tapete. Tudo aquilo era *antigo* – e não no sentido de afastamento temporal: a década de 1920 então ainda parecia o dia de ontem. Não, a questão era a absoluta incompatibilidade entre o de outrora e o de hoje, também apertado em uma felicidade insuportável – mas os assentos de madeira do trem elétrico de subúrbio, o balcão azulado do mercadinho da *datcha*, cheirando a álcali e creme azedo, referiam-se a outro texto, a outras canções. Na vizinhança, na loja de ferramentas, em caixas de madeira jaziam pilhas oleosas de pregos de diversos tamanhos; na feira, vendiam coelhos de orelha escura e anjinhos de madeira, mal revestidos de tinta dourada; adiante, até a cabine telefônica, estendia-se a fila do *kvas*[188].

As partituras que meus pais outrora adquiriram eram simples, designadas para um fazer musical doméstico, diante das visitas: na maioria, valsas-foxtrotes-tangos, para que pudessem ser dançados de imediato, romanças que garantiam que *ficarei em silêncio contigo*[189], uma coleção variegada de outra música vocal, de Kálman a Vertínski. No verso, aglomeravam-se, apertados, linha a linha, títulos de cançonetas – muitos delas, uma ou duas centenas por folha; só então dá para entender todo o volume *sonoro* que se foi, subterrâneo, desalojado para a periferia do mundo conhecido.

Tudo isso é irreprodutível e, em primeiro lugar, o tipo de sentimento inspirado por todas essas "romanças e canções da

---

187 Composta em 1911 pelo austro-húngaro Alfons Czibulka.
188 Refresco fermentado de pão.
189 *Nem uma palavra, oh minha amiga* (1869), com música de Tchaikóvski sobre versos de Pleschêiev.

série *Vida cigana*": a repetição incontável de *amiga querida*, estrelas e auroras, manhã enevoada, manhã gris, sinetas de trenós, noites escuras, ramos perfumados de acácia branca, de rosas, o seu aroma quando o lilás se abre, infindáveis "quero amar" e "não quero esquecer". Hoje é difícil imaginar que tudo isso foi cantado, murmurado, arrulhado simultaneamente por milhões de vozes – nos andares e apartamentos mobiliados, nos gabinetes isolados e nas varandas das *datchas*, nos cemitérios, ao som do gramofone, jorrava das janelas escancaradas como se viesse de um regador, até inundar toda a Rússia, e depois começou a secar, zuniu mais um pouco, como um pião, e afundou na terra. A quantidade de música dissolvida no ar de então, ainda não habituado a outros deleites, era desmedida, ele ficou empapado de nuvens pesadas que não se resolveram em chuva.

Aquilo que o precavido Du Maurier propôs colocar em garrafas já era conservado, enrolado em discos negros brilhantes. Com o advento da gravação sonora, as humildes imitadoras de Patti, que interpretavam árias de óperas e romanças de Glinka com as próprias vozes não tinham mais por que trabalhar. Os próprios Caruso e Chaliápin entravam em cada casa em pessoa, e não precisavam de intermediários. Na nova era, já não se cantava, mas ecoava-se, conhecia-se a melodia não a partir da partitura, e sim a partir da voz, de seu modelo bruto e irresistível. Começou-se a mais ouvir do que tocar música; de forma gradual e imperceptível, ela deixou de ser um assunto doméstico – aproximadamente na mesma época em que a própria domesticidade revelou sua natureza efêmera, viu-se leve, do tamanho de uma fronha que pode ser colocada em uma mala de viagem. A música, como muitas outras coisas, converteu-se em instância de autoridade, *his master's voice*[190]. Os ouvintes começaram a se reunir junto a rádios por assinatura; a trocar discos de gramofone; a se apressar para o cinema – antes do começo do *jazz*.

*

À medida que cresce a distância temporal que separa os mortos de nós, seus traços em branco e preto tornam-se cada vez mais maravilhosos e nobres. Ainda peguei o tempo em que a frase corrente "que rostos extraordinários, hoje não há mais assim!" referia-se apenas a fotografias pré-revolucionárias – agora fala-se assim igualmente dos soldados da Segunda Guerra e dos estudantes dos anos 1960. E tudo isso é a pura verdade: hoje não há mais assim. Nós não somos eles. Eles não são nós. A astúcia das imagens está em aparentemente abolir essa terrível evidência em prol de paralelos simples. Essas pessoas têm bebês nos braços – e isso também acontece conosco. Essa moça é totalmente como eu, só que está de saia comprida e chapéu achatado. Vovó bebe na minha xícara, eu uso o anel dela. Eles também. Nós igualmente.

Mas, por mais fácil e convincente (pleno e exaustivo) que pareça o conhecimento oferecido pela crônica fotográfica, as palavras *de então*, que a acompanham, colocam o espectador no lugar. Lá onde o biquinho do *punctum* indica pontos de semelhança, o discurso, recordando a real extensão do tempo, fica do outro lado do abismo. Anos e anos atrás, a brilhante e ruiva Antonina Petrovna Herburt-Heybowicz, amiga mais velha de minha mãe, aos oitenta anos, admitiu-me, culpada: "Minha sogra afirmava que

---

190   A voz do dono, em inglês no original. Conhecida pela sigla HMV, foi uma gravadora inglesa fundada em 1901.

tenho gosto de oficial – gosto de gladíolos e champanhe!" O fato de que a voz, o champanhe e o oficialato desprezado não tinham sequer a melhor relação com o mundo em que vivo tornou-se de súbito, por algum motivo, claro, e não havia gladíolos que pudessem tapar essa cova. Antonina Petrovna, aliás, não lamentava pela vida passada. Era uma garotinha de um lugarejo ermo, tomada em casamento pela beleza e ousadia, lia em oito línguas e contava, rindo, que o galante sogro polaco lhe dissera, antes do matrimônio, algo curioso: "Estou feliz que em nossa estirpe estiolada injete-se sangue judeu jovem."

O brasão dos Herburt – "em um campo vermelho, uma maçã, trespassada por três espadas douradas, duas vindas dos cantos superiores do escudo, a terceira de baixo" – e toda a história ligada a ele não a interessavam nem um pouco; o judaísmo ocupava-a muito mais e, em seu apartamentozinho solitário, ela vivenciava apaixonadamente os sucessos e fracassos dos que eram ou pareciam-lhe confrades de "sangue jovem". Quando eu tinha vinte anos, ela generosamente me regalava com volumes de clássicos gregos e um bolo de mel *kovríjka* especial, com nozes. Certa vez, aliás, eu saí da casa dela em um estado de forte embaraço, que não conseguia explicar completamente a mim mesma. Naquele dia, ela tirara do armário um volume gasto e lera-me em voz alta uma antiga poesia sentimental. Nos últimos versos, vi com pavor que ela chorava.

É só a fotografia que mostra o passar do tempo como se ele não existisse, e apenas o comprimento da saia mudasse. O texto é outra coisa, ele *consiste* completamente de tempo: o tempo abre os postigos das vogais e range as lagartas das consoantes sibilantes, preenche as lacunas entre os parágrafos, demonstrando altivamente toda a amplidão de nossas diferentes. A primeira coisa que você sente diante das páginas de um jornal velho é a distância desesperançada. Há um estranho parentesco estilístico entre textos escritos de imediato, no mesmo talho temporal; ele se estabelece *post factum*, e surge para além das intenções do autor. À distância de vinte ou trinta anos, é difícil não reparar nele – a inflexão única, o denominador comum que solda em uma só coisa o jornal, a tabuleta, o poema lido no tablado do curso feminino e a conversa a caminho de casa. Ao que parece, cada época produz um tipo particular de pó, que se deposita em todas as superfícies e todos os cantos. Mesmo aqueles que, em seus textos, portam-se como se o típico não tivesse nada a ver com eles, de repente fazem gestos de linguagem comuns a todos seus contemporâneos – sem se darem conta disso, assim como você não sente a gravidade terrestre.

Além do romance *Trilby*, os anos 1890 tinham outras diversões, predominantemente ligadas à ciência. A época se via como esclarecida, e assim era – um outeiro que a humanidade finalmente escalara para contemplar com satisfação o caminho percorrido. Lá atrás havia muito de instrutivo: preconceitos derrotados, guerras que não deviam se repetir, extremismo religioso, abismos de miséria; tudo isso, indiscutivelmente, requeria cautela, porém cedia aos esforços da razão. A civilização penetrara mesmo nos mais afastados cantinhos do globo terrestre – e com satisfação trazia de lá suvenires incomuns. As exposições universais e seus numerosos clones apresentavam aos espectadores as façanhas da economia humana; mas o público interessava-se também por seus cantos escuros. Os povos excêntricos dos rincões da Terra, condenados pelo destino a salientar de forma cômica o passo triunfante dos vitoriosos do progresso, provocavam curiosidade geral – e esse interesse científico-natural devia ser satisfeito.

Em abril de 1901, o jornal *Notícias do Dia* comunicava ao público instruído que a trupe de amazonas de Daomé que podia ser vista no Manège era "muito mais curiosa do que os 'negros' que antes vieram a Moscou. Ela exibe bailados, danças e evoluções militares muito divertidas". Logo as amazonas mudaram-se para um lugar muito mais adequado a elas. "Ontem, no jardim zoológico, começou a apresentação das daomeanas, que vão mostrar suas danças e exercícios militares três vezes por dia, nos dias úteis, e cinco nos feriados."

A ideia de completar a fauna exótica do jardim zoológico com cercados em que o homem racional se exibiria em seu *habitat* natural era tão óbvia que não levantava questões nem perplexidade. O que mais tarde passou a se chamar de *human zoos* – "aldeias" lapãs, índias, núbias com habitantes vivos, vestindo trajes tradicionais, com crianças nuas vivas nos braços – tornaram-se, em meados dos anos 1870, uma constante nos zoológicos europeus e americanos. Ocasionalmente a moral da sociedade requeria vestir os *aborígenes* de forma mais decorosa; às vezes, pelo contrário, o traje parecia aos espectadores insuficientemente aberto: ao selvagem convinha a nudez. Os itens em exibição teciam capachos, fumavam cachimbos, faziam demonstrações de arco e flecha e de ferramentas de trabalho desnecessárias, às vezes, morriam, às vezes, se amotinavam. O que estava presente de forma quase inalterável entre os modelos expostos e os milhões de espectadores era uma grade ou barreira, ilustrando de forma patente a fronteira entre o passado da humanidade e sua condição atual, melhorada.

Em 1878, quando o casal progressista do desenho de Du Maurier estudava as garrafas com música dentro, na Exposição Universal de Paris, junto com o fonógrafo e o megafone, exibia-se uma *aldeia de negros* com uma população de quatrocentas pessoas. Um quarto de século depois, em uma exposição com ainda mais espectadores, representantes de "raças atrasadas" foram instalados em jaulas. Em Saint Louis, em 1904, multidões foram ver um povoado de povos *primitivos*: lá foi montada uma nítida cadeia da evolução gradual: de primatas e pigmeus ("Canibais cantam e dançam!") seguindo adiante, mais alto, na direção dos filipinos, dos índios americanos e, finalmente, dos felizes visitantes da exibição. A teoria racial recentemente assimilada era a mais elevada encarnação do sistema de concorrência – e o triunfo do homem branco demonstrava de forma patente sua superioridade.

As amazonas aqui vieram a calhar – e olhar para elas era mais interessante do que para os tristes inuítes com seus cachorros peludos. Lá o perigo era quase real: as mulheres guerreiras que tinham defendido o trono de Daomé por duzentos anos permaneciam uma força ameaçadora, tema de lendas, sonhos úmidos e romances de aventuras. A guerra lenta entre Daomé e os franceses concluiu-se em 1892, o exército das amazonas foi derrotado; armadas de machetes e espécies de machados, elas não puderam se opor por muito tempo às balas, e as baionetas longas de modelo novo deram aos europeus superioridade no combate corpo a corpo. Mas já um ano antes tinham levado a Paris uma trupe de daomeanas domesticadas, para demonstrar exercícios de combate. Estavam vestidas da forma mais selvagem: para sobreviver, é preciso imitar a imagem que os outros têm de você.

Levaram certa vez um menino moscovita de onze anos para assistir a esse combate. Mais tarde, Boris Pasternak irá se recordar de como, no verão de 1921, no Jardim Zoológico, exibiram um destacamento de amazonas de Daomé. Assim, a primeira sensação de uma mulher ligou-se, para mim, à sensação de uma formação nua, de um sofrimento cerrado, de um desfile tropical ao som de tambor. Assim, antes do necessário, tornei-me um escravo da forma, pois vi cedo demais a forma da escravidão nelas.[191]

*

Quando olho para as palavras e coisas de gente morta, dispostas para nosso conforto nas vitrines dos museus literários, para os preparativos de impressão cuidadosamente guardados, parece-me, com frequência cada vez maior, que também estou em uma barreira detrás da qual há a formação cerrada e silenciosa de *artigos à mostra*. Quando você passa muito tempo diante do que os antigos inventários chamam de "roupa de baixo pertencente ao morto", as barras das grades que nos separam ficam mais visíveis do que o que está atrás delas.

As cartas de mocidade de minha avó, que releio linha a linha, as canções soviéticas anotadas por Galka em folhas vazias de papel de máquina, as cartas de um filósofo, os diários de um torneiro, tudo isso cada vez mais lembra-me o cérebro, os ossos da bacia e a genitália conservada em álcool de Saartjie Baartman. A Vênus Hotentote, como gostavam de chamá-la, era o objeto favorito do estudo científico na alvorada do século dezenove. As formas de seu corpo, o diâmetro dos mamilos e a linha das nádegas serviu de prova viva de todo tipo de teoria evolutiva, e forneceu a base

---

191   Boris Pasternak, *Salvo conduto* (1931).

para suposições ainda mais ousadas. Um célebre naturalista, doutor Georges Cuvier, dedicou especial atenção ao comprimento de seus lábios vaginais. Ela foi exibida a estudantes de medicina, a amadores esclarecidos e, por fim, no circo. Às vezes, era até possível tocá-la. Ainda por cima, depois da morte ela também teve de servir à humanidade: o Museu de História Natural de Paris aplicadamente expôs seus restos por cento e cinquenta anos, renunciando à ideia apenas em 1974. Nós, passados e presentes, somos infinitamente vulneráveis, desesperadamente interessantes, plenamente indefesos. Especialmente quando não mais existimos.

OITAVO CAPÍTULO
Liódik, ou silêncio

Na primavera de mil novecentos e quarenta e dois, na estrada daquela que em tempo de paz chamava-se região de Leningrado, caminhavam no crepúsculo grupos de soldados, grudados em fila e apoiando-se uns nos outros com todas as forças. Normalmente ia à frente um que se orientava no espaço um pouco melhor do que os demais. Ele tateava com um bastão cavidades, corpos de gente e cavalos, e o rosário de cegos que o seguia contornava como podia esses obstáculos. A doença com o nome grego de nictalopia começa assim: a pessoa para de distinguir coisas de cor azul e amarela; o campo de visão se estreita e, quando você sai para um local iluminado, manchas coloridas dançam diante dos olhos. Para o povo, isso tudo se chama *cegueira de galinha,* é a doença do inverno longo, da avitaminose e do cansaço extremo. Um memorialista escreveu depois: "via apenas dois pequenos pedaços de terreno à minha frente. Em volta deles, tudo era rodeado pelas trevas."

Aos dezenove anos, Leonid Himmelfarb, o primo de meu avô, estava então em algum lugar nas florestas e pântanos ao redor dessas estradas: lá, desde o outono anterior, mantinha posição seu 994º regimento de fuzileiros, que, durante esse período, trocara quase todo seu pessoal e comando. Por todo esse tempo, Liódik, como era chamado em casa, escreveu à mãe, que fora evacuada para a longínqua cidade siberiana de Ialútorovsk.

Estava nestes lugares ainda um ano antes, as primeiras cartas foram enviadas em maio, a partir dos acampamentos militares perto de Luga. Numa delas ele diz que fora a Leningrado para dar entrada com documentos na escola de aviação: "mas, naturalmente, não entrei, e fui declarado inapto."

Em 1º de setembro de 1939, primeiro dia da guerra mundial, foi adotada na URSS a "Lei do Dever Militar Geral", que tornava global a convocação para o exército. Agora, filhos e netos daqueles cuja origem podia ser considerada duvidosa – nobres, industriais, mercadores, oficiais do antigo exército, sacerdotes, camponeses abastados – também prestavam para a causa; aliás, deviam servir como soldados rasos, as escolas militares estavam fechadas para eles, como antes. Naquele momento, esta inovação pareceu quase democrática: ditada pela lógica da igualdade. Mas essa mesma lei abaixava abruptamente a idade de alistamento: de vinte e um anos para dezenove (e, para quem concluíra o ensino médio, para dezoito). Liódik escrevia que dormiam com calor e conforto em uma barraca para dez, que lá dentro fizeram uma mesinha, um banco, embelezaram um pouco ao redor, e prometia aprender a jogar xadrez melhor. Pela nova norma, em vez de um quilo de pão, davam agora oitocentos gramas, introduziram um dia vegetariano no qual se servia queijo e tudo isso era, se não alegre, pelo menos divertido e compreensível.

Nos papéis de mamãe, há um pacote especial com as cartas e postais de infância de Liódik. O menino pequeno, de botas de feltro com galochas brilhantes, chapéu de cordeiro baixado nos olhos, fora uma parte importante da infância dela – a ausência fazia dele uma espécie de coetâneo, e o fato de ter perecido, mal tendo chegado aos vinte anos, fora uma notícia atordoante e indelével. Quando a mãe do menino, a seca e grisalha *tia Vérotchka*[192], morreu e foi enterrada em algum lugar nos muros do crematório Donskói, tudo que restou dele no mundo resumia-se a esse envelope; lá estava o aviso fúnebre e tiras de papel oficial com números e as inscrições "Saudações da linha de frente", "Um grande beijo", "P.S.: Vivo, saudável". A *vivo, saudável* resumia-se todo o conteúdo das cartas de Liódik, embora ele aproveitasse toda possibilidade de dar notícias de si. A fórmula mágica "nada de novo" passava de folha em folha, o que ocorria ao redor deixara de ser propício a qualquer tipo de descrição. O que ele não conseguia esconder era um tilintar estranho por detrás das linhas, como se elas tivessem sido escritas por um homem tranquilo, que sabia se acalmar; assim começa a retinir a louça do armário quando um trator pesado vai pela rua.

[a lápis, em uma folha de caderno pautado]

28/VII-41.
Querida mamãezinha!
Anteontem recebi uma grande correspondência, exatamente 5 cartas, um postal e duas cartas de você, uma geral, uma do papai. Você com certeza imagina como fiquei feliz com essas cartas queridas. Mamãezinha, passei muito tempo sem escrever como consequência de que era impossível enviar cartas. Agora nosso inspetor político encarregou-se da questão, e o trabalho postal provavelmente vai melhorar. Embora eu não fique em um só lugar, o endereço continuará esse mesmo e único o tempo todo.

---

192 Diminutivo de Vera.

Estou plenamente bem, saudável e seguro de nossa vitória. Espero, no dia de meu décimo segundo aniversário, estar com Vocês, meus queridos. Estou orgulhoso de meu pai e seus irmãos. Na carta de dia 6 do mês corrente, papai escreveu que se inscreveu na milícia popular, e que seria de serventia não apenas na retaguarda, mas também no front. *Tio Fília*[193]*, tio David, como escrevem a papai, também estarão em breve tempo nas fileiras do Exército Vermelho. O marido de tia Bétia também foi convocado – ele é instrutor político.*

Papai arrumou trabalho no dia 2 do mês corrente. Fico contente por ele.

Mamãezinha, você ficou inquieta com o bombardeio? Como militar experiente, darei alguns conselhos a esse respeito. Se estiver perto do Metrô, o melhor de tudo é esconder-se nele ou nos abrigos antiaéreos. Se estiver longe deles, tente correr para o lugar mais baixo possível, e não ficar em pé.

Muito obrigado pela atenção para comigo por parte de tia Bétia, Liónia, Liólia. Saúdo Liónia pelo título de pai, Liólia pelo título de mãe, tia Bétia e Sarra Abrámovna pelos títulos de avós.

Recebeu o dinheiro de volta? Se não, não vale a pena se preocupar com isso. Agora não preciso absolutamente de dinheiro. Ademais, recebi 20 rublos de salário. Mamãezinha, como está sua saúde? Aquilo que você tinha no braço passou completamente?

Vou terminar. Fique saudável e feliz. Um grande beijo e abraço. Um grande beijo a todos os nossos, especialmente a tia Bétia[194]*, tio Sióma*[195]*, tio Bússia, tia Rosa, Liónia, Liólia.*

Teu Liódik.

---

193   Diminutivo de Filipp.
194   Diminutivo de Berta.
195   Diminutivo de Semion.

Acontece que Liódik fora mobilizado de imediato, vira-se dentro da guerra ainda antes de seu início. Essa carta foi escrita bem no dia de seu aniversário: completava dezenove anos. As tropas alemãs já se concentravam em volta de Leningrado. Com evacuados, adolescentes da véspera, milícias locais reunidas sob fuzil, com o que calhava formou-se rapidamente, em Tcherepovets, a 286ª divisão, que incluía o 994º regimento de fuzileiros. Ela logo foi jogada na ação.

Na direção da estação Mga está o ribeirão Názia, em torno de lugares chamados Vóronovo, Porétchie, Míchkino, Karbussel, todo um espaço de dezesseis, vinte quilômetros de terra líquida e floresta densa. Kirill Meretskov, comandante do *front* de Vólkhov, que enterrou ali muitas centenas de milhares de soldados, recordou, anos depois: "Raramente encontrei um local menos propício à ofensiva. Ficaram para sempre em minha memória as vastidões ilimitadas das florestas, os brejos pantanosos, os campos de turfa inundados de água e as estradas estragadas." Lá, nos brejos, o 994º de fuzileiros sobreviverá por três anos, tentando de alguma forma avançar, radicando-se atrás, perdendo e mantendo posições. Começou em setembro, quando o trem se ergueu na neblina, sem chegar ao desvio; por algum motivo, nossos aviões não estavam por ali, em compensação os alemães mantinham-se perto. Descarregaram sob alarme antiaéreo, escorregando, arrastando para o bosquete armas e telegas. Mal conseguiam puxar as charretes de eixo de madeira. Vieram semanas de bombardeio ininterrupto, junto com as bombas caíam do céu barris com buracos perfurados nos lados: na queda, emitiam um uivo prolongado insuportável. As cozinhas de campanha volta e meia desapareciam na floresta, por temor de cruzar espaços abertos. Veio a fome.

De arma, havia apenas espingardas. Em 11 de setembro, junto à aldeia de Vóronovo, quando tanques alemães atacaram, começou o pânico, as pessoas se dispersavam pelos pântanos. Em alguns dias, a divisão perdeu metade de seus efetivos, e a maior parte do comando.

De forma surpreendente, esses dias e semanas podem ser reconstituídos de forma bastante detalhada: conservaram-se alguns textos, entrevistas, cartas pertencentes aos que então estavam entre Vóronovo e Názia. Não houve equipamento de artilharia por dois meses, recorda o comandante de bateria do regimento vizinho, o 996º; além das espingardas, cada um recebeu uma granada de mão e uma garrafa com conteúdo inflamável. Esfriava, não havia pão, apenas torradas. Tampouco havia álcool. Davam comida quente uma vez por dia. Alguns tiravam os capotes dos cadáveres e botavam nas costas, por cima dos seus. Arrastavam-se pela neve em ida e volta para o estado-maior. Dividiam pelas companhias e cozinhavam a carne dos cavalos mortos.

> Houve um dia em que recebemos ordem de ataque. Os alemães tampouco nos bombardearam, nem dispararam os canhões. Não se ouviam sequer tiros de fuzil. Por toda a linha de defesa, nos pântanos de Siniávino, pairava um silêncio penetrante... Entenda, um dia de silêncio! Em algumas horas, os homens já começaram a ser tomadas por ataques de pânico, um estado de perturbação selvagem. [...] Alguns estavam prontos para largar as armas e correr para a retaguarda...
> Nós, os comandantes, corríamos pelas fileiras e tranquilizávamos os combatentes, como se tanques alemães estivessem vindo contra nós.

Nas cartas de Liódik não há menção nem alusão a isso. Em quase cada uma delas há o selo obrigatório de "examinado pela censura militar", mas aqui a censura não tinha com o que se preocupar. Em um dos livros sobre o *front* de Vólkhov, reproduz-se uma carta do tenente Vlássov, escrita em 27 de outubro de 1941:

> As primeiras geadas e neve enlouquecem os fascistas, especialmente quando eles veem pelo binóculo nossos combatentes do Exército Vermelho vestindo tudo de algodão, chapéu quente e, em cima de tudo, um capote. Enquanto isso, como vemos, eles andam de jaqueta curta... Só se pode dizer uma coisa, que as operações de guerra andam em nosso favor, e os oficiais de Hitler não conseguirão jantar no hotel Astoria como sonhavam.

Dá para ver esse quadro, com os chapéus e montes de neve, como se usássemos o mesmo binóculo; o humor e a confiança na vitória são adequados ao pessoal do comando, mas ninguém espera que um tenente esconda da esposa que ele está, de um jeito ou de outro, *na guerra*.

Exatamente disso se ocupa Liódik Himmelfarb: está concentrado em não contar nada a respeito de si mesmo. Ele faz perguntas infindáveis – acima de tudo, sobre a saúde da mãe, que o inquieta de forma aflitiva; ela não se cansa demais no trabalho? Pede que ela não se preocupe com ele, está completamente, completamente bem. Se ele se calou por mais de um mês, a questão foi apenas a "preguiça horrenda de escrever cartas". Com ele, está tudo como dantes. Estão bem de saúde Liónia, Liólia, seu bebê recém-nascido, Sarra Abrámovna? Como estão tio Sióma e a esposa? O que tio Bússia escreve? Como estão todos vocês, queridos? Só lhe peço que não se preocupe comigo – isso é absolutamente desnecessário e supérfluo. Fique saudável e feliz. Fique saudável e feliz. Tenho tudo que é necessário.

*

Bem no começo da guerra, em Leningrado, Daniil Kharms e o artista Pável Salzman encontraram-se por acaso em uma visita. Dá para entender do que falaram; não havia quaisquer ilusões e, em dado momento, Kharms disse, a respeito do futuro próximo: "Vamos rastejar sem pernas, agarrando-nos em paredes em chamas." Naqueles mesmos dias e semanas, em algum lugar, no abrigo antiaéreo da rua Arbat, Marina Tsvetáieva repetia, meneando a cabeça: "E ele sempre vai, e vai..." Outra Marina, mulher de Kharms, lembrou-se, na véspera de sua prisão: precisavam colocar uma mesa no corredor, mas "ele tinha medo de que aconteceria uma desgraça se mexessem na mesa". Kharms foi preso em 27 de agosto. É possível que na câmara da Prisão de Kresty tenha-se ouvido o uivo no ar claro de 8 de setembro, quando bombardeiros pesados voavam para bombardear os depósitos de alimentos Badáiev.

Esse dia ensolarado foi lembrado por muitos, o cadete Nikolai Nikúlin, na periferia, em Levachovo, viu explodirem os obuses antiaéreos – como pedaços de algodão no céu azul.

> A artilharia disparava de forma confusa, desordenada, sem causar danos aos aviões. Eles nem sequer manobravam, não mudavam a formação e, como se não notassem os projéteis, voavam para o alvo. [...] Era muito assustador, e eu de repente notei que estava escondido sob um pedaço de lona.

Na areia, assobiavam e apagavam bombas incendiárias; quando tudo sossegou, via-se a fumaça negra a estender-se por metade do céu, rumo à cidade. Liubov Vassílievna Chapórina, de sessenta e dois anos, olhava de sua janela naquela direção.

Alto, no céu, pequenas bolas brancas de explosão, o fogo desesperado dos canhões antiaéreos. Subitamente, detrás dos telhados, começa a crescer rapidamente uma nuvem branca, maior e maior, outras se amontoam, todas elas douram ao sol poente, as nuvens tornam-se de bronze e, embaixo, vai uma faixa negra. Era tão pouco semelhante a fumaça que passei muito tempo sem crer que era um incêndio. [...] O quadro era grandioso, de uma beleza espantosa.

Nos diários e notas do terrível inverno do cerco de 1941 – ele não é chamado de outra forma, como se essa palavra explicasse, ou melhor, isolasse algo – volta e meia surgem trechos que se diferenciam do resto do texto de forma impressionante. Essas zonas, similares a bolhas que se formam sob o gelo, são destinadas por diversos autores para a visão e descrição da beleza. A cidade esfomeada, plenamente absorta pela sobrevivência, de tempos em tempos cai em contemplação: assim se adormece no frio, já sem medo de congelar. A escrita altera o tempo. O que era uma anotação rápida dos detalhes – fixar logo, não deixar que eles sejam esquecidos –, das conversas, das anedotas, a crônica cotidiana da desumanização, de repente faz uma longa pausa, destinada à contemplação das nuvens e à descrição dos efeitos de luz. Isso espanta ainda mais quando você entende a que ponto cada um dos que escrevem estava absorto no árduo trabalho da sobrevivência. Seus testemunhos são calculados para um destinatário – o futuro leitor, que poderá reconhecer o ocorrido em todo seu horror e ignomínia, ver as prisões e deportações, os bombardeios noturnos, os bondes parados, os banheiros cheios de excrementos congelados, o medo e ódio nas filas de pão.

Mas as digressões prolongadas não têm, aparentemente, objetivo consciente, nem sentido direto; eu as chamaria de "líricas" se não fosse sua estranha impessoalidade. A vista perdida, como se não pertencesse a ninguém, não tem nem um *ponto* – está como que dispersa por todo um espaço que até recentemente era a casa, um lugar pacífico de vida, de descanso, de deslocamento, mas que já se converteu em uma superfície impenetrável, que não tem nome, nem explicação. "As ruas estão claras como de dia. A lua tem um brilho ofuscante, e eu, ao que parece, nunca vi a Ursa Maior cintilando desse jeito." Nesses momentos, aparentemente, nem o próprio espectador existe: quem vê o céu e a Terra a se modificarem já não sou eu, mas outra pessoa ("eu não conseguiria isso", para falar com as palavras de Akhmátova[196], que saíra da cidade já em setembro). O corpo coça, dói, teme, tenta se esquecer de si e não consegue; mas a instância que faz essas anotações caminha livremente e não se apressa para lugar nenhum – como se esse mesmo ar e sua reserva ilimitada de tempo olhassem para o cais e para os prédios.

Da mesma forma, com longos intervalos de desfalecimento, avança a narração das memórias daqueles que combateram naqueles meses em Leningrado e viram com os próprios olhos os lustres dos imensos holofotes largados por paraquedas pendendo sobre o gelo, e os jatos multicoloridos de fogo a pulsarem sobre a cidade em chamas. Parece que esses territórios especial-

---

196 No poema *Réquiem* (1961).

mente destinados à morte de repente começaram a se duplicar, a refletir um ao outro – como se entre a cidade sitiada a perecer (no primeiro ano do bloqueio morreram setecentas e oitenta mil pessoas) e o *front* não houvesse nenhuma diferença. *Cidade-front* é um clichê que a propaganda então amava, não por acaso; a transfiguração do cotidiano, sua união selvagem com a experiência diária do sofrimento e da desintegração, era indispensável ser explicada e elevada de alguma forma. As fronteiras entre o normal e o impensável pararam de funcionar, no chão dos aposentos da Biblioteca Pública jaziam os cadáveres hirtos dos funcionários – mas continuavam a oferecer livros sob demanda.

As pessoas que habitavam a cidade e o *front* mudavam com a mesma rapidez que suas noções do possível e natural. As anotações do cerco de Lídia Ginzburg descrevem detalhadamente os estágios de uma transfiguração que se revelou antes de tudo corporal, referente a hábitos de higiene e práticas cotidianas, exteriorizando-se em "um agrisalhar dos cabelos e da pele, nos dentes que começam a quebrar", suplantando a necessidade de leitura – em compensação, acentuando a vontade de se acostumar às circunstâncias e sobreviver. No verão de 1942, quando a fome e o frio recuaram ligeiramente, isso significou um novo e raro problema: uma espécie de brecha entre a trégua recebida e a inércia, entranhada na carne, da luta pela sobrevivência. A almofada de couro da poltrona (presente querido da vida anterior) suscitava uma perplexidade pesada: "surgira a possibilidade de regresso das coisas à sua designação inicial." Mas o que fazer com ela, com as prateleiras de livros, com os próprios livros? Agora eles como que tinham chegado mais perto, embora ainda não houvesse por que tomá-los nas mãos. A habilidade irrefletida de acender a estufa, de levar um balde de água escada congelada acima, de suportar o peso de gamelas, de sacolas, de cartões de racionamento, o aflitivo ritual de despertar e preparar-se – tudo isso pertencia a uma nova pessoa. No mundo modificado, era preferível separar-se do antigo "eu" sem olhar para trás. No fim das contas, tudo ao redor mutava-se de forma abnegada, a vodca transformava-se em pão, a mobília em açúcar; como escreve a mesma Ginzburg, "de verduras faziam bolos, de arenque faziam almôndegas". Para ela, havia uma lição nisso: "cada alimento deve deixar de ser si mesmo." Sem dúvida, as pessoas deviam fazer o mesmo.

Nikúlin, convocado para o *front* no verão de 1941, conta algo similar a respeito de si mesmo; no fim do outono, ocorre a ele, um distrófico distraído, uma mudança inesperada. Piolhento, extenuado, passou a noite em uma cova e lá chorou de angústia e fraqueza.

> A força apareceu, vinda de algum lugar. Ao amanhecer, rastejei para fora da cova, pus-me a vagar pelos abrigos alemães vazios, achei uma batata congelada como uma pedra, acendi uma fogueira [...]. A partir daí começou minha transfiguração. Apareceram reações defensivas, apareceu energia. Apareceu uma intuição que me ditava como me portar. Apareceu a destreza. Comecei a conseguir a boia. [...] Recolhia torradas e cascas perto de depósitos, de cozinhas – em suma, pegava comida onde podia. Passaram a me levar à linha de frente.

O homem novo, competente, que aprendeu a sobreviver, é útil não apenas a si mesmo, mas também ao Estado – ele presta para a ação, e aqui novamente não há diferença entre a *cidade-front* e a linha de fogo. A ideia que anima os textos de Ginzburg sobre o cerco é justamente uma ideia sobre a utilidade, entendida de forma interessante. O mundo ocidental revelou-se impotente perante Hitler, ela diz; o único que pode dar conta dele é o Leviatã soviético: um sistema que atemorizara, pervertera e despersonalizara o indivíduo a um ponto que ele aprendera a se sacrificar quase sem reparar. Enquanto o individual ficava transido de horror, desfazia-se, portava-se de forma estúpida ou abjeta, o sentido vinha-lhe sob o sinal da resistência coletiva a um mal indiscutível. Das entranhas da cidade moribunda (de dentro do sacrifício executado), Ginzburg propõe a si mesma e à sua classe de intelectuais livres uma variedade de mobilização: a renúncia ao privado/egoísta em nome da *cidadania austera*, indiferente a cada indivíduo em separado, mas salvadora do todo. Isso seria impossível antes da guerra, mas o tempo de guerra aboliu a velha ordem de relações. Os bem-sucedidos do mundo acadêmico, diz ela, onde estão agora? Arrastam-se pelas estradas, seus apartamentos saqueados estão vazios. Transfigurado, purificado dos velhos hábitos, o homem eficiente do tempo de guerra vive de forma mais leve – tornando-se, dessa forma, utilizável para a causa comum.

De acordo com a lógica do serviço, a própria escrita de Ginzburg é extremamente concisa e econômica. As anotações, existentes em muitas redações e variantes, são destinadas à fixação de temas dos quais se pode extrair o típico – observações que fornecem fundamentos a deduções. Tudo de pessoal é afastado, como se já pudesse ser considerado morto. Ele deve ser estudado, destripado, submetido à análise; descrever – mas apenas na medida em que se presta à generalização. Tudo de não obrigatório (como crônicas hedonistas do encontro com o belo) é de lá enxotado. Aliás, no imenso volume dos textos de Ginzburg sobre o cerco, há um fragmento – quase envergonhado de si mesmo – em que o *observador insuportável*[197] imperceptivelmente cai no modo conhecido de contemplação encantada.

Gente de cidade grande, que não supunha que não apenas na *datcha*, mas também na cidade há lua, considerávamos natural e autoevidente que à noite é claro nas ruas. Lembro-me de como isso se apresentou a mim pela primeira vez. Havia uma negritude plena, as trevas de uma noite de novembro. A negritude do céu diferenciava-se mal da negritude das casas em seus enormes esqueletos (aqui e ali luziam frestas não fechadas). Estranhos bondes azuis marchavam como se tivessem dois andares, pois refletiam-se profundamente na negritude úmida do asfalto.

Na avenida Névski surgiam e se aproximavam rapidamente os grandes pares de luzes dos carros, ora, como se deve, azuis, ora esverdeados ou, por algum motivo, de um laranja sujo. As luzes adquiriram uma significância inaudita. Iam aos pares (e em fila), e na neblina de repente emitiam um raio de luz reduzido, ou uma buzina.

O texto, que até então se desenrolava em algum lugar entre relatório e generalidade, de repente *espia* à vista – inundado, como que por água, por um olvido de desfalecimento, perde qualquer lembrança das próprias tarefas e circunstâncias. Algumas linhas depois, a autora recobra os sentidos e

---

[197] Citação de uma frase de Púchkin sobre *Viagem sentimental*, de Sterne: "Sterne diz que nosso prazer mais vivo terminará em uma convulsão quase dolorosa. Observador insuportável! Ficasse sabendo sozinho; muitos nem perceberiam."

apressa-se em dizer que "para nosso contemporâneo, não há aí mística, nem romantismo", apenas o desconforto cotidiano – mas a experiência de seus camaradas de infortúnio, enfeitiçados pela mesma luz e negritude, diz outra coisa. O "nós" dos habitantes das cidades de então, que para Ginzburg era ponto de repulsão, emagrecera até o limite, através daí avistavam-se pontes e edifícios. Aparentemente, apenas as zonas vergonhosas do entorpecimento feliz, onde a pessoa contemplava o que havia para além de si, podiam receber o nome do espaço comunitário com o qual Lídia Iákovlevna sonhou em vão durante o cerco.

*

Em meados do outono, a cidade apenas começava a esfriar. Diziam que a fome era inescapável, mas ainda continuavam a servir comida nos cafés. Depois do ataque aéreo, *aqueciam o banho, lavavam as crianças*[198]; muito rapidamente, a ideia de que bastava um leve movimento para que a água saísse da torneira pareceria inverossímil. A cidade é bombardeada, as vidraças das casas são vedadas, as noites são tomadas pela escuridão, mas os bondes azuis circularão até dezembro. As rações de gêneros alimentícios ficam cada vez mais baixas: em vez de 600 gramas de pão diárias, dão 200 aos servidores. Em setembro, Chapórina vai atrás de víveres, recebe um pão pelo cartão de racionamento – e se distrai com a leitura de um jornal de rua. Depois se revela que ela esqueceu de receber os cinco ovos a que tinha direito. Algumas

---

198   Citação dos *Diário* de Liubov Chapórina.

semanas mais tarde, será impensável esquecer-se de comida. Alguém observa que dormiu por alguns dias sem se trocar: à noite, é preciso descer aos abrigos antiaéreos. Nos apartamentos gelados do *inverno terrível* dormirão de roupa, botando por cima quaisquer trapos que conseguirem achar na casa; quando chegar a primavera, a sobrevivente Lídia Ginzburg terá dificuldade em forçar a si mesma a trocar as botas de feltro por calçados comuns. Agora já está esfriando; os estoques de combustível da cidade terminaram ainda em setembro – envia-se para cortar madeira quem calhar, adolescente, moças de casaco e sapato urbano leve. Na noite de 7 de outubro, cai a primeira neve. No dia seguinte, Liódik de alguma forma vê-se na Leningrado cercada.

[em tinta lilás, em uma folhinha pequena]
8/X – 41.
Querida mamãezinha! Desculpe-me por informá-la tão raramente sobre meu bem-estar. De alguma forma, não consigo fazer isso. Mamãezinha, você toma isso muito a peito. Isso não tem absolutamente nenhum cabimento.

Escrevo essa carta sentado na casa de tia Lízotchka[199]. Eu não estava longe de Leningrado, e aproveitei a oportunidade para vir à cidade. Ao chegar na casa dela, encontrei em casa tia Soka e Lúcia[200]. Você não imagina como fiquei infinitamente feliz e contente com esse encontro.

Mamãezinha, elas se preocupam comigo o tempo inteiro, como se eu fosse um filho. Fico simplesmente desconfortável. Lúcia fez para mim um acolchoadozinho quente, que posso usar debaixo do capote.

---

199 Diminutivo de Ielizavieta.
200 Diminutivo de Liudmila.

Titia me deu meias, polainas quentes e lencinhos de bolso. Tudo isso é muito oportuno, e sou-lhes infinitamente grato por isso. Elas me abasteceram de boas papirossas[201], *de modo que nesse campo também me tornei um "homem rico". Mamãezinha, infelizmente já na noite de hoje devo me separar delas. Não há nada a fazer, assim é que as coisas são.*

Recebi uns postais de você, ainda da estrada, e algumas cartas, já de Ialútorovsk. Sua última carta que eu tenho tem a inscrição de 5 de setembro. Estou feliz em ouvir do Seu bem-estar. Que bom que você arrumou trabalho. A questão não é dinheiro mas, principalmente, que você não vai se entediar, sentada em casa sem trabalho. Excelente tia Bétia ter ido até você.

Mamãezinha, recebi uma carta de papai de Moscou, de 27 de agosto. Ele escrevia que logo seria convocado. Não sei nada mais dele além disso. Nosso novo parente veio à luz? Se sim, de que sexo? Fique saudável e feliz. Um grande beijo e abraço para todos. Tia Lízotchka vai te escrever hoje. Seu Liódik.

Nessa mesma hora, Chapórina inscreve em seu diário que o guisado de talhos de repolho obtidos fora da cidade revelou-se um prato saboroso, e que seria bom estocá-los. Ao anoitecer: Liódik já saiu da casa das parentes, caminha pelas ruas não iluminadas – precisa regressar à unidade. À noite, as nuvens se dispersaram, as estrelas se tornaram visíveis, e Chapórina aguarda *surpresas*: ataques aéreos. "Veio Marina Kharms. D[aniil] I[vánovitch] foi preso já há um mês e meio, a casa vizinha à deles está destruída, a deles tem rachaduras, todas as janelas

---

201 Cigarro de boquilha de cartão.

estão quebradas" – ela escreve. "Marina não tem quaisquer meios de subsistência, e está mortalmente preocupada com Daniil Ivánovitch."

Nesse mesmo dia, a inteligência alemã relata ao comando do 18º exército o estado de espírito na cidade sitiada, e recomenda variar os meios de propaganda. "É indispensável empregar panfletos como modo de agir inesperadamente, capaz de levar o inimigo à confusão, apresentando medidas tomadas pelos Soviéticos como pretensamente correspondente aos interesses alemães. Por exemplo, os trabalhadores não devem se recusar a tomar armas, pois, no momento decisivo, devem virá-las contra as autoridades vermelhas." É um estranho eco das palavras citadas na ata de acusação do caso Kharms. Ele – se formos crer em um informante sem nome do NKVD – disse certa feita: "Se me obrigarem a dar tiro de metralhadora do sótão durante os combates de rua com os alemães, não vou atirar nos alemães, mas neles, com essa mesma metralhadora."

Os relatórios do NKVD que o historiador Nikita Lomáguin cita em seu livro sobre o cerco dão uma conta detalhada do estado de espírito derrotista na Leningrado cercada. Em outubro, os agentes assinalaram entre 200 e 250 "manifestações antissoviéticas" por dia e, em novembro, 350. Nas lojas em que se formavam filas a partir das três ou quatro da manhã e multidões de adolescentes pedinchavam migalhas de pão, falava-se de como os alemães viriam e *implantariam a ordem*. A mesma Chapórina, não sem compaixão, contava um boato corrente: jogariam na cidade bombas especiais, tudo se cobriria de fumaça e, quando a fumaça se dispersasse, em cada esquina haveria um policial alemão.

Por algum motivo lembro-me aqui de como, nas primeiras semanas da guerra, Lev Lvóvitch Rákov, ex-amante de Kuzmin, um erudito bonitão e *dandy* russo, tranquilizava uma amiga em um café de Leningrado, que ainda reluzia com todas suas vidraças. "Ora, por que está tão agitada?", ele disse. "Bem, virão os alemães – não vão se aguentar por muito tempo. E mais tarde, depois deles, virão os ingleses – e todos nós vamos ler Dickens. E quem não quiser não vai precisar ler."

Dickens serviu a muitos na Leningrado cercada, foi comparado ora a um remédio, ora a uma fonte de calor. Com especial frequência, por algum motivo liam e reliam para as crianças o romance *Grandes esperanças*, com sua casa gelada e bolo nupcial decomposto; no diário de Micha Tikhomírov, que tinha dezesseis anos, lê-se que, para adoçicar a leitura da noite, ele conservara "quatro pedacinhos de pão seco (muito pequenos), uma partezinha de torrada, meia colherinha de açúcar caramelizado". Hoje leio e releio a carta de Liódik de outubro com seu *acolchoadozinho* e *lencinhos*: quero prolongar essa cena dickensiana paradisíaca, impossível – como quem tenta aquecer e cuidar de um soldado congelado e asselvajado, vestindo-o com o que calhasse, feliz por ele estar vivo e por nós estarmos vivos, alimentando-o com a última ou penúltima coisa que tiver. Tudo isso na pior hora da guerra, na cidade apodrecida por dentro, onde logo ninguém mais poderá ajudar ninguém, num apartamento de janelas vedadas, por algum motivo brilhando de dentro, como âmbar.

A carta foi mandada por intermédio de parentes, e o menino podia escrever livremente, sem olhar para trás. Ele não faz isso, e não o fará. No outono de 1941, a quantidade de cartas do *front* de Leningrado que a censura não deixa passar fica cada vez maior – apenas na própria cidade elas são computadas em milhares. Mas mesmo aquelas que chegaram aos destinatários distinguem-se destas, do velho envelope de mamãe: antes de tudo, pelo desejo não dissimulado de compartilhar com o interlocutor tudo que ocorre em volta. Lá pedem que mandem coisas ou *papirossas*, descrevem o funcionamento de uma bateria de morteiro e explicam as peculiaridades do trabalho do instrutor político. Lá prometem derrotar até o último inimigo e contam como isso é feito ("Irmã Mánia, há muito medo no *front*, é insuportável"). Leonid Himmelfarb, como antes, está *plenamente bem*, e isso começa a parecer totalmente estranho quando não há cartas dele há um mês e meio, e depois chega uma nova, com referências a preguiça e angina.

27/XI – 41.
Querida mamãezinha,
Não consegui de jeito nenhum me preparar para escrever para você. O principal motivo é minha preguiça horrenda de escrever cartas. Mamãezinha, estive em Leningrado pela segunda vez e vi a tia Lízotchka, Soka e Lúcia. Todas estão bem e saudáveis. Fui parar em Leningrado porque padeci de minha doença antiga, a angina, e fiquei no hospital, de modo que Soka, Lúcia e a tia me visitaram... Mamãezinha, como está, como anda de saúde? Imploro-lhe uma coisa – não se agite por minha causa, não preciso de nada, e estou plenamente bem. Sinto agora um completo bem-estar.

    Sinto muita pena porque as coisas que você me enviou não puderam chegar ao destino, pois já faz um mês que saí desta unidade. Mas acho que todas as coisas voltarão a você. Mamãezinha, em geral não precisa mandar nada, pois tenho tudo que é necessário.

    Não tenho nenhuma notícia. Ainda não tenho endereço. Quando tiver, escrevo.

Fique saudável e feliz. Um grande beijo a tia Bétia, Liónia, Liólia, tio Sióma, Rosalia Lvovna e Sarra Abrámovna.
Seu Liódik

Não dá para verificar isso, mas não consigo largar a ideia de que, naquelas semanas, a angina era um motivo insuficiente para sair da linha de frente para um hospital, ainda mais de Leningrado, aonde ele ainda tinha que chegar. A versão que imediatamente vem à cabeça é um ferimento, a respeito do qual Liódik não queria contar à mãe; parece mais provável, porém indemonstrável. Nas anotações de Nikolai Nikúlin, diz-se que não se ficava doente no *front*: *não havia lugar*. Dormiam na neve, e se havia febre, era suportada em pé; Nikúlin lembra como suas unhas caíram das mãos congeladas, recorda o nome de um encarregado de comunicações que passava as noites de quatro, "na pose de um canhão antiaéreo", devido aos constantes ataques de úlcera estomacal. Outra testemunha fala da fome constante:

> Muitos combatentes que com tanta dificuldade tinham superado os metros mortais da zona neutra, esqueciam o instinto de autopreservação e começavam a procurar algo comestível nas posições alemãs. Os alemães imediatamente nos atulhavam de minas e projéteis, cobriam-nos de granadas e aqueles que conseguiam sair incólumes tinham que se retirar para suas trincheiras.

Em 16 de novembro, o 994º regimento de fuzileiros resistiu sob fogo de artilharia. Estava frio, uns vinte graus negativos. Nos pântanos não havia como construir fortificações, entrincheiravam-se como podiam. Os alemães, em ofensiva, ocuparam parte de nossas trincheiras; os canhões trabalhavam sem intervalo, sem permitir que avançassem um metro sequer. No dia seguinte, o ataque falhou, o inimigo se retirou. A terra congelou, encontraram covas prontas, escavadas ainda no outono, e despejaram lá quatrocentos cadáveres. Os demais, russos e alemães, largaram deitados na linha de frente, logo a neve cairia e cobriria o que pudesse.

A carta de novembro de Liódik foi mandada no dia 27. De onde ele escreve? Não dá para entender e, o que lhe aconteceu, não dá para discernir, nem explicar por que as parentes de Leningrado não escreveram *aos nossos* que ele tinha adoecido. Como elas chegaram ao hospital em dias em que as pessoas nem sempre tinham forças para subir uma escada? Como voltaram depois para casa? Em 25 de novembro, voltaram a reduzir as rações de pão: para servidores, crianças e dependentes davam agora cento e vinte e cinco gramas. Para os feridos e os que estavam a seu lado, era um pouco mais fácil. Escreveu sobre isso em seu diário a médica Klávdia Naúmovna, cujo sobrenome não conheço (suas notas são dirigidas ao filho evacuado, *meu menino de ouro, Lióssik, filhinho*; ela repete as palavras carinhosas assim como meu *Liódik* – uma sílaba de diferença – à sua *mamãezinha*; o diário se interrompe em 1942).

> Filhinho, nos alimentamos no hospital, e nossa ração é mais ou menos a seguinte. De manhã, um pouquinho de macarrão preto, um pedacinho de açúcar e 50 gramas de pão. No almoço, sopa (frequentemente muito ruim) e, como prato principal, ou novamente um pouco de macarrão preto, ou mingau, às vezes, um pedacinho de linguiça defumada, carne e 100 gramas de pão. E, no jantar, de novo macarrão ou mingau, e 100 gramas de pão. Tem chá, mas não dão açúcar. Uma ração modesta, como você vê, mas luxuosa em comparação com o que se come na cidade.

No começo de dezembro, Chapórina observa que as pessoas começam a inchar de fome. Nos rostos dos passantes manifesta-se o amarelo-esverdeado do escorbuto, "havia muitos assim em 1918". Conta-se que alguém viu dois congelados na rua. Nessas semanas de *inchaço de morte*, sua evidência passa a ocupar cada vez mais espaço nos textos do cerco; as pessoas irão descrever filas de espera por caixões, trenós e carroças com novos mortos, corpos a jazerem nas ruas, caminhões entornando cadáveres. Perto do fim de janeiro, esse horror também se torna costumeiro, e o convívio com os mortos, um fato corriqueiro, do qual se fala de passagem, como algo conhecido. Na manhã do novo ano, 1942, a artista de setenta anos, Anna Ostroúmova-Lébedieva, escreve, não sem satisfação, que comeu cola de marceneiro. – "Nada de mais. Às vezes, a gente é tomada por uma primeira convulsão de repugnância, mas acho que isso vem de excesso de imaginação. Ela, essa galantina, não é nojenta se você colocar canela ou uma folha de louro."

*

Pensamentos insistentes e perigosos em comida – era fácil demais se atascar neles, perder a vontade de movimento – constituíam o conteúdo secreto da vida no cerco. Era assustador e doce falar disso, e tentavam se esquivar disso, especialmente em público, no serviço, no espaço da *mobilização geral*. Em casa, à noite, a comida tornara-se o único leito que a conversa podia percorrer; ela fornecia largos baixios para recordações conjuntas de jantares e cafés da manhã, de guardanapos de restaurantes e laguinhos de gema de ovo. Era ainda possível sonhar com o futuro, com como comeríamos quando a guerra terminasse, e tais fantasias tinham um peculiar fascínio venenoso, elas aqueciam, confortando mãe e filha ao adormecer; elas não teriam que fatiar o pão, por exemplo, mas cortar com a mão em pedaços grandes, despejar açúcar e verter camadas grossas de manteiga, e depois ainda fritar à vontade batatas coradas. Os leningradenses consideravam melhor afugentar essas visões, que rapidamente se tornavam o começo do fim; exatamente da mesma forma, eles aconselhavam a si mesmos, e uns aos outros, a não devorar o pão recebido assim que saíam da loja. Devia-se falar de comida com cuidado, judiciosamente; qualquer erro aqui fazia estourarem cenas atrozes, terríveis palavras de acusação. Nas cartas e diários, alusões a alimentos davam vida a uma série de enumerações apaixonadas, das quais poucos podiam se abster: quero lhe contar o que comemos no feriado!

Nas cartas de Leonid Himmelfarb não se diz uma palavra sobre comida.

28/XII – 41.
Querida mamãezinha!
Escrevi a você o tempo inteiro, sem ter a possibilidade de comunicar meu endereço. Agora tenho endereço, de modo que você pode me responder. Alguns dias atrás, convocaram-me ao estado-maior da unidade em que eu me encontrava e disseram que eu ia estudar. Fui constrangido a aceitar e, já no dia seguinte, estava no curso. É um curso para comandante intermediário. Como estamos em tempo de guerra, os prazos de estudos foram abreviados, e equivalem aproximadamente a dois meses. Interessa-me sua reação a isso, escreva-me a esse respeito.

Mamãezinha, há muito tempo não recebo nada de você, assim como não sei nada a seu respeito, e de todos os nossos. Escreva sem falta a respeito de tudo que me interessa.

Como está sua saúde? Como correm as coisas no seu serviço? Como estão todos os nossos? Como se chama o bebê de Liólia e Liónia? Tia Bétia agora é avó. Com certeza ela está feliz. Está muito frio aí para Vocês, "siberianos"? Mamãezinha, que ultrajante que as coisas que você mandou não me chegaram. Acho que elas serão devolvidas. Mas agora visto roupas quentes, de inverno. Você me escreveu que a situação das papirossas aí está ruim; isso continua agora? Você não teve notícias de papai? O que ouviu falar dos Nerséssov? Há um mês, vi Iúra[202] Apelkhot, Lúcia e Soka, e a tia Lízotchka. Todos eles parecem bastante bem. Iúra já é um perfeito adulto, afinal está de uniforme militar – é um médico militar. Bem, escrevi sobre todos, ao que parece. Fique saudável e feliz. Beijo e abraço grande para você. Beijo grande para tia Bétia, Liónia, Liólia, o bebê deles, Sarra Abrámovna, tio Sióma. Escreva logo uma resposta.

Seu Liódik.

Meu endereço: PPS 591, Curso de subtenente da companhia 2.

Essa carta é especial, esquisita, parece que foi escrita com um ligeiro desvio com relação às outras. As outras começam com uma cascata de perguntas e concluem com um conjunto simétrico de saudações (para tia Bétia, Lióna, Liólia, a ordem é sempre a mesma e única: do núcleo central da família aos parentes mais afastados), e pareceriam formais se não fosse a saudade por detrás delas. Ela é mais visível não nas palavras, porém detrás das palavras, na própria quantidade de cartas – será que elas vão chegar ao destino? –, na insistência (como estão, meus queridos?) das repetições.

---

202 Diminutivo de Iúri.

Parece que a pessoa queria mandar um telegrama mas, em vez disso, é constrangida a encher todo o espaço da folha de caderno com as mesmas e únicas perguntas que a ocupam insistentemente. A correspondência revela-se a única forma de tocar os próximos; além disso, não deve de forma nenhuma deixá-los entender o que de fato acontece. Só raramente as beiradas se abrem, e no vão que se forma vislumbra-se o forro. No verão, Liódik escreve à tia, minha bisavó: "Fico contente por Todos estarem bem instalados: têm o seu lugar, e até pintinhos. Fez-me rir a sua frase, quando você diz que deixaremos tudo isso com prazer quando formos para casa. Por melhor que seja aí, em casa é sempre melhor. Não precisa ocultar isso, não é verdade?"

A conversa sobre o curso de comandante intermediário é o único em que a inquietação pungente torna-se visível. Todo o tema é comprimido em algumas linhas inseguras, em que a escolha já consumada ("fui constrangido a aceitar") não parece plenamente consolidada, é possível ajustar algo – e ele tem vontade de ouvir o que a mãe dirá: "escreva a esse respeito."

Comandantes intermediários, de batalhão, de companhia, estavam desesperadamente em falta no *front*; no Ano-Novo o efetivo de comando do *front* de Vólkhov foi trocado quase que por inteiro. Em 4 de outubro de 41 foi publicada a ordem número 85, destinada a corrigir a questão: "Sobre a criação, nos estados-maiores dos exércitos e divisões, de cursos preparatórios para pessoal de comando inferior e intermediário." Ela foi redigida pelo próprio Stálin, abreviando sucessivamente os prazos de instrução: na zona da linha de frente, para um mês, nos estados-maiores dos exércitos, para dois. O segundo ponto toca diretamente a Liódik, com sua experiência de combate recém-adquirida:

2. Criar nos estados-maiores dos exércitos um curso de subtenentes para prepará-los como comandantes de pelotão. O curso deve ter um efetivo de até 200 homens. A complementação do curso será realizada pelos sargentos e melhores cabos que se provaram em combate, dentre os quais os que foram levemente feridos, após a convalescença. O prazo de instrução é fixado em 2 meses.

3. Na qualidade de instrutor dos efetivos de comando, destacar para os cursos o efetivo de comando competente dos estados-maiores e unidades do exército.

No terceiro parágrafo também foi feita uma emenda: a fórmula "melhor efetivo de comando" foi substituída por Stálin pelo mais efetivo "competente". Os requisitos aos professores eram os mais baixos, a duração do curso, extremamente breve. Os comandantes intermediários, que deveriam levar seus soldados ao ataque, eram os primeiros a cair, pereciam aos milhares, o país precisava de novos e não conseguia se satisfazer. Eles eram mais notáveis que os combatentes de linha, e considerados culpados quando a companhia de repente retirava-se sob rajadas de fogo, ou quando a sentinela saía do posto para se aquecer.

A vida semiesfomeada da linha de frente era mais generosa do que poderia esperar um aluno da escola militar na cidade sob o cerco. As rações de alimentação dos soldados, em 1941, eram reexaminadas e cortadas o tempo inteiro, mas na linha de frente sempre cabia aos combatentes muita coisa que era um luxo inalcançável uma dezena de quilômetros ao norte. Davam *makhorka*[203]. Ofereciam-se 900 gramas de pão, além disso havia

---

203 Tabaco de má qualidade.

carne, cereais, batata e cebola; distribuíam tabletes de vitamina C para quem tinha escorbuto. As rações dos feridos nos hospitais também eram comparativamente pródigas. Na quota hospitalar, entravam não apenas 600 gramas de pão, carne, peixe, mas também manteiga com leite, açúcar, suco ou extrato de frutas e bagas. Para convalescentes, a norma do pão aumentava para 800 gramas. Comparada a isso, a vida dos estudantes da escola militar era completamente desprovida, e rumores a esse respeito chegaram às unidades em ação.

Mesmo que Liódik não temesse a fome e não tivesse visto com os próprios olhos o que ocorria naqueles meses em Leningrado, teria base para inquietação. A lei do dever militar obrigatório geral não abria exceções para gente de genealogia corrompida, mas só temporariamente. Filhos e netos de sacerdotes, nobres ou mercadores prestavam para o serviço em bases gerais, mas funções de oficialato eram proibidas para eles. E aqui nem tudo era simples para Leonid Himmelfarb; havia parentes no exterior, cujas novas fotografias, coloridas, eram guardadas em velhos álbuns, e avós cuja origem e situação eles tentavam não pormenorizar nos questionários. A promoção no serviço tornava todas essas coisas um pouco mais visíveis; dados de questionário como "serviu" e "não participou" eram verificados com maior seriedade, a própria posição na ordem geral parecia duvidosa. Provavelmente havia também outra coisa: tinha aspecto vergonhoso abandonar os seus na linha de frente. Liódik, com sua falta de desejo de *dramatizar*, devia ter asco da própria posição de chefia – patrão de circunstâncias alheias, culpado sem ter culpa, tirado das fileiras contra a vontade.

Nas memórias de Ivan Zýkov, que lutou no *front*, descreve-se um curso de aumento de qualificação em Leningrado, mas para uma patente superior, de comandante de batalhão. O curso localizava-se em Bolcháia Ókhta, no prédio de uma escola; dormiam ali com uma pistola Nagant debaixo do travesseiro e uma pirâmide de fuzis carregados; quase não saíam à cidade, e não havia nada a fazer lá, a não ser recordar a Leningrado de antes da guerra, "a grandiosidade e beleza de seus cais e avenidas". A escola não era aquecida, o encanamento congelara ainda em novembro. Dizem que em algum lugar os teatros funcionavam, e os atores macilentos entravam em cena para *interpretar*.

> Organizar a alimentação era coisa complicada. Os cozinheiros eram civis, e o abastecimento de água, o aprovisionamento de lenha, eram coisa de pessoal de serviço designado. Traziam a água do rio Nevá em um grande barril, em trenó, e isso se repetia muitas vezes ao dia. Em algum lugar, a 400 metros, uma casa de madeira tinha sido transformada em lenha. Íamos, arrastávamos nos ombros um par de troncos, serrávamos, rachávamos, levávamos à cozinha. Dizíamos: "Esquente, cozinheiro, sopa e mingau." Mas quando o almoço ficava pronto, não nos deixavam entrar no refeitório: "Primeiro vá até o barril com tisana de conífera – é obrigatório tomar uma caneca para não adoecer de escorbuto –, e só então passe para o almoço."

O frio ainda duraria muito, muito tempo. "Caía neve, neve e mais neve. A praça, o cais, o Palácio de Inverno descascado, o Hermitage com as janelas quebradas – tudo isso parece-me algo distante e fantástico, uma cidade morta de contos de fadas, no meio da qual se movem, apressam-se até o último suspiro sombras chinesas irreais." Em fevereiro, o canibalismo torna-se tema constante das conversas: rumores sombrios a esse respeito enchem as anotações do diário. "O anatomopatologista professor D. diz que o fígado de um homem que morreu de inanição tem um gosto muito ruim, porém, misturado com cérebro, é muito saboroso. Como ele sabe?!?!" Transmitem isso um ao outro com o inalterável refrão "é lenda ou aconteceu?", com desmedidos detalhes naturalistas que arremessam narrador e ouvinte para trás, *para a razão*. Em algum lugar, nessa época, sóbria ao ponto da autonegação, Chapórina escreve: "Transformei-me em uma mulher das cavernas." Ela recebeu, pelo cartão de racionamento, 450 gramas de carne; "não tive paciência para cortar com garfo e faca: peguei a carne com as mãos e comi assim mesmo".

17/V – 42.
Meus queridos!

Nem sei como começar a carta. Estou vivo, saudável, e plenamente bem. Muitas vezes escrevi do curso, mas não recebi resposta. Não sei como isso pode ser explicado.

Agora tenho endereço permanente, e por isso escrevo novamente, na esperança de receber resposta de vocês.

Escrevam como estão vocês todos, queridos, vivos e bem? Como está mamãezinha, tia Bétia, Liónia, Liólia, o nenê deles, Sarra Abrámovna? Estou muito preocupado por não ter notícia de vocês.

Até março, encontrava-me em Leningrado, de modo que a alimentação não era especialmente robusta. No final de fevereiro, deixei Leningrado e transferi-me para o Lago Ládoga, de modo que minha alimentação melhorou de imediato, e agora sinto-me uma pessoa forte e saudável.

Escrevam detalhadamente sobre tudo e sobre todos. Aguardo a resposta com impaciência. Um grande beijo e abraço para mamãezinha, tia Bétia, Liónia, Liólia, o nenê deles e Sarra Abrámovna.

Meu endereço: PPS 939, 994 s/p, 3º batalhão, 7ª companhia. Subtenente Himmelfarb
L. M.

*

Na primavera de 1942, a vida começou, desajeitadamente, quase a contragosto, a regressar às formas abandonadas. Aumentaram as entregas de víveres; voltou o mercado, com a possibilidade de comprar algo a dinheiro. A cidade simplificada adquiriu, sob o sol, traços rurais; aqui e acolá, a terra se desnudou, propícia para a horticultura, lá haverá batata, repolho, pepinos. Em abril, os leningradenses saíram à rua para limpá-la dos vestígios do *inverno terrível*; ele não tinha ido embora, soprava por cada vão, mas a mudança parecia um paraíso. Instável, vacilante, a euforia (não há fé nela, mas um desejo de demorar-se sob seu sol de vidro) esguicha nos textos dos cercados daquelas semanas e meses. No começo do verão, Klávdia Naúmovna escreve ao filho:

> E a vida flui, eu diria que é exuberante em comparação com o inverno. As pessoas estão limpas, começam a se vestir com roupas boas. Os bondes circulam, as lojas abrem de mansinho. As lojas de perfume têm filas – trouxeram fragrâncias a Leningrado. Verdade que um frasquinho custa 120 rublos, mas as pessoas compram, e compraram também para mim. Fiquei muito contente. Gosto tanto de perfume! Ao me perfumar, tenho a impressão de que estou saciada, de que acabei de voltar do teatro, de um concerto ou do café. Isso vale especialmente para o perfume *Moscou Vermelha*.

Ela é secundada por Chapórina, o ar está maravilhoso, e que rabanetes! Não se deve ter esperança em nada – "e mesmo assim estamos vivos".

O mesmo sentimento de saciedade incrédula é experimentado por Otter, herói e *alter ego* de Lídia Ginzburg, que acorda com "uma sensação espantosa, ainda não liquidada, de ausência de sofrimento. *O Dia de Otter*, a partir do qual mais tarde será montada a construção perfeita das *Memórias de um homem no cerco*, foi escrito já a certa distância, entre 1943 e 1944, mas o regresso imotivado da vida anterior parece fresco em sua inverossimilhança. "A janela está aberta. Ele não sente frio, nem calor. Em volta está claro, ficará claro por muito tempo, para sempre, através da noite branca, até o infinito, à [fr]ente nem um grão de escuro. Não tem nem vontade de comer. [...] Otter tira o lençol, oferecendo o corpo nu ao ar claro, leve, nem frio, nem quente."

No *front* de Leningrado também se prolongava uma espécie de calmaria feliz. Quando a neve desapareceu, escreve Nikúlin, desnudaram-se *camadas de mortos* que jaziam ali no inverno; os de setembro, de túnica militar de verão e bota, em cima, a infantaria naval, de casaco preto de marinheiro, os siberianos, de peliça curta, as milícias do cerco. As estradas viraram lamaçais intransitáveis, os abrigos encheram-se de água. A primavera secou e nivelou tudo, tingiu de verde, deixou as sepulturas imperceptíveis. "As tropas descansavam nas defesas. Quase não havia mortos e feridos. Começaram os estudos, até se puseram a exibir filmes [...]. Construíram banhos por toda parte, e finalmente erradicaram os piolhos." O verão estava ensolarado, preparavam-se aos poucos para a ofensiva; a mãe perguntou a Liódik se ele não teria licença, e ele esclareceu: "Respondo: em tempo de guerra não se concedem licenças. Quando a guerra acabar, tenho esperança de ver todos Vocês, meus queridos". Artistas iam às posições para darem concertos patrocinados, e a então pouco conhecida Klávdia Chuljenko cantava *Lencinho azul,* que tinha sido recentemente arranjada para ela:

Ao receber sua carta
Ouço uma voz viva
E, entre as linhas, o lencinho azul
Volta a estar diante de mim.

5/VII – 42.
Querida mamãezinha!
Ontem recebi de você um postal que me deixou infinitamente feliz. Algum tempo atrás, recebi mais um postal. Fico contente ao ouvir e saber que você e todos os nossos estão saudáveis e bem. Recebeu a minha carta em que descrevi tudo em detalhes? No mesmo dia escrevi uma carta a papai, mas ainda não recebi nada dele. Mandei a você 700 rublos. Escrevi a você a esse respeito – você os recebeu?

Mamãe, comigo tudo está como antes, os dias passam de forma completamente imperceptível. O tempo continua bom. Alguns dias atrás, vieram uns artistas até nós – uma banda de jazz, *um declamador, duas dançarinas, uma cantora e um barítono. Gostei especialmente da interpretação das cançonetas* Tchelita[204] *e* Lencinho azul, *assim como da execução da música de Dunáievski pela banda de* jazz. *Muito tempo depois do concerto eu ainda estava impressionado, tamanho luxo excepcional isso me parece. Com certeza, os vis boches também*

---

204 Versão russa da canção mexicana *Cielito lindo* (1882), de Quirino Mendoza y Cortés.

ouviram um pouco do concerto, pois ele foi dado pelos artistas perto das posições de frente.

Estou plenamente bem; vivo com a esperança de, no futuro próximo, encontrar-me com você, papai e todos nossos parentes queridos. Estou orgulhoso de nosso pai por ele ter a patente honrosa de membro da guarda. De minha parte, espero justificar a confiança depositada em mim por nosso povo, como comandante do Exército Vermelho.

Mamãezinha, escreva sobre tudo, sobre todos. Tenho um pedido a você: se houver possibilidade, mande-me envelopes, pois consegui--los aqui é muito difícil.

Fique saudável e feliz. Um grande beijo e abraço.
Seu Liódik.
Um grande beijo a todos parentes queridos.
P.S. Encontrei conterrâneos nossos de Moscou. Foi agradável falar com eles. Um deles trabalhou e morou na nossa rua.
Mais um beijo.
Liódik.

*

Antes da guerra, Lencinho parecia simplória, e sua letra era outra. Ela se tornou quase por acaso o hino da saudade do soldado; outro jovem tenente, que servia no mesmo lugar, o de Vólkhov, entregou a Chuljenko uma folhinha com sua versão do texto:

Por eles, por eles.
Tão queridos, tão amados,
A metralhadora dispara pelo lencinho azul,
Que estava nos ombros queridos.

Tais aventuras aconteciam com as canções favoritas em todo lugar. *Tchelita*, na moda – *ai-ai-ai-ai, que garota!* –, foi reelaborada para o palco soviético dos anos 1930; o original mexicano era mais pungente e elevado, em compensação, na versão russa, as palavras são jeitosas, propulsivas, e a linha de classe é cuidadosamente conduzida. *Os señores prometem-lhe montanhas de pérolas* – mas a heroína ama apenas o sol no zênite e o rapaz simples da padaria. A famosa *Vamos ousadamente ao combate pelo poder soviético*, do Exército Vermelho, tem uma gêmea do Exército Branco, *Vamos ousadamente ao combate pela santa Rússia*, só que esta é cantada de forma mais lenta e abafada, como se viesse de debaixo da terra. Ambas têm uma raiz ou arbusto em comum, a maravilhosa romança *Cachos perfumados de acácia branca*. Uma canção que minha avó Dora cantava para mim na infância, e lembrava bem a Guerra Civil ("Marchavam esquadrões audazes de guerrilheiros da Manchúria Exterior") encontrou, alguns anos depois, um reverso imprevisto, a marcha militar dos fuzileiros siberianos de 1915: "Da taiga, da densa taiga os siberianos vão para o combate." Até uma valsinha de salão da pilha de partituras antigas remetia à soviética *Campo, meu campo*.

A célebre *Katiucha*, composta em 1939 por Matviêi Blanter, também foi recantada a seu modo em meio mundo – e uma de suas encarnações tornou-se o hino da "Divisão Azul", dos espanhóis, que lutou ali perto de Leningrado. Ela cantava a primavera sem flores e longe da amada, as águas do rio Vólkhov e o inimigo infame, que se banhava de vodca. A canção é triste, termina com uma promessa de perecimento heroico: ao todo, em um único combate em Krásny Bor, foram mortos mais de mil soldados espanhóis. A morte, naquele verão, estava por toda parte. Do outro lado do *front*, Liódik escreveu a seu primo: "Penso em logo entrar nas fileiras do PC, para derrotar o maldito inimigo de forma bolchevique. À vitória próxima! Ao encontro próximo!"

26/VII – 42
Querida mamãezinha!
Na carta de tia Bétia, fiquei sabendo que você recebeu meu dinheiro (700 rublos). Não entendo, por que não me escreveu você mesma? Da última vez, recebi de você um postal com um pós-escrito de Liónitchka. Espero logo receber uma carta sua. Mamãezinha, você me pediu que eu lhe enviasse uma delegação de soldo. Fiz isso, e agora você vai receber dinheiro a cada mês, através do comissariado militar regional. Tenho um salário de 750 rublos, mas isso com adicional de campanha, o salário básico é de 600 rublos. Através da delegação, é possível sacar apenas 75% do salário básico, de modo que me permitiram redigir uma delegação de apenas 400 rublos. O dinheiro restante, continuarei a enviar por transferência postal. Redigi a delegação por um ano, a partir de julho de 1943. Você vai receber o dinheiro a partir de agosto deste mesmo ano. No dia 23 do mês corrente, enviei a você 900 rublos, ao recebê-los, não deixe de me notificar. Mamãezinha, redigi a delegação para o endereço: Rua Lênin, 13, CMR de Ialútorovsk, pois não podia enviar por posta-restante.
Escreva, você mora longe da tia Bétia? Se você achar necessário escrever um endereço na delegação, faça-o no comissariado militar regional.
Mamãezinha, como está sua saúde? Não se cansa muito no trabalho? Não se sobrecarregue demais. Já lhe escrevi que recebi uma carta de papai que respondi imediatamente, mas ainda não obtive resposta. Você recebeu minha carta passada? Estou plenamente

saudável e bem. Daqui a dois dias vou completar 20 anos. Espero em meu próximo aniversário estar junto com você e todos os nossos. Fique saudável e feliz. Um grande beijo e abraço.

Teu Liódik, que te ama

É surpreendente, mas soldados e oficiais em tempo de guerra recebiam vencimentos, como antes. Pelas normas de 1939, um integrante da infantaria ganhava de 140 a 300, membros da artilharia e dos tanques um pouco mais. Na época de guerra, a isso acrescentavam-se *adicionais de campanha* – para integrantes do oficialato, vinte e cinco por cento do salário básico. O subtenente Himmelfarb comandava um pelotão: o pagamento mínimo aí consistia em 625 rublos, ele escreve que ganha 600, e com esses adicionais. Ele manda todo seu dinheiro à mãe. No envelope com papéis deixados pela bela Vérotchka Himmlfarb, há canhotos amarelados de transferências monetárias, no verso algumas palavras, o invariável *teu Liódik*.

10/VIII – 42
Querida mamãezinha!

Ontem recebi uma carta sua mas, quando abri o envelope, lá havia quatro envelopes e nada escrito. Pode ser que a carta tenha caído – não sei. Já faz muito temo que não recebo carta sua, e estou muito preocupado com a sua saúde, já que papai me escreveu que você estava se queixando de indisposição. Escreva-me detalhadamente sobre a sua saúde. A última carta que recebi, já há muito tempo, foi de tia Bétia, respondi imediatamente e escrevi nela para você. Redigi para você uma delegação no endereço da tia Bétia, já que não se pode redigir por posta-restante. A delegação é de 400 rublos, pois mais é proibido. O dinheiro restante vou mandar pelo correio, por posta-restante. Você recebeu os 900 rublos que enviei no mês passado? Recentemente recebi uma carta de papai e um postal do tio Fília. O papai está plenamente bem. Tio Fília serve na frota no Pacífico já há quase um ano. Sua esposa, Tônia[205]*, trabalha em um estúdio, em Almá-Atá. Tio Fília promete informar os endereços de todos os nossos. Ele também escreveu-lhe uma carta, pegou seu endereço com papai. Estou plenamente saudável e bem. Como passam todos os nossos? Escreva sobre todos. Só peço que não se agite por minha causa – isso é absolutamente desnecessário e supérfluo. Fique saudável e feliz. Um grande beijo e abraço para você. Mande beijos para todos nossos parentes.*

Espero uma resposta rápida.

Liódik, que te ama.

Essa é a última carta. Em 25 de agosto, Liubov Chapórina, descrevendo no diário conversas com conhecidos, observa, entre parênteses: "(Estou escrevendo, mas em algum lugar perto da cidade, ou nos subúrbios, há um canhoneio reforçado, um duelo de artilharia, um ribombar grave, ameaçador, como uma tempestade forte, avançando)".

Em 27 de agosto começou a infeliz operação de Siniávino, cuja tarefa era romper o anel do cerco no lugar mais estreito. Para se unirem, as unidades soviéticas precisavam percorrer, na direção umas das outras, 16 quilômetros ao todo – por florestas e pântanos que, ao longo do ano anterior, os alemães tinham saturado de posições de fogo, blindagens reforçadas, minas alastradas pelos campos. Centenas de metros de arame farpado, cercas com seteiras para tiro,

---

205 Diminutivo de Antonina.

rodeadas de fossos com água do pântano. "E os canhões sempre a ribombar, e o rádio a tocar alegre. Há rumores de que começamos uma ofensiva aqui" – escreve Chapórina.

O 994º regimento de fuzileiros devia tomar a conhecida aldeia de Vóronovo e se fortificar lá; detrás de um riacho havia duas casas de repouso semidestruídas, onde também havia alemães. Nas memórias do comandante do 1º batalhão, isso é descrito muito detalhadamente: rajadas de fogo que deixaram a infantaria grudada contra o solo, alguns tanques que irromperam numa ponte e tarde demais compreenderam que estavam sozinhos, e ninguém os seguia, cinco dias de combate *sem cessar e sem êxito*, oficiais a tombar um atrás do outro.

> O comandante do 3º [Liódik servia justamente no terceiro batalhão] quebrou uma perna, meu comissário partiu o ombro, o comissário superior do batalhão teve ambas as pernas arrancadas. Alguns homens foram feridos de morte, minha perna direita quebrou abaixo do joelho. Os estilhaços cortavam o tecido fino até os ossos. Dois dedos da mão direita foram arrancados, outros dois, quebrados. Três estilhaços voaram para minha anca, na perna direita. [...] O sangue corria e, para toda essa quantidade de ferimentos, tínhamos apenas dois pacotes individuais."

O narrador voltará para casa inválido. A mãe de Liódik Himmelfarb receberá a comunicação-padrão de morte em combate, dizendo que seu filho tombou em 27 de agosto, bem no primeiro dia da operação. Por outro lado, nas trevas das mortes por atacado, as datas e os aniversários eram extremamente condicionais, ninguém sabia a verdade. Aleksandr Gutman, que comandava um batalhão no regimento vizinho, disse que comunicações de "mortos em combate" eram escritas para todos os soldados de linha: frequentemente não dava para trazer do campo de batalha os corpos dos camaradas, "o registro dos mortos era malfeito". A última coisa possível de distinguir no avanço da escuridão era o ocorrido algumas horas antes de tudo começar.

> A tarefa estava clara para todos, todos estavam prontos para a ofensiva. Transmitiríamos nossa região de defesa à unidade recém-chegada. O regimento sairia para a região de concentração da ofensiva ou, para dizer de outra forma, ocuparíamos as posições de partida. Jantamos na floresta, montamos postos de observação e, cada um como pôde, acomodamo-nos para dormir. Para muitos, aquela era a última noite da vida, mas ninguém pensava nisso, todos viviam com uma única ideia: vencer e sobreviver. Pernoitamos, embora em campanha, sem inquietação especial. Desjejuamos às seis horas da manhã, fumamos, os combatentes verificaram as armas, pegaram munição, cartucheiras, capotes enrolados, máscaras de gás. Aguardamos o comando. Às 8 horas em ponto começou a preparação de artilharia e morteiros por todo o grupo de tropas do 54º exército de Siniávino. Às 9 horas, as tropas avançaram.

*

Comissariado do Povo
de Defesa da URSS
994º regimento de fuzileiros
16 set. 1942
Nº 1058
PPS Nº 939

Notificação
Seu filho, o tenente comandante do pelotão de l<inha> da 7ª companhia do 994º r[egimento de] f[uzileiros] Himmelfarb Leonid Mikháilovitch, nascido na c. de Moscou, no d-o de Lênin, em combate pela pátria socialista, fiel ao juramento militar, manifestando heroísmo e coragem, foi ferido e morreu devido ao ferimento em 27 de agosto de 1942.

Foi enterrado a Sudeste da ald[eia] de Vóronovo, d-o de Mgínski, região de Leningrado.

A presente notificação constitui documento para a apresentação de requisição de pensão.

Comandante do 994º de fuzileiros tenente-coronel Popov

Comissário militar do 994º de fuzileiros comissário de batalhão Guskov

Chefe do Estado-Maior capitão Jijikov

*

19.2.43
Saudações, Vera Leóntievna.

Saudações, querida mãe. Recebi uma carta de seu marido, Himmelfarb, interessado em seu amado filho, Leonid Mikháilovitch. Posso informá-la de que seu filho morreu como um Bravo na defesa da cidade de Lênin, em 27.8.42. Ele foi digno de nossa pátria. A senhora deve se orgulhar de ter criado um filho assim. Claro que se deve lamentar pelo filho querido, mas o que se há de fazer. A guerra é implacável, ela exige sacrifícios. Fico feliz por uma coisa, que o sangue derramado pelo povo Russo não foi vertido em vão. Nós, militares do Ex. Vermelho, vingaremos seu filho. Dirijo-me à senhora por não saber o endereço de seu marido, e não poder responder-lhe pessoalmente.

Fique saudável. Seja forte.
Com. Adj. do Regimento
A. Ugolkov

*

1.4.44
Camarada Begun,
Respondendo à sua carta, informo que Himmelfarb Mikhail Ióssifovitch, em 10.2.44, foi enviado para serviço em uma unidade militar. No caminho, ele não chegou ao lugar designado, perecendo em ataque de artilharia do inimigo em 11 de fevereiro de 1944.
Sua notificação de morte foi mandada pela mesma unidade militar ao seu lugar de moradia.
Unidade militar c/m (correio militar) 24778 c
Primeiro-tenente V. Marátov

Nas cartas de Liódik, volta e meia é mencionado um bebê: por enquanto sem nome, e ainda sem que se saiba o sexo, ele ou já apareceu, ou logo, logo aparecerá no mundo. Esse *nenê* de Liólia e Liónia, que mal nasceu, mas já é importante para ele, era minha mãe, Natacha Guriévitch. Ela me contou de Liódik quando eu era pequena; desde a infância, ela o escolheu como seu herói – fez dele o centro secreto de seu pequeno mundo –, e se lembrou dele enquanto viveu. O envelope com as cartas, fotografias e comunicações de morte tem a letra dela.

NONO CAPÍTULO
Joseph, ou obediência

Na cidade de Würzburg há um palácio e, no palácio, um teto com uma obra de Giambattista Tiepolo que não se parece com nada no mundo; essa, naturalmente, é uma descrição ruim – pois tudo no mundo se parece com tudo, *tudo rima*. Ele é rosa e rubro por todo o comprimento do paraíso, está cheio de criaturas assombrosas que a realidade normalmente tarda em nos mostrar, conferindo-lhes um lugar no circo ou nos trajes dos filmes de Hollywood. E ali elas surgem todas, reunidas em um desfile de quatro continentes que, de repente, desprenderam-se de seus lugares, recolheram suas coisinhas e partiram para o festejo geral em honra do príncipe-bispo de Würzburg, de cujo nome não me lembro. Chegou antes de todos ao ponto de encontro o próprio artista, que passou na nortista *Erbipoli*, como os italianos chamavam a cidade, três anos, até todo o grupo delinear-se no teto, papagaios, macacos, anões, aborígenes, criadas, imperatrizes, crocodilos, pernas pálidas de criaturas divinas semidissolvidas no ar rosado. Tudo isso está enterrado em cima de nosso mundo mais exíguo, como uma tampa sobre uma panela fervente – dando a entender que é possível uma realidade mais divertida e irisada do que a que construímos para nós.

Todo esse arco-íris quase queimou por inteiro durante os bombardeios da Segunda Guerra, quando jogaram em Würzburg, por algumas semanas, mais de novecentas toneladas de trotil.

A praça em que queimaram livros em uma noite da primavera de 1932 modificou-se irreconhecivelmente; da residência do príncipe-bispo conjunta a ela restou um fantasma. O palácio ficou sem telhado, o que o fogo não devorou foi destroçado pela água e fuligem. Desapareceu também, como se não tivesse existido, o pálido telhado de estuque da sala do trono, cujo relevo esmerado mais parecia um fundo de mar do que um salão de cerimônias: penas e hastes formavam um desenho de espinhas de peixe limpas, e as lanças reunidas em feixe poderiam sem esforço passar por mastros de navios afundados.

Agora tudo isso foi restaurado: o estuque, os espelhos, e a espantosa cor do aposento, onde o prata passa o verde, como se não houvesse quaisquer diferenças entre eles. O enorme teto com suas maravilhas e crocodilos também reluz como reluzia; em seu livro sobre Tiepolo, Roberto Calasso escreve sobre essa luminescência rosa como o último sorriso da antiguidade europeia. Caracterizando a gentinha variegada que povoa o afresco, ele insiste em uma consideração fascinante. Nós, diz Calasso, observamos um exemplo de outra humanidade, que não é exótica e, ao mesmo tempo, não é provinciana. Essa população é capaz de travar conhecimento e parentesco "com qualquer figura imaginável, humanos ou semideusas, ninfas e demais habitantes de rios e riachos. Para Tiepolo, a índia enfeitada de penas que anda em seu jacaré não é em nada mais extraordinária que os músicos europeus que tocam no palácio". Em sua *demonstração pacífica*, todo existente e inexistente apresenta-se de comum acordo e em pé de igualdade; criaturas enigmáticas e seres estranhos confraternizam com representantes do mundo que conhecemos, como se assim é que tivesse que ser. Não há truísmo que se sinta aí deslocado, não há novidade que possa chocar essa gente. Tiepolo "criou algo com que se pode sonhar ainda hoje: uma democracia que iguala os que estão embaixo aos que estão no topo, uma democracia em que a qualidade estética aniquila qualquer diferença de status".

*

No site do Museu Whitney, de Nova York, pode-se ler a descrição de um objeto de exposição:

uma espécie de registro de bens que poderiam ter pertencido a Tom Sawyer em seus melhores dias. Na lista figura madeira pintada, *printed paper*, cálices para aperitivo, balões azuis de vidro, (uma) cabecinha de giz, uma esfera um pouco maior, feita de cortiça, ripas de metal e cavilhas, e também vidro colorido. Tudo isso, designado com a palavra de cartão "assemblage", encontra-se dentro de uma caixa de madeira especialmente fabricada, com lambril dianteiro de vidro; podemos pensar com o que isso se parece: uma vitrine de loja, um porta-joias, uma guarnição de ícones, uma mala de tampo transparente; em todos os casos, é essencial que o conteúdo esteja nu e destacado, e que, sob o revestimento de vidro, ele seja invulnerável (e pode até ser considerado invisível, vivendo dentro de si mesmo).

Joseph Cornell é um artista conhecido em primeiro lugar como confeccionador de caixas, *boxes*. Em sua longa vida, fez uma enorme quantidade delas: inicialmente, para suas tarefas incompreensíveis, empregou prontas, de fábrica, depois começou a fazê-las ele mesmo, no porão de sua pequena casa de subúrbio.

Há dezenas dessas caixas; algumas ele presenteou às pessoas que causavam-lhe admiração. Às vezes, o enlevo arrefecia, e ele mandava um mensageiro com um pedido de devolução do presente recente ao dono. De uma ou outra forma, elas sempre continuaram a ser suas, seu tesouro, seu fascínio.

Todas as caixas de Cornell são vidradas; há nisso uma vaga zombaria, quando você olha para seu conteúdo ele parece destinado a que cada coisinha seja tocada, a areia colorida despejada, as bolinhas passadas da taça para o bolso. Cerradas como prateleiras de museu, elas simultaneamente prometem o jogo e indicam que o jogo está adiado por muito tempo. Normalmente o destinatário *já era*; uma das caixas mais famosas de Cornell foi destinada como donativo a uma grande bailarina morta em 1856. A "Caixa de joias de Taglioni", forrada de veludo marrom, cercada de um colar de pedras grandes, contém dezesseis cubinhos transparentes, semelhantes a pedaços de gelo, jazendo no vidro azul, à espera da dona. Uma tabuleta especial (uma corrente deitada no veludo confere-lhe semelhança a uma inscrição de monumento) esclarece a ideia do evento:

> Em uma noite de lua do inverno de 1835, um bandido russo deteve, em uma estrada grande, a carruagem de Maria Taglioni, e ordenou que ela dançasse apenas para ele – sobre a pele de uma pantera, que ele estendeu na neve, sob as estrelas. Essa ocorrência verídica (*actuality*) deu origem à lenda de que, desejando conservar a memória da aventura inesquecível, Taglioni começou a colocar em sua caixa de joias e nas gavetas da mesinha de toalete pedacinhos de gelo artificial. Lá, entre as pedras brilhantes, eles lembravam-na dos céus estrelados sobre as paisagens geladas.

Taglioni chegou na Rússia apenas em 1837; a história pouco confiável do nobre bandido soa de outra forma na fonte inicial; em vez de pele de pantera atirada na neve, fala-se de um tapete estendido na estrada enlameada, e não há palavra sobre cubinhos de gelo. A única *actuality* aqui, para usar as palavras de Cornell, é ele mesmo – e sua crença fervorosa na força de gavetas e escrínios. Por décadas ele criou uma quantidade de instalações fechadas dessas; com elas seria possível erigir uma espécie de casa de boneca, em que haveria todo tipo de abrigo e esconderijo, "Bauzinhos", "Caixas de joias", "Conjuntos para fazer bolas de sabão". Ou até uma cidade – com "Hotéis" e "Observatórios", "Pombais", "Farmácias", "Aviários", "Fontes de areia". Tudo isso não são trabalhos isolados, mas toda uma série, formada de muitas variantes, complementares umas às outras, e similares a uma fileira de aposentos.

Cornell morreu um ano antes de completar setenta anos, em 29 de dezembro de 1972. Teria gostado dessa data, colocada em uma caixa de festas – entre Natal e Ano-Novo; ele também nasceu na véspera de Natal. Passou quase a vida inteira em um lugar cujo endereço era Bulevar Utopia, 3.708 – em uma típica casinha de subúrbio, com a mãe idosa e o irmão Robert, doente grave. No porão, onde estava seu ateliê, conservaram-se dezenas de milhares de imagens e fotocópias, preparadas para futuras obras, caixas com tudo o necessário ("Só bolas de madeira", "Cachimbos de barro"), pastas com recortes e notas. Suas estranhas predileções fizeram dele um especialista em uma quantidade de campos estreitos, de iconografia de balé à história do cinema mudo, e *experts* dirigiam-se a ele atrás de conselhos. Com os anos, tolerava cada vez menos os colecionadores de sua própria obra, tentava não vender nada, sequer mostrar; todavia, havia um meio – ir visitá-lo com uma jovem bailarina ou atrizinha e depois adquirir tudo que o velho desse de presente a ela.

Após a morte do irmão, Cornell disse mais de uma vez que o outro era melhor artista do que ele; aquele (como observa em algum lugar um crítico mordaz) fazia pinturas majoritariamente de camundongos, e era seriamente enamorado de trenzinhos de brinquedo. À sua lembrança, está consagrada uma série de trabalhos memoriais, assinados com dois nomes, Joseph e Robert Cornell. A mecânica simples e triste que estava por trás desse desejo de fazer os dois nomes ficarem ao lado, ainda que por pouco tempo, de fazerem mais alguma coisa *juntos*, era o principal motor das diversificadas atividades de Joseph, aquilo que o fazia colocar mãos à obra. Robert Cornell, Taglioni, Gérard de Nerval, e uma quantidade de outras pessoas, cada uma à sua maneira, precisavam de seu amor, dos pequenos templos erigidos à glória da recordação realizada. O mais frequente era que fossem caixas: monumentos a encontros, minutas de espaços em que a conversa podia ter lugar.

O complexo sistema de rimas internas estabelecido por Cornell ao longo de anos de achados históricos e excursões por lojinhas de antiguidades conseguia, sem dificuldade especial, unir o que quisesse àquilo que quisesse; nisso consistia o encanto secreto de sua ocupação. Ele se considerava discípulo de Baudelaire e Mallarmé, cuja principal ideia, as correspondências (*correspondances*) que perpassam o mundo em centenas de caminhos de formiga, nele se virou para uma direção completamente oposta. Nas mãos de Cornell, as coisas revelam uma obediência inaudita – cada uma delas, após meditar, deita-se em um lugar, serve para a causa: todas elas são parentes. Cada uma delas, mesmo a mais humilde, tem a chance de ir parar na luz dourada da visibilidade; aparas, areia colorida e bolinhas de cortiça manifestam sua natureza régia, mais comum em bailarinas e poetas. Aparentemente, o próprio fato do futuro esquecimento e decomposição é que fazia qualquer objeto inestimável para Cornell. Ele construía qualquer obra nova como uma arca de Noé, destinada a uma missão de salvação.

*

Quem morou na Rússia nos anos 1970 pode ver nas caixas de Cornell algo muito parecido com os *segredinhos*[206], paixão de minha infância. Nada no cotidiano bastante inexpressivo de então explicava a aparição deste jogo. A rigor, de jogo não tinha nada, a não ser regras. Os segredinhos não eram uma ocupação, mas um segredo, que devia ser compartilhado apenas com amigos íntimos, e tudo ligado a ele não tinha absolutamente nada em comum com nossas outras atividades na escola ou no pátio. Eles eram, no sentido direto, *underground*: eram mantidos debaixo da terra, como tesouros ou defuntos. Num lugar do campo em que você se curva constantemente para a terra para depositar sementes ou extrair comida não haveria nada de notável nisso. Mas nós éramos crianças urbanas, que se lembravam do caminho de casa pelas fendas no asfalto, e não tínhamos relação especial com o solo negro e granuloso do qual lilases e acácias se desprendiam na primavera.

Para fazer um segredinho, era preciso colar-se na terra: escolher um lugar, cavar um buraco, olhar ao redor, verificar se

---

[206] Brincadeira infantil hoje em desuso, mais associada às meninas, que consistia em esconder em um buraco um pequeno objeto, depois recoberto de vidro e terra.

ninguém estava observando, enchê-lo de um conteúdo precioso, cobrir com um pedaço de vidro lavado – e voltar a encher, aplainar, como se não houvesse nada. No meu entendimento de hoje, esses aposentos microscópicos, recobertos de folha de alumínio e cheios de um estoque de toda a beleza do mundo, lembravam muito as antigas câmaras funerárias com sua coleção de coisas, provisões calculando o pós-morte. Para os segredinhos, escolhiam-se coisas em geral especiais, das quais poucas havia ao redor: papel dourado e prateado, penas, recortes de revistas com fotografias de atores ou atrizes, contas ou botões preciosos, por vezes até pequenas bonecas. A indispensável camada de vidro transformava o esconderijo em vitrine, apenas à espera de seu espectador.

Como todos os tesouros escondidos (abre-te, sésamo), esses eram incertos; devia-se despedir com antecedência das coisas que iam parar lá. Seu *enterro* era conhecido por poucos, duas, três amigas de confiança, iniciadas no segredo. Mas em dado momento, dois ou três dias depois, não havia nada sob o arbusto proibido: os segredinhos despareciam como se nunca tivessem existido. Podiam ter sido devastados por meninos, que seguiam os deslocamentos que você fazia de forma rapace; podiam ter sido encontrados e ocultados de novo por suas rivais, você mesma podia ter se esquecido de onde precisava cavar (todos os sinais distintivos revelavam-se incertos). Às vezes, pensava-se que os segredinhos, como rios subterrâneos ou veios de ouro, viviam segundo seu próprio juízo: talvez eles mesmos se movessem de lugar em lugar.

Em sua superfície, em geral, não havia o que fazer. O sistema estético da vida soviética – elaborado e, a seu modo, convincente – apoiava-se em um regulamento não escrito que, de uma forma ou de outra, organizava-se em torno da ideia de *understatement*, uma modéstia digna e animada, que não sonhava com carnaval. Admitiam-se desvios insignificantes do modelo geral, passinhos à esquerda e à direita. Facilmente perdoava-se algum sentimentalismo, uma névoa de ternura ou tristeza quando a coisa se referia a um sentimento compreensível, geral: saudade da juventude, amor pelas crianças, esperança pelo melhor. Tudo que igualava/unia podia ser considerado aceitável – mas outra coisa era a excentricidade, que destacava alguém da multidão, sem que se soubesse por que e para que. Qualquer manifestação de exagero (mesmo brincos nas orelhas de colegiais) era recebida como tentativa de prorromper no território da excepcionalidade inalcançável. Tudo *desse tipo* – o excessivamente fulgurante, com plumagens e caudas, fogos de artifício e meias de seda – ficava à margem, ameaçava a igualdade geral. Será por isso que tenho a impressão de que os segredinhos, onde só havia o exagero, onde se condensava uma beleza burlesca, inalcançável, contas de cristal, rosas cortadas de papel, tornou-se para nós uma espécie de asilo político – um atravessar das fronteiras do Estado, e das outras?

Em outros lugares, nas aldeias, na terra das granjas do imenso país escondiam-se – para qualquer eventualidade – rifles, Nagants dos avós, às vezes, moedas de ouro de dez, do tempo do tsar. Mais perto de Moscou, nas hortas das *datchas*, jazia, na escuridão úmida, o antissoviético – manuscritos e livros subversivos, que era perigoso guardar mesmo no sótão. Mas também nossas relações com nossos enterros, à primeira vista disparatados, talvez também tivessem relação direta com a coisa – escondíamos do olhar estranho a beleza que faltava ao redor, e não queríamos compartilhar com qualquer um.

Anos depois, encontrei essa palavra em um livro de memórias. Era bem curto, escrito em inglês, nos anos 1950, e não tinha relação com o brilho do vidro e da folha de alumínio. O assunto eram os *pogroms* no sul da Ucrânia, depois da revolução, em 1919, vistos por uma pequena menina. À noite, uma aldeola espera que *eles* venham, e eles vêm; mulheres e crianças escondem-se onde dá, sob cercas, atrás de cepos, e depois voltam para casa e lavam os mortos. As pessoas que lá moravam tinham diversas formas de se esconder da desgraça, você as encontra quando não tem para onde fugir. Havia aposentos secretos cobertos de tijolos, e subsolos, e abrigos em covas, para enfiar lá toda a família quando começasse, e ficar parado até terminar. Às vezes, dava certo. O livro diz que esses refúgios tinham um nome especial, e as letras latinas contraem-se em uma convulsão do cirílico: *sekreten*[207].

*

Em dezembro de 1936, em uma galeria nova-iorquina, Joseph Cornell exibiu a um pequeno grupo de espectadores seu primeiro filme. Ele se chamava *Rose Hobart* e durava cerca de dezessete minutos. A lente do projetor foi tampada por um vidro azul, que conferia um matiz lunar à imagem; o filme foi mostrado em câmera lenta e sem som, como se tudo tivesse acontecido vinte anos antes, no tempo do cinema mudo.

Entre os espectadores estava Salvador Dalí, que tinha então trinta e dois anos. Em algum momento, no meio da exibição, ele

---

207 Em russo, o nome da brincadeira é *sekrétiki*.

se ergueu de um salto e derrubou o projetor, gritando que Cornell roubara-o. Aquela ideia, insistia, estava no subconsciente dele, Dalí, eram seus *próprios* sonhos, e Cornell não tinha nenhum direito a dispor deles como se fossem seus.

Depois de Dalí e Gala terem deixado o recinto, a exibição prosseguiu; aborígenes azul-escuros de faixas azul-claras gastas tocavam crocodilos para o rio com varas, o vento balouçava as palmeiras, uma mulher de beleza ofuscante aproximava-se de algo e fitava com atenção, e depois voltava a fazê-lo um par de vezes. O sol escureceu; na superfície da água, apareceu uma bolha redonda como um olho. Uma mulher brincava com um macaco. O autor não mostrou mais esse filme; por outro lado, ele já cumprira sua função assim.

O interessante aqui é que Dalí considerava roubado algo que não pertencia nem a ele nem a Cornell – pelo menos nas categorias compreensíveis de direitos autorais. Tudo que foi mostrado naquele dia na galeria de Julien Levy, à exceção de alguns quadros, foram fragmentos do filme de aventura *A leste de Bornéu*, filmado alguns anos antes, e que não possuía quaisquer qualidades especiais. Os resenhistas assinalaram a inverossimilhança do argumento, a quantidade incongruente de catástrofe e o modo econômico de atuar inerente à atriz principal. Ela tinha nome de flor, Rosa Hobart, maçãs de rosto altas e cabelos castanhos claros, uma combinação suficiente para a imortalidade.

Bornéu, com seus acontecimentos galopantes, durava setenta e sete minutos; logo saiu das telas, e os negativos foram vendidos em uma loja de velharias, como as muitas que havia então em volta da Times Square. Cornell, que colecionava tudo que correspondesse ainda que um bocadinho a seus numerosos *interesses amorosos*, experimentava uma paixão especial pela sucata de

Hollywood, fotografias de audições de atores, *film stills* que não eram necessários a ninguém, *memorabilia* ligada a filmes B e C, a todo tipo de atrizinha anônima e diva envelhecida. Ao receber a fita de *Bornéu*, ele simplesmente removeu de lá todo o supérfluo – ou seja, tudo que não tinha relação com Rosa e atrapalhava que se olhasse para ela. No filme com título em homenagem a ela, a rigor não acontece nada, e exatamente isso é que o faz tão cativante.

Em vez de correr para algum lugar e salvar alguém, a heroína, invariavelmente com vestes coloniais claras, está condenada ao que se pode chamar de existência pura – orgânica. Nos primeiros quadros, quando a câmera sorrateiramente penetra na escuridão aborígene na direção da cabana iluminada em que Rosa dorme, e finalmente avista-a através de uma cortina transparente como vidro, ela parece infinitamente diminuída, como se estivéssemos a olhar para uma das caixas de Cornell. Na mesa, jaz um chapéu branco; a diva move-se dentro do espaço alumiado, seu rosto está quase imóvel, entre as emendas da montagem mudam apenas os trajes, um vestido, outro vestido, uma capa branca macia com lapelas redondas. Ela diz algo e comprime a mão contra o peito, mas não ouvimos nada: o filme sonoro transforma-se em mudo. Alguns movimentos repetem-se mais uma vez, mais duas ou três vezes, como se fosse indispensável que acompanhássemos cada gesto, como o crescimento de uma flor em seu desenvolvimento gradual. Na maior parte das vezes, é uma crônica do olhar: a heroína paralisa-se e observa, afasta-se e volta a fitar. Em dado momento, o rajá apaixonado puxa a cortina e exibe à mulher branca um espetáculo raro: a erupção de um vulcão. Eles assistem-na juntos, como espectadores de cinema em um balcão escuro, ele tem um turbante de tecido escuro, ela, um vestido de noite que desce até o chão, diante deles, o fogo e as trevas. No quadro, vê-se ainda um papagaio imenso, hóspede constante da obra de Cornell.

Quase todos os filmes feitos por Cornell estão estruturados de forma análoga; nenhum deles dura mais de vinte minutos, via de regra são bem mais curtos; são pouco comentados, e não à toa, são muito estranhos. Em um, que se chama *Séculos de junho*, a câmera, colocada na altura dos olhos de uma criança de nove anos, com uma lentidão infinita vai para lá e para cá por uma velha escada de madeira, sobe pela parede da casa, olha para o céu através das folhas, para os joelhos das crianças que escavam a terra, para as meias brancas da menina que se afasta, rua abaixo. Em outra crônica cinematográfica de uma festa infantil (a maçã enorme que um dos heróis morde parece, no final do filme, do tamanho da lua), intercalam-se imagens espantosas: rodas giratórias a funcionar, no céu abre-se um buraco negro, sob uma cúpula, uma acrobata de circo vestida de branco está pendurada como um peixe em uma linha, mexendo os pés na escuridão e rodando como um botão de flor vivo; ramos batem e fustigam, a seta de um catavento balança a ponta, gaivotas agitam as asas; sai uma moça-fada de cavalo branco e cabelos desgrenhados, e um índio terrível enfia uma máscara negra e atira facas, sem machucar a índia submissa. Em um terceiro, uma moça de cabelos loiros corre por um parque, com uma esfarrapada sombrinha cor de creme na mão, pombos banham-se na fonte, pombos levantam voo, a moça sorumbática de meias brancas fica no meio da praça, sem saber para onde ir, cai água. Um pouco parecido com o que a câmera do iPhone filma se você apertar acidentalmente o botão "vídeo", e der-lhe a possibilidade de fixar a vida como ela é: em todo seu volume sem sentido.

Cornell evacua do processo temporal tudo que lhe é caro, como uma criança que, com a tesoura, recorta das páginas de um livro as imagens do príncipe amado, ou do cavalo; era assim que, nos anos 1930 soviéticos, ia-se muitas vezes ver um filme sobre um comandante vermelho. É o célebre filme em que, pela última vez, confrontaram-se e miraram-se o velho mundo e o novo, recém-instituído. Lá há a cena do "ataque psíquico" descrita pelo exilado Mandelstam em sua Vorónej – como saem "com uma *papirossa* mortal nos dentes/ Oficiais da última extração/ À virilha aberta da planície[208]"; as tropas brancas lançam-se à ofensiva sob o rufar dos tambores, em formação cerrada, como em um desfile e, de modo igualmente silencioso, um por um, tombam ao crepitar da rajada de metralhadora. Marcham belamente, diz um soldado vermelho a outro. Dentre os figurantes que atuam nesse episódio, tirados da inexistência para pela enésima vez confirmarem a justiça dos vencedores, e *marchando belamente* para o fim, estava o poeta Valentin Sténitch, primeiro tradutor russo de *Ulisses*. Foi fuzilado em 1938. Dizem que nos interrogatórios ele se portou de forma horrível; Deus não permita saber como nós teríamos nos portado nos interrogatórios.

Na tradição memorial russa, há um tema constante ligado ao filme *Tchapáiev*. No final, o intérprete Vassíli Ivánovitch, herói de lendas e anedotas, perece. Ferido, ele nada pelo rio Ural gelado ("a água é mais fria que a baioneta", canta a canção[209]), e os inimigos atiram nele, e nós sabemos que ele não vai se salvar. Pois bem, não um, mais vários, muitos memorialistas contam

---

208 Mandelstam, *Falando do lençol úmido* (1935).
209 *A morte de Tchapáiev*, de Vassíli Sedói (música) e Zinaída Aleksándrovna (letra).

que foram ver esse filme três ou quatro vezes – pois as crianças contavam que em um cinema, em algum lugar, na periferia da cidade, Tchapáiev conseguira chegar à terra.

*

A célebre resolução do caso Mandelstam exige que ele seja "isolado mas preservado"; aparentemente, a essa tarefa – *isolar e preservar* tudo que você ama – também se resumiu o trabalho de muitos anos, obstinado, de galé, de Cornell. Isolar (destacar, confiscar, colocar no contexto certo, cercar de correspondências e rimas, trancafiar, selar, colocar *onde nem a traça, nem o caruncho corroem e onde os ladrões não arrombam nem roubam*[210]) também significava para ele preservar. No texto eslavo do Evangelho segundo São Mateus, era preciso "ocultar" o tesouro: resulta que "preservar" significa "esconder", não é possível de outro jeito. Em compensação, a variante inglesa, *"store up"*, cheira a adega ou celeiro, um gigantesco armazém de mercadoria; para Cornell, estava ligado a este armazém-*warehouse* o momento de revelação que mudou-lhe a vida.

Ele contou isso algumas vezes; a história se resume a uma visão momentânea *inconcebível*. Circunstâncias infelizes transformaram-no no provedor da família, da mãe e do irmão doente; seu trabalho resumia-se a percorrer as lojas de Manhattan com amostras de tecido para venda. Certa tarde, ao poente, quando todas as janelas de um grande armazém da West 54th Street ardiam em chamas, ele avistou em cada uma delas Fanny

---

210 Mateus 6:20 (Bíblia de Jerusalém, Paulus, 2016).

Cerrito, bailarina italiana famosa na década de 1840; ela estava em cima, no telhado do prédio, fechava as persianas das centenas de janelas do edifício alto. "Ouvi uma voz, vi uma luz", ele disse depois sobre um caso semelhante; desde então, houve muitos desses de sua vida, ele se tornou um capturador e apreciador desses pontos de transfiguração súbita. Cerrito nasceu em Nápoles, em 1817; a série de caixas napolitanas (mapas geográficos, visões do Vesúvio, o azul dos céus) prometia-lhe uma nova casa, imorredoura.

O amor apaixonado pelo passado combina-se, nos diários de Cornell, com uma ávida busca por práticas novas, afins. *Artista contemporâneo*, ele lê Breton e Borges, faz amizade com Duchamp, segue Dalí, mantém correspondência com meio mundo, cita Magritte (ele tem uma colagem pesarosa, consagrada à memória do irmão, em que o trem de Magritte decola da lareira rumo à liberdade, como um pássaro saindo da gaiola), apela a Brancusi e Juan Gris, sua biblioteca de aventuras da arte contemporânea foi lida até gastar – é o seu contexto, são seus interlocutores. A peculiaridade da situação está em que ninguém lhe responde de verdade: ele, que conhece cada um, existe no vazio acolchoado do semirreconhecimento. A História da Arte veio a aceitar Cornell – e, ao mesmo tempo, não reparar nele, como um excêntrico na abertura de uma exposição da moda.

Isso não surpreende: pessoas e animais sempre sentem o *forasteiro*, que não é como eles. A tarefa do dirigente de um regime – das vanguardas de todos os tipos – era a modificação do mundo; objetos conhecidos tinham que ser transformados, de alguma forma até insultados, para serem constrangidos à renovação. Cornell emprega as manobras e técnicas da vanguarda para obter algo completamente diferente – e os colegas sentem-no, experimentando uma justificada desconfiança com relação a ele. Se Duchamp muda a direção dos ganchos do porta-chapéus para conferir-lhe o caráter alienígena (o que os formalistas chamaram de estranhamento), para Cornell a santidade do *ready made* é inquebrantável. Em um mundo no qual o artista tem direito a tudo, ele se porta com uma escrupulosidade de colecionador, para o qual é importante conservar seus bens no melhor aspecto. Seus objetos encontrados não são pontos de partida para deformação posterior, mas seres amados, dotados de subjetividade. Em certo sentido ele continua, sem jamais dizer isso diretamente, a conhecida tese de C. S. Lewis que reza que os animais domésticos, engajados pelo homem em um círculo de *amor*, como que desenvolvem uma alma e, desta forma, adquirem possibilidade de salvação. Para tanto, até onde entendo, cachorros ou canarinhos nem precisam sentir amor: é plenamente suficiente o amor manifestado pelos que estão ao redor. Neste caso, as obras de Cornell vão para o paraíso em vida simplesmente por terem sido *muito amadas*.

E o amor é um sentimento desajeitado, disparatado, como se tivesse sido especialmente inventado para incutir na pessoa certa dose de humildade e autoironia; é um estado de equilíbrio perdido, ligado a situações cômicas e inaptidão para se portar como uma criatura livre, leve. Está demasiado ligado ao peso, que curva o amante para a terra, para sua própria fraqueza e finitude. É pesado de carregar; mostra-se ainda mais pesado no papel de testemunha. Creio que isso explica em parte a incompletude da glória de Cornell, seu caráter algo corcunda: à diferença de Hopper ou de Georgia O'Keeffe com suas obras *finalizadas*, que partiram para longe dos autores, as caixas deles para sempre permaneceram segredinhos, *waste product* de uma paixão mal escondida. O espectador torna-se testemunha; mostram-lhe algo desmesuradamente íntimo, uma espécie de *peep show* caseiro com ursos de pelúcia, ademais desprovido de qualquer matiz de erotismo (isso seria exatamente um testemunho da *norma*). Cornell é simultaneamente demasiado louco e demasiado cândido para ser levado a sério. Tais características normalmente levam rápido o autor ao quarto das crianças, às bibliotecas rosadas e romances de cavalaria, lá onde já o esperam os terríveis contos de Andersen e dos irmãos Grimm.

Se formos considerar a arte uma profissão, é óbvio que ele não foi aceito no sindicato, ele, coitado, ficou como um diletante desajeitado, aquele que tenta em vão se passar por um deles; aparentemente, faltava-lhe algo para brincar com as crianças crescidas. Ou, pelo contrário, havia algo em excesso, talvez a fogosidade? Suas relações com a vida são demasiado parecidas com a antiga prática, indispensável nos velhos colégios e institutos russos, da *adoração* – quando você vai no encalço de uma amada de uma classe mais velha e tenta agradá-la, e guardar a fitinha que ela deixou cair. A frieza dos experimentos que fez a arte do século vinte suportável não se estendeu por seus trabalhos, e isso é essencial: no mundo da arte, Cornell é uma espécie de vegetariano enorme, um elefante rodeado de predadores.

Há uma história conhecida a respeito do emigrado Vladímir Nabókov, que queria trabalhar na cátedra de literatura russa de certa universidade. Um daqueles dos quais a decisão dependia manifestou-se contra: inteligente e piadista, ele disse no conselho universitário que Nabókov era um grande escritor, e que um elefante também era um animal enorme, porém não o convidavam para lecionar zoologia. Essa célebre *refutação* é quase mais conhecida do que as obras do espirituoso filólogo; cada vez que ela vem à mente, dá uma pena terrível do elefante sem teto, que não obtém vantagem nem alegria da própria grandeza. Cornell revelou-se um bicho igualmente imenso, que não encontrou lugar de jeito nenhum no diorama geral, e não sem grande fundamento. Aparentemente, isso não o incomodava em absoluto; uma anotação tardia diz: "Guardo a lembrança viva de como, no palco do velho Hipódromo, Houdini [mais um ídolo: o célebre ilusionista que conseguia atravessar paredes e livrar-se de quaisquer grilhões] fez um elefante desaparecer."

Um predador fareja um herbívoro de longe; nas cartas e recordações dos conhecidos de Cornell, volta e meia forma-se uma nuvem de desconforto. O fardo do êxtase que o artista experimentava diante de cada fenômeno do mundo criativo, de fato, não é simples de carregar: era como se sua vida consistisse em sobremesas e pontos de exclamação, espuma rosa e balões de ar. Ao longo da leitura dos diários, cartas, anotações de trabalho – uma esteira rolante de funcionamento diário e ininterrupto de exclamações e revelações –, esse entusiasmo começa gradualmente a irritar, assim como as palavrinhas francesas com que Cornell colore sua realidade suburbana. Tudo isso é *excesso*, e ele, sem perceber, embrenhou-se muito além da linha, onde o homem moderno já não vai há tempos: o entusiasmo, como regime de sobrevivência à realidade, foi desclassificado, deportado para o monturo, tornou-se patrimônio de diletantes e marginais. A constante prontidão para experimentar o *êxtase* era natural como a respiração nos tempos de Goethe e Karamzin; isso era então apreciado e chamado de ardor. Cem anos depois, a ausência de capacidade de distanciamento deixou de ser *comme il faut*. Marianne Moore, cujos versos Cornell apreciava, mantinha correspondência com ele, e de bom gosto aceitava de presente suas caixas de conteúdo precioso – mas quando ele propôs que ela lhe desse uma carta de recomendação para uma bolsa importante, ela se portou como se aquilo pudesse comprometê-la de algum modo.

O fogoso Cornell, com suas caixas e recortes, com sua perseguição diária das jovens *fadas*, que ele obstinadamente chamava, em francês, de *les fees* (a *apricot fee* trabalhava no balcão de um café, a *fee lapin* em uma loja de brinquedos), com sua admiração pelas estrelas de cinema e as descrições de seus chapéus, encontrava-se em uma faixa neutra: entre o território da arte profissional e a reserva da *art brut*, que então ainda não recebera nome, nem lugar sob o sol. Sua forma de existência é o motivo imediato para colocá-lo no mesmo plano daqueles que conhecemos como possessos: aqueles que testemunham uma experiência extrema, olham para nosso prato do outro lado, fazem obras de arte sem reconhecer plenamente o que exatamente fazem. Seus trabalhos precisam de informação biográfica, sem isso você não os lê: é assim que se coloca uma folha colorida ou um estêncil em um papel cifrado, de conteúdo enigmático.

Sob esse ângulo, o artista de sucesso, Cornell, adepto da Ciência Cristã, contando horas até ir atrás do próximo sorvete, é irmão de sangue de Henry Darger, vigia de Chicago que escreveu, em sua pequena cela, um infindável romance ilustrado sobre jovens mártires e a guerra nos céus. Um e outro trabalham infinitamente, como se não conhecessem outra forma de sobreviver ao dia, multiplicam as variantes, acumulam o material necessário em quantidades que bastariam para décadas, distribuem-no em envelopes (em Darger, são "Imagens de crianças e plantas" e "Nuvens: desenhar", em Cornell, "Corujas", "Dürer", "*Best white boxes*"), travam relações irregulares e ambíguas com seus heróis. O nível de incandescência é tal que os santos invejariam: a chama regular das iluminações e revelações não arrefece. "Vivência transcendental em um sábado de manhã", "um mundo inteiro de inesperadas e significativas recordações" são partes integrantes do cardápio diário. "Café da manhã na cozinha: torrada, chocolate, ovo frito – palavras, exclusivamente, são inadequadas para descrever a gratidão que você sente a cada experiência desse tipo."

*

A "representação de ideias sob a forma de representação convencional de objetos", mencionada por Zabolótski[211], é uma das formas mais antigas de técnica mnemônica, do difícil trabalho da recordação. A memória revela-se a derradeira forma de propriedade imóvel, acessível a quem foi privado de todo o restante. Seus salões e corredores sem ventilação mantêm a realidade dentro da moldura. As pastas e gavetas em que Cornell guardava seu aprovisionamento de trabalho eram uma espécie de porão ou baú de uma casa em que nada era jogado fora; suas caixas eram os aposentos de frente, para onde os visitantes eram levados.

As crônicas cotidianas de Cornell mencionam uma visita ao Museu de História Natural de Nova York, ao salão da biblioteca, onde ele copia algo, olhando para um antigo retrato de uma princesa indiana:

> Nunca estive nestas salas em que tudo é tão tranquilo e não mudou, provavelmente, pelo menos em setenta anos. [...] Vagueei embaixo e notei, também pela primeira vez, a arrebatadora coleção

---

[211] Nikolai Zabolótski (1903-1958), poeta amigo de Daniil Kharms.

de ninhos de pássaros em seu estado natural, com o sortimento completo de ovos.

Ele visita o planetário, com suas estrelas diurnas, com satisfação de familiaridade descreve as vitrines com todo tipo de apetrechos astronômicos. Interessante que esse museu, seus índios e dinossauros eram modelos de um paraíso imóvel, eternamente alcançável e imperecível não apenas para ele. No célebre romance de Salinger, *O apanhador no campo de centeio,* o herói adolescente fala deste lugar com as palavras de Cornell:

> Rapaz, como tinha vitrine naquele museu. Lá em cima ainda tinha mais, com uns cervos que bebiam água, e uns pássaros que voavam pro sul no inverno. Os pássaros que ficavam mais perto de você eram todos empalhados e pendurados por uns araminhos, e os do fundo estavam só pintados na parede, mas parecia mesmo que eles estavam todos voando pro sul, e se você se abaixasse e meio que olhasse pra eles de cabeça pra baixo, parecia que eles estavam com mais pressa ainda de voar pro sul. Só que a melhor parte, naquele museu, era que tudo sempre ficava direitinho onde estava. Ninguém se mexia. Você podia ir lá cem mil vezes que aquele esquimó ainda ia ter acabado de pegar aqueles dois peixes, os pássaros ainda iam estar a caminho do sul, os cervos ainda iam estar bebendo a sua água, com aquelas galhadas bonitas e aquelas pernas bonitas e magrelas, e aquela índia decotada ainda ia estar tecendo o mesmo cobertor. Nada ia estar diferente. A única coisa que ia estar diferente era *você*.[212]

---

[212] J. D. Salinger, *O apanhador no campo de centeio,* tradução de Caetano W. Galindo (Todavia, 2020), p. 125.

Gosto de ficar lá, acima de tudo nesses mesmos salões de velhos dioramas. A dignidade tranquila com que animais mortos posam contra um fundo de montanhas e florestas pintadas, como meus bisavôs e bisavós faziam contra fundos de jardins e neblinas artificiais, parece indestrutível; o mundo real, com sua serragem e pelos, passa silenciosamente, e sem solução de continuidade, para sua continuação ilusória, horizontes róseos de abismos de nozes, a perspectiva ensaboada e suave de que me lembro dos selos postais dos álbuns de minha infância. O azul lá é tal que não há como não se lembrar de Cornell, ocapis de meias listradas esticam-se para cortar uma folha basbaque, cervos a exibirem os chifres, um lince caminhando cuidadosamente pela neve, cada som a se ouvir no ar aquecido. Depois mostram um bosque úmido de outono, ruivo, malhado, e começo a chorar – bem baixo, dentro da mente –, porque é o mesmo bosquete dos arredores de Moscou ao qual eu ia outrora com papai e mamãe, muitos milhares de verstas atrás, e eis-nos novamente a olharmos um para o outro.

DÉCIMO CAPÍTULO
o que eu não sei

Em Moscou, na praça Lubianka, que há cem anos é ocupada por prédios de muitos andares, habitados pela Tcheká, OGPU, NKVD, KGB, FSB[213], há um monumento que não é o mais notável, e costuma ser chamado simplesmente de pedra – a pedra de Solovkí. Foi levado para lá das ilhas do norte nas quais, em 1919, foi aberto um campo de concentração, um dos primeiros campos soviéticos: depois haveria muitos.

A cada ano, no outono, no dia de hábito, vai-se para lá para tomar parte na causa comum. Está organizado assim: dá-se a cada pessoa um quadradinho de papel com nome, sobrenome, profissão de uma pessoa fuzilada nos anos de terror comunista – e as pessoas formam fila diante de pedra, para proferir aqueles nomes em voz alta. Isso se prolonga pelo dia inteiro, e poderia não terminar; a fila não míngua nem ao entardecer, quando já está bastante frio. Aqueles cujos pais, avôs e avós morreram dizem os nomes dos seus misturados aos dos outros. Junto à pedra ardem velas. No ano passado, nosso filho de dez anos entrou na fila, ele meio que sabia para onde e por que fora, mas ficou com frio e eriçado, depois de repente pôs-se a escutar nomes e datas,

---

213 Sucessivos nomes dos órgãos de segurança russos, dos tempos soviéticos até o presente.

e depois agarrou o pai e começou a chorar. Esse homem, ele disse, foi assassinado em 6 de maio, dia do meu aniversário, papai, isso não pode, papai.

*

Acontece que o dia do aniversário de fato significa algo. Pois minha avó Liólia, por exemplo, nasceu em 9 de maio, o Dia da Vitória (com duas letras maiúsculas, grandes como torres) – contaram-me esse dado importante quando eu mal começara a andar. Mamãe amava recordar a primavera de 1945, o regresso da evacuação, as salvas sobre o Kremlin, a mesa comprida à qual estavam sentados naquele dia os parentes, amigos, todos os moradores do apartamento comunal, e que tudo aquilo era uma espécie de remate natural, de presente de aniversário longamente esperado. Vovó nascera em 1916, mas aquilo não era importante: junto com a vitória geral, sua festa pacífica como que adquirira uma plenitude definitiva, confirmando que não era por acaso.

A ligação natural de vovó com o 9 de maio era tão indiscutível no meio familiar que só recentemente eu pensei que, na verdade, a menina Liólia (xicarazinha com monograma, colherinha pelo dentinho[214]) nascera em 26 de abril pelo calendário juliano, de um mundo que ainda era antigo[215]. E ainda que o pai dela, meu bisavô Micha, nascera com outro nome, e viveu com ele por alguns anos; dentre os papéis velhos, há um atestado

---

214 Há uma tradição russa de comprar uma colher de prata ao nascimento do primeiro dente da criança.
215 A Rússia trocou o calendário juliano pelo gregoriano em 1918.

conferido a Mikhel Friedman, estudante de farmácia – e, por mais que forçasse a vista, não consegui ver aquele segundo da transformação em que algo se modifica, e meu bisavô sai ao mundo como outra pessoa, um jovem jurista, assistente de advogado, de botas brilhantes, com volumes de Tolstói. Tudo que sei é que deu um único conselho à sobrinha universitária: "Tenha uma vida interessante." Será que ele mesmo teve uma vida interessante?

A troca de nome era assunto corriqueiro para essas pessoas, como mudar de cidade. Meu segundo bisavô, o belo Vladímir Guriévitch – de paletó listrado, em um galhardo grupo, no balneário –, nos documentos de repente revela-se Moissei Woolf. Como, em que momento eles arrancavam a pele antiga; como escolhiam a nova? Mikhel torna-se Micha quase sem esforço, Woolf revela-se Vladímir, como se assim fosse. Mas o lindo Ióssif, primogênito, irmão de Sarra, filho favorito de Abram Ginzburg, que lhe partiu o coração ao decidir ser batizado, também – contra qualquer lógica sonora – revelou-se Volódia[216], como se o tempo exigisse de seus pupilos olhos azuis e retidão.

Também havia os sobrenomes, que ninguém mudou, usavam como eram. Os Ginzburg e Guriévitch, gente de cidades alemãs e bávaras distantes, carregavam consigo os topônimos, como mochilas com todos seus haveres. Os Stepánov, saídos de um Stepánov primordial sem rosto (a palavra grega *stéphanos* – coroa – gastou-se até ficar indistinta), não tinham um sinal particular. Para qualquer ramo que você olhe, não há rosas nem amêndoas; nossos sobrenomes tampouco pressupunham pedras

---

216 Diminutivo de Vladímir.

preciosas e estrelas, em compensação estava claro que seus usuários eram, aparentemente, pessoas amáveis e pacíficas[217], inteiramente Friedman e Lieberman.

O mais interessante de tudo na sua própria história é aquilo que você não sabe; na dos outros, é o magnetismo animal das afinidades eletivas que leva a escolher exatamente aquela dentre centenas de outras. Nos contos, o aprendiz de feiticeiro deve passar por uma prova: reconhecer sua amada dentre uma dezena de pássaros, uma dezena de raposas, uma dezena de moças indistintas. Sebald baseou seu método – a capacidade de pensar e falar – na recusa à escolha. Todavia, quando você lê seus livros, começa a parecer que lá não há nada além de caminhos de formiga, levando a rimas inesperadas. "Ao longo de que distâncias no tempo vigoram as afinidades eletivas e suas correspondências? Como é que vemos a nós mesmos numa outra pessoa ou, se não nós mesmos, então nosso precursor?"[218] Se formos acreditar nele, isso acontece por si mesmo, por vontade das coisas; como uma pega, que arrasta para o ninho tudo que lhe cai sob o bico. Mas ele era tocado acima de tudo por coincidências de datas, de aniversários, de mortes e eventos, através dos quais você vê os seus.

Ao recordar este ou aquele dia, às vezes, executo na mente uma operação cujo sentido eu mesma não sei. "Se esse dia tivesse um filho" – penso – "ele teria tantos anos." Exatamente isso: não meu, nem de outra pessoa, mas do próprio evento – como

---

217 Jogo de palavras com o significado dos nomes "Friedman" e "Lieberman".

218 W. G. Sebald, *Os anéis de Saturno – uma peregrinação inglesa*, tradução de José Carlos Macedo (Companhia das Letras, 2010), p. 183.

se aquilo que modificou meu mundo fosse o nascimento de algo novo. Essas crianças inexistentes habitam minha Terra já há muitos anos, e elas mesmas são muitas; lembro-me de uma com maior frequência. Se, em 15 de janeiro de 1998, quando o dia em Moscou estava ofuscante e frio, e em Würzburg, cinza, suado por dentro, a morte de mamãe se tornasse um bebê, ele agora cumpriria dezenove anos.

*

Certa noite, em Moscou, no apartamento de E. P. Pechkova, Lênin, ouvindo sonatas de Beethoven na interpretação de Issai Dobrowein, disse:

– Não conheço nada melhor do que a *Appassionata*, estou pronto para escutá-la todo dia. Música espantosa, não humana. Sempre penso, com um orgulho talvez ingênuo, infantil: que milagres as pessoas conseguem operar. – E, semicerrando os olhos, dando um risinho, acrescentou, sem alegria: – Mas não consigo ouvir música com frequência, ela tem efeito sobre os nervos, dá vontade de falar besteiras gentis e acariciar as cabecinhas das pessoas que, vivendo em um inferno sujo, conseguem criar tamanha beleza. E hoje não se pode acariciar a cabecinha de ninguém – mordem-lhe a mão, e é preciso bater nas cabecinhas, bater sem dó, embora nós, idealmente, sejamos contra a violência contra pessoas. Hum-hum – um dever de dificuldade infernal.

Esse parágrafo das recordações sobre Lênin escritas por Maksim Górki e censurado pelo poder soviético é citado com frequência, especialmente a passagem sobre "bater nas cabecinhas". Dizem ainda que o narrador confundiu as sonatas: o próprio Dobrowein, que naquela época já deixara a Rússia, afirmou que tocara para o líder a *Patética*. A noite em que Lênin visitou o escritor reproduziu-se tantas vezes na *memória popular* oficial que no filme *Appassionata*, realizado em 1963, reproduz-se literalmente a composição do quadro de Nalbandian *V. I. Lênin na casa de A. M. Górki em 1920*, pintado alguns anos antes. O sofá listrado, o xalezinho quente de Pechkova, a lâmpada pendendo baixa no gabinete são participantes invariáveis da noite de música e conversa, assim como a neve espessa na janela. O filme começa com a neve girando nas ameias do Kremlin, o inverno é terrível, de fome, épico, Lênin e Górki alimentam com lenha a estufa de ferro do apartamento gelado, enquanto uma menina entra correndo e fala da Crimeia – não se pode ir para lá, lá estão as tropas de Wrangel[219]. Na verdade, o inferno ainda estava longe, e Dobrowein foi chamado para uma visita especial em 20 de outubro. Dizem que, naquela noite, Lênin propôs insistentemente a Górki que fosse morar no exterior; à despedida, disse algo notável: "Se você não for, o expulsamos."

Ocorre que tudo isso aconteceu e não aconteceu: tocaram música, mas outra, houve tempestade de neve, mas dez dias mais tarde, "expulsamos" foi dito, mas será que nesse dia? Górki também era um convidado naquele apartamento, já não morava com Iekaterina Pechkova há tempos; o célebre pianista Dobrowein, com seu pseudônimo esquisito – que queria dizer vinho bom, como ele mesmo explicou – tinha o ridículo sobrenome Barabêitchik. Naquele momento, ele era um verdadeiro astro, e colegiais compravam postais com seu retrato. Entre as

---

219 Líder militar do Exército Branco.

fotografias de meu arquivo há uma assim: cabelos, cachos, peitilho engomado, círculos sob os olhos – *artista em plena força*, como diria certo poeta russo[220]. Através dela, uma assinatura espaçada, no verso a dedicatória:

Ao querido amigo...
Issai Abrámovitch
Com amor sincero, e como lembrança do término do conservatório
Issáitchik[221]
Moscou
20 de maio de 911

Como, de onde esse postal veio parar em nosso álbum? Issai Abrámovitch Chapiro, cunhado de meu bisavô, era médico (doenças epiteliais e venéreas, prática na feira de Níjni Nóvgorod), um homem conhecido na cidade. Ele morava na querida rua Pokróvskaia, como, aliás, a família do revolucionário Sverdlov; em outra fotografia, ele, a mulher e três filhos – chapéus de pele de carneiro, casaco com pelerine – estão todos sentados entre as bétulas, em um jardim nevado, nas onipresentes cadeiras Thonet de pés finos. O imponente Issai Abrámovitch só podia conhecer *Issáitchik* em Níjni Nóvgorod, de onde ambos eram nativos. E Górki também: sua casa de juventude, com Pechkova, até agora está na mesma colina, e é um dos poucos lugares no mundo em que tudo continua como era, os pratos com bordas alegres, a longa mesa da sala de jantar, o vasto sofá com encostos

---

220 Boris Pasternak, no poema *Artista* (1946).
221 Diminutivo de Issai.

em rolos, camas de visita de ferro, lavatórios de faiança e, o que é um pouco sinistro, buquês colhidos pelos proprietários há cento e poucos anos, despreocupada vegetação de beira de estrada condenada agora à vida eterna. Contaram-me que a rara preservação da decoração local, como então se dizia, explicava-se por precaução feminina: Pechkova bem sabia que era casada com um grande escritor, e empenhou-se em deixar para o futuro tudo: cortinas, retratos, brinquedos do filho vivo e da filha pequena morta. Quando seu matrimônio com Górki se desfez, ela intentou uma espécie de monumento adiado a esta breve convivência de alguns anos: as coisas foram colocadas em caixas, listadas, envoltas em tecido e esperaram pelo tempo em que foram levadas à casa antiga e de novo dispostas na ordem conhecida.

*

Toda vez que entro numa livraria, parece que há ainda mais títulos assim. Isso é especialmente visível na parte do mundo em que escrevem e pensam em caracteres latinos; agora mesmo, em uma loja nova-iorquina, jazem em fila, exibindo suas capas à luz, *O casaco de Proust* e *A biblioteca de Monsieur Proust*, *O nariz de Rembrandt* e *A orelha de Van Gogh*, *O cobertor de Catulo*, *O chapéu de Vermeer*, *A escrivaninha de Brontë*, a história desta e daquela família em oito objetos, cem fotografias, noventa e nove achados.

Parece que, enquanto eu pensava nisso, o velho mundo saíra das margens e inundara o cotidiano; a busca do tempo perdido tornou-se um assunto geral – e as pessoas ao meu redor entregaram-se abnegadamente à leitura, escrita e esclarecimento de suas relações com o dia de ontem. O que eu apenas estava me preparando para fazer de repente revelou-se parte de um movimento geral. "Ir e ver": todos estavam ocupados disso, como se não fosse possível inventar nada diferente, como se se tratasse de uma nova variedade do Grand Tour, a grande jornada europeia recomendada às pessoas com instrução e recursos. O vazio que enche as aldeias queimadas, as pessoas que povoam aposentos alheios tornaram-se parte de um programa cultural, como as ruínas romanas e os teatros parisienses.

Leio todos esses livros como se bebe água, um atrás do outro, sem me espantar com a própria insaciabilidade – cada texto novo exige que você busque e se apodere do próximo; o crescimento de um conhecimento insensato não pode ser limitado, nem detido. Tudo isso é pouco parecido com uma construção, andar por andar, com a ampliação gradual do espaço vital; parece mais o terrível degelo da guerra, quando só pela roupa entendia-se quem jazera sob a neve no inverno. Pode ser que eu quisesse ficar sozinha no círculo de giz de minha obsessão – mas lá está cheio como uma fila de médico, onde as doenças dos outros simultaneamente divertem e assustam. O assunto toca diretamente a todos. Quando sou apresentada a alguém, sempre deixo passar o momento em que eu e o novo interlocutor beatificamente mergulhamos em histórias de avós e bisavós, no cotejo de nomes, circunstâncias e datas – como bichos que chegaram à água e finalmente estão bebendo, estremecendo com o frescor paradisíaco. Normalmente isso acontece já meia hora depois do primeiro "oi".

Lamento uma coisa: a procura, como a busca do Graal, separa os participantes entre bem-sucedidos e fracassados, e sempre estive dentre os segundos, esforçados e azarados. A esperança de descobrir, finalmente, o núcleo duro da solução, uma chave que abre um corredor desconhecido, secreto de nosso velho apartamento, onde há luz solar e portas para novos aposentos, nunca me abandonou – talvez desde o momento em que, quando eu tinha sete anos, levaram-me a um prado circular para mostrar o Campo de Kulikovo. Eu sabia bem o que era; o lugar da antiga batalha do príncipe de Moscou contra o cã tártaro ficava ao lado, fora da cidade, a algumas horas de viagem de automóvel. Então eu lia e relia o poema de Púchkin[222] em que o herói, ora chamado de cavaleiro, ora de *bogatyr*, depara-se com o campo da antiga batalha, o *vale da morte*. Sob o sol claro, jaz uma espécie de gigantesca instalação edificante: ossos amarelos misturados com couraças e escudos, setas cravadas na terra, recobertas de hera, um crânio apodrecendo no elmo, o orgânico e o não orgânico mesclados, como se assim fosse. O herói, contudo, após ficar um pouco triste, escolhe uma armadura a seu gosto, e ela irá servi-lo na fé e na verdade.

De modo que eu sabia o que veria, e contava muito com isso. A expectativa de um espetáculo dramático, e até assustador, era confortavelmente contrabalançada pela consciência de um ganho rápido: eu me preparava para recolher lá um suvenir, algo pequeno e memorável, que não teria como não encontrar entre os crânios e escudos a enferrujarem sob o céu. Talvez fosse oportuno pegar umas pontas de flechas, para levá-las no bolso; eu também ficaria contente com um punhal pequeno e gracioso.

Mas o campo estava absolutamente deserto, e por ele ondulava uma erva verde nua. Nosso cachorro corria para lá e para cá com latidos, sem descobrir nada, ao lado havia um obelisco de

---

222 *Ruslan e Liudmila* (1820).

aspecto insignificante, e isso era tudo. O principal traço do campo da *antiga batalha* revelou ser a efemeridade: todas as coisas interessantes tinham sido levadas para casa por outras pessoas, sem esperarem por mim.

*

Contaram-me que, em um museu literário – e esse é o lugar onde deviam desembocar todas as palavras e coisas de um escritor, em busca, se não da imortalidade, então do merecido descanso –, existe uma gaveta de mesa em que há "um saquinho com as coisas de Marina Tsvetáieva". Dizem que foi trazido de Ielábuga por Murr, o filho de Tsvetáieva, aos dezesseis anos de idade, depois do suicídio da mãe. O saquinho sobreviveu, e o fato de não escreverem livros a seu respeito nem o exibirem à observação geral demonstra o avesso de todos os paletós de Proust e demais *memorabilia*: a facilidade com que essas coisas caem, como uma chave em um buraco, no absoluto esquecimento, no bolso ermo da inexistência.

Aquilo que jaz na gaveta não está listado, o que quer dizer que pode ser considerado não plenamente existente, e só é possível cogitar que a *unidade de armazenamento*, com um número de inventário, é na verdade múltipla. Lá há coisas que não serviram para ninguém durante anos de atenção apaixonada a qualquer linha de Tsvetáieva; objetos demasiado deformados ou danificados para irem parar na vitrine. Tsvetáieva levou-os consigo na evacuação, quando apressadamente reuniu o que era francês (podia ser vendido), recordação (não podia ser perdido) e, junto com isso, o que era absolutamente desnecessário, que entrara por acaso na montoeira geral. Ninguém conta a que categoria pertenciam as coisinhas que Murr achou importantes o suficiente para que fossem tiradas da isbá escura de Ielábuga, levadas para Tchístopol, depois para Moscou: ele tentava *salvar e preservar* – se é que não as recolheu tão cegamente como a mãe, fazendo um monte com tudo que restara. Caixas desbotadas de lata de conteúdo obscuro, um colar de contas, uma caneta, mechas de cabelo de criança; ainda outros negócios sem nome nem desígnio, que podem ter ido parar no saco simplesmente assim, na pressa. E podem ter sido as mais queridas, aquelas sem as quais é impossível passar: lembranças da mãe, do marido, da filha, a pedra mais especial, cacos de uma xícara inesquecível. Não há ninguém para falar deles. Objetos dos quais ninguém sabe nada ficam órfãos de imediato, afinam como nariz de defunto: tornam-se aqueles a quem a entrada é proibida.

Entre os livros, papéis, cadeiras, peitilhos que me legaram como herança, há coisas demais às quais a vida se esqueceu de acrescentar uma etiqueta: fazer entender (ou pelo menos aludir) de onde elas vieram e como estão ligadas a mim. A fotografia do pianista Dobrowein é vizinha de álbum de uma impressão de muito boa qualidade do célebre retrato de Nadiejda Krúpskaia, viúva de Lênin; no verso, com a letra grande de minha bisavó, está escrito: "Quem lhe trouxe essa foto de Nadiejda Konstantínovna Krúpskaia? Pois eu vi uma bem diferente, em um retrato grande, na casa de Moissei Abrámovitch. S. Ginzburg, 1956, 2/VII." Parece que essa fotografia de Krúpskaia foi tirada certa feita pelo companheiro de Sarra: lá há um carimbo de seu estúdio fotográfico que ficava perto, na rua Miasnítskaia. Não apurei quaisquer detalhes dessa história: os personagens grandes e terríveis da época – Krúpskaia, Sverdlov, Górki – escapuliram da memória familiar como se nunca tivessem estado ali, e não há como verificar.

Certa vez, mamãe de repente me mostrou, quando eu tinha quinze anos, uma coisa com que eu nunca me defrontara, por mais que fuçasse pela casa em busca de achados curiosos. Era uma bolsinha pequena, do tamanho de metade da mão, envolta em renda etérea, com algo duro dentro: uma folha de papel dobrada em quatro, partindo-se nas dobras. Dentro, bem no meio, estava escrito de forma cuidadosa "*Víktor Pávlovitch Nelídov*". Minha avó Liólia, filha de Sarra, por toda vida usara aquela bolsinha em um bolso de sua bolsa, que ela segurava de lado. Pus-me a interrogar, mamãe não sabia quem era aquele. Insisti: como devo entender isso? Entenda assim, disse mamãe, e com isso a conversa terminou.

Preciso dizer que mais de uma vez tentei buscar traços do ignoto Nelídov – quem ele era, médico? Por que médico? – sem nenhum êxito, com a mesma sensação com a qual você entra no campo vazio da vez entendendo que a ausência de resposta é a resposta e o fato de que ela não me convém é problema meu. À minha aparição, o passado subitamente recusava-se a assumir a forma de algo útil, de um feixe de narrativa, constituído de buscas e achados, provas e descobertas. A divisão entre meu e alheio foi a primeira coisa que parou de funcionar: tudo ao redor, de um jeito ou de outro, relacionava-se ao mundo dos meus mortos. Quase não me espantei quando, na gavetinha de um velho birô comprado por acaso, descobriram-se tiras de papel nas quais estava escrito à mão algo em francês: entradas de um cinema parisiense para dois filmes que estavam em cartaz antes da guerra. Um deles, filmado em 1910, tinha o título de um verso de Victor Hugo – *Lorsque l'enfant paraît*[223]. Se minha avó Sarra ia ao cinema

---

223 *Quando a criança apareceu,* poema de 1830. Em francês no original.

em sua Paris de cem anos atrás, podia tê-lo visto, mesmo que o móvel não tivesse nenhuma relação com ela. Podia também não ter visto, podia ter visto outros (e eu mergulhava no catálogo dos filmes, como se seus títulos pudessem me dizer algo); podia não ir ao cinema, aos cafés, às exposições, não encontrar russos, franceses, não se interessar por nada. O método popular que faz uma heroína inventada trombar nas ruas de Paris com Gertrude Stein, Picasso, Tsvetáieva, com Iekaterina Pávlovna Pechkova abandonada pelo marido (todos esses estavam lá naqueles dias, andavam lado a lado, esbarravam uns nas mangas dos outros) sempre me pareceu um exemplo vergonhoso da lógica prosaica da *coerção*. Mas, na mente, eu me ocupava exatamente disto: da perseguição de simultaneidades e vizinhanças que tornassem minha independente bisavó um pouco menos solitária.

Eis, por exemplo, que em maio de 1914, semanas contadas antes da guerra, em Sarátov chega um postal de Paris, com uma plena floração de amêndoas, ou é a primavera curvada sobre um menino adormecido, ou o jovem abril sobre uma moça dormente, tudo isso se chama *sogno primaverile*[224]. No dia em que meu bisavô segurou essa imagem nas mãos (Sarra regressou da prova *terrivelmente alquebrada*, amanhã prestará prática obstetrícia, logo voltará a escrever), 30 de maio, sofreu um acidente e afundou no Mar Mediterrâneo o jovem piloto Alfred Agostinelli, ex--chofer de Marcel Proust, protótipo masculino da fugitiva Albertine. Na escola de voo, ele se inscreveu sob o nome de Marcel Swann, como se o herói e o narrador do *Tempo perdido* tivessem decidido se tornar uma única pessoa; quem pagou as aulas foi

---

224 Sonho primaveril. Em italiano no original.

Proust – ele prometera dar de presente a Alfred um avião em cuja fuselagem estariam escritos os versos de Mallarmé sobre o cisne que não sabia voar, "poemas que você amou, embora eles lhe parecessem incompreensíveis". A carta ficou sem abrir, naquele dia o destinatário não voltou para casa.

*

Às vezes, o parentesco torna-se resultado de simples contato. Daí lembro-me de imediato de um célebre experimento que fizeram em meados nos anos 1950 com bebês macacos. Tiraram-nos das mães de sangue peludas e botaram-nos em cercados, onde aguardavam-nos sucedâneos: representações de macacas, uma das quais era feita de arame, e a segunda, de algo felpudo e penugento. Todos os pequenos, como se fossem um só, tentaram acomodar-se nos braços da que era macia – era possível aninhar-se nela, apertar-se, abraçar. Ao longo do experimento, o contato com a *mãe macia* começou a causar dor, sob a penugem descobriram-se espinhos, mas isso não deteve os filhotes, eles se queixavam, mas não paravam de abraçar. É possível que, devido ao esforço que empenhavam para ficarem junto do manequim, este apenas se tornasse mais querido para eles.

Enquanto eu, mês após mês, transcrevia no computador as cartas e documentos de minhas pessoas íntimas, tentando decifrar as letras microscópicas e a velocidade fugaz de conversas arrefecidas, comecei justamente a entendê-los melhor e amá-los mais. Aparentemente, a imitação sempre acaba mais ou menos assim: o jovem poeta que compartilhou com Mandelstam o exílio em Vorónej começa a se considerar o autor dos versos de Mandelstam, eu, copiando solicitamente as vírgulas e erros de escrita de minhas avós, parei de ver a fronteira entre a vida delas e a minha.

Assim redigitei, texto após texto, alegrando-me e espantando-me, as cartas de papai, enviadas, em 1965, da região de Baikonur, onde então se construíam objetos cósmicos secretos. Lá trabalhavam soldados; meu pai e seu amigo Kólia Sokolov eram uma espécie de instrutores civis que sabiam o que se devia fazer e tornavam o processo racional. Eu me lembrava desde a infância das histórias de como papai capturou na estepe cazaque uma pequena e astuta *raposa-das-estepes*, como tentou domesticá-la, mas o bicho orgulhoso não bebia nem comia, tinha saudades da liberdade e, no terceiro dia, ele a soltou. As cartas encontravam-se entre os papéis de tia Gália, e não eram uma, duas, havia muitas delas, sobre a raposa-das-estepes, sobre a vida por lá, sobre absolutamente tudo, até sobre como armaram a tenda onde dormiam sob uma cortina de lençol úmido e, à noite, molhavam o chão com um balde. As pessoas e as coisas dessas cartas, à medida que eu as transcrevia, instalavam-se em minha cabeça, como se sempre tivessem estado lá – um prolongamento natural de minha paisagem interior. Meu papai, aos vinte e seis anos, pegou carona para beber com um grupo de geólogos de Moscou, brigou com o mestre de obras para saber quem ocuparia o galpãozinho sem dono embaixo da oficina, ficou com raiva de seus montadores, empalhou uma marmota, perguntou se podia enviar uma espingarda enrolada em uma peliça curta – portou-se como um herói de um bom filme soviético a respeito de sujeitos alegres trabalhando na construção do socialismo. Em geral, isso não me surpreendeu: as cartas foram escritas há cinquenta anos.

Em dado momento, sem refletir especialmente, mandei para meu pai um arquivo com as cartas e perguntei se poderia citá-las no livro. De que ele deixaria, não duvidei por um minuto: era um texto lindo, engraçado, vivo, e infinitamente distante de nossa atualidade. Mas havia também algo mais: as cartas que eu reescrevera imperceptivelmente tornaram-se, em minha cabeça, minhas, parte de uma história geral cuja autora eu há tempos me habituara a me considerar. Eram papéis encontrados em uma pilha, não mais necessários a ninguém, faça com eles o que quiser, jogue fora ou guarde-os, eles também dependiam de minha vontade de publicar. Citá-los significava salvar-preservar; deixar na caixa – condenar à longa escuridão; a quem, se não a mim, caberia decidir como lidar com eles?

Sem me dar conta, eu já me comportava com a lógica de *proprietária*: se não do latifundiário selvagem, dono plenipotenciário de centenas de almas humanas, então de seu vizinho esclarecido, com um teatro de servos e um lindo parque. O objeto de meu amor e angústia transformara-se em bens móveis, com os quais eu fazia o que queria. Meus outros heróis, por motivos compreensíveis, não podiam se opor, nem se rebelar: estavam mortos.

E os mortos não possuem quaisquer direitos; deles mesmos, e das circunstâncias de seu destino, pode se utilizar quem quiser, quando quiser. Nos primeiros meses-anos, a humanidade empreendedora ainda tenta se portar com dignidade – o interesse por detalhes ainda quentes deve ser mantido nos limites, mesmo que por respeito pelos vivos, pela família e amigos. Com os anos, as leis de decoro, de convívio, de *copyright* parecem sucumbir como um dique sob pressão da água, e agora isso acontece mais rápido do que antes. O destino dos mortos é o novo Klondike; a história de pessoas sobre as quais não sabemos nada direito torna-se tema de base de romances e filmes, de especulação sentimental e de denúncia vendável. Ninguém os defende, ninguém nos questiona.

Um sem-teto tem direito de se revoltar se sua fotografia aparece na capa de um calendário familiar. Um homem condenado por assassinato pode proibir a publicação de seus diários ou cartas. Existe apenas uma categoria privada inteiramente desse direito. Cada um de nós é dono de sua própria história. Mas apenas provisoriamente – como do próprio corpo, da roupa de baixo, do estojo de óculos. No início do novo século, os mortos, essa maioria invisível e indescritível, revelaram-se uma nova *minoria*, infindavelmente vulnerável, humilhada, com direitos interditados.

Acho que isso deverá mudar; mudar ainda às nossas vistas, como ocorreu nos últimos cem anos com outros humilhados de direitos interditados. O que une todos os representantes de todas as minorias, coloca-os no mesmo barco (no mesmo vapor de muitos conveses) é a convicção dos outros da incompletude de sua subjetividade. Mulheres que *não conseguem cuidar de si*, crianças que *não sabem do que precisam*, negros que *são como crianças*, trabalhadores que *não entendem os próprios interesses*, mortos *para os quais agora tanto faz*. E se algum de meus leitores não foi e não mais será mulher ou trabalhador, não há dúvida que ele também irá se juntar à maioria-minoria de gente finada.

Papai ficou sem me responder por alguns dias, depois ligou-me por Skype e disse que queria conversar. Não me deixaria imprimir suas cartas no livro; tinha um desejo muito grande de não vê-las publicadas. Mesmo a da raposa? Mesmo a da raposa. Ele esperava que eu o entendesse. Era categoricamente contra. Ele me disse, com muita clareza, que tudo acontecera de forma completamente distinta.

Fiquei horrorizada e ofendida; nesta época, os *não capítulos* com as cartas de família formavam uma escada cronológica harmoniosa, uma escala indo de cima para baixo, do fim do século para o começo, e o 1965 de papai, com montadores alegres e botas de soldados, parecia-me um degrau indispensável, como passar sem ele? Pus-me a argumentar, pedir, e até agitar os braços. Quando sossegamos um pouco, papai disse: "Entenda, para mim é repulsivo que alguém leia essas cartas e ache que eu sou assim."

Eu poderia continuar os argumentos, e até tinha o que dizer. Isso não é a respeito de você ser *assim*, pensava eu, insubmissa, em geral não é a seu respeito: não é você quem escreve aos parentes e à irmã, mas o próprio tempo, milhares de transmissões e cem romances a respeito das obras na Sibéria da conquista das terras virgens, a respeito de boas pessoas e trabalho consciencioso. Em nossos papéis, eu diria a ele, fica à vista como muda a língua em que o cotidiano fala a respeito de si mesmo – que abismo de inflexão jaz entre os anos 1910 e os 1930, como o jornal e o cinematógrafo formam o discurso interno. Suas cartas, nessa sequência, são exemplos dos anos 1960, como eles foram: não "de fato", mas na forma concentrada que também nos dá a sensação do tempo. Esse livro não é a respeito de como você foi, é a respeito daquilo que vemos quando olhamos para trás.

Não proferi tudo isso em voz alta, felizmente – já tínhamos nos despedido, e minha convicção de estar certa crescia conforme eu compreendia *o que exatamente* tinha em vista. Não consegui chegar a dizer "não me importa como você é", mas estava bastante perto disso. Bendito o que conseguiu chegar às próprias cartas e diários e aniquilar tudo que não queria mostrar; o texto escrito cria uma sensação de eternidade enganosa, em que um estúpido bilhete de amor não pode ser cortado com um machado[225], e uma frase irritada finge ser a última verdade. Era exatamente essa a trama oculta de nossa conversa: falando com crueza, eu estava quase pronta para trair meu pai vivo em prol de um documento morto, no qual confiava mais. Era como se a própria carta falasse comigo e dissesse: "não me toque!" Tenho medo de pensar no que vovó Sarra responderia se eu pedisse para publicar sua correspondência. Mas não se pergunta aos mortos.

Entendi papai assim: seus relatos da vida no Cazaquistão eram uma espécie de estilização calculada para distrair e alegrar os parentes. Lá onde eu imaginava um romance picaresco, uma aventura com decoração colonial, ele lembrava-se da sujeira, humilhação, bebedeira desenfreada; barracas e galpõezinhos no fim do mundo, palavrões de soldados e roubalheira sem fim nem limites. A audácia e alacridade de suas histórias eram falsas, mas só elas foram conservadas pelo tempo. Pior ainda era o seguinte: se essas cartas, tão detalhadas, não podiam servir de *testemunho*, como aquele pedacinho de osso a partir do qual é possível restaurar a figura do passado, quer dizer que todas as outras tentativas de remontar algo a partir das cartas e lencinhos de bolso eram simplesmente *wishful thinking*, aquilo que os psicanalistas designam com a palavra pouco decorosa "fantasia". Em vez de uma ocupação respeitável – pesquisa ou investigação –, tudo de que eu me ocupara por todo aquele tempo de repente revelava-se um romance familiar freudiano, uma romança sentimental sobre o passado.

---

225 Referência a um provérbio russo: "o que foi escrito com uma pena não é cortado com um machado" – ou seja, não é passível de emenda ou correção.

E assim devia ser. Você olha para as fotografias da sua própria família como se fosse um *human zoo*, animais selvagens em jaulas, com sua vida a jazer em uma profundeza impenetrável. Isso é algo parecido com a pasta com receitas culinárias que está ao meu lado. Escritas com a letra da minha bisavó, da minha avó, de mamãe (em dado momento reconheci, com estremecimento, minha própria caligrafia de criança – a descrição do doce marrom *"Kartochka"*), elas por muito tempo pareceram-me um guia de ação e, talvez, o contorno do final – pontos em que todos finalmente se uniriam. Na verdade, seria maravilhoso: eu ficaria no fogão e prepararia isso tudo, encarnando a continuidade, fingindo ser todos ao mesmo tempo, convocando à vida todo o círculo de amizades, como nomes que eu conhecia e não conhecia: "torta da Múrotcha[226]", "bolo de mel kovríjka da Rosa Márkovna", "lúcio da tia Raia[227]". Nesse *"da"*, devo dizer que eu via um evidente *depois*, uma indicação de que nenhuma daquelas pessoas, com seus lúcios e patronímicos, existia, de que tudo que restara era certa quantidade de papel. Inaplicável; quando finalmente me pus a ler todas as receitas consecutivamente, de repente ficou claro que eu não prepararia aquilo. Elas prescreviam ingredientes desaparecidos, como margarina e uns cereais soviéticos. Lá havia cada vez mais sobremesas, cada uma das quais valia por um almoço completo, cremes pesados e massa podre, infindáveis biscoitos, bolos, doces, bolos de mel kovríjka, como se a insuficiência de doçura da vida devesse ser complementada de fora: uma ração de um outro mundo, a pique.

---

226 Diminutivo de Maria.
227 Diminutivo de Raíssa.

Eu não tinha absolutamente vontade de ir até lá, apesar de toda saudade de seus habitantes em branco e preto.

*

Uma das coisas mais espantosas que achei nas gavetas e caixas da minha família Stepánov não parecia em absoluto uma coisa. É uma folhinha de bloco, dobrada verticalmente em quatro e guardada por alguém. Nela há apenas uma oração, sem endereço, assinatura e data, feita com uma letra que não pertence a ninguém que eu conheci – não é de ninguém; pode ser de meu avô, pode ser de Galka. Por algum motivo, surpreendeu-me como se eu fosse a destinatária. Mas talvez a questão fosse exatamente que essa nota não foi feita *para ninguém*, como no interior de uma boca em silêncio. "*Há pessoas que existem no mundo não como objeto, mas como pintinhas alheias ou manchinhas no objeto*", está escrito lá.

Não identifiquei de imediato a citação, embora tenha pensado de passagem na beleza e exatidão destas palavras; tive a impressão de que o sucedia na folha era uma tentativa de dizer algo a meu respeito – mas de modo a não distrair nem perturbar ninguém. Alguém que me era bem conhecido e totalmente desconhecido pensara misteriosamente até chegar à fórmula concludente, e o fato de que essas palavras foram tiradas de *Almas mortas* não alterava a questão. Aquele (ou aquela) que escrevera modificara o texto de Gógol em uma palavra: "personagens" por "pessoas", e essa mudança silenciosa levou a um resultado inesperado: tirada do contexto, rodeada por seu papel, a frase de repente adquiria vida própria, transformava-se em uma espécie de poema ou sentença.

Era:

Para o quarto lugar, apareceu muito rápido, é difícil dizer afirmativamente o que ela era, uma dama ou donzela, parente, governanta ou simplesmente alguém que morava na casa: uma coisa sem touca, cerca de trinta anos, de lenço colorido. Há personagens que existem no mundo não como objeto, mas como pintinhas alheias ou manchinhas no objeto. Ficam sentadas sempre no mesmo lugar, seguram a cabeça de um único jeito, você está quase prestes a tomá-las por mobília e pensa que jamais uma palavra saiu daqueles lábios; e em algum lugar, no quarto das criadas ou na despensa, dá-se, simplesmente: o-ho!

Virou:

Há figuras
que existem no mundo
não como objeto,
mas como pintinhas alheias
ou manchinhas no objeto.

... Exatamente assim eu, aparentemente, vejo meus parentes com sua vida frágil e imperceptível, similar a um ovo de pássaro com pintas, que você pressiona e ele estala. O fato de que na realidade eles (e não eu) manifestaram outrora capacidade de sobrevivência só os deixava ainda mais vulneráveis. Contra um fundo de participantes solidamente estabelecidos na cena histórica, inquilinos com seus álbuns de fotos e postais de Ano-Novo pareciam condenados ao olvido. Ainda por cima, eu mesma já quase não me lembrava deles. Mas no meio de tudo que era desconhecido, meio conhecido, obscuro, eu sabia indiscutivelmente algumas coisas sobre minha família.

>Ninguém de nós tombou na época da Revolução e da Guerra Civil.
>Não houve vítimas de repressão política.
>Perecidos no Holocausto.
>Não houve assassinados.
>Não houve assassinos.

Muito disso de repente revelou-se duvidoso – ou era pura inverdade.

Certa vez, eu tinha dez, doze anos, e fiz a mamãe uma daquelas perguntas que só se fazem nessa idade: "Do que você tem mais medo?" Não sei o que eu esperava ouvir; mais possivelmente, da guerra. Nos usos soviéticos de então, o céu estrelado de Kant fora substituído por um *pacífico*; o país aguardava e temia a terceira guerra, nas aulas da escola ensinavam preparativos militares – como montar e desmontar o fuzil Kalashnikov, e como se portar em uma explosão nuclear. Era evidente que, no último caso, o fuzil já não seria necessário. As velhas sentadas em profusão nos bancos das entradas dos prédios diziam: "O principal é que não haja guerra."

Mamãe, para minha confusão, respondeu de forma instantânea e incompreensível. Era como se sua fórmula estivesse pronta há tempos, esperando, embaixo da tampa, até alguém perguntar. Perplexa, lembrei-me dela para sempre. Eu, disse mamãe, tenho medo da violência contra os indivíduos.

Passaram anos, décadas; agora, quem teme a violência contra os indivíduos sou eu; faço-o profissionalmente, como se meu medo, ira e capacidade de oposição fossem mais velhos do que eu, polidos, até ficarem brilhantes, por muitas gerações. É uma espécie de quarto em que você entra pela primeira vez como se tivesse passado lá a vida inteira (e os demônios que o compartilham comigo, como na parábola do Evangelho, *encontram-na varrida e arrumada*[228]). Lá mostram um filme que não tem data – ao acordar, entendo que os alemães entraram em Paris e é preciso esconder as crianças, que a zeladora terrível vai me interrogar na neve sobre o lugar de minha permissão de residência, que Mandelstam, preso, acaba de entrar à minha vista nas portas de ferro de um estádio demasiado parecido com um forno. Eu tinha oito anos quando me contaram de Mandelstam, e sete quando me explicaram que *nós-somos-judeus*. Mas o buraco negro no lugar daquilo que não me contaram – talvez simplesmente porque eles mesmos não sabiam – era mais antigo do que qualquer explicação e exemplo.

Cada exemplo, cada livro e cada fotografia na série de dezenas já vistas apenas confirma o que entendo bem demais – com o estômago. Pode ser que esse medo ancestral tenha começado em 1938, quando meu avô Kólia, ainda jovem, entregou a arma de serviço e esperou pela prisão. Pode ter sido mais tarde, em 1953, no caso dos médicos judeus, quando minhas bisavó e avó, ambas médicas e judias, chegavam em casa à noite e ficavam sentadas lado a lado, em silêncio, debaixo da lâmpada, em nosso apartamento comunal, também esperando o desenlace. Pode ter sido em 1919, quando desapareceu Isaac, meu trisavô demasiado bem-sucedido, *proprietário de fábricas, casas, navios*

---

[228] Mateus 12:44; Lucas 11:25 (Bíblia de Jerusalém, Paulus, 2016).

a vapor: não sabemos nem como nem quando ele morreu, mas imaginamos bem o que acontecia então na Kherson pós-revolucionária. É possível, e até certo, que tenha sido ainda mais cedo: em 1902, 1909, 1912, quando em Odessa, e em todo sul da Ucrânia, aconteciam *pogroms* de judeus, e corpos mortos jaziam nas ruas. Meus parentes estavam lá (uma pessoa sempre está neste *lá,* na vizinhança da morte, sua e alheia) e, como se esclareceu, eles não precisavam me contar isso – eu mesma sabia tudo desde sempre.

Muitos anos depois, fui ao Museu do Holocausto de Washington em busca de conselho – e até hoje sou grata ao homem com quem falei então. Sentamo-nos a uma longa mesa de madeira da biblioteca de lá, onde há, aparentemente, tudo que saiu no mundo sobre qualquer questão que possa ser considerada judaica. Fiz minhas perguntas e recebi respostas; depois meu interlocutor, especialista historiador, perguntou-me a respeito do que propriamente eu escrevia. Pus-me a responder. Ah, ah, ele disse, é um desses livros em que o autor viaja pelo mundo em busca das raízes, há muitos assim agora. Sim, eu disse, será mais um.

TERCEIRA PARTE

Ela viu que tudo que enfeitava sua casa voara para o céu: bandejas, toalhas, fotografias de família, capas para bules, as jarrinhas de prata da vovó, máximas memoráveis bordadas em seda e prata – tudo, tudo tudo!
(Tove Jansson)

Nesse ponto é necessário esclarecer minha genealogia.
(Chklóvski[229])

---

229 Víktor Chklóvski, *Viagem sentimental*, tradução de Cecília Rosas (Editora 34, 2018), p. 319.

PRIMEIRO CAPÍTULO
não se escapa do destino

... e todo esse tempo, dizia minha mãe, com voz mediúnica de contadora de histórias, e todo esse tempo aguardava-a na Rússia Micha, futuro marido dela, seu futuro bisavô. E quando começou a Primeira Guerra Mundial, ela voltou para ele depois de todas as suas peregrinações, eles finalmente se encontraram e, desde então, ficaram juntos para sempre. No casamento, ele a presenteou com um pequeno broche que eu sempre uso nos feriados, ele tem as iniciais SGF, Sarra Ginzburg-Friedman, e no verso está simplesmente escrito: "Não se escapa do destino."

Esse "Não se escapa do destino", em um disco dourado, redondo como uma identificação de cachorro, que ficava na frente de um elegante vestido azul, por muito tempo pareceu-me assustador (como se o destino tivesse perseguido e alcançado Micha, alegre, irresistível com suas botas longas nas pernas infinitamente longas, que vivera apenas sete anos depois do matrimônio). O vestido sempre fora o mesmo e único, de fazenda grossa e felpuda, franzido na região do corpete e caindo no ventre com uma bainha apertada: tinha o sentido aconchegante de um uniforme que não se deve mudar. Na minha infância, mamãe tinha mais trajes domingueiros, e um deles, um vestido marrom com padrões brancos, suscitava-me um silencioso êxtase de oração. Porém, em meados dos anos 1980, quando meus pais imperceptivelmente chegaram à minha idade atual, o encanto dos feriados passou a consistir na imutabilidade de seus componentes. O vestido azul era extraído do armário, o broche era colocado no lugar, do armarinho de madeira com remédios de Abrámtsevo surgia uma caixinha branca de perfume, também imutável ou simplesmente que não tinha acabado – era usado muito raramente. Era um perfume absolutamente singelo, o acessível *Signature* polonês: o recipiente redondo de cristal com o líquido dourado morava em um ninho de seda, em um pedestal baixo de cartão; o biquinho dourado e cheiroso tocava mamãe e eu na orelha, na cavidade dos seios, na nuca. Alguns minutos antes da chegada das visitas eu conseguia revirar o distintivo dourado de pedrinha azul e assegurar-me de que a inscrição estava no lugar.

E por todo aquele tempo mamãe repetia de forma a não restarem dúvidas a respeito de quem era a heroína principal de nossa história familiar, ela passara pela França: *vovó concluíra a Sorbonne* – o mais importante instituto de medicina, isso entendia-se sem explicações – e regressara médica à Rússia. O diploma da Sorbonne, de um branco leitoso, com seus volteios caligráficos à tinta, figuras salientes e um selo imenso como um cadeado de celeiro também testemunhavam a seriedade do trabalho executado e da merecida vitória, mas tudo isso retrocedia diante do magnetismo da trama principal. Ela, a bisavó Sarra, passara em Paris os sete anos do Velho Testamento – tempo que Jacó servira por Raquel – e, por algum motivo, voltará de lá, como que de debaixo da terra, voltara para os futuros nós, como se a espantosa vida daquele outro lado provavelmente não significasse nada para ela. Para mim, que ascendia gradualmente pelas prateleiras francesas, dos mosqueteiros a Maupassant, era difícil me conciliar com tal conduta. A possibilidade (impossível para mamãe e eu) de Paris era demasiado vertiginosa para ser tratada de modo tão leviano.

Eu tinha cinco anos quando ela morreu, aos noventa, após sobreviver por dois à filha adorada, buscando-a em vão nos dois aposentos do apartamento comunal, olhando ora para o armário, ora para o aparador: Liólia? Aos poucos, ela começou a chamar pelo nome da filha a neta, Natacha, como se fosse uma *matriochka* familiar em que cada figura pudesse ser trocada de lugar sem alterar o sentido geral. Ela ficava sentada no sofá da *datcha* de Saltykova com um penhoar colorido, muito pequena, um toquinho de tão ressequida, e parecia, à luz pálida de jasmim, quase transparente – mas olhava para a frente com tenacidade picante, de inseto, de modo a deixar compreensível que o que viesse pela frente não teria facilidade em mastigá-la. *Oh, mamãe é como uma rocha*, Liólia dissera a seu respeito quarenta anos antes; mesmo agora, esmigalhada, tendo perdido todo peso e volume, ela continuava um monumento à força que a abandonara.

"Será que alguma vez nós também viraremos velhos assim? Sou tomada de pânico diante dessa ideia. Por nada na vida! Com certeza, com os anos veem ideias e aspirações puramente senis, senão seria impossível sequer viver." Algo impelira-a, em fevereiro de 1914, a enviar ao futuro marido postais com esboços a lápis de velhas, e escrever isso e, um par de semanas depois, perguntar se as velhas tinham chegado. À sua frente, havia as provas da universidade, e ainda duas guerras, o nascimento de um bebê, a revolução, a evacuação, as doenças da filha e da neta, o "caso dos médicos", que não tivera tempo de chegar à nossa família, a fita leitosa de seu estado após o derrame, que chamavam então simplesmente de demência. A nitidez harmoniosa, galharda de seus anos de juventude não se fora, mas parecia ter-se aguçado, aflorado à superfície nas costelas, mandíbulas, nos élitros das asas, nas sobrancelhas pesadas sobre o rosto e corpo pequenos, quase infantis.

Um pouquinho antes, no começo dos anos 1960, Rufa[230], prima de não-sei-qual-grau de mamãe, veio de Sarátov a Moscou, e viveu meio ano na rua Pokrovka. Ela chegou à noite e surpreendeu Sarra no quarto escuro, sozinha, na cadeira de balanço. "Vovó, por que está sentada sem luz? Podia ler um romancezinho!" – "Eu, querida, fecho os olhos e me lembro desses romancezinhos – balançando!"

*

Dizem ainda que na velhice *ela cantava*. Em casa sempre houvera partituras (no título de uma romança muito fora de moda, que por algum motivo fora publicada em 1934, havia a inscrição do autor, vizinho em uma casa de repouso nos arredores de Moscou: *como a senhora canta...*), havia um Blüthner antigo de teclas amareladas – nos últimos anos, cada vez mais em silêncio. Às vezes, vinha em turnê, de Sarátov, o marido da Rufa, um pianista brilhante, aluno de Neuhaus e, de manhã, baixava os braços, até os cotovelos, na goela do instrumento: este docilmente bramia, resmungava e fazia o que era preciso. Minha bisavó, aliás, tratava as ocupações musicais, suas e alheias, com profundo desprezo – como uma ninharia, agradável nas horas de ócio; lembro-me de histórias a respeito de como ela chamava insistentemente para a mesa as visitas que tinham se reunido para ouvir música: "Vamos comer, e Alik tocará para nós."

---

230 Diminutivo de Rufina.

Seu canto tardio, quase às vésperas da morte, era de outra categoria – como se a juventude tivesse voltado e passasse pela garganta, libertando tudo que há tempos estava esquecido, e que perdera todo sentido: a abafada e terrível *Vocês tombaram, vítimas da luta fatal*, escrita na década de 1860, cantada ao pé das sepulturas, que se tornara a base da marcha fúnebre da 11ª sinfonia de Chostakóvitch, e *Warszawianka*, tão amada nas barricadas de 1905, *Warszawianka*, com seu *marche, marche adiante* – "Poderia a vista do cadafalso assustar os olhos jovens de nossos companheiros de armas?" E, claro, *Coragem, camaradas, ao passo*, e todo o cancioneiro semiclandestino com o qual deliravam meninos e meninas na virada do século, e que era o único dicionário de suas lutas e da vitória temporariamente adiada. Maiakóvski, aos quinze anos, na prisão de Butyrka, o colegial Mandelstam com o programa de Erfurt, a Tsvetáieva de treze anos nas assembleias revolucionárias de Ialta – tudo isso exalava inevitabilidade, e acima de tudo, como o zunido de um gramofone, pairava o coro implacável "Renunciemos ao velho mundo"[231].

Quando você lê as memórias dos revolucionários do começo do século, parece que eles cantavam sem parar, ostensivamente substituindo com isso a simples fala humana. Narrativas de greves e encontros conspiratórios são estruturadas pela música, como se fossem vírgulas ou travessões: "subiram o rio com canções revolucionárias", "voltaram a regressar aos barcos com o canto de canções revolucionárias e bandeiras vermelhas",

---

231 *A marselhesa dos trabalhadores*, versão russa do hino francês, com versos de Piotr Lavrov (1875). Foi o hino russo durante o Governo Provisório instalado pela Revolução de Fevereiro de 1917, até este ser derrubado pelos bolcheviques.

"depois de seu pronunciamento, o comício terminou com canto", a Marselhesa é substituída pela Internacional. "Saindo de casa, cantamos baixo *Coragem, camaradas, ao passo*" – recorda um conhecido de Iákov Sverdlov. "– Camaradas, não se esqueçam!" – disse um de nós, quase sussurrando.

Por ali, em algum lugar, indistinguível entre estudantes e moças das reuniões ilegais de 1º de maio e panfletos, caminha, *de mãos dadas com alguém,* como escreveu seu amigo, Sarra Ginzburg, aos dezessete anos. O segundo ginásio de Nínji Nóvgorod, onde ela estudava, ficava a apenas alguns prédios da oficina de gravuras de Sverdlov; lá era cheio de gente e barulhento, lá se encontrava com os camaradas Iákov, coetâneo da Sarra, irmão de sua melhor amiga. Nas obscuras recordações de infância e juventude escritas alguns anos depois pelos três Sverdlov em conjunto, há a história de um passeio aquático com a irmã e sua amiga (ondas grandes ameaçam virar o bote, as meninas não choram – têm mais medo do irmão do que do sacolejo), uma sombra silenciosa é projetada por Sánia ou Sénia Baránov, os colegiais vão trocar socos[232] com os cadetes, levam bombons *pescoço de lagosta* à cadeia, e uma estranha combinação de aconchego e pavor colore, como casca de cebola, as cascas de ovo da juventude de então[233]. "Entre 1901 e 1903, ela [Sarra Sverdlova] incessantemente entregava bilhetes, carregava proclamações, imprimia panfletos no mimeógrafo, cumprindo ainda outras tarefas no trabalho ilegal." Algo do gênero devia ser feito também

---

232 No original, *stenka*, pugilato tradicional russo recriado no século vinte e um.

233 A tradição da Páscoa ortodoxa inclui a pintura de ovos – processo por vezes realizado com o auxílio de cascas de cebola.

por sua amiga; em 1906 ela previsivelmente vê-se sob investigação – pela distribuição de panfletos nas casernas dos soldados.

Nos meus catorze anos, em 1986, mamãe resolveu mostrar-me sua cidade favorita; você verá Leningrado, ela prometeu. Eram as noites brancas, e ela e eu nos sentávamos ora num, ora noutro banco umedecido, ela se cansava rápido demais para que o passeio pudesse ser longo, todos eles terminavam rapidamente em um descanso, um assento, pombos que caminhavam em abundância pela calçada fendida.

Eu, aliás, volta e meia tentava pedinchar, como se não houvesse alegria no novo lugar sem alguma presa miúda que fosse possível levar para casa *como recordação* e consolar-me com ela quando a aventura terminasse. Lembro-me de que, mais do que tudo, eu padeci por uma coisinha completamente inútil – era vendida na avenida Névski, na loja teatral "Máscara", por estrondosos três rublos e meio. Era um acessório cênico: madeixas cinza artificiais de velha donzela, cachos redondos presos nas têmporas que viravam longas melenas retorcidas, que deviam cair ao longo de faces macias. Ao contato, os cabelos eram totalmente plásticos, era impossível pensar uma situação longe do palco em que fosse passível de ser utilizados em uma vida humana, mas com isso era ainda maior a angústia com que eu, morena e desgrenhada, queria tê-los na gaveta da escrivaninha.

Mas já na primeira noite saímos do Canal dos Cisnes para a água grande, atrás da qual negrejavam os muros e reluzia o ouro de uma flecha alta. Essa, Macha, é a Fortaleza de Pedro e Paulo, disse mamãe, aqui sua avó Sarra ficou presa. E ambas fizemos o mesmo movimento de pescoço de ganso, esticamos e baixamo-lo, como se simultaneamente nos curvássemos a Sarra e tentássemos salvar a própria pele.

A Fortaleza de Pedro e Paulo foi, a seu tempo, examinada detalhadamente por nós, como as fontes de Peterhof, os vasos e estátuas do Hermitage e até os maravilhosos caprichos orientais de Oranienbaum; maravilho-me com quanta coisa conseguimos ver então. A fortaleza, naquele junho, estava nua como uma praça de armas e vazia como um cenário – sem lembrar ou entregar sua origem. Tudo que ali houvera terminara há tempos, ela se livrara de minha Sarra como de um cisco.

Contudo, sempre que, desde então, fui a Petersburgo, saí para o rio Nevá e, diante da muralha de granito da fortaleza, do anjo no topo da flecha, da praia estreita, fiz o mesmo cumprimento de ganso, esticando o pescoço imóvel, curvando-me seja à bisavó, seja ao *lugar* que, como a baleia de Jonas, retivera-a e soltara-a. Não me assaltavam quaisquer dúvidas da veracidade da lenda familiar, e de onde elas viriam, todo o conhecimento fora obtido por mamãe em primeira mão, da própria bisavó.

A prisão do bastião Trubetskói, contemporânea da canção que dizia como *vocês iam, retinindo os grilhões*[234], foi construída no começo da década de 1870 – sessenta e tantas celas, duas solitárias, pelas quais continuamente passaram centenas de "políticos". Se Sarra ficou presa na Fortaleza de Pedro e Paulo, então foi aqui; teto branco sujo, paredes cinza, roupa de cama estatal, calçados de detento, de bico rombudo. Os corredores aqui correm livremente, dobrando em cotovelos, mas quando você se aproxima das portas das celas sopra de lá um frio subterrâneo, e as camas de ferro, que permanecem até hoje, projetam sombras em cruz no chão de pedra. Os leitos, assim como as mesinhas de

---

234 Trecho de *Vocês tombaram, vítimas da luta fatal*, citada acima.

ferro, parecem de vagão de trem, e estão presos às paredes e ao chão; um colchãozinho pobre, dois travesseiros, um cobertor grosso; exigia-se que todos os trastes fossem mantidos à superfície – livro, caneca, pente, tabaco. À minha interpelação tardia, os arquivistas não tinham o que responder: Sarra Ginzburg não estava designada nos papéis conservados no bastião Trubetskói, o lugar não a reconhecia.

E onde encontrá-la agora? Havia muitas como ela: difícil de imaginar agora, depois de tudo, a plenitude com que os jovens daquele mundo estavam engajados na *luta*, até hoje se ergue, como uma massa única, de suas recordações, documentos, relatos de agentes com sua escrita seca, a máquina: "abriram o lenço vermelho que levavam e escreveram nele, à tinta, 'Abaixo a Autocracia'", "as ações de propaganda são empreendidas de forma solitária, ou em pequenos grupos em botes", "na taberna 'Passage' surpreenderam, em meio ao público geral, um grupo de recrutas cantando a Marselhesa: 'levanta-te, ergue-te, povo trabalhador'." E de novo e de novo – "os participantes puseram-se a cantar várias canções revolucionárias". No corredor cinzento, estão zelosamente colocadas placas com informações sobre os que estiveram ali: executados em 1908 por sentença do tribunal militar distrital; deu um fim em si mesma na cela; assassinado no México por um agente do NKVD; morto em Moscou em 1944.

Também estão penduradas lá fotografias de antigos grafites das paredes, tiradas quando a prisão já cessara de ser prisão: em meados dos anos 1920. Em uma, rodeada por uma moldura pintada, para fingir ser um quadro genuíno, ou até uma janela, está sentada junto à mesa uma mulher de blusa leve e mangas bufantes: diante dela, flores em um vaso alto, uma manteigueira de prata, um samovar em forma de bule com pezinhos. Ela é feia e, por isso, parece ter sido pintada a partir de um modelo real. O rosto simples manifesta uma espécie de espanto concentrado, ela levou o fogo ao cigarro e dá a primeira baforada, sem deixar de sorrir; os cabelos estão reunidos em nó, detrás da janela uma luz de verão e sombras, é terrível imaginar a que ponto nós não estamos lá.

A carta do camarada Platon com citações de Púchkin foi enviada a Sarra "em Sua casamata" em fevereiro de 1907. Dez anos mais tarde, no outono de 1917, com um pano de fundo de barafunda e decomposição generalizada, algo estranho sucede também aos arquivos da fortaleza – eles desaparecem, em circunstâncias incompreensíveis, conservando-se menos de metade. Os vestígios de Sarra podem ter-se tornado fumaça então – para sua alegria: em nenhum de seus questionários preservados ela menciona o passado revolucionário, nem o episódio da prisão. "Na Rússia, como judia, não podia ingressar em uma instituição de ensino superior, e fui constrangida a estudar no exterior", ela escreve, sobre a sua França; na verdade, como filha de um mercador da primeira guilda, ela podia morar e estudar em ambas as capitais russas, em qualquer universidade de Moscou e Petersburgo. A lenda familiar conta a história assim: pela garota de labuta revolucionária, apertaram uns botões, usaram as ligações que encontraram, puxaram alavancas. Isso ajudou; propuseram-lhe a escolha entre o exílio em algum lugar de Turukhansk e a partida para outro país, para estudar, cuidar da saúde, sair de vista. Os postais seguintes já eram mandados de Montpellier.

Na velhice, regressando de mais um passeio com a amiga Sarra Sverdlova – casacos pesados e rígidos, chapéus de pele, regalos antigos –, minha bisavó falou com firmeza sobre si mesma como "eu sou uma bolchevique sem partido", mais um clichê dos tempos que carimbavam frases como selos. Todavia, em quarenta anos de vida na Rússia soviética, conhecendo uns e outros, levando nos ombros o mundo caseiro da Níjni antediluviana, com seus recitadores-declamadores, assembleias e chás na casa dos Pechkov, tendo trabalhado em chefia menor, passado por expurgos e frequentado reuniões, Sarra Ginzburg, por algum motivo, não fez nenhuma tentativa de ingressar no Partido Comunista. Possibilidades não faltaram – mas ela não as aproveitou. A partida para a França significou uma passagem irreversível, irrevogável, como da água para a terra; a revolução para ela terminara, começara algo diferente.

Muitos anos depois ela foi uma única vez de Moscou a Nínji, que já há muito tempo levava o nome de Górki. Levaram-na a um museu, que ficava no alto de uma escarpa do Volga. A guia da excursão teceu um relato detalhado sobre a vida heroica dos bolcheviques de Níjni, movendo-se de fotografia em fotografia. Em uma delas, que parecia suja por causa de grãos de neve tapando o quadro, havia um grupo de gente muito jovem contra o fundo de uma cerquinha baixa. Eram quatro, o rosto de uma das mulheres estava cingido por uma absurda atadura preta, com a touca de lado, eriçada como cauda de lebre, Sanka tampouco parecia-se consigo mesmo. São as barricadas de Sórmovo, dezembro, disse a guia da excursão, não se sabe quase nada dessas pessoas, o mais possível é que não estejam no mundo há tempos. É o mais possível, confirmou a bisavó Sarra e, a passo firme, avançou para a vitrine seguinte.

*

Na velha fotografia, a praça de Potchínki está vazia, uma telega se arrasta, puxada por dois cavalos, um artesão está em pé na entrada da loja, lá se esfregam galinhas absolutamente descaradas. Aquele era, aparentemente, um lugar muito pacífico em uma das extremidades distantes do mundo; a feira de cavalos, que reunia toda a província, era considerada o principal acontecimento e diversão. A cidade de madeira era ombreada por jardins. Tudo era pequeno, mas atraía a atenção: as colinas redondas, que chamavam respeitosamente de montanhas, o riacho Rúdnia, onde com tanto êxito encontraram a presa de um animal antediluviano, de comprimento de cerca de duas arquinas[235], as catedrais de bom gosto, e a *presença* crescente da burocracia – de recrutamento, de bebida, tributária, cartorial, da cooperativa de poupança e empréstimo. Abram Óssipovitch Ginzburg criara sua grande família ali, longe do mundo grande, central: em isolamento.

Não consegui encontrar quaisquer vestígios de sua presença – na cidadezinha transformada em aldeia quase não se conservou memória de seu filho Solomon, *tio Sólia*, que não era o primogênito, comerciava máquinas de costura Singer, e se tornara herdeiro a contragosto: no lugar do amado irmão Ióssif, amaldiçoado pelo pai. Esquecido por Potchínki, o trisavô Abram, com sua barba-baobá, produziu lá dezesseis filhos, amealhou um grande patrimônio, salvou Sarra da prisão e do exílio e morreu em 1909, 22 de junho.

Os mercadores da primeira guilda estavam livres de castigo corporal. Entre as coisas que lhes eram permitidas estava o comércio atacadista interno e externo de quaisquer mercadorias, russas e estrangeiras; o direito de possuírem os próprios navios e

---

[235] Medida de comprimento equivalente a 71 centímetros.

vasos e de enviá-los pelo mar com mercadorias, de possuírem fábricas e usinas, exceto destilarias, de terem lojas, armazéns e adegas; o direito de possuírem firmas de seguros, de se ocuparem de transferência de dinheiro, de entrarem em contratos governamentais e muito mais. Para os mercadores judeus havia aqui um artigo fundamental, importante: a partir de 1857, o pertencimento à primeira guilda dava a toda a família, e até à criadagem doméstica, a possibilidade de residência sem entraves para além da zona de assentamento[236], em qualquer cidade do Império Russo, incluindo – com a observância de algumas condições – também as duas capitais. Isso custava caro; a coleta anual da guilda saía por não menos de quinhentos rublos (constituía um por cento do capital declarado, que começava a partir de cinquenta mil). A comunidade judaica de Níjni não era grande no final do século dezenove; na minúscula Potchínki, os judeus eram uma curiosidade. Uma tabela estatística feita em 1881, quatro anos antes do nascimento de Sarra, diz que em todo o distrito de Lukoiánov viviam 11 pessoas de confissão hebraica, e desconfio que o sobrenome de todos os 11 era Ginzburg.

Meu trisavô já não pegou o tempo em que tudo se misturava e todos se casavam entre si, os filhos do sacerdote Orfanov, da catedral da Natividade, viraram parentes dos Ginzburg. Sua herança foi dividida igualmente entre irmãos e irmãs; toda a parte de Sarra foi para os anos de estudo em Paris. Ela voltou, como então diziam, sem um tostão, "cheguei só com uma caixa de chapéu". Fecho os olhos e vejo-a na plataforma da estação de Brest

---

236 Entre 1791 e 1917, os judeus só tinham permissão de residir em uma região limitada do império, que excluía Moscou e São Petersburgo – as "duas capitais".

com essa caixa na mão, baixa, independente, tendo andado sozinha a vida inteira. Aperto mais a vista e recordo o próprio chapéu parisiense, preto, a pena de avestruz enrolada até o fim – ele sobreviveu à dona e chegou a aparecer nas fotos de minha infância.

O que não consigo imaginar, por mais que pestaneje, é o barulho e a felpa do cotidiano de então. O chá no jardim dos Göttling, a irmã Vera com um volumezinho de Nádson, horas infindáveis até que o carro se arrastasse a Nínji, a barra orvalhada do vestido, da qual você tira a bardana, o riacho, fumar em segredo no sótão. Potchínki era a casa onde iam descansar, prantear, *mordiscar*. A pequena Raquel escreve que voltou do teatro, encenaram *Culpados sem culpa*[237], depois havia cerca de quarenta convidados – onde isso foi? Por acaso na meio infantil Potchínki, onde nunca houve teatro? Eram tempos de florescimento de montagens amadoras, espetáculos domésticos com quadros vivos e estrados de tábua nas *datchas*, onde o jovem Blok, de colante preto, interpretava Hamlet, e sua Liuba fazia Ofélia. O pólen das amizades e flertes de então assentou irreversivelmente, não dá para decifrar nada, restou aquilo que Balzac chamava de ruínas da burguesia – "um ignóbil detrito de cartonagem, coloridos e gessos"[238].

---

237 Peça de Ostróvski (1884).

238 "As ruínas da Igreja e da Nobreza, as do Feudalismo, da Idade Média são sublimes e hoje enchem de admiração os vencedores, que ficam surpresos, boquiabertos; mas as da Burguesia serão um ignóbil detrito de cartonagem, de gessos, de coloridos." Balzac, *Le Diable à Paris*, citado por Walter Benjamin (que na p. 51 do mesmo livro afirma que "Balzac foi o primeiro a falar das ruínas da burguesia") em *Passagens*, tradução de Irene Aron (Editora UFMG; Imprensa Oficial do Estado de São Paulo, 2009), p. 126.

Nessa pilha de cartonagem há mais uma fotografia que amo desde a infância, embora a impressão que ela causa seja sobretudo cômica. Nela formam fila as mulheres da família Ginzburg, da mais velha para a mais nova, uma atrás da outra, olhando para a câmera de perfil. À frente, as poderosas mulheres-matriarcas de traseiro largo, cabelos pesados e bustos ameaçadores, rostos tranquilos de heroínas. Adiante, em ordem decrescente de volume, estão colocadas damas de figuras mais corriqueiras para nós, de anquinhas e mangas bufantes, e já bem no fim da fila posta-se minha bisavó Sarra, sorumbática, ereta, parecendo franzina contra o fundo das irmãs imponentes. Atrás dela, última da fila, está a já completamente delicada Raquel. Ambas exalam um calor enganador: creio que as compreendo melhor do que as outras.

O cartão médico de parturiente, preenchido em 1916, fornece-me uma série de informações factuais, de um detalhamento excessivo, que torna o processo de conhecimento quase antinatural. Só eu, no mundo inteiro, sei agora que aquela foi sua primeira gravidez, que as dores começaram à noite, que as contrações prolongaram-se por 19 horas e 40 minutos, que sua menina pequena, ainda sem nome, pesava 2.420 gramas ao todo e ficou saudável a semana inteira, enquanto elas permaneceram no hospital.

Não há nada mais alheado que os papéis de gente morta com suas contradições e lacunas, com seu hábito antiquado de significar e implicar algo. No documento de identidade entregue a Sarra Ginzburg em 1924, Sarátov é designada como seu local de nascimento; na autobiografia posterior, é Potchínki. Não há discrepância nas datas, é 10 (22 pelo nosso novo calendário) de janeiro de 1885. Na autobiografia ela menciona o pai, *pequeno mercador* – mas a certidão de casamento insiste na 1ª guilda; é possível que, nos anos 1920, ela tenha tido a impressão de que, na pequena Potchínki, teria sido demasiado fácil encontrar vestígios de sua origem burguesa, inoportuna nos novos tempos.

Quer dizer que ela nasceu em 1885, terminou o colégio em 1906, aos vinte e um, esteve na cadeia em 1907, na França de 1908 a 1914. Regresso à Rússia, prestação dos exames estatais, de confirmação do diploma estrangeiro, o "Juramento da Faculdade" com sua fórmula maravilhosa:

> Aceitando com profunda gratidão o direito de médica que me é conferido pela ciência, e compreendendo toda a importância do dever que recai sobre mim com este título, faço o juramento de, ao longo de toda minha vista, não turvar a honra da classe em que agora ingresso. Juro em qualquer tempo ajudar, seguindo meu melhor entendimento, os sofredores que acorrerem ao meu socorro, guardar santamente os segredos familiares a mim confiados e não abusar da confiança em mim depositada.

Isso foi em 1915, ano de seu matrimônio; em 1916 nasce Liólia – e lá mesmo, em Sarátov, Sarra começa a prática médica.

Tenho guardada uma tabuleta de latão com letras negras garbosas: lá está escrito "DOUTORA S. A. GINZBURG-FRIEDMAN". Ela não se manteve muito tempo; em um ano, já tinham abolido a ortografia antiga[239], e depois toda vida cotidiana virou do avesso. A tabuleta, junto com uma caixa cheia de cartões de visita arrefecidos foi, contudo, conservada e levada a Moscou,

---

239 Houve uma reforma ortográfica do alfabeto cirílico em 1918, abolindo letras que se encontram na grafia do texto da tabuleta no original russo.

como uma promessa não cumprida que não podia ser esquecida. Então havia muita coisa assim, começada e não realizada. Em março de 1917, Mikhail Friedman, marido de Sarra, tornou-se advogado – hoje é difícil de entender quanto trabalho isso dava. Para além da educação jurídica, requeria-se que o advogado a serviço do Estado passasse por uma espécie de prática processual – trabalhar não menos de cinco anos como assistente de advogado, percorrer muitos quilômetros em dever oficial, penetrando nas sutilezas dos regulamentos. Na brochura do passaporte de meu avô, em suas últimas páginas, onde se devia anotar qualquer pernoite fora do local de residência, havia o colorido dos carimbos com os nomes de cidades russas.

Essa brochura (sem prazo, preço 15 copeques) fora entregue pelo Departamento Municipal de Polícia de Sarátov em 23 de maio de 1912. O portador é chamado pelo nome, Mikhel Davidóvitch Friedman, a língua do reverso do documento não conhecia condescendência para com tentativas de ser assimilado, de ser como todos. Nascido em 15 de dezembro de 1880, de estatura mediana, confissão hebraica, na rubrica do serviço militar é designado como *membro da milícia popular*, tem cabelos negros, sem traços particulares. Algumas páginas depois, imediatamente após a anotação do casamento com a moça Ginzburg, o *rabino governamental* Aryeh Schulman informa que "os cônjuges Friedman tiveram uma filha, 'Olga'". Logo abaixo, na mesma página, o relato de que o Conselho de Advogados aceita-o em suas fileiras. O documento seguinte, em que se fala dos negócios de meu bisavô com o mesmo grau mínimo de detalhamento, será sua certidão de óbito.

É surpreendente o quão grande, ocupada e ataviada aparece a vida deles de então, *antes dos eventos* – o quanto nela há de todo tipo de eventos, cavalinhos de *zemstvo*, telegramas e amigos na farra, planos que se abriam como rolos. Tudo isso sucede em um pedaço fulgurante e claro, de uns dez anos de duração, de 1907 a 1917; antes disso, volta a se cerrar uma bruma sonolenta, na qual não dá para distinguir nada direito.

O pai de Micha, David Iankelévitch Friedman, que era, segundo mamãe contava, médico, não emerge nos arquivos municipais de Níjni e Sarátov; só uma vez, na lista dos membros da sociedade judaica da cidade de Nínji Nóvgorod, compilada pelo rabino oficial Boruch Zakhoder em 1877, aparece de relance certo Friedman, David Iákovlev, pequeno-burguês de Níjni, de vinte e quatro anos. É um personagem demasiado insignificante para ser considerado membro com plenos direitos da sociedade – está dentre aqueles que "não podem ser designados, uns porque não trazem nenhuma receita ao templo, outros por não negociarem e ser iletrados, outros por serem soldados permanentes e de licença, os quais, por determinação do Comando, podem, a qualquer hora, ser afastados de Nínji e, em parte, os que são menores de idade". O David Iákovlevitch que *não pode ser designado*, pela idade, serviria facilmente para ser o pai de Mikhel; nada mais sabemos a seu respeito. Tenho muitas fotografias de David Friedman com seu pincenê dourado, aos poucos, e de modo algo inconsciente, a envelhecer, e com o rosto a descarnar. A última, com um cachorro, em formato de escritório, foi tirada em 1906, pouco antes da morte.

Ele, como todos, teve alguns filhos, bagas espalhadas pelas veredas do novo tempo; os meninos Micha e Bória contavam de uma querida babá-*pança* – natural da aldeia de Puza[240], que só se

---

240 Atualmente chamada de Suvórovo. Em russo, o nome da aldeia, Puza, soa como "pança".

podia acalmar de uma maneira: colocando-a em cima de um armário alto. Algum dos numerosos tios casou-se com uma jovem ama de leite, cativado por sua corpulência e pelo uniforme ofuscante – as mulheres desta profissão útil deviam andar pelo mundo em uma sarafana russa, ornada de fileiras de contas vermelhas. Andavam de vapor pelo Volga, enchiam o samovar de pinhas. Mikhel, sem brilho particular, com notas três e quatro[241], passou no exame para aprendiz de farmacêutico; mas queria era entrar em direito. Em 1903, retirou-se da Sociedade Burguesa de Níjni Nóvgorod "para ingressar em uma instituição de ensino superior, com o objetivo de prosseguimento da educação"; a certidão de dispensa está enfeitada com um selo oficial – um cervo pensativo erguendo a perna direita, como se não se decidisse a dar o primeiro passo.

Mikhail Davidóvitch Friedman, que escrevera ao sobrinho que este tivesse uma vida interessante, morreu em 11 de novembro de 1923, no hospital do doutor Bótkin, de apendicite aguda. No registro de óbito, é designado como funcionário; a autobiografia de Sarra, redigida no ano demasiado interessante de 1938, cuidadosamente contorna suas ocupações jurídicas – o marido "trabalhou na Direção Principal de Mineração na qualidade de economista". No registro de óbito, emitido em 1923, ele é designado como funcionário. Não tinha mais do que quarenta e três anos, Liólia mal completara sete. Cerca de um ano antes, eles se mudaram de Sarátov para Moscou, mas não há quem conte por que, nem exatamente quando. De forma surpreendente, mas quase simultaneamente aos Friedman, como que impulsionada

---

241 A nota máxima na Rússia é cinco.

por um vento interior, em Moscou apareceu mais uma família – o menino Liónia, futuro marido de Liólia, e sua mãe, ainda muito jovem.

*

A característica de deixar passar pelos olhos grandes lapsos de tempo, muito cômoda em um romance, começa a assustar quando você a percebe em si mesmo, e o assunto são os vivos. Ou seja, os mortos, naturalmente; aliás, não há nenhuma diferença. Os anos de juventude de minha bisavó, antes do nascimento de Liólia, exalam *começo* – como se tudo ainda estivesse pela frente, e muita coisa diversa pudesse acontecer. A partir de 1916, o tempo começa a formar um cilindro, a se torcer no rolo de feltro do fado geral, conhecido de todos. Quando, cem anos depois, comecei a percorrer, um por um, seus endereços de São Petersburgo, prédios com fachadas reconstruídas que tinham perdido aposentos e até alas inteiras, bairros pobres na região Petrográdskaia, iluminados pelo sol poente, pelos quais caminhavam, para lá e para cá, bandos de soldadinhos de folga no domingo, sempre me parecia que, uma volta para a direita, e a vida poderia tornar-se mais formosa, em nada pior do que seu começo.

O que acima de tudo me interessa na história familiar são os dez ou quinze anos pós-revolucionários, quando o rumo das coisas de repente desacelerou e, pesadamente, arrastando a barriga rachada, baldeou para novos trilhos. Aqueles anos semicegos, em que meus bisavós morriam, partiam, mudavam-se, não estão absolutamente documentados; eles preferiram não escrever cartas, não manter diários, e todas as fotografias preservadas mostram apenas uma parte, a extremidade de um quadro em cujo centro ocorria algo absolutamente incompreensível para mim. O croqué na *datcha*, as paredes de troncos da casa de Serebriány Bor, uns fisiculturistas taludos sob cartazes com rimas, Sarra com uma Liólia triste e macilenta em um outeiro, junto a um riacho, ao lado mais alguém com cara da vida anterior, parentes cujos nomes não sei. À medida que a filha cresce (fotos de grupos da escola, em que as meninas estreitam-se contra as professoras, postais de amigas, a partitura de *La Bayadère*), a mãe é cada vez menos vista. Trabalho em uma, outra, numa terceira instituição médica, um romance cansado com um parente do finado marido que mantém um ateliê fotográfico na rua Miasnítskaia, postais de viagens, fotos de balneários em que o mar cinza voa para a saia cinza e se afasta rastejando para onde foi mandado.

Sarra, é claro, conseguiu o principal: não desaparecer. Entrou, como na água, na vida folgada de especialista qualificada, na rotina dos sanatórios e consultas de mulheres. O turbilhão de ocupações úteis nas quais estava engajada também a filha, que há tempos decidira virar médica como a mãe, conferia uma sensação elástica de inclusão, de um trabalho comum a todos. Acerca do que elas pensavam a respeito do que ocorria ao redor não dá nem para tentar cogitar – para isso não há base, nem documentos. Nem cartas, que aliás não havia, nem os livros da biblioteca de casa (volumes de Tolstói e Tchékhov com o ex-líbris "advogado assistente M. Friedman", coletâneas de Blok, Akhmátova e Gumilióv, um volume gasto de Bororýkin) não permitem, por si sós, que se forme, com uma colagem típica, um quadro soviético ou antissoviético. Quando, em 1934, Liólia Friedman, aos dezoito anos, decidiu resolutamente contrair matrimônio, a mãe concordou, estabelecendo aos apaixonados uma condição irrevogável: a moça devia concluir o instituto. Eles podiam se casar, podiam morar lá na Pokrovka, mas não se podia nem falar em filho antes do recebimento do diploma de medicina. Lembro-me desde a infância dessa relação fervorosa para com a educação superior, de um ardor incandescente, religioso, transmitida de geração em geração. *Somos judeus*, disseram-me aos dez anos. Você não pode se permitir não estudar.

Liólia, corada e responsável, obedeceu de forma obediente: pelo acordo, seu *nenê* com Liónia devia nascer no começo de agosto de 1941. Esses dias surpreenderam-na com a mãe em um trem de evacuados, indo para os lados da Sibéria. O bebê estava quieto na barriga, como se entendesse que não devia ir lá fora. Após algumas semanas de baldeações, de carregação de coisas, de medo de ficar para trás e se perder, elas finalmente chegaram a Ialútorovsk, o ponto extremo no mapa de nossos deslocamentos familiares. Lá, na Sibéria, estabeleceram-se outrora dezembristas[242] exilados; a cidadezinha de calçadas de madeira e galpõezinhos negros não tinha pressa de mudar, como certamente não mudou agora. Minha mãe nasceu no segundo ou terceiro dia da vida delas por lá, em 12 de setembro de 1941. Sua recordação mais antiga era como os vizinhos degolaram um galo – e, quando a cabeça caiu na grama, ele de repente bateu as asas e voou pelo pátio estarrecido.

Ialútorovsk, com neve e fumaça, indústrias leiteiras e jardins de infância, precisando de uma médica experiente, é quase o último lugar em que Sarra é vista em toda sua estatura (*oh, mamãe é como uma rocha!*). Ela se preparara rápido. No pânico que tomara Moscou nas primeiras semanas da guerra, poucos entendiam o

---

242 Participantes de uma malograda rebelião liberal em dezembro de 1825.

que fazer e para onde fugir. É terrível em sua clareza o diário de Murr, filho de Tsvetáieva, que, aos dezesseis anos, documenta diariamente os matizes cambiantes de alento e desespero, a esperança de se esconder, o medo de ficar debaixo dos despojos (daí eu sempre me lembro de "vamos rastejar, agarrando-nos em paredes ardentes"[243]), o medo de fugir, o medo de ficar, infindáveis discussões aflitivas de cada uma das variantes calculadas. É difícil de acreditar, mas, em meados de julho, Tsvetáieva de repente vai com conhecidos à *datcha* – "descansar". A *datcha* fica em Peskí, na estrada para Kazan, três mulheres maduras e um menino nervoso, com saudades dos amigos, ficam sentados lá, como em um conto de Tchékhov, preenchendo com conversas o tempo entre almoço e jantar, aguardando notícias da cidade. Essa, aparentemente, foi a última trégua concedida a mãe e filho; de regresso a Moscou, um dia e meio depois, de repente caíram no redemoinho dos fugitivos que tentavam pegar um trem ou vapor de partida, e estiveram entre aqueles *que conseguiram* – sem encaminhamento do Litfond[244], sem dinheiro, quase sem coisas que pudessem ser trocadas por comida. Como terminou, nós sabemos.

A cidade não estava em absoluto pronta nem para a guerra, nem para o cerco. Ainda na primavera, foi criada uma Comissão para Evacuação da População da Cidade de Moscou em Tempo de Guerra, que tentou elaborar um plano de ações possíveis; lá se discutiram modos de enviar para a retaguarda um milhão de moscovitas. No relatório há uma resolução irada de Stálin:

---

243 Em 1941, no começo da guerra, Daniil Kharms disse: "vamos rastejar sem pernas, agarrando-nos em paredes ardentes."
244 Fundo Literário, organização que prestava assistência aos escritores necessitados.

Considero inoportuna sua proposta de evacuação "parcial" da população de Moscou em "tempo de guerra". Peço liquidar a comissão de evacuação, e interromper as conversas sobre evacuação. Quando e se for necessário preparar a evacuação, o Comitê Central e o Conselho do Comissariado do Povo Lhes informará.

Está datada de 5 de junho de 1941.

A capital viveu alguns meses fora de si. Mergulhavam na fuga como em um buraco no gelo, todos os departamentos possíveis levaram embora os seus, ninguém esperava pelos que ficavam, alguns se prepararam e saíram da cidade a pé. Em 16 de outubro, quando as tropas alemãs chegaram bastante perto dos arrabaldes de Moscou, a crítica literária Emma Gerstein não conseguiu chegar ao trem de evacuação em que lhe tinham prometido um lugar. "Eu andava pelas ruas e chorava. Ao redor voavam, levadas pelo vento, pilhas de documentos rasgados e brochuras políticas marxistas. Nos cabeleireiros femininos, faltavam lugares para as clientes, 'damas' formavam filas nas calçadas. Os alemães estavam chegando – era preciso fazer um penteado."

*

Eles voltaram a Moscou já em 1944. Em 9 de maio de 1945, dia de aniversário de Liólia, as janelas altas do apartamento do bulevar Pokróvski foram escancaradas, nelas pairava a primavera, verde como lágrimas, todos os inquilinos do enorme edifício comunal reuniram-se à mesa posta, e todos os parentes, e amigos, e uns meio conhecidos casuais, quase vindos da rua, e a jovem Viktória Ivánona, cantora com nome de triunfo, estava com eles em seu vestido azul, e cantava, com sua voz maravilhosa,

Comprem violetas[245], *Lencinho azul* e tudo que lhe pediam. E depois foram à ponte Ústinski, que ficava perto, para olhar para a salva de artilharia que se alastrava sobre o rio Moscou.

A partir dessa tarde, a história de Sarra gradualmente empalidece, parte para trevas que irão se adensar por quase trinta anos. Mamãe, lembro, ligava o derrame da bisavó ao "caso dos médicos", que fatalmente devia devorar ela e Liólia. Mas a caderneta cinza de trabalho, preenchida só até o fim de 1949, também não está vazia: o país luta contra o cosmopolitismo[246], o Comitê Antifascista Judaico é dissolvido, há prisões, retiram-se das bibliotecas livros de autores judeus, é interrompido o lançamento de literatura em iídiche, a capital é varrida pela onda regulamentar de demissões. Não sei o que era mais perigoso para *Sarra Abrámovna, doutora* – o judaísmo inato ou o europeísmo adquirido; se ela discutia o que acontecia com as pessoas de casa, se tinha medo de que aquilo inevitavelmente tocasse também os que estavam próximos, o genro excessivamente bem-sucedido, a filha, a neta. A demência, a longamente esperada incapacidade de assumir responsabilidade, de decidir, de prevenir, removiam-na do grupo de risco – para um refúgio fresco, onde era possível selecionar e anotar fotografias, e qualquer recordação estava ao alcance da mão.

Por algum motivo, passei a lembrar-me com frequência de quando, no auditório escuro do Museu Púchkin, ministraram uma conferência sobre arquitetura bizantina para nós, crianças de dez anos. Na tela do projetor de diapositivos estavam os ombros poderosos da Santa Sofia, de Istambul, com o céu sobre os

---

245 Versão russa da canção italiana *Comprate i miei fiori*, de Vietti e Jacobbi, popularizada pelo filme *A estrada da vida* (1954), de Fellini.
246 Na URSS de Stálin, termo usado para estigmatizar os judeus.

minaretes. Seria fácil considerar isso uma invenção posterior, mais um estereótipo animado, mas eu me lembro bem demais desse minuto: como olhei para a frente, para a mancha iluminada, e pensei que o mais provável era que eu nunca veria aquilo tudo, a não ser em imagem. Pessoas em nossas condições, da ordinária *intelligentsia* moscovita do começo dos anos 1980, pequenos engenheiros e funcionários científicos, via de regra, não iam para o exterior.

Comecei a *me deslocar* assim que me apareceu a possibilidade, e até agora não consigo parar. Pode ser que daí venha o enlevo quase corporal com que entro sob o teto de ferro e vidro de qualquer estação: como se aquelas fossem minhas próprias costelas, e eu a corrente sanguínea humana que enchia dezesseis plataformas, as asas largas e a cúpula amparada na luz do sol. O mesmo me acontece nos aeroportos, com aroma de banho e lavanderia, de limpeza desumana, póstuma. Como se tivesse que me aferrar a cada possibilidade de movimento, abraçá-la, como um macaco, com braços e pernas. Como se aquilo a que preciso me dirigir fosse o estado gasoso do ar, invisível, incapturável, deslizante entre fronteiras, soprando onde deseja. Quando partimos da Bánny e todas as xícaras, molheiras, fotografias e livros de uso doméstico foram parar em um depósito, passei a viajar o dobro do habitual, como se antes disso eles me esmagassem contra o solo.

Meus périplos agora tinham uma justificativa sólida: eu estava escrevendo um livro sobre *os meus*. Movendo-me de lugar em lugar, de arquivo em arquivo, de rua em rua, por onde eles tinham andado na Terra, eu tinha em mente coincidir com eles e, contra todas as probabilidades, rememorar. Reuni com aplicação tudo que sabia, transferi para a memória do computador datas e números de apartamentos, traçando com antecedência meu itinerário, como fazem todos que se preparam para uma longa jornada.

Em uma esquina parisiense, no mesmo prédio em que vivera outrora minha bisavó, instalara-se agora um pequeno hotel.

Deu-se que era possível literalmente entrar na pele da História: passar uma, duas noites sob o mesmo teto da jovem Sarra, debaixo de um telhado comum a ela. Era preciso partir de Londres por um trem subterrâneo, que passava, como um fio, por dentro de um túnel negro sob o Canal da Mancha, até você, de repente, dar nos verdes campos franceses, de certa forma até enfeitados para a ocasião.

Eu olhava pela janelinha e refletia que estava terrivelmente cansada de pensar constantemente na família. Ela cada vez mais me impedia de olhar para os lados e ver qualquer outra coisa: como as grades do Jardim de Verão que, com seu desenho cativante, tapam do olhar externo o que acontece lá dentro. Cada coisa do presente e do passado há tempos estava ligada – *rimava* – com meus parentes mal distinguíveis, sublinhava minha simultaneidade com eles ou, pelo contrário, meu desencontro. Minhas próprias relações com o mundo tinham que ser adiadas para o dia seguinte; porcos adestrados para procurar na terra cogumelos de trufas são longamente treinados para não devorarem seus preciosos achados. Minhas viagens tinham comigo a relação mais indireta; eu vagueava por cidades russas e não russas, como se estivesse em missão, com uma mala – com a carga da minha tarefa. Na mala não havia, propriamente, nada de despropositado, nem quando ela se arrastava com estrondo pelas pedras do calçamento de Paris. Simplesmente, fosse eu para onde fosse, ela não se deixava esquecer.

E eis-nos juntas, saltitando no meio-fio, descendo a longa rua Claude Bernard; é o quinto *arrondissement*, onde apenas devia viver gente como Sarra Ginzburg, e isso não era nem porque ao lado estavam a Sorbonne e o hospital Val-de-Grâce: simplesmente era a região dos hotéis e quartos mobiliados baratos, onde os estudantes, como pardais, esvoaçavam para lá e para cá, quase sem se afastarem do ponto de partida, e se aqueciam com o calor universitário. Sarra também vivera naquela mesma rua, por algumas semanas ou meses, e o prédio esverdeado de sete andares com varandinha de ferro estava no lugar. Uma região barata e zangada, cujas escadas cheiravam a fumaça e pó de arroz umedecido, que fora refeita na década de 1860, mas recusou-se terminantemente a se tornar respeitável. O Barão Haussmann, o homem prático dos tempos vindouros, escreveu a respeito dos insatisfeitos de então: "Paris pertence à França, não aos parisienses que moram nela por escolha ou por direito de nascença, e certamente não à população fluida de seus quartos mobiliados, que deformam o significado dos referendos com seus votos sem sabedoria." Algumas décadas depois, a *mademoiselle russa* Ginzburg desaguou nessa população flutuante.

Ao acordar de manhã na mansarda do sexto andar, tateei devagar em minha mente o volume dos aposentos, o teto torto, a mesinha envelhecida, pode-ser-que-daquela-época, e as autênticas chaminés do lado de fora da janela, muito brancas contra o fundo do céu cinza: sem levantar da cama, era possível ver pelo menos uma dezena. Minha bisavó pode ter morado neste quarto, por que não, quanto mais alto, mais barato; mas pode ter sido em qualquer outro. Se eu contava com uma experiência (paga com antecedência com cartão de crédito no site do hotel) especial do lado do sobrenatural – com um sonho espetacular com participação de Sarra e seus conhecidos, com *trevas fúnebres*, com uma injeção noturna de compreensão –, não houve nada do gênero, foi um amanhecer turístico normal, com cheiro de café e o rosnado abafado dos aspiradores de pó.

O dono do hotel era um homem de meia-idade e olhos tristes, que se portava com a dignidade silenciosa das cariátides: de certa forma, entendia-se que, sem interromper a conversa comigo, ele carregava consigo todo o edifício bem-proporcionado, com suas escadas e os envoltórios crepitantes das camas. Adquiriu-o no final dos anos 1980, reformou os andares dos vetustos quartos e quartinhos, cortou um poço de elevador, mas conservou intacta a antiga passagem subterrânea que levava, pelo escuro, para o lado do Sena. Da vida antiga do lucrativo prédio ele sabia pouco além de que, em um dos aposentos microscópicos habitara, nos anos de estudante, o designer Kenzo; mais longe, ao começo do século, a memória não se estendia, mas lá tudo sempre fora igual – a moradia apertada, tediosa, o ninho de gente sem dinheiro. "Então a senhora é judia", ele disse, de repente.

Vinte e poucos anos atrás, estávamos sentados no pequeno alpendre de um café da Crimeia, esperando que ele abrisse. Era um preguiçoso meio-dia de agosto. A estação de veraneio estava no fim, ninguém tinha pressa de nada, menos ainda o grupo que não se parecia com nada e se aproximava lentamente de mim pelo asfalto quente. Um homem de calça suja e barbicha rala clara trazia pela rédea um cavalo muito velho; um menino de cabelos encaracolados de uns seis anos, de rara beleza, segurava o arco da sela com as duas mãos. Mesmo na hora do anseio ardente por vinho do Porto, a presença deles parecia inverossímil – uma citação direta e descarada de um filme soviético sobre a Guerra Civil e as tropas brancas na Ucrânia. O cavalo também era branco, mas ruivo de tão empoeirado. O homem conduziu seu animal até a soleira e, sem expressão especial, proferiu: "Desculpe-me, a senhora é *ex nostris*." O espanto me impediu de compreender de súbito do que ele falava.

Ex nostris, aíd – como ele esclareceu na frase seguinte, querendo dizer "somos judeus", e depois aceitou de nós uns trocadinhos de esmola e seguiu adiante, ele e o filho avançavam para algum lugar para os lados de Teodósia, não contou quaisquer detalhes a seu próprio respeito, o que faz com que até hoje eu tenha certa dúvida de que nós não tenhamos inventado isso tudo então, sem dizer nada um ao outro, sentados à pequena sombra. Mas eu não poderia ter inventado nem o *aíd*, nem o latim, na minha experiência de assimilada, o lugar reservado para essas palavras estava vazio – assim como a possibilidade de entendimento instantâneo, no sistema senha-contrassenha. "Claro que também sou judeu", disse o dono do hotel, sem duvidar em absoluto nem de si, nem de mim. "No fim da rua há uma sinagoga, naturalmente muito antiga, por isso sua bisavó quis morar exatamente aqui. Agora voltou a ficar difícil para nós aqui. Dou para nós mais uns cinco anos na França – depois vai ser pior, bem pior."

*

A mais antiga universidade de medicina da França aceitava estrangeiros de bom grado; o diário do suíço Thomas Platter, o Jovem, que estudou ali bem no fim do século dezesseis, descreve a terra avermelhada da região, com sua fertilidade incrível, o vinho local, tão forte que devia ser diluído em dois terços de água, e os elegantes cidadãos, hábeis na intriga e na astúcia, peritos em dança e jogo. Em Montpellier há não menos que sete locais para jogo de bola, descreve Thomas, é incompreensível onde essas pessoas conseguem tanto dinheiro para torrar. O estrangeiro, para Sarra, iniciou ali; salvo que, no comecinho, minha bisavó, aos vinte e dois anos, ficou sob o teto de vidro, em Paris, da Gare du Nord (se ela veio por Berlim) ou da Gare de l'Est, se foi por Viena.

Havia centenas, se não milhares, como ela. A educação médica na França era, para os padrões europeus, a mais barata. A partir do fim dos anos 1860, quando as universidades aos poucos começaram a se abrir às mulheres, elas foram preenchidas por uma população de estudantes russas; e, até 1914, elas consistiam em 70, até 80 por cento das mulheres que lá estudavam medicina. Costumava-se não gostar delas, colegas de ambos os gêneros queixavam-se em coro de seus modos, desleixo, radicalismo político – e, acima de tudo, das tentativas de serem as primeiras alunas, como cucos empurrando os locais para as bordas (ou para fora da borda) do ninho natal. Piotr Kropótkin já escreveu sobre como, na Universidade de Zurique, os professores, de forma infalível e ultrajante, colocavam as estudantes mulheres como exemplos para os homens.

Uma delas, anos depois, lembrava-se de como, nos anos 1870, "as mulheres russas exigiam não apenas direitos iguais, como privilégios especiais, ocupando os melhores lugares e colocando-se por toda parte no primeiro plano". Elas viviam em um círculo estreito, em regiões em que a língua russa era mais audível do que as outras, com uma dieta de pão, chá, leite e "uma fatiazinha fininha de carne". Fumavam à larga, andavam pelas ruas sem companhia. Debatiam a sério a possibilidade de comerem um prato de ameixas ou framboesas e permanecerem mulheres pensantes e camaradas. Os jornais de Berna chamavam-nas de *hienas da revolução*: "criaturas doentias, semieducadas e incontroláveis." No final dos anos 1880, contudo, na Rússia já havia 698 médicas praticantes; segundo as estatísticas, em 1900, na França, elas não eram mais do que 95 e, na Inglaterra, 258.

E, claro, uma parte imensa dos estudantes russos era constituída de judeus; era sua chance, o bilhete de felicidade – um médico diplomado podia atuar em todo o império russo, para além dos limites da zona de assentamento. No começo do século, em Paris, reuniam-se mais de cinco mil estudantes de medicina estrangeiros, disputando postos de ensino com os locais. Em 1896, em Lyon, os estudantes saíram em manifestação de protesto, afirmando que os estrangeiros – e especialmente as mulheres – expulsavam os estudantes franceses das clínicas e auditórios. Em 1905, os estudantes de Iena apresentaram uma petição com o pedido de interromper a admissão de judeus russos e sua "conduta insolente". Em 1912, quando Sarra já estava na Sorbonne, paralisações estudantis ocorriam em toda a Alemanha, exigindo sempre o mesmo: a limitação da presença de estrangeiros. Em Heidelberg, os russos dirigiram-se aos estudantes locais com o pedido de que sua situação fosse entendida, e de não serem julgados de modo demasiado severo. Uma irritação mútua pairava no ar, como fumaça. As mulheres, essas *corruptoras da juventude*, eram um alvo inicial e fácil, tema de caricaturas sobre a manhã na sala de anatomia.

Minha outra bisavó, Bétia Lieberman, nascida em Kherson, também sonhara outrora em ser médica, mas nada disso resultou, além de uma lenda familiar. Ela achava indispensável testar a si mesma: aguentaria a vista de um corpo morto, não se assustaria? E eis que a garota de quinze anos correu no crepúsculo à morgue da cidade e, por um pequeno pagamento, noite após noite deixaram-na ficar ali por algum tempo, até convencer-se de que daria conta, estava pronta. Nos estudos, por outro lado, não deu certo; em lugar da medicina, obteve, como frequentemente acontece nos contos de fada, um merecido príncipe – um casamento precoce e, quero crer, leve, uma casa rica, a brancura e o sossego da *vie hereuse*. Olho para elas como duas rainhas das cartas: eis a forte Sarra, com seu diploma conseguido em combate, com a obstinada força de tração, que, uma vez posta em marcha, não sabia se deter, e eis a meiga Bétia, que por toda a vida soviética trabalhou como uma contadora nada romântica em escritórios indistintos, até o filho crescer – e muito tempo depois; há diferença entre elas? É assombrosa a História, que anulou completamente qualquer escolha feita antes de 1917, e rapidamente deixou ambas as velhas quase indistinguíveis em sua grandeza póstuma.

*

Os estudantes de medicina distinguiam-se dos demais antes de tudo pelo nível de ruído. Memórias e informes policiais estão cheios de arruaças com alegria de viver; na época de Platter, os conferencistas não apreciados eram *pateados*: "começam a bater os punhos e penas, e pisar com os pés; se o professor parece não dar atenção a isso, eles armam tamanho barulho que ele já não pode prosseguir de forma alguma." No século dezenove, seus coetâneos provocam desordens como dantes, atiram bolas de neve, lutam boxe nos laboratórios e juntam-se para jogar o vigia de uma balaustrada alta. Mas, perto da Primeira Guerra Mundial, muita coisa mudou. Os surtos de barbárie cândida, zonas próprias em que gente muito jovem é entregue a si mesma, sumiram repentinamente; as brincadeiras terminaram, todos estavam mais sérios e raivosos. De 1905 a 1913, em Paris, não houve ano em que as aulas de medicina não tenham sido interrompidas por algum tempo devido a protestos e manifestações estudantis. O sistema cessara de funcionar.

A Universidade de Paris era a maior da Europa de então; os imensos auditórios estavam repletos. No final do inverno de 1914, Sarra escreve a meu futuro bisavô: "nunca dá para dizer que se vai terminar [*a universidade*] em certa data." A estatística de 1893 diz que três quartos dos estudantes de medicina de Paris levaram mais de seis anos até os exames finais, 38 por cento, mais de oito, e muitos, onze anos. O processo letivo nunca se detinha, acontecia em seis, sete dias por semana, com dissecações diárias no grande anfiteatro, trabalho nos laboratórios e as impreteríveis horas matinais no hospital – exames, assistências, eletroterapia. Na época do terrível *concours*, a experiência do futuro médico contabilizava milhares de manhãs no hospital. As provas prolongavam-se por dois meses, eram orais, públicas, requerendo não apenas conhecimento como também alguma arte. Nas cartas de seu último ano em Paris (e último ano do *velho mundo*), Sarra não consegue pensar em outra coisa. "A caminho de virar doutora" – "voltei da prova terrivelmente alquebrada" – "mais uma prova amanhã" – "vou prestar clínica de parto, se passar, consigo descansar um pouco" – "minha decoreba está ainda no auge – uma massa de gente ficou de fora, para o outono", e assim ela vai rumo ao diploma, rumo à tão esperada vitória, ocorrida a poucos dias da desgraça geral.

O príncipe Serguei Ievguênievitch Trubetskói, que estava em Paris em 1913 (como, aparentemente, todo mundo, reunido para o último passeio), escreveu em suas memórias: "Lembro-me quanto a isso [...] de um detalhe que então me espantou: nos hotéis em que fiquei – em Berlim, Amsterdã, Antuérpia, Paris – no mesmo dia de minha chegada, eu descia para almoçar no salão do restaurante toda vez ao som do mesmo motivo, então na moda, *Puppchen*[247]." A inaudita fusão e *simultaneidade* da vida, que então mal se fazia ver, assusta hoje, quando você começa a examinar locais e datas à luz. Os dois, três anos de antes da guerra são uma época em que todo o futuro século vinte e, junto com ele, parte significativa do dezenove, varre os mesmos bulevares com suas bainhas, senta-se em mesinhas vizinhas, na mesma plateia, sem uns suspeitarem da existência dos outros. Às vezes, é preciso morrer para ficar sabendo quem morava na mesma rua que você.

Minha bisavó, sozinha e intrépida, habitava Paris desde o fim de 1910. Em setembro de 1911, Kafka vai para lá por pouco tempo; no começo da viagem, ele e Max Brod redigirão um plano para uma série de guias de viagem. É muito bem pensado – uma espécie de guia Lonely Planet *avant la lettre*, cujos leitores não temem viajar pela Itália de terceira classe e preferem bondes a fiacres. Brod esboça a estrutura, acrescenta detalhes de descontos e concertos gratuitos. Da mão de Kafka estão escritas apenas duas frases, uma das quais é "Quantia exata de gorjeta". Lá também há recomendações referentes a compras: em Paris, você deve se deleitar com abacaxis, ostras e *madeleines*. Até a saída do primeiro volume do *Tempo perdido* restam menos de dois anos.

Nesses mesmos dias de setembro, Rilke caminha por Paris, regressando de uma excursão pela Alemanha; os jornais discutem o roubo da *Mona Lisa*, cujo suspeito é o pouco conhecido poeta Guillaume Apollinaire. O ano de 1911 é comum, não melhor nem pior do que qualquer outro. As *Saisons Russes* apresentam ao público *Petruchka*, de Stravinsky. De forma lenta e segura, um volume atrás do outro, é publicado *Jean Christophe*, o

---

247 *Puppchen, du bist mein Augenstern* (1912), de Jean Gilbert.

romance infinito tão amado pelas mulheres de minha família (e tão desprezado por Proust, que quis escrever um artigo "contra Romain Rolland").

A partir do começo de abril, na *avenue des Gobelins* (mais uma rua do *Quartier Latin* em que minha bisavó pôde viver), Lênin, com grande êxito, dá conferências de economia política. No fim do mês, Górki vai visitá-lo, e eles discutem a situação corrente – "Haverá guerra. É inescapável", diz Lênin. No Jardim de Luxemburgo, Akhmátova e Modigliani sentam-se em um banco – as cadeiras pagas são caras demais para eles. Quase nenhum deles suspeita da existência dos demais; está cada um na sua, na manga transparente do próprio destino. Na Ópera, com um clique confortável, os chapéus claques se abrem, começa o intervalo.

Em uma manhã parisiense, no começo de maio, levei seis minutos para chegar ao Jardim de Luxemburgo, com suas rainhas de pedra e cadeirinhas agora gratuitas; Sarra também deve ter vindo passear aqui, como não. Esperando que o próprio lugar me levasse a alguma sequência de ações necessárias, agora eu estava perdida. A noite passou como passam as noites; as chaminés da janela pareciam vasos de flores, Kafka escreveu algo assim a seu respeito; não sonhei nem pensei nada de destacado. Por meio dia, eu rodeei, patrulhando, as faculdades da Sorbonne – suave e persistentemente *levada* pela trilha turística compreensível, eu sorria para os passarinhos, paralisava-me junto às vitrines e verificava o horário de funcionamento dos museus. A cidade, como se deve, alegrava-se com o sol e exibia os flancos perolados e, em cada uma de suas pregas, sentavam-se, deitavam-se, postavam-se pessoas das quais eu não me lembrava de minhas vindas anteriores; tiravam silenciosamente de trapos e jornais amassados as mãos, já em forma de concha, ou se aproximavam das mesinhas dos cafés, umas atrás das outras, com o mesmo insaciável pedido. Ao último eu já não dei nada, e ele ralhou comigo, de forma rouca e furiosa.

Em algum lugar próximo localizava-se uma loja com uma especialidade estranha, lá se negociavam câmeras fotográficas antigas e tudo ligado a esse tema; objetivas e filtros de luz estavam nas prateleiras junto com daguerreótipos, na vizinhança de equipamentos para panoramas, dioramas, fotos noturnas. Imagens proibidas com os peitos e nádegas de gente morta estavam envoltas em papel de seda, colocadas em caixas. O que mais havia lá eram cartões para estereoscópios, estruturas com um rosto de pássaro de madeira, capazes de fazer fotografias com volume. Nos espessos cartões lustrosos, a imagem se repete duas vezes; é preciso colocá-la em uma abertura inicial e olhar, mexendo o bico de madeira, até ela duplicar e se misturar, formando um volume vivo e convincente. Havia centenas deles; ruas parisienses e também romanas, uma mistura formigante de bairros, indo da Basílica de São Pedro ao rio Tibre, que agora não existem mais – abriram ali a larga rua da Conciliação, Conciliazione. Lá havia cenas domésticas coloridas por aquarelas, e acidentes de trem centenários. Lá também havia uma imagem que se diferenciava de todas as demais.

Ela também servia para a moldura do estereoscópio, embora não fosse uma fotografia, e sim um par de desenhos que não tinham nada em comum entre si, embora tivessem sido feitos um para o outro. Em ambos havia silhuetas pretas recortadas, um divertimento apreciado em tempos antigos; à esquerda havia um vão de porta com uma cortina, algo como colunas e, mais longe, uma árvore. À direita, com detalhes, ainda que pouco compatíveis, um hussardo de barretina e um bode com chifres.

Na ocular de vidro eles de repente se moviam, se combinavam em um quadro geral, animado, o hussardo apoiava-se na mísula, com seu capitel de praxe, o bode pastava sob a árvore, a cortina permitia ver tudo isso. Coisas dissimilares, sem parentesco, combinavam-se em uma *história*.

Eu passei as duas noites e o dia e meio restantes sem sair do quarto. Parece que tive uma gripe, a temperatura subiu; inúmeras chaminés duplicavam e triplicavam na janela, mais do que qualquer estereoscópio, e uma tempestade prolongada desencadeou-se sobre elas, algo que inicialmente me consolou, mas depois deixou de ter algum significado. Eu jazia inerte, ouvia o estrépito, e pensava que aquele não era o pior desfecho de uma jornada sentimental sem sentido. Ali também pensei que não havia o que fazer – e não fazia nada: em uma cidade estranha e maravilhosa, em uma cama vazia e grande, sob um telhado, recordando ou não recordando Sarra Ginzburg, seu sotaque russo e livros franceses.

Depois de tudo, em algum ponto, em meados dos anos 1960, um francês passou pelo apartamento da Pokrovka. Deus sabe quem era e de onde veio, mas foi recebido como era o costume em casa – largamente, com todas as saladas concebíveis e um bolo *Napoleon* feito à mão; a família inteira estava à mesa, incluindo minha bisavó, aos oitenta anos, que há tempos se ensimesmara profundamente. Ao ouvir falarem francês, contudo, ela se animou terrivelmente, e também passou para a língua de sua juventude; o visitante ficou até depois da meia-noite, Sarra interessara-o com sua conversa, ambos ficaram terrivelmente satisfeitos um com o outro. Na manhã seguinte, ela passou para o francês de forma completa e definitiva, como alguém que entra em um mosteiro. Dirigiam-se a ela em russo, ela respondia com longas frases estrangeiras. Com o tempo, aprenderam a entendê-la.

SEGUNDO CAPÍTULO
Liónitchka do quarto das crianças

Era novembro, meio da noite. Uma chamada telefônica numa hora dessas sempre assusta, especialmente quando ela soa no ventre escuro do apartamento comunal, no qual o *aparelho* comum ("no aparelho!", era o que se dizia ao tirá-lo do gancho) fica numa prateleira da parede, esperando você chegar correndo. A voz era diferente de tudo, décadas depois meu pai tinha dificuldade de descrevê-la; rouca, com estalos, como se viesse de um fosso, a voz proferiu: "Seu avô está se finando, precisa vir." E eles partiram. No quarto de que não me lembro dormia eu, aos dois anos de idade. Liólia morrera há apenas quatro meses, Olga Mikháilovna, a mãe de mamãe, mal chegou a completar cinquenta e oito anos.

Aquele prédio ficava em algum lugar entre as travessas de Taganka[248], quase invisível à noite entre seus iguais, de dois andares e frente baixa; abriram a porta, uma mulher de combinação afastou-se bruscamente de lado sob a luz amarela rala – lá havia um quarto e uma cama, e na cama, em uma pilha de roupa branca, meu grande avô, nu e morto. O corpo estava coberto de manchas azuis, todas as lâmpadas daquele lugar casual estavam acesas, como em uma repartição.

---

248 Região de Moscou.

Ele também tinha pouca idade: apenas sessenta e dois anos. Alguns anos antes, a esposa e ele tinham entrado no próprio apartamento cooperativo; vovô Liónia tinha uma participação ativa nos assuntos do prédio, diante da fachada branca com lambris havia uma faixa de terra com lilases plantados e, principalmente, choupos piramidais, parecidos com arenques, postados em fila segundo uma ideia dele. Uns iguais deviam crescer no pátio traseiro; como mamãe dizia, essas árvores recordavam-lhe o sul, *pois vovô era de Odessa*. Agora os choupos rodeavam o prédio, no qual, como dentro de uma pirâmide, uma caixa estava vazia – uma moradia em que não restara ninguém. Lá ganhavam poeira os ressequidos buquês-espanadores reunidos por Liólia. Na caixa em que ficava a caderneta de poupança ao portador de vovô não havia nada, e mamãe não sabia onde ela tinha ido parar. Houve uns telefonemas ao juiz de instrução, conversas a respeito do resultado da autópsia, uma promessa de esclarecer e ligar de volta e, por fim, um único telefonema de resposta: meus pais foram secamente aconselhados a não insistirem em investigações ulteriores para não ficar pior. O que ali, propriamente, podia ser pior?

Foi um ano de virada para a família, que de repente ficou sem os velhos. Com a morte da mãe e do pai, Natacha Guriévitch, minha mãe, viu-se pastora de um rebanho pequeno e estranho que, além de mim, que balbuciava animadamente, incluía duas velhas bisavós nonagenárias, Bétia e Sarra, que sempre se trataram com uma indiferença cortês. Agora elas tinham que viver lado a lado. O filho único, a filha única, que de repente não existiam mais, eram uma espécie de proteção para suas existências tortas, uma guarnição suave e sensível entre elas e a vida nova, com suas correntes de ar incompreensíveis. Alguém disse que com a morte dos pais rui a última barreira que nos separa da inexistência próxima. A morte dos filhos removera definitivamente algo na estrutura de minhas bisavós; a inexistência agora banhava-as de ambos os lados.

Para meus pais, estava perfeitamente claro que meu avô tinha sido assassinado, quem sabe por que e para que, que delinquentes sombrios moravam atrás das paredes daquele apartamento ruim – e como ele, homem tranquilo e feliz, pôde ir parar ali. Aliás, aí havia base para conjecturas. Depois da morte de Liólia, quando os funerais passaram e o lote familiar do cemitério Vostriakóvskoie abriu e fechou a boca pela primeira vez em cinquenta anos, admitindo um novo inquilino, meu avô chamou sua filha para uma conversa. Esclareceu-se que ele tinha outra mulher. Ele exortou minha mãe a tratar essa informação como uma pessoa racional, discutir, por assim dizer, os planos para o futuro. A situação podia ser encarada como propícia. Mamãe agora podia mudar-se para o apartamento na Bánny, onde havia mais lugar para o bebê que no comunal, da Pokrovka; para o avô e sua namorada, seria justamente cômodo se mudarem para lá. Tudo isso foi discutido com um profissionalismo tranquilo, assim como outras vantagens do novo arranjo – a conhecida dele agora não trabalhava e poderia, por exemplo, cuidar de Máchenka; ela gostava muito de crianças.

Ouvi toda essa história em partes, e muitos anos depois. Às perguntas sobre as mortes de vovô e vovó eu recebi uma resposta inabalável como a ordem mundial, uma simetria sombria que me enfeitiçava: ele morrera de *inflamação do pulmão*, ela de *ataque do coração*. Tanto um quanto outro não eram plenamente compreensíveis e, por isso, especialmente angustiantes: o coração e o pulmão ficaram em minha cabeça como as partes mais importantes do corpo humano, das quais muita coisa dependia, e eles traiçoeiramente faziam de tudo para inflamar ou partir. Até agora me lembro da sensação de horror, de reviravolta rápida e definitiva, que se produziu em mim, aos dezessete anos, quando meu pai contou pela primeira vez como tudo acontecera "de fato" – algo que levaria mais algumas vezes para ser concluído, adquirindo detalhes. E a própria história era terrível e incompreensível, sem oferecer quaisquer respostas; mas o mais duro de tudo foi o processo de narração – como se mamãe e papai, sem querer, contra a própria vontade, tentassem mover uma porta de aço grudada em trilhos, que dava para um buraco negro, no qual sibilava um calafrio do além. Eles não tinham nada a responder às minhas perguntas, sequer a mais simples – quem era essa *conhecida?* –, não sabiam nada a seu respeito. Então, em agosto de 1974, mamãe recusou-se ferozmente a encontrar-se com ela – e, em geral, a aceitá-la, uma intrusa, a desalojar a memória de Liólia. Três meses depois, Liónia também desapareceu na noite, com seus planos, bigode escovinha e piadas engraçadas, sem alegria.

*

Liólia e Liónia, na minha cabeça, sempre foram um casal com seus nomes fáceis, complementando um ao outro muito bem, e em igualdade. Sua correspondência semi-infantil, com pontos de exclamação e miçangas de reticências, data de 1934, quando a vida ainda parecia ser substancial e duradoura, a jornada à *datcha* requeria cocheiros, e carroças com trastes, baús, caixas com roupa de baixo, fogareiros a querosene e samovares estendiam-se por Moscou, como se assim é que tivesse que ser. O modo de vida sério de meus bisavós ainda estava de alguma forma em voga, apesar do *novo cotidiano* e da leveza quase circense dos encontros e coitos. Na hora certa, Liónia fizera uma proposta que fora aceita de bom grado, com certo conjunto de obrigações e cláusulas. Não se apressaram com filhos, conforme prometido; a vida parecia meridional, transparecia balneário. Foram também ao mar; as fotografias apresentam montes de pedra, contra os quais posam os veraneantes, um carro-besouro preto, vestidos com cores de borboleta. Ela terminou sua medicina, ele concluiu o instituto de engenharia, não sem brilho, e começou a trabalhar. Havia também aquilo de que não falavam. Ambos os jovens especialistas soviéticos, assim como todos, preenchiam questionários com a impreterível rubrica *origem social*, habitualmente contornando ou modificando os fatos – tornando-os mais aceitáveis. O advogado subitamente tornou-se lá simplesmente um jurista, e depois apressadamente encolheu-se até se tornar um funcionário completamente seguro. O mercador da primeira guilda transformou-se em lojista ou pequeno-burguês. Um ponto especial requeria indicar parentes no exterior, e o melhor era deixá-lo vazio. Para Leonid Guriévitch lá constava: "Marido da tia morta, mudou-se para Londres por transferência de serviço. Não tenho ligação."

O questionário de 1938 exige informar se o próprio Guriévitch serviu no exército antigo, nas tropas ou instituições do governo branco, e em que qualidade. Se ele participou dos combates da Guerra Civil, onde, quando, e em que qualidade. Se foi submetido à repressão por atividade revolucionária antes da Revolução de Outubro. Deviam-se também indicar os *resultados do último expurgo do Partido*; no questionário de 1954, acrescentava-se uma quantidade de novas questões: foi tomado prisioneiro, esteve na guerrilha, em territórios cercados? Em cada quadradinho impresso há um rotundo não em azul.

Natacha, a filha, não o perdoou direito nem pelo ânimo com que se apressou à nova vida, depois da morte da esposa, nem porque a antiga possuía um fundo duplo inequívoco. Durante os serões familiares com fotografias e recordações não se falava disso, mas depois, quando eu mesma já passara a estudar as gavetas e prateleiras sem fundo, volta e meia eu me deparava com artefatos estranhos, que não combinavam de jeito nenhum com o tom da casa – uns postais, bilhetes, coisas que pertenciam a um outro modo de vida, divertido, *não nosso,* tampouco soviético. Lá havia, por exemplo, um desenho colorido, representando com grande cuidado um coração partido em dois: a linha denteada estava contornada em vermelho, embaixo estava escrito, com letras grandes, "É DURO PARA AMBOS", nas letras caíam lágrimas grandes, com manchas. Havia uma saudação de Ano-Novo em um envelope caseiro, com a inscrição: "Abrir em 31/XII às 10 horas da noite" – aquela que o pintara e o selara com um copeque soviético entendia que, à meia-noite, o destinatário estaria à mesa com a família, e não teria tempo para ela. Dentro havia versos e uma carta, assinada "Sua pequena amiga". A delicadeza e inexperiência da *amiga* era sublinhada por certa insistência: "Escrevo-Lhe, desenho um pinheiro, com a testa inclinada com empenho infantil e, no número doze, junto os ponteiros do relógio. Feliz Ano-Novo, Leonid Vladímirovitch!" Nos versos também havia, não sem pressão: "Como Sua filha, sob o pinheiro de Ano-Novo[249]/ Também me instalarei", e tudo isso, o desenho, e até o copeque, sobreviveu, chegou, por algum motivo, até os dias de hoje.

---

249 Nos tempos soviéticos, os símbolos natalinos, como o pinheiro e a troca de presentes, foram transferidos para o Ano-Novo – tradição que persiste até hoje.

Depois, quando meus pais partiram e o apartamento esvaziou, mas de tempos em tempos ainda caíam na minha cabeça algumas maravilhas (do armário superior em que guardávamos pregos, latas de solvente e brinquedos de pinheiros desabou todo um monte de colherinhas de prata), seus fundilhos começaram a se desnudar. Entre os papéis encontravam-se as coisas mais diversas, uma velha conhecida, a Fotografia no Sofá de Couro, e mais uma, que agora está na minha frente.

O impactante nela não é o caráter *picante*, como então diziam, da situação, mas os indícios do tempo. Uma loira de calcinha e sutiã escuro está sentada, de pernas erguidas, em uma mesinha redonda, coberta por um jornal, olha para o lado, prepara-se para fumar: tudo isso parece os vídeos caseiros que filmavam nos anos 1990, uma ceninha de gênero encenada em casa para um único espectador e participante. É uma estilização – uma *pin up* russa, realizada tendo em vista modelos vistos ou imaginados, uma tentativa de aplicá-los a circunstâncias absolutamente inadequadas. Por todos os padrões, a foto é plenamente conservadora, todos os pontos estratégicos estão cobertos, mas isso não a impede de ser temerária, e até nitidamente indecente.

O principal que se vê são os caracteres impressos do *Pravda*, que tornam a fotografia perigosa (por se sentar no *órgão do partido* com o traseiro adúltero nu era fácil receber alguns anos de cadeia), e o pacote de cigarros *Mar Branco* (nele há um mapa do célebre canal construído por detentos) na mão esquerda. O principal jornal do país e sua *papirossa* mais barata, forte, com invólucro de cartucho, encontram-se ali, como um brasão, unidos por um corpo feminino. Ele (ela) manifesta decidida indiferença por um e outro; o quarto parece temporário, a antecâmara de uma instituição desconhecida, os sapatos pretos de salto alto são um item de cabaré, assim como o corte demasiado belo e não soviético da roupa de baixo. Lá fora, é o fim dos anos 1940, ou início dos 1950, o inverno sagrado da Rússia stalinista, com sua sensibilidade pesada e enfiadas de ZIS e ZIM[250] nas saídas dos teatros, a segunda onda do terror – o "caso de Leningrado", o "caso do comitê judaico", o "caso dos médicos". No canto do quadro, na parede branca, está toscamente colada uma caricatura de um capitalista tirando o chapéu.

Em anos posteriores, sem medo, vovô Liónia, que já tinha interesses variados, de repente encontrou uma nova distração para si: escrevia e publicava fragmentos humorísticos de diversos tipos. Eram em sua maioria anedotas, breves diálogos jocosos ou pequenas frases paradoxais – mas às vezes também prosa didática, e híbridos selvagens do tipo de relatórios em versos. A facilidade com a qual ele rimava, uma espécie de virtuosismo inato, capaz de empacotar qualquer tema no envelope de rimas adequado, não deixava seus textos melhores; mas as anedotas eram engraçadas, às vezes, até eram publicadas na revista *Crocodilo*[251], e as publicações eram pregadas com orgulho em cadernos especiais. Algumas me lembro de infância: digamos, o conselho "nunca coma de barriga vazia!". Mas ele criava com satisfação histórias do gênero "os modos deles" – elas descreviam uma vida alheia, extremamente convencional, que não era a nossa, e lá, entre franceses e italianos inventados, Pieros, Antoines, Luigis, com sua licenciosidade burguesa, a espirituosidade adquiria um matiz estranho, como se se tratasse de um sonho quimérico, do qual só era possível rir.

---

250   Limusines soviéticas.
251   Principal revista satírica da URSS, existiu entre 1922 e 2008.

Sabe-se que cada anedota é um romance comprimido a um ponto, qualquer uma delas pode crescer até chegar às medidas elefantinas da realidade. Acontece, provavelmente, também a variante oposta: quando o volume do que você tem em mente é grande demais para que se tente dar-lhe um lugar. As piadas de meu avô (no jornal elas saíam sem assinatura) amparavam-se, aparentemente, na fé inconsciente na existência de outro mundo, borbulhante de possibilidades atraentes, um mundo em que o arroubo erótico é o ar que se respira; onde se vive e se deixa viver. Nelas, há algo indestrutivelmente fora de moda, como se todos os heróis usassem chapéu e abotoadura: *nos funerais de sua esposa, mister Smiles conforta o amante dela, que soluça de modo desconsolado*: *não se acabe assim, logo volto a me casar.*

Aqui devo dizer que, levando em conta gerações de seus concidadãos que nunca na vida foram ao exterior, Leonid Guriévitch pode ser considerado uma exceção feliz – ele esteve em outro país, e eu sabia disso desde a infância. Ele nasceu em 1912, com pé torto congênito grave. Nas fotografias antigas, um menino de olhos brancos de tão claros está deitado de barriga, os pés, na minha visão, não tinham nada de especial, mas ele foi tratado, de forma obstinada e seguida, e curado. Todo verão, a mãe levava Liónia a um sanatório suíço em que havia colinas de flancos verdes, pelas quais ele caminhava cada vez melhor, até que se viu pronto para a nova vida, em que as viagens acabaram. Mas de sua Suíça ele se lembrava bem; quando, diante dele, entabulavam-se as clássicas conversas da *intelligentsia* daquela época sobre as cidades e os países que o interlocutor gostaria de visitar se pudesse, e Roma-Paris-Tóquio eram despejadas como cartas na mesa, ele ficava calado. Mas, se lhe faziam uma pergunta direta, ele, como minha mãe contava, falava com simplicidade, como se fosse coisa resolvida: "Eu iria para a Suíça."

*

Dizem que Liónia redigiu a primeira dissertação no parapeito da janela do hospital, onde ele devia ficar deitado e se tratar, mas não conseguia parar quieto. Estava o tempo todo interessado em algo, e suas ocupações variadas davam frutos financeiros avultados: a casa vivia folgadamente.

Artigos, livros, conferências em três institutos, isso tudo não lhe dava o definitivo, era como se ele suspeitasse que tinha sido feito para algo maior ou diferente e passava de uma distração para outra, preenchendo cada vez mais quadradinhos novos em um formulário invisível. Acho que as histórias nebulosas com amiguinhas serviam para a mesma tarefa – não preenchiam, mas tapavam algum hiato, uma carência que ninguém via. A remuneração que a vida lhe deu foi o que se chama de um prato cheio: ele projetou trevos rodoviários, jogava xadrez, criava invenções, recebendo cada vez mais patentes novas, dentre as quais um objeto que me fascinou para sempre, do qual eu me gabava na infância, e me orgulho até agora: um dispositivo complexo para determinar a maturidade das melancias. A própria insensatez desta unidade conferia-lhe um chique especial: o que podia ser esclarecido com um piparote (a melancia respondia com um som uterino robusto) revelava estar submetido a um mecanismo mais completo.

A este mesmo círculo de distrações *substitutas* relacionava-se o constante versejar. O talento evidente de Liónia manifestava-se também aí, os versos surgiam por si mesmos quando estava na hora de gracejar. Em algum momento, antes da guerra, ele conseguira adquirir a reputação de espirituoso, de falastrão de mesa. Nenhuma das pessoas que interroguei viu isso; as amigas de mamãe contaram-me de um homem muito ocupado e bastante soturno, que cumprimentava e ia para seu quarto. A alma da casa era Liólia, amada por todos, assando torta atrás de torta, bordando toalha atrás de toalha, conhecendo todos, lembrando-se de todos, mantendo toda a família de primos de segundo e terceiro grau à distância de um abraço: perto do coração. O caso dos médicos deixou-a sem trabalho, até um conhecido de Sarra chamar Liólia, uma judia com diploma de medicina, para trabalhar com desinfecção e sanitização: um gesto de nobreza desesperada, quase suicida naquela época. Lá ela ficou por toda a vida, fosse por gratidão, fosse por não ter vontade de trocar de posto.

Quando Liólia morreu, mamãe ficou muito, muito tempo sem falar dela comigo, e depois perguntou de repente se eu me lembrava de vovó. Lembrava. Como ela era? "Ela me adorava", eu disse, convicta. Sei algo desse gênero sobre ela mesma: era tão *adorada* por distantes e próximos, que a luz da ternura coletiva até hoje ofusca, e não deixa discernir os detalhes. Como ela era? Titia Sima, minha velha ama, que pegara o tempo em que todos eram jovens, respondeu às minhas perguntas com desatenção: "Era alegre. Perfumava-se, pintava os lábios, e corria para o monumento a Griboiêdov, para um encontro." Mas que encontro? Quem poderia estar a esperá-la junto à estátua – o enigmático Nelídov? Uma amiga de mamãe veio até mim com histórias, eu quis detalhes, ela disse: "Ela era... ela era uma heroína positiva", e depois se calou.

O que ela tinha em mente não cabia nas palavras novas da época que chegara. Aparentemente, tratava-se disso. "Heroína positiva" significava: um anacronismo vivo, uma pessoa de outra era, com um outro tipo, ultrapassado, de qualidades e virtudes, que exigiam um vocabulário igualmente findo, com uma *retidão* firme segundo regras há tempos revogadas. Tudo isso devia parecer fora de moda mesmo nos anos 1950, e apenas o bom coração sem medidas de Liólia fazia seu modo de vida suportável para os que estavam ao redor. Uma alternância de suavidade e dureza, a intransigência e o empenho que reconheço como consanguíneos não cabem de jeito nenhum nos quadradinhos e linhas da visão de mundo de hoje. Lembro-me de como fiquei petrificada na infância quando ouvi de mamãe "por isso, quando eu era pequena, minha mãe me bateria nos lábios", e estremeço ainda agora. *Nos lábios*: palavras e condutas de uma língua morta, na qual, queira ou não queira, não há com quem falar.

Dentre as tradições e costumes que impregnavam o regime familiar havia a seguinte: no Ano-Novo, Liónia escrevia certa quantidade de versos brincalhões: para a filha, para a esposa, para ambas as avós – Sarra e Bétia –, para convidados e convidadas, se fossem aguardados. Descomplicados, raramente passando sem parabenizo-desejo, eles emanavam o conforto que vem da repetição, e que gruda nas paredes da casa como um matiz amarelado nos lados da xícara de chá. Mas tinham uma constante estranha que sempre me espantou; eu pensava em como era para Liólia lê-los. Versinhos dirigidos a Natacha, aos doze anos, recomendam à menina *ser como papai, e não ser como mamãe*.

E mesmo assim eles de alguma forma se entendiam e, segundo a opinião geral, viviam felizes – a bela Liólia com o camafeu no colarinho, Dickens (as passagens favoritas sublinhadas a unha) e o tricô e crochê, com seu marido ativo e soturno. Em Saltykova florescia o jasmim, na Pokrovka assavam, cozinhavam e recebiam amigos; como antes, iam a balneários, sempre a dois. Natacha e a ama foram mandadas para *cevar* em Sviatogorsk, onde ela sentia uma saudade terrível dos pais e deixava crescer uma trança imensa e negra, que chegava à cintura. Quando a trança atingiu o joelho, a menina cresceu; como o pai, escrevia versos com facilidade e queria ser poeta, Púchkin, como dizia na infância.

Os poetas, naquela época, eram *fabricados* em escala industrial em uma instituição de ensino especialmente inventada para isso, o Instituto Literário, que ocupava um prédio antigo no bulevar Tvierskói, com grades de ferro fundido, rodeado de árvores. O prédio não era simples, com sua capacidade genealógica e especial de atrair quem precisasse; nos tempos soviéticos, lá viveram, de forma rápida e infeliz, Platónov e Mandelstam, que escreveu com ódio sobre as "doze janelas iluminadas de Judas na Tvierskáia[252]". No final dos anos 1950, aquilo era ou considerava-se interessante, Natacha sonhava ingressar, mas daí o pai, que nunca lhe recusava nada, portou-se desta vez com uma convicção de concreto, pura e simplesmente proibiu-lhe o Instituto, dizendo "não deixo". E de novo voltou a soar aquele mesmo *nós-somos-judeus*: você precisa ter uma profissão. Obediente, ela foi estudar construção, terminando, como tudo que fazia, da melhor forma, com distinção (o que se chamava "diploma vermelho") e recebendo, na qualidade de recompensa, a especialidade de terraplenagem de "engenheiro testador de solo". Depois ela também trabalhou debaixo da terra, no porãozinho de um pequeno instituto de pesquisa, passando lá, como Perséfone, metade do dia – mulheres de aventais negros ficavam sentadas aos microscópios, mudando as lâminas de vidro de conteúdo mole; junto a uma balança imensa reunia-se uma coleção de

---

252 Em *Quarta prosa*.

pesos grandes e pequenos, brilhantes, agradavelmente pesados, um dos quais eu sonhava, em vão, roubar.

Não se costumava falar (e, ao que parece, considerava-se um dos exemplos da célebre teimosia de Liólia) das relações geladas, no limite da inexistência, entre ela e *vovó Bétia*, a mãe do marido. Sua aversão, direta e mútua, não conseguia se esconder muito, as noções delas de dignidade requeriam que se portassem de forma ideal. Participando das festas e serões comuns, compartilhando os usos de uma família grande e hospitaleira, onde todos eram contentes e lembrados, elas observavam uma à outra com atenção, assinalando cada concessão. Natacha, envolvida nisso tudo aos poucos, tentou honradamente amar todos; nem sempre conseguiu. A mãe foi a principal pessoa de sua vida, sua forma, conteúdo, história principal, aprendida de cor. Por isso, mesmo anos depois, em seus relatos, ela não condenava, mas *alheava* Bétia: botava de lado, à margem da história geral.

Berta Lieberman, Guriévitch de casada, vivera isolada, sossegada e independente, conservando cada linha escrita pelo filho e neta, fotos infantis, versinhos, telegramas. Tendo ganhado a vida por cinquenta anos como contadora em escritórios com nomes impronunciáveis, tipo Narkomzag e Lesostroi[253], no tempo livre do serviço portou-se de forma extremamente econômica, não se permitindo nada de supérfluo, especialmente palavras. Não sobraram nem cartas nem diários seus, uma raridade em nosso país, eles sempre escreviam alguma coisa, faziam rimas, enviavam incontáveis postais uns aos outros. A opaca Bétia preferia não falar de si; o silêncio cobria-a como um capuz. Acho que tampouco a interro-

---

[253] Acrônimos, respectivamente, de Comissariado do Povo de Aprovisionamento e Direção Principal de Construção Militar.

garam especialmente, de modo que não sei praticamente nada a seu respeito, além da atmosfera de desaprovação que respirei na infância. Lembro-me de como mamãe ficava melindrada quando alguém dizia que eu me parecia com essa bisavó – ela ficava calada, mas era *audível*. Lembro-me do anel presenteado a minha mãe e nunca usado por ela: de engaste pesado, com uma grande pedra turva, era considerado feio – "rico demais". Em geral, Bétia era a *bête noire* da tradição familiar, quase não deixaram lugar para ela.

Há uma fotografia de colégio na qual, dentre as meninas de cabeça erguida, é possível encontrar aquela, cacheada. Há ainda algumas fotos dos tempos de mocidade e primeira juventude, mas são poucas. Foi uma infância em extrema pobreza, oito filhos na família, não dava para ter esperança de boa educação, os sonhos com uma profissão médica tiveram que ser abandonados. Em compensação, ambas as irmãs, Bétia e Vérotchka, eram de rara beleza – cabelos claros e olhos escuros, ossatura fina e (o que estava na moda naquela época) matizes de angústia contida. Rezava a lenda que Bétia casara-se cedo e com sucesso – com o filho de um homem que produzia máquinas agrícolas em Kherson. Viveram à larga (nos papéis da família conservou-se a planta de uma casa espaçosa), trataram do menino na Suíça e depois viram-se em Moscou, onde, mais cedo ou mais tarde, todo mundo vai parar. Mais ou menos assim eu imaginava isso tudo, e algo era até verdade.

*

Como foi dito, *vovô era de Odessa*, e essa breve frase já requer esclarecimentos prolixos. No filme *Dois combatentes*[254], feito

---

254 De Leonid Lúkov (1943).

durante a Segunda Guerra, uma moça pergunta a um soldado: "O senhor é artista?" – "Não, sou de Odessa" – responde o herói. Subentende-se que gente como ele vira artista não por vocação, mas por direito de nascimento, uma espécie de inevitabilidade. Depois ele se senta ao piano e interpreta uma cançoneta simples, totalmente desprovida de tudo que é *partidário*: lanchas, castanhas, o amor de um marinheiro e uma pescadora. É difícil, em geral, explicar em que consiste seu fascínio, que até hoje tem um efeito inexplicável sobre mim.

Algo, em 1925, fez Odessa consolidar, de forma merecida e definitiva, a fama de lugar especial, como se não fosse em nada soviética, e mesmo não absolutamente russa – formada de modo estranho, e por causa disso amada por todas as populações do ilimitado país. Que Odessa não era Rússia estava na boca do povo quando ela foi planejada e erigida; o poeta Ivan Serguêievitch Aksákov achava-a "estrangeirizada", não ligada nem pela alma, nem pela terra com as outras partes do imenso corpo do império. E, de fato, leis e ordens que vigoravam em todo o território russo pareciam não ser levadas a sério em Odessa. Um viajante alemão que se encontrava na cidade em meados do século dezenove afirmou que lá "falavam quase tudo que queriam de política; até tratavam a Rússia como se fosse um Estado estrangeiro". A cotação das divisas era anunciada em grego, os nomes das ruas estavam escritos em russo e italiano, a boa sociedade falava francês, nos teatros eram encenadas peças em cinco línguas. Pelas ruas deslumbrantes, enegrecidas pelas sombras, caminhavam moldavos, sérvios, búlgaros, alemães, ingleses, armênios, caraítas; como diz mais uma fonte da época, "se Odessa tivesse que hastear a bandeira da nacionalidade que lá predominava, provavelmente seria judaica, ou greco-judaica".

Os judeus ortodoxos, aliás, também se sentiam desconfortáveis ali: de acordo com um provérbio, por sete verstas em volta de Odessa ardia o fogo de Geena (*zibn mayl arum Odess brent dos gehenem*). A profunda indiferença para com tudo oficial era ali internacional, como todo o resto: igrejas e sinagogas estavam mais vazias do que em qualquer outro lugar, e mais de um terço dos casais viviam sem matrimônio. Mas a ópera era boa; o poeta Bátiuchkov punha-a acima da de Moscou. Todos iam para lá, incluindo os judeus religiosos, de chapéu e *peiot*, sendo escarnecidos na plateia pelo entusiasmo desmedido e ruidoso; os cocheiros cantavam pelas ruas *La donna è mobile*, como se fossem gondoleiros. A ordem local, de uma paciência fora do comum para com a diversidade, exigia dos cidadãos não tanto prontidão para a assimilação quanto facilidade de passagem de língua para língua, e de ideia para ideia.

Mais do que tudo, parece uma antiga cidade mediterrânea não pertencente a nenhum país ou cultura única; as leis como que suspendem seu funcionamento, a máfia é imortal, e a arte culinária não conhece igual. Só que, diferentemente de Nápoles, Odessa ergueu-se, como um bolinho de Páscoa infantil, das espumas e areias há duzentos anos e, inicialmente, não teve tempo de inventar para si uma mitologia passável. Fizeram isso por ela, aos poucos, mas com uma surpreendente harmonia. Um oficial russo escreve que

> em Odessa tudo é de certa forma mais alegre, mais jovem. O *jid*, andando pela rua, não fica se encolhendo e olhando ao redor do mesmo jeito, e o estrangeiro olha nos seus olhos de forma mais cordial... No bulevar tagarelam, riem, tomam sorvete. Na rua, fumam.

Ele é secundado por um judeu anônimo da Lituânia, cujo testemunho é trazido por Steve Zipperstein em seu livro *Os judeus de Odessa*: ele louva a dignidade e sossego da comunidade local, os passeios pelas ruas, as conversas no Café Richelieu, a música na Ópera Italiana e a solenidade dos serviços religiosos; tudo afirma como é seguro para eles viver ali.

Regime especial, língua especial; no começo do século vinte, a cidade torna-se uma reserva reconhecida do grotesco, fornecedora de piadas específicas, fortemente apimentadas com iidichismos. É o sul, o sul; lá tudo é teatral, quer dizer, exagerado, rua e apartamento transformam-se um no outro sem esforço nem costura, mar e porto são o pano de fundo ideal, e tudo que acontece está sujeito à lei geral – os tablados existem graças às *frases*. A leveza, a fixação incompleta no solo (como um balão) é a condição indispensável de vida local. Daí o véu criminal que Odessa cultivou com satisfação: lá as cabeças são quentes, o sangue é quente, é uma espécie de Velho Oeste em que a violência parece inata e, portanto, mais aceitável, ou algo assim. A "música de limonada" que jorra por toda parte e as luvas cor de limão dos salteadores têm a mesma raiz; os bandidos de Odessa cantados por Bábel foram recebidos por gerações de leitores com comoção: como exemplares de uma humanidade não letrada em seu *habitat* natural, animais exóticos em um zoológico radiante.

De tempos em tempos, a vida, leve e colorida, entregava-se, desnudava sua base rude: isso acontecia com frequência cada vez maior, até se tornar uma parte em pé de igualdade do cotidiano borbulhante. A violência contraía a cidade como uma convulsão mímica, involuntária e irrefreável. Portuária, ela estava literalmente atulhada de armas, para as quais inicialmente sequer exigia-se porte. Os tiroteios de rua crepitavam como busca-pés, grevistas e lançadores de bombas tornaram-se os heróis dos jornais. Apenas entre fevereiro de 1905 e maio de 1906, na província de Odessa, como resultado de atentados, pereceram 1.273 pessoas: funcionários públicos, policiais, industriais, banqueiros. As *expropriações* politizadas não se distinguiam dos *saques* vulgares; esse esporte popular era praticado por todos, de delinquentes a anarcocomunistas e grupos judeus de autodefesa, de camisa preta. Igualmente em moda estavam os suicídios; no geral, seu percentual cresceu terrivelmente no começo do novo século, porém, na pequena Odessa, não eram menos do que em Moscou ou Petersburgo, e tinham um matiz de teatralidade especial. Lá, via de regra, davam-se tiros: nas varandas, com vista para o mar, na *chique* rua Deribássovskaia. Havia também outras formas: "a artista de um pequeno teatro, após se pentear no melhor cabeleireiro, perfumada, com um buquê preparado de flores, um vestido lindamente cortado e chinelinhos brancos de cetim, abre as próprias veias no banho quente."

Tudo isso ocorria, por assim dizer, em público, nos espaços decorados para espetáculo da megalópole; mais perto de seu núcleo incandescente, a cidade de repente começava a se dividir entre nossos e de fora. No romance *Os cinco*, de Jabotínski, há a seguinte passagem: estranhamente, diz o narrador,

> em casa, todos nós, aparentemente, vivíamos separados dos forasteiros, os poloneses visitavam e convidavam poloneses, os russos, russos, os judeus, judeus; as exceções eram relativamente raras; mas ainda não refletíamos por que aquilo era assim, subconscientemente considerávamos esse fenômeno uma simples desatenção, e a variedade babilônica do fórum geral, um símbolo de um amanhã maravilhoso.

O mesmo Jabotínski lembrava que, apesar da educação secular, na infância ele não tivera, aparentemente, nenhum amigo íntimo que não fosse judeu. Começando em 1882 (até 1905, quando Odessa se assustou, decidindo que *never again*), os *pogroms* judeus e rumores a seu respeito, conversas sussurradas dizendo que logo, logo aconteceriam, e narrativas absolutamente tranquilas sobre como aquilo era tornaram-se corriqueiras.

Notícias de *pogroms* alastraram-se pelo sul da Rússia como uma doença contagiosa – andavam de trem com os funcionários das ferrovias, acotovelavam-se nas feiras de mão de obra, desciam pelo rio Dniepr, servindo de modelo para novos acessos de crueldade insana: "agora vamos trabalhar à moda de Kíev!" Todas as cidades às quais minha próspera família esteve ligada traziam traços desse trabalho. Em Kakhovka, onde meu avô Liónia nasceu, em 1912, pôde-se ver um *pogrom* em 1915, que começou com a retirada das unidades cossacas. Kherson, onde ficava sua bonita casa, com *figuras*, lembrava o *pogrom* de 1905. A morte não tinha nem sombra de dignidade, podia suceder em qualquer minuto, estava conectada ao horror e à vergonha. Nenhum de meus parentes jamais contou nada, não falavam dos *pogroms*, como em nossos dias não querem mencionar o câncer. Será que tivemos mortos entre os nossos em Odessa, em outubro de 1905? Alguém jazendo lá, na rua, mal coberto com trapos, com o queixo morto apontando para a frente? Onde se esconderam os que sobreviveram: nos sótãos, nos porões, nas casinhas de cachorro, nos apartamentos de conhecidos cristãos de bom coração? Nunca saberei isso.

Em compensação, agora sei outra coisa. Em uma das cartas do *front*, Liódik Himmelfarb acrescenta: "Você provavelmente sabe que vovô ficou em Odessa. Estou muito preocupado com o destino dele." Seus dois avós moravam lá e eram judeus. Israel Himmelfarb, avô paterno de Liódik, foi fuzilado em Odessa em outubro de 1941, logo depois que tropas romenas entraram na cidade. O segundo, pai de Bétia e Vérotchka, chamava-se Leónti, ou Leib, e só agora compreendo que, sabendo o ano, o dia, quase a hora da morte de meus outros bisavós, a respeito desse eu não encontrei nada, ele desapareceu, dissolveu-se como se não tivesse existido. Jovem de beleza incrível, de cera, em uma foto dos anos 1970 ele parece um modelo de alfaiate. As filhas não conservaram fotografias com ele crescido.

O bilhete de Liódik pode ser o último lugar em que a vida desse homem assoma à superfície. Na base de dados Yad Vashem, na busca "Lieberman, Odessa" encontram-se oitenta e uma pessoas, e apenas algumas destas têm nome; alguém relampeja nas listas de evacuados, os demais foram aniquilados. Algumas letras de indicação, ou apelidos, Bússia, Bássia, Béssia Lieberman; fuzilados e enforcados durante as batidas exemplares de outubro, queimados nos depósitos de artilharia de Lutsdorf, dormindo amontoados no gueto de Slobodka, assassinados em Domanióvka, Akmetchétka, Bogdánovka; no fim da guerra, nessa Odessa, com suas ruas Polonesa, Grega, Italiana, Judia, restaram seiscentos judeus, e já não havia ninguém de nossa família entre eles.

*

Na infância, as profissões e ocupações habituais de minha família decepcionavam-me muito. Engenheiros e bibliotecários, médicos e contadores, meus próximos representavam em sua plenitude a esfera do rotineiro, nada de extraordinário, que cheirasse a festa ou mesmo a aventura, deveria se esperar deles. Verdade que um dos meus trisavós comerciara sorvetes em um vilarejo perto de Névol; as máquinas de lavouras produzidas por outro, de Kherson, eram bem mais chatas. O televisor, então ainda preto e branco, exibia assiduamente programas de notícias em que colheitadeiras se moviam, remexendo o trigo espesso; não se previa nada de divertido nesses campos.

No começo dos anos 1990, quando veio a fome, meu pai foi com um amigo para o sul da Ucrânia, na esperança de vender algo por lá e comprar comida. Voltou de Kherson com fotografias que ele e a mãe contemplavam por muito tempo, e depois pegavam do armário superior uma velha planta baixa. A casa que pertencera ao pai de vovô Liónia parecia bonita; tinha uma varandinha larga como uma onda, segurada por dois atlantes barbudos de tanga. Imaginar que todos aqueles aposentos e janelas podiam ser ocupados por uma única família era esquisito e agradável; não dava de jeito nenhum para estabelecer correspondência com nosso cotidiano, em que tinham acabado de instituir cartões de racionamento para gêneros alimentícios e talões para cigarros. Gente muito abastada, minha mãe respondia, repetindo antigas palavras alheias, e isso para mim era ainda mais chato do que a agricultura.

Há uma série de argumentos edificantes em que uma dama medíocre de toucador e colete de peles revela-se a imperatriz russa, disposta não a punir, mas a perdoar, e o *nerd* quatro-olhos não tem pressa de admitir que ele é o Homem-Aranha. Quando de repente comecei a realizar movimentos desordenados de buscas, procurando às apalpadelas o que restava da história da família nestes cem anos, tudo que até então me parecera concreto, divertido e ricamente documentado desfez-se em minhas mãos, como tecido velho, as suposições não se confirmaram, as testemunhas não foram encontradas depressa. Houve, aliás, uma exceção. Sem esperança excessiva, coloquei no campo de busca *Guriévitch, Kherson* e, como moedas de um caça-níqueis, as respostas derramaram-se em cima de mim.

Deu-se que o nome de meu trisavô agora fora dado a uma travessa, que antes homenageava Bauman[255]: na Ucrânia tinham se livrado do legado comunista. As indústrias de Guriévitch (eram algumas, não dava para distinguir todas de imediato) produziam uma receita que não era brincadeira, carregada de zeros; uma brochura soviética informava com repulsa que, em 1913, ele obtivera um lucro total de mais de quatro milhões. Aqui me demorei para perceber que, nos tempos de hoje, isso é algo da ordem de cinquenta milhões de dólares – a origem dos atlantes ficou um pouco mais clara. Em um site histórico foi possível discernir um título azul e branco emitido em dezembro de 1911, na França. A *Société Anonyme des Usines Mécaniques I. Hourevitch* atraía novos acionistas e, em medalhões ovais, como em seteiras, viam-se duas empresas-modelo, aparentemente com choupos; das chaminés altas saía fumaça, uma *drójki*[256] corria para o portão.

Deu-se que nosso Guriévitch era um homem famoso: telegrafavam-lhe simplesmente KHERSON GURIÉVITCH. Ele surgira naquelas paragens no começo da década de 1880, e começou tendo em Kakhovka uma oficina de conserto de carroças;

---

255 Nikolai Bauman (1873-1905), revolucionário bolchevique.
256 Carruagem leve, aberta, de quatro rodas.

em Kherson, também teve uma oficina, uma fundição de ferro. Em vinte e cinco anos, conseguiu muita coisa. Na cidade do sul (com iluminação a querosene, jardins, cinco farmácias, seis bibliotecas, duzentas e vinte e sete seges de aluguel) havia algumas fábricas grandes. A de meu avô era das maiores, quinhentos postos de trabalho. Foi possível encontrar até uma cotação, um trabalhador qualificado ganhava nove rublos e meio por dia, os aprendizes, quarenta copeques.

Lá havia algo que me inquietava vagamente, com toda a amplitude de documentação, eu não consegui encontrar nada de vivo que não tivesse relação direta com a História do capitalismo na Rússia. A internet, que tagarelava de bom grado sobre as despesas e receitas de Isaac Guriévitch, não me mostrou nenhuma fotografia dele. O catálogo de nossas, digamos, produções, fora impresso com muito gosto, com os cantos em volteios e arados e semeadeiras lindamente retratados, parecendo imensos insetos. Seus nomes eram da moda, aludindo vagamente a cavalos de corrida – *Univers*, Dáctilo, Frineia, e até um *Dentiste* que não se sabe de onde tiraram.

"Sempre se pode escolher uma camada de terra suficientemente úmida para o crescimento exitoso da semente" – dizia esta brochura. Não consegui encontrar quaisquer dados sobre a *semente* de Isaac Guriévitch, como se nem ele nem eu existíssemos em absoluto no mundo. Aliás, o site do cemitério judaico prometia mostrar "túmulos de membros da família do fundador e proprietário da fábrica de equipamentos agrícolas Israel Zelmanóvitch Guriévitch"; o próprio Zelmanóvitch, ao que parece, não estava.

Essa espantosa abundância e ausência de informação começou a incomodar, como se algo invisível me puxasse ora pela manga, ora pelo colarinho. Quando você começa a pensar, mesmo em nossa casa, onde não se jogava fora nada que possuísse carga sentimental, onde por décadas jaziam em malas peitilhos vetustos e colarinhos de renda, não havia, por algum motivo, *memorabilia* da rica casa de Kherson. Isso era estranho. Tendo crescido em meio a cadeiras Thonet esfalfadas e faiança antiquada, realizei mentalmente um inventário: deu-se que eu estava certa. Todas as coisas de nosso uso deviam sua existência a uma época recente, quando Sarra e Micha eram casados, tinham trabalho, casa, *mobília*. Aparentemente, não tínhamos nada dos Guriévitch além do anel que mamãe não usava. Daí me perguntei pela primeira vez o que sabia de meu bisavô, o filho de Isaac/Israel.

Havia dois documentos. Um cartão grosso, agradável *à mão* (atado por uma fitinha a um segundo, microscópico), convidava para a circuncisão do pequeno Leonid. A certidão de óbito informava que Vladímir (Moissei Woolf, esclareciam entre parênteses) Isaákovitch Guriévitch morrera em Odessa de inflamação no cérebro, à idade de trinta e três anos. Isso ocorreu em 25 de junho de 1920; no começo de fevereiro, os últimos navios de fugitivos partiram do cais da cidade. Uma testemunha ocular lembrava-se da multidão no cais, de uma mulher com um carrinho de bebê buscando em vão marido e criança, e de mais uma, arrastando um espelho de moldura dourada. Depois os vermelhos entraram na cidade, e a famosa Tcheká de Odessa entrou em cena. Por algum motivo, a família só recebeu a notificação de morte de meu bisavô dois anos depois, em 1922.

Minha taciturna bisavó tinha, de qualquer forma, uma história do passado de que gostava. Visitas foram olhar o pequeno

Liónia, brincaram, perguntaram "Quem é você?" Ele se esquivou, era gente nova; depois, ficou completamente embaraçado e disse, com voz grave: "Sou Liónitchka, do quarto das crianças." Nesse mesmo ano de 1922, Bétia e o filho, sem que se saiba como ou por quê, de repente viram-se em Moscou, e eles lá eram sozinhos-solitários, como Gvidon e sua mãe, imperatriz, no barril alcatroado de Púchkin[257]. Lá ninguém os conhece, e eles não conhecem ninguém; não têm nada referente à vida antiga, exceto algumas fotografias – vestidos brancos, pijamas listrados, Vladímir alegre, de bigode espesso, em um banco, com amigos. Nos questionários, escrevem a seu respeito, devidamente, como "funcionário". Bétia trabalha em casa, bate com dois dedos em uma máquina de escrever, uma Mercedes pesada de teclado móvel. Depois, aos poucos, arruma emprego. Liónia estuda. A vida se arranja.

Achei mais uma coisa, quase por acaso. A carteira marrom de vovô Liónia tinha ficado por todos esses anos em uma gaveta. Lá não havia nada; apenas uma fotografia de infância de minha mãe colorida com aquarela, um quadradinho escuro de um negativo, no qual a jovem Liólia sorria, e um postal, por algum motivo cortado bem na borda. Fora enviada de Kakhovka para Kherson há muitíssimo tempo, em 1916. *Querido Liónitchka!* – dizia. – *Papai tem muita saudade de você e quer que você venha logo para casa! Tómotchka*[258] *não veio aqui desde que você foi embora, e virá quando você voltar. Um grande beijo para você, Liónitchka. Papai.*

---

257   Alusão ao *Conto do Tsar Saltan*, citado anteriormente.
258   Diminutivo de Tamara.

*

Na primeira noite em Kherson, não consegui dormir de jeito nenhum, e havia motivo. A escuridão rareava de forma cada vez mais rápida, o lago de lâmpadas amarelas que ficava à distância descoloria, mas os cachorros não sossegavam, transmitindo uns aos outros, por todos os arredores, uma cadeia de latido ponderável e grave. Depois foi a vez dos galos. Na janela, detrás do rendado, avistavam-se as crestas órfãs das casas e as tábuas das cercas estendendo-se até o horizonte.

A fábrica de meu trisavô ficava bem junto à estação, que não mudara em um século; o edifício amarelo fora construído na beira da estepe em 1907, e o surgimento da ferrovia fora um grande triunfo. Uma orquestra tocava, e de lá até Nikoláiev era agora possível chegar em umas duas horas; uma passagem de terceira classe até Odessa custava sete rublos e pouco, a de primeira, inacessíveis dezoito e cinquenta. Uma fonte esquisita, que não há como aclarar, mostra Isaac Zelmanovitch entre pessoas reunidas na praça: é um "senhor de fraque preto ao lado do único automóvel da firma inglesa *Vauxhall* de toda a província de Kherson". Ele estende uma cigarreira dourada ao maquinista, e oferece-lhe de fumar.

Saltamos do trem de Odessa ao meio-dia, quando o estofamento de couro artificial do assento já começava a grudar no corpo, e a estepe branca cansara-se de correr ao longo da janela. A cidade estava assustadora, vazia; a causa era o calor de julho, mas parecia ter sido deixada daquele jeito em 1919, e as construções de concreto recobriam-na como um tecido de cicatriz a crescer no lugar da queimadura. Bem no centro, onde a rua Suvórovskaia cruza a rua Potiómkinskaia, deveria se encontrar nossa antiga casa, a *casa dos atlantes*, como chamavam-na os guias de viagem, sem palavra que mencionasse nem Isaac, nem seu herdeiro Vladímir; em algum lugar havia uma travessa sem nenhuma ligação com nossa família, mas que agora levava nosso nome. Comecei pelo arquivo municipal, onde se mostraram muito bondosos comigo, e onde havia de tudo.

Revelou-se que nosso Guriévitch viera dos Urais, onde jamais houvera quaisquer judeus, mas arranjaram este em algum lugar e, até meados dos anos 1910, era designado nos documentos municipais como *mercador de Tcheliábinsk;* de papéis relacionados à sua atividade diversificada havia um montão. Empresas de aço, de fundição de ferro, de construção de máquinas eram geridas com mão firme; o equipamento das oficinas custara uns cem mil rublos, e a produção só fazia aumentar. Ele litigou com alguém por um terreno na periferia da cidade, e depois construiu nesse terreno mais uma fábrica; trouxeram-me o projeto, desenhado em branco em um papel de um cinza tempestuoso. Para abri-lo em todo seu comprimento, a mesa não bastava, os edifícios planejados pelo arquiteto Spanner caíam pelas beiradas. No arquivo, conservavam-se folhas da correspondência de Guriévitch; o mais provável é que tudo aquilo tenha sido escrito por algum secretário, e eu esperava em vão distinguir no texto vestígios de ditado, de discurso direto: "Levando em conta que agora encontro-me em uma extrema necessidade de dinheiro, tenho a honra de lhe pedir que me transfira esta quantia dentro do possível." A assinatura, aliás, era viva, e eu a raspei com o dedo enquanto ninguém olhava em nossa direção.

Eu queria esclarecer pelo menos uma coisa: como e quando ele morreu. Dentre nesgas de informação semiconfiáveis que fora possível arrancar em vários sites, havia a seguinte: na velhice, dizia-se lá, o ex-industrial Guriévitch, sentado ao solzinho, dissera, rindo-se, que se lembrava da guerra e da revolução, mas não conseguia se recordar de jeito nenhum de como exatamente entregara sua fábrica ao comunista Petróvski. Tentei imaginar esse *solzinho*, o banco com aposentados, pombos, mas não consegui; o artigo não citava quaisquer fontes, escrevi ao autor e não obtive resposta. De 1917 a 1920, o poder em Kherson mudou de mãos vinte vezes; depois dos bolcheviques vieram os austríacos, os gregos, os de Grigóriev, e de novo os vermelhos, que imediatamente tomaram reféns dentre os mais abastados, e exigiram pagamento de resgate. Ninguém tinha mais dinheiro, os jornais publicavam listas de fuzilados. A última coisa que soube do destino de meu trisavô, quando estava me preparando para ir para lá, foi a ata de uma sessão do comitê de fábrica, de 28 de fevereiro de 1918:

Escutamos: 1. O relato da transferência da fábrica para a gestão dos trabalhadores. Estabelecemos: sem demora retirar a fábrica do proprietário privado Guriévitch, bem como todo o patrimônio da fábrica, com prédios, inventário, material e mercadoria já feita, e entregar a gestão aos trabalhadores da fábrica, sem predeterminar as questões de nacionalização, socialização ou municipalização da fábrica, até a decisão definitiva desta questão pelo órgão governamental central.

*

Antes de tomar a empresa, em fevereiro de 1918, o comitê de fábrica explicou ao proprietário que ele mesmo era culpado por, depois da revolução, quando não havia dinheiro nem matéria-prima, o trabalho ter parado.

1. Estabelecer que pela falta de materiais os trabalhadores não são absolutamente culpados, e o maior culpado é o próprio sr. Guriévitch. 2. Que os materiais podem ser adquiridos por ele, se não agora mesmo, de qualquer forma, em breve. 3. Que, despedindo trabalhadores, o sr. Guriévitch indiscutivelmente anseia por limpar sua fábrica dos elementos indesejáveis. A sessão conjunta exige: 1. Que nenhum trabalhador seja demitido sem concordância do comitê de fábrica. 2. Que até o restabelecimento do trabalho normal todos os trabalhadores recebam o pagamento integral.

O curso dos eventos posteriores vai ficando cada vez mais difícil de restabelecer. A vida na cidade entra num redemoinho, um novo calendário é urgentemente introduzido, a fábrica paralisa. Até 23 de fevereiro mercadores, latifundiários, proprietários de casas, senhorios de apartamentos e profissionais liberais devem arrecadar 23 milhões de rublos para o fundo de apoio do Exército Vermelho. Os inadimplentes serão presos. Em compensação, os concertos do pianista Moguilévski obtém êxito, ele toca Scriabin e consegue levar o público "à compreensão das últimas obras-primas" do compositor; sob as janelas, os anarquistas trocam tiros com a polícia, e as árvores do parque municipal são totalmente cortadas para lenha.

Quando tropas austríacas entram na cidade, estabelece-se uma ordem precária. A escrituração municipal é traduzida para o ucraniano; vai ficando cada vez mais quente e, nos campos do clube desportivo joga-se futebol e tênis. É aberta a admissão no exército de Deníkin "para senhores oficiais, cadetes, estudantes, alunos". Escolhem o chefe da cidade, o célebre cirurgião Boris Bontch-Osmolóvski, ele morre de tifo exantemático em 1920. Na estepe há rebeliões camponesas, matam proprietários de terra, atacam povoados judeus. Em Kherson, contudo, efetua-se o dia da "Margarida Branca", para recolher recursos em auxílio dos doentes de tuberculose, e funciona a união dos esperantistas. Em julho, o jornal *Terra Natal* finalmente informa: "A fábrica de máquinas Guriévitch, após acordo concluído entre Guriévitch, o proprietário da fábrica, com a chefia da província e o comando austro-húngaro, começou sua atividade."

E é tudo; comunicados de prisões, saques e mortes serão intercalados, como na vida, com jogos de futebol e bazares beneficentes. Por algum tempo, a cidade tornou-se uma espécie de baixio aquecido pelo sol: uma população variegada de Moscou e Petersburgo, impulsionada por uma corrente invisível, passava por ela em bando. Vertínski e Vera Kholódnaia encontraram-se ali com espectadores, e Nikolai Ievrêinov deu uma conferência com o tema atual "Teatro e cadafalso". A gripe espanhola substituiu a epidemia de tifo. Em 11 de dezembro, as tropas austro-húngaras deixaram Kherson. Depois vieram os voluntários, os de Petliura, os de Grigóriev, os gregos e franceses, novamente os vermelhos, os brancos, os vermelhos; às vezes, os corpos dos fuzilados eram entregues aos parentes, e no começo até enterrados ruidosamente.

O nome de meu trisavô aos poucos é esquecido; no arquivo há ainda uns papéis, uma espécie de aviso fiscal que lhe fora enviado pela direção municipal em 1919. Em março de 1920, o comitê revolucionário de Kherson também matutou sobre de quem tomariam a "taxa", o imposto anual sobre a terra e patrimônio da fábrica. Como resposta, foi-lhe enviada uma *Declaração: do comitê revolucionário da fábrica Guriévitch já que a fábrica Guriévitch passou para as mãos do Estado e portanto o Comitê de Fábrica não recebe quaisquer taxas de Guriévitch*. Mas, aparentemente, nenhum Isaac

Zelmanovitch estava à mão em março, nem em abril, nem quando o patrimônio da fábrica passou a ser vendido aos poucos, nem quando as oficinas voltaram a trabalhar. Nem vestígio, nem sombra, nem fotografias do mercador de Tcheliábinsk restaram na cidade, nada de humano que eu pudesse pegar e examinar como meu, além de umas rubricas à tinta e uma coisa de metal.

Ela ocupa quase um salão inteiro no museu municipal, com suas ânforas, camisas bordadas e ferragens úteis. Imenso, com as pernas de ferro-gusa bem abertas, o longo pescoço esticado e rodas assomando aos lados, o *arado-bunker para lavoura rasa* ostenta, como um sinal de nascença, a marca de nossa origem comum. Nele, ela é nitidamente visível, escrito com caracteres cirílicos inequívocos: FÁBRICA GURIÉVITCH KAKHOVKA.

*

A travessa Isaac Guriévitch mudou de nome alguns meses atrás, e nem percebeu isso. Ao todo, consistia em um portão e cercas, o que a fazia parecer estreita, mas não havia ninguém para passear por ela. Na esquina, dava para ler o nome da rua, o antigo, Bauman. Esse lugar não tinha nenhuma ligação com meu trisavô, mas eu era grata a Kherson pela lembrança seletiva. A casa com os atlantes na rua Suvórovskaia, fortemente pintada em cor de baio, com um porão fechado a tábuas e uma lojinha que vendia suvenires já não me causava sentimentos familiares especiais, embora tenhamos entrado no quintalzinho e subido pelos degraus roucos para o mezanino, cujos vidros coloridos davam para a vegetação.

O corredor entrava fundo e, por algum motivo, percorri-o até um quadrado claro, bem no fim: no sul nunca fecham as portas. Havia roupa no varal, um gato saltou de banda, por um instante avistou-se uma luz ofuscante, o revés da varanda e o céu acima dela. Tudo aquilo era alheio – pertencia à mulher que gritava em meu encalço que havia muita gente como eu andando assim, e não consegui lamentar isso.

Pois não foi por acaso que eles não regressaram, os meus Guriévitch; nem Liónia, de bigodes tolos no rosto jovem, como outrora seu pai, nem a mãe severa. Aparentemente, em anos posteriores meu avô foi a Odessa, e até visitou alguém. Mas Kherson e Kakhovka, arrefecendo lentamente, assentaram bem no fundo da memória, inacessíveis como a Suíça, e lá não havia nada a buscar. Pela ordem, restava-me visitar mais um lugar.

Fundado no finzinho do século dezenove, outrora chamara-se Novo Museu Judaico. Na véspera, quando estávamos em um café com um simpático especialista da região, eu lhe disse que preparava-me para ir para lá, e ele me respondeu, polidamente, que este não se encontrava no melhor estado. Isso era até compreensível; haviam sobrado poucos judeus ali. Ao meio-dia, o calor já apertava como uma tampa, e o vestido colava-me às pernas. Tomamos um táxi; o meio urbano rapidamente terminou, começou a confusão, muitas casas mal começadas em meio a terrenos espaçosos, como se algo as tivesse mordido e não acabado de comer. Tudo era cor de lilás e palha, passamos ao lado de um campo selvagem, atrás de uma tela verde, o motorista disse que o endereço estava correto, mas como entrar ele não sabia. Longe, adiante, havia uns armazéns ou garagens, fomos e voltamos ao longo de uma cerca até nos depararmos com uma cancela fechada, com um cadeado que não funcionava. Atrás dela, havia uma casinha de cachorro aparentemente vazia, depois os túmulos. A cerca era baixa, dava para passar por cima, mas daí o ferrolho cedeu. Entrei, meu marido ficou esperando.

Bem no começo, eu não sabia exatamente o que estava buscando; as sepulturas dos parentes desconhecidos do empresário poderiam estar em qualquer lugar, e logo ficou claro que o cemitério se rendera, permitira ao campo devorá-lo, e não agora, mas anos atrás. Pedras, obeliscos, uma espécie de jazigo que mais parecia uma casamata estavam ao longe, mas de forma algo desconcertada, pendendo para o lado, e entre eles, como tufos de cabelo, cresceram tenazes arbustos descoloridos. Ainda precisava chegar lá, o lugar estava basicamente recoberto de vegetação, mas a fúria que se apoderara de mim – do meu marido, que me deixara ali sozinha, da flora dentada que agarrava-me a barra da saia, das buscas insanas que nenhuma vez tinham-me levado ao objetivo – era tamanha que segui adiante, como um ferro de passar, por trezentos metros, sem pensar nem olhar para trás, e só depois puxei a saia, olhei para minhas pernas, talhadas como tabuletas cuneiformes, e assobiei de dor.

Ao redor, onde quer que me enfiasse, era tudo igual, como se eu estivesse no meio de um tricoma loiro. O que à distância parecia grama alta consistia quase unicamente em espinhos afiados, queimados ao sol até ficarem transparentes, e cobertos por uma suspensão de conchas minúsculas. Eu já os tinha pela cintura, e eles agarravam firme. Os túmulos se aproximavam, mas não dava para chegar até eles, adivinhavam-se as fossas profundas das bases; eu via também que em algumas tumbas antigas havia placas com nomes feitas não antes da década de 1950 ou 1960. Assomavam os dentes das sebes, uma das quais até agora cintilava com um azul chamejante. Sob as florezinhas da estepe, sob as raízes, bardanas, cascas, jaziam lápides tumulares caídas, sua superfície era como pele queimada. Não havia como prosseguir, mas eu também não podia voltar e dar ainda mais algumas centenas de passos por aquele local implacável. Era evidente para mim que ali havia Guriévitch mortos, que eu não os encontraria, e que não queria mais ir até eles. O passado me mordera com cuidado, não a sério, e estava pronto para descerrar o maxilar; devagar, muito devagar, pé ante pé, uivando de esgotamento, cheguei ao que outrora fora o começo da trilha do cemitério.

TERCEIRO CAPÍTULO
meninos e meninas

Viviam assim: a mãe com um filho e duas filhas em Béjetsk, pelos seus padrões quase uma capital, uma cidade de distrito, ainda que com vacas nas ruas tapadas com cercas. Porém, na aldeia de Jarki, de onde eram os Stepánov, nunca tinham visto nada diferente, e ali se deparavam até com casas de pedra e havia incalculáveis igrejas-mosteiros. O pai, Grigóri Stepánovitch, volta e meia estava *de partida* – ia para São Petersburgo e trabalhava numa fábrica, em qual – quem sabe? Viviam como todos, inofensivamente, e não tão pobres; os filhos, todos eles, liam e escreviam, e Nádia[259], a mais velha, de mente e língua afiada, sonhava estudar – na cidade justamente havia um colégio feminino, e as pessoas de casa pensavam nisso com cautela. Kólia nasceu em 1906, sua irmã Macha, um ano antes; depois ele se lembraria do calor no rio Mológa, e de como leram a dois um livrinho espantoso sobre as brincadeiras dos índios, *Dois pequenos selvagens*[260], e Mayne Reid e Walter Scott.

Na fábrica sucedeu uma desgraça: o pai foi *tragado pela máquina*, e essa máquina, como se fosse viva, devorara-lhe a mão, a direita, a de trabalho. Assim ele regressou para Béjetsk, já para sempre. Os patrões pagaram a ele, um especialista qualificado

---

259 Diminutivo de Nadiejda.
260 De Ernest Thompson Seton (1903).

que perdera a capacidade de trabalho, uma compensação imensa; ninguém sabe de quanto, mas foi suficiente para comprar a vaca Zorka, uma casa nova de teto de pedra, e até matricular Nadiejda no colégio. Depois, no vazio que se formou, Grigóri como que se ensimesmou – e passou a beber, rápida e terrivelmente. A vida durou alguns anos; quando o enterraram, nem a casa nem a vaca pertenciam mais aos Stepánov.

Não há ninguém para contar direito o que aconteceu a seguir. Encontraram na cidade uma família aristocrática que pegou Nádia e criou-a como sua, com todos os livros e aventais escolares necessários. Os demais não receberam ajuda; começou uma miséria funda como um buraco.

Lembro-me do avô Kólia sentado ao nosso piano silencioso e contando por horas algo à minha mãe. Consigo reproduzir alguns fragmentos da conversa infindável mesmo agora; não porque eu escutasse com muita atenção, mas porque o relato sempre era o mesmo, repetia-se dezenas de vezes, e apenas a grande atenção de mamãe para com o interlocutor não o deixava notar que a história era bem conhecida de todos há tempos. Era sempre a mesma; à medida que a memória abandonava vovô, ele se interessava cada vez menos pelo que houvera entre a infância órfã e a morte da esposa, quando o velho abandono regressou como se não tivesse partido, e ele novamente estava sozinho no mundo.

Aquilo para que ele sempre regressara, e que fora o ponto mais baixo de queda para a família, era o ano em que ele e a mãe tiveram que pedir esmola. Foi costurado um saco de lona, para nele colocarem o que calhasse, e em dois, de mãos dadas, caminhavam sob o sol de quintal em quintal, batendo nas janelas baixas. Ficavam também nos átrios das igrejas na hora que terminava a missa, e os devotos enfiavam nas mãos estendidas copeques de cobre. Essa vergonha irreversível modificou-lhe a vida de vez; a partir daí, a narração começava a perder o fio, a se desfazer em uma série de frases confusas. Ele fugiu de casa e ficou ao léu, pernoitava no depósito da ferrovia, em casas vazias, em uns *caldeirões* incompreensíveis. Depois voltou, a família não podia passar sem ele. Aos catorze anos, já trabalhava: pastoreou o rebanho comunitário que se arrastava pesadamente à noite pelas ruas de Béjetsk, serviu como assistente de ferreiro. Em dado momento, a mãe pensou em regressar a Jarki, mas também lá ninguém os esperava.

Aos doze anos, a vida das crianças de rua e delinquentes juvenis agitava-me de uma forma inexplicável; eu lia devorando os livros de Anton Makarenko, pedagogo soviético que, nos anos 1920, dirigira colônias-modelo em que malvados pitorescos eram *reforjados* em bravos membros da Juventude Comunista. Claro que esses heróis agradavam-me mais em sua forma inicial, nisso já se manifestava minha ânsia por uma vida colorida, interessante. Abordei meu avô com interrogatórios e vi que ele não tinha absolutamente nada a compartilhar comigo; de forma inexplicável para mim, ele não queria lembrar os anos sem teto, e desvencilhava-se de minhas exortações com um sentimento de angústia e repulsa. Só uma vez, em resposta a mais um pedido, ele de repente concordou em cantar *Esquecido-abandonado*[261], que então era lamuriada por todas as vozes nos vagões e apeadeiros recobertos de cascas de semente de girassol cuspidas.

Disso nunca me esquecerei. Com voz inesperadamente aguda de tenor, vovô Kólia pôs-se a cantar de repente, fechando os olhos e sacudindo de leve, como se abrisse caminho com o corpo

---

261 De autoria desconhecida, ganhou especial difusão na década de 1920 como uma espécie de hino dos órfãos e crianças de rua.

para um poço escuro e, aparentemente, sem fundo. Ele já não me via em absoluto, como se aquilo não ocorresse por pedido meu. A melodia adocicada e simples que ele entoava não se parecia com nada que eu conhecesse; nenhum arrojo, nem romantismo, apenas um horror a chapinhar – como se algo muito antigo se soltasse no mundo e, contraindo-se nos lados, se colocasse no meio da sala. A canção era aquilo que chamam de "sofrência", sobre um menino no estrangeiro e sua *tumba* solitária, da qual se falava com carinho, como se fosse próxima, mas nada de humano havia nem nas palavras, nem na voz do intérprete, como se ele de repente estivesse do outro lado do cotidiano humano, onde tudo dava na mesma, e desse de ombros para todos. Veio um calafrio de morte.

*

Certa vez, em algum momento em meados dos anos 1970, vovô de repente resolveu encaminhar-se à cidade natal, ver como ela estava, se continuava de pé. O resto parece um filme soviético tardio: papai e seu pai septuagenário, completamente barbeado para festa, saíram da mesa do almoço para o pátio, e montaram na motocicleta. O mais velho enlaçou o mais novo com os braços, este último deu a partida, e assim, sem parar, eles percorreram uns bons trezentos quilômetros das esburacadas estradas da região de Tvier, pernoitaram em algum lugar quando escureceu e, pela manhã, estavam no local. Lá, sem perder tempo na inspeção dos pontos turísticos, viraram de uma rua na outra, vovô indicando o caminho, e pararam junto a uma casa baixa, como tudo ao redor, sem quaisquer sinais. O térreo era *frio*, desabitado, e subiram ao primeiro andar. A proprietária respondeu à batida; não queria deixá-los entrar, o que eles queriam ali, moramos aqui desde a guerra, mas Nikolai Grigórievitch, com a voz seca de comandante, comunicou que não tinha pretensões à moradia. Isso não convenceu a mulher, mas ela se calou. Ele ficou alguns minutos parado sob o teto baixo, olhou para a direita e a esquerda, e disse que podiam ir embora. Eles voltaram a montar na motocicleta e foram para Moscou.

Béjetski Verkh fora outrora dada como feudo ao tsarévitche Dmítri, filho menor de Ivan, o Terrível, falecido aos nove anos, em um dia de maio de 1591: o campanário então já havia sido erigido havia dez anos. Quando chegamos ali, ele estava intacto, como que recém-começado. Um lago de quatro lados, revestido de mato e lodo, encontrava-se atrás dele, sob uma janelinha quadrada, que teve que ser vedada: o tempo todo algum dos locais trepava nela embriagado, esperando furtar algo. Mas igreja não havia, fora demolida.

"E esses que trepavam para roubar ícones acabaram todos mal" – disse-nos, em tom edificante, a velha sentada junto à caixa de velas do campanário, que se tornara uma capela. "Eles vieram em dois carros que bateram, ninguém sobreviveu." Das vinte e poucas igrejas das quais a cidadezinha se orgulhava, continuaram como antes umas três ou quatro; as demais, semidemolidas e reformadas, tinham que ser adivinhadas entre os contornos de armazéns e garagens. Em compensação, concedeu-se plena alforria a todo tipo de vegetação, e ela tragou todos os lotes livres do espaço da cidade, inchando com a própria importância: as bardanas eram do tamanho de uma folha de jornal, lupinos rosa e azuis cresciam por toda parte, tornando o quadro alegre. A Praça da Natividade, onde estava a catedral em que batizaram meu avô, agora se chamava Praça da Vitória, e por toda sua extensão estendia-se uma poça profunda orlada de grama. O templo enorme, com seus oito altares laterais, fora erigido no século dezoito; "a cúpula de rara formosura sobre a mesa do altar com dezesseis colunas" e os ícones ovais tinham sido eliminados *na revolução*, lá funcionara uma fábrica de costura. Agora ele estava decapitado, as janelas tinham fendas abertas, e lá também reinavam lupinos e umbelas altas de canabrás, do meu tamanho.

Descemos a rua rebatizada três vezes: a burguesa da Natividade por muito tempo fora Cidadã, e depois passou a usar o nome do bolchevique Tchúdov, e também se acostumou a este. Lá, na esquina, havia uma casa que não mudara em absoluto, onde morara, nos anos 1920, outro menino pequeno – Lióvuchka[262], filho de dois poetas. Seu pai, Nikolai Gumilióv, foi fuzilado em 1921, quando o menino tinha sete anos; a mãe, Anna Akhmátova, morava em São Petersburgo; ela fora duas vezes, ao todo, a Béjetsk, onde Anna Ivánovna Gumilióva criava o neto.

A casinha de dois andares, como todas aqui, era habitada, detrás da cerca adivinhava-se uma pequena horta ("na frente da casa há um jardim muito grande, que podemos aproveitar para passeio", Anna Ivánovna escreveu ao filho). A algumas centenas de metros dali, aparentemente, habitavam meus parentes; qualquer uma daquelas construções recobertas de mato podia ser a nossa. Neste mesmo 1921, Kólia Stepánov, aprendiz de ferreiro, apenas começara a trabalhar; Lióva Gumilióv ingressou na escola soviética (lá simplesmente *me mataram*, dirá depois).

Além da poeira e das bardanas do caminho para a inevitável praça do mercado, eles não tinham nada em comum, a não ser a biblioteca, "cheia de obras de Mayne Reid, Cooper, Júlio Verne,

---

262 Diminutivo de Lev.

Wells e muitos outros autores fascinantes", de que se lembraria na velhice o sábio historiador Lev Gumilióv. O acesso aos livros era aberto a todos. Lá, era chegar e pegar: havia livros que tanto agradam meninos de qualquer idade, "romances históricos de Dumas, Conan Doyle, Walter Scott". Lá, sem saberem um do outro, percorriam as mesmas prateleiras o adolescente puxado desde a infância para o torvelinho da *grande História* e meu avô, que teria ficado contente em ir parar lá, mas, por felicidade, não chegou.

*

Essa vida tem que ser composta a partir de pedacinhos, de relatos que se interrompem e começam de novo, no mesmo lugar, a partir de carteiras de trabalho, bilhetes militares e fotografias. A mais detalhada é a *lista profissional*, aberta em 1927; lá se enumeram a nacionalidade de Nikolai Grigórievitch Stepánov (grão-russo), profissão (marceneiro), instrução (três séries da escola rural de Béjetsk – segundo outros documentos, quatro), primeiro local de trabalho (pastor na cidade de Béjetsk e na aldeia de Jarki). Aos dezesseis anos ele ingressa em uma ferraria privada, mas fica lá por pouco tempo, um par de meses: a partir de novembro de 1922, trabalha como aprendiz de marceneiro em uma fábrica mecânica, e com os mesmos dezesseis ingressa no Komsomol, a *união da juventude leninista*, criada em 1918 na qualidade de corredor que levava à entrada no Partido Comunista. Aos dezoito anos, é secretário-chefe do comitê dos operários metalúrgicos desta mesma fábrica; aos dezenove, muda-se para Tvier, como aluno da escola do partido na província.

Isso deve ser de alguma forma imaginado, rebobinado até a nascente, até o lugar em que não há nada além de um meio-dia quente, você vaga atrás da mãe de quintal em quintal, abrem a porta e ela profere seu *pelamor de Cristo*, e você fica olhando embotadamente para as fendas do solo argiloso. Meu avô paterno foi, aparentemente, a única pessoa da família para a qual a revolução foi como a chuva de julho, despejando cereais sem fim no solo à espera; a vida começou para ele quando já não havia nenhuma esperança e, de repente, tudo se endireitou e encheu-se de sentido. Dera-se que a injustiça podia ser consertada como um braço quebrado – melhorar, fazer o mundo propício para aqueles como Kólia Stepánov; terra e trabalho eram proporcionados a todos e cada um por direito de nascença; o tão esperado saber, basta pegar, aguardava a *juventude trabalhadora*, como livros de biblioteca em prateleiras lavadas.

A realidade nova, solícita, falava a língua das manchetes dos jornais e dos decretos do Partido, e tudo que ela prometia referia-se de perto aos interesses dele, Kólia. Sem se afastar da produção, agora era possível aprender coisas masculinas importantes: manejar armas, utilizá-las corretamente, e saber como comandar as unidades militares para as quais as oficinas locais trabalhavam. A fábrica mecânica de Béjetsk chamava-se ainda De Armas e Metralhadoras, e fornecia ininterruptamente à jovem república o que ela necessitava mais do que pão: revólveres Colt e espingardas russas, lança-bombas, carabinas e novíssimos sistemas de metralhadora Maksim. Aos poucos, essa severa especialização começou a se diluir, a produção para a paz, de arados a moedores de café, assumiu seu lugar, mas estava claro que o principal para quem lá trabalhava era a defesa do que fora obtido em combate, agora era necessário mantê-lo. Kólia já era secretário do comitê de fábrica: esse departamento, uma mistura de organização dirigente e sindicato, ocupava-se de tudo, de pagamentos a compras. Se necessário, reuniria com fuzis destacamentos de trabalhadores familiarizados com táticas *de guerra de campo e de rua*.

Ao redor era confuso. Os camponeses das aldeias em volta, dentre as quais Jarki, por exemplo, não se apressaram em partilhar com o novo poder o pão ganho; como se não entendessem seu próprio interesse, eles por algum motivo escondiam o grão onde calhava, e a ordens diretas respondiam de modo sombrio e hostil. Nas aldeias corriam pródigos rumores sobre uma guerra próxima e insurreição inevitável, prometiam que logo os bolcheviques introduziriam um novo imposto – de cinco rublos por cachorro e trinta copeques por gato. Rebeliões camponesas desencadeavam-se na província de Tvier, de freguesia em freguesia, de aldeia em aldeia, reunindo multidões de milhares; no pequeno distrito de Béjetsk, em três anos, não foram menos do que vinte e oito. Mandavam a seu encontro novos destacamentos da Guarda Vermelha; ambos os lados faziam reuniões, tomavam resoluções, espancavam, fuzilavam, enterravam vivos. Depois da guerra, o medo inato do assassinato retrocedeu, era fácil puxar um gatilho. Agora havia muitas armas, a cada *requisição* recolhiam-se espingardas como cogumelos – contavam-se dezenas. Os agitadores, cuja tarefa era convencer os proprietários de terra da necessidade de colaborar com os Sovietes, preparavam-se para ir ao campo como uma operação militar: "na cintura assoma um revólver, não raro dois, os bolsos estão cheios de bombas."

Há lapsos de tempo organizados como zonas cegas – ou sacos surdos, em que as pessoas se debatem, indistinguíveis umas das outras e excitadas por estarem certas. O grande embate entre o novo poder e o campo odiado, alheio a ele, que não dava ouvidos a apelos nem ordens, revolvendo-se escura e pesadamente em seu próprio mundo, que não se alterara por séculos, podia ter terminado de uma forma como de outra – mas o campo rendeu-se primeiro, e esse foi o começo de sua ruína.

A coleta de impostos era realizada por destacamentos de apropriação especialmente formados, que eram aguardados no campo como o Juízo Final: os recém-chegados removiam tudo que tinha sido estocado, espiavam as adegas, revolviam as entranhas das casas, pegavam as últimas coisas. Desacostumada a isso, a comunidade tentou inicialmente resistir: os forasteiros eram expulsos como se podia, às vezes, atiravam por cima das cabeças, dos sótãos, às vezes, de repente, quando você menos esperava, matavam. Houve ainda tentativas de saquear os entrepostos de armazenagem aos quais o precioso grão era levado; com estacas e machados, os aldeões iam exigir o cereal – soltavam em cima deles o Exército Vermelho, como uma matilha de cães, e então a multidão lentamente suavizava.

Gente treinada em tiro e ordem estava em falta, e justamente aí eram necessários aqueles como Nikolai – aquecidos por este poder, que viam nele o começo de uma nova justiça, e prontos a morrerem por ele. Em algum lugar, aos dezesseis anos – nos dias de hoje, inimputável – ele ingressa em uma Tchon[263]: unidade de *finalidade* especial. A família não conservou documentos nem fotografias, a história não é confirmada – e nem precisa: terríveis cicatrizes na barriga e nas costas, vestígios de um golpe atravessado, falavam por si mesmas.

A Tchon era conveniente porque era uma espécie de voluntariado: uma imensa organização militarizada (em 1922, tinha 600 mil combatentes), prodigamente provida de armas que eles mantinham consigo para quaisquer eventualidades, detrás do forno, embaixo

---

263   Sigla russa para unidade de finalidade especial.

da cama, e que, em três quartos, era formada por gente que não pertencia aos quadros militares. As Tchons eram unidades voláteis, que apareciam por necessidade – ou, antes, a encarnação real da ideia da URSS como um campo militar, em que cada um, junto a uma máquina ou à mesa de casa, em qualquer minuto estava pronto para se levantar e partir em defesa da legalidade socialista. As Tchons tinham uniforme e regulamento, e eram enviadas para os pontos quentes da época como unidades militares seletas – mas, mesmo assim, estavam ligadas ao Exército Vermelho de modo algo esquivo, como se carregassem para o serviço militar um ardor excessivo e inoportuno. Em compensação, quando levavam você para lá, diferentemente do exército, não o faziam esperar: pegavam você aos dezesseis anos, e imediatamente entregavam-lhe uma máuser.

Na periferia, onde tudo ainda era fumegante e dolorido, a Tchon combatia em bases gerais; outra coisa eram as províncias centrais, onde o inimigo de classe sabia se disfarçar, fingia ser ora um velhote pacífico em um poço, ora o irmão de mamãe, ora quase você mesmo. Relatos das coisas que os membros das Tchons faziam, às vezes, nas próprias aldeias, às vezes, nas vizinhas, enchem, como fantasmas, a História destes lugares. Meu avô pôde se tornar um deles apenas em 1922, quando a onda de resistência começou a baixar; e, em abril de 1924, a própria Tchon foi fechada, por deliberação especial do Birô de Organização do Comitê Central. Nikolai Stepánov ainda não completara dezoito anos, e o que fez e viu naqueles dois anos ele jamais contou. Quando íamos à sauna, e as cicatrizes ficavam visíveis, ele respondia às questões: "Deram-me com o forcado quando eu estava no destacamento de apropriação", e mudava de assunto. O que ele levava na memória eu não sei. Na rubrica "origem social" dos questionários, o filho e neto de camponeses de Béjetsk escrevia impreterivelmente *operário*.

*

Seja quando fosse que papai acordasse, via, no azul, seu *pápi* cada vez mais pálido à luz da manhã, já de pé, fazendo flexões, revirando halteres pretos, borrifando água, curvado sobre a bacia – e de pé diante do espelho, faces ensaboadas, botas brilhantes como lâmpadas, camisa de oficial passada, e como ele é grande e amado.

Dentre os rostos habituais de meus parentes há um homem muito bonito, e essa é aquela beleza "marítima, militar, a mais verdadeira e insuportavelmente cruel virilidade heroica[264]", por causa da qual, nas palavras da heroína de Tsvetáieva, três aldeias perderam a cabeça. Fotografias de infância de Kólia Stepánov não há e, certamente, nunca houve; na primeira que conheço, ele tem vinte anos, está sentado, de boné e gravata, ainda não tem estatura, nem a cabeça raspada, nem uniforme militar, mas já dá para entender que ele pertence à estirpe da geração dos sonhadores soviéticos desaparecidos no final dos anos 1940, com seu desejo furioso de fazer tudo que o país exigisse, de construir a cidade-jardim e ainda passear por este jardim. Reconheço-os não apenas nos retratos de então (uns de quepe, outros de casaco de couro, outros de capote, todos cortados da mesma fazenda e fitando como se já tivessem visto demais), mas também em filmes tardios, feitos por filhos que não se fartavam de olhar para os pais.

Querem ser lembrados como jovens, *nascidos da revolução*, como se a idade ou ardor conferissem a possibilidade de considerar tudo que aconteceu brincadeira de criança: agora mesmo, aqueles que eles assassinaram, e aqueles que os assassinaram se

---

264 Marina Tsvetáieva, *História de Sónitechka* (1938).

levantariam da poeira à beira do caminho, de suas valas comuns, de baixo da alvenaria de cimento, alisariam os cabelos, iriam cuidar de seus negócios. Comissários militares, presidentes e secretários das células distritais e comitês para pobreza, a polícia técnica e a equipe de comando do Exército Vermelho caminhavam pela terra renovada como se ela lhes tivesse prometido algo; como se todos os trabalhos tivessem sido bons. O eterno desprezo pelo policial, pela guarda municipal, pelos *tiras* recuou temporariamente. Nos papéis antigos há umas fotografias em que bibliotecárias de Tvier posam para a câmera com seus amados chefes – uma companhia municipal de escolta a guardar prisioneiros. Jovens, muito sérias, apoiadas em um joelho, as moças fincavam espingardas no ombro e miravam, miravam para o céu branco. Uma delas é minha avó Dora, que viera à cidade grande para estudar.

Os pais de Dora, Zalman e Sófia Axelrod, eram de algum lugar perto de Névell. Tudo que sei a respeito deles é que ele fazia sabão e tinha uma receita maravilhosa de sorvete que obtivera êxito na cidade de Rjev. Os filhos eram seis, viviam em harmonia e eram todos, como um só, membros da *célula* local; o pai, judeu religioso, cujo espírito não suportava nada de novo, deitava-se às oito da noite, trancando todas as portas hermeticamente para que a juventude não abandonasse a casa. Esta aguardava junto à janela do sótão por uma hora e meia – e, um atrás do outro, rolavam pela escada de mão, como ervilhas saindo da vagem: precisavam correr à reunião do Komsomol. Lá diziam que o país precisava de bibliotecários, e Dora encaminhou-se para Tvier.

Diziam que uma certa escola necessitava organizar um fundo de livros, então ela apareceu lá, foi direto ao diretor recém-nomeado, mas este não estava na sala dos professores. Então ela passou ao gabinete vazio de História, e parou na porta; Dora era de baixa estatura e, no nível de seus olhos, encontravam-se agora botas altas, de canos brilhantes, e um homem alto estava em pé, na tampa de uma carteira, girando uma lâmpada elétrica no soquete. Assim se conheceram meu avô e minha avó, coetâneos, e nunca mais se separaram. Ele, com suas quatro séries de escola rural, e mais duas – da escola local do Partido – lecionava História e Sociologia, até finalmente a demissão "ligada à partida para o Exército Vermelho".

Mas mesmo ali, bem no coração do poder popular, algo saiu errado. Aquela que podia ser considerada a causa de sua vida, que a explicava e justificava, novamente o contornava, como se o proletário Nikolai Grigórievitch, com sua pureza tristonha, fosse uma espécie de "homem supérfluo", como os que havia no antigo regime, e não conseguia de jeito nenhum servir a seu país de forma plena. Nem os livros que ele lia incessantemente, nem a esposa e a filha pequena, nem o próprio serviço de oficial em uma guarnição distante do Extremo Oriente podiam dissipar a soturnidade que se instalara de uma vez por todas; os Stepánov sempre viveram à parte, ao lado de todos, mas não junto – eram raras as visitas a ele, comissário da unidade militar.

E olha que ele era, repito, bonito: ereto, jamais uma palavra torta, de movimentos precisos e fala seca e medida, com uma covinha no queixo raspado. Havia nele um cavalheirismo nutrido a Walter Scott que se aplicava mal às coisas na cidade de Artiom, com seus dez mil habitantes recentemente trazidos. Mas a época inicial passou sem eventos especiais, mudando apenas as cidadezinhas militares e bibliotecas que Dora gerenciava. No sétimo ano veio a desgraça.

Em uma família que amava resumir os grandes e terríveis movimentos do mundo exterior a um conjunto de explicações pequenas – de dimensões humanas –, disseram que a culpada de tudo fora a irmã mais velha de vovô, Nadiejda. Naquele momento, ela servia na embaixada da jovem República Soviética em Berlim e dali até enviara ao irmão uma bicicleta novinha e reluzente. Agora ela continuava a subir pela infinita escada do Partido, administrando regiões inteiras, ora na Sibéria, ora nos Urais. Contam que de lá chegou certa vez um presente perigoso – uma pistola de combate, e vovô, por algum motivo, aceitou. Pela posse ilegal da arma, dentre outras coisas, ele foi acusado em 1938. A filha, Gália, lembrava-se do último verão feliz, e de como ela andava por um imenso campo de centeio atrás de jornais, e um dos camaradas de seu pai insistentemente perguntava a ela, aluna da primeira série, se o papai tinha o décimo volume das obras de Lênin.

Em 1938, aquilo que mais tarde chamariam de Grande Terror já atingira o teto, não havia como seguir adiante; os campos, sem darem conta do vagalhão de detentos, pararam até de fingir produção, tratava-se agora apenas de extermínio, e os primeiros de que davam cabo eram os oficiais, dentre os quais revelaram-se centenas e milhares de agentes estrangeiros. De repente pararam de conversar com Stepánov, os colegas de serviço olhavam para ele como se estivesse na outra margem do rio; depois, em uma reunião do Partido, alguém chamou-o diretamente de inimigo do povo. Nesse dia, ele voltou para casa e mandou à mulher que juntasse suas coisas: ela devia regressar a Rjev. Dora se recusou: se fosse para perecerem, seria juntos.

Mas não o prendiam, esperavam por algo, embora tenha tido que entregar a arma quase de imediato. Na pequena guarnição, em que todos se conheciam, os Stepánov estavam em destaque, e na única loja afastavam-se deles, como se fossem contagiosos. Vovô acreditava firmemente que não era culpado de nada, e se preparou para os interrogatórios. Mas isso de repente não foi preciso; conforme lhe explicaram, a investigação provara sua inocência, ele novamente era necessário, mandaram-lhe aguardar uma ordem – e, no fim de novembro, ela chegou. Nikolai foi transferido para os Urais, para Sverdlovsk. Tudo aquilo era absolutamente inexplicável.

Aquilo que chamaram de uma não proclamada "anistia de Béria", tempo breve em que alguns acusados foram perdoados e até certa quantidade de detentos voltou dos campos, contradizia tanto qualquer lógica que foi necessário procurar motores secretos, ainda que fosse apenas para sua própria história. Na nossa família, considerava-se que vovô fora salvo sempre pela misteriosa Nadiejda que, de seu trono no comitê regional, proferira uma palavra em seu favor, e que a libertação fora seu último presente – eles não mais mantiveram relações. Essa versão não é pior do que qualquer outra, porém, contra o fundo da inesperada mudança geral, ela tem uma espécie de excesso: dos que se encontravam sob inquérito em 1º de janeiro de 1939, foram libertados dois terços, e ainda mais; os casos foram encerrados, os julgados, contra todas as probabilidades, viram-se absolvidos. Isso não durou muito tempo, mas os Stepánov tiveram sorte: a revisão dos casos políticos começou exatamente pelo exército, pelo corpo de oficiais.

A casa em Sverdlovsk surpreendeu-os, desacostumados ao luxo das capitais: era dotada de um soclo em losango de granito, na entrada era preciso vir pelo lado do pátio, o apartamento tinha dois quartos, uma cozinha grande e banheiro de um azul intenso. A partida foi um suspiro de alívio longamente esperado; em agosto de 1939 nasceu meu pai, filho dos sobreviventes.

*

Uma vez por semana Nikolai Grigórievitch percorria livrarias para ver se não tinha saído algo de novo. O sistema soviético de distribuição de mercadorias foi organizado de forma que a marcha atrás de um livro transformou-se em uma espécie de aventura, de caça: o estoque das lojas variava, havia as boas e as ruins, as boas eram mais bem abastecidas. As publicações *deficitárias*[265] só raramente chegavam às prateleiras, mas a esperança de comprar algo de bom aquecia-se com êxitos casuais.

Durante sua vida, vovô amealhou uma imensa biblioteca, e não restavam dúvidas a respeito de ele ter lido aquilo tudo: era visível. Armado de lápis vermelho e azul, ele fazia não apenas marcações, como também notas; as linhas sublinhadas em vermelho eram passagens em que ele concordava com o autor. Lá onde escritor e leitor divergiam de opinião, entrava em ação o azul, e assim, em duas cores, estavam anotados todos os livros da prateleira do apartamento da rua Schelkóvskaia. Em casos especiais, ele se empenhava em uma tarefa absolutamente heroica, meio insana já naqueles anos, e que hoje, quando a internet tornou acessível qualquer texto, parece doida: creio que ele foi um dos últimos copistas de livro do mundo.

Guardei alguns cadernos feitos à mão nos quais vovô, com sua letra caligráfica de forma, capítulo atrás de capítulo, enfeitando-os com letrinhas desenhadas, um dos volumes da *História* de Vassíli Kliutchévski. Por que sua escolha recaiu sobre este livro? Não era simples comprá-lo então, especialmente levando em conta a falta de desejo de meu avô, por princípio, de utilizar o mercado negro; mas livros que *não se encontravam* eram então muitos, por que este? Alguém emprestara-lhe uma edição rara, e por longos meses, letra por letra, Nikolai Grigoriévitch transferiu

---

[265] Ou seja, livros que não eram de propaganda político-partidária.

o texto impresso para o papel, regressando a História russa ao estado manuscrito. Não sei se depois ele retornou a seu trabalho, já como leitor; a paixão oculta e não consumada por tudo que tinha relação com assuntos de livro e desenho não terminou nem começou com Kliutchévski.

Uma caderneta pequena, de fácil manuseio, capa marrom, fora confeccionada em algum lugar depois da guerra; nela está inserida uma folhinha de calendário com um retrato do escritor Korolenko ("mas mesmo assim avante – luzes!"[266], é o que se diz no fragmento impresso no verso): 18 de dezembro de 1946, nascer do sol às 8h56, poente às 15h57. Foi mais ou menos então que meu avô, aos quarenta anos, pôs-se a preenchê-la, mas não com qualquer coisa. Tudo, a caligrafia especial e solene, as tintas coloridas com que, na folha de rosto, estava escrito o nome do dono do caderno, dizia que aquilo não era um instrumento de trabalho, um lugar de notas e bagatelas, mas uma espécie de *livro*, uma antologia destinada ao retorno e à releitura.

A seleção de quem era citado na caderneta é de um ecletismo estranho: ao par de clássicos, de Goethe e Voltaire a Tchékhov e Tolstói, trazem-se anedotas orientais e provérbios populares. Claro que também há o "marxismo clássico", cujo estudo era obrigatório para um comunista: Marx e Engels são proeminentes, mas por algum motivo Lênin está ausente. Em compensação, há toda uma seleção da literatura soviética que havia então nas prateleiras das bibliotecas: Iliá Ehrenburg, Maksím Górki, Konstantin Fédin e o escritor alemão Remarque, com suas lições de camaradagem corajosa. Há discursos

---

266 Trecho de *Luzinhas* (1900), pequeno conto de Vladímir Korolenko (1853-1921).

do político Serguêi Kírov, que já tinha sido assassinado havia dez anos e, naturalmente, citações de Stálin ("sem saber superar seu amor-próprio e submeter sua vontade ao coletivo, sem tais qualidades, não há coletivo").

A caderneta inteira, em geral, é também um exercício de autodidatismo: aquele que a compilou e aplicadamente preencheu imaginava a si mesmo como uma espécie de animal doméstico inteligente e preguiçoso, que precisava ser enfreado, treinado, coagido à ação. A vida é vista por ele e seus autores favoritos como um trabalho incessante de autoaperfeiçoamento; o heroísmo é o ar incandescente que ele respira; uma exigência de façanha, de sacrifício, de ardor é a única condição: *pois você é um homem soviético*[267]! Nada daquilo era necessário: nas seções de quadros, nas cidadezinhas militares, nas pequenas escolas e bibliotecas levava-se uma existência rotineira, simplezinha, esperavam adiantamentos em dinheiro, formavam filas. O mundo estava algo inalterado, como se não precisasse dos esforços dos comunistas; as escolas do Partido e fábricas, com suas regras compreensíveis, continuavam a não querer de jeito nenhum dar a arrancada decisiva.

Ao que parece, vovô preparara-se desesperadamente para um feito grandioso, e em vão; ele caíra através do tempo, como pelo buraco do bolso de um casaco, grande demais para não arranhar o forro, clarividente demais para não se sentir perdido. Além de exigências, apelos, palavras sobre intransigência e serviço, a caderneta fala de solidão, de uma necessidade insaciável de

---

267 Frase do filme *A história de um homem de verdade* (1948), de Aleksandr Stolper, baseado em romance de Boris Polevoi que conta a história verídica de superação do piloto Aleksei Marêssiev, que perdeu as duas pernas em combate e voltou a voar.

calor. Perto do fim há a seguinte anotação: "Nunca se queixe do destino. O destino do homem se parece com ele, se ele é um homem mau, seu destino é mau. Folclore mongol."

*

Galka recordava, e eu me sentava ao telefone e anotava em quadradinhos de papel como, no Extremo Oriente, *pápi* botava-a para dormir, pequena, como cantava canções napolitanas e mais uma, muito bonita, sobre um marinheiro e uma moça de saia cinza. Eu também me lembrava dele cantando, mas o repertório era outro, melancólico, e mais do que tudo, no limite da ruptura da voz, ele repetia a clássica balada de Nekrássov sobre o jovem suicida: "o amargo pesar vagueava pelo mundo e inadvertidamente caiu sobre nós"[268].

Galka contava como em Sverdlovsk, no ano anterior à guerra, meu pai Micha, com um ano, andava em volta do pinheiro enfeitado de bombons e pães de mel e mordiscava tudo que conseguia alcançar. A primeira recordação de meu pai também era de lá: pela larga escadaria da Casa dos Oficiais subiram um hirsuto alce empalhado, que ficava em algum lugar sob o teto, e colocaram o menino montado no cangote alto e peludo. Da guerra, ficaram sabendo assim: houve uma excursão dominical ao ar livre, reuniram-se como em um piquenique, juntou-se toda a grande unidade militar, os oficiais com as esposas enfeitadas, as crianças com cestos de comida. Chegaram em duas horas, estenderam as toalhas na grama, alguém deslizou até a água –

---

268 *Funerais* (1860).

de repente, um estafeta chegou a galope: todos os oficiais deviam pegar em armas, volver, e as famílias se recolherem. Todos os homens partiram de imediato – nada de banho, nem de florezinhas. "E começou o que começou."

Nikolai Stepánov passou a guerra inteira nos Urais, na retaguarda profunda; pelo visto, sua história (*quando papai foi inimigo do povo*, chamavam isso assim em casa) deixou-o sob suspeita para sempre – o caminho do *front* fora-lhe vedado – e como isso devia ultrajá-lo, que por toda a vida preparara-se para uma façanha! Foi desmobilizado cedo, já em 1944, sem esperar o fim da guerra, e ele não se opôs: como quem bate a porta na hora de uma ofensa cruel. Pode ser que ele tivesse esperança de que fossem mantê-lo, de que repensassem, isso não aconteceu.

Os Stepánov mudaram-se para Moscou e viram com os próprios olhos a artilharia da vitória no Kremlin e o imenso retrato de Stálin no céu iluminado pelas salvas. Moravam em longos barracões na rua Fruktovka, para lá da rodovia Varsóvia. Vovô andava sempre de militar, como se o serviço no exército de alguma forma continuasse para ele nos departamentos pessoais de quadros de fábricas e conglomerados industriais para onde o enviavam por ordem do Partido. Eu absorvia por todos os poros os relatos da infância de papai, como livros sobre índios ou piratas. Sobre como ele e um amigo apostavam corrida nos tetos dos trens elétricos em movimento, sobre o professor de fisicultura Tarzan, um homem-montanha, sobre a escola masculina e como fora o começo da educação mista, e apareceram meninas na classe. O menino ruivo Alik Makarévitch perecera, caíra no fundo de uma pedreira e, no fim do verão, meu pai encontrou a mãe dele na esquina. Ela o interrogou sobre as férias, sobre os planos na escola, depois disse: "E, para Alik, tudo isso terminou."

No apartamento comunal havia todo tipo de gente; uns quartos estavam abarrotados de trastes e troféus, em outros comiam bem e ricamente. A dengosa cadelinha Mirta se envolvera com o heroico Bóbik, cão do quintal, e logo desapareceu, sem que se soubesse para onde foi; em compensação, papai encontrou numa gaveta a pistola que seu pai ganhara de presente e, em pleno êxtase, correu com ela pelo pátio. À noite, houve polícia, explicações e surra. Havia ainda gatos e gatas, havia barras, nas quais, sob o olhar das crianças, os adultos da Fruktovka praticavam fisicultura. Havia a pobre lebre-sargento de tricô, favorito e único brinquedo. Meu avô trabalhava em uma garagem, ia para lá de manhã, "como Pietchórin[269], de capote leve, sem dragonas", minha avó, como por toda a vida, em uma biblioteca; lá havia suas moças, ajudantes que ela intrepidamente contratara para o trabalho, uma judia, a outra, filha de uma vítima da repressão. Em casa reinava o culto ao meu avô, tudo girava ao seu redor: suas regras, suas extravagâncias, sua soturnidade cortês e não intencional. Não recebiam visitas.

Certa vez meu avô voltou ensanguentado, com a cabeça aberta. Na garagem ocorria uma guerra que não dava para ver de fora, alguém estava roubando, vovô tentava resistir, manifestar seus princípios. E eis que, à noite, na neve de janeiro, dois homens o pegaram. Bateram pelas costas, com um cano de ferro que depois ficou jogado no solo. O golpe foi oblíquo; Stepánov virou-se e acertou um dos agressores, que caiu, o gorro voou e caiu em um monte de neve, o segundo fugiu, tapando o rosto. Nikolai então, por algum motivo, apanhou o gorro, de pele cara,

---

269 Protagonista de *O herói do nosso tempo* (1840), de Lérmontov.

grossa, e foi com ele para casa. Micha, de dez anos, usou-o por muito tempo: não havia outro.

A vida era simples: tão pobre e transparente que cada mísero pedregulho em seu fundo parecia especial e extraordinário. Uma vez meus avós foram veranear em Kislovodsk e trouxeram de lá, para os filhos, em dois jornais dobrados, a flora selvagem, um ramo de cipreste, lariços e algo mais – o melhor de tudo era uma folha dura e marrom, em formato de sabre, ou de vagem gigante. Dora guardou isso tudo por muito tempo, até virar poeira fina vegetal.

Às vezes, a mãe de minha avó, vovó Sônia, de nariz aquilino, vinha visitar; nas velhas fotografias há uma mulher cor de madeira sentada, cansada para sempre da idade – mas a família lembrava-se dela como uma beldade, então quer dizer que ela foi. Normalmente ela morava na casa de sua outra filha, Vera, em um quartinho onde havia um piano de cauda de que seu marido se apossara como presa de guerra, com uma imensa tampa reluzente, sobre a qual dormiam as visitas. Quando ela ia à Fruktovka, Nikolai tirava da prateleira um grande volume de Sholom Aleichem e colocava-o na mesa, como uma torta: vovó vai ler.

Iam para o campo, para a casa de tia Macha, a irmã de vovô. Lá havia mais um revólver, que pertencia ao marido da tia: ele deixou Michka Stepánov desmontá-lo e montá-lo, e até permitiu atirar uma vezinha, depois chamou-o consigo para o rio e lá, com um gesto largo, lançou essa máuser bem no meio, e eles viram em silêncio os círculos a se formarem. Papai lembra-se desse verão: como ele e seu pai deitavam-se lado a lado no feno, como ele sentia calor e sono, o cigarro do pai ardia na escuridão, e todo ele era tão *capital*, grande e real, que a felicidade causada por sua presença, aparentemente, não daria para aguentar. E tudo isso prolongou-se e prolongou-se, até terminar; depois, anos mais tarde, lá, em Moscou, morreu Dora, e Macha, aos setenta anos, escreveu, como consolo, "Agora finalmente você vai se casar com uma russa" – e depois não havia mais nem ela, nem o avô.

*

Quanto mais penso na história de nossa família, mais ela me parece um rol de esperanças irrealizadas: Bétia Lieberman com sua medicina jamais começada, seu filho Liónia, agarrando-se a qualquer causa como não conseguindo a única, principal; o advogado Micha Friedman, que não viveu até os quarenta, e sua obstinada viúva, que não conduziu o navio da família ao cais; minha mãe, Natacha Guriévitch, escrevendo seus versos "para a gaveta" – com um lápis imperceptível, feito para descolorir sem demora, mal tivesse tocado o papel. Aqui também meus Stepánov estão nas primeiras fileiras: Galka com seu canto, com as infindáveis romanças, anotadas à mão, entoadas baixinho, quando ninguém ouvia, vovô Kólia com o desenho de que tanto gostava. Ele passou com tintas toda sua infância em Béjetsk, testando isso e aquilo, fazendo esboços, não parou e depois "desenhava até melhor que o seu pai", disse-me Galka, para quem não havia autoridade maior que o meu pai. Os desenhos cresceram, acumularam-se até 1938. Ela se lembra bem do dia em que queimaram os papéis da casa, à espera da prisão. Foram para o forno toda a correspondência e fotografias da família, para rematar, pegando-a por baixo, Nikolai Grigórievitch lançou ao fogo uma grossa pilha de desenhos, tudo que fizera na vida. Ele não sofreu busca. Nunca mais pegou as tintas.

De modo que para eles, cada um à sua forma, nada se realizou. Mas tínhamos uma parente absolutamente distante – e, quando seu canto soava no rádio, espalhando-se pelas cozinhas comunitárias e corredores, era como se ela representasse toda a família voluntariamente calada, fosse nossa voz triunfante. Claro que ela mesma não tinha nada disso em mente, simplesmente vivia.

Viktória Ivánovna – para o meu gosto, uma das melhores cantoras do século passado – era casada com Iura, descendente de alguém do clã dos Ginzburg de Níjni Nóvorod. A vida dela, que começara como uma festa, vestido azul, Schubert e Guriliov[270], aplausos e turnês, cedo cobriu-se de pesar. Depois de uma operação dolorosa e fracassada, ficou claro que Katiucha, a única filha, para sempre ficaria *assim*: com a consciência de uma menina de dez anos em um corpo a crescer e adquirir forças. Viver ficou cada vez mais difícil, concertos e admiradores rareavam, e apenas a voz continuava a se portar como jovem, sem caber no grande corpo da cantora. Ela superava as dimensões de qualquer recinto, enchia-o como um balão, dava calafrios na espinha, fazia o lustre retinir.

Por todo esse tempo, Viktória foi o objeto do pensamento intenso de alguém, de uma obsessão concentrada: aqui regresso novamente aos Stepánov, a Galka. Seu nome, na família, era uma espécie de emblema de voluntarismo: a capacidade de se portar como lhe desse na telha. Vá pelo seu caminho, e deixe as pessoas falarem o que quiserem, ela repetia a cada instante. Em meados dos anos 1950, Galka estudou engenharia e logo foi mandada para trabalhar e ganhar a vida no Quirguistão. Corriam lendas a esse respeito – sobre a câmera fotográfica cara comprada com seu primeiro salário e rapidamente abandonada,

---

270 Aleksandr Guriliov (1803-1858), compositor notabilizado por suas romanças.

sobre caixas de moscatel trazidas de um balneário no sul, sobre presentes majestosos e uma indiferença igualmente majestosa para com os seus. Quando se pensa em tudo que ela não teve na vida, essas mirradas tentativas de conferir cor e ímpeto a seu destino parecem ainda mais compreensíveis e humanas. Na família corriam boatos a respeito de um romance juvenil com um homem casado, que vovô não aprovou – em outras palavras, *revogou*. Ela se vestia com roupas caras, frequentava exposições, discutia com as amigas sobre os filhos delas.

No começo dos anos 1970, tia Gália adoeceu. Inicialmente era câncer mas, depois de uma operação bem-sucedida, ela não se recuperou totalmente, e isso já era uma doença espiritual, difícil não notar. Houve um hospital, depois outro; tudo ligado a isso foi assumido por meu pai – o constrangimento e pavor de vovô, que nunca vira nada daquilo na vida, privavam-no absolutamente da capacidade de agir. Depois seguiu-se uma sucessão de remitências e novos hospitais. A doença tinha relação direta com o irrealizado: estava ligada à ideia de uma voz que cantava. Quando sua condição se agravava, Galka começava a correr intensamente por concertos, e tudo isso acabava no hospital. Tinha uma importância especialmente grande para ela a voz angelical ou, pelo contrário, demasiado humana de Viktória Ivánovna, que era distante, mas mesmo assim parente e, por isso, creio eu, parecia-lhe uma *si mesma* melhor, vitoriosa. Lembro-me vagamente do medo de meus pais diante dos pedidos de ingressos de Galka: cada concerto exitoso de Viktória levava a um novo ataque.

Ambas já não existem há tempos; Viktória morreu primeiro, sobrevivendo à filha por pouco tempo: Kátienka já estava em uma clínica, precisava de supervisão vinte e quatro horas. Galka disse-me mundanamente, de seu último leito, que há tempos não via na televisão Ievtuchenko, e depois acrescentou, de forma sucinta e nítida: "Está na hora de eu ir até mamãe." No celeiro sem fundo da internet conserva-se, contudo, todo o repertório de canto que celebrizou Viktória, todas as cançonetas levianas dos anos 1950, todo seu Schumann e Mahler dos anos tardios. Há algo de macabro no quão jovem parece essa voz, soprando sobre os caixões, sobre os papéis amassados e programas de concerto, como se nada tivesse acontecido e tudo fosse verdadeiramente invulnerável, inalterável, imortal.

*

Quando meu filho tinha apenas alguns meses, em mim se abriu (e depois se fechou, como uma gaveta) uma capacidade inesperada, que adquiria plena força no metrô, no caminho do trabalho. Bastava-me cravar o olhar nos rostos das pessoas sentadas e em pé na minha frente que se desencadeava por si só um mesmo e único truque, como se lhes tivessem tirado a cobertura ou descerrado uma cortina. Uma tia de sacola, voltando da *datcha*, um escriturário de terno e calças encurtadas, uma velha, um soldado, uma estudante com um sumário de repente tornavam-se visíveis para mim como eram aos dois, três anos de idade, de bochecha redonda e fisionomia concentrada. Era algo similar a um artista para o qual, detrás da pele, sempre aparece o crânio, sua estrutura nítida; aqui, detrás dos rostos gastos pelos anos, começava a assomar o esquecido caráter indefeso. O vagão de repente revelava-se uma espécie de jardim de infância: lá, era possível amar cada um deles.

No caminho de volta de Béjetsk, passando pela cidade de Kaliázin, com seu centro inundado, a jazer profundamente sob a água do Volga, e o campanário solitário a assomar desta água, como um monumento, pudemos chegar ao entardecer a Sérguiev Possad onde, dentre outras coisas, há um velho e venerável Museu do Brinquedo. Foi aberto em 1931; as bonecas de madeira, barro e pano, os cavalinhos e soldadinhos que habitam as salas do local foram reunidos com ternura por anos. Há também brinquedos de Ano-Novo, parentes diretos daqueles que minha mãe e avó penduravam no pinheiro – crianças com bolas de neve, lebres de paraquedas, esquiadores, gatos, estrelas; há uma espantosa troica entalhada, puxando uma carruagem na qual, como as moças *korai* do friso do Erecteion, criaturas femininas ameaçadoras estão enfileiradas. As crianças de Béjetsk devem ter brincado com os mais simples desses brinquedos, botado fraldas nas bonecas, soprado os apitinhos, cujo aspecto não mudou desde o século nove. Fiquei mais tempo diante de uma vitrina em que estava exposta uma acha, com fraldas, como um bebê, e até dotada do simulacro de uma touquinha. Em sua simplicidade de madeira, ela tinha algo como traços humanos, mas estava claro que aquilo era um excesso: para a boneca ser amada por sua dona ignota, bastava-lhe o comprimento e volume propício para o abraço.

Mas lá havia duas novas salas com brinquedos cujos donos podiam ser designados pelos nomes, eles, os donos, eram todo seu propósito; eram as primeiras coisas mostradas, como se não tivessem ficado na reserva dali por quase cem anos. Trazidas dos palácios de Livádia, Gátchina, Alexandre, as bonecas, pirogas indígenas, tambores e guaritas com pequenas sentinelas pertenciam à mesma família: pai, mãe e cinco crianças assassinadas em Iekaterimburgo na noite de 17 de julho de 1918. Meninas e meninos tinham nomes – Olga, Tatiana, Anastassía, Maria, Aleksei, este, o caçula, tinha catorze anos; com certeza, já estavam crescidos demais para o loto e as maletinhas com roupas de bonecas, para o teatrinho mecânico de uma única peça, *Uma vida pelo Tsar*[271], e não tinham como levar aquilo tudo consigo. Com o gigantesco cavalo de balanço, que tinha um ar galhardo e atoleimado, o mais provável é que nunca tenham brincado, ele vinha do Palácio Antchíkov e pertencia a outro menino – chamava-se Paulo, cresceu, virou imperador da Rússia e foi assassinado em uma noite de março de 1801; o cavalo de baixeiro vermelho de gala ficou à espera de seu ginete.

Todas as coisas antigas são propriedade de gente morta, e os ursos de madeira com os mujiquezinhos das salas vizinhas não eram exceção; a diferença residia em que ali eu sabia exatamente o que acontecera com os donos e quando, e até os canhõezinhos de latão pareciam-me órfãos, para não falar do papagaio mecânico em sua gaiola dourada. A maior parte dos brinquedos do palácio tinham sido distribuídos por orfanatos no começo dos anos 1930, mas aqueles tinham sobrevivido, repousado na reserva e agora encontravam-se sob o vidro, como recordações esquecidas, recobrando forças e começando a tapar o horizonte. Não lembro em que eu pensava então; talvez no menino Iákov Sverdlov, que gostava muito dos bombons *pescoço de lagosta* e depois, segundo muitos, dera a ordem de fuzilamento em Iekaterimburgo; talvez em como, na Sverdlovsk de antes da guerra, Micha Stepánov, aos dois anos, mordiscava os pães de mel do pinheiro, e em sua lebre-sargento. Meu próprio menino, em Béjetsk, recusara-se a ir ao cemitério e raivoso, independente, sentara-se sob o sol tórrido, enquanto eu vagava entre as cerquinhas pintadas, lendo os nomes

---

271 Ópera de Glinka (1836).

dos inumeráveis Ivánov, Stepánov, Kuznetsov dos tempos antigos. Depois me comunicou que repensara: não gostava de cemitérios, mas queria fotografar todos os túmulos que havia. Eu os colocaria no Instagram de uma vez por todas, ele me disse, para que ninguém jamais se esqueça de nada.

Redondinha e macia, vovó Dora morreu em 1980 e, depois de sua morte, vovô não aprendeu a voltar a viver. Bem no fim, no outono de 1985, instalou-se conosco na Bánny, passando angustiadamente do quarto para a cozinha, enquanto aguardava minha mãe chegar do trabalho: então ele tomava *Natáchenka* pela mão e eles se sentavam para conversar. Ele sentia uma falta desesperada de interlocutor, queria dizer coisas demais de novo e de novo, a morte do pai, o pavor diante da vida adulta iminente, a primeira vergonha, a primeira ofensa, a vida errante, o trabalho, a solidão. Mamãe escutava como se fosse a primeira vez. Ele esquecia cada vez mais, e irreversivelmente; eu voltava da escola e via, em uma cadeira no corredor, meu avô sentado, já vestido, como se fosse sair: de quepe e capa, botas brilhando no maior lustro, camisa passada, faces barbeadas, aos pés uma sacola de rede, dentro desta, alguns livros. Preparava-se para ir para casa, para Dora. De vida, restavam-lhe apenas dois meses.

Conservou-se um bilhete, um dos quais ele escreveu então, à espera de meus pais:

Muito obrigado, amáveis proprietários deste belo apartamento. Vou para casa, onde sou esperado. Não fiquem bravos. Haveremos de nos encontrar mais de uma vez.
Abraço. Nikolai
Que dia do mês é hoje, eu não sei.
Telefonem, ficarei feliz.

QUARTO CAPÍTULO
a filha do fotógrafo

Suponhamos que estamos lidando com uma história de amor.
Suponhamos que ela tem um herói.

Desde os dez anos ele se prepara para escrever um livro sobre sua estirpe, não sobre mamãe e papai, mas sobre os avós e bisavós, que não viu direito, mas sabe que existiram.

Ele promete esse livro a si mesmo e adia: para isso, é preciso ser mais velho, e saber mais.

Os anos passam, mas ele não se torna mais velho, e só sabe menos, durante a jornada ele conseguiu perder até aquilo que sabia.

Às vezes, ele mesmo se espanta com o desejo insistente de contar o que for a respeito dessas pessoas pouco conhecidas que se esconderam do lado umbroso da História e por lá ficaram.

O herói considera que escrever a respeito delas é seu dever. Mas por que há esse dever, e perante quem, se elas mesmas quiseram justamente ficar na sombra?

O herói pensa em si mesmo como o produto da estirpe, seu resultado imperfeito – na verdade, ele é o senhor da situação. Sua família está à mercê do narrador, o que ele disser, assim será, eles são seus reféns.

O herói tem medo: não sabe o que escolher de dentro do saco de histórias e nomes – nem se pode confiar em si mesmo, em seu desejo de ocultar isso e desnudar aquilo.

O herói finge, tentando explicar sua obsessão como um dever perante a família, as esperanças da mãe e as cartas da avó. Tudo isso é a respeito dele, não a respeito delas.

O que acontece deveria ser descrito com paixão, mas o herói não consegue ver-se à parte.

O herói age como quer, mas consola-se dizendo que é obrigado a agir.

Quando perguntam ao herói como ele pensou em escrever este livro, ele sem demora conta uma história de família. Quando perguntam ao herói o porquê daquilo tudo, ele conta mais uma.

Aparentemente, o herói não pode nem quer falar em primeira pessoa. Ao mesmo tempo, falar de si em terceira pessoa sempre o encheu de horror.

O herói tenta jogar um jogo duplo: portar-se como seus parentes sempre se portaram– ou seja, partir para as sombras. Mas o autor não pode partir para as sombras; por mais que se esforce, esse é um livro sobre ele.

Em uma velha anedota, dois judeus conversam. "Você diz que vai para Kovno[272] – quer dizer, deseja que eu ache que você vai para Lemberg[273]. Mas eu sei que você vai para Kovno, e por que você está tentando me enganar?"

*

No outono de 1991, meus pais de repente pensaram em emigração, e não aprovei. Mal tinham chegado aos cinquenta anos,

---

[272] Atualmente Kaunas.
[273] Atualmente Lviv.

o poder soviético – chegaram a ver isso! – tinha acabado, após ter tentado, por fim, inflar, como uma bolha, o fracassado golpe de agosto. Parecia-me que agora é que se devia viver na Rússia; as revistas publicavam de uma só vez verso e prosa proibida, conhecida apenas em borradas cópias datilografadas, nas ruas vendiam diretamente, de mão em mão, coisas coloridas, que não se pareciam com as tediosas de antes, e com o primeiro dinheiro próprio eu comprei uma sombra de olhos azul, uma meia-calça com desenhos e calcinhas de renda vermelhas como bandeiras. Mamãe e papai queriam que eu fosse com eles, esquivei-me: esperava que repensassem.

Isso prolongou-se por muito tempo, mais do que fora possível calcular: a autorização da Alemanha chegou quatro anos depois, e eu, como antes, não acreditava muito que nossa convivência ininterrupta podia chegar ao fim. Mas eles já estavam se preparando, e apressavam-me a uma decisão; eu não queria ir a lugar nenhum. Além de todo o resto, a vida ao meu redor parecia desesperadamente interessante e, em certo sentido, já iniciada por mim, entreaberta como uma porta. Eu não conseguia discernir aquilo que era tão evidente para mamãe e papai, como se a vista não chegasse: eles já tinham tido *história* suficiente, queriam descer à terra firme.

Começou um processo algo parecido a um divórcio: eles partiram, eu fiquei, todos entenderam isso, ninguém disse em voz alta. As tripas arrancadas do apartamento, papéis e coisas também foram divididas entre quem partiu e quem ficou, de repente não estavam à mão as cartas de Púchkin e Faulkner, os livros jaziam em caixas de papelão, aguardando o envio.

Mamãe passava a maior parte do tempo no arquivo. De acordo com a legislação ainda soviética, qualquer coisa antiga, fosse ou não de família, podia ser tirada da Rússia apenas com um atestado de que não possuía nenhum valor. O país que vendera os quadros do Hermitage queria ter certeza de que a propriedade alheia não fugiria. As xícaras e aneizinhos de minha avó foram mandados para avaliação, assim como os velhos postais e fotografias de que eu tanto gostava. Sua ordem tradicional fora agora rompida: sem confiar em minha memória, mamãe anotou todos eles, um atrás do outro, e colocou-os em pilhas. Colava os escolhidos em um álbum enorme, enfeitado com uma estampa em estilo japonês, então em moda. Na primeira página, estava escrito de forma inclinada, em francês: para Sarra, uma lembrança de Mítia.

Agora lá estavam reunidos *todos*: todos de que ela se lembrava pelo nome e considerava necessário levar na arca pronta para viagem. Os colegas de classe de vovó se avizinhavam a bigodes que eu nunca tinha visto e a um bebê corado da tia de Londres – da qual diziam que, no exterior, tinha se aproximado do próprio Kérenski. Liólia e Bétia moravam sob a mesma capa, e lá também havia minhas fotos de escola, vovô Kólia entristecido numa colina distante, nossa cadela Karikha e nossa cadela Lina. Adulta, com vinte anos, eu também estava em destaque – em uma das últimas páginas, solenemente instalada entre retratos de jornal do Prêmio Nobel Andrei Sákharov e do sacerdote Aleksandr Men. Todos nós, incluindo o Prêmio Nobel, fomos citados em uma lista longa, com a letra de papai: "Amigos, parentes, membros da família de 1880 a 1991."

Eles foram de trem, era o quente abril de 1995, a natureza tinha uma leveza festiva, e o céu sobre a estação Bielorrússia, antiga Brest, era de um azul meio besta. Quando os vagões partiram, serpenteando por fim, nós, os que ficamos, viramo-nos e caminhamos de volta pela plataforma. Estava vazio, como nos domingos, eu seguia tentando não prorromper em prantos quando um homenzinho com uma caneca de cerveja lançou-me um esgar da porta do trem de subúrbio e matraqueou: "Batam nos *jids*, salvem a Rússia[274]." É demasiado literário, mas conto como se passou.

Fui então à Alemanha e passei um mês lá, analisando sem nenhuma convicção a possibilidade de começar a viver de novo: ali, ou em qualquer lugar. Na enorme habitação coletiva de Nurembergue em que dez dos doze andares eram ocupados por alemães étnicos regressando à pátria, estavam destinados aos judeus os dois de cima, semivazios, e eu passei dois dias, como uma tsarina, sozinha em um quarto enorme com dez tarimbas, reforçadas, como as dos trens, em dois níveis. Não colocaram ninguém comigo, e ainda entregaram talões de comida, parecidos com selos postais, verdes (os dos alemães eram laranja). Imediatamente esquentei um chá para mim e sentei-me a contemplar a noite europeia: ao longe, na janela, cintilavam as luzes oscilantes de um parque de diversões rodeado de vegetação negra, via-se um estádio e ouvia-se, à entrada, um dos vizinhos de baixo tocando violão.

Meus pais vieram a Moscou mais uma vez, meio ano antes da operação de mamãe. A ponte de safena de que ela precisava era então um procedimento raro e exótico, mas tínhamos a impressão de que na Alemanha já deviam dar conta dessas coisas. E não havia escolha, a afecção cardíaca congênita descoberta já durante a guerra, em Ialútorovsk, fazia seu trabalho, era necessário

---

274 *Slogan* antissemita do começo do século vinte.

apressar-se. Eu tinha vinte e três anos, achava-me adulta. Convivêramos com a doença de mamãe desde que eu me lembrava: aos dez anos, eu saía à noite para o corredor, para ouvir se ela estava respirando. Tudo estava em ordem, a manhã chegava bem. Gradualmente acostumei-me e não fazia perguntas pessoais, como se temesse romper um equilíbrio por si só instável. Não falávamos direito do que mamãe tinha pela frente, apenas discutíamos animadamente detalhes irrelevantes do cotidiano hospitalar. Por isso, não foi a mim, mas a uma amiga, que ela disse, cansada: "Que fazer, querida, não tenho outra saída."

O que então me espantou – por mais que eu tentasse ignorar tudo que pudesse aludir ao fato de que aquela era sua última visita – foi a falta de desejo de mamãe de *relembrar*. Parecia-me óbvio que, na feliz Moscou de verão, cheirando a lago e poeira, devêssemos sem falta nos dirigir à Pokrovka, onde ficava nossa antiga casa, sentarmo-nos no bulevar, ir à escola onde todas nós (Liólia-Natacha-eu), uma atrás da outra, estudáramos. Além disso, entravam em meu programa longas, como na infância, conversas sobre os velhos tempos, e ademais eu me preparara para anotar, finalmente, os comentários de mamãe, para que nenhuma informação valiosa passasse batida, pois, no fim das contas, em algum momento eu escreveria um livro sobre a família. Mamãe, para meu espanto, opôs-se a passeios nostálgicos, inicialmente com a suavidade de costume, depois recusando-se categoricamente: *não me interessa*. Em lugar disso, lançou-se à faxina, e a primeira coisa que fez foi jogar no lixo as velhas tigelas de borda quebrada que nos serviam desde os anos 1970. Eu, que jamais me decidiria a tal sacrilégio, olhava para ela com horror e êxtase. A casa estava brilhante de tão limpa; vieram parentes e colegas de classe cuja vista significava despedida, mas não falaram disso. Depois meus pais foram embora.

Lembrei-me disso anos e anos depois, quando tentei ler a meu pai as cartas das pessoas que lhe eram próximas. Ele escutou por dez minutos, ficando gradualmente sombrio, e depois disse basta, tudo de que precisava lembrar ele já se lembrava. Agora compreendo-o bem, até demais; nos últimos meses, para mim, tornou-se habitual a condição mental em que o exame de fotografias parece a leitura de um obituário. Vivos e mortos, parecíamos findos na mesma medida: a única legenda com sentido parecia ser "isso também passará". Tudo para que eu conseguia olhar sem estremecimento no apartamento de papai em Würzburg, em que jazia, dobrada em quatro, a manta trazida da travessa Bánny, eram suas velhas e novas fotografias – uma margem de rio vazia com um bote preto vazio, coberto de folhas, um campo amarelo vazio sem um único passante e uma clareira povoada de milhares de miosótis, privada de tudo de humano, não tocada por nenhuma seletividade, limpa e também vazia. Nada disso causava dor e, pela primeira vez na vida, preferi uma paisagem a um retrato. O álbum japonês com avós e bisavós jazia em alguma das caixas dali, e nenhum de nós queria trazê-lo à superfície.

*

E eis que na primavera tive a felicidade de passar algumas semanas aos cuidados do velho Oxford College, que recebeu a mim e a meu livro de forma muito cordial, como se minha ocupação não fosse uma paixão vergonhosa, nem um papel pega--moscas grudento no qual tremem concordâncias semimortas, mas algo razoável e respeitável. Nos aposentos brancos de minha moradia, ladeados por prateleiras de livros que eu não tinha com o que encher e, especialmente, nos salões de refeição e leitura de lá, a memória tinha um outro sentido, que me era alheio: ela não era o objetivo de uma caminhada tortuosa, mas simplesmente uma consequência da *duração*: a vida produzia-a como uma secreção, e esta engrossava com o tempo, sem incomodar ninguém, sem inquietar ninguém.

Fui para lá trabalhar, mas isso andava mal: a vida local tinha um efeito calmante e de embotamento, como se eu regressasse a um berço jamais existente. De manhã, os pés descalços erguiam-se sobre a velha madeira do piso com o mesmo e único sentimento de gratidão; os jardins, como xícaras, estavam cheios de vegetação em movimento, e os rouxinóis sacudiam as latinhas de ferro sobre ele. Mesmo o gosto com que a chuva despejava seu estoque nas fachadas perfeitas e caprichos de pedra levava-me à comoção. Todo dia eu me sentava à escrivaninha em que jaziam, empilhadas, as páginas de texto, e ficava olhando para a frente por horas.

A rua chamava-se Alta, High, e ocupava em minha vida um lugar que podia com certeza ser chamado de desmedido. Na metade direita da janela que dava para o território do College, pairava uma sombra fresca; à esquerda, sob chuva ou sol, a rua portava-se como uma tela de televisão desligada. Teimosa, recusava-se a diminuir e desaparecer na perspectiva, como devia acontecer com qualquer rua e, pelo contrário, adernava, como a borda de um navio, erguendo-se, cada vez mais alto, de modo que todos os automóveis e pedestres, ao se afastarem, apenas se faziam mais visíveis, e nenhuma figura, nem a mais insignificante, desaparecia definitivamente. Contra todas as probabilidades, elas só se tornavam mais próximas e mais nítidas, tanto o ciclista do tamanho de um mosquito quanto o risco oblíquo de suas rodas; tudo isso atrapalhava terrivelmente a mim e a minha ocupação, que sem isso já estava quase paralisada.

Lá ocorria o tempo todo um movimento intrincado e previsível: como em um teatro de marionetes, ao som do relógio, movia-se uma vida infinitamente fascinante. Rodavam, tapando tudo, os altos ônibus de linha, e nos degraus dos pontos os motoristas substituíam uns aos outros, as pessoas começaram a ser vistas de longe e não se perdiam à medida que se aproximavam, e, às vezes, tentavam se destacar – uma moça esguia, de perna comprida, quase invisível, que pulou uma vez bem no meio da rua e deu um salto circense, como se batesse palmas. Minha inatividade não tinha, em suma, nenhuma justificativa, mas mesmo assim eu, como as damas da Era Georgiana, ficava horas sentada à janela, olhando para os passantes, e eles, em vez de caírem no olvido, dia após dia tornavam-se maiores e mais reconhecíveis. Eu não parava de me espantar a cada vez que ficava de cara para a janela e via que podia com facilidade contar os ônibus que viravam e subiam a rua, na esquina distante. A nitidez com que se desenhavam os passantes, seus minúsculos paletós e tênis, também me divertia terrivelmente: parecia que eu estava lidando com o funcionamento de um mecanismo que punha em movimento um relógio com figuras móveis. Um grande automóvel preto, cintilando, virou na curva como se estivesse no passado profundo, onde o detalhe mais insignificante adquire o valor de um testemunho. Só que não havia nada a testemunhar, a não ser que estava ficando mais quente, e as sombras lilás começavam a apalpar a calçada oposta.

E eis que, certa vez, uma amiga me levou ao museu em que está exposto um quatro de Piero de Cosimo, chamado *Incêndio na floresta*. Longo, horizontal, parecendo a grande tela de um multiplex no momento em que exibem um filme-catástrofe, ele ocupava lá o lugar de honra, porém, na loja do museu, não havia nem postais, nem suportes de chá com fragmentos dele. É até compreensível, pois o que estava pintado estava extremamente distante de qualquer noção de aconchego. Pintado no século dezesseis, o quadro guardaria certa relação com o poema de Lucrécio sobre a natureza das coisas, com a polêmica de então com Heráclito e sua representação do mundo. Se assim for, Piero estava do lado do grego antigo, que afirmava que o julgamento do cosmos seria feito com a ajuda do *fogo da razão*. Algo do gênero sucedia no painel de madeira: o *Juízo final* na escala de uma ilhota solitária, densamente recoberta de árvores, onde apareciam "animais, selvagens e domésticos, que se alimentavam no ar, na terra e na água".

Mais do que tudo, aquilo parecia fogos de artifício festivos, como se lá, na floresta, se prolongasse um carnaval: lampejos vermelhos, amarelos, brancos cortavam a tela sob um estrondo inaudível e ofuscante. O incêndio era não apenas o centro do quatro, mas também o umbigo-ônfalo daquele universo, e de lá dezenas de criaturas pasmadas debandavam, rastejavam, esvoaçavam em tracinhos pontilhados, sem entender o que acontecera e quem elas eram agora. No meu entender, lá está retratado o Big Bang, simplesmente o autor não sabia ainda como isso se chamava.

Os animais, como galáxias recém-criadas, debandavam do centro, não dava para tirar os olhos deles, como quando se olha para uma fornalha ou a cratera de um vulcão. Como lava, eles ainda não tinham esfriado por inteiro – ao ponto de alguns deles terem face humana. Indubitavelmente também havia gente nesse mundo, pelo menos *antes* do fogo; eis um poço de madeira, isolado. Algumas figurinhas, esboçadas com pontilhado, como afrescos de Pompeia, eram distintamente humanoides, mas, ao lado das feras com sua concretude quente, elas pareciam sombras de si mesmas, marcas em uma parede iluminada pela explosão. Havia, aliás, um sobrevivente, desenhado de forma nítida – um pastor, de perfil, desconcertado como seu rebanho em fuga, e pronto para, de cabeça à frente, arrojar-se atrás dele. Ele não tinha rosto, faltava também o bastão, que ele usava como podia; pois, como diz Heráclito, todo ser que rasteja é guiado à alimentação pelo açoite.

As feras andavam aos pares, como os habitantes de uma arca, e o fato de algumas delas serem em parte gente não desgostava nem embaraçava ninguém. Seus rostos humanos cresciam durante o trajeto, nos porcos, nos animais domésticos, e no veado da floresta; seus traços distinguiam uma expressão terna, e uma dócil contemplatividade. Dizem que o artista acrescentou-os no último momento, quando o quadro estava quase pronto; há a opinião de que são caricaturas-provocações, feitas a pedido do autor da encomenda. Mas nos híbridos coroados de grinaldas não havia nem sombra de cômico; mais do que tudo, eles faziam lembrar estudantes-filósofos, reunidos a passear sob os carvalhos. E isso também me era incompreensível; ocorria uma transformação, mas não havia como acompanhar sua trajetória. Era o homem que gradualmente se bestializava aos nossos olhos, ou o animal que se humanizava, crescia-lhe um rosto, como pernas ou asas? Era Dafne que se tornava louro, ou o urso que se tornava caçador?

Deu-se que, em um mundo que sobreviveu à catástrofe, as feras são as últimas pessoas a restar; nelas, dotadas de alma, reside agora toda a esperança. Todas elas, o leão arqueado pelo medo e fúria, a família aturdida do ursos com suas cabeças de batata, a águia inflexível e a garça melancólica, eram portadores de qualidades nítidas, que já estavam prontas para se juntarem em um "eu". Comparados a eles, nós, quase indistinguíveis, parecíamos rudimentos – ou esboços do futuro, que poderia ou não se cumprir. Os restantes salvaram-se e povoaram a terra, quadrados e vivos, como Pirosmani ou Henri Rousseau.

É espantoso também que o principal herói de um mundo despovoado revele-se não um carniceiro, rei dos animais, mas um herbívoro inofensivo. Um touro com testa de pensador poderoso está exatamente no centro, na mesma linha da árvore do conhecimento que divide o quadro em duas partes iguais, e a cratera ardente do incêndio. A expressão de contemplação aflita deixa-o parecido com o pecador do *Juízo final* de Michelangelo – boca aberta em careta de incompreensão, rosto encarquilhado. Mas desta vez, ao ser inocente do pecado original, é oferecida uma escolha; o touro é livre para decidir se vai se tornar gente.

No sombrio ano de 1937, Erwin Panofsky escreve a respeito de Piero como exemplo de atavismo emocional: é um homem da antiguidade profunda largado na modernidade, com toda sua complexidade; em vez de nostalgia civilizada, é tomado por uma saudade desesperada do que se foi. Parece-me que detrás disso há o antigo desejo de ver o artista como *outro*: um rosto deslocado, um selvagem na Exposição Universal de Paris, um marciano em outro planeta. Seria possível discutir, não fosse por uma razão importante: o estado mental que ele descreve também é uma espécie de metamorfose, resultado de uma calamidade que tirou o mundo da trajetória habitual.

No *Incêndio da floresta*, vê-se o próprio momento da superexposição; a luz suplanta a imagem, substitui-a pela superfície ofuscante da inexistência. O ponto de revelação, em que tudo emerge em seu aspecto final, revela-se inalcançável à memória, impossível de ser transmitido. É o momento que captamos quando abrimos os olhos pela primeira vez.

Talvez o quadro de Piero de Cosimo seja o equivalente mais próximo que conheço de *A origem do mundo,* de Courbet, sua rima exata; o choque e fascínio que eles causam são de ordem análoga. Aparentemente, a questão é o caráter direto de transmissão da ideia, a rudeza da narrativa de como o universo fabrica e descarta novos detalhes, obrigando a vida a seguir e seguir adiante, por um eterno plano inclinado. Resulta que a catástrofe pode ser uma instância geradora – seja o forno em que se endurecem as figuras de barro, seja o cadinho da fundição da transmutação. Assim está organizada a criação na época pós-Prometeu. Assim deve parecer o êxodo do Paraíso em um mundo de guerras aéreas e armas químicas – com o incêndio na qualidade de espada flamejante, com perdizes voando pelo céu baixo em triângulo, como aviões de caça.

*

Em um dos cadernos em que mamãe anotava minhas conversas infantis, bem no alto de uma página pautada, acima de uma tagarelice de verão sobre dentes-de-leão e vacas, ela acrescentou: *nesse dia minha mãe morreu. E nós ainda não sabíamos nada.*

Lembro-me bem deste dia. Tenho agora diante dos olhos a manhã na casa desconhecida, o cachorro imenso saindo debaixo de uma mesa alta demais para mim, os caixilhos das janelas e depois, mais tarde, a terrível superfície da água, que se estendia até o fim do mundo: lá, balançando e emergindo, avistava-se a cabeça de minha mãe, por algum motivo nadando naquela lonjura deserta, e já quase a desaparecer. Estava absolutamente claro para mim que ela se fora. Instaurava-se uma nova vida, estranha, e nela eu estava completamente só. Eu sequer chorava, postada à beira d'água, onde o grande rio Volga encontra-se com o seu par, o Oká; não havia ninguém para escutar. Quando os adultos voltaram, rindo, algo já se movera irreversivelmente.

Provavelmente a vida não tem como não começar com uma catástrofe, frequentemente ocorrida muito tempo antes de nós. É possível até não considerá-la, apaixonadamente crepitando ramos ardentes, erguendo sobre a cabeça, como um estandarte, línguas de chamas brancas, uma *desgraça* – ela é a condição indispensável de nosso surgimento, o ventre materno do qual você sai à luz e grita de dor. Quando, naquele agosto, voltamos de Níjni e nos vimos na *datcha* em cujos cantos estavam os buquês de vovó, na bolsa havia um porta-níquel com um bilhete ferroviário para a temporada, cheirava a flox, toda nossa história estava composta, como uma cançoneta com refrão, com décadas de antecedência. Vovó Liólia tinha apenas cinquenta e oito anos, morreu de ataque cardíaco, sem nos esperar; a vida de minha mãe agora formava uma linha: surgira-lhe uma tarefa e um modelo de imitação. Se antes ela seguia simplesmente assim, ao seu bel-prazer, agora devia erguer-se a um padrão irrealizável: sem dizê-lo de forma direta, mamãe queria, aparentemente, tornar-se para si e para nós uma outra pessoa, Liólia, restituir uma vasta jazida de alegria, tortas, abraços e gestão doméstica ligeira. Não conseguiu, ninguém conseguiria.

A história de nossa casa, segundo ouvi, começara não há cem anos, mas em agosto de 1974. Vovó a contragosto liberara-nos da mesa da *datcha* e das cortinas com maçãs verdes e vermelhas para viajarmos; regressamos a um lugar vazio, agora estávamos sozinhas. Mamãe culpava-se, eu me sentava a seu lado. A história apavorante da menina que demorara em levar água à mãe doente, e depois saíra correndo, mas tudo já estava acabado, sobre sua cabeça voavam pássaros, e um deles era sua mãe – *é tarde, é tarde, não volte!* – de alguma forma se relacionava a nós, embora ninguém me dissesse isso. Eu simplesmente sabia – e pranteava a água que não chegara à boca, como cúmplice.

Tudo que fiquei sabendo depois fora contado e ouvido à luz desse atraso; mamãe falava, eu me lembrava, temendo esquecer uma palavra que fosse, e mesmo assim esquecendo, correndo como a criança da história, saindo pela porta para brincar, para crescer, para simplesmente viver. Acho que ela mesma se sentia assim, jovem, mais nova do que sou hoje, com um caderno de receitas a lápis, uma filha de dois anos e duas velhas que não reconheciam a si mesmas, nem uma à outra. Depois ela começou a usar a aliança de casamento da bisavó Sarra, dentro estava escrito *MICHA*, o nome do bisavô era o nome de meu pai, nada acabara.

No banheiro que servia de laboratório a papai, nas cubetas com arestas, à luz vermelha da única lâmpada, flutuavam quadrados de papel brilhante. Deixaram-me ver como a imagem surgia na fotografia: no vazio absoluto, de repente, como uma ondulação, havia ângulos e linhas inarticuladas, que gradualmente se revelavam partes de um todo racional. Acima de tudo eu gostava do *contato*: uma folha coberta de imagens microscópicas, cada uma das quais podia ser aumentada até qualquer tamanho – como eu, enquanto crescia. Os pequenos retratos de meus pais cabiam no bolso e faziam um pouco suportáveis as tardes no jardim de infância; lembro-me de como se descobriu que eu arrancara a fotinho do passaporte de papai para levá-la comigo.

Minha primeira câmera fotográfica foi uma Smena-8, pequena e leve, com rodelas que mediam o diafragma e a exposição. Deram-me de presente aos dez anos, e eu sem demora passei a me ocupar de salvação e preservação. Os pinheiros cinzentos de Saltykova, os dormentes da estação, os amigos da *datcha* de meus pais, a água a correr pelas pedras emergiam assiduamente da inexistência; as imagens, penduradas em pregadores, secavam, mas não se tornavam mais vivas. Logo larguei essa tarefa mas, aparentemente, a lição não foi assimilada.

O livro acaba. O que não consegui salvar esvoaça em todas as direções, como os pássaros gordos e planos do quadro do incêndio na floresta. Não tenho ninguém para contar que a esposa de Abram Óssipovitch chamava-se Rosa. Não escreverei sobre como, durante a guerra, Sarra afirmava, resoluta, que bolor era penicilina. Como vovô Liónia, certa noite, exigiu que tirássemos de casa *O arquipélago Gulag*, que fora obtido com dificuldade, afirmado que aquilo mataria a nós todos. Como, uma vez por semana, todas as mulheres que moravam no apartamento comunal da Pokrovka reuniam-se na cozinha com bacias e toalhas: estava vindo a pedicure, a dirigir o ritual higiênico no falatório geral. Como, na varanda da casa que agora ainda existe na alameda Khokhlóvski, há setenta anos morava um esquilo em uma roda. O esquilo corria, a roda girava, uma menina ficava parada, olhando.

Todo dia, na década de 1890, a família de Potchínki reunia-se para o jantar e, calada, aguardava o primeiro prato. Traziam uma sopa. Em silêncio, o pai tirava a tampa da sopeira, e debaixo dela erguia-se uma nuvem de vapor cheiroso. Ele aspirava e dizia, sério: "Provavelmente não está bom." Depois disso, podia-se servir a sopa, o terrível Abram Óssipovitch devorava tudo até o fundo, e pedia mais.

Antes de Mikháilovna tornar-se a babá de vovó Liólia, era a mulher de um soldado. Nas gavetas do arquivo em que tudo estava depositado havia também suas *memórias*: três fotografias e um ícone de papel, no qual a Virgem aparece às tropas russas em algum lugar dos pântanos da Galícia. As fotografias contam a história da vida de Mikháilovna: ei-la jovem, com a cabeça junto à cabeça de um homem abatido, eternamente cansado, de blusa de trabalhador. Depois segura nos braços um bebezinho mirrado e penoso. Depois o mesmo homem, de capote grosso, boina na cabeça. Morreu o marido, morreu a criança; todo seu patrimônio terrestre consistia em um ícone – uma versão distante da Madona de Rafael, com pesada moldura prateada, que meu bisavô dera-lhe certa vez. Na primeira necessidade pós-revolucionária, a babá silenciosamente removeu o revestimento de prata do ícone e foi vendê-lo, levando o dinheiro à casa na qual ficou para sempre. Nas fotografias tardias, na guarnição do ícone, está já a própria Mikháilovna, de lenço branco, cinza, negro, em forma de cone, cobrindo hermeticamente tudo, menos o rosto. Dela restaram algumas imagens religiosas baratas e o Livro dos Salmos eslavo, que ela lia à noite.

Pouco antes da morte, tia Gália presenteou-me com um vestido colorido indiano, dizendo que usara-o *só uma vez, por meia hora, quando um cachorro veio me visitar.* Eu sabia de seu amor secreto: um vizinho que passeava pelo pátio levando uma correia, e morreu sem adivinhar por que ela ia atrás dele à noite.

Às vezes, parece que só é possível amar o passado quando se sabe com certeza que ele nunca voltará. Se eu esperasse que no fim da jornada estaria guardada para mim uma caixinha-segredinho como as de Cornell, isso não daria em nada. Os lugares em que andaram, sentaram-se, beijaram-se as pessoas de minha família, onde baixaram ao rio ou pularam no bonde, as cidades em que eram conhecidas de rosto e de nome, não se confraternizaram comigo. O campo de batalha, verde e indiferente, recobriu-se de grama. É como os jogos de aventura de computador: quando você não sabe jogar, as pistas levam a portões estranhos, portas secretas dão em paredes cegas, ninguém entende nada. E isso é bom: um poeta disse que nada volta para trás[275]. Outro, que esquecer significa começar a ser[276].

A encomenda fora empacotada com toda responsabilidade possível, a caixa forrada com papel de seda, e nela, fina e opaca, embalaram cada unidade de seu conteúdo. Eu as desembrulhei, uma a uma, e elas jaziam lado a lado na mesa de jantar, de modo que se viam todas as lascas, todas as protuberâncias, a terra que se incrustara na lateral da porcelana, o vazio no lugar dos pés, mãos, cabeças. Cabeças, aliás, quase todas tinham, algumas até conservaram as pequenas meias – única parte do vestuário que lhes era permitida. No resto, eram nuas e brancas, como se tivessem acabado de vir à luz com todas suas mutilações. As Charlottes congeladas, representantes da população de *sobreviventes,* parecem minhas parentes – e quanto menos posso contar a seu respeito, mais próximas elas se tornam.

---

275 Aleksandr Blok, *A moça canta no coro da igreja* (1905).
276 Mikhail Gronas, *Queridos órfãos* (2002).

POSFÁCIO

Ainda antes de *Em memória da memória*, Maria Stepánova já era uma figura de proa no cenário literário russo. Publicado em 2017, o livro foi distinguido com os prêmios *Nos* e *Bolcháia Kniga*, além de ter figurado como finalista do Prêmio Internacional Man Booker, em 2021 – a terceira vez em que isso aconteceu a um nome da língua russa (os outros foram Liudmila Ulítskaia, em 2009, e Vladímir Sorókin, em 2013).

Stepánova é presença marcante na mídia desde 2007, quando se tornou editora-chefe do site OpenSpace.ru, que causou sensação no jornalismo cultural russo até ser encerrado por seus proprietários em 2012. A equipe, porém, logo criou o portal Colta.ru, o primeiro na Rússia a não ter proprietários e operar no modelo de *crowdfunding*, e do qual ela continua editora-chefe.

Para Stephanie Sandler, "a poesia contemporânea russa está sendo moldada por participantes que são mulheres[277]", e Stepánova destacou-se inicialmente nesse domínio. Nascida em Moscou, em 1972, ela surgiu no cenário literário da Rússia pós-soviética da década de 1990, amealhando prêmios como o *Andrei Biély* (2005) e o *Moskóvski Stchot* (2009 e 2018).

---

[277] Stephanie Sandler, "New Lyrics", em Evgeny Dobrenko; Mark Lipovetsky (org.), *Russian Literature after 1991* (Cambridge University Press, 2015), p. 214.

A estreia literária madura da autora aconteceu em 1996, no almanaque *Vavilon* – que fora criado no formato de *samizdat* na febril inovação editorial dos tempos da *glasnost*, de Mikhail Gorbatchov, em 1989. Editor da publicação à época, o poeta Dmítri Kuzmin relembra:

"Em meados dos anos 1990, a vida literária russa gradualmente tornou-se menos agitada, e editoras profissionais começaram a prestar atenção em jovens escritores – com frequência, infelizmente, naqueles com os quais eram mais familiares, de alguma forma parecidos com seus colegas mais velhos. Às vezes, contudo, surpreenderam-se: poesia aparentemente muito inocente revelou-se explosiva, e apta a reviravoltas inesperadas. Assim foi com Maria Stepánova, que apareceu em *Vavilon* depois de ser publicada em *Iúnost* e *Známia*. A estreia de Stepánova distinguiu-se por uma técnica poética brilhante e pureza de estilo, por detrás das quais pairava a sombra de Akhmátova, com cujos primeiros retratos Stepánova guardava semelhança. O progresso por esse caminho virtualmente teria assegurado a Stepánova sucesso com o público leitor e com os críticos, mas ela escolheu uma outra estratégia, bem mais arriscada. Cada publicação produziu algo inesperado. Algumas vezes, ela entrava em diálogo com a tradição russa, com a linguagem arcaica e a poesia do século XVIII; em outras, ela introduzia dicção contemporânea casual, próxima à gíria, em uma estrofe clássica que lembrava Catulo. Em dado momento, em uma miniatura lírica, ela atingiu o ápice do estranhamento, observando os sofrimentos do espírito e do corpo de um ponto de elevação desapaixonada; em outro, um ciclo de sonetos parecia uma absoluta paródia, dirigida parcialmente à famosa sequência de vinte sonetos de Brodsky, mas principalmente a seus muitos imitadores, também tentando essa forma difícil. Seu texto foi repentinamente investido de um lirismo genuíno, penetrante. Em alguns tempos, Stepánova paira no limite da misoginia; assim, ela é fiel a sua convicção de que o artista deve ser multifacetado, como Proteu"[278]. Na opinião de Irina Plekhánova, "a missão assumida por M. Stepánova é encontrar uma fórmula emocional de unidade entre o intelectual e o inconsciente, tornar-se a voz da vida sofredora no tempo em comum de provação da humanidade"[279].

E essa poesia tem por vezes reverberação imediata em *Em memória da memória*. Por exemplo: o livro *Fisiologia e pequena história*, de 2005, inclui o poema "Sarra nas barricadas", focado em uma das protagonistas do romance: a bisavó Sarra Ginzburg. Em determinado trecho, ela descreve:

E, na garganta – p/b – uma barricada.
Nela, a bisavó Sarra
– e o olho, ferido na véspera,
envolto em atadura de pirada –,
Sanka e Sarra Sverdlova
defendem o povo trabalhador.[280]

---

[278] Dmitry Kuzmin, "The Vavilon project and women's voices among the young literary generation", em Valentina Polukhina; Daniel Weissbrot, *An Anthology of Contemporary Russian Women Poets* (Carcanet Press, 2005), p. 345.

[279] Irina Plekhánova. *O vitálnosti novéichei poézii: Andrei Rodiónov, Vera Pávlova, Mária Stepánova, Vera Polozkova* (Irkutsk: Izdátelstvo IGU, 2012), p. 131.

[280] Texto em http://www.vavilon.ru/texts/stepanova5.html#com4back.

A estrofe traz uma nota de rodapé, indicando que se trata da fotografia de 1905 que seria posteriormente mencionada em *Em memória da memória*: aquela que traz, da esquerda para a direita, Ginzburg, Baránov. Galper e Sverdlova, e está guardada no Museu-Parque Cultural Górki, com o número 11 281.

Temas do livro são analogamente anunciados em "Spolia". Como a própria autora explicou em entrevista, "alguns anos atrás, em 2014, no meio das guerras ucranianas, de repente escrevi um longo poema sobre a Rússia. Foi intitulado 'Spolia' – sabe, o termo da arquitetura, a maneira densamente metafórica de construir coisas novas, usando alguns pedaços e partes de construções anteriores no processo. Você vê isso por toda parte em Roma ou Istambul – pedaços de mármore, colunas, estelas são usados como meros tijolos em um novo muro. Às vezes, um edifício velho é demolido para fornecer elementos para o novo. Essa coexistência involuntária de velho e novo é uma boa descrição do que acontece à linguagem em 'tempos interessantes'".[281]

Dedicado "a meu pai", o poema traz personagens e fatos que irão reaparecer em *Em memória da memória*:

> Liódik de vinte anos morto na guerra
>
> seu pai voluntário em um trem bombardeado
>
> sua mãe que sobreviveu até a própria morte

---

[281] Maria Stepánova, "Mad Russia Hurt Me into Poetry: An Interview with Maria Stepanova". Entrevistadora: Cynthia L. Haven. *Los Angeles Review of Books*, 15 jun. 2017. https://lareviewofbooks.org/article/mad-russia-hurt-me-into-poetry-an-interview-with-maria-stepanova/.

a menina que se lembra disso tudo

parentes de sarátov e leningrado
de khabárovsk e de górki
e aqueles de que esqueci

e púchkin púchkin claro

à enorme mesa festiva
em nove de maio estão todos sentados
janelas escancaradas rádio ligado

e a própria viktória sentada à mesa
de lencinho branco cantava e cantava schubert
como se não houvesse morte[282]

Como a própria autora já contou, sua atividade poética está entrelaçada com a publicística. No contexto russo da década de 1990, ela percebeu que deveria garantir seus recursos materiais fora da esfera dos versos. "Recusei-me a depender da poesia para ganhar a vida, para obter uma posição no mundo. Eu encontraria outra ocupação profissional e seria tão livre quanto pudesse em termos de poesia. Era a forma mais fácil de continuar independente. Dividi meu mundo em metades. E assim funcionou. Comecei em meados dos anos 1990 como redatora em uma agência de publicidade francesa, e daí passei para a TV. O jornalismo começou bem tarde na minha vida. Não posso dizer que

---

282 Maria Stepánova, *Spolia* (Moscou: Nóvoie Izdátelstvo, 2015), p. 26.

ele não afeta minha poesia, pois afeta. Claro que sim. As coisas com que lido como jornalista misturam-se com os problemas que me movem como poeta"[283].

Marina Balina assinalou que "a literatura dos anos 1990 e 2000 evidencia uma ampla gama de tentativas de modificar a noção tradicional de (auto)biografia. Narrativas (auto)biográficas pós-soviéticas rejeitaram tanto a ideia de credibilidade como requerimento obrigatório do gênero (auto)biográfico quando a divisão do gênero em literatura memorialística, relatos de viagem, escrita epistolar e outros subgêneros contíguos. Esses experimentos levaram a uma busca por novas definições do gênero: críticos começaram a falar de uma 'nova sinceridade' ou 'nova documentalidade', em que a característica principal é a ruptura das fronteiras entre a ficção e um estrato de narrativa não inventado"[284]. No caso específico de *Em memória da memória*, nessa composição entra uma boa dose de ensaística.

Conforme sublinhado por Irina Chevelenko, para além da atividade poética, "na década de 2010, Stepánova também ganhou reconhecimento por seu trabalho em um gênero que não tem tradição estável na literatura russa – o do ensaio. Ela é virtualmente a única autora russa de calibre comparável em sua geração que trabalhou consistentemente para reestabelecer o ensaio como uma forma importante de discurso criativo – uma obra

---

283 Maria Stepánova, "Mad Russia Hurt Me into Poetry: An Interview with Maria Stepanova". Entrevistadora: Cynthia L. Haven. *Los Angeles Review of Books*, 15 jun. 2017. https://lareviewofbooks.org/article/mad-russia-hurt-me-into-poetry-an-interview-with-maria-stepanova/.
284 Marina Balins, "(Auto)Biographical prose", em Evgeny Dobrenko; Mark Lipovetsky (org.), *Russian Literature after 1991* (Cambridge University Press, 2015), p. 188.

de arte e uma declaração intelectual – que aborda tópicos abrangendo do clima político contemporâneo à obra de autores famosos e menos conhecidos do passado, da literatura política atual a reflexões metapoéticas"[285].

Além de revisitar em *Em memória da memória* temas sobre os quais já escrevera anteriormente, como o escritor alemão W. G. Sebald (1944-2001), a poeta russa Marina Tsvetáieva (1892-1941) e as memórias de guerra de Liubov Chapórina (1879-1967), Stepánova retoma aqui reflexões já surgidas em vários outros pontos de sua atividade ensaística.

Como, por exemplo, em "Tencionando viver", onde ela descreve o "fascínio, o envolvimento profundo e pessoal" dos russos com o passado, cujo redesenho "é feito sem pausa". Assim, "discussões deste tipo (sobre a Primeira Guerra, a Segunda Guerra, a do Afeganistão, a da Tchetchênia, as repressões e a desintegração da URSS) nascem espontaneamente no táxi, no trem, na sala de recepção do médico – em qualquer lugar em que surgir a possibilidade de conversa. Isso lembra um pouco um escândalo familiar – só que a cozinha é um país enorme, e os personagens não são apenas os vivos, mas também os mortos. Que, conforme se esclarece, estão mais vivos do que todos os vivos"[286].

Ou os pudores manifestados em "Contra o desamor", em que ela diz achar que "o repouso eterno é ainda mais impossível do que a memória eterna", devido à "indefensibilidade perante a curiosidade alheia", que também afeta os vivos, "porém não se

---

285 Irina Shevelenko, Prefácio de Maria Stepanova, *The voice over*: *poems and essays*, ed. Irina Shevelenko (Columbia University Press, 2021), p. 9.

286 Maria Stepánova, *Tri stati po povodu* (Moscou: Nóvoie izdátelstvo, 2015), p. 47.

constrange com os mortos. Não há segredos, não há mistérios corporais ou espirituais: a bravura do investigador é encontrar o que está escondido, o caçador quer saber. E ele expõe a nudez de seu pai, e passa sem hesitação aos irmãos e irmãs, aos que estão mais próximos de nós na cadeia temporal, e dos quais é possível lembrar mais tudo que interessar".

Isso porque "a simpatia do leitor, talvez em segredo dele mesmo, está do lado do memorialista hostil, com seu olhar agudo e implacável", pois "o desamor alheio dá a ilusão de co-presença, de proximidade secreta ao que ocorreu (mais ou menos como o vizinho de um apartamento comunal)"[287].

Seria possível seguir citando quase infinitamente. Na simultaneidade entre processo criativo e reflexão a respeito desse processo reside boa parte da força e do fascínio da produção de Maria Stepánova.

Irineu Franco Perpetuo

---

287 Maria Stepánova, *Prótiv nieliubví* (Moscou: AST, Eksklusívnoie mniénie, 2019), p. 269-273.